7

Cuando la memoria olvida

Cuando la memoria olvida

Noelia Amarillo

TERCIOPELO

© Noelia Amarillo, 2011

Primera edición con esta cubierta: enero de 2015

© de esta edición: Roca Editorial de Libros, S. L.
Av. Marquès de l'Argentera 17, pral.
08003 Barcelona
info@terciopelo.net
www.terciopelo.net

© del diseño de cubierta: Sophie Guët
© de la fotografía de cubierta: Joseph E. Reid / Arcangel Images

Impreso por LIBERDÚPLEX, S.L.U.
Crta. BV-2249, km 7,4, Pol. Ind. Torrentfondo
Sant Llorenç d'Hortons (Barcelona)

ISBN: 978-84-15952-56-5
Depósito legal: B. 16.041-2014
Código IBIC: FRD

RT52565

¿ *C*uántas veces la memoria olvida?

¿Cuántas veces los recuerdos no son reales?

¿Cuántas veces anhelamos que nuestra memoria se equivoque y borre actuaciones que nunca debieron existir?

La memoria, esa parte intangible de nuestra existencia, revoltosa y mentirosa, sagaz y cruel, nos muestra día a día recuerdos que quisiéramos olvidar y olvida recuerdos que deberían permanecer por siempre en nuestras mentes.

Esta es una historia sobre la memoria, porque como dice Jorge Luis Borges:

Somos nuestra memoria,
somos ese quimérico museo de formas inconstantes,
ese montón de espejos rotos.

Nota de la autora

Cuando decidí escribir esta historia, o quizá debería decir cuando esta historia me eligió a mí para que la escribiera, solo tenía una cosa clara, una única exigencia.

Mi madre es la mejor madre del mundo, aunque supongo que todas las hijas pensamos eso de nuestras madres, y espero que mis hijas piensen eso de mí algún día.

Mi madre está ahí día a día escuchando mis neuras, sin mostrarse jamás aburrida ni impaciente, siempre cariñosa, siempre dispuesta. Aunque esté en el fin del mundo, o a la vuelta de la esquina, siempre está para mí.

Ella, que tantas y tantas veces me ha alentado, escuchado y animado, solo me reprocha una cosa. Y ese reproche que me hace continuamente es mi uso indiscriminado de tacos y palabras malsonantes.

Un buen día leí una cita de Jorge Luis Borges y acto seguido Marcos y Ruth aparecieron en mi cabeza, me contaron su historia durante mis sueños, me poseyeron con sus palabras, sus recuerdos y sus actos. Día a día he escrito sus frases en mi teclado, y solo les puse una condición: de los labios de Ruth jamás saldría un insulto, ni una palabra malsonante.

Va para ti, mamá.

1

¿Qué es la vida? Un frenesí.
¿Qué es la vida? Una ilusión,
una sombra, una ficción,
y el mayor bien es pequeño;
que toda la vida es sueño,
y los sueños, sueños son.

CALDERÓN DE LA BARCA

24 de febrero de 1991

Era un día de invierno como otro cualquiera, hacía demasiado frío y el sol no se molestaba en brillar para calentar la tierra helada. Los relojes marcaban las cinco y cuarto de la tarde. Las escuelas habían cerrado hacía más de una hora, los comercios mantenían las puertas entornadas a la espera del cliente despistado que saliera a la gélida calle a comprar. En las fábricas los trabajadores apuraban las escasas dos horas que quedaban hasta el toque de fin de turno y todas aquellas personas que no se contaran entre las anteriormente mencionadas se hallaban de manera cabal y coherente encerradas en sus acogedoras y cálidas casas buscando la comodidad del hogar.

Toda España refugiada en casa y huyendo del frío helador.

¿Toda? ¡No!

Cuatro cabecitas asomaban tras unos arbustos de la plaza de la Constitución, en Alcorcón. Unos gemelos de opereta con más años que aumentos, pasaban de una mano a otra.

—Pásamelos, Pili, tía, que no me entero de nada —solicitó una cabeza rubia de pelo liso y bastante alborotado.

—Te esperas, Enar; el Dandi va a chutar y verás como mete gol —contestó excitada otra cabecita rubia, con el pelo ondulado y peinado de forma impecable.

—Pili está por Javi, lala lalala —entonó la dueña de la cabecita castaña, de pelo cortado casi al cero, por culpa de un ataque de piojos la semana anterior.

—No te metas con Pili, Luka. No entiendo por qué mostráis tanto afán por espiar a los chicos, no veo por qué no podemos jugar al fútbol con ellos directamente. —La voz de marisabidilla pertenecía a la última de las cabezas, adornada con dos coletas dispares de pelo negro y enredado que caía a trasquilones por debajo de los hombros.

—No te jode, la lista. A ti te dejan jugar porque corres más que ellos y siempre que chutas metes gol, pero a nosotras no nos dejan ni hartos de grifa, así que cierra la boca y punto. —Enar *Boca cloaca* siempre soltaba perlas por su orificio.

Estos últimos comentarios ocasionaron, por enésima vez, roces encontrados. Por una parte, Pili y Ruth y, por la otra, Enar. Luka, en mitad del huracán, intentó calmar los ánimos. Pero, como niñas de nueve y once años que eran, pronto los susurros enfadados se convirtieron en gritos que acabaron alertando al objeto de su atención. Al cabo de unos cuantos alaridos y bastantes tacos, una mano apartó las pocas hojas del arbusto que aún resistían al invierno y observó a las amigas discutir.

—Ya están las mosconas espiando otra vez —comentó medio irritado, medio divertido, un chaval de ojos azules y pelo rubio que le caía sobre los ojos.

—¿Qué te hace pensar que os estamos espiando? ¿Acaso no podemos jugar aquí igual que vosotros? No seas tan engreído, Marcos; el mundo no gira alrededor de ti —contestó Ruth alzando su aristocrática nariz.

—Ya está Ruth *Avestruz* con su charla —cortó Marcos enfadado. ¿Por qué Ruth no podía hablar como todo el mundo?

—Vete a la mierda, Marcos *Cara de asco* —soltó Luka enfurruñada mientras Enar reía y Ruth y Pili se ofendían.

—¡Anda! Si estáis aquí, chicas. —Javi *el Dandi* se acercó para ver qué pasaba—. ¿Te apuntas al partido, Ruth? —Todo el barrio sabía que Ruth *Avestruz,* aparte de un cuello larguísimo, tenía un chute superpotente.

—¡Ves! —gritó Enar pateando el suelo y mirando a su amiga con envidia—. ¡Os lo dije! ¡Ruth, siempre Ruth!

—Me apunto si jugamos todas —terció Ruth diplomática, ignorando a Enar.

—Vale —aceptó Javi de inmediato—. Pili viene en mi equipo.

—Ruth, tú conmigo. —Marcos la agarró de la muñeca y se dirigió hacia el improvisado campo de fútbol en mitad de la plaza.

—Pues yo paso. —Enar estaba enfadada, no le gustaba nada ser el postre.

—Vamos, tía, que nos han dicho que podemos jugar; no lo fastidies ahora —rogó Luka, siempre pendiente de su amiga más pequeña mientras las dos mayores se alejaban con los chicos.

—Y una mierda *pinchá* en un palo. Javi hará ojitos tiernos a Pili —comentó pestañeando burlona y poniendo morritos—, y Marcos y Ruth discutirán por cada gilipollez que se les ocurra —dijo dándose la vuelta y yendo hacia un banco—. Ve tú si quieres, yo paso.

—Bueno, vale. —Luka la siguió suspirando: hoy también se quedaba sin jugar.

Enar y Luka vieron el partido sentadas en el banco más pintarrajeado de toda la plaza de la Constitución. Luka animaba a sus amigas y Enar escribía tacos con un Bic en cada trozo de madera libre de dibujos.

Como no podía ser de otro modo, Javi hizo ojitos tiernos a Pili, pasó por alto cada uno de sus fallos, que eran bastantes, y no se rio cuando una de las veces Pili resbaló y cayó de culo sobre la arena seca. Marcos y Ruth, por su parte, se enzarzaron en mil y una discusiones, todas sin sentido. Ambos eran los que mejor jugaban al balón en todo el barrio, los que corrían más rápido, los que más chutaban a meta… Solo había una diferencia entre ellos: que Marcos no practicaba el juego limpio y Ruth, por el contrario, era incapaz de cometer una falta, la pillaran o no.

Cuando dieron las seis de la tarde se despidieron unos de otros y se dirigieron a sus casas. Enar se quedó en la plaza de la Constitución, ya que vivía justo allí. Javi acompañó, cómo no, a cada una de las chicas a su respectivo portal; al fin y al cabo ellos vivían en la plaza San Juan de Cobas. Marcos, por su parte, siguió camino hacia la Torre José Antonio en el exclusivo Parque Lisboa.

Enar *Boca cloaca* halló a su madre agobiada con las mil y una tareas de casa mientras escuchaba la radio. Se dirigió a su cuarto y no se molestó en abrir la mochila para ver sus deberes. Eso no iba con ella. Cuando su madre la requirió para preparar la cena, la ignoró por completo. No había problema en hacerlo. Irene era una mujer sosegada y tranquila, incapaz de decir una palabra más alta que otra, y su padre estaba trabajando de sol a sol, como todos los días. Se recostó en la cama y soñó despierta. Cuando ella fuera mayor… ¡Haría lo que le diera la real gana!

Luka *la Loca* entró en casa corriendo y saltando, balanceando la mochila y poniendo en peligro adornos y personas al mismo tiempo. Recibió sendos besos cariñosos por parte de sus «acostumbrados a sus locuras» padres y una vez en su cuarto sacó la libreta de los deberes. Mientras pasaba las hojas, pensaba en qué diablura podría hacer a su hermano pequeño para divertirse. ¡Cuando fuera mayor inventaría tales bromas que entraría en el gran libro de los récords!

Pili *Repipi* llegó a casa escoltada por Javi *el Dandi*. Siempre la acompañaba en último lugar, según él para aprovechar los bocadillos de sardinas que preparaba la madre de Pili; según la madre de esta porque era un chico encantador que cuidaba de su hija; según Luka, Ruth y Enar porque «estaba por Pili»; y, según Pili, porque eran grandes amigos. Solo el tiempo dirá quién tiene razón.

Pili soñaba con un futuro lleno de niños perfectos, que estarían acostados en sus impecables camitas de ositos, mientras ella esperaba a su marido bordando cuadros a punto de cruz. Y su marido, por supuesto, sería Javi.

Marcos *Cara de asco* atravesó el salón intentando pasar desapercibido, no le apetecía someterse al interrogatorio diario de su padre: «¿te has portado bien en el colegio?» «¿Te has juntado con la gente adecuada?» «¿Has estudiado en la biblioteca?» —En realidad, la biblioteca significaba que Marcos había mentido como un bellaco y se había ido a jugar a la plaza—. Pero parecía que hoy se iba a librar del tormento, Felipe se hallaba en su despacho creando su obra maestra.

Su madre, recostada en el sillón del comedor, se secaba los ojos con un pañuelo, inmersa en la última telenovela que había grabado en vídeo. Se sonó con delicadeza antes de saludar a su hijo y preguntarle —por enésima vez— si algún niño se había portado mal con él. Marcos respondió que no, como siempre, y su madre soltó un suspiro desesperanzado, pues en su última telenovela el protagonista había sido vilipendiado de niño por ser hijo bastardo, y desde entonces vivía con la esperanza de que a su hijo lo trataran mal —más que nada, porque era imposible convertirlo en bastardo— y poder comportarse como la madre del sufrido protagonista. Marcos pensó en comentarle si no se había dado cuenta de que esa sufrida madre solo había durado cinco capítulos, los justos para que el protagonista se hiciera mayor, pero pasó del tema. Estaba demasiado acostumbrado a las rarezas de su progenitora como para dar pie a otra dramática escena. Se dirigió a su habitación, sacó los libros de la mochila y repasó sus estudios con la mente puesta en todos los países que visitaría y todas las fotos que haría cuando se convirtiera en un fotógrafo famoso de la *National Geographic*. Frunció el ceño al recordar que su padre se oponía de forma terminante a ese sueño. Los únicos estudios que le pagaría serían los de una ingeniería, le dejaba elegir cuál, pero tenía que ser ingeniero. ¡Para eso se estaba dejando un dinero en colegios privados! No para que soñara con animales repelentes y se mezclara con los niños pobretones y sin ambición de San José de Valderas.

Sonrió para sí mismo ¡Si su padre supiera que era justo con esos niños y en ese barrio donde mejor se lo pasaba, le daría un ataque! Recordó en ese instante a Ruth y su panda. Les habían seguido a él y a Javi hasta la plaza la Consti, y luego les habían espiado (como casi siempre) con los gemelos hechos polvo de hace mil años. Aunque no quisiera admitirlo, le gustaría ser el centro de atención de Ruth *Avestruz* igual que Javi lo era de Pili *Repipi*.

Las palabras de su padre volvieron a sonar en su mente mientras él negaba con la cabeza. Ruth no era pobretona y por las notas que sacaba, las más altas de la clase, quedaba claro que tenía ambición y afán de superación, aunque si tenía que ser sincero… Recordó cómo vestía esa misma tarde, con los pantalones que ya le iban quedando cortos por encima del tobillo, la sudadera grande para que le durara un par de años, las coletas medio deshechas, un lazo firme todavía en la coronilla y el otro resbalando por la nuca, la cara pintada de bolígrafo y los dedos negros de la mina del lápiz. Corriendo como un rayo tras el balón y chutando a puerta con tal potencia que el portero, Carlos *el Cagón*, en vez de intentar parar el balón se quitaba de en medio. Sonrió divertido, corría casi tanto como él —jamás confesaría que corrían igual de rápido—, saltaba tan alto que tocaba el techo del ascensor, escalaba árboles como una lagartija y… hablaba de tal manera que no había Dios que la entendiera. ¡Mierda! Les hacía parecer idiotas cuando empleaba su tono de «yo lo sé todo y tú no sabes nada», aunque, según Javi, eso gustaba a los profesores, pues sus notas no bajaban nunca del sobresaliente. Frunció el ceño irritado. Sus mejores amigos, Javi *el Dandi* —jamás llevaba la ropa descolocada— y Carlos *el Cagón* —le habían puesto el mote por razones obvias—, iban al colegio público San José de Valderas al igual que las mosconas. Pili *Repipi*, que era… repipi; Ruth *Avestruz*, con su cuello muy largo; Enar *Boca cloaca*, la niña que más tacos decía de todo el barrio, y, por último, Luka *la Loca*, la persona que podía hacer realidad hasta la travesura más descabellada…

Ruth entró en su casa y saludó con un beso en la mejilla a Ricardo. Su padre era un hombre inmenso, de anchos hombros y barriga tremenda. Era el zapatero remendón del barrio y ella estaba orgullosa de él. Cualquiera podía vender unos zapatos, pero su padre no solo los vendía, sino que también arreglaba cualquier bota, botín, manoletina o zapatilla que estuviera rota, poniendo tapas, abrillantando, cosiendo y tiñendo si era necesario. Y eso era un arte.

Sus hermanos Darío y Héctor estaban en el salón jugando con las construcciones, se levantaron al verla entrar y corrieron a darle varios besos y a rebuscar en sus bolsillos —Ruth siempre encontraba las mejores chapas— hasta que localizaron dos de tónica y tres de coca-cola. Tras conseguir su premio se agacharon en la alfombra a disfrutarlo.

Con hojas de periódico habían montado una estupenda carretera para el circuito de chapas. Un libro abierto por la mitad y colocado boca abajo hacía las veces de puerto de montaña y un trozo de papel de plata hacía de río a saltar. Ruth los observó recortar las cabezas de los cromos de la vuelta ciclista a España del año anterior y ponerlos en las nuevas chapas y, luego, dio comienzo la carrera, momento que aprovechó para sentarse en el sillón al lado de su padre.

—¿Cómo lo ves, papá?

—Pues no lo sé, cariño —contestó él acariciándole las coletas desparejadas—. El negocio está flojo, pero imagino que saldremos adelante, como siempre.

—Seguro que sí, papá. No todo el mundo puede comprarse zapatos nuevos cuando lo único que necesitan los viejos son tapas y un poco de tinte.

—Por supuesto, cariño; por supuesto —contestó abstraído su padre besándola en la frente.

Al cabo de un momento, Ruth se dirigió al baño y se duchó. Luego preparó la bañera para sus hermanos pequeños y, con algún que otro pescozón, logró convencerlos de los beneficios de una buena higiene. Cuando los hubo dejado en remojo, con una esponja bien llena de jabón a cada uno y la firme promesa de que se frotarían codos y rodillas, se fue a la cocina. Ricardo ya había comenzado a hacer la cena, así que ella fue sacando las viandas que compondrían el cocido del día siguiente.

Esa era más o menos su rutina diaria. A la salida del colegio recogía a sus hermanos e iban los tres a por la merienda que su padre tenía guardada bajo el mostrador de la zapatería, dejaban las mochilas en la tienda y comían su bocadillo sentados en un banco de la plaza. En días normales, los tres se quedaban jugando hasta las seis y media: Ruth vigilando a sus hermanos, y estos buscando el modo de burlar su vigilancia. Luego subían a hacer los deberes y, cuando su padre entraba en casa tras cerrar la tienda, ella se duchaba mientras Ricardo corregía los deberes a los pequeños Preparaba el baño para ellos y los ponía en vereda, para a continuación ayudar a su padre con la cena y la comida del día siguiente. Ponían entre los dos la lavadora, tendían o recogían la ropa y vuelta a por sus hermanos. Cenaban y a dormir.

Ruth adoraba a su padre. Estaba convencida de que era el mejor padre del mundo. Del universo. Apenas se acordaba ya de su madre: un arrullo dulce, el aroma a jabón en sus manos, el pelo suave que ella peinaba una y otra vez con su cepillo de juguete. Poco más. Una foto en blanco y negro era la única imagen que tenían de ella.

Se acercó a la habitación de matrimonio antes de irse a la cama y cogió el retrato que siempre estaba en la mesilla de su padre. En él se veía a una mujer rubia, delgada y bajita, con una sonrisa preciosa en los labios, vestida de novia. Ricardo la abrazaba por la cintura mientras la miraba tan absorto como ella a él. Exudaban felicidad en cada uno de sus gestos. Felicidad que se truncó demasiado pronto. Un año después de tener a Héctor, ella enfermó y lo que era un catarro normal y corriente se trocó en neumonía mortal. Dejó a un marido desolado y a tres niños que tuvieron que aprender de repente a vivir sin ella. Ruth se convirtió en «madrecita» con siete años, Darío en hermano mayor con cuatro y Héctor fue nombrado «quitapesares» oficial de la casa.

Cuando alguien de la familia sentía que la tristeza se instalaba en su pensamiento, que el desasosiego hacía presa en su corazón, cogía en brazos al bebé, ese bebé de pelo rubio tan parecido a su madre, con esa sonrisa adorable y esas manitas regordetas, y se consolaba pensando que María estaba con ellos. Héctor era la viva imagen de su madre, al contrario que Darío y Ruth, que, con el pelo negro como la noche y los ojos miel, eran clavados a Ricardo.

Ruth dio un beso al retrato y se fue a la cama pensando en que cuando fuera mayor sería una gran escritora y escribiría un libro dedicado a mamá.

2

Las mujeres prefieren tener razón a ser razonables.
OSCAR WILDE

Los niños siempre consiguen lo que se proponen
Y, siempre, incluso en lo más absurdo, tienen razón,
aunque no la tengan...
ETIEN

15 de febrero de 1992

—¿*Y* si se la jugamos? —preguntó Luka con su mejor mirada de «no te imaginas lo que se me acaba de ocurrir».

—No sé, Luka. No creo que tengas razón. Cada cual en San Valentín regala lo que quiere a quien quiere, y eso incluye a Marcos y su inexistente carta —respondió Ruth algo molesta, pero totalmente sincera.

—Es un cerdo, digas lo que digas. Mucho juega al rescate conmigo, mucho échame un cable con los deberes de *mates*, pero luego que te den por culo —despotricó Enar dándole una vuelta de tuerca más al asunto—. Para pedirte favores siempre está dispuesto, pero para mostrarse agradecido no. Pues que le den. Vamos a joderle vivo.

—Por favor, Enar; no seas tan bestia —se inmiscuyó Pili a pesar de la mirada asesina de Enar—. El día de San Valentín es cosa de enamorados y solo se regala a tu novio, no a un amigo. Si Marcos no le ha mandado ninguna tarjeta a Ruth, será porque no está enamorado. —Pili llevaba dos meses saliendo «en serio» con Javi (todo lo «en serio» que pueden salir dos niños de doce años) y todo se le volvía amor.

—Mira tú quién fue a hablar, «doña le amo y no puedo vivir sin él», eres vomitiva. Claro, cómo tú has tenido tu cartita y tu regalito, normal que no quieras que Ruth tenga lo suyo... Eso significaría perder protagonismo. —Enar podía ser una verdadera víbora cuando se lo proponía, es decir, casi siempre.

—¡Eres una...! —comenzó a insultar Pili, solo para ser cortada de golpe por Ruth.

—Eh, vamos. No discutamos, no merece la pena.

—Tú misma, tía. Si quieres que se siga riendo de ti, adelante. Pero si fuera yo, se lo haría pagar. No puede tenerte siempre a su disposición para jugar o hacer deberes y luego no mandarte ninguna tarjeta por San Valentín —siguió Enar dale que te pego.

—Es que no tiene nada que ver una cosa con la otra. Además yo tampoco le he mandado ninguna tarjeta —reflexionó Ruth, ecuánime.

—Pero todavía puedes mandársela —dijo Luka con aire misterioso haciendo que sus amigas la mirasen; Ruth, con espanto; Pili, divertida; y Enar, maliciosa—. Marcos *Cara de asco* no tenía obligación de mandarte nada, pero podría haberlo hecho. Tú no tienes por qué mandarle nada, pero vas a hacerlo. Escuchad lo que se me ha ocurrido. —Y, para bien o para mal, todas la escucharon.

Carlos, Javi y Marcos estaban sentados en un banco de la plaza, esperando a los demás para echar el partido de cada tarde.

—¿De verdad te dio un beso en los morros cuando le diste la carta? —Carlos estaba flipando con lo que Javi contaba que hizo «su novia» cuando le dio los regalos.

—Un piquito —contestó este, aturullado y más rojo que un tomate.

—*Juer*, tío, pero eso está genial. Si yo tuviera novia, le escribiría una tarjeta todos los días para que me diera mogollón de besos —jadeó Carlos ante la imagen que planeaba en su mente.

—Cagón, no te pases, tío. A ti no te besa una tía ni aunque le regales tu colección de cromos —se burló Marcos.

—¡Ni a ti, no te joroba! —resopló Carlos.

—Hombre, si te hubieras atrevido a mandarle algo a Ruth... —comentó Javi risueño.

—¡Qué chorrada! ¡Que me lo mande ella a mí! —respondió Marcos molesto.

El día anterior había estado a punto de escribirle una tarjeta, pero al final se lo había pensado mejor. Ahora, a la vista del resultado obtenido por el Dandi, tenía ganas de darse de tortas por idiota.

—Hablando del rey de Roma... —Javi señaló hacia la entrada de la plaza, por la que en esos momentos aparecían las chicas.

Los chicos se giraron como impulsados por un resorte, cada uno con un pensamiento específico en mente: Carlos imaginándose a las chicas rodeándole y besándole gracias a las múltiples cartas que escribiría; Javi buscando una excusa para desaparecer con Pili y obtener otro «piquito»; Marcos, por su parte, echando un poco de menos a las chicas de antaño, aquellas que se dedicaban a observarlos a escondidas tras los arbustos y que los seguían a todas partes. Ahora ya no eran tan divertidas, o mejor dicho, eran divertidas de otra manera, o al menos eso aseguraba Javi.

Pili y Ruth eran las que más habían cambiado, o a las que más se les notaba. Y vaya si se les notaba. Les habían crecido las tetas y ensanchado el culo, se peinaban el pelo de manera distinta cada día y ya no querían jugar al fútbol ni al rescate ni a «churro, media manga, manga entera» con ellos. Se ponían faldas por debajo de la rodilla, que, al doblar la esquina y desaparecer de la vista de las vecinas cotillas, se subían hasta que se les veía una buena porción de muslo. Además se pintaban la boca en cuanto se alejaban de la plaza, se sentaban muy juntitas en el banco y los miraban con fijeza para luego hablar entre ellas en susurros, como contando secretitos, para a continuación reírse como tontas. ¡No las entendía ni su padre!

Bueno, Javi decía que él sí entendía a Pili, pero, claro, él estaba como loco por que llegaran las siete de la tarde y acompañarla a su casa, ya que una vez solos en el portal, y siempre según él, Pili le dejaba besarla en la boca.

Marcos centró su atención en Ruth: ya no llevaba las coletas desarregladas, aunque su pelo seguía mal cortado, ni tampoco vestía con pantalones pequeños y jerséis grandes, sino con pantalones ceñidos, faldas cortas y chaquetas de punto que se ajustaban —y tanto que se ajustaban— a sus incipientes formas. Se abofeteó mentalmente un par de veces por no haberle mandado una tarjeta por San Valentín y así haber conseguido su beso, y después puso cara de fastidio. Tanta minifalda y tanta tontería, cuando lo que tenía que hacer Ruth era calzarse las deportivas y ponerse a jugar con él. ¡Mierda! Los partidos no eran lo mismo sin sus chutes ni sus discusiones por el juego limpio. De hecho, echaba tanto de menos su compañía que últimamente se inventaba problemas con las *mates* para subir a su casa y hacer los deberes juntos. Aunque ni los libros ni los deberes eran los mismos ya que él iba a Nuestra Señora de la Caridad, un colegio privado, ¡de curas!, y ella iba al San José de Valderas, público y mixto. ¡Lo que daría él por ir a un cole mixto… con ella!

Las chicas se detuvieron a unos pocos metros del banco y comenzaron a hablar en susurros, con abundantes codazos de Luka y Enar a Ruth. Algo tramaban. Al final Ruth pareció decidirse y enfiló directa hacia Marcos. Se paró un segundo, dubitativa, y, a continuación, alzó la mano y le indicó con el dedo índice que se acercara.

Marcos se quedó atónito e inmóvil, hasta que un empujón nada discreto de Carlos casi le tiró del banco. Se dirigió suspicaz hacia Ruth y esperó a que ella dijese algo.

—Hola. —Ruth se mordió el labio inferior a la vez que procuraba tocar lo menos posible la carta que mantenía oculta a su espalda.

—¿Qué pasa, Avestruz? —preguntó Marcos con desconfianza a la vez que miraba por encima del hombro de la chica para ver qué ocultaba a la espalda.

—Jopelines, te he dicho que no me llames así —le contestó enfurruñada. Marcos tenía la mala costumbre de llamar a todo el mundo por motes que él mismo inventaba. Y casi siempre atacaban el punto débil del aludido. Ruth odiaba su mote, ¡ella no tenía el cuello largo!

—Y yo te he dicho mil veces que no digas esa cursilada. Nadie te va a tomar en serio si cuando te enfadas en vez de decir un buen «joder» dices un repipi «jopelines».

—Vaya, pues lo siento, pero no veo la necesidad de mancharme los labios diciendo esas palabras que o no significan nada, o significan justo lo contrario de lo que quiero decir.

—Ya saltó la marisabidilla. —Marcos botaba sobre las puntas de sus pies, intentando ver lo que ocultaba su amiga—. ¿Qué tienes ahí?

—Nada. Bueno, sí. Es que he pensado…

—¿Qué? —Marcos giró alrededor de Ruth intentando ver qué escondía, pero ella seguía sus movimientos quedando siempre frente a él.

—¡Te quieres estar quieto! Vas a conseguir que me maree.

—¿Qué escondes? —La curiosidad lo mataba. ¿Podía ser una tarjeta tardía de San Valentín? ¡Qué va!

—Esto… —Ruth volvió la cabeza hacia sus amigas, Enar y Luka, que la animaron asintiendo. Pili, por su parte, regó con una mueca. Hizo caso al bando equivocado—. Esto… ¡Toma! —chilló a la vez que le ofrecía un sobre blanco adornado con corazoncitos dibujados con rotulador.

—¿Qué es? —preguntó Marcos, rogando que fuera lo que pensaba.

—Una carta. Pero no te lo tomes en serio… me voy. Chao. —Se dio la vuelta y echó a correr hacia sus amigas, pasó entre ellas y siguió corriendo muerta de vergüenza.

Marcos se quedó parado en el sitio, ensimismado, viendo cómo las muchachas salían corriendo de la plaza y sintiendo el peso de la carta en sus dedos. Observó con atención el sobre. Su nombre aparecía escrito en él con la letra clara y perfecta de Ruth, con un corazón atravesado con una flecha en cada extremo. Con dedos torpes lo giró buscando la manera de abrirlo sin romperlo.

Si era lo que él pensaba que era, lo iba a conservar hasta conseguir su beso.

—Te ha dado una carta, tío. Fijo que es por San Valentín. ¡Ábrela! ¡A ver qué pone! *Juer*, lo mismo se te declara y todo; ¡qué suertudo! ¡Vamos! ¿A qué esperas? ¡Ábrela ya! —Carlos saltaba intentando coger la tarjeta, mientras Marcos hacía lo imposible por evitarlo.

—Cagón, estate quieto, leches. —En ese momento Carlos se la arrebató, y Marcos le dio un fuerte empujón para recuperarla—. ¡Jode-! Es mía. Como la vuelvas a coger te parto la cara.

—Vale, no te pongas así.

—¿Qué pone? —preguntó Javi intrigado.

—Ni idea, no la he abierto.

—Ábrela. —Javi arqueó las cejas.

—No. Ya vienen los demás, vamos a jugar al fútbol.

—¡Tío! ¿Nos vas a dejar con la intriga? No fastidies, ábrela —arremetió de nuevo Carlos.

—Mira, Cagón, te lo voy a decir una vez, así que grábatelo bien en esa estúpida cabezota que tienes. La carta es mía. La abriré cuando me dé la real gana. Y eso será cuando tú no estés. ¿Lo has captado?

—Vete a la mierda —contestó Carlos ofendido.

—Lo ha captado —sentenció Javi.

Marcos guardó la carta en el bolsillo trasero de los pantalones y se fue con sus amigos a echar el partido de todas las tardes.

Durante las dos horas que duró el juego apenas si prestó atención al balón. Solo podía sentir el sobre pegado al culo, quemándole los vaqueros. ¿Qué pondría? Imaginó que sería una declaración de amistad, pero, según iban pasando los minutos, su imaginación fue componiendo un panorama mucho más acogedor: Ruth le escribía reconociendo que lo apreciaba mucho como amigo. No. Que le admiraba por su manera de jugar al fútbol. Que le gustaba mucho hacer los deberes con él y que ojalá fueran al mismo colegio. ¡No! Fijo que escribiría que se divertía mucho en su compañía y que le gustaría que pasaran todas las tardes juntos. Exactamente, que quería pasar todo el día con él porque estaba loquita por sus huesos. Mmm, que quería darle un pico.

¿Cómo serían los picos? Javi decía que molaban mazo. Seguro que era eso. Ruth estaba loca por él y quería que fueran novios como Pili y Javi. ¿Y qué más cosas hacían esos dos? Seguro que Javi no contaba ni la mitad. Marcos paró de correr tras el balón y se quedó quieto en mitad de la plaza. ¡Sí! Ruth quería que fueran más que amigos, seguro que en la carta ponía que quería verle en algún sitio a solas, y fijo que le daría un beso, y lo mismo le dejaba ver si las formas que asomaban bajo sus jerséis eran de verdad o eran bolas de papel colocadas de forma estratégica. La curiosidad lo mataba. Se imaginó haciendo algunas de las cosas que hacían en las películas que sus padres no le dejaban ver y que él veía a través de la rendija de la puerta del comedor. ¡Ay, Dios! Estaba deseando ver qué ponía en esa tarjeta. Pasó los dedos por encima del bolsillo del pantalón, tentado de sacarla y leerla en ese mismo instante, imaginando cosas que ningún niño de doce años debería imaginar —y que todos imaginaban—, cuando sintió un empujón en la espalda. Era Carlos.

—Joder, Cagón. ¿De qué vas, tío? —respondió Marcos a su vez con otro empujón.

—Eh, tío. —Carlos levantó las manos en señal de rendición—. Estás parado en mitad del partido y además se te está marcando el pantalón.

—¿Qué narices dices? —preguntó Marcos sin saber a qué se refería su amigo.

—Te está diciendo que se te nota… —contestó Javi enarcando las cejas y señalándole la entrepierna.

—¿Que se me nota qué? —jadeó Marcos mirándose la bragueta. Sí, se le estaba marcando ligeramente—. ¡Joder! Me voy a sentar un rato.

Se dirigió al banco más alejado que encontró seguido por sus dos amigos, mientras el resto de la panda lo miraba entre sonrisitas y lo abucheaba con frases del tipo: «A Marcos se le escapa el pajarito», «Le da la vuelta al muslo, tendrá algo que ver Ruth y su culo», y lindezas por el estilo.

—¿Qué te ha pasado, tío? —preguntó Carlos alucinando.

—Déjame en paz, ¿vale?

—Carlos, ¿has traído agua? —intervino Javi.

—Sí, la tengo en la mochila.

—Ve a buscarla, anda —apuntó el Dandi.

—Y una mierda. En cuanto me largue os vais a poner a rajar sobre eso. De aquí no me muevo —contestó Carlos, que, aunque era un par de años más pequeño que ellos, de tonto no tenía ni un pelo.

—Mira, nene, que te largues, ¿vale? —Lo agarró Marcos por el cuello del abrigo; a veces era un poco macarra.

—Vete a la mierda. —Carlos se deshizo del agarre y se largó enfadado.

—Te has pasado, Marcos.

—Es un plasta. Cuando se pone así no lo aguanto.

—Ya. —Javi entendía esa situación, Carlos tenía una rara capacidad para colmar la paciencia de cualquiera, y Marcos no tenía nada de paciencia—. ¿Qué te ha pasado?

—Nada.

—¿Es por la carta?

—No.

—Vale.

—Dandi, ¿qué haces con Pili cuando la llevas a casa y estáis solos en el portal?

—Mmm —pensó Javi mirando a su amigo—, no todo lo que te imaginas que harás con Ruth si en la carta pone lo que piensas que pone —aseveró Javi sin detallar absolutamente nada de lo que Marcos preguntaba, pero entendiendo y compartiendo sus pensamientos.

—Idiota —rio Marcos.

—Puede. Pero un idiota feliz —respondió estallando en carcajadas.

—Me largo —dijo Marcos tras unos cuantos empujones amistosos y muchas risas.

—Estás deseando leerla a solas —intuyó Javi viendo a su amigo alejarse. Desde luego las chicas conseguían como nadie que los chicos hicieran idioteces. Idioteces muy agradables.

El ruido de las conversaciones ficticias en televisión le dio la bienvenida cuando entró en su casa. Su madre estaba tumbada en el sillón del comedor, con un pañuelo en la mano, viendo por enésima vez el capítulo de la telenovela que había grabado a mediodía.

Luisa grababa todas las que echaban en la tele a diario, y las veía una y otra vez. Ya que no tenía «el amor de su vida», cogía el de las sufridas protagonistas. Hija única y mimada, nacida de un matrimonio mayor y con posibles, se había casado con Felipe, «la mejor elección» según sus progenitores. No estaba enamorada, no le apetecía tener hijos y, sobre todo, le aburría hasta la saciedad el papel de ama de casa; no era lo suficientemente dramático.

Desde el principio, Luisa y su recién estrenado marido se instalaron en el enorme piso de sus padres; era hija única, y por tanto era una tontería comprar una casa cuando al cabo de los años heredaría. Mientras sus suegros vivieron, Felipe se dedicó a intentar llegar lo más alto posible en su oficio —pero cuando alguien es mediocre por mucho que se esfuerce no suele conseguir pasar de ser… mediocre—, a la vez que Luisa vivía como la princesa que siempre le habían dicho que era, y, cuando nació su primer y —esperaba— último hijo, los abuelos, gozosos, se dedicaron en exclusiva a él, dejando libre al joven matrimonio.

Pero la vida no dura para siempre, y la de los abuelos, ya de por sí mayores, se acabó relativamente pronto, complicándolo todo para Luisa. De golpe y porrazo, se encontró con que tenía que ejercer de madre, sin tener ni la más remota idea de cómo cuidar de un chaval que no era hijo bastardo, ni se metía en problemas en el colegio, ni, por el contrario, era un ejemplo a seguir, adorable y obediente, es decir, algo parecido a los niños de sus telenovelas. Marcos era normal y corriente. A veces testarudo, pero no lo suficiente como para ser considerado un rebelde; a veces hacía travesuras, pero no eran lo suficientemente malas como para ser considerado un villano. Aprobaba el curso, pero no sacaba sobresalientes. Por tanto, ni era un genio ni era un descerebrado; simplemente era demasiado normal y, en las telenovelas en que basaba las acciones de su vida, eso no pasaba.

Al principio intentó comportarse como las madres amantísimas que veía en la tele, pero no resultó bien. A su hijo no le iban los besuqueos indiscriminados y ella no encontraba sacrificios desmesurados que hacer por él, como les pasaba a sus heroínas televisivas. Tras un tiempo, en que su hijo acabó por esquivarla continuamente, llegó a una solución: en la intimidad del hogar le ignoraba y en la calle, frente a las vecinas, sus atenciones y cariños se volvían desmesurados y sensibleros, más o menos como en los culebrones.

Marcos saludó a su madre y se dirigió a su habitación. Al pasar por delante del despacho de su padre, lo vio encorvado sobre su atril de dibujo, intentando hacer algo que no hubiera hecho nadie antes y que, por supuesto, consiguiera mantenerse en pie.

Felipe era arquitecto, o eso decía él, porque su trabajo real era de delineante en una empresa de tres al cuarto. Aun así trabajaba durante todos sus momentos libres en una edificación de ángulos imposibles y materiales absurdos, con la esperanza de que alguien viera su originalidad y el mundo se rindiera ante su genialidad.

Marcos pasó de largo y casi estaba en su cuarto cuando la voz de su progenitor lo hizo detenerse. Se dio la vuelta desanimado y se dirigió al despacho. Hoy no había conseguido escaparse. Cada día tenía que hacerle un resumen a su padre sobre el temario que había estudiado en el colegio, los deberes que debía hacer en casa, la gente con la que jugaba y el nivel de notas que esperaba sacar. Marcos, por supuesto, mentía como un bellaco: el colegio bien, el temario perfecto, deberes unos pocos. Los amigos con los que jugaba en el recreo eran, por supuesto, los más inteligentes de la clase y, cuando estaba en la calle, iba con los niños del club social del Parque Lisboa a estudiar a la biblioteca. Jugar al fútbol en la calle, ¡jamás! Sabía de sobra lo que se esperaba de él, y estaba dispuesto a cumplir las expectativas, o al menos eso decía. Porque lo cierto era que pasaba de los curas, de los compañeros y del colegio privado. Sus mejores amigos vivían en el barrio que su padre más detestaba, y sabía cómo era la biblioteca por las descripciones que Ruth hacía de ella.

Felipe escuchaba atento las respuestas de su hijo, intuyendo que, como siempre, tendría que resignarse cuando, al finalizar el trimestre, las calificaciones no fueran las esperadas, y sabiendo que su zagal, aunque ponía todo su empeño, no conseguía nada más allá de la media. En su mente empezaba a fraguarse la convicción de que el colegio al que acudía su chico, aun siendo el mejor de Alcorcón, no sabía aprovechar todo su intelecto y, poco a poco, trataba de convencerse de que se hacía imprescindible un cambio de vida, de país. Debían emigrar a algún lugar en el que la enseñanza privilegiada, que el dinero de sus difuntos suegros podía comprar, diese mejores frutos. Un sitio en el que también él fuera reconocido como arquitecto. Y así, paso a paso, comenzó a buscar opciones más adecuadas para su familia.

Marcos sonrió complacido al ver que su padre asentía, sin dudar de sus palabras, y fue corriendo a su cuarto. Cerró la puerta y, por si las moscas, encajó la silla del escritorio debajo del picaporte. Una vez seguro de que nadie podría invadir su intimidad, sacó la romántica carta del bolsillo y la observó con atención.

No había cambiado, el sobre seguía lleno de corazoncitos rosas y su nombre continuaba escrito con la preciosa caligrafía de Ruth. La acercó a su nariz y olfateó, esperando percibir algún rastro de colonia o algo de ese estilo romántico y tontorrón que tanto gustaba a las chicas. Pero el único olor que le llegó fue similar al de las heces. Extrañado, volvió a olerla; efectivamente, el sobre olía a mierda. Pensó durante un instante en los posibles motivos. Se la había metido en el bolsillo trasero del pantalón, cierto, pero que él supiera no se había tirado ningún pedo ni se había sentado encima de ningún excremento. Dejó la tarjeta sobre el escritorio, se quitó los pantalones y miró con atención la parte trasera de estos… Estaba limpia, sin ningún resto orgánico. Cogió la carta de nuevo, ahora ya bastante escamado, y la abrió con cuidado. Dentro había un papel rosa doblado en cuatro. Lo sacó y vio que estaba adornado con más corazoncitos, muchas «X» y un par de «O», que según Javi —que era el entendido en chicas del grupo— significaban «besos» y «abrazos» respectivamente.

Atrás quedó olvidado el mal olor y la premonición de que algo no cuadraba, y volvieron las imágenes de Ruth escribiendo, citándole en un sitio apartado, esperando con los ojos cerrados y los labios semiabiertos un beso.

Se rascó la cabeza y giró el papel aún doblado; lo estudió por delante y por detrás, conjeturando sobre lo que habría escrito en él. Una sonrisa soñadora apareció en su cara. Se sentó en la cama con su tesoro entre los dedos, imaginándola corriendo tras el balón, vestida de nuevo de chicazo y con sus coletas desbaratadas. Luego la imagen cambió de golpe: Ruth le esperaba sentada en un banco de la plaza que quedaba bastante oculto entre los arbustos. Llevaba un vestido de verano de tirantes —le daba lo mismo que estuvieran en pleno invierno— y le esperaba con una sonrisa en la boca. La imagen cambió otra vez: ahora estaban en el portal de su casa, él la acompañaba como hacía Javi con Pili, y ella le recompensaba con un piquito. Inmediatamente subían al piso y hacían los deberes juntos, riéndose con las trastadas de sus hermanos pequeños mientras Ricardo le preguntaba a él qué quería ser de mayor y quedaba fascinado con sus respuestas y su claridad de futuro, animándole a que estudiara lo que más le gustaba y a que buscara más allá de las profesiones altamente cualificadas y remuneradas que su padre le obligaba a sopesar para su futuro. Luego se sentaría a cenar con todos y charlaría de la liga, los estudios o la última película de Stallone. En familia. Todos juntos. Justo lo contrario que sucedía en su casa. No sabía qué le gustaba más de Ruth, si ella como persona o ella como parte de su cariñosa y entrañable familia.

Se pasó de nuevo los dedos por el pelo a la vez que giraba sobre la cama hasta quedar tumbado boca abajo y desdobló el papel. Tenía algo dentro, algo pegado. No, untado. Acercó más la cara al papel. ¿Qué demonios? Parecía que habían untado ¿paté? ¿Nocilla? ¿Una mezcla de ambos? Entornó los ojos y acercó la nariz al pegote. Ostras, qué mal olía. Se fijó un poco más. ¡Joder! ¡Una mierda! Literal, había untado una puñetera mierda en el papel, justo debajo de unas líneas escritas a bolígrafo.

Querido Marcos:

Puesto que no te has dignado a escribirme tarjeta alguna por San Valentín, queda claro y transparente que lo que yo pensaba que era una gran amistad, pensamiento apoyado por las veces que hemos hecho los deberes juntos y las ocasiones en que has solicitado mi presencia en tu equipo para los juegos deportivos, no es otra cosa que puro y simple interés, ya sea por mejorar tus notas o por mejorar tus clasificaciones en la liguilla del barrio. Por tanto, atentamente te digo que, desde ya, te puedes ir a la…

Y tras una flecha estaba pegado, muy centrado, el pegote de mierda.

¡Mierda! Y nunca mejor dicho. Asquerosa cría de las narices. Se había pasado tres pueblos. Marcos leyó y releyó las frases. La escritura y las expresiones rebuscadas y de marisabidilla eran típicas de Ruth, pero untar la mierda y usarlo para explicarle gráficamente adonde podía irse era cosa de Luka. Seguro. No había nadie tan diabólico como esa puñetera cría.

Por un momento estuvo a punto de arrugar el papel, pero justo cuando iba a estrujarlo cayó en la cuenta de su contenido. Lo cogió entre dos dedos, salió de su cuarto y lo tiró sin más miramientos al cubo de la basura. Luego se lavó las manos unas mil veces con mucho jabón mientras planeaba venganza…

El día siguiente llegó demasiado rápido para Ruth. En clase apenas atendió a la lección y en cuanto sonó el timbre de la tarde salió corriendo con Pili, dejando atrás a Enar y Luka, las instigadoras de la travesura. Llevaba todo el día sintiéndose fatal, con retortijones en el estómago y una sensación de haberlo hecho todo mal que no se le quitaba de la cabeza.

Cuando las chicas entraron en la zapatería, Ricardo vio en sus miradas que algo les preocupaba.

—¿Qué tal el colegio? —preguntó.

—Bien —respondieron a la vez las niñas.

—¿Muchos deberes para esta tarde?

—No —dijeron las dos a la vez.

—¿Algún problema con los chicos? —investigó el padre de Ruth.

—Pili está por Javi —canturreó Darío, el hermano de Ruth, asomando su cabecita morena por la puerta de la tienda.

—Tú te callas, idiota —saltó Pili echando a correr tras el pequeñajo.

—¿Algún problema con Marcos? —insistió Ricardo mirando muy serio a su hija mayor.

Últimamente el muchacho iba a menudo a su casa, en teoría a

hacer los deberes, y parecía que se llevaban mejor que de costumbre, o, al menos, que no discutían tanto.

—No. Bueno, sí. Ay, la verdad es que no lo sé. —Miró a su padre compungida—. Ayer le escribí una carta por San Valentín…

Y procedió a contarle todo el tema de la misiva. Sabía que había hecho mal, que no tenía motivos, y que el «regalito» era de muy mal gusto. No tenía ni la más remota idea de por qué se había dejado liar de esa manera, pero estaba muy, pero que muy arrepentida. Ricardo rio con ganas al oír la trastada y, tras el rato de hilaridad, miró a su hija. Ruth tenía los ojos brillantes, al borde de las lágrimas. Su niña, esa mocosa que nunca tuvo tiempo de ser pequeña, ahora se estaba haciendo mayor.

—Cariño, no te preocupes por la carta. Ni por la mierda. —Se le escapó una carcajada divertida—. La misión de los chicos a esta edad es correr, saltar y demostrar a los demás quién es más rápido, quién juega mejor, quién es mayor. En definitiva, se demuestran unos a otros quién es el líder. Las chicas comenzáis a volveros mujercitas, a vestiros para destacar más vuestra belleza, a soñar con novios y a intimar unas con otras para conseguir lo que queréis. Y entre medias de todas estas actitudes, chicos y chicas os dedicáis simple y llanamente a fastidiaros unos a otros, a hacer diabluras y a descubrir vuestras personalidades. Si por azares del destino Pili y Javi se hacen novios, o tú y Marcos discutís, no pasa nada, porque al día siguiente todo estará olvidado.

—Mmm, papá, no entiendo qué tiene que ver lo que has dicho con lo que te he contado —comentó Ruth perpleja ante la parrafada de su padre.

—Lo que quiero decir es que no te preocupes, lo que has hecho no tiene importancia. Todos, absolutamente todos los pobladores de la Tierra lo han hecho en algún momento de su vida, y una diablura arriba o abajo no significa nada.

—Pero es que yo no hago esas cosas.

—No, y ese es el problema. Todas las niñas a tu edad han hecho mil travesuras. Tú siempre has sido demasiado correcta, demasiado responsable. Ya era hora de que hicieras alguna.

—Si tú lo dices —asintió Ruth nada convencida.

Cuando Pili regresó de cazar a Darío, Ruth seguía sin estar segura. Ella no hacía trastadas, no hacía diabluras y, sobre todo, no dejaba nada a su libre albedrío. Todo lo que hacía estaba total y completamente calculado y planificado, y esa carta se salía por completo de su esquemática vida. Esperaba que no trajese consecuencias.

Pero trajo consecuencias.

Sin dudarlo.

Durante las siguientes semanas, Marcos se dedicó a hacerle la vida imposible.

El día después de la entrega de la aromática carta, la había empujado a traición haciendo que cayese al suelo sobre un charco, se había sentado a horcajadas sobre ella y le había llenado las coletas de barro. Otro día, le lanzó un balón a la cara en el mismo momento en que comía su bocadillo, y este había acabado en el suelo. Y en otra ocasión, los chicos cazaron una lagartija y Marcos se la metió por debajo del abrigo. ¡Qué asco! Aún sentía al bicho asqueroso recorriendo su espalda. Gracias a Dios que Luka sentía una especial afinidad por los reptiles y se la había sacado, porque Enar y Pili habían salido corriendo como alma que lleva el diablo al ver al animal.

Todos estos sucesos desembocaron en una espiral de travesuras, con Marcos ideando diabluras y Luka aconsejando a Ruth trastadas todavía más fuertes.

Lo que empezó siendo una venganza en toda regla, se acabó convirtiendo en el mejor año de toda su vida. Chicos y chicas esperaban como locos a que sonara el timbre de clase para salir corriendo a la calle e idear la mejor manera de fastidiar al enemigo. Y cuando por fin llegó el verano, la situación no hizo más que mejorar: aguadillas en las piscinas públicas, chicos colándose en el vestuario de las chicas para verlas en ropa interior, chicas empujando a los chicos a la piscina cuando estaban vestidos, chicas flirteando con la panda rival mientras los chicos, celosos, inventaban mil y una maneras de dejarlas en ridículo… En definitiva, fue el verano de los doce a los trece años que todo adolescente vive y jamás olvida.

La llegada del invierno puso fin a las correrías callejeras, a llegar a las diez de la noche a casa y a los bailes de las fiestas. Comenzaron los estudios, los deberes, los exámenes y los fines de semana. Sábados y domingos en pandilla, cumpleaños en la hamburguesería del barrio, días entre semana haciendo los deberes juntos en casa de Ruth mientras Marcos seguía asegurando a su padre que estaba en la biblioteca. Días cortos con tardes llenas de miradas por encima de los libros.

Pili y Javi seguían siendo novios mientras el resto de la panda se inventaba cancioncillas subidas de tono que les hacían sonrojar, al tiempo que chicos y chicas buscaban avergonzados al que esperaban sería su novio o novia durante el verano que aún tardaría meses en llegar.

3

Se llama memoria la facultad de acordarse
de aquello que quisiéramos olvidar.
DANIEL GELIN

El futuro del mundo pende del aliento
de los niños que van a la escuela.
El Talmud

20 de junio de 1993

—*P*or tanto, nos vamos el veinticuatro por la noche. No veo necesidad de estar más tiempo aquí puesto que acabas el colegio el día veintitrés.

—Pero ¿por qué tenemos que irnos? Tengo aquí a todos mis amigos, mi gente. Tengo planes para el verano. ¿Qué voy a hacer yo allí?

—Marcos, no creo que te lo tenga que explicar más de una vez, ¿verdad? —preguntó su padre con suavidad, con esa voz susurrante que significaba que no había marcha atrás y que tenía que aceptar los nuevos planes. Felipe era un hombre tranquilo en apariencia, pero con un carácter dominante imposible de soslayar. Si decidía algo, se hacía. Punto.

—No, papá, claro que no. Pero… es tan repentino. ¿Y qué va a pasar con el colegio? —preguntó el niño, jugando con la única cosa que le preocupaba a su padre, las notas que sacaba en el prestigioso, aburrido, estricto y religioso colegio al que iba.

—Te apuntaré a la mejor escuela de Chicago, por eso no te preocupes —declaró Felipe, satisfecho de que su hijo pensara en el futuro y en los estudios.

—¿Y mamá? Si le das más tiempo para pensarlo, lo mismo se viene con nosotros —aventuró desesperado Marcos.

—¿Y para qué iba a querer tu madre venir con nosotros? —¿Es

que su hijo no se daba cuenta de que era justo por su madre por lo que tenían que marcharse? Luisa se estaba volviendo loca y si no andaban con cuidado, acabaría por destruirles la vida.

—Pues para estar contigo, conmigo. Ya sabes, como una familia, ese grupo de personas con lazos genéticos en común y que conviven juntos —contestó Marcos con descaro, olvidando en su desconsuelo con quién estaba hablando.

La respuesta de Felipe no se hizo esperar. Un bofetón con la mano abierta cruzó su mejilla dejándole un rastro enrojecido en la cara y haciendo que cayera de culo al suelo.

Observó cómo su padre se colocaba frente a él con las venas del cuello marcadas y los puños cerrados. Y como era un chico listo que aprendía a la primera, optó por quedarse quieto en el lugar en que había caído, con la mirada baja y la boca bien cerrada en señal de sumisión.

Pasados unos segundos, Felipe abrió los puños, cogió a Marcos de la pechera del polo de su clasista e impecable uniforme, y de un tirón lo puso en pie.

—Tienes cuatro días para decidir qué te llevas y una maleta para meterlo. El viernes por la tarde nos vamos. —Dichas estas palabras, dio media vuelta y salió del cuarto, dejándolo frustrado, enfadado y con tantas ganas de venganza que apenas si cabían en su cuerpo de preadolescente.

Marcos se dejó caer sobre la cama.

Se iban de Madrid, de España.

Y no se iban a un sitio cercano, qué va. Cruzaban el charco. Se iban a un lugar donde no conocía el idioma, en el que no tenía amigos y donde solo estarían él y su padre. ¡Joder! Su queridísimo, amantísimo y comprensivo padre le había soltado la bomba con tiempo de sobra para prepararse.

Exactamente veinte minutos antes. En mil doscientos segundos, su vida había dado un vuelco de ciento ochenta grados.

Miró a su alrededor, tenía apenas cuatro días para catalogar toda su existencia en Madrid y decidir qué se llevaba. Centró su atención en escuchar los sonidos del otro lado de la puerta. Solo se oían las voces latinas de los culebrones de su afectuosísima madre. Esa madre cariñosa que todo crío querría tener, esa que no permitiría que su hijo se fuera lejos de ella. En definitiva, esa madre adorable a la que le importaba una mierda que su hijo y su marido se fueran al otro lado del mundo, siempre y cuando la dejasen tranquila en su casa, con su tele y sus culebrones.

Hundió la cara en la almohada y lloró con amargura.

Υ

Felipe estaba plenamente convencido de que hacía lo mejor para su familia. Ya no era solo que su talento no fuera reconocido, sino que estaba seguro de que tampoco se aprovechaba la inteligencia de su hijo. Marcos podía ser el mejor en lo que se propusiera, pero nadie se daba cuenta de ello. Nadie excepto él. Su crío tenía inteligencia, pero le faltaban un buen colegio y más disciplina. Pero ante todo, estaba Luisa, y su mala influencia para con Marcos.

Al principio apenas si lo había notado pero, con el paso de los años, su mujer había cambiado. Ella siempre se había comportado de manera extraña, pero últimamente su conducta errática se había hecho demasiado evidente. Ya no era Luisa, sino cualquiera de las protagonistas de sus culebrones.

Intentó hacerle ver que su conducta era contraproducente para la educación de Marcos, pero ella le respondía dramática, tomando frases de las escenas que veía en la tele. Más tarde intentó llevarla a un psicólogo, pero se negó en rotundo, llorando y gimiendo, arrancándose los cabellos y acusándolo de tramar un plan con su ¿amante?, en el que acabaría internada en un manicomio. El director de este se enamoraría de ella y, corriendo grandes riesgos y aventuras, lograría recuperar a su hijo mientras su marido moriría dejándola viuda para poder casarse con su gran amor… Llegados a ese punto, Felipe decidió, por el bien mental de su hijo, que no podían prolongar más su vida en común y comenzó a buscar la manera de sacarla de su existencia.

Sabía de sobra que su esposa se negaría en rotundo a abandonar su casa —y la programación televisiva—, y necesitaba convencerla de alguna manera de que la única solución viable para conseguir la felicidad en sus vidas —hablar en esos términos era lo único que hacía que su mujer le atendiese— era que Marcos y él abandonasen el país y la dejasen libre para poder vivir sin obligaciones la vida que ella merecía.

Contaba con poder disponer de algo de dinero y para eso le hacía falta acceder al capital de Luisa. Una fortuna no muy grande que formaba parte de la herencia de sus suegros y que solo le pertenecía a ella. Y mal que le pesase a Felipe, le hacía falta algo de ese dinero para iniciar una nueva vida. Por eso ideó un plan, un plan casi maquiavélico que complació a su esposa.

Con todo el supuesto dolor de su corazón, contó que se veía en el terrible drama de tener que abandonar su casa y su país, por su bien y el de su propio hijo. Había conseguido un empleo en Chicago, un trabajo en el que esperaba lograr reconocimiento y prestigio, que estaba cerca de uno de los mejores colegios privados de la ciudad. Un lugar en el que Marcos se convertiría en un gran hombre; un hombre inteligente que regresaría a casa hecho un ingeniero famoso y reconocido, y que amaría a su madre con locura debido al gran sacrificio que esta había hecho por él: el sacrificio de pagarle los estudios en un país extranjero. Luisa lo escuchó semidistraída y negó con la cabeza. Ella no podía marcharse de España. Felipe contaba con ello, así que rizó un poco el rizo, la convenció de que su hijo era menospreciado por maestros y compañeros, que su futuro estaba echándose a perder y que se hacía imprescindible un cambio. Un cambio que solo ella podía hacer posible si consentía en utilizar parte de su capital para iniciar una nueva vida lejos. Entendía que Luisa no pudiera acompañarlos por su temor a volar —y esta fue la jugada clave; Luisa no había montado en su vida en un avión, pero todo era cuestión de darle una excusa para no acompañarlos—, pero no se quedaría fuera de esa nueva vida, una vida que ella compartiría desde la distancia. Le escribirían a diario cartas impregnadas de amor y cariño, en las que le contarían los logros que estaban consiguiendo gracias a su abnegación.

Luisa se imaginó esas cartas, se vio a sí misma enseñándoselas a sus vecinas, llorando lágrimas de amor cuando las recibiera, mostrando orgullosa al mundo el tremendo sacrificio que hacía por su familia, y casi dijo que sí. Miró a su marido con un destello expectante en la mirada.

—¿Y si encuentras otro amor en ese lugar? —preguntó esperanzada; se estaba imaginando como la mujer que lo había dado todo por su hijo y marido, y a la que este abandonaba por otra.

—Eso no sucederá nunca —respondió Felipe, aunque rectificó en el momento en que vio la decepción en los ojos de su mujer e intuyó cuál era su deseo—. Pero en caso de que ocurriera, Marcos, que te adora sobre todas las cosas, despechado por mi falta de honor y mi villanía, te escribirá desesperado contándotelo, buscando el consuelo que solo su consagrada y amorosa madre puede darle.

—Y cuando fuera un hombre de provecho acudiría de nuevo a mi lado, vilipendiándote y odiándote. Contándole al mundo lo que me has hecho, demostrando a todos qué clase de madre soy. —Luisa, con lágrimas de cocodrilo en los ojos, adoptó el papel de mujer despechada y abandonada que pensaba asumir en breve—. Porque tu amante te hará olvidar a tu hijo, y él se verá solo, humillado y abandonado. Pero allí estaré yo. Enjugaré sus lágrimas desde la distancia, le daré ánimos consiguiendo que sea un hombre mejor y, cuando vuelva, buscaremos venganza… —continuó ella entrando por completo en su papel de mujer desesperada y entristecida, fabricándose poco a poco su propio culebrón, ajena al hecho de que su marido, satisfecho por haber conseguido su plan, abandonaba la habitación dispuesto a poner en marcha todos los engranajes.

En vista de que en un futuro cercano Felipe se buscaría una amante y la abandonaría del todo —era la única condición de Luisa—, decidieron comenzar con discreción los trámites de separación. Felipe no lo había planeado así, pero era un golpe de suerte que no pensaba desaprovechar. Él obtenía la custodia del crío y una pensión mensual para sus estudios hasta su mayoría de edad, además de cierta cantidad inicial y única para el viaje y los gastos previstos durante los primeros seis meses fuera de España. La única condición para conseguirlo todo era que el asunto de la separación se hiciera en el más absoluto secreto para que Luisa pudiera crear la historia que más la convenciera. Felipe se lo notificó a Marcos cuatro días antes de partir, sin apenas más explicaciones, mientras Luisa, entusiasmada, se encerraba en su habitación y comenzaba a dar forma a la historia que contaría a todas sus vecinas. Ese guion ideado por ella que la haría parecer como la más sufrida y atormentada de las heroínas de sus culebrones favoritos.

Tres días después, la pandilla se encontró en la plaza de la Constitución. El curso había terminado, al menos para los que habían aprobado todas las asignaturas. Chicos y chicas comparaban sus notas y gritaban a los cuatro vientos los planes para el verano.

Carlos se iría al pueblo a pasar los tres meses de verano con su abuelo. Pili pasaría quince días de vacaciones en A Coruña, en el apartamento de sus tíos. Javi, Luka y Ruth permanecerían todo el verano en Madrid, e irían los fines de semana a La Pedriza a bañarse en el río. Enar, por su parte, se iría a la playa con su madre, pues su padre había encontrado trabajo en una terraza de verano en Alicante. Marcos no abrió la boca para decir adónde iría; su padre se lo había prohibido terminantemente tras contarle cómo sería su nueva vida: ¡abominable!

Había pasado las últimas setenta y dos horas sin prestar atención a nada, sin apenas dormir ni comer. Desesperado. Buscando una solución que sabía no existía y sintiéndose como la mierda más grande del mundo. Solo cuando estaba con sus amigos lograba sonreír, aunque ese viernes, el mismo día de su partida, la charla excitada y alborotada de sus colegas le estaba dando dolor de cabeza. El fabuloso verano que una semana antes se mostraba como el mejor de su vida se había convertido en humo. Sus planes de convencer a su viejo con cualquier mentira descabellada para que le dejara ir a La Pedriza algún fin de semana ya no servirían para nada. Su intención de pedir salir a Ruth se volvía una quimera ridícula e imposible. ¡Se le agotaba el tiempo! Se marcharía en apenas dos horas. Para siempre. O al menos hasta que cumpliera los dieciocho y fuera mayor de edad. Entonces haría lo que le diera la maldita gana.

Miró a sus amigos y sintió envidia. Tenía trece años y notaba que el suelo se abría bajo sus pies para caer en un pozo sin fin. No le apetecía pasar sus dos últimas horas en el barrio con ellos. Tampoco quería pasarlas solo. Sentía la necesidad de hablar con alguien, de cagarse en todo lo cagable e insultar a todo lo insultable; de contar a los cuatro vientos la injusticia que sus padres estaban cometiendo con él.

Su mirada se centró en Ruth, vestía unos pantalones cortos de deporte y una camiseta desteñida por los lavados, su pelo estaba recogido en una coleta que al comienzo del día había estado alta en la cabeza, y que en ese momento reposaba medio deshecha en su larga nuca. Por mucho que lo intentara, la joven seguía siendo el chicazo de siempre. Por mucho que las tetas le hubieran crecido —no mucho, la verdad— y que el culo le hubiera aumentado, seguía siendo la marisabidilla que corría como un diablo tras el balón y lo tenía todo planificado y bajo control. La misma chica a quien todos los de la panda contaban sus más íntimos secretos porque sabían a ciencia cierta que tenía los labios sellados. Su amiga más íntima, con la que se metía a cada segundo y a la que admiraba en silencio.

Ruth notaba a Marcos extraño, demasiado circunspecto. Llevaba un par de días sin llamarla Avestruz y eso, aunque lo agradecía, también la intrigaba. Se mostraba alejado de todos y no participaba en el éxtasis vacacional ni anunciaba a gritos sus planes para el verano. Lo observó con detenimiento: había crecido, ya no era tan delgado y desgarbado, el pelo lo tenía un poco más largo y los pantalones cortos mostraban a un muchacho que ya no era solo rodillas y tobillos, sino también muslos y pantorrillas —muy bien formadas, por cierto—. La camiseta le quedaba ajustada al cuerpo y, al ser sin mangas, dejaba al descubierto unos brazos que, aunque finos todavía, insinuaban lo que algún día podrían llegar a ensanchar. Se entretuvo un rato mirándole la zona del abdomen. Con el uniforme escolar que vestía a diario no se le notaba esa tabletilla de chocolate que ahora se dibujaba con claridad bajo la prenda. Cuando se quiso dar cuenta, comprobó que la atención que prestaba al muchacho era correspondida por él. Se puso roja… ¡Ay, Dios! ¿Qué pensaría de ella?

Marcos no pensaba en nada definido. Solo sabía que quería largarse de allí en ese mismo instante y que no quería irse solo.

—Avestruz —la llamó.

—¿Qué? —contestó ella sonriendo al oírle usar su mote, para al segundo siguiente poner cara ofendida—. Te he dicho innumerables veces que no me llames así.

—¿Te vienes a dar una vuelta?

—¿Ahora?

—Sí.

—Bueno. —Se encogió de hombros mientras preguntaba a los demás—: ¿Queréis venir a dar un paseo?

—¡No! —La exclamación de Marcos fue escuchada por el resto de la panda—. Tú sola.

—¿Yo sola? —Roja como un tomate, Ruth miró a sus amigas. Enar la miraba enfurruñada, Luka sonreía divertida y Pili arqueaba las cejas mientras asentía con la cabeza, con disimulo según ella y claramente para el resto del mundo—. Bueno…

Marcos echó a andar hacia la salida de la plaza y Ruth le siguió, avergonzada y expectante, entre los silbidos, abucheos y comentarios subidos de tono del resto de la panda.

Lo mismo la pedía salir…

Caminaron en silencio durante media hora, hasta llegar al Kaura, fuera del barrio, de San José de Valderas y del Parque Lisboa. Lejos de todo.

El Kaura era un parque, aunque su descripción coincidía más con un descampado vacío de personas y caminos, un lugar alejado de los edificios y rodeado por un par de carreteras sin tránsito. Un sitio donde los mayores iban con sus novias a darse el lote y otras cosas.

Ruth miró intranquila a su acompañante. ¿Qué pretendía llevándola hasta allí?

Marcos se detuvo, se apoyó en el tronco de un árbol y la miró con atención antes de soltar la bomba.

—Me voy.

—¿Te vas? —repitió ella como una cotorra, sorprendida—. ¿Adónde?

—A Yanquilandia.

—¿Qué?

—Pero no se lo cuentes a nadie, paso de dar explicaciones. Prométemelo.

—Te lo prometo —le aseguró ella levantando la mano derecha y poniendo la palma sobre su corazón como había visto hacer mil veces en la tele.

—Me voy esta noche con mi padre. A partir de ahora viviremos en Chicago —explicó él con una sonrisa sesgada que mostraba toda su repulsión.

—¿Por qué?

—El viejo opina que allí tengo un futuro mejor que aquí.

—¿Y a tu madre le parece bien? —Por lo poco que sabía de su madre, le había dado la impresión de que era una mujer muy apegada a su casa y bastante apática.

—Le parece de puta madre, siempre y cuando yo me vaya con el viejo y la dejemos a ella aquí, a su aire.

—¡¿Tu madre se queda?!

—Sí. Quiere vivir sin cargas, y resulta que yo soy una carga.

—¡No! ¿Te lo ha dicho ella?

—Claro que no. Pero ¿por qué otro motivo no vendría con nosotros? Es lo que hay.

—¡Jopelines! —gritó Ruth aturullada. Lo que contaba Marcos no podía ser verdad.

—¿Jopelines? —repitió él sonriendo, el día que Ruth dijera un insulto sería el fin del mundo.

—Pero… ¿Por qué? No lo entiendo.

—Ya te enterarás —dijo guiñándole un ojo—, seguro que será el culebrón del verano. Mi vieja se va a ocupar de que todo el mundo sepa que mi padre me lleva a un colegio exclusivo con su dinero y, si no he oído mal a mi madre cuando le da por murmurar sola, mi padre tiene una amante allí.

—Pero… jopelines, eso suena a… a culebrón —dijo Ruth sin entender nada en absoluto.

—Ya lo sé.

—¿Y no vas a hacer nada?

—¡Joder! —Marcos se movió con tal rapidez que, cuando Ruth se quiso dar cuenta, la sujetaba por los brazos y la zarandeaba rabioso—. Ella quiere hacer de madre sacrificada y amantísima y, de paso, deshacerse de mí. Por eso mi padre me va a llevar a Yanquilandia y me va a meter en un puto colegio interno con gente que no conozco y con la que no podré hablar porque ni siquiera hablan mi idioma. ¡Es que no lo entiendes! ¿Qué crees que puedo hacer yo para impedirlo? —aulló en una última sacudida para a continuación abrazarse a ella y comenzar a llorar.

Y Ruth no lo entendía, no comprendía nada de lo que le estaba contando. Pero se abstuvo de comentárselo e hizo lo único que en esos momentos podía hacer. Lo abrazó con toda su fuerza y dejó que llorase tranquilo. Y Marcos lloró, a veces en silencio, a veces con sollozos incontenibles, pero siempre con la certeza de que su amiga jamás contaría nada, ni sus llantos ni sus secretos.

Pasado un rato se recompuso y logró separarse del tierno abrazo que tanto lo había consolado. Ruth le miraba con sus enormes ojos llenos de preguntas, preguntas que jamás salieron de sus labios. La agarró de la mano y en silencio, igual que habían llegado, abandonaron el Kaura. Si alguien los hubiera visto pasear así, cogidos de la mano como dos niños enamorados, habría sonreído con ternura.

Cuando llegaron al barrio, Marcos era consciente de que el tiempo se le agotaba. Tendría que salir corriendo para llegar a tiempo a su casa y volar hacia su nueva vida, pero se resistía a hacerlo. Aún le quedaba una última cosa por hacer, algo que había planeado y que se había convertido en humo por culpa del viaje. Algo que, costara lo que costara, iba a realizar. Acompañó a Ruth a su portal y, una vez dentro, se apoyó contra la pared, mirándose las puntas de sus deportivas. El flequillo le caía sobre los ojos ocultando sus pensamientos.

—Había planeado pedirte salir este fin de semana —soltó de repente, logrando que Ruth se pusiera otra vez colorada como un tomate.

—Vaya. Genial. —Por primera vez en su vida, doña Conozco Todas las Palabras del Diccionario se había quedado muda.

—Sí. Pero como me voy esta noche, ya no va a ser posible. —Alzó la mirada y la fijó en el rostro de su amiga, grabándoselo en la memoria.

—Lógico. —¿Lógico?, ¿por qué había dicho eso? Tenía que haberle animado a hacer algo…. Lo que fuera. Ay, Dios, sin palabras y sin cerebro. «Menuda tonta estoy resultando ser», pensó aturullada.

—Así que… ¿Por qué no nos ahorramos toda esa tontería infantil y nos damos un beso sin más?

—¿Un beso? —¿Quería besarla? ¿A ella? Frunció el ceño—. ¿Dónde?

—¿Dónde crees tú?

Marcos inclinó la cabeza y posó con suavidad sus labios sobre los de ella.

Fue un beso esporádico, infantil, inocente e inexperto. Pero aun así, fue «el beso», ese primer ósculo que ninguno de los dos olvidaría jamás. Con las bocas cerradas, apretando uno contra otro, sin moverse, sin caricias, pero lleno de ternura. Cuando finalizó al cabo de escasos segundos, ninguno pronunció palabra alguna. Se miraron fijamente para, a continuación, con una inclinación de cabeza, despedirse. Dios sabría hasta cuándo.

4

De toda memoria solo vale
el don preclaro de evocar los sueños.
ANTONIO MACHADO

Somos nuestros recuerdos.
ETIEN

4 de julio de 2001

Marcos dejó caer el cigarro al suelo y lo observó mientras se consumía sobre la hierba. El humo ascendía perezoso en un fino hilo que contaminaría un poco más el ambiente de la ciudad.

En Detroit, al igual que en toda Yanquilandia, fumar era algo peor que una herejía.

Por esa única razón fumaba él.

Cogió la botella de Jack Daniel's que le pasó Bruce y buscó un vaso que no estuviera demasiado sucio. Sobre la mesa situada en mitad del jardín vio uno que más o menos cumplía sus expectativas. Echó un par de dedos de *bourbon* y dio un trago que le quemó la garganta. Arrugó el entrecejo; con un par de hielos estaría mejor, pero a falta de pan… Sonrió complacido al darse cuenta de que a su mente todavía acudían refranes españoles.

Habían pasado ocho años desde la última vez que pisó suelo patrio. Ocho largos años en los que había ido de un sitio a otro. Primero a Chicago, con sus altos edificios, su gente respetable y su instituto privado, elitista, uniformado y rígido. Poco tiempo después, recaló en Nueva York, con su mezcla de culturas y personas, viviendo en un apartamento mal ventilado, estudiando en un instituto público lleno de bandas y subsistiendo con la pensión que les pasaba Luisa para, supuestamente, pagar el colegio elitista al que no iba. Y mientras, Felipe buscaba «la empresa» que se diera cuenta de todo su potencial. Por supuesto, cuando las empresas veían todo ese potencial, relegaban al hombre a su antiguo puesto de delineante. Por tanto Felipe y Marcos se trasladaban a otro sitio en busca de un puesto mejor. Y a otro. Y a otro. Y todas las empresas encontraban lo mismo en Felipe: mediocridad.

Marcos aprovechó esos cuatro primeros años, se centró en los estudios y sacó excelentes calificaciones. Con dieciocho años, una edad en la que ya no necesitaba el permiso paterno, obtuvo una beca para estudiar lo que más le apetecía, e hizo lo único que deseaba hacer desde hacía años: mandó a la puñetera mierda las expectativas de su queridísimo padre y se largó con viento fresco.

Y aquí estaba ahora, en Detroit, alojado en la casa familiar de uno de sus aventureros compañeros. Tenía un par de semanas por delante antes de partir hacia Santo Domingo y comenzar el trabajo que le habían encargado, y pensaba disfrutar de cada segundo de ese tiempo.

Depositó el vaso sobre la mesa y miró alrededor buscando alguna diversión. Sus labios se levantaron en una sonrisa irónica y hastiada, recordando. Había visto *Sensación de vivir* cuando era un crío en España y él y sus amigos se habían quedado asombrados por las fiestas que montaban los americanos ricos cuando sus padres no estaban en casa. Resopló, nada más lejos de la realidad. En todos esos años se había hartado de acudir a ese tipo de fiestas y, en contra de lo que salía por la tele, lo único que hacían los adolescentes americanos era reunirse con sus amigos, hacer una barbacoa, poner una mesa con mucha bebida y… bañarse en la piscina si el tiempo acompañaba o jugar a las cartas si no lo hacía. Nada más. Nada de polvos salvajes en el jardín, ni borracheras bestiales que acababan con la casa destrozada, ni bacanales frenéticas entre amigos. ¡Ni por asomo! Al igual que la gente del resto del mundo, cuando los americanos querían montar la de Dios es Cristo, se largaban lejos del hogar paterno.

Buscó a su alrededor alguna diversión, pero nada le llamó la atención. Un grupo de crías tomaba el sol en biquini junto a la piscina, unos cuantos tipos charlaban de pie cerca de la barbacoa… Tomó de nuevo su vaso y dio otro trago. Frunció el ceño pues llevaba demasiados tragos encima y quizá debería parar un poco, pero estaba demasiado aburrido. Se dio la vuelta, buscando algo que llamara su atención. Ese día era la fiesta nacional yanqui por antonomasia. ¡Tenía que pasar algo divertido por narices!

Al otro lado del jardín, Bruce acarreaba una caja con los petardos y fuegos artificiales que encenderían cuando llegase la hora. En otro punto, cerca de la puerta del garaje, un grupito de personas alborotaban, riéndose y pidiendo a gritos que alguien cantara. Eso podría ser divertido, pensó ya que se les veía más o menos animados. Dejándose guiar por un presentimiento, se acercó a ellos. Eran de los pocos que tendrían su edad, unos veinte años, porque el resto de los allí reunidos no pasaban de ser adolescentes consentidos en busca de fiesta con sus hermanos y primos mayores. Reconoció a una de las primas de Bruce que se había acercado hasta allí para pasar el gran día. Creía recordar que le había dicho que vivía cerca, un par de casas más abajo. «Genial, una gran familia feliz reunida en la misma manzana», rumió con cinismo.

Estaba a menos de dos metros del grupo cuando captó al completo su conversación y su estómago dio un vuelco.

—No me lo puedo creer, todos los himnos tienen letra —comentaba alguien en inglés.

—El español no —respondió una voz que, aunque cambiada por el tiempo y el idioma, Marcos conocía a la perfección.

—Eso es imposible. ¿Estás segura?

—Bueno, no por completo. Nada hay seguro en esta vida excepto la muerte. Estoy fehacientemente convencida de que no existe una letra para el himno de mi país. No obstante, y por no faltar a la verdad ni seguir en la ignorancia, mañana mismo indagaré donde sea preciso para confirmar lo que presupongo y, en caso de que el resultado fuera negativo y efectivamente existiera letra, os lo haría saber.

A los labios de Marcos asomó la primera sonrisa sincera de todo el día. Sin lugar a dudas era «su» Ruth. Nadie se expresaba de manera tan complicada, con tantas palabras y tan adecuadamente usadas, excepto ella. Aunque lo hiciera en un idioma que no era el suyo. Se acercó un poco más, alzándose sobre las puntas de sus deportivas para ver qué aspecto tenía, si era igual que como la recordaba.

No lo era, en absoluto.

Había crecido.

Mucho.

Seguía teniendo el pelo negro como la noche, liso y largo, y le caía libre hasta media espalda. Llevaba una camiseta roja ajustada por encima del ombligo, dejando ver un vientre liso y unos pechos no muy grandes, pero sí muy erguidos, con pezones duros que se marcaban a través de la tela. Unos cordones rosas de biquini emergían por debajo del escote y acababan anudados al cuello, un cuello largo, delgado y grácil, que ya no era el de un avestruz, sino que se asemejaba más al de un cisne. Complacido con lo que veía, siguió recorriendo con la mirada a su antigua amiga, una falda corta que empezaba en la cadera y acababa un poco por debajo de las nalgas, dejaba ver un par de piernas perfectas y largas en las que se perdería de buen grado. Las pantorrillas y muslos de músculos delineados le decían que a su amiga le seguía gustando correr detrás de un balón o, al menos, hacer ejercicio a menudo. Acabó la revisión en los pies, con las venas marcadas en el empeine, que más que afearlos parecían llamarlo para que los lamiera. ¡Dios! Sí que había cambiado.

Ruth canturreaba el himno español en esos momentos. Parecía que la habían convencido para cantarlo, aunque fuera sin letra.

Marcos se rio e incapaz de quedarse callado intervino:

—No seas mentirosa, Avestruz, sí que hay letra para el himno. —Se abrió paso a codazos para a continuación ponerse a cantar frente a ella—: Franco, Franco, se chupa el culo blanco porque su mujer lo lava con Ariel…

—¿Marcos? —Ruth lo miró con los ojos abiertos como platos, sorprendida. Al cabo de un segundo reaccionó dando un tremendo bote y saltando a sus brazos—. ¡Marcos! —Volvió a gritar abrazándolo con fuerza, olvidándose por completo de hablar en inglés y pasando de manera automática al castellano—. Solo a ti se te podría ocurrir cantar esa canción delante de la gente. ¡Vaya! ¡No me lo puedo creer! ¿Qué haces aquí? —preguntó girando a su alrededor y contemplándolo boquiabierta—. ¡Jopelines, cuánto has cambiado!

—Mira quién fue a hablar —respondió él usando también el castellano, mirándola de tal manera que la hizo enrojecer. Memorizó el rostro conocido que apenas había cambiado, aquellos ojos grandes color miel, los labios gruesos color rubí, los pómulos altos y los dos divertidos hoyuelos que se formaban en la comisura de la boca cuando sonreía, exactamente igual que ahora—. ¿Cómo es que estás en Detroit?

—Me he tomado un año sabático.

—¿Te has tomado un año sabático? ¿Tú? ¿La misma persona que estudiaba a todas horas para sacar las mejores notas del colegio, que asistía a clases extraescolares tres días a la semana, que cuidaba de la casa y de sus hermanos y que en su tiempo libre ayudaba a su padre en la zapatería? ¡No me lo creo! No sabes lo que significa la palabra *sabático*. No va contigo.

—¡Tonto! Pues sí; aunque no te lo creas, me lo he tomado. Pero no eludas mi pregunta, ¿qué haces tú aquí?

—Vivo aquí. Por ahora.

—¡No! Mecachis, pensaba que residías en Chicago.

—Estuve allí, luego viví en Nueva York, más tarde en Maine, Florida, y bueno… mil sitios más. No he estado mucho tiempo quieto.

—¡Vaya aventura! —exclamó fascinada.

—Ya ves —contestó Marcos con suficiencia.

—Ey, chicos, es de muy mala educación hablar en un idioma que nadie entiende —interrumpió Bruce en inglés.

—Vaya. Lo siento —se disculpó Ruth cambiando al inglés.

—No pasa nada. ¿Os conocéis?

—Sí —exclamaron los dos a la vez.

Marcos le contó a su compañero la historia compartida y luego, guiñándole un ojo, agarró a Ruth por la muñeca y se la llevó al jardín. Buscó una sombra libre de gente y se sentó sobre la hierba. Ruth se lo pensó un segundo antes de hacer lo mismo. No estaba acostumbrada a llevar falda y, menos todavía, una tan corta que además tenía vida propia y jamás se quedaba en el lugar que le correspondía, es decir, tapándole el trasero. Por lo que sentarse como los indios en el suelo se le tornaba complicado, aunque al final recordó que era su amigo Marcos el que estaba esperando, el mismo niño que la había visto llena de barro, con los pantalones rotos y de mil formas mucho más vergonzosas de recordar, así que era imposible que se sobresaltara por verla con esa ropa, o, más bien, la ausencia de ella.

—Explícame lo del año sabático. Es que te juro que no me lo creo. No te pega.

—Bueno, hace dos años terminé el bachillerato y al año siguiente obtuve mi título de inglés de la Escuela Oficial de Idiomas y de repente me encontré con mucho tiempo libre. Entre mis hermanos y mi padre me convencieron de que debía apuntalar más mis conocimientos del idioma y se nos ocurrió que podría vivir un año aquí, interactuando con la población e instruyéndome en una academia especializada. Conseguí un trabajo de *au pair* con el que sufragar los gastos, y aquí estoy.

—¡Vaya! Ya decía yo que eso de estar sin hacer nada no iba contigo.

—¿Y tú? ¿Qué has hecho estos años?

—Ir de un lado a otro.

—¡No! Vamos, hablo en serio.

—Yo también. Estudié, me saqué un título de fotografía gracias a una beca y desde entonces me dedico a ir de un lado a otro sacando fotos para una revista —comentó después de dar un nuevo trago a su vaso de Jack Daniel's.

—¡Vaya! Justo lo que ambicionabas —exclamó entusiasmada—. ¿Trabajas para *National Geographic*?

—No. Vendo mis reportajes gráficos a la revista *Travelling*.

—Mmm, no conozco esa publicación. Claro que desde que estoy en esta ciudad apenas he leído ninguna revista.

—Está especializada en viajes turísticos, localizaciones paradisíacas y cosas por el estilo. Dentro de dos semanas partiré a Santo Domingo para fotografiar un nuevo complejo *resort*.

—¡Genial! ¡Conocerás muchos lugares impresionantes!

—Unos pocos. —Dio un nuevo trago, no le apetecía nada hablar de su trabajo. No le gustaba hacer reportajes que eran más anuncios de hoteles que otra cosa—. ¿Y los demás? ¿Qué ha sido de sus vidas? —cambió de tema.

—Pili y Javi siguen juntos. Están ahorrando para comprarse un piso.

—No sé por qué, pero no me extraña nada —contestó Marcos riendo—. ¿Siguen tan empalagosos como siempre?

—¡Más! —exclamó Ruth entre carcajadas—. Viven en un San Valentín perpetuo.

—¡Me lo imaginaba! ¿Y el resto? ¿Los sigues viendo?

—A Pili y a Luka sí, pero del resto apenas sé nada —reconoció mordiéndose los labios. Estaba siempre tan ocupada que casi no tenía tiempo de ver a sus amigos—. Luka se dedica a montar exposiciones de pintura.

—¿Pinta? —profirió sorprendido. No se imaginaba a esa diabólica chica pintando.

—¡No! Enmarca cuadros de pintores *amateurs* y luego los monta en galerías de arte.

—Ah. ¿Sigue igual de… seria?

—¿Luka? Bueno, sigue haciendo de las suyas —reconoció con una sonrisa.

—¿Y Cagón?

—¡Se llama Carlos! —le amonestó—. No te lo creerías jamás, se ha convertido en cetrero.

—¿Cetrero?

—Sí, su abuelo le dejó una casa en ruinas con algunas tierras más allá de El Escorial y Carlos lo ha convertido en una especie de granja de cría de aves rapaces.

—¡Dios! Jamás me imaginé al Cagón cerca de nada que pudiera hacerle daño… y el pico de las rapaces se ve muy peligroso —se burló dando otro trago al vaso y dejándolo vacío.

—¡Marcos! No seas malvado.

—¿Yo? —respondió con cara inocente—. ¡Siempre!

—¡Tonto!

—¿Y Boca cloaca? ¿Qué ha sido de ella?

—¿Enar? Está casada y tiene una niña —contestó pensativa. De la panda, Enar era la que menos había cambiado su manera de ser, y a la que más le había cambiado la forma de vida.

—¡No jodas!

—¡Marcos! Hay muchos sinónimos de ese término que puedes

usar perfectamente sin tener que caer en lo chabacano —le reprendió muy seria. No le gustaban las palabrotas, menos cuando había tantas expresiones adecuadas que podían usarse en su lugar.

—Mierda, Ruth, no lo hagas.

—¿Qué no debo hacer?

—Empezar a hablar como una marisabidilla. Lo estabas haciendo muy bien hasta ahora, ¿sabes? Casi parecías normal.

—¿Qué quieres decir con que casi parecía normal?

—Pues que por unos instantes estaba entendiendo a la perfección todo lo que decías, no empieces ahora con tus palabras raras y tus sinónimos. —Siempre le había cabreado la facilidad de Ruth para cambiar todas las palabras de una frase sin mudar el significado de la misma. Hacía parecer idiotas al resto de los mortales que hablaban normal y corriente. Esa era una de las cosas por las que discutían siempre de niños. La otra era el afán de Marcos por ponerle mote a todo el mundo y, en ese momento, con una copa de más, o varias, le parecía importante dejar clara su opinión.

—¿Quieres que parezca normal? —preguntó Ruth poniéndose de pie y mirándole con las manos apoyadas en las caderas, resaltando esos pezones marcados que lo estaban volviendo loco—. Vete a freír espárragos. ¿Es lo suficiente normal para ti?

Se dio media vuelta alejándose de la tentación de dar un pisotón al césped. Ese engreído no había cambiado nada en absoluto. Seguía sacándola de quicio al igual que cuando eran niños. Si los demás no sabían usar el léxico inigualable con que su idioma les beneficiaba, ella no tenía la culpa.

Sintió las manos de él posarse sobre sus hombros un segundo antes de que ese cuerpo cálido y masculino se pegara a su espalda. La mejilla oscurecida por la falta de afeitado junto a su oído y el susurro aterciopelado de su aliento entrando en su mente consiguieron que se detuviera.

—Ey, Avestruz, no te enfades.

—No me llames Avestruz —respondió enfadada, con las manos pegadas al costado para no volverse y soltarle un guantazo. Habían pasado ocho años y él seguía metiéndose con ella, con su cuello y con su manera de expresarse.

—Tienes razón, ya no te pega el mote. Te va mejor Cisne —dijo separándole el pelo de la nuca para luego lamérsela con lentitud.

—¡Marcos! ¿Se puede saber qué estás haciendo? —De un bote se alejó de él, patidifusa—. ¿Qué mosca te ha picado?

—Ey, no te excites. Era una broma —contestó comprobando que la camiseta de baloncesto que llevaba le tapara lo suficiente, no era cuestión de que le pillara la mentira por culpa de su tremenda erección.

—Pues no me ha hecho ninguna gracia.

—Lo siento —dijo él con una media sonrisa que dejaba claro que no lo sentía en absoluto.

—De acuerdo. —«¿Pero de qué va este ahora?», pensó ella, incapaz de verle como otra cosa que no fuera su amigo de trece años. A pesar de que ni el cuerpo ni los ademanes de él correspondían a un niño.

Se vieron inmersos en un silencio incómodo. Dos antiguos amigos mirándose uno al otro, intentando reconocer en el contrario al niño que antes era.

Y era complicado.

Mucho.

Marcos había cambiado en esos ocho años, había crecido hasta alcanzar el metro noventa. Sus brazos ahora gozaban de músculos bien delineados que serían la envidia de cualquier jugador de baloncesto. Y el abdomen plano bajo la camiseta insinuaba una tableta de chocolate que, sin saber por qué, atraía constantemente la mirada de Ruth. Las piernas, con los gemelos y muslos bien formados, describían a la perfección un trabajo que se basaba en largas caminatas buscando la foto perfecta, en agacharse y levantarse una y otra vez hasta que la posición y la luz fueran las adecuadas. Lo único que no había variado era su rostro. Un rostro que los mismos ángeles envidiarían: labios carnosos, pómulos marcados, frente ancha, nariz recta, hermosa a la manera griega y, por último, unos ojos en los que el iris azul cielo perfilado por una línea más oscura parecía leer todos y cada uno de los pensamientos de la persona que lo mirase.

Pero no era solo en lo físico donde se veían los cambios. Su personalidad se notaba más afilada, más dura, más cínica.

—Estoy muerto de sed —comentó él, harto del silencio—. Vamos.

La agarró de la mano y se dirigieron hacia la mesa donde estaban las bebidas. Ruth vio cómo cogía el Jack Daniel's y se servía una buena cantidad en el vaso de plástico.

—¿No crees que es un poco pronto para beber *whisky*? No son ni las seis de la tarde.

—¿Tú crees? —respondió irónico, llevaba bebiendo desde la comida y, de eso, hacía tiempo.

—Sí.

—Bueno, no hay problema. No beberé *whisky* —dijo dando un trago al vaso.

—Pues lo acabas de hacer ahora mismo —se enfurruñó Ruth. No le gustaba que la tomaran por idiota.

—En absoluto. El Jack Daniel's no es *whisky*, es *bourbon* —replicó él sonriendo.

—¡Engreído! —resopló, enojada de nuevo.

—No te enfades. —Dejó el vaso en la mesa y la abrazó, amistoso—. Sabes que me encanta picarte —dijo frotando su nariz contra la de Ruth en un beso de gnomo.

—¡Pero bueno! Te has convertido en un pulpo —respondió ella deshaciéndose de su abrazo.

—No puedo evitarlo. Me has hechizado. —Se llevó una mano al corazón haciendo una mueca histriónica y absurda que consiguió que ella riese a carcajadas.

Marcos dejó el vaso en la mesa para complacerla y rebuscó en el barril lleno de hielo una cerveza Bud bien fría. Al fin y al cabo estaba muerto de sed y hacía un calor de mil diablos. Se secó el sudor de la frente con el antebrazo y echó una ojeada a la piscina, pensando que le encantaría ver cómo le quedaba a su amiga el biquini que se adivinaba bajo la camiseta. Lo cierto era que ni siquiera de niños la había visto en biquini, ni con una falda tan mínima. Ella siempre llevaba bañadores de competición que, por muy cómodos que fueran —según ella—, tapaban tanto su figura que no podía hacer otra cosa que imaginar. Aunque, si tenía que ser sincero, con doce años le importaba un carajo la figura de su amiga… al contrario que ahora. Dio un trago a la cerveza, que cayó como una losa en su estómago y se mezcló con el Jack Daniel's que llevaba consumido hasta ese momento.

—Vamos a darnos un baño, hace calor.

—No —contestó ella.

—¿No tienes calor?

—Sí. Pero no me quiero bañar.

—¿Por qué? Recuerdo perfectamente que te encantaba el agua. En verano no salías de la piscina hasta que te arrugabas como una pasa.

—Ya, pero… —Miró a un lado y a otro y habló tan bajito que él apenas si la pudo oír—. No llevo bañador.

—Ah —contestó Marcos también en susurros, divertido y excitado a la vez. ¿No llevaba bañador? Interesante—. ¿Y esto que asoma bajo la camiseta qué es? —dijo asiendo una de las tiras rosas del biquini.

—Un biquini.

—Ajá. Pues permíteme que te informe: con esa prenda te puedes bañar igual que con un bañador. Es totalmente legal —continuó bromeando, a la vez que estiraba más del cordón para alejar la camiseta de la piel y poder ver una buena panorámica de la carne tentadora que había debajo. El biquini parecía bastante pequeño.

—¡Suelta, tonto! —Le dio un manotazo haciéndole soltar el cordón, que tuvo el efecto secundario de volver a pegar la camiseta a la piel y privarle de la visión del comienzo de sus pechos—. No lo entiendes. Llevo un biquini, pero…

—¿Pero? —Quería que se quitara la camiseta ya. Ver esas tetas perfectas y esos pezones duros se acababa de convertir en prioridad para él.

—Es un biquini muy pequeño —susurró con los ojos muy abiertos. Casi tanto como los abrió su amigo cuando la escuchó.

—Perfecto —atinó a decir él. Joder, lo estaba matando. Tenía la polla dura como una piedra. Necesitaba un baño en el agua fría. Ya.

—¡No! Mira. —Se acercó más a él y bajó la voz de nuevo, mandando escalofríos a Marcos cuando susurró, ronca y suave, contra él—. Ayer Margaret me convenció de que si me había tomado un año sabático debería hacer una locura.

—Ajá —asintió, pegándose más a ella para oírla mejor, olerla mejor, apreciarla mejor. Se sentía como el lobo de caperucita.

—Y me llevó de compras.

—¡No! —Bien, genial. Si la había convencido para comprar un mini biquini, él mismo le daría las gracias a la tal Margaret arrodillado en el suelo.

—Sí. Y no sé cómo, acabé comprando esto.

—¿El qué? —le susurró él al oído sin prestar mucha atención a sus mejillas coloradas.

—¡Esto! —Señaló la minifalda escasa de tela y la camiseta cuatro tallas más pequeña.

—Ah. —La cogió de la cintura y recorrió la ropa, más bien el cuerpo, con la mirada—. Te sienta genial.

—Si tú lo dices —contestó indiferente—. La cuestión es que no estoy cómoda, cada vez que me siento se me sube la falda, si estiro los brazos se me levanta la camiseta, si quiero correr se me bambolean las… bueno eso mismo.

—¿Se te bambolean? —¡Dios mío!—. ¿Nos echamos un partido de fútbol?

—Jopelines. Hablo en serio.

—Yo también. —La devoró con la mirada.

—¡Marcos! No seas… —Se dio media vuelta y se alejó. Otra vez.

—Espera. —La siguió agarrándola por los hombros y acercándose a ella hasta quedar pegado a su espalda, todo el cuerpo menos las ingles, no fuera a ser que Ruth se enfadara y le diera un buen rodillazo—. Solo bromeaba. Si te sientes tan incómoda con esa ropa, quítatela y quédate en biquini. Y de paso nos damos un baño.

—Necesitaba ese chapuzón con desesperación.

—Uf. Es que no estoy acostumbrada a llevar biquini.

—¿Y?

—Pues que no sé si me voy a sentir cómoda nadando con dos prendas que se moverán cada vez que dé una brazada.

—Pues no nadamos. Nos quedamos a remojo y listo —propuso él con voz ronca.

—Mmm. Vale.

Ruth tenía mucho calor, no sabía si por culpa del ambiente o por la cercanía del cuerpo de Marcos, pero estaba casi asfixiada. Y al fin y al cabo, si no se movía demasiado, el biquini se mantendría en su sitio. Eso sí, en cuanto volviese a la casa, sacaría sus cómodos bañadores y guardaría el biquini en el cajón más recóndito de su cuarto.

Sin pararse a pensarlo ni un segundo, se quitó la camiseta en un movimiento fluido que hizo que sus pechos asomaran de repente, envueltos en un biquini rosa de triángulos que consiguió que la erección de Marcos diera un bote dentro de sus vaqueros recortados.

El biquini no era tan pequeño como su calenturienta mente había imaginado, pero sus pechos cumplían por completo sus expectativas. No muy grandes, pero sí muy erguidos, ignorantes por completo de la ley de la gravedad, de grandiosos pezones que se marcaban bajo la tela.

Ruth sonrió sacudiendo la sedosa melena a la vez que doblaba con cuidado la diminuta tela que le había servido de camiseta y la colocaba sobre el césped formando un perfecto cuadradito rojo. Torció el torso y buscó a tientas la cremallera de la minifalda, la bajó con rapidez, sin ningún movimiento *sexy* ni fluido, y dejó indiferente que cayera al suelo para a continuación recogerla y seguir el mismo ritual que con la camiseta. Con las prendas dobladas y colocadas con pulcritud se volvió hacia Marcos, que aún no se había quitado la camiseta. No había sido capaz. Estaba petrificado.

La braguita del biquini tampoco era lo que había imaginado. No consistía en un triángulo diminuto por delante y un fino hilo que se hundía entre sus nalgas por detrás. En absoluto. Era un pantaloncito corto, un bóxer, rosa al igual que la parte de arriba, que empezaba justo a la altura de la cadera y terminaba un poco por debajo del final del trasero. No debería ser tan jodidamente *sexy* con tanta tela, pero lo era. Marcaba la concavidad del abdomen femenino, dibujando a la perfección el monte de Venus, haciendo que su mirada quisiera traspasar la tela y ver más allá.

—¿Nos bañamos? —preguntó Ruth intrigada por la inmovilidad de Marcos.

—No es tan pequeño como habías dicho. El biquini, me refiero —especificó cuando vio la mirada interrogante de su amiga.

—¿Tú crees? A mí sí me lo parece, le falta toda la tela de en medio —contestó riéndose y señalándose la tripa.

Marcos tragó saliva y la miró absorto, sin decir esta boca es mía. Joder, estaba buenísima. Se acercó al borde de la piscina, se quitó la camiseta de un tirón y se lanzó al agua sin esperar un segundo, rogando porque Ruth no notara el bulto que se dibujaba en sus pantalones, y rezando en silencio para que, en el remoto e improbable caso de que Dios se sintiera magnánimo, le concediera la merced de que el agua estuviera congelada y lograra bajarle los ardores. Pero Dios no estaba por la labor, el agua no estaba fría y su cuerpo sí estaba muy caliente.

Sintió un movimiento brusco, muchas gotas de agua que le bañaron el rostro y supo que Ruth se acababa de tirar de cabeza a la piscina. La vio emerger como si fuera una sirena. Una sirena despreocupada, con el pelo mojado ocultándole la cara y las manos apartándoselo descuidadas, creando crestas de cabello moreno alzadas sobre la coronilla, con una sonrisa sincera y unos movimientos que no eran ni lánguidos ni eróticos, sino todo lo contrario: potentes y precisos, brazadas aprendidas durante innumerables veranos ganándole en todas las carreras a crol y braza en las que competían de niños. En esencia seguía siendo la misma, pero ¡joder cuánto había cambiado! Y él se lo había perdido, pensó apesadumbrado.

Ruth se acercó a él y al instante comenzó a hablar a su manera, usando palabras específicas e inusuales para explicar las cosas más corrientes. Le contó sobre su familia, el barrio, los estudios, el gobierno. Marcos la escuchó embelesado, moviéndose en el agua, apoyando los antebrazos en el bordillo y dando cortos tragos a la cerveza que había dejado cerca, mientras hacía innumerables preguntas que ella respondía ampliamente, a veces con la diversión pintada en el semblante, a veces demasiado seria para su gusto.

Cuando se cumplió la tradición y estuvieron arrugados como pasas, salieron de la piscina y se sentaron de nuevo sobre la hierba. Siguieron hablando horas y horas, a veces Marcos se levantaba a por un par de cervezas que ambos bebían de buen grado.

Cuando Ruth le preguntó por su familia la noche ya estaba cayendo y todo el mundo se preparaba para lanzar los petardos y fuegos artificiales.

—Me escribo con mi madre un par de veces al mes. Está como una cabra. Se ha montado la vida de tal manera que parece un culebrón, pero, bueno, ella es feliz y yo me divierto leyendo sus cartas. A mi padre lo veo entre trabajo y trabajo, y no nos llevamos ni bien ni mal. Dice que he tirado mi vida a la basura, para al momento siguiente decirme que me esfuerce más, que soy un gran fotógrafo y que deberían reconocérmelo. La historia de su vida, pero en la mía… —comentó indiferente.

—Vaya —hipó ella, que llevaba más de tres cervezas y no estaba acostumbrada a beber.

—Sí —comentó él. También llevaba más cervezas y Jack Daniel's de la cuenta y se le estaba ocurriendo un plan—. ¿Te apetece ver los fuegos? —dijo poniéndose en pie.

—Me da lo mismo. —Ruth se levantó despacio del suelo, intentando por todos los medios centrar su vista en algún punto que no diera vueltas a su alrededor—. No es por menospreciar, pero no me parece atinado que enciendan artilugios pirotécnicos tan cerca de las personas —respondió ella un poco renuente a acercarse a una posible fuente de peligro. Y menos con la poca estabilidad que tenía. ¿Cómo es que estaba tan mareada? No había bebido tanto. ¿O sí?

—Acompáñame, sé de un sitio donde podemos verlos sin peligro. —La abrazó por la cintura guiándola hacia la casa.

—¿Lejos? —preguntó ella algo mareada, aunque poco a poco el suelo iba dejando de moverse bajo sus pies.

—Que va, en la casa, desde la terraza de mi cuarto. Da justo a la parte del jardín desde la que van a tirar los fuegos.

—Ajá —asintió sin pensárselo más.

La casa era la típica edificación familiar americana. En la planta baja estaban situados el salón, una cocina enorme y un pequeño aseo. En un lateral se ubicaba el garaje y un cuarto con la lavadora y la secadora. En la planta de arriba había varias habitaciones y un par de baños grandes. En definitiva, pensó Ruth irónica, una casa idéntica a la de los Simpson. El cuarto en el que estaba instalado Marcos no era otra cosa que una habitación de invitados, con una cama individual, una mesilla de noche, un armario de madera y una silla ocupada por ropa tirada al tuntún. En una de las paredes, unos grandes ventanales daban a una terraza diminuta desde la que podrían ver los cohetes.

Marcos salió a la terraza con la intención de ver los fuegos artificiales, pero Ruth tenía otra cosa en mente: sentarse. Si lo hacía se le pasaría el mareo, estaba segura. Miró la silla, desconcertada. Con tanta ropa puesta encima, le llevaría más tiempo del que disponía colocarla y ordenarla toda, por lo que no era la mejor opción para su acuciante necesidad de estabilidad. Así que su mirada se posó en la cama, parecía cómoda y estable.

Y no se movía.

Era su mejor opción.

Se intentó sentar en el borde solo para descubrir que sí se movía. Porque no había otra explicación para su repentina caída más que esa.

Un segundo antes su trasero reposaba sobre el colchón y al siguiente estaba espatarrada en el suelo.

Marcos se giró al oír un golpe seco a su espalda e intentó asimilar la visión que se mostraba a sus ojos. Ruth, con su biquini rosa y el pelo alborotado estaba sentada —si es que a esa postura se le podía llamar «sentada»— en el suelo. Aposentada sobre una pierna doblada bajo el culo y la otra estirada todo lo larga que era —y eso era mucho, Ruth no era nada bajita, pasaba del metro setenta—, la espalda pegada al lateral de la cama y la cabeza echada hacia atrás reposando sobre el colchón, con una mano masajeándose el trasero y la otra levantada frente a sus ojos. Los dedos abiertos en abanico bajo la lámpara del techo.

—¿Qué ha pasado?

—¿Te has fijado alguna vez que según la perspectiva los objetos más pequeños pueden ganar en tamaño a los más grandes?

—¡¿Qué?!

—Mira —dijo Ruth bajando las manos y dando unos golpecitos en el suelo a su lado. Él se acercó, dejándose caer donde le indicaba—. Echa la cabeza hacia atrás y estira la mano frente a tus ojos —dijo adoptando de nuevo la postura anterior. Marcos la imitó vacilante—. Ahora, mira la lámpara.

—Ajá. —Obviamente se veía más grande la mano que la lámpara. Desde luego Ruth no había descubierto América. La miró con atención—. ¿Estás borracha?

—¿Yo? ¿Qué va? —Comenzó a reírse sin poder parar, con esa risa incontenible y contagiosa de quien no sabe exactamente por qué se ríe—. Si acaso un poquito. Un poquito así. —Juntó los dedos índice y pulgar de la mano y los separó poco más de un centímetro.

—¿Segura? No será un poquito así —respondió él poniendo los brazos en cruz, con las manos todo lo separadas que podían estar.

—Nooooo —dijo entre sacudidas. «¡Dios mío! —pensó entre risa y risa—, me voy a asfixiar si sigo riéndome así.» Apenas le daba tiempo a respirar entre carcajada y carcajada.

—Qué va —ironizó Marcos—. Anda, súbete a la cama, a ver si tumbada se te pasa un poco.

—Vale. —Apoyó una mano en el colchón y se puso de pie para a continuación dejarse caer en el suelo—. ¡Dile al suelo que deje de moverse! —Y volvió a estallar en carcajadas.

—Joooder. —La levantó en brazos y la depositó con cuidado en la cama—. No me lo puedo creer, no has bebido tanto.

—No estoy borracha, es un efecto peculiar de la rotación terrestre. —Se moría de la risa. No podía parar—. Ha sido fulminante, estaba sentada en la hierba tan tranquila y cuando me he levantado todo ha empezado a girar… y no para de moverse… es como un tiovivo. Eso demuestra que la tierra se mueve. ¡Bravo! Ya lo dijo Galileo, «y sin embargo se mueve».

—¡Dios! —exclamó Marcos dejándose caer en la cama a su lado. Él estaba algo alegre, pero ella lo superaba con creces.

Jamás la había visto así de chispeante. Claro que, cuando aún vivían en el mismo barrio, eran demasiado pequeños como para emborracharse. Se dejó llevar por su hilaridad, riéndose a carcajadas con ella sin comprender por qué. Solo sabía que se sentía en la más absoluta gloria con su antigua amiga. Imágenes de su infancia se sucedieron en su mente y salieron de sus labios, provocando más carcajadas. Ella saltando histérica con una lagartija dentro del jersey, él saliendo empapado de la piscina con su ropa echada a perder porque ella lo había empujado, chicos y chicas buscando moras en los árboles, que siempre acababan en la ropa y el pelo tras la batalla campal en la plaza. Ella con las coletas llenas de barro al día siguiente de darle la carta de San Valentín; él con la carta entre las manos, temeroso de abrirla a la vez que deseando saber lo que ponía. Imaginando…

—Me sentó fatal lo de la carta, ¿sabes?

—¿La carta con la mierda dentro?

—¿Me has mandado alguna otra?

—No. Ay, lo siento. No fue idea mía.

—Lo imagino. Luka, ¿verdad?

—Sí. —Sonrió Ruth, a la que poco a poco se le iba pasando el mareo, aunque todavía perduraba la sensación de poder hacer lo que le diera la gana sin consecuencias, que suele otorgar la ingesta inmoderada de alcohol.

—La mierda que había dentro… ¿De dónde la sacasteis? —preguntó él sonriendo.

—De la calle. Era de perro. La cogimos con un palo y la untamos en el papel.

—Por supuesto. ¡Joder! —Volvió a estallar en carcajadas—. Yo imaginando una carta de amor, y vosotras metiendo mierda dentro.

—¿Imaginabas una carta de amor? —Se puso seria de golpe. Jamás se lo hubiese figurado.

—Sí. —Se giró hasta quedar tumbado de lado en la cama, frente a ella—. Supongo que estaba influenciado por la incipiente relación entre Pili y Javi, o yo qué sé. Pero la cuestión fue que imaginaba que en ese papel me declarabas tu amor eterno. —Sonrió recordando—. Al menos al principio.

—¿Al principio?

—Sí, desde que me la diste hasta que la abrí pasaron un par de horas, ¿sabes? No quería que nadie viera lo que ponía y, por si no lo recuerdas, me la diste justo en mitad de la calle, con toda la panda alrededor.

—¡Ay, sí! Estaba tan avergonzada que, cuando reuní el valor, no me paré a pensar si era el mejor momento. —Le miró curiosa—. Así que al principio pensaste en una declaración de amor… ¿Y después?

—Se me desbocó la imaginación.

—¿Qué?

—Eso mismo. De la declaración de amor, pasé a montármelo contigo en el portal de tu casa.

—¡No!

—¡Sí! ¿De qué te sorprendes? Era un preadolescente, tenía las hormonas alteradas y mucha envidia de lo que, supuestamente, hacía el Dandi con la Repipi —comentó sin pensar en los alias. Poco a poco su mente retrocedía a aquellos tiempos.

—¿En serio? —Al ver su gesto de aprobación y su mirada pícara, no pudo evitar preguntar—. ¿Qué pensaste exactamente?

—¿Quieres saberlo todo?

—Todo, no te guardes ni una coma. —Ruth se tumbó de lado. Ahora estaban cara a cara, totalmente inmersos el uno en el otro.

—Pensé que me pedirías salir —comentó sonriendo y retirándole un mechón de pelo que le caía sobre la frente—. Después fui un poco más allá. —Le acarició la mejilla con los dedos—. Imaginé que me presentabas en tu casa como tu novio. —Le recorrió los labios entreabiertos con el pulgar—. Que me dabas un beso de buenas noches en el portal cada día. —Se acercó despacio, hasta quedar a un centímetro escaso de su boca y le dio un ligero beso, un pico, como aquellos que había soñado hacía tantos años—. Que me dejabas tocarte bajo el sujetador. —Sus dedos recorrieron la grácil curva del cuello, bajando por los cordones del biquini hasta el triangulo rosa que cubría esos pezones orgullosos que llevaba toda la tarde admirando. Los sentía bajo la palma de su mano tal y como los había imaginado, erguidos y suaves—. Que me dejabas darte un beso de tornillo…

Deslizó la lengua por los labios de la joven hasta que estos se abrieron bajo las caricias; recorrió los dientes y el paladar hasta que el apéndice femenino respondió, intercambiando saliva y placer. La mano se abrió paso bajo el biquini, sopesó la carne que había debajo, alzándola y masajeándola. El pulgar jugó con el pezón, rotando a su alrededor y pellizcándolo con suavidad. Si el tiempo pasó, Marcos no lo notó de tan inmerso que estaba en ese paraíso, que, para qué negarlo, era su paraíso particular.

Ruth se dejó llevar por las sensaciones, por el beso, por el calor.

Disfrutó embistiendo con la lengua la boca de su antiguo amigo, sintiéndolo tan cerca que casi se quemaba contra su piel, esperando a ver qué más pasaba. Pero como invariablemente le sucedía con los chicos con quienes salía, los dedos masculinos se habían quedado pegados a sus pechos. Suspiró en silencio. ¡Siempre igual!

La naturaleza la había dotado con unos pechos no muy grandes, pero sí muy erguidos y con unos pezones oscuros y duros, siempre inhiestos, que llamaban por completo la atención al sexo opuesto, pero que a ella solo le provocaban el más absoluto aburrimiento. Cada vez que tenía una cita, el hombre en cuestión la besaba para, a continuación, posar las manos sobre sus tetas y, una vez allí, dedicarse a masajearlas, apretarlas, jugar con los pezones, pellizcárselos… Y si, por casualidades del destino, Ruth se sentía condescendiente y le dejaba continuar con los intentos, después de diez minutos de sobeteos aburridísimos, el tipo simplemente bajaba la cabeza a los pechos, para lamerlos y mordisquearlos, punto en el que Ruth, invariablemente, abría los ojos, suspiraba y se separaba del macho encelado. Tras la cuarta cita, le había quedado diáfano que, si, tras quince minutos de atención ilimitada a sus senos, el tipo no se había dado cuenta de que eso no la excitaba, el espécimen en cuestión no era la persona idónea para ella.

Hombres que no se molestaban en buscar el placer de las mujeres había a miles. ¡Y a ella le tocaban todos! Poseía innumerables zonas erógenas en su cuerpo, pero ellos se dedicaban a la única que no lo era. Sus pechos. Y visto lo visto, Marcos no iba a ser la excepción que confirmara la regla.

Abrió los ojos al notar que los labios masculinos bajaban por su cuello en dirección a donde siempre y suspiró, a la vez que comenzaba a pensar la manera idónea de decirle a su amigo de la infancia que mejor lo dejaban y seguían como colegas. ¡Prefería seguir virgen a la espera de un buen orgasmo que perder la virginidad sin conocer el orgasmo! Mmm, eso no era cierto; no había disfrutado de ningún orgasmo inducido por otra persona, pero provocados por ella misma, ya había tenido varios…

Abrió la boca para decir hasta aquí hemos llegado y en ese momento Marcos se pegó a ella. ¡Mierda! ¡Tenía una erección de caballo!

Entre las brumas del placer, Marcos notó que solo su respiración era jadeante, que solo él se estaba poniendo cardíaco. ¡Demonios! Debería haber caído antes en ello. Ruth no era igual a nadie, no se comportaba como ninguna otra persona. ¡Joder! Ni siquiera hablaba como el resto del mundo. Por tanto, algo tan normal como ponerse cachonda porque le tocasen las tetas no iba con ella.

Lo que más le gustaba y atraía de su amiga era esa diferencia, esa manera de ser especial y única que la hacía inigualable. Sonrió complacido, con el pezón que tanto le había fascinado entre los labios. Se lo iba a pasar de maravilla buscando zonas que la hicieran jadear. Con esa idea en mente, y también, por qué no decirlo, buscando alivio, se pegó a ella haciendo que su pene hinchado y dolorido presionara contra su vientre, para a continuación ponerse a la tarea.

Ruth cerró de golpe la boca al notar la mano de Marcos deslizándose por su costado, lejos de sus pechos, en dirección a su espalda. Quizá debería dejarle unos minutos más antes de cortarle.

Solo por si acaso.

La mano que aún jugaba con su pezón también abandonó su ocupación, bajando por su vientre y rodeándole las caderas para acabar posándose abierta sobre la parte baja de su espalda.

Todavía tumbada de lado, Ruth cerró los ojos ante la avalancha de sensaciones. Unos dedos recorrían sinuosos su columna vertebral, deteniéndose en la nuca para volver a bajar mientras la mano abierta en la base de la espalda se deslizaba bajo el bóxer del biquini y recorría las nalgas, apretándolas y moviéndolas en círculos. Cuando al final ambas manos coincidieron en su trasero, un pequeño gemido escapó de los labios femeninos.

Marcos se frotó contra ella, satisfecho con la reacción. Puso una mano en cada nalga y hundió los dedos en la grieta entre ellas, separándolas y juntándolas rítmicamente.

Ruth jadeó.

—Creo que acabo de encontrar uno de tus puntos erógenos —susurró él.

Extendió una mano sobre el culo, colocando el dedo anular en el mismísimo centro y presionó. El dedo se hundió entre las laderas gemelas. Ruth se tensó jadeante y elevó una pierna, colocándola sobre la cadera de su amigo, permitiéndole de ese modo el acceso a sitios muy interesantes. Marcos aprovechó la oportunidad que se le brindaba e impulsó su pene enfundado en los vaqueros contra el monte de Venus. La mano que le quedaba libre se deslizó por el perineo hasta que un dedo impaciente penetró en la vagina, notó la humedad, aún escasa, y continuó su camino hacia el clítoris.

El dedo anular de su mano derecha acosaba el anillo de músculos que cubría el ano, apretando y aflojando cadencioso, tentándolo para luego retirarse, mientras el pulgar de la izquierda trazaba espirales sobre el clítoris, consiguiendo que Ruth emitiera gemidos agitados.

¿Quién lo iba a imaginar?, pensó Marcos al descubrir que su razonable y formal amiga se derretía cada vez que él apretaba ese orificio prohibido. Empujó el dedo contra el ano mientras con la otra mano pellizcó de nuevo con el índice y el pulgar el clítoris, y fue premiado con un jadeo entrecortado, a la vez que el pequeño botón se erguía y endurecía, arrancando a Marcos de sus cavilaciones y haciéndole perder toda mesura. La tumbó boca arriba en la cama, de un par de tirones se deshizo de sus vaqueros para, a continuación, agarrar con dedos nerviosos los bóxer rosas y bajárselos. Por último desató el nudo de la parte de arriba del biquini y la liberó de él. Cuando la tuvo desnuda, la observó ensimismado durante un segundo que duró toda la eternidad.

Ruth estaba perdida en su mirada, en los estremecimientos que había producido en su cuerpo. Si esto era el principio de lo que podía hacerla sentir, quería más. Mucho más. Sus finos dedos femeninos jamás la habían trasportado hacia el placer de esa manera, y ni hablar de los hombres, que por lo normal solo la inducían a bostezar. Pero Marcos lo estaba haciendo francamente bien.

Hasta ese momento.

Le abrió las piernas con brusquedad y se colocó sobre ella, el pene duro como el granito presionó en la entrada de su vagina, intentando abrirse camino en su interior.

—¡Espera! —gritó Ruth de repente alerta. Era demasiado pronto, él no sabía…

—No puedo —jadeó Marcos al sentirla alrededor de su pene—. ¡Dios! Qué estrecha eres.

Presionó de nuevo intentando meterse por completo en su interior, pero algo no iba bien; estaba muy cerrado. «No está lo bastante húmeda», pensó frenético.

Se retiró arrodillándose sobre la cama y, sin pronunciar palabra, hundió la cabeza en el pubis, lamiendo con fruición el clítoris, azotándolo con la lengua a la vez que metía un par de dedos en la prieta vagina.

Ruth abrió más las piernas dejando escapar un gemido. ¡Dios! Era maravilloso. Lo que le estaba haciendo no tenía comparación con nada que hubiera sentido antes. Los dedos resbaladizos por los fluidos se deslizaron hacia el trasero y notó el índice presionando contra el ano a la vez que la lengua impactaba contra el clítoris. Arqueó la espalda y el dedo entró apenas en el oscuro orificio a la vez que la lengua se introducía en la vagina. Jadeó. Estaba cerca de algo, algo tan grande como no había sentido en su vida. Los dedos y la lengua la abandonaron justo cuando empezaba a sentir los primeros espasmos del orgasmo, dejándola excitada y muy frustrada.

Marcos se situó de nuevo sobre ella y la penetró profundamente con una sola embestida.

Ruth se mordió los labios para no gritar ante el dolor que la recorrió cuando su himen se desgarró. Él ni siquiera se dio cuenta. Jadeaba como un poseso sobre ella, entrando y saliendo sin parar un segundo, sin dejarle tiempo ni espacio para recuperarse.

Marcos estaba a punto de correrse. Embestía salvaje hasta que no cabía más dentro de ella. Se retiraba apenas para volver a enterrarse profundamente. La sensación era inigualable. Su vagina le comprimía la polla, estrujándosela al borde del orgasmo. No era capaz de pensar en nada más que en la mujer que tenía debajo, en su coño apretado y sus tetas puntiagudas. Hundió la cara en el cuello con el que tanto se había metido y que ahora resultaba ser tan tentador como el resto de su dueña, y se dejó ir.

Ruth sintió como poco a poco los dolores se iban convirtiendo en calor, un calor bastante agradable, por cierto. Se relajó a la espera de que el acto siguiera mejorando, pero en ese momento él hundió la cara en su cuello y gritó. Sintió los espasmos recorrer el cuerpo de su amigo, que a continuación quedó inmóvil sobre ella, aplastándola y dejándola absolutamente frustrada.

Al cabo de un instante Marcos giró sobre sí mismo, saliendo de ella, y Ruth notó un líquido pastoso escurriéndose entre sus muslos. ¡No!

—No te has puesto un preservativo. —No era una pregunta.

—¿Eh? —Marcos estaba tumbado boca arriba sobre la cama, letárgico, con el antebrazo tapándole los ojos mientras luchaba por respirar con normalidad.

—Un preservativo… No lo hemos usado —susurró entre enfadada y arrepentida.

—No —negó él con los sentidos entumecidos, sin darse cuenta del tono nervioso de Ruth.

—¡Ay, Dios! —exclamó ella, sentándose encogida sobre la cama, agarrándose las rodillas con las manos mientras sentía fluir toda esa sustancia pringosa desde sus piernas hasta la sábana—. Para una vez que se me ocurre no pensar en las consecuencias mira lo que ha pasado —musitó para sí misma.

—¿Qué ha pasado? —murmuró Marcos medio adormecido, sin entender de qué narices hablaba su amiga.

—¡Que me he expuesto a secuelas indeseadas!

—¿Qué? —Saltó él, alerta, con la última palabra quemándole la mente.

¡Indeseadas! ¿Qué era lo que se suponía indeseado? Porque desde su punto de vista habían echado un pedazo polvo de impresión. Y no había forzado a nadie. De eso estaba totalmente seguro.

—Embarazos indeseados, sida, sífilis, hepatitis, gonorrea… y quién sabe cuántas enfermedades de transmisión sexual más. —Fue enumerando ella, más por alejar su mente de la frustración sexual que sentía que porque tuviera un miedo real a contagiarse. Marcos parecía bastante sano.

—¡Vete a la mierda! —exclamó aliviado. Vale, el sexo no había sido indeseado. ¡Qué susto!—. Un momento, ¿me estás acusando de contagiarte sida, hepatitis y más? —resopló cuando su cerebro captó por completo la anterior acusación de su amiga—. ¿Con qué clase de mujeres crees que me he acostado? ¿Crees que soy tan inconsciente de hacérmelo con cualquiera sin importarme si está enferma o no? ¿Sin usar condón?

—¿¡Por qué no!? Conmigo lo has hecho —contestó ella a la defensiva. Sus argumentos eran firmes y no iba a dejar que le llevase la contraria—. ¿Quién te asegura a ti que yo no tengo ninguna enfermedad? ¡Eh!

—Joder, no digas chorradas; estás perfectamente sana.

—¿A sí? Enséñame los análisis de sangre que lo demuestran.

—No seas idiota, te conozco de sobra. No me hace falta ningún análisis ni gilipolleces.

—No me conoces, en absoluto. Llevas ocho años sin saber nada de mí. Igual que yo de ti. No sé qué ha sido de tu vida excepto lo que me has contado y, desde luego, no sé si has estado expuesto o perteneces a un grupo de riesgo —rebatió ella con seguridad y razones.

—¡Qué! ¡Joder! ¡Tú! Tú… En cuanto crees tener razón comienzas a usar ese lenguaje rebuscado, pomposo, estúpido y ostentoso que… que me da asco. ¿No puedes hablar como la gente normal? —Mierda, se le estaba yendo de las manos; la rabia le arrebataba la razón—. ¿Quieres un jodido análisis de sangre? Bien, tendrás tu puñetero análisis. Y cuando el papel te diga… como lo dirías: «con total certeza que no padezco ninguna enfermedad de transmisión sexual» —dijo envarado, intentando usar el vocabulario que Ruth manejaba—, entonces te comerás con patatas los putos resultados.

—¡Vale! Y reza para que no me haya quedado embarazada, porque un bebé no lo puedo ingerir con patatas —increpó Ruth, rabiosa porque él se reía de nuevo de su forma de hablar, como siempre hacía.

—¿Un bebé? ¿Pero de qué narices hablas ahora?

—Sí, querido. ¿Recuerdas las clases sobre la reproducción sexual? El macho deposita su esperma en la vagina de la hembra para fecundarla. Y eso es exactamente lo que acabas de hacer.

—¿Y? —¿Quería dejarle por idiota explicándole lo que ya sabía con ese tono rimbombante de marisabidilla? Pues se iba a enterar esa pija—. Entiéndeme, querida; lo sentiría mucho por ti si ese fuera el resultado, pero a mí, francamente, me importa una mierda. —Se volvió a recostar en la cama—. Sería tu problema, tu bebé y tu historia y, si fueses un poco lista, te librarías del crío. —Y una mierda. Sabía que hablaba su rabia y no su mente. Si Ruth se quedase embarazada, ya buscarían la solución, juntos, y a ser posible con el bebé. Pero ese no iba a ser el caso, al menos no ahora mismo, y le venía muy bien para atacarla.

Ruth abrió la boca de par en par tras escuchar sus palabras. Y la volvió a cerrar. Bien. Vale. Inspiró con ímpetu y se levantó de la cama con toda la calma que fue capaz de aparentar.

—¿Qué haces?

—Me voy.

—Bien.

Cogió las dos partes del biquini del suelo y se lo empezó a poner, primero el sujetador y luego el bóxer. Al subir la pierna para meter el pie, notó cómo los fluidos se deslizaban por su muslo y se quedó petrificada.

—¿Qué pasa? —preguntó Marcos al ver cómo se detenía de repente. No era capaz de dejar de mirarla.

—Nuestros fluidos brotan de mi vagina. Si me pongo la parte de abajo, la mancharé. ¡No puedo recorrer la casa con un biquini manchado en… esa zona!

—Ajá. —Marcos sonrió con suficiencia, tumbándose de lado en la cama y recorriéndola con la mirada—. Pues la solución es obvia: no te vayas —comentó irónico.

—¡No me digas! —contestó mientras metía el pie en la abertura de los bóxer. En ese momento un hilillo del pringoso líquido se deslizó por el interior de su pierna—. ¡Qué asco!

—¿Y ahora qué pasa? —preguntó irritado, se estaba cansando de los aspavientos y de la discusión. Si quería irse, que se fuera, pero que no montara más dramas.

—¡Estoy pringosa! —respondió indignada retirando el pantaloncito antes de que se manchase—. ¡Mecachis! ¿No hay ningún baño cerca en el que pueda asearme? —preguntó.

—No.

—¡Jopetas! —Estaba frustrada, furiosa y, para más humillación, pringosa. Recorrió la habitación como una gata enjaulada, pasándose las manos por los muslos para luego sacudirlas en el aire con repugnancia.

—¡Joder! Si tanto asco te da, límpiate con esto —exclamó Marcos tirándole una camiseta que estaba sobre la silla, furioso al verla poner tal cara de repulsión por culpa del sexo. De un sexo delirante que habían tenido juntos hacía escasos minutos para más señas.

—La mancharé —dijo ella cogiendo al vuelo la prenda.

—Me da lo mismo. A mí no me dan asco los efectos secundarios del buen sexo —replicó, intentando sin éxito usar el mismo vocabulario de marisabidilla que ella.

—¿Buen sexo? ¡Ja! —«¡Chúpate esa!»

—¿Cómo que ¡ja!? —Marcos se levantó furioso de la cama, tocado en su amor propio.

—¿Crees que esa cosa que tienes entre las piernas vale para algo? —le dijo con retintín señalando el miembro flácido—. Pues que te quede claro, ni por asomo. Tu ridículo pene no vale para nada. —Y sí que se veía ridículo en esos momentos, tan pequeño y arrugado—. Mi vibrador no solo me provoca orgasmos increíbles, sino que además no me trasmite enfermedades ni me deja embarazada, ni… ni me ensucia con todo este pringue —dijo señalándose los muslos manchados, para a continuación pasarse la camiseta por ellos y limpiarse como buenamente pudo—. No como otros apéndices diminutos.

—Mira, niña —contestó Marcos con mucha calma, de pie, los brazos en jarras. Nadie se metía con su polla y se quedaba tan pancho—, me parece que tienes tus prioridades un poco confundidas. Disfrutas como una zorra con mi dedo metido en el culo ¿y te da asco un poco de semen recorriendo tus muslos? —Se acercó a ella amenazador, haciéndola retroceder hasta la pared—. ¡No me jodas! A lo mejor es que me he equivocado de agujero al meterte la polla. Quizá si te hubiera enculado hubieras disfrutado más y no estarías diciendo gilipolleces. —La acorraló poniendo las manos a ambos lados de su cabeza—. ¿No crees?

—¡Cerdo! —Le dio un sonoro bofetón y se escabulló por debajo de sus brazos.

—¡Me cago en tu puta madre! —gritó Marcos. No soportaba los bofetones—. Si me vuelves a abofetear te… —Se calló al ver la expresión de Ruth.

—No volverás a mencionar a mi madre. Jamás. —Estaba de pie, la espalda bien recta, la barbilla alzada, mirándole con tal dolor y desprecio que a Marcos se le rompió el alma.

—Yo… —¡Dios! La madre de Ruth había muerto hacía mucho tiempo y ella la adoraba. ¡Mierda! ¿Cómo podía haberlo olvidado?, ¿cómo podía haber dicho tal cosa?

—Manchas el nombre de mi madre con tu boca, con solo mencionarlo lo ensucias —dijo sin mirarlo mientras se terminaba de poner el biquini.

—Lo siento.

—No quiero volver a verte. —Abrió la puerta de la habitación para marcharse. Y Marcos presintió que, si la dejaba marchar, pasaría mucho tiempo hasta que volviera a verla.

—¡Mírate! —exclamó con rabia y un punto de desesperación—. Acabo de insultar lo más sagrado para ti, y no reaccionas; te marchas sin más. No eres normal.

—¿Qué quieres que haga? —preguntó ella con tranquilidad, sin molestarse en levantar la voz. Ya gritaba suficiente él por los dos.

—Que me grites, que me escupas, que pelees. Que no seas hiperperfecta en todo. Hasta discutiendo.

—¿Quieres una reacción? —respondió en susurros desde el pasillo, parada al lado de un aparador.

—¡Sí! —gritó él desde el quicio de la puerta.

—Ajá —asintió ella con parsimonia. En menos de un segundo había cogido uno de los adornos de cristal que decoraban el mueble y lo había lanzado con su puntería característica.

Marcos apenas tuvo tiempo de protegerse la cara con la mano para evitar el impacto.

—Joder. ¡Me has hecho sangre! —gritó irritado mostrando un corte en el antebrazo. El adorno yacía roto en mil pedazos a sus pies.

—¡Bien! Tu sangre por la mía. —Y dicho esto, echó a correr por el pasillo.

Marcos intentó seguirla, pero Bruce lo paró justo antes de que saliera de la casa. Se había acercado alertado por los gritos, y cuando Ruth pasó a su lado, corriendo como alma que lleva el diablo, intuyó que algo había ido rematadamente mal, así que, cuando vio a su amigo aparecer en el recibidor desnudo, estaba preparado para hacerle un buen placaje y, mediante razonamientos coherentes, devolverle a su habitación… Al menos hasta que se hubiese vestido.

Una vez a solas en su cuarto, Marcos no se molestó ni en vestirse ni en ducharse. En cambio se tumbó en la cama y decidió pasar de todo. «Mañana será otro día», pensó un segundo antes de pasar toda la noche dando vueltas sin poder dormirse.

5

Lo que le concedemos a la memoria,
quizá se lo quitamos a la especulación.

FRANCISCO UMBRAL

5 de julio de 2001

Cuando Ruth llegó a casa de Margaret daban las doce en el reloj. La carroza se convierte en calabaza, pensó apesadumbrada. Entró vestida únicamente con su biquini y se encontró con la familia que la alojaba aguardando impaciente en la cocina.

—Te estábamos esperando —comentó Margaret nerviosa al verla aparecer tan tarde y de esa guisa—. Ha llamado tu hermano, Héctor.

—¿Qué quería? —preguntó alerta. Su familia jamás llamaba por teléfono, era demasiado caro. Se comunicaban por carta todas las semanas, nada más.

—No lo sabemos, no habla bien inglés y nosotros no hablamos castellano. Pero parecía muy nervioso, solo le he podido entender que le llamases en cuanto regresaras.

—Qué raro —musitó para sí misma—. ¿Puedo hacer una llamada a cobro revertido?

—Claro que sí, querida, pero hazla normal. No hace falta que sea a cobro revertido. Está claro que es algo importante.

—Gracias.

Ruth llamó de inmediato a su casa, sin importarle la hora que fuera en Madrid.

Ninguno de los presentes en la cocina supo jamás qué le había contado su hermano durante el tiempo que duró la llamada, pero a todos les quedó claro por la expresión de su cara que había pasado algo grave.

—Parece ser que se han liado un poco las cosas en casa —comentó desconcertada, y sin mirar a nadie, al colgar el teléfono—.

Apenas he faltado siete meses y todo se ha vuelto del revés. Tengo que regresar a España. ¿Puedo llamar al aeropuerto para ver cuándo hay vuelos?

Hubo suerte y el siguiente vuelo con plazas disponibles para Madrid partía a las cinco de la mañana. Ruth concretó la reserva y subió a su cuarto. Margaret la miraba alucinada desde la cama. Por más que preguntaba a su amiga qué había pasado, solo obtenía una única frase: «No debí dejarlos solos, demasiada responsabilidad para mis hermanos». Nada más. La observó meter de manera desordenada la ropa en la maleta, sin doblarla ni colocarla, vestirse con prendas desparejas y peinarse apenas con los dedos. En menos de una hora estaba preparada para marcharse. La familia se empeñó en llevarla al aeropuerto, y a las dos de la mañana se despidieron de ella desde el otro lado de la aduana.

Marcos despertó pasado el mediodía, con dolor de cabeza y la boca pastosa. Al final resultó que sí había bebido demasiado. Tenía resaca.

Se levantó renqueando de la cama, se puso unos vaqueros que encontró tirados en el suelo, supuso que eran los de la noche anterior, y se dirigió al baño mientras rezaba por no encontrarse a nadie. No se encontraba lo suficientemente bien como para entablar una conversación. Al llegar al aseo abrió el grifo del agua caliente de la ducha y esperó a que cogiera temperatura. Se quitó los pantalones arrugados y metió la cabeza bajo el chorro, apoyando las manos en la pared y rogando para que el agua le aclarara las ideas. Fijó su mirada en el suelo y, de refilón, vio algo en su pene que le llamó la atención. Lo acogió amoroso en una mano y observó el pellejo arrugado y flácido. Tenía como escamas rojas. Pasó la mano húmeda por toda la longitud y se la miró. Eran pequeñas gotas de sangre, resecas. Cerró los ojos y recordó.

«Tu sangre por la mía», había dicho ella. ¡Mierda! Cerró el grifo y saltó de la ducha sin haberse lavado. Se envolvió una toalla en la cintura y salió corriendo a su habitación. Retiró de un golpe la sábana que cubría la cama buscando una evidencia. Y ahí estaba. En mitad del colchón, justo donde ella se había arqueado bajo él. Una mancha rosada, un error más que sumar a su larga lista de errores. Recordó la exclamación de Ruth pidiéndole que esperara, la estrechez de su vagina, lo cerrada que estaba, lo que le costó introducirse en ella.

¡Idiota! ¡Estúpido! Tenía que haberse dado cuenta, haber ido más despacio y con más cuidado.

Se sentó en la cama sujetándose la cabeza con las manos. ¡Joder! ¡Virgen! ¿A quién se le ocurría ser virgen con veintiún años? A Ruth, cómo no. No podía follar desde los diecisiete como todo el mundo, no. Ella era única, especial. Y él había sido el primero en tenerla. Abrió los ojos solo para encontrarse una camiseta en el suelo, la cogió. Estaba manchada de sangre; era la que él le había tirado, despectivo, para que se limpiara. ¡Genial! ¿Algo más en la habitación que le gritara su estupidez?

Con la camiseta arrugándose entre sus puños, un sentimiento de posesión se abrió camino en sus entrañas. Ruth era suya, lo había sido desde el momento en que lo había espiado con esos gemelos de opereta inservibles. Desde que tenía diez años y lo había perseguido por todo el barrio para conseguir jugar con él y sus amigos. Era suya, y la noche anterior lo había confirmado entregándole su virginidad. «Firmándolo con su sangre», pensó como el macho prehistórico que era.

Se vistió con rapidez y bajó al comedor, donde esperaba encontrar a Bruce. Su amigo no le decepcionó. Sentado a la mesa frente a un plato enorme de huevos, salchichas y bacón, devoraba con deleite la comida.

—¿Dónde vive tu prima? —le preguntó a bocajarro.

—¿Qué prima? Tengo miles —respondió antes de meterse un trozo de bacón en la boca.

—La que vive aquí cerca, la amiga de mi amiga. —No dijo Ruth, porque dudaba de que Bruce se acordara. Para ser sincero, Marcos la había monopolizado por completo, impidiéndole que se relacionase con el resto de los invitados.

—¿Margaret?

—¡Esa! —exclamó recordando que Ruth le había dicho que fue a comprar con ella.

—¿Para qué quieres saberlo?

—Quiero preguntarle si sabe en qué casa trabaja la chica con la que estuve ayer.

—¿Ruth?

—Sí. —Vaya, resultaba que Bruce sí se acordaba de ella.

Marcos lo observó con los ojos entornados, amenazadores. Nadie excepto él tenía derecho a fijarse en Ruth. Punto.

—Trabaja en casa de Margaret, cuida a mis primos pequeños —dijo Bruce indiferente, moviendo el tenedor y lanzando trozos de huevo por todos lados, a la vez que le indicaba el camino a seguir hasta la casa de su prima. Fue una suerte que le llamara más la atención el desayuno que la chica de su compañero. Eso le salvó de un buen puñetazo.

—¡Joder! —¡Por fin un poco de suerte!—. ¡Vamos!

—¿Adónde?

—A casa de tu prima.

—¿Ahora? Estoy desayunando, espera un poco.

—¡Ahora! —exclamó Marcos retirando el plato de su amigo.

—Como quieras, pero, por la forma en que corría ayer cuando se fue, me da a mí que te va a mandar a la mierda.

—Seguro que sí. Ya me las apañaré cuando llegue el momento.

Pero el momento no llegó.

Cuando entraron en casa de Margaret, esta les explicó que Ruth se había marchado de madrugada a su país. Sin decir el motivo, deprisa y angustiada. No sabía nada más.

6

Allí donde la toques, la memoria duele.
GIORGIOS SEFERIS

15 de septiembre de 2001

*R*uth giró la cabeza y miró por enésima vez la hora en el despertador. No había conseguido dormir en toda la noche. Otra vez. Se quedó observando hipnotizada los números azules, los puntos parpadeantes. A las seis en punto, la radio comenzó a retumbar junto a su oído. Bajó el volumen con una mano temblorosa y se puso en pie algo mareada. Entró en el cuarto de sus hermanos y subió las persianas, dejando que la luz que se colaba por los cristales acabara de despertarlos. Después, se dirigió con pasos oscilantes a la cocina, echó café en la cafetera y pulsó el botón de encendido. En ese momento debería haberse dirigido al baño para darse una buena ducha que acabara de despertarla, como hacía cada mañana desde que tenía uso de razón, pero no se sentía con fuerzas.

Apoyó el trasero contra la encimera de la cocina y observó borbotear el café.

Hoy era el día en que darían de alta a su padre en el hospital.

Estaba muerta de miedo.

El virus del herpes simple, de forma aleatoria e injusta, se había colado en el cerebro de Ricardo y, con cruel puntería, le había destrozado parte de los lóbulos temporales medios. El hipocampo, para ser más precisos.

Su padre no sufría la típica amnesia que sale en las películas, le habían explicado los médicos en cuanto diagnosticaron la enfermedad. Él no olvidaría su vida pasada, sino que no podría recordar su presente, ni mucho menos convertirlo en pasado.

La memoria, los recuerdos, se almacenaban en el neocórtex, y el de Ricardo se encontraba en perfecto estado. Conservaría intacta la memoria de todo lo que había vivido desde sus primeros recuerdos hasta junio de ese año. Puede que incluso llegara a recordar algo de julio. Pero a partir de ese mes, el mes en que el virus había atacado con más fuerza, no podría crear recuerdos.

El hipocampo, según le explicaron, era la zona del cerebro donde lo que se percibe a través de los sentidos, las escenas de la vida, se consolida; el lugar donde el libro que se ha leído o la conversación que se ha tenido se convierte en un recuerdo. Pero el hipocampo de su padre había desaparecido tragado por un virus. Era como un papel en blanco sobre el que se escribía con tinta de mentira: según la pluma trazaba palabras sobre el papel, estas podían leerse, pero al cabo de pocos segundos la tinta desaparecía y las palabras con ella. En definitiva su padre sufría amnesia anterógrada, no podía crear nuevos recuerdos.

Observó absorta la cafetera, pero no pudo encontrar la fuerza para extender el brazo y apagarla, mareada como estaba por los recuerdos, dudas y miedos que acudían a su mente.

Cuando se había ido a Detroit, a principios de año, su familia estaba bien.

Lo planificó todo con sumo cuidado, encontró una familia dispuesta a acogerla en su casa y pagar la academia de inglés a cambio de que Ruth cuidara de los niños durante el día.

Toda su familia había estado ahorrando para poder pagar el viaje hasta allí y que ella tuviera algunos fondos por si surgía algún imprevisto. Darío y Héctor ayudarían a su padre en la zapatería mientras seguían con sus estudios. Ella no era necesaria para nada, habían dicho, y Ruth, que estaba como loca por dejarse convencer, se lo había creído.

Llevaba años estudiando en la Escuela Oficial de Idiomas, sacando las mejores calificaciones tanto allí como en el colegio y más tarde en el instituto. Cuando se pusieron a echar cuentas, notaron apesadumbrados que la zapatería apenas daba beneficios suficientes para mantener a una familia de cuatro personas, mucho menos para pagar la universidad de Ruth, por mucho que fuera pública. «No pasa nada —aseguró ella—, buscaré un trabajo y me la pagaré yo misma.» Pero cuando consiguió un trabajo —dependienta en una tienda de frutos secos, muchas horas y muy mal pagado— e intentó llevar a cabo su plan, se dio cuenta de que era imposible. Tenía dieciocho años, un hermano de quince y otro de trece, una casa que atender y un trabajo que cumplir. No le quedaba tiempo para estudiar.

«No hay problema», afirmó a su familia; seguiría con el trabajo y los estudios, inglés y francés en la Escuela Oficial de Idiomas, y cualquier curso gratuito al que pudiera acceder, ya fuera mecanografía, contabilidad o danza del vientre, e iría ahorrando cuanto pudiera.

Pero nunca había tiempo suficiente para todo, hasta que un día su padre habló con ella sobre tomarse un año sabático en Estados Unidos. Al principio se negó, pero poco a poco entre él y sus hermanos la convencieron de que era lo mejor. ¡Y mira lo que había pasado!

Cuando regresó a España después de aquella llamada horrible, Darío la estaba esperando en Barajas. Durante el trayecto hasta casa, le contó que todo había empezado en junio.

Ricardo sufría extraños lapsos de memoria. Se olvidaba de los arreglos que tenía que hacer a los zapatos y, más tarde, se quedaba atónito ante una conversación argumentando que él no estaba hablando de lo que fuera que estuviera hablando. Leía el mismo artículo del periódico una y otra vez, porque no recordaba haberlo leído, e incluso un día llegó a tomarse tres cafés seguidos después de comer porque no recordaba haber tomado los anteriores. Al final lo habían convencido de ir al hospital. Allí le hicieron todo tipo de pruebas, hasta que dieron con el fondo de la cuestión.

Ahora, al cabo de dos meses, su padre estaba curado del maldito virus, pero su cerebro seguiría dañado para siempre. La última cosa que recordaría, y ella daba gracias a Dios por haber llegado a tiempo, era que su hija había regresado de Estados Unidos. Nada más de lo que sucedió a partir de ese momento se grabó en su memoria.

Las lágrimas corrían por las mejillas de Ruth cuando volvió a centrar su vista en la cafetera encendida. A lo largo del día su padre regresaría a casa y ella no tenía ni la más mínima idea de cómo afrontaría el resto de su vida. Llevaba dos meses sin dormir, sin apenas comer, viviendo entre el hospital y la casa, ocupándose de todo, y todavía le esperaba lo peor. Se incorporó con la intención de apagar la cafetera, pero sus dedos no llegaron a tocar el botón.

A las seis y veinte de la mañana Darío entró en la cocina atraído por el olor del delicioso café, con la mente puesta en una taza bien cargada que lo despertara del todo.

No llegó a tomársela. Su hermana mayor estaba desmayada en el suelo.

—Te juro que voy a matar a ese cabrón. —Ruth escuchó entre sueños la voz alterada de su hermano.

—Tranquilízate, Darío. No creo que le venga bien despertarse en medio de tus gritos. —Escuchó a su mejor amigo, Javi, responder con voz mesurada. ¿Quién tenía que despertarse?

—No lo entiendo. Es imposible. Mi hermana es la persona más responsable que conozco, ha tenido que pasar algo, verse obligada o algo por el estilo. No es lógico. No en ella. —Ese era Héctor, reconoció Ruth su voz. ¿Obligada? ¿A qué?

—Joder, lo mato. —Darío se oía muy enfadado.

—Héctor, si vas a decir tonterías te rogaría que lo hicieras en algún otro lugar. Bastante cabreado está Darío como para que encima le hagas presuponer lo que no es. —Ruth notó, por el tono de voz de Javi, que este comenzaba a perder la paciencia, y eso era algo muy extraño, porque su amigo tenía la paciencia de un santo.

—Es que no es lógico —reiteró Héctor con voz perdida.

—¿Qué no es lógico? —preguntó Ruth abriendo los ojos, para encontrarse a Darío dando vueltas como un león enjaulado en la habitación de paredes blancas, techos blancos y sábanas blancas; a Héctor sentado al borde de la cama en que estaba tumbada sujetándole una de las manos, y a Javi de pie, mesándose el pelo.

—¿Qué tal estas? —preguntó este último acercándose a la cama.

—¿Quién ha sido? Lo voy a matar. Es justo lo que nos faltaba. ¿En qué coño estabas pensando para agotarte de esa manera en tu estado? ¿Es que has perdido la cabeza? —rugió Darío una pregunta tras otra sin respirar.

—¿Estás bien? —Le apretó la mano Héctor.

—Estoy bien —aseveró ella mirando extrañada la vía que tenía en el brazo—. Darío, haz el favor de dejar de gritarme y quedarte quieto. Me estás mareando.

—Joder —susurró su hermano parándose de golpe.

—No digas tacos.

—Lo siento —se disculpó enfurruñado—, pero es que… esto me supera.

—A ver. —Se incorporó en la cama— ¿Alguien me puede decir qué ha pasado? —Esperó unos segundos, pero los tres jóvenes se mantuvieron callados—. ¿Nadie me lo puede explicar? Perfecto, entonces supongo que lo que ha pasado no será tan grave. Ahora a otro asunto. ¿Qué hora es? Tengo que estar en la habitación de papá a las doce para hablar con el médico. Se supone que hoy le dan el alta.

—Son las once y media de la mañana, aún queda tiempo —respondió Javi a la última pregunta.

—Perfecto. Recuerdo haberme mareado en la cocina, así que imagino que estoy en esta habitación porque me desvanecería y mis hipocondríacos hermanos pensarían que me habría pasado cualquier calamidad. Bien. —Se sentó en la cama, comprobando agradecida que se encontraba bastante menos mareada que de madrugada, y buscó un timbre con el que llamar a la enfermera para que le quitara el inútil gotero. Se sentía bien, más o menos—. Pues ahora parece que estoy en perfectas condiciones. —Retiró la sábana que la cubría e intentó levantarse, solo para encontrarse a Darío encima tumbándola de nuevo.

—Estás en esta puñetera habitación porque estás preñada y te has agotado de tal manera que has estado a punto de provocarte un jodido aborto —bramó.

—¿Qué? Eso es imposible, justo ayer me vino el periodo.

—Y una mierda. Esta mañana te he encontrado en la cocina, desmayada en el suelo, y no podía despertarte. No sabes lo que se me ha pasado por la cabeza cuando te he visto ahí tirada. No tienes ni idea. —Seguía sujetándola con fuerza contra la cama, y su voz sonaba desesperada—. Te levanté en brazos y tenías el camisón manchado de sangre. Llamé a Javi y te trajimos al hospital, y cuál es mi sorpresa cuando el médico me dice que estás embarazada y que has estado a punto de perder el bebé. —Se levantó alterado de encima de ella, y comenzó a frotarse los ojos con rabia—. ¡Mierda! ¿Cómo no te has dado cuenta, Ruth? ¿En qué coño estabas pensando?

—No puedo estar embarazada. Es imposible.

—No me jodas.

—¡Tengo el periodo!

—Ya te he dicho que ¡no!

—Darío, tranquilo —comentó Javi dándole una palmada en el hombro—. Ruth está bien, ¿vale? Vamos a dejar pasar un tiempo para relajarnos y cuando estéis despejados lo habláis.

—Mmm, quizá deberíamos ir a la habitación de papá. El médico está a punto de llegar y tendrías que hablar con él —dijo el calmado e intuitivo Héctor a su hermano mayor. Lo que menos falta le hacía a su hermana era una pelea—. Javi se quedará con Ruth, así que no la dejaremos sola —argumentó al ver a Darío negar con la cabeza—. Tiene que haber alguien de la familia para hablar con el médico —repitió—, y ocuparse de todo el papeleo. Son casi las doce. —Ni caso, Darío no le hacía ni caso. Su mirada fija solo en su alocada hermana. Joder, ella era la responsable, la que siempre sabía qué hacer. Y mira ahora—. Además, ese alguien tiene que ser mayor de edad para poder firmar los papeles —concluyó, recordando de esta manera a Darío que era absolutamente necesaria su presencia. Héctor, con dieciséis años, no tenía firma válida para las cosas oficiales, aunque Darío con dieciocho tampoco es que fuera la responsabilidad personificada.

—Está bien. Vamos. —Se dirigió a la puerta—. Llevaremos a

papá a casa y Héctor se quedará con él. —Miró con seriedad a Ruth—. Cuando vuelva, hablaremos —sentenció.

Javi esperó en la puerta hasta que vio a los chicos desaparecer por el pasillo, luego la cerró y observó a su amiga. Se la veía demacrada. Estaba bastante más delgada que hacía dos meses. Profundas ojeras oscurecían sus mejillas, tenía los ojos hundidos y sin brillo. Parecía perdida en mitad de la cama, con las manos en el regazo, mirando hacia la ventana, como si no supiera qué hacer. Y probablemente así era. Por primera vez en su vida, no podía planificar lo que iba a pasar. Mucho menos controlarlo.

—Los médicos creen que el desvanecimiento se debe a que estás agotada. Te han hecho análisis y están esperando los resultados para descartar diabetes, anemia y no sé cuántas cosas más. Nos han advertido de que si quieres tener alguna posibilidad de mantener al bebé dentro, debes guardar reposo absoluto, al menos durante un tiempo. Darío ha firmado tu ingreso en el hospital. Según los médicos deberás estar aquí por lo menos una semana, hasta que vean cómo evolucionas y comprueben que todo está correcto. No estás fuera de riesgo, ¿sabes?

—Menudo lío he montado, ¿verdad? —respondió abatida—. No puedo estar una semana aquí sin hacer nada, papá vuelve a casa hoy y los chicos no podrán ocuparse de todo.

—Podrán, no son unos críos. Y tú no puedes moverte. No tienes más remedio que dejar que alguien cuide de ti, al menos por el momento. He hablado con Pili y Luka, vendrán en cuanto acaben de trabajar, ellas se ocuparán de ti. Y mi madre ya me ha dicho que mantendrá a tu familia alimentada —comentó sonriendo.

—¿Le has contado esto a tu madre? —No pudo reprimir un escalofrío. Ay, Dios.

—No, solo le he dicho que estabas agotada y que tienes que quedarte unos días.

—Menos mal. —Respiró aliviada—. ¿Pili y Luka lo saben?

—Sí. No dirán nada.

—Vale. Es lo mejor. Hasta que no veamos cómo progresa el… el… —Rompió a llorar.

Javi la sostuvo entre sus brazos, abrazándola y dándole todo el consuelo que un amigo de toda la vida puede dar. Cuando los sollozos pararon, siguió abrazándola, sin preguntas ni recriminaciones, y Ruth supo, como siempre había sabido, que podía confiar en él. Le contó todo lo que había pasado: el último día en Detroit, la sorpresa de encontrarse con un antiguo amigo, las ganas de hacer algo alocado, la libertad de no tener ninguna responsabilidad a sus espaldas, el fiasco, la respuesta de Marcos ante un posible embarazo, el enorme compromiso que se encontró al volver a casa, la desesperación por la enfermedad de su padre, el pánico cuando comprobó que no le venía la regla y el alivio del día anterior cuando había empezado a manchar. Las dudas y temores por lo que ocurriría a continuación, los problemas a los que se enfrentaba, el miedo a no ser capaz de cuidar de su padre, de sus hermanos y menos aún de un bebé.

Javi escuchó y calló. Absorbió cada una de sus palabras, odiando a su antiguo amigo y jurando que lo mataría si alguna vez lo volvía a ver. Necesitaba una cabeza de turco para soltar la rabia por todo lo que estaba pasando, y Marcos se había convertido en la mejor opción. Así que, cuando Ruth se tranquilizó, él empezó a detallar lo que haría con Marcos. Al principio un poco renuente, pero animándose poco a poco, Ruth fue dejando salir la rabia, e incluso propuso algunos «trabajitos» que podría hacer Javi con los genitales de Marcos y, entre torturas varias, comenzó a sonreír de nuevo.

Apenas habían pasado un par de horas y Ruth se sentía como antaño otra vez, capacitada para afrontar la nueva situación y totalmente convencida de que el problema no era de magnitudes tan temibles. Sería capaz de solucionarlo, como siempre, con control, planificación y trabajo duro.

Miró a Javi con seriedad y habló, esperando dejar zanjado el tema para siempre.

—En caso de que el embarazo llegue a término, no quiero que nadie sepa jamás quién es el padre.

—Tus hermanos deberían saberlo.

—¿Estás loco? Mira como se ha puesto Darío. Lo mataría. No, prométemelo; no se lo dirás a nadie.

—Prometido.

Cuando Darío regresó al hospital, su hermana volvía a ser la mujer serena, responsable y dueña de su destino que había sido siempre. No permitió tacos ni gritos en su presencia. Hizo sugerencias —más bien dio órdenes— sobre la mejor manera de ocuparse de la casa y de su padre mientras ella estuviera en el hospital y se negó a hablar del supuesto padre del posible bebé. De hecho, jamás permitió que se volviera a tocar el tema. Las cosas eran como eran y no había vuelta de hoja.

7

Nuestra memoria no es más que una imagen de la realidad,
por lo que nuestra realidad es solo nuestra imaginación.

MICHAEL ENDE

Mayo de 2003

De: marcos.sierra@mgphoto.com
Para: carlos.arrojo@arrojocetreria.com
Asunto: Reportaje
Hola, soy Marcos Sierra. Jugábamos juntos de niños, en San José de Valderas. Soy fotógrafo colaborador de la revista americana *Travelling*, que me ha encargado un reportaje gráfico sobre el turismo rural en la sierra de Madrid.

He visto en tu página web que ofreces cursos básicos de cetrería para principiantes de un fin de semana de duración, con alojamiento y comidas incluidas, en una casa rural. Me ha parecido interesante reflejarlo en el reportaje que estoy preparando, como deporte alternativo al senderismo, paseos a caballo, etc., que normalmente se ofrecen en este tipo de turismo. Si te parece bien miramos a ver cómo lo ponemos en marcha. Estaré en Madrid en julio durante unas dos semanas.

Atentamente,
Marcos

De: carlos.arrojo@arrojocetreria.com
Para: marcos.sierra@mgphoto.com
Asunto: ¿Marcos Sierra?
No caigo ahora en quién eres. De niño jugaba con una panda, pero no recuerdo a ningún Marcos. No obstante, siempre estoy interesado en cualquier tipo de publicidad gratuita. Si quieres hacerme un reportaje para tu revista, por mí, estupendo. Dime más o menos qué tienes pensado y lo hablamos.

Quedo a tu entera disposición.

Carlos alias *el Cagón*.

P. S.: A quien sí recuerdo es a un tal Marcos *Cara de asco*.

Julio de 2003

El avión llegó sin retraso a la T4 de Barajas. Mientras esperaba la salida de la maleta por la cinta, Marcos cavilaba sobre la mejor manera de planificar las dos semanas que pasaría en Madrid. Eran muy pocos días para todas las cosas que pretendía hacer, y lo peor de todo era que a él se le daba fatal programar nada. Su carácter impulsivo y rebelde le llevaba a hacer justo lo contrario de lo que había planeado. Y era justo ese carácter agitado, esa atención a las cosas que en apariencia no precisaban un segundo vistazo, lo que le llevaba a conseguir las mejores panorámicas.

Suspiró. Había llegado un par de días antes de lo previsto con una intención clara en la mente: visitar a su madre en su antiguo barrio. Después verse con el Cagón, integrarse en los pueblos de montaña, visitar casas rurales, hacer unas cuantas fotos y volver a Estados Unidos. Mmm… Al condado de Clark; quería echarle un ojo a la presa Hoover y de paso acercarse a Las Vegas, que no pillaba muy lejos. O tal vez ir a Boise, o Twin Falls en Idaho. No lo tenía muy claro, ya vería. Se mordió el labio, irritado. Ya lo estaba haciendo otra vez, en lugar de centrar la mente en lo que tenía que hacer, imaginaba dónde iría a continuación.

Una hora después estaba aparcando el coche alquilado en su antiguo barrio. El Parque Lisboa no había cambiado. Quizás los árboles eran más altos, pero poco más. Entró en su portal, que también seguía inmutable: mármol en el suelo, paredes forradas de roble y dos vestíbulos —uno por cada escalera—. En cada uno de ellos había un sofá de piel de tres plazas, por si querías esperar sentado a que el ascensor bajara —¡por Dios!, solo eran nueve pisos—. En fin, no se parecía en nada a los sitios en los que solía vivir de alquiler al otro lado del charco. Pulsó el botón del ascensor y se sentó a pensar.

Habían pasado diez años desde la última vez que vio a su madre; diez años en los que se habían escrito más o menos periódicamente. Al principio, porque ese era el trato. Después porque esas cartas se convirtieron en algo importante en su vida errante. Llevaba poco más de tres años lejos de allí cuando se dio cuenta por fin de lo que su padre había visto casi desde el principio: Luisa no estaba en sus cabales. Y ese fue un punto de inflexión en su vida. Dejó de sentir rencor hacia ellos, comprendió el proceder de su padre al obligarlo a marcharse y asumió que no podía contar con su madre para nada que tuviera lógica. Desde ese momento inició la única rutina de su vida. Escribir una carta al mes a su madre, carta que esta respondía siempre a la dirección de su padre, y que este le remitía —Luisa no tenía la cabeza para andar cambiando la dirección de su hijo tan a menudo como él cambiaba de ciudad.

Conoció a través de esos escritos los avatares de los protagonistas de telenovela, se divirtió leyendo las elucubraciones de su madre, y comprendió que ella no vivía ya en este mundo. Y ahora, con las puertas del ascensor abiertas, tenía dos opciones: salir del portal y seguir con las cartas, dejando que el recuerdo de su madre siguiera siendo eso, un recuerdo, o meterse en el ascensor, llamar al timbre de su casa y ver cuánto había cambiado Luisa.

Tomó el ascensor, pulsó el botón de su piso y cuando llegó llamó al timbre.

Su madre abrió la puerta. Físicamente no había cambiado. Seguía igual de hermosa y aniñada que siempre. Lo miró intrigada, sin saber quién era. Marcos se presentó. Ella se tiró a sus brazos, lo besó y comenzó a llorar. No cabía duda de que había tenido un gran recibimiento. Estuvieron unos minutos en el descansillo de la escalera, ella llorando y Marcos sintiéndose en la gloria, hasta que el sentido común y, sobre todo, varias vecinas hicieron acto de presencia. Estaban dando el espectáculo. Entraron en la casa, que seguía igual que antaño, y se acomodaron en el sillón del salón, sin palabras que decirse. En ese momento Luisa sonrió y se levantó presurosa.

—Perdona mis malos modales, que pésima anfitriona soy. Ahora mismo preparo algo.

Y dicho y hecho partió a la cocina para regresar al cabo de un rato con una bandeja con una botella de vino, una copa, un plato de fiambre, pan, pastas, aceitunas… Marcos se lanzó al ataque. La comida del avión era una bazofia y tenía mucha hambre. Mientras devoraba las viandas, Luisa le fue contando lo que le había sucedido desde la última carta que escribió —hacía apenas quince días—, las desventuras de Betty la fea y los avatares de unos ¿gavilanes? En fin, sus cosas. Lo que no preguntó en ningún momento fue por qué Marcos no la había avisado de que estaría en España, ni tampoco por Felipe… Aunque la falta de esa pregunta quedó clara en poco tiempo. Según Luisa, su exmarido vivía en una isla paradisíaca, con su última amante y el hijo de ambos. Marcos se quedó alucinado; su padre vivía en Maine, en un pisito pequeño, sin amantes y sin ningún hijo.

Intentó decírselo a Luisa, pero esta se limitó a mirarlo con infinita ternura y decirle que sentía muchísimo ser ella quien le diera la mala noticia, para a continuación pasar a desentrañar lo que, según ella, había sido la vida de su hijo y su exmarido en esos diez años.

Así fue como Marcos se enteró de que su padre era un multimillonario ambicioso, que había tenido miles de amantes pero que aún estaba loco de amor por ella, tal y como confirmaban las cartas que mes a mes le mandaba. Aunque ella por supuesto jamás cedería; no podía perdonarle el abandono, ni vivir con él sabiendo que la naturaleza libidinosa y lujuriosa de su marido le haría ser infiel.

Más asombrado se quedó cuando Luisa le explicó cómo había sido la vida que él mismo, Marcos, había vivido en Estados Unidos. De primeras resultó que era un fotógrafo reconocido mundialmente —¡más quisiera! Que él supiera era uno más del montón—, que con afán y esfuerzo había ganado una fortuna… una gran fortuna —«un capital que en realidad asciende a ninguna casa en ningún lugar y una cuenta bancaria muy cercana a los números rojos», pensó Marcos con los ojos semicerrados—. Pero que por culpa de una pérfida mujer lo había perdido todo, y ahora estaba abandonado a su suerte.

«¡No fastidies! Ya podría haber inventado una historia en la que yo fuera el dueño de un harén», pensó sonriendo para sí. Lo cierto era que, en cada carta que recibía de su madre, su historia cambiaba, pero no por eso dejaba de ser adorable el modo en que ella se preocupaba y le aseguraba que al final todo saldría bien. Había convertido a su hijo en un integrante más de su vida telenovelesca.

Pasó dos días con ella, introduciéndose en el espíritu dramático y a la vez fascinante en que Luisa convertía cada aspecto normal y rutinario de la vida. Asumiendo que le faltaban varios tornillos, decidió que a partir de ese momento intentaría por todos los medios pasar al menos una vez al año por allí a verla. Estaba loca, sí. Pero le demostraba de mil y una maneras —cada cual más extraña y retorcida— que ni le había olvidado ni le había dejado de querer —al menos todo lo que una persona en su estado mental puede querer a alguien—. Y por si fuera poco, estar con ella significaba decir adiós a todas las convenciones y realidades de la vida, sumergirse en un mundo ficticio que no por ser irreal dejaba de ser atractivo y muy, muy divertido.

Pasados esos dos días partió hacia la Sierra, a la finca de su amigo, con la intención de tomar las fotos necesarias para su reportaje y de paso comprobar cómo había cambiado en esos años el Cagón.

Durante los dos meses que estuvieron escribiéndose correos electrónicos para concretar el reportaje, la amistad que había quedado aparcada hacía años había resurgido de sus cenizas, pero aún quedaba la prueba de fuego, verse de nuevo en persona. Cuando por fin llegó, se encontró con una finca enorme, cercana a un pequeño río, delimitada por un muro de piedras, con instalaciones para las aves en un extremo y una casita bastante pequeña en el centro.

Su amigo había cambiado. Seguía siendo el pelirrojo lleno de pecas de siempre, pero ahora era más alto y más fornido, aunque, eso sí, igual de nervioso y amistoso que siempre. Recuperaron por completo la amistad en menos de dos horas de charla y, durante las dos semanas que estuvo allí, se alojó en su diminuta casa.

Carlos le enseñó las mejores rutas para hacer senderismo, las montañas en las que perderse, pueblos olvidados que no salían en las guías turísticas y que eran tan auténticos como jamás habría soñado. Recorrieron juntos todas y cada una de las casas rurales que su revista le había indicado y encontraron otras tantas que nadie sabía que existían. Descubrieron miradores asombrosos perdidos en mitad de la montaña y lagunas heladas de vistas impresionantes. Zonas de caza que solo unos pocos privilegiados conocían, hostales de ensueño y casas tan rústicas que las abuelas cocinaban aún sobre la lumbre de la chimenea.

Cuando regresó a Estados Unidos, tenía dos cosas claras: la primera, que el Cagón ya no era un cagón; y la segunda, que la relación con su madre se había vuelto más personal.

Como sentía verdadera curiosidad por ver la presa Hoover, alquiló un estudio en Clark y desde allí redactó eufórico su artículo. Era la primera vez que escribía; siempre había hecho las fotos, mientras que Bruce o algún otro colaborador que lo acompañara redactaba los reportajes. Pero esta vez la revista había confiado en él, en su conocimiento del idioma y cultura españoles. Le estaban dando una oportunidad de oro, o al menos eso habían dicho, aunque a él le sonaba más como un recorte de presupuesto para un reportaje que de otro modo saldría caro en exceso.

Octubre de 2003

De: marcos.sierra@mgphoto.com
Para: carlos.arrojo@arrojocetreria.com
Asunto: Reportaje
Este mes sale nuestro reportaje en la revista. Adjunto te envío archivo PDF para que lo veas. Ya me contarás.
Saludos,
Marcos

De: carlos.arrojo@arrojocetreria.com
Para: marcos.sierra@mgphoto.com
Asunto: las fotos cojonudas
Lo he mirado y remirado, las fotos son espectaculares. Con respecto a la parte escrita del reportaje… a no ser que un alma caritativa tenga a bien traducírmelo, me temo que no podré opinar. ¡Está en inglés!
Carlos

Diciembre de 2003

De: marcos.sierra@mgphoto.com
Para: carlos.arrojo@arrojocetreria.com
Asunto: Increíble
El reportaje ha sido un éxito. La revista está encantada y me han contratado para hacer otro, pero a lo grande, por entregas coleccionables sobre el turismo en España. Iré a la península de enero a abril, con el fin de recorrer las costas y el interior, obtener datos y tomar buenas fotografías. Esta vez no lo haré solo, vendrá un reportero conmigo que se encargará de la parte escrita —por lo visto soy mejor haciendo fotografías que escribiendo— y tienen previsto empezar a sacarlo a partir de mayo.
Saludos incrédulos,
Marcos

8

Si has construido un castillo en el aire,
no has perdido el tiempo;
es allí donde debería estar.
Ahora debes construir los cimientos debajo de él.
GEORGE BERNARD SHAW

Septiembre de 2008

Marcos apagó el cigarro en el vaso que utilizaba como cenicero sobre la mesilla de noche. Estaba tumbado en la cama de su estudio alquilado en Memphis. Una de las sillas estaba ocupada por una mochila azul descolorida y decorada con parches y pegatinas, que contenía casi toda su ropa. En el suelo, una impresionante y carísima maleta de tela acolchada guardaba cuidadosamente sus útiles de fotografía.

Llevaba apenas un año viviendo allí, aunque vivir no era la palabra adecuada. Más bien pernoctaba allí entre reportaje y reportaje. Antes de Memphis había estado en Idaho, Oregón, Texas, Florida... Los contratos le llegaban por correo electrónico y él, a su vez, mandaba sus fotos vía Internet, por lo que solo el capricho decidía su lugar de residencia. El año que llevaba en ese estudio era el periodo de tiempo más largo que había pasado alojado en un mismo sitio. Quizá la razón fuera que estaba harto de ir dando tumbos de un lado a otro. Tenía veintiocho años y necesitaba un lugar al que llamar hogar. Y ese estudio alquilado en Memphis distaba mucho de su ideal de hogar.

Al reportaje sobre el turismo en España, le habían seguido varios, tanto en la península como en las islas. Fue un punto y aparte en su carrera. A partir de ahí los trabajos habían empezado a llegar cada vez con mayor asiduidad. Revistas distintas, con mayor alcance mediático cada vez, contrataban sus servicios para reportajes específicos en España, ya no solo sobre turismo, sino sobre cualquier cosa.

Hacía varios viajes a su país cada año y la última propuesta era de *Conocer España*, una revista de nueva tirada que pretendía componer una especie de mosaico sobre el país, tratando el turismo, la historia, la vida común, las ultimas noticias, la sociedad, en fin, de todo un poco, y querían contar con él a tiempo completo.

La oferta le había tentado desde el principio. Tenía ganas de establecerse en algún lugar, ¿y qué mejor sitio que Madrid? Además, las revistas americanas le habían catalogado ya como colaborador en España y no le ofrecían otro tipo de trabajos. De esa manera, incluso podría matar dos pájaros de un tiro, tener un trabajo estable, o al menos todo lo estable que pudiera ser trabajar para una publicación, y seguir aceptando reportajes ocasionales de otras revistas. Y como colofón, estaría cerca de su madre —si las cosas no iban mal, lo mismo vivía con ella hasta que ahorrara lo suficiente como para alquilar algo; ya se vería— y podría visitar a menudo a uno de los pocos amigos de verdad que tenía.

Tan tentador le resultaba que se había puesto en contacto con *Conocer España*, había aceptado el puesto y, a continuación, les había contado las nuevas a sus padres y a Carlos. En menos de un mes estaría en Madrid.

9

Lo malo del amor es que muchos lo confunden con la gastritis,
y, cuando se han curado de la indisposición,
se encuentran con que se han casado.

GROUCHO MARX

22 de noviembre de 2008

—¿*F*ucsia? ¿Estás segura? Los he visto rubios, castaños, morenos, pero fucsia… No es un color muy habitual —comentó Jorge a la vez que daba un buen tirón.

—¡Ay! —exclamó Ruth cerrando involuntariamente las piernas—. ¡Ese ha dolido!

—Vamos, vamos. No seas quejica, que no es para tanto.

Jorge colocó sus manos sobre cada rodilla de la joven y ejerció un poco de presión hasta que ella abrió las piernas de nuevo. Estaba tumbada sobre una gran toalla de playa, en el suelo, desnuda de cintura para abajo, con las rodillas dobladas y las piernas bien abiertas. Él se encontraba arrodillado frente a ella, entre sus piernas, con la mirada fija en su pubis.

—No sé, me da pena eliminar el corazón —comentó el hombre a la vez que posaba la palma de su mano en el interior del muslo femenino y abría con los dedos los labios vaginales para inspeccionarlos.

—¡Qué tontería! El corazón es un símbolo romántico absolutamente obsoleto que no tiene nada que ver con el sexo, y por tanto es reemplazable.

—¡Ya habló la cínica! A mí me parece que el corazón es algo muy tierno. Queda perfecto justo donde está, encima del sexo. Es como una alegoría; se puede tener sexo, pero por encima está el amor.

—¡Ja! Amor y corazón no tienen nada que ver. Es solo producto de años de tradiciones el que se utilice un corazón como símbolo de amor; diseño que, por cierto, no se asemeja nada al órgano real. Ya lo dijo Bécquer: «Dices que tienes corazón, y solo lo dices porque sientes sus latidos; eso no es corazón, es una máquina que al compás que se mueve hace ruido».

—Tú misma, nena —suspiró Jorge. Su amiga podía ser cariñosa, adorable, amable y dar su vida por los demás, pero en asuntos del corazón, era el cinismo personificado.

Comprobó la longitud del escaso vello que crecía en la vulva de Ruth y sonrió complacido. Luego recorrió con dedos expertos y mirada calculadora la pelusilla un poco más tupida del pubis, para a continuación instarla a cerrar las piernas. Le asió los tobillos con una mano y le levantó las piernas juntas en ángulo recto, logrando así una panorámica completa del trasero de la mujer. Situó la mano que le quedaba libre en una nalga e hizo presión hacia fuera, hasta que esta se abrió mostrando el trasero en todo su esplendor.

—Tienes un culo divino: ni grande ni pequeño, respingón pero sin exagerar, sin un solo pelo, granito, ni imperfección.

—¿Tú crees? A mí me parece un poco grande.

—Por supuesto que no. Es perfecto. Hazme caso, que si de algo entiendo es de culos. He visto, probado y follado miles de ellos —comentó Jorge arqueando varias veces las cejas.

—¡Exagerado!

—Siempre, querida. Siempre.

Le bajó las piernas de nuevo hasta la toalla, y se las volvió a abrir, para a continuación empezar a masajear y peinar su pubis, buscando con ojo crítico el mejor lugar para empezar.

—¿Cómo lo hacemos? ¿Un dedo? ¿Dos? —preguntó estirando la piel de la ingle.

—¿Qué te parecen tres?

—¡Tres! Un poco exagerado, ¿no? —Colocó los dedos justo al final de los labios vaginales y apretó comprobando la firmeza de la piel—. Yo creo que con dos dedos será perfecto. —Formó con las manos una especie de cuadro enmarcando la zona por encima del clítoris—. Con más parecerá un mostacho —avisó con ojo clínico.

—Mmm. Tienes razón.

—Siempre la tengo. Y qué te parece aquí —dijo presionando con un dedo en el pubis, justo donde antes había enmarcado la piel—, lo suficientemente lejos del clítoris como para no molestar a la lengua, y lo suficientemente bajo como para poder ponerte un tanga muy chiquitín.

—Perfecto —dijo Ruth apoyada sobre sus codos mientras miraba con atención la zona señalada.

—Pues vamos a ello.

Jorge untó en una espátula diminuta un poco de cera tibia y se dispuso a iniciar su trabajo. Depiló todos y cada uno de los pelitos que tenían la osadía de mancillar el pubis perfecto de su amiga, dejando un bigotito de algo menos de dos dedos —bastante finos— en la zona acordada.

—¿Cómo lo ves? —preguntó cuando lo tuvo casi terminado—. ¿Quizá un poco más pequeño?

—Mmm, no. Si fuera más fino, parecería el bigote de Hitler y no quiero tener nada que ver con eso. Tal cual está yo diría que es exacto al de Chaplin.

—Si tú lo dices… —No estaba nada convencido, le gustaba mucho más el corazón que Ruth llevaba el mes anterior—. ¿Fucsia? ¿Estás segura? Es como muy irreverente.

—Así es y, si recuerdas un poco a Chaplin, te darás cuenta de que él era ante todo irreverente. Por tanto, el color es perfecto.

—Tú mandas. —Jorge cogió el tinte especial para pubis, cubrió el bigotito con el potingue y se dispuso a esperar—. ¿Sabes, querida?, me revienta terriblemente esto.

—¿El qué?

—Hacerte esta obra de arte en tu inigualable monte de Venus, dejar tu chichi hecho un primor y que ningún mortal vaya a verlo. Tanta divinidad desaprovechada me lastima el ego.

—Jorge… ¡No exageres! Además, eso no es cierto. Yo lo veo y tú lo ves.

—¡Ah! Pero es un completo desperdicio. Tanta dedicación para hacerlo perfecto, y solo lo disfrutamos nosotros. ¿No crees que deberías replantearte tus normas? Solo un poco, para que alguien más alabase mi trabajo —suspiró compungido.

—Cariño, sabes de sobra lo que pienso. Nadie debería engalanarse con el fin de que los demás lo vean o alaben, sino por el hecho de sentirse a gusto consigo mismo.

—Estoy de acuerdo, queridísima. Pero unas pocas lisonjas harían mucho bien a mi ego. Y también al tuyo. Imagina —comentó mordiéndose los labios con expresión soñadora— un altísimo semental de cabellos rubios como el trigo y piel bronceada por el sol, con el cuerpo depilado brillando por el sudor, y un pene de… veinticinco o veintiséis centímetros erguido entre sus piernas.

—¿Veintiséis centímetros? ¿Hablas de un hombre o de un caballo?

—Calla, niña, que me cortas la inspiración. —Jorge dio un manotazo al aire—. Veamos, ¿por dónde íbamos? Se acerca a ti, sinuoso, como una pantera al acecho.

—Las panteras son negras y a tu semental lo has descrito rubio.

—¡Oh, demonio de chica! Calla. —Puso un dedo en los labios y entrecerró los ojos, pensativo—. Se aproxima a ti, sinuoso como un tigre. —La miró retándola a contradecirlo, Ruth se limitó a sonreír—. Tú estás tumbada sobre la arena, al borde de la playa, y tu cuerpo desnudo reluce con el sol del mediodía.

—¿Llevo crema protectora? Al mediodía el sol pega fuerte y no quisiera quemarme.

—Ruth, queridísima… ¿Quieres que sigamos siendo amigos? —Ruth hizo el gesto universal de cerrarse la boca con una cremallera—. Perfecto. Tu cuerpo desnudo reluce a la luz de la luna; él se queda mirando absorto tu perfil de diosa, recorre cada una de tus curvas y, al llegar a tu pubis, una exclamación de deseo escapa de sus labios entreabiertos. Se postra ante ti, la mirada clavada en el bigote de Chaplin… ¡Ves cómo no queda romántico! En fin, continúo: se fija en la depilación artística de tu pubis y, arrebatado por la pasión, se inclina para adorarte.

—¿Lleva una linterna?

—¿Qué? Por supuesto que no. ¿Cómo va a llevar una linterna? ¿Qué pinta una linterna en mi fantasía?

—Bueno… es de noche, la luz de la luna y tal… No creo que pueda ver bien el artístico depilado de mi pubis con una luz tan escasa.

—¡Ruth! Ah, te odio. No solo impides que cualquier hombre disfrute de la visión de mi obra, sino que además destrozas mi fantasía.

—¡Eh! Yo no impido a nadie ver nada. Es solo que no cumplen los requisitos.

—¿Requisitos? Bah. Eres demasiado estricta.

—No lo soy.

—¿No? ¿Qué pasó con el moreno ese que conociste hace dos meses? Tenía todas las papeletas para llegar hasta el pubis. Se le veía muy… diestro.

—Qué vaaaa, ya te lo dije. Después de la cena fuimos a su casa, un par de besos y tres canciones de Shakira absorto en mis pechos… ¿Qué querías? ¿La discográfica completa?

—No sé, ¿eran canciones de las largas o de las cortas?

—Mmm. *Suerte*, *Lo imprescindible* y *Escondite inglés*.

—¡Ves! *Escondite inglés* es una canción muy corta. Tendrías que haber usado una más larga. No puedes medir el tiempo que un tipo se ocupa de tus pechos con tres canciones. Además, lo mismo al oírte cantando lo desconcentraste y por eso se quedó en esa zona en vez de ir a otros sitios.

—En absoluto; las canté en voz baja, tarareándolas. Y según mis cálculos fueron casi quince minutos. Si en ese tiempo solo presta atención a mi senos y ni se da cuenta del mensaje subliminal que le mando con el título de las canciones, es que no merece la pena esperar más. Lo tengo comprobado.

—¿Y el rubio aquel de hace seis meses? Se le veía muy apasionado.

—¡Uf! Salimos de cenar, me llevó al callejón y me metió la lengua en la garganta.

—¡Qué buen comienzo!

—¡Ja! Lo hizo con tanto ímpetu que sus dientes chocaron contra los míos rechinando.

—¡Arg!

—Comencé a cantar *La tortura*. Me pareció el título más adecuado y, antes de llegar a «no pido que todos los viernes sean de fiesta…», ya tenía el pene fuera de los pantalones y me estaba subiendo la falda.

—¡Diablos! ¿Y qué hiciste?

—Me salté un trozo de canción, fui directa al estribillo y se lo gruñí al oído: «Mejor te guardas todo eso, a otro perro con ese hueso y nos decimos adiós».

—¿Cogió la indirecta?

—En el mismo momento en que mi rodilla impactó por casualidad con su entrepierna.

—¡Huy! Está claro, querida, que no tienes ninguna suerte con los hombres.

—Ni falta que me hace. Si lo piensas detenidamente, ya tengo todo aquello que un hombre me puede dar, y sin tener que dar nada a cambio. Tengo mi familia, mi trabajo, mi independencia tanto en lo cotidiano como en lo económico. Mi vida es tal y como la quiero.

—Pero te falta una pizquita de pasión, ¿no crees?

—En absoluto, para eso tengo a Brad —dijo Ruth arqueando varias veces las cejas.

—Brad, sí… Ya decía yo que eso del color fucsia tenía historia. Te has teñido el bigote para que haga juego con Brad —aseveró, consciente de la compulsión de su amiga por tenerlo todo conjuntado.

—¡Me has descubierto! —comentó poniéndose las manos en el corazón y soltando una carcajada—. Por cierto, ¿qué hora es?

—Faltan cinco minutos para las doce. ¿Tienes prisa?

—No mucha. Papá está con Iris y Darío, así que no hay problema. Pero aun así, no quiero regresar tarde en exceso; esta noche es la inauguración de la exposición y estoy algo nerviosa.

—No tienes por qué estarlo. Seguro que saldrá perfecta.

—Ya.

—Bueno, creo que ya está. Vamos a ver cómo ha quedado —confirmó Jorge tras retirar un poco del tinte que cubría el bigotito del pubis.

Lo lavó con abundante agua, recortó los pelitos más largos con las tijeras y lo peinó con dedos amorosos. Comprobó, pinzas en mano, que ningún pelo desobediente hubiera escapado de la cera y, por último, masajeó con gran cantidad de crema hidratante toda la zona.

—¡Listo! ¿Qué opinas?

Ruth se levantó dirigiéndose hacia el baño. Una vez allí se miró en el espejo de cuerpo entero, prestando atención a su pubis. Estaba perfecto. Depilado por completo excepto por un pequeño bigotito fucsia que lo dotaba de alegría e irreverencia. Cogió un pequeño espejo de mano de la repisa, subió un pie sobre la taza del inodoro y comprobó detenidamente que todo estuviera como tenía que estar. Libre de vello. Se giró sonriendo a su amigo.

—Jorge, tengo que reconocer que eres un genio.

—Eso ya lo sabía.

10

Nunca desistas de un sueño, solo trata de ver
las señales que te lleven a él.

PAULO COELHO

*E*ran las cinco de la tarde cuando traspasó las puertas de la galería Estampa. La sala principal estaba repleta de cuadros pintados por sus «niños» y Ruth sintió un nudo en la garganta que apenas le permitía respirar. Ya estaba hecho. El proyecto en el que ella y sus amigos se habían volcado en cuerpo y alma había finalizado. Todo estaba listo para dar comienzo a la venta de los cuadros que les permitirían —Dios mediante— organizar un campamento para sus ancianos.

Ruth trabajaba en una ONG que gestionaba un centro de día para mayores con problemas de alzhéimer, demencia senil, dificultades de motricidad, psicológicas, de memoria... aunque a ella le gustaba pensar que trabajaba en una «guardería para niños grandes», un lugar acogedor y familiar en el que los ancianos pasaban parte del día. El centro abría sus puertas de nueve de la mañana a seis de la tarde, y en ese intervalo de tiempo sus «niños» estaban protegidos, mimados y cuidados.

En el mundo actual, en el que todos los adultos de la unidad familiar se veían abocados a trabajar fuera de casa, las familias se enfrentaban a grandes problemas para atender a sus miembros más longevos. En muchos casos no era necesaria la incorporación en una residencia, ya que con un poco de ayuda podían desenvolverse sin problemas en la sociedad. En otros casos, el ingreso a tiempo completo se hacía imprescindible. Pero ya fuera por los altos precios de las residencias privadas, o porque las plazas subvencionadas en los centros de la comunidad eran demasiado escasas para el número de mayores que precisaban de ellas, en muchísimos casos los ancianos se encontraban sentenciados a permanecer encerrados en casa, sin ninguna tutela, mientras que las familias vivían con el temor de que algo les pasara mientras estaban fuera, trabajando.

En los casos en que la familia podía permitirse un solo sueldo, la mujer acababa convirtiéndose en enfermera, agotada y frustrada, del mayor que hubiera a su cargo, y este a su vez no recibía las atenciones necesarias. Por supuesto sí tenían cariño y amor, pero también eran imprescindibles ejercicios, tanto mentales como de psicomotricidad, que estas mujeres abnegadas no podían proporcionar al carecer de medios para ello. Por ende, el día a día se acababa convirtiendo en un martirio para cuidador y paciente.

El centro de día en que ella trabajaba suplía en parte esas carencias. Sus «niños» eran recogidos cada mañana por un vehículo adaptado a sus necesidades que los trasladaba al centro. Una vez allí, permanecían «confinados» y bajo vigilancia especializada hasta las seis de la tarde, hora en que eran devueltos a los domicilios familiares.

No era una prisión, sino que se asemejaba más a una guardería: los ancianos ocupaban su tiempo en diversos talleres, musicoterapia, pintura, clases de relajación, gimnasia mental, etc. Y un día a la semana, aquellos que podían valerse por sí mismos iban de excursión al mercadillo y, cuando las subvenciones y ayudas privadas lo permitían, incluso visitaban algún museo o iban al teatro. Además, un gerontólogo tenía consulta en el centro a tiempo completo, llevando así un seguimiento personal de cada «niño».

No era la solución idónea al problema, pero sí conseguía dar un respiro a sus familias a la vez que hacía sentirse útiles y valorados a los ancianos.

Desde que trabajaba en el centro, hacía seis años, todos los años organizaban un campamento para los ancianos que tuvieran más independencia, tanto motriz como mental. Durante quince mágicos días, eran llevados a un centro especial en Mombeltrán, Ávila, donde, además de cambiar de aires, tenían a su alcance cosas que normalmente no hacían en el centro de día. Estaban en plena sierra de Gredos, en mitad de un valle rodeado de inmensos bosques y montañas, y cada día visitaban un pueblo distinto. Y cada noche, con solo mirar el cielo, podían ver las estrellas mientras un cuidador especializado les enseñaba los nombres de las constelaciones y les contaba la mitología, a la vez que ellos, como si fueran niños de nuevo, exclamaban sorprendidos y soñaban con los ojos abiertos. Pero ese año, el campamento se había convertido en humo.

El Gobierno había cortado parte de la subvención que les proporcionaba y, por tanto, se habían quedado sin fondos para realizar el campamento del año siguiente. En un arranque de inspiración, Dani, uno de sus mejores amigos, había propuesto montar una exposición con los cuadros que pintaban los ancianos y, con los beneficios que obtuvieran, intentarían viabilizar el campamento, más reducido, con menos días, con menos proyectos... Pero un campamento al fin y al cabo.

Cuál no fue la sorpresa de Ruth al ver que no solo sus mejores amigos se volcaban en el proyecto, sino que amigos de amigos, conocidos de las familias de sus «niños» y también desconocidos que se enteraban por terceros se habían puesto manos a la obra, con más proyectos y con más donaciones. Las cuidadoras voluntarias habían aceptado ir al campamento, y las abnegadas familias de sus ancianos se habían ofrecido para ayudar en cualquier cosa que pudieran. La galería les había prestado de forma gratuita el espacio para la exposición y el novio de Luka había conseguido los materiales para iluminar cada uno de los cuadros. Los clientes de Dani les habían cedido marcos en los que colocar los lienzos y entre Ruth, Luka y Dani habían montado la exposición. No habían tenido ningún gasto y el dinero conseguido por cualquier cuadro que se vendiera sería un beneficio limpio. En definitiva, el campamento que en principio se había tornado inviable ahora era casi una realidad. Y el último escalón a subir, el último escollo, se derrumbaba frente a sus ojos.

Las puertas de la galería Estampa permanecerían cerradas hasta las seis de la tarde, hora en que se inauguraría la exposición, pero en las aceras ya había gente esperando la apertura.

Gente que compraría los cuadros, gente anónima y desinteresada que donaría dinero para lograr el sueño.

11

La política es el arte de buscar problemas, encontrarlos,
hacer un diagnóstico falso y aplicar después
los remedios equivocados.
GROUCHO MARX

¿*C*ómo diablos se había dejado convencer para ponerse ese estúpido traje? ¡Lo odiaba! El pantalón le molestaba, el cinturón se le clavaba, el cuello de la camisa y la corbata lo asfixiaban, la chaqueta le impedía mover los hombros a su antojo y los zapatos le estaban destrozando los pies. Miró de reojo a Carlos, el muy cabrito estaba sonriendo. ¡Claro!, él llevaba unos pantalones de pinzas, una camisa y una cazadora, e iba todo lo cómodo que se podía ir vestido de manera formal.

El ascensor detuvo su descenso y las puertas se abrieron. Marcos salió con premura y recorrió el amplio vestíbulo con pasos rápidos y decididos. En el mismo momento en que traspasó las puertas de cristal tintado, sus manos deshicieron frenéticas el nudo de la corbata y desabrocharon el botón de la camisa. ¡Aire! Necesitaba respirar hondo y sentir el aire recorriendo su garganta.

Carlos colocó una mano sobre su hombro.

—Ya está, tío. Respira a gusto.

—Joder, aún no sé cómo mi madre me ha liado para que me pusiera esto. —Marcos señaló el traje impecable que le quedaba como un guante.

—Bueno, hay que reconocer que así has causado impresión —afirmó Carlos sonriendo ante la mirada penetrante y furiosa de su amigo.

Tras unos segundos de inspirar y espirar sonoramente comenzó a sentir frío. Estaba en mitad de la calle, en pleno noviembre, abrigado solo con una chaqueta. Demonios.

Hacía unos días, Carlos le había comentado que tenía concertada una importantísima entrevista con los dueños de un campo de golf que estaba siendo arrasado por pájaros silvestres y palomas. Su amigo pretendía conseguir un contrato en exclusiva para su empresa de cetrería, y para eso tenía que convencer a los mandamases de que la mejor manera de erradicar a los molestos pájaros era usar sus aves rapaces para marcar el territorio y cazarlos. También le comentó que estos mandamases eran unos esnobs adinerados y que estaba algo nervioso ante la entrevista. A Marcos no se le ocurrió otra cosa que ofrecerse a acompañarlo para que no se encontrara solo ante los lobos, pero el peor error de todos había sido contárselo a su fantasiosa madre. Luisa había decidido que su hijo era el mejor ejecutivo que se podía encontrar en el país y se había empeñado en vestirlo como tal. Resultado: que los jefazos se habían sentido impresionados ante la presencia de Marcos y habían obviado al verdadero dueño de la empresa. Le habían acosado a preguntas que Marcos no sabía cómo responder y habían acabado negociando con él en lugar de con Carlos.

Y a Carlos le había parecido divino, ya que su amigo sabía la mayoría de los vericuetos de la profesión, y lo que no sabía lo improvisaba, de tal manera que había conseguido un contrato mucho más ventajoso del que pensaba lograr él. Por tanto, todos contentos.

O al menos todo lo contento que pueda estar un hombre al borde de la asfixia.

Marcos oteó la calle buscando cualquier cafetería en la que pudiera entrar en calor y tomarse un buen café reconstituyente y la encontró justo cruzando la vía. Los dos amigos se encaminaron hacia allí, sin dejar de comentar el logro conseguido. Pasaron delante de una galería de arte, en cuyo escaparate se mostraban diversos cuadros, junto a un gran cartel que indicaba que se estaba celebrando una exposición a beneficio de un centro de día para mayores.

—Vaya. ¿No te recuerda a Ruth la mujer de este retrato? —preguntó Carlos deteniéndose.

—Tío, estoy helado. No me andes con chuflas ahora —respondió Marcos acercándose a su amigo con la intención de echar un rápido vistazo y seguir camino a su meta: el calor de la cafetería.

—Es clavada —aseveró Carlos.

—Seguro —ironizó Marcos antes de mirar el retrato más detenidamente—. Mmm, sí que se parece.

—Ya te lo decía.

Los dos amigos recorrieron el escaparate con la mirada, deteniéndose en los pocos cuadros que alcanzaban a ver en el interior de la galería, buscando más rostros conocidos… y fueron recompensados con otro hallazgo. Un lienzo en acuarela, en el que se veía a un hombre y a una mujer en una pradera, a la sombra de lo que parecía un sauce llorón. Estaban sentados en el suelo, uno frente al otro, y entre ellos había una hilera de cartas, como si estuvieran jugando.

—Que me aspen si ese de ahí no es Ricardo —comentó Carlos pegando la nariz al cristal.

—¿El padre de Ruth? Pues yo diría que sí. Y la que está jugando con él al tute es ella.

—¿Al tute? Eso no parece el tute.

—Pues será el mus —replicó Marcos sin prestar atención a su amigo.

Su mente estaba concentrada en cuántas posibilidades había de que dos modelos desconocidos fueran idénticos a su amiga y al padre de esta. Y si tenía que ser sincero, no creía que hubiera muchas. Sin pensárselo dos veces, se dirigió a la puerta de la galería y entró, con Carlos pisándole los talones.

—¿Qué haces? —siseó su amigo.

—Averiguar de dónde han sacado los cuadros.

—Los han pintado los ancianos del centro al que van destinados los beneficios.

—¿Y tú cómo lo sabes? —le miró extrañado Marcos.

—Lo he leído en el cartel de la entrada.

—Bueno, pues, ya que estamos aquí, vamos a dar un garbeo. Al fin y al cabo no desentonamos. —Señaló sus ropas trajeadas a la vez que miraba a los demás asistentes a la exposición.

Carlos se encogió de hombros y siguió a su amigo. Se estaba calentito allí, así que, por él, perfecto. Vagaron por la sala observando cada cuadro y dieron con otra pintura en la que también estaba retratada su antigua amiga. «Demasiadas coincidencias», pensó Marcos. Observó una escalera que subía a la planta alta en un extremo de la galería y se dirigió hacia allí. Subió los primeros escalones y, sin ningún disimulo, revisó el rostro de todos y cada uno de los presentes hasta que dio con el objeto de su búsqueda. Allí estaba ella, vestida con un traje de falda hasta la rodilla y chaqueta gris marengo, totalmente clásico y aburrido. Acompañaban el conjunto unos zapatos de salón del mismo color y un discreto collar de pequeñas perlas. El pelo, retirado de la cara, se estiraba conformando un moño clásico en la nuca, otorgando el punto final a su aspecto nada destacable. Se la veía relajada, rodeada de lo que Marcos supuso que era un grupo de amigos. Agudizó más sus sentidos. Sí. La rubia que estaba a su lado vestida de manera impoluta era la Repipi… ¿Pili? Sí. Justo enfrente, una mujer de pelo castaño y mirada traviesa bromeaba con un hombre imponente. El hombre no tenía ni idea de quién era, pero la sonrisa taimada de la mujer no podía pertenecer a otra persona que a la Loca… Luka. Cerca de esta, una mujer mayor intentaba contener el entusiasmo de una niña de unos doce años que no dejaba de dar saltitos sobre sus pies. No conocía a ninguna de las dos. El grupo lo cerraban dos hombres; el primero, alto y delgado como un junco y con el pelo negro y de punta, que abrazaba a Ruth por los hombros a la vez que le decía algo al oído que la hacía reír a carcajadas. Ni idea de quién era. El segundo era un mastodonte. La persona más alta de toda la exposición, con unos hombros que ocupaban más espacio que dos mujeres juntas —dos mujeres no muy delgadas—, el pelo cortado al rape y unas manos enormes que abrazaban con cariño la cintura delgada de la Repipi. Lo observó detenidamente: la raya del pantalón estaba planchada justo en el centro, la camisa sin una sola arruga, los zapatos brillantes, la corbata con un nudo impecable y sujeta con un alfiler en el centro exacto de la camisa… No podía ser otro que el Dandi.

—Vaya, vaya. Reunión de amigos —comentó entre dientes.

—¿De qué hablas? ¿Qué haces ahí subido? —interrogó Carlos.

—Mira. —Y señaló al grupo—. Está toda la panda.

—¿Qué? —Carlos siguió con la mirada la línea invisible que marcaba el dedo de Marcos y al momento se quedó estupefacto—. ¡Ostras! Solo falta Enar para completar la estampa. ¿Qué hacemos? ¿Nos acercamos a saludarlos? —preguntó renuente. Hacía más de siete años que no pisaba el barrio ni veía a su antiguo grupo y, para ser sincero, le daba un poco de vergüenza presentarse sin más y saludarlos.

—No. Quiero averiguar de qué va esto, y luego, con la información en mi poder, ya veré qué hago.

—Marcos, tío, no dejes que salga tu vena periodística. Estamos en una exposición benéfica que busca recaudar fondos. No creo que haya más información que esa —comentó Carlos atónito. ¿Qué carajo quería decir su amigo con «información» y «ya veré»?

—No. Están todos. Algo pasa, lo huelo. ¿Por qué iban a estar todos juntos aquí, si no fuera por algo importante? Piénsalo. Si quieres ir a tomar unas copas con los amigotes, no te vas a una galería de arte a ver cuadros. Te largas al bar de la esquina.

—Si tú lo dices —respondió Carlos no muy convencido. Debido a lo aislado de su granja de rapaces no tenía muchos amigos. De hecho solo contaba a Marcos como tal. Y cuando quería tomar unas copas con él, lo único que podía hacer era llamarlo a ver si pasaba a visitarlo. Las rapaces requerían cuidados constantes y, entre el trabajo y cuidarlas, no tenía tiempo para la vida social. Por tanto no estaba lo que se dice al corriente de las costumbres sociales.

—Voy a investigar, nos vemos luego.

Marcos salió disparado hacia el centro de la galería dejando a Carlos a solas con su timidez y sus pensamientos.

El grupo se había disuelto en ese momento. Las chicas recorrían el lugar mientras los hombres deambulaban cada uno por su lado, acercándose a los asistentes; hablando con ellos y mostrándoles diversos cuadros. Marcos se dio cuenta en ese momento de que cada vez había más cartelitos de «vendido» y decidió, de golpe y porrazo, que aquellos en los que salía Ruth iban a ser suyos. ¿Por qué motivo? Ni idea. Pero serían suyos. Calculó su estrategia: no interrogaría ni al Dandi ni al hombre rubio que paseaba abrazado a Luka. Sus amigos le reconocerían y quería permanecer en el anonimato, al menos hasta que tuviera toda la información. Las demás chicas estaban descartadas por lo mismo. Quedaba el moreno de pelo en punta, y a por él se fue.

—Interesante pintura —le comentó, como quien no quiere la cosa, cuando el moreno pasaba por su lado.

—¿Verdad que sí? —Dani se paró de golpe ante un posible comprador—. El autor de este retrato padece alzhéimer, aunque cualquiera lo diría a tenor de las pinceladas precisas y el uso de la luz y el color que hace.

—Ciertamente —aseveró Marcos que, si bien no entendía de pinceladas, conocía la luz en todos sus matices pues su trabajo dependía de ella—. Marcos Sierra. —Y extendió la mano presentándose—. ¿Todos los cuadros los han pintado los abuelos?

—Daniel González —se presentó Dani—. Sí, pertenecen al grupo de mayores del centro de día. Esta exposición… —Dani, como buen vendedor, procedió a contar la historia de la exposición, haciendo especial hincapié en lo necesario que eran los fondos que se recaudaran, el uso social para el que se iba a utilizar y la excelente calidad de los trabajos.

—Habéis hecho una labor estupenda aquí, y totalmente desinteresada según veo —comentó Marcos cuando Dani finalizó el despliegue de datos.

—Sí. Lo cierto es que el motor de todo ha sido una de las trabajadoras del centro que se ha volcado desinteresadamente en el proyecto —respondió, orgulloso de su amiga, mordiendo totalmente el anzuelo.

—¿Una trabajadora del centro?

—Sí. Ruth Vázquez. Secretaria de Dirección de Recursos Humanos y madre adoptiva de todos los ancianos —comentó guiñándole un ojo a su interlocutor—. Una mujer extraordinaria, responsable en gran medida de que el centro sea uno de los mejores de la comunidad, impulsora de los talleres más creativos en que trabajan los ancianos y amiga de todos y cada uno de ellos.

—Vaya. Los ancianos la tendrán en gran estima.

—Ni se lo imagina. Acompáñeme —le guio hacia la salida y una vez allí le mostró el retrato del escaparate—. Esta es una de las pinturas que han hecho de ella. Como puede comprobar, el autor ha centrado su obra en el rostro. Si observa bien, verá que los ojos trasmiten los sentimientos que el anciano siente al estar con ella: tranquilidad, simpatía, amabilidad. Si tenemos en cuenta que el autor de la obra está aquejado de demencia senil, nos damos cuenta de que no solo se hacen necesarios tratamientos y médicos, sino también personas capaces de sacar lo mejor de cada uno con su mera presencia.

—Impresionante. Me gustaría tenerlo en mi salón. —Listo, uno ya era suyo. Le quedaban dos, que él supiera.

—Perfecto. No hay ningún problema si quiere comprarlo —aseveró Dani, encantado. Un cuadro más vendido, un paso más cerca de conseguir los fondos necesarios.

—¿Tiene más obras en las que salga ella?

—Dos más. Pero no sé si están vendidas.

—¿Podría comprobarlo?

—Por supuesto. Acompáñeme. —Entraron de nuevo en la galería y Dani se dirigió hacia el cuadro de los sauces llorones—. En este lienzo está retratada junto a su padre.

—Ajá. ¿Y las cartas? —Era una pregunta tonta, pero se sentía intrigado—. ¿Mus? ¿Tute?

—Es un juego de memoria. Se trata de buscar cartas para seguir la escalera numérica. Parece una tontería, pero no lo es. Los ancianos deben recordar la carta que hay en la mesa a la vez que la carta que están buscando en la baraja. Para ellos no es tan fácil como parece.

—Por supuesto. También estoy interesado en este.

—Perfecto. Si quiere ver el último… —Marcos asintió y se dispuso a acompañarle—. Aquí lo tenemos. No es una gran obra, técnicamente hablando, pero impresiona por su naturalidad y carisma.

En el cuadro se veía a Ruth vestida con un babi de color verde, una de esas batas ligeras que se les pone a los niños más pequeños encima de la ropa para protegerla de manchas. Estaba sentada sobre una mesa, con los brazos alzados formando un semicírculo, el pelo recogido en una coleta caída y los botones de la bata mal alineados la mostraban como era en realidad, distraída de su aspecto externo. Su rostro inclinado a un lado y sus labios sonrientes insinuaban que por el contrario estaba totalmente centrada en quienquiera que fuese la persona destinataria de sus ademanes.

—¿Qué hace? —preguntó Marcos curioso.

—El autor de la obra la ha representado en uno de los talleres que imparte. El de cuentacuentos. Vestida con ese babi, se sube sobre la mesa y va desgranando un cuento ante los asistentes. Al acabar, los ancianos deben hacer un dibujo en el que se refleje lo que han retenido, sentido o pensado de la narración. En la ocasión retratada, narraba un cuento sobre la luna y sus hijas, las estrellas.

—¿Por qué lleva el babi? ¿Ella también pinta?

—No. Lo lleva porque los ancianos usan pinturas que pueden manchar su ropa y por tanto se ven obligados a cubrirse con esa prenda. Ruth se dio cuenta de que se sentían recelosos de que el profesor fuera bien vestido, y decidió asemejarse a ellos, por lo que cuenta los relatos vestida así. Y casi siempre acaba pringándose a propósito con las pinturas. Eso les hace sentir que no hay diferencia entre alumnos y profesor, se sienten más cómodos y expresan mejor su arte.

—Entiendo. También quiero este.

—Perfecto. ¿Le gustaría que le mostrase algún cuadro más? —«Tres cuadros, ¡Dios! Tres. ¡Alucinante!», pensó Dani.

—¿Hay alguno más en que salga esta mujer?

—Eh, no. Pero hay muchos otros que…

—Suficiente. Solo quiero estos tres, pero, antes de formalizar la venta, me gustaría estar seguro de adónde van a parar exactamente mis donativos y lo que se va a hacer con ellos. De hecho, considero necesario hablar con la persona que ha montado la exposición para estar por completo seguro de que serán bien empleados.

—Por supuesto. Mmm… Creo que lo mejor sería que conociera a Ruth Vázquez. Un momento, por favor. Ahora mismo vuelvo.

Dani giró nervioso sobre sus talones, comprobando que el futuro comprador no se marchara, y salió disparado hacia el último lugar donde había visto a su amiga.

—Ruth, no te lo vas a creer; alguien está interesado en comprar tres de los cuadros que quedan por venderse. Tienes que venir y ayudarme a convencerlo. Me ha preguntado por el cerebro de todo esto, ¡y esa eres tú! Me está preguntando por la labor social del centro, y yo no sé explicarle cómo va la cosa, ni lo que hacéis ni cómo vais a montar el viaje. Ya sabes que cuando se trata de hablar en serio no se me da nada bien. Vamos, no vaya a ser que se vaya, date prisa, ven, a qué esperas. ¡Tres de golpe! ¡Dios! Va a ser todo un éxito. Vamos, no te retrases.

—Voy, voy.

Ruth acompañó risueña al nervioso Dani, seguida muy de cerca por los demás. A todos les comía la curiosidad por ver quién iba a comprar tantos cuadros de una sola tacada. Se detuvieron ante una espalda impecablemente cubierta por un traje a medida en el que resaltaba una coleta de pelo rubio y liso, larga hasta la cintura. Dani se acercó a esa espalda tirando de la muñeca de Ruth.

—Ruth, quiero presentarte al señor Sierra.

La espalda se giró al oír su nombre. Pertenecía a un tipo altísimo, un hombre joven de alrededor de treinta años, con una cara que los mismísimos ángeles habrían envidiado, unos ojos azules que parecían penetrar en los pensamientos de los demás y un cuerpo que superaba con creces en belleza al *David* de Miguel Ángel. Miró a Ruth de arriba abajo y sonrió.

—Ruth *Avestruz*. Encantado de verte de nuevo. —«Te tengo», pensó Marcos complacido.

Siete años después de su última cita, Ruth estaba a su alcance, y en esta ocasión no le iba a permitir escabullirse. Esta vez hablarían largo y tendido. Porque, aunque había pasado el tiempo, a Marcos le quedaba todavía ese gusanillo de posesividad, esa mentalidad propia del hombre primitivo que le instaba a recuperar lo que una vez fue suyo. ¡Qué demonios! Durante años había estado obsesionado con saber. Y ahora que ella estaba al alcance de su mano, tenía que averiguar si había algún motivo especial por el cual le hubiese entregado su virginidad. No quería saberlo por nada en concreto, sino por curiosidad... Además, de niños le había perseguido, de jóvenes había sido suya y ahora, de adultos, le era absolutamente necesario saber si su antigua amiga había cambiado, o si permanecía igual. Y si seguía siendo la misma, entonces...

—Marcos *Cara de asco*... Qué placer más repugnante —respondió Ruth sin pensárselo dos veces.

—Tú eres... ¡¿Marcos?! —intervino Luka alucinando para a continuación fruncir el ceño disgustada.

—Sí y tú eres... —Marcos entornó los ojos, haciendo como que recordaba—. Luka *la Loca*, ¿verdad?

—Mira qué gracioso. Si su asquerosidad me disculpa, me temo que el aire se ha tornado irrespirable, así que con gran placer me retiro de su presencia. Vámonos, Ruth, que aquí apesta —dijo Luka empujando sin querer a Alex, su novio, y haciéndolo chocar contra Pili, que estaba justo detrás.

—Ey, cuidado, Luka. —En ese momento cayó en la cuenta de que había alguien nuevo con ellos—. Hola, soy Pili.

—¿Pili *la Repipi*? Increíble. Veo que seguís siendo las tres moscas inseparables —comentó Marcos irónico y bastante irritado por el recibimiento de Luka y Ruth—. Solo falta Javi *el Dandi*.

—¿Algún problema? —preguntó Javi en ese tono de voz bajo y amenazador que usaba cuando estaba algo más que irritado. Hacía años que los dos examigos no se veían y Javi había cambiado muchísimo. Ahora medía casi dos metros de altura por metro y medio de espaldas y, sobre todo, tenía una memoria prodigiosa.

—Me lo tendría que haber imaginado… está el grupito al completo —respondió Marcos totalmente furioso por la amenaza implícita en las palabras de su amigo. No esperaba abrazos ni besos, pero tampoco ese resentimiento en sus miradas. ¿Qué mosca les había picado? Miró el rostro enfadado de Ruth y cayó en la cuenta de que quizás su examiga no había sido lo que se dice discreta con respecto a su último encuentro. Quién sabe si no lo había ido contando al resto de la panda. Aunque tampoco entendía las malas caras. Todo el mundo discute, ¿no? Pero ellos lo miraban como si fuera el mayor villano del mundo.

—El aire es cada vez más irrespirable, me largo —declaró Luka llevándose a Ruth con ella.

Se dio la vuelta y se fue dando grandes zancadas hacia la otra punta de la exposición a la vez que abrazaba a Ruth por los hombros. Pili no se lo pensó dos veces y con una mueca de asco se giró y salió tras ellas, poniéndose al otro lado de Ruth y quedando esta en medio de sus dos mejores amigas. Alex y Dani se miraron y luego observaron a Javi, que seguía mirando con fijeza a Marcos, con una cara que no dejaba nada a la imaginación. Quería golpearle, machacarle las costillas y escupirle en la cara.

Javi podía olvidar muchas cosas, pero ver a Ruth llorando en una cama del hospital era una de esas imágenes que jamás podría borrar de su cerebro.

—Vamos, Javi, que se nos escapan las chicas —dijo Dani haciendo señas hacia las amigas, que en esos momentos estaban al otro lado de la galería.

Javi no dijo ni pío. Se giró y se marchó con los puños apretados contra su costado.

Marcos vio alejarse a sus antiguos compañeros con la irritación y el estupor dibujado en la cara. ¿Qué coño había pasado?

—¿Qué les has dicho? Parecían a punto de matarte —comentó Carlos a sus espaldas. Se había acercado al grupo con la intención de saludar a sus viejos amigos, pero, al ver las miradas de odio y escuchar las frases despectivas, se había quedado clavado en el sitio.

—Nada.

—¿Estás seguro?

—No he dicho nada —gruñó entre dientes—, pero ten por seguro que dentro de muy poco me voy a despachar a gusto.

—¿Lo crees necesario? Mejor vámonos a tomar algo. Aquí no pintamos nada.

Carlos recordaba con cariño a la panda y no le apetecía nada que su mejor amigo discutiera con sus antiguos compañeros.

—No. Vete tú si quieres. Yo tengo algo pendiente que hacer.

—¿Qué?

—No es de tu incumbencia.

—Marcos. No empieces —le regañó.

A veces Marcos volvía a ser la persona agresiva que conoció antaño, y Carlos no estaba por la labor de volver a soportar sus desplantes.

—Lo siento, Carlos. Estoy algo irritado. Tengo que reflexionar. —Lo miró excusándose—. Discúlpame.

—¿Qué vas a hacer?

—Por lo pronto comprar esos tres malditos cuadros; luego, ni idea —dijo dirigiéndose al mostrador con la intención de llevar a cabo la compra.

—¿Comprar cuadros? Pero… —Se calló al punto. Marcos no tenía mucho efectivo y le disgustaba que se lo recordaran.

Lo siguió hasta la recepción y comprobó atónito que su mejor amigo se gastaba una buena cantidad de dinero en unos cuadros en los que salía Ruth. Un dinero que, por lo que él sabía, componía el grueso de sus ahorros.

—Estás como una cabra.

—Es por una buena obra.

—¿Cuál? ¿Los ancianos?

—No. Quedarme a gusto.

—¿Qué piensas hacer con ellos?

—Colgarlos en el salón.

—Ah.

—Y usarlos de diana para jugar a los dardos —finalizó furioso.

Pasaba una hora de la medianoche cuando Dani y Ruth salieron de la galería. Aunque esta había cerrado sus puertas hacía tiempo, se habían quedado para reorganizarlo todo, comprobar los datos de los compradores y confirmar que el primer balance fuera positivo. Había sido un éxito, sin lugar a dudas, y esperaban de manera fehaciente que al día siguiente se vendieran los escasos cuadros que aún quedaban disponibles. Incluso habían comentado que se podría repetir la iniciativa al año siguiente en vista del éxito actual.

El ambiente frío creaba nubes de vapor con el aliento que exhalaban al hablar. La temperatura era muy baja y en pocos segundos comenzaron a tiritar.

—¡Estoy helado! ¿Buscamos un sitio abierto para seguir charlando? —preguntó Dani castañeteando los dientes.

—Mejor no. Debo regresar a casa. Apenas si la he pisado hoy y me gustaría comprobar si Darío y Héctor han seguido mis indicaciones.

—Son mayorcitos, no deberías preocuparte tanto por ellos.

—Supongo que tienes razón, pero la última noche que regresé tarde los encontré tirados en el comedor viendo la tele.

—¿Y?

—Eran las tres de la mañana y la televisión emitía una película bélica llena de sangre, vísceras y violencia. Y eso por no hablar del lenguaje atroz y plagado de palabras obscenas que usaban los actores.

—¿Y?

—Iris estaba con ellos. Despierta. Sentada en el suelo, fuera de la alfombra. Mirando con ojos alucinados la televisión. Cuando la conseguí acostar tenía el trasero helado y no paraba de preguntarme cosas que… en fin, no sabía muy bien cómo responder.

—Huy.

—Papá, por otro lado, estaba totalmente confuso. La película hablaba sobre la guerra de Afganistán y él no entendía a qué se refería, así que lo preguntaba a cada momento. Eso por no mencionar que tanta violencia gratuita lo tenía bastante alterado; más aún cuando era incapaz de recordar por qué se ejercía esa violencia. Ya sabes que en cada cambio de escena o trama olvida lo anterior. Al día siguiente Iris se levantó gruñendo porque no había dormido lo suficiente y papá estaba nervioso pero no sabía por qué.

—Bueno, quizá lo mejor sea que vayas a casa a comprobar que no ha sucedido nada —aseveró Dani, apenado porque su amiga no tuviera casi nunca la posibilidad de salir con otra gente. Y porque cuando lo hacía, en vez de pasarlo bien, se pasaba el tiempo preocupada porque no podía controlar lo que su familia hacía en la casa.

—Sí. Bueno, nos vemos mañana por la mañana.

—De acuerdo. —Dani se dio la vuelta para ir a por su furgoneta pero se lo pensó mejor—. Te acompaño hasta el coche, no son horas de pasear sola por la calle.

—¿Dónde has aparcado?

—Un par de calles más abajo. Vi el sitio y lo ocupé. Fue casi un milagro.

—Ajá. —Ruth había aparcado a cuatro o cinco calles en la dirección contraria—. No te preocupes, lo tengo en el garaje de la esquina.

—¿Lo has metido en el aparcamiento? —Dani la miró asombrado.

Entre mantener a la familia y pagar la carrera universitaria de Héctor, a Ruth no le solía sobrar mucho dinero al mes. De hecho era la primera vez que su amiga pagaba por dejar el coche en un estacionamiento. Siempre lo aparcaba en la calle, aunque fuera a mil kilómetros de distancia del sitio al que iba.

—Efectivamente. No encontraba sitio por la zona y pensé que saldríamos bastante tarde, por lo que decidí aparcarlo en el aparcamiento vigilado para así no tener problemas.

—Te acompaño.

—No es necesario.

—No. Pero no me cuesta ningún trabajo. —¡Claro que era necesario!

Caminaron entre risas y arrebatos de alegría, a la vez que comentaban el éxito de la exposición. Al llegar, Dani quiso acompañarla hasta el coche, pero Ruth le señaló al vigilante de seguridad y le aseguró que no era necesario que perdiera más tiempo. Dani asintió sin estar del todo convencido, pero comprendiendo que no le quedaba más remedio que darse la vuelta e irse. Cuando a su amiga le entraban las ansias de independencia no había manera de hacerla cambiar de opinión.

Ruth se acercó a la oficina sacando el monedero del bolso, hizo la intención de pagar el recibo mientras comprobaba con la mirada que Dani hubiera salido del aparcamiento. Guardó el monedero, sonrió al atónito cobrador y se dio media vuelta hacia la salida. Por nada del mundo hubiera permitido que Dani perdiese más de quince minutos en acompañarla hasta su coche solo porque él pensaba que era peligroso que anduviera sola de noche. ¡Paparruchas!

Apresuró el paso en dirección a la salida. No se oía nada excepto los tacones de sus zapatos de salón al golpear con fuerza el suelo. Subió presurosa las escaleras que daban a la calle mientras buscaba en el bolso su espray de pimienta. Mujer precavida vale por dos. En el momento en que se hizo con él, oyó el ruido de unos pasos a su espalda. Asió con más fuerza el bote de espray y aceleró el paso, pendiente de las pisadas que la seguían. Al comprobar que se hacían más débiles y lejanas sonrió para sí misma llamándose alarmista, la calle por la que transitaba estaba totalmente iluminada y un buen número de paseantes nocturnos la recorría.

Ruth se permitió entonces relajar la atención y centrar sus pensamientos en el inesperado encuentro acaecido en la galería. Calculó la contingencia de volver a tropezarse con ese personaje y llegó a la conclusión de que esa era una posibilidad muy remota. Seguramente, él estaría de paso para algún reportaje o algo por el estilo y volvería pronto adonde quiera que viviera. No había motivos para preocuparse.

¿O sí?

De repente alguien tropezó contra ella, empujándola de bruces contra un portal oscuro.

Ruth se volvió con el aerosol de pimienta en la mano y la intención de encarar al borracho culpable del atropello, cuando unas manos la agarraron por las muñecas, colocándoselas a ambos lados de la cabeza y un cuerpo enorme y duro se apretó contra su espalda.

—Ahora que por fin estamos solos, ¿serías tan amable de decirme qué cojones les has contado a tus amigos para que me trataran así en la galería? —susurró una voz furiosa en su oído. Una voz que conocía muy bien. Una voz que, si no contaba las últimas horas, hacía exactamente siete años que no oía.

—¿Marcos? —No… imposible.

—El mismo que viste y calza.

—¿Qué estás haciendo?

—Pedirte explicaciones.

—No es necesario que seas tan rudo.

—Sí lo es. Al menos mientras lleves ese bote en la mano.

—¿El espray? Libérame y lo guardaré.

—¿Te crees que soy idiota? Suéltalo.

—No.

—Suéltalo —siseó en su oído a la vez que le apretaba la muñeca.

—¡Bestia! —exclamó abriendo los dedos.

—Siempre. —Marcos se agachó y recogió el bote del suelo—. ¿No te basta con hacer que todos me detesten, sino que además quieres gasearme?

—No seas obtuso. Yo no he dispuesto que nadie te aborrezca, y el espray no estaba destinado a ti, si no a cualquiera que pretendiera agredirme —contestó frotándose las muñecas.

—Ya veo. Habría sido más inteligente dejar que tu novio te acompañase. Hubiera resultado mejor protección que esto —dijo guardándose el frasco en el bolsillo y acercándose a ella.

—Es mi amigo, y el espray siempre me ha resultado eficaz. —Ruth dio un paso atrás; él estaba demasiado cerca para su gusto.

—Seguro —ironizó como respuesta a ambas cuestiones—. ¿Qué coño les has contado sobre mí?

—¿Sobre ti? Nada.

—¿Nada? Pues explícame por qué he recibido una bienvenida tan cordial. —Se aproximó hasta quedar a escasos centímetros de ella.

—¡Por favor! No seas megalómano, el mundo no gira alrededor de tu persona. —Ruth retrocedió hasta encontrarse con la espalda pegada a la puerta del portal.

—No soy megalómano. —«Signifique eso lo que signifique», pensó Marcos—. ¿Qué mierda has contado sobre mí? —Se alzó imponente sobre ella.

—¿Por qué especulas con que su reacción ha sido culpa mía? —Ruth alzó la cabeza para responderle. Estaba tan cerca de ella que su presencia le resultaba amenazante, de una manera abiertamente erótica… ¡Caramba!

—Fácil. —Él apuntaló sus manos al lado de cada uno de los hombros femeninos y, apoyando la cara en la mejilla de Ruth, habló en susurros con los labios pegados a su oído—. Hace quince años que no los veo. No tenían motivos para recibirme así, a no ser que alguien exagerase muchísimo una tonta discusión —finalizó inspirando profundamente. ¡Dios, qué bien olía su pelo!

—¿Me estás olisqueando? —preguntó Ruth parpadeando confusa, a continuación posó las manos contra el pecho masculino y empujó—. Aparta, me incomodas. —No tenía ni idea de cuánto. El calor de su torso traspasaba la tela de la camisa, haciéndolo sentir cálido y duro contra sus finos dedos.

—No. —Se mantuvo firme contra ella reprimiendo un escalofrío cuando sintió sus manos sobre él—. Tenemos que hablar, no voy a dejar que huyas de nuevo.

—¡Yo no huyo!

—¿Ah, no? ¿Y cómo llamas tú a salir pitando y cruzar un océano solo por no enfrentarte a mí? —Sus caras estaban separadas por la distancia de un suspiro.

—¿Cruzar un océano? ¿Encararme contigo? ¿De qué estás hablando? —Lo miró fijamente a los ojos, que por cierto seguían siendo igual de hermosos que cuando eran niños.

—De la última vez que nos vimos.

Las manos de su amiga seguían sobre su torso y el calor que emanaba de ellas, mezclado con el olor de su piel y la cercanía de sus labios, estaban haciendo estragos en los bajos fondos de Marcos. Por muy enfadado que estuviera, por mucha rabia que sintiera, no podía evitarlo. Lo volvía loco. Había sido así desde que eran niños, y ahora, de adultos, la atracción era más fuerte. Ya no deseaba tirarle de las coletas y zarandearla. Deseaba tomarla del pelo, hundir la lengua en su boca y hacer que zarandease las caderas sobre su polla.

—Ajá. —Caramba, pensó Ruth recordando. No había huido. Bueno, de la habitación en que pasó todo sí, pero no del país. Había partido por motivos que a él no le incumbían. Marcos había dejado bien clarita su opinión entonces. ¿Y por qué no se separaba un poco? La estaba perturbando—. No me fugué, tuve que marcharme por motivos personales.

—Sí. Claro. Acojonarte por entregar tu virginidad se puede considerar perfectamente un motivo personal. —¡Al diablo! Pegó su cintura a la de ella, presionando la erección contra el abdomen femenino. ¡Dios! ¡Qué bien se sentía así!

—¡Qué! —Ruth abrió la boca para protestar cuando lo sintió duro y palpitante contra ella. La volvió a cerrar.

—Así que doña Tengo el Control se da cuenta de que no tiene ningún dominio sobre su cuerpo y de que está disfrutando como una loca con mi polla. —Introdujo la rodilla entre los muslos de la mujer, contoneando la erección contra su vientre, haciendo que la falda quedara tensa contra el bigotito fucsia de Charles Chaplin—. Doña Soy una Persona Cabal y Coherente se acojona, entra en pánico, me acusa de chorradas y sale como alma que lleva el diablo. Pero ojo, no solo se va de la casa, ¡qué va!, ni se traslada a otra ciudad. ¡No! Se va del puñetero continente.

—Yo no… —interrumpió Ruth abriendo la boca, momento que aprovechó Marcos para mordisquearle el labio inferior y pegarse más a ella. Y sin saber cómo, las manos de Ruth, que antes reposaban en su pecho, se enredaron en la larga coleta de cabellos rubios del hombre.

—Tú. Sí —comentó él alejándose de su boca—. Y no contenta con eso, les has contado quién sabe qué trolas sobre mí a tus amigos. ¿Qué les has dicho? ¿Que me aproveché de ti? —Metió la mano bajo el tres cuartos de la mujer y buscó la cintura de la falda.

—No.

—¿Que abusé de ti? —Apartó la blusa y encajó la mano entre la falda y la piel—. ¿Que no estabas caliente y dispuesta cuando te la metí? —Deslizó los dedos por encima del encaje de lo que supuso eran las bragas—. ¿Que no disfrutaste como una loca?

—¡Por supuesto que no! —Ruth le agarró de la coleta con fuerza y tiró, haciendo que él soltase un gemido de dolor.

—Claro que no. —Marcos sacó la mano que acariciaba el encaje y la agarró de los antebrazos para impedir que siguiera tirándole del pelo—. Doña Fría y Calculadora jamás sería capaz de echar un polvo esporádico ni de disfrutar con buen sexo. Así que, cuando ve que le ha salido el tiro por la culata, decide hacerse la jodida mártir, salir cagando leches del continente y contarle a todo el mundo lo malvado y horrible que soy por haber follado con santa Ruth.

—¿Santa Ruth? —exclamó ella con las piernas cabalgando sobre el muslo del hombre, y las manos asiéndole aún la coleta.

—Sí. —Sonrió irónico, apretando el muslo y la erección contra ella, soltándole los brazos para volver a introducir la mano bajo la falda. Si volvía a tirarle del pelo ya vería qué hacía, pero en esos momentos sus dedos tenían otro punto más importante que tocar—. O quizá sería mejor decir santa Frígida.

—¡Santa Frígida! Siento indicarte que no existe mujer frígida, sino hombres que no saben conducirla al orgasmo. —Le soltó el cabello con rabia y asió las manos del hombre con violencia, intentando alejarlas de su piel—. Fue tu ineptitud lo que me llevó a aburrirme como una ameba durante el acto, tu inconsciencia ante las consecuencias de hacerlo sin preservativo lo que me indignó, y tus palabras perniciosas las que me hicieron retirarme dignamente de la casa antes de caer en la degradación de prolongar la sesión de vocabulario soez y grosero del que hacías uso, pero no una supuesta frigidez.

—¡Ja! —Joder, ya había soltado su típica parrafada llena de palabras incomprensibles—. ¡Excusas! La verdad es que eres fría como un témpano de hielo.

—¿Fría? ¿Yo?

—¡Sí! Aún recuerdo cómo reaccionaste, cómo me tocaste, cómo me agarraste la polla y te la metiste en la boca. —Soltó las manos de su agarre, dio un paso atrás alejándose de ella y se puso en jarras, en una postura claramente chulesca.

—¿Yo? —Parpadeó perpleja. Ella no había hecho nada de eso.

—Sí, tú. No te acuerdas, ¿verdad?

—¿Eh? —¿Pero de qué estaba hablando?

—Te diré por qué no lo recuerdas. ¡Porque no lo hiciste! Mientras yo te lamía, te acariciaba y te follaba, tú permanecías tumbada boca arriba en la cama sin mover un solo músculo, sin siquiera acercar tus manos a mi piel y mucho menos a mi polla. Y eso, querida mía, bajo mi experiencia, es ser un puto témpano de hielo.

—No tenía motivos para hacer nada de lo que dices. —Lo cierto era que se había sorprendido tanto por las sensaciones que le estaba proporcionando que se había olvidado totalmente de él.

—¡Por supuesto que no! Estabas demasiado ocupada en ti misma como para preocuparte por mí. Así que, si no llegaste a nada no fue por mi culpa, nena. El sexo no solo es recibir, también hay que dar. Tocar. Acariciar. No quedarse tumbada esperándolo todo sin regalar nada a cambio.

—¡Yo no hago eso!

—¿No? —ironizó él—. Demuéstramelo —retó—, déjame ver si fue solo producto de la inexperiencia o si, por el contrario, hay un fuego encendido en algún lugar bajo tu aspecto gris y tu moño estirado de bibliotecaria.

Ruth se quedó muy quieta al oír sus últimas palabras. ¿Aspecto gris? ¿Moño estirado? ¿Bibliotecaria? ¿Pero qué se había pensado este neandertal? ¿Que iba a salir corriendo de allí como hizo siete años atrás? ¡Ja! Miró a su alrededor sopesando los pros y los contras. Era lo suficientemente consciente de su cuerpo como para saber que estaba excitada. Bien. Ya no era la virginal inexperta de antaño. Ahora sabía lo que quería y estaba preparada para obtenerlo. Ni Marcos ni nadie le decía lo que era o no era, lo que tenía o no que hacer. Lo miró a los ojos un segundo y se giró para cruzar la calle.

—¿Vienes? —Arrojó el guante.

Marcos no contestó, se limitó a seguirla expectante, sin saber bien lo que ella pretendía. Lo descubrió cuando la vio entrar en una pensión y sacar dinero de su bolso para pagar una habitación. Ella no se volvió en ningún momento para comprobar si la seguía. Subió las escaleras con su antiguo porte aristocrático, el cuello bien recto, la nariz alzada, la espalda erguida… Se encaminó a una puerta, introdujo la llave y entró en uno de los cuartos.

Él no se lo pensó dos veces y la siguió.

12

Es mejor estar callado y parecer tonto que hablar
y despejar las dudas definitivamente.

GROUCHO MARX

Y cuál no fue su sorpresa cuando la vio quitarse el tres cuartos que
cubría su uniformado traje gris y colocarlo sobre la silla de la habitación para, a continuación, desabrocharse los botones de la anodina
chaqueta. La blusa que llevaba debajo ni era anodina ni era unifor-
mada. Era una exquisita prenda gris, sin mangas, de corte entallado
que se ajustaba totalmente a sus curvas y que, de hecho, marcaba con
absoluta precisión sus pechos altos, dejando adivinar sin lugar a dudas la dureza de sus pezones erguidos.

Ruth estiró los brazos hacia su cabeza y sus pechos se alzaron,
marcándose más todavía. Cuando bajó las manos, el moño estirado
había desaparecido y el pelo negro caía en cascada sobre sus hombros
y espalda hasta pasar la frontera de la cintura. Hundió los dedos en
las sienes y se retiró la melena de la cara. Durante todo este proceso
no apartó la mirada de los ojos del hombre… ni de su bragueta, que
había seguido creciendo obviando los límites del pantalón y creando
una imponente tienda de campaña en el tiro de este.

Perfecto. Lo tenía justo donde quería. Atontado y pensando con
el cerebro de abajo. Observó la habitación y se decidió por la pequeña cómoda de cajones que había en un lateral. Se acercó hasta
allí y de un salto se sentó sobre ella, cruzando las piernas a la altura
de las rodillas y dejándolas caer lánguidas sin que sus pies tocaran
el suelo. Apoyó las manos en la mesa inclinándose un poco hacia
atrás y esperó.

Él seguía pasmado. Lo había cogido totalmente desprevenido.

—¿Y bien? —preguntó con fingida inocencia—. ¿Hablamos?

—¿Hablar? ¿Me has traído aquí para hablar?

—Por supuesto. No pretenderías que siguiéramos con nuestra
discusión en la calle, delante de viandantes anónimos a los que no

conciernen nuestros avatares, pero que están dispuestos a seguir con curiosa morbosidad una discusión. —Balanceó las piernas como quien no quiere la cosa.

—Tampoco imaginaba que vendríamos a una pensión a hablar —contestó Marcos obviando la parrafada. ¡Demonios! El vaivén de sus piernas era hipnótico y, por si fuera poco, hacía que la falda subiera poco a poco por sus muslos, mostrándolos tan perfectos y torneados como recordaba.

—¿A qué entonces? Ya sé. Esperabas que te tumbara sobre la cama, rasgara los botones de tu impecable camisa blanca, mordiera los tímidos pezones que se asoman entre el vello de tu torso y devorara sin compasión tu pene. —Se echó hacia delante y apoyó los antebrazos en las rodillas, dejando que la blusa se abriera más de lo previsto, mostrando retazos de color fucsia.

—Más o menos —contestó Marcos pasmado. ¿Qué había pasado con la seria, aburrida y sensata Ruth? ¿Eso que se asomaba por el escote de la blusa era fucsia? No. Imposible—. Quiero decir, no. Sí. No lo sé.

—Ajá. Recapitulando, me has acusado de huir de un continente por temor a la discusión acaecida tras haberme acostado contigo. Me has atribuido la ingrata responsabilidad del desdeñoso recibimiento que te han otorgado mis amigos. Me has atropellado y empujado contra un portal en plena calle, dañándome la muñeca en tu afán de despojarme del espray que llevo como defensa personal. Has aseverado que tengo alguna clase de disfunción sexual en base a una única experiencia en común. Experiencia que, todo sea dicho, aconteció en un claro estado de embriaguez por parte de ambos, y en la que, si bien reconozco que mi pasividad pudo de alguna manera ser relevante para el desventurado desenlace, asimismo debes reconocer que tu rapidez en finiquitarlo fue determinante para su conclusión apresurada y calamitosa. ¿Me sigues?

—Eh, más o menos. —¿Conclusión apresurada y calamitosa? ¿Rapidez? ¿Le estaba acusando de eyaculador precoz? Joder, o Ruth empezaba a hablar claro o a él le empezaría a salir humo por las orejas en el intento de comprender lo que decía.

—Y si no he entendido mal, la solución que propones para zanjar esa antigua discusión es que yo demuestre que no soy una virginal bibliotecaria.

—Mira, lo que yo…

—No he terminado —le interrumpió, bajando de la mesa de un bote—. Estoy totalmente de acuerdo en tener un poco de sexo. —Caminó sinuosa hacia él—. No porque tenga que demostrarte nada, en absoluto. Ni tampoco porque tú tengas que demostrarme que eres capaz de aguantar en la cama más de cinco minutos. Ni tampoco acepto porque tenga curiosidad en saber si eres capaz de darle mejor uso a tu pene tras siete años, en los que, sinceramente, espero que hayas ampliado tu experiencia y conocimientos sobre cómo emplearlo de manera satisfactoria.

Estaba a escasos centímetros de él. El cuerpo relajado, los brazos cayendo lánguidos a los costados, la boca formando una sonrisa sensual que prometía toda clase de placeres.

—Acepto, única y exclusivamente, porque me has excitado y, siendo como somos dos adultos que saben lo que buscan, sexo seguro y sin compromiso, estoy segura de que, tras la experiencia carnal, tú volverás a tu rutina y yo a la mía. ¿Estás conforme con los términos?

—Eh… sí. —Toda esa charla sin sentido quería decir que se iban a acostar, ¿no? Esperaba que sí, porque estaba duro como una piedra.

—Estupendo. —Ruth cogió su bolso, abrió un bolsillo interior y sacó un par de preservativos de colores—. ¿Cuál prefieres, fresa o plátano? Yo me inclino por la fresa, pero no pongo objeciones al plátano.

—¿Eh? Fresa.

—De acuerdo. —Rasgó el envoltorio, se colocó el condón en la boca y, mientras se arrodillaba ante él, posó las manos en la bragueta de sus pantalones. Bajó la cremallera, sacó el pene duro y pesado, y acto seguido le puso el preservativo usando labios y lengua.

—¡Dios! —jadeó Marcos. Lo último que alcanzó a pensar de manera más o menos racional fue: «¿Cómo es posible que tras esta parrafada interminable Ruth esté haciendo lo que está haciendo sin el más mínimo aviso de que pensaba hacerlo?»

Sintió los cálidos labios femeninos rodeando su pene, el aleteo de la lengua en cada centímetro de su piel, descendiendo hasta la base, mientras sus finos dedos le acariciaban el escroto. Era como estar en el paraíso. Al menos hasta que Ruth se separó de él y se puso en pie de nuevo.

—Listo. Ya estamos protegidos —comentó sonriente.

Marcos miró hacia abajo, su pene ahora era de color rosa fosforito y se bamboleaba ansioso y olvidado en el aire. Los pantalones estaban hechos un gurruño a sus pies, mientras los bóxer se arrugaban justo por debajo de sus testículos. Levantó la mirada para encontrarse cara a cara con la sonrisa descarada de la mujer, que no se parecía en nada a la persona con la que había discutido en la calle ni, ya puestos, tenía nada que ver con la niña de coletas desparejadas de su infancia, ni con la adolescente virginal y asustadiza de hacía siete años. ¿Sufriría su antigua amiga de alguna clase de trastorno bipolar de esos? ¡A la mierda! Se quitó de un tirón la camisa y la chaqueta, salió del enredo del pantalón, se deshizo del bóxer y arremetió contra su amiga.

Ruth se encontró de repente envuelta en un abrazo apasionado. Marcos devoraba su boca a la vez que una mano la sujetaba fuertemente contra él y la otra se escabullía bajo la falda y se la levantaba. ¿Había despertado a la bestia?

Le fue subiendo poco a poco la falda, recreándose con el tacto de los pantis que cubrían sus piernas hasta que, de repente, estos desaparecieron dando paso a la piel suave y tersa del interior de los muslos. Se demoró un momento en esa suavidad, lamiéndole la comisura de los labios, mordisqueándolos incluso, insistiendo para que los abriera a su asalto. Cuando ella le permitió la entrada a su boca, lamió el cielo del paladar para al segundo siguiente encontrarse inmerso en un pulso de lenguas. Ambas ávidas, ambas dominantes. Los dedos que acariciaban las piernas continuaron subiendo hasta encontrar la unión entre estas y la tela empapada que las cubría. Una tela suave y diminuta que dejaba gran parte del pubis al descubierto.

Entre las brumas del deseo, un pensamiento acudió a la mente de Marcos. Estaba seguro de haber acariciado encaje bajo la falda, a la altura de las caderas, pero lo que estaba tocando ahora acababa un poco por encima de la vulva... ¿Qué había pasado con los pantis? ¿No se suponía que llegaban hasta la cintura? Logró apartarse de ella con una fuerza de voluntad que le asombró a él mismo. Se la veía ruborizada, con los labios hinchados y enrojecidos, y la mirada incrédula.

—¿Qué pasa?

—Estás demasiado vestida.

Ni más ni menos.

La falda había vuelto a resbalar por sus caderas, tapándole las piernas e impidiéndole confirmar el tacto que había sentido en las yemas de los dedos. Buscó apresurado el cierre y lo abrió de un tirón que mandó volando el botón al otro lado de la habitación y casi hizo añicos la cremallera. Deslizó bruscamente la prenda por debajo de las caderas y la ley de la gravedad se ocupó de que acabara en el suelo.

—¡Joder! —siseó Marcos, atónito.

Ruth llevaba un liguero de encaje fucsia a la altura de las caderas, unido a las medias por cuatro finas tiras que no tapaban en absoluto el tanga diminuto del mismo color con lo que parecía un candado bordado en el centro. Un tanga tan pequeño que apenas si tapaba tres centímetros de su pubis. Un pubis que, por cierto, estaba completamente depilado. Levantó la mirada con la intención de observar detenidamente el rostro de su amiga y cerciorarse de que no se había equivocado de persona, pero no llegó tan arriba. Sus ojos se detuvieron sin poder evitarlo en la ceñida blusa. En realidad, en su escote. Ese escote por el que habían asomado retazos de color fucsia. Empezaba a adorar ese color. Sin pensarlo dos veces agarró la prenda y tiró de ella hasta que los botones saltaron.

—¡¿Estás loco?! —exclamó Ruth—. Esta blusa es una de mis favoritas, no tienes derecho a… —Se calló al ver la expresión de Marcos.

—¡Joder! —jadeó él totalmente alucinado.

Esos retazos eran en realidad un sujetador del mismo color que el tanga, con una llave bordada en cada copa. Tan escotado que apenas tapaba los pezones y que revelaba ante su atenta mirada que las fantasías, a veces, se hacían realidad.

No sabiendo exactamente por dónde empezar el festín se decidió, al menos por el momento, por lo convencional. La levantó en brazos sin dejar de besarla y en dos zancadas llegó a la cama. La dejó caer y se tiró sobre ella sin más miramientos: lo salvaje había ganado a lo convencional.

Resolvió dedicar apenas dos segundos a investigar las llaves, plenamente consciente de la última vez que habían estado juntos y de que a su amiga las caricias en esa zona la dejaban fría. «Solo dos segundos», se repitió mentalmente mientras de un mordisco retiraba la tela que cubría los pezones. ¡Dios! Seguían tan tersos y firmes como recordaba. «Solo dos segundos», reiteró a la vez que apretaba la mejilla contra uno de ellos para, a continuación, morderlo delicadamente, tan dulce, tan tentador. «Solo dos segundos», mientras sus dedos los recorrían veloces, apretándolos y soltándolos, dibujando una espiral sobre ellos, tan exquisitos, tan fascinantes.

Ruth sintió el pene contra su pubis y se olvidó por completo de que Marcos era igual que todos, asentándose en sus tetas sin llegar a ningún lado. Lo notaba cálido y pesado contra ella, tan grueso y dilatado, tan suave y rígido. Si tan solo estuviera ubicado un poco más abajo, justo donde se concentraba todo el calor y la sangre de su cuerpo. Arqueó las caderas en un intento de calmar su deseo con el único sustituto del pene que tenía a mano: el muslo de su amigo.

Marcos notó el movimiento y se reprendió a sí mismo. ¡Mierda! Se le habían pasado volando los dos segundos. Abandonó renuente los pezones y descendió con pequeños besos por el abdomen, recreándose en cada escalofrío de pasión que surcaba el vientre de la mujer, deteniéndose en el ombligo para investigar tortuosamente cuán suave era y cuánto podía resistir ella sin hacer nada. Dos segundos. Resistió dos segundos inmóvil antes de agarrarle del pelo y obligarlo a seguir bajando hacia el pubis mientras sus piernas se abrían impacientes y su espalda se arqueaba. Marcos sonrió con astucia. Si Ruth pensaba que tenía el control, estaba muy, pero que muy equivocada. Él llevaba la batuta. Una batuta grande y dura.

Le deslizó las manos por las caderas y lamió con fruición cada recodo de su piel hasta encontrarse con el encaje del liguero. Lo desabrochó con facilidad y continuó el lento recorrido. Los gemidos femeninos se filtraban como música en sus oídos. La sentía vibrar debajo de él, respirar agitadamente, jadear. Llegó hasta el punto exacto en que el tanga cubría la piel y se detuvo en seco. Dio un par de besos en el límite de la tela y subió buscando los labios de la mujer.

Ruth emitió un gruñido y le tiró del pelo, indicándole claramente que no sería tan bien recibido en su boca como en su clítoris.

Marcos optó por ignorarla y colocó los labios en su oído.

—Quien quiere recibir también tiene que dar —susurró sonriendo, a la vez que se tumbaba de lado, frente a ella.

Su tibio aliento se coló hasta el tímpano de Ruth haciéndola vibrar.

¡Caray! Le había vuelto a pasar otra vez. Estaba tan perdida en sus propias sensaciones que se había olvidado por completo de él.

Bajó una mano, tímida pero segura, por el torso masculino, deteniéndose con ligereza en las tetillas. Las recorrió sutil con las uñas, hasta sentir que la respiración de su antiguo amigo se agitaba más todavía. ¡Bien! Descendió por el abdomen, rebasó la cintura y dio con la engomada polla. La acarició con levedad y, sintiendo cómo se tensaba, la recorrió desde la punta hasta la base, muy despacio, mirándole a los ojos sin perder ningún detalle de la expresión que mostraba su cara. Deseo. Lujuria. Pasión.

Sintió los dedos firmes y cálidos de él explorándola por encima del tanga, correspondiendo a sus caricias.

Ruth lo rodeó con la mano y presionó. El pene dio una sacudida.

Él exploró la espalda femenina con la mano que tenía libre.

Ella acarició con el pulgar de la otra mano las tetillas cubiertas de vello.

Él presionó contra su vulva.

Ella apretó los dedos que rodeaban su pene, subiendo y bajando, arrastrándolo a cotas de placer inesperadas.

Marcos encontró el hilo del tanga que se hundía entre las nalgas femeninas y lo siguió, enterrando un dedo entre ellas, presionando donde sabía que reaccionaría.

Ruth jadeó sin poder evitarlo, arqueó las caderas y rodeó con una pierna la cadera masculina.

Marcos aprovechó el momento y deslizó los dedos por debajo del minitanga, recorriendo con avidez la lisura del pubis depilado. «Casi depilado», rebatió para sí, notando un fino cúmulo de vello suave y corto. ¿Qué demonios? Sin poder evitarlo, agarró el tanga y de un tirón rompió uno de los encajes que lo mantenían en su sitio. Bajó la mirada para ver la causa de su desconcierto, y perdió la razón.

En su sexo suave y depilado había un ¿bigotito? Fucsia. Un bigotito tentador y sorprendente que le instaba a hacer algo al respecto.

Lo acarició de manera reverente con un dedo. Era real, no lo estaba imaginando. El instinto asumió su lugar en la mente de Marcos y perdió el control.

La empujó hasta que quedó boca arriba sobre la cama, le separó las piernas bruscamente, se colocó entre ellas y descendió hasta el decorado pubis. Apretó con los dedos el bigotito, lo recorrió con la mirada y hundió su cara sobre él.

La primera embestida de la lengua la dejó sin aliento; la segunda la hizo jadear. Las demás la volvieron loca. Ni siquiera fue consciente del momento en que apoyó los pies sobre los hombros fornidos de su amante y lo agarró del sedoso cabello rubio. Sí notó en cambio, cuando él colocó las manos bajo su trasero, con las palmas y los dedos abarcando las nalgas, el pulgar hundido en el interior de sus muslos, separándolos más todavía, alzando su vulva hacia él. La recorrió con lametones poderosos logrando que ella se arqueara casi inconsciente. Encajó la lengua en la vagina, besó con deleite la vulva y succionó con fuerza el clítoris. Ruth se sentía morir. Todo su cuerpo temblaba descontrolado e impaciente.

¡Dios! Su sabor lo estaba matando. La primera vez había sido demasiado impaciente, había estado demasiado deseoso de conseguir su propio placer y en consecuencia se había perdido todos los detalles y sensaciones que ahora le recorrían. Su amiga tenía un sabor especial, dulce y salado a la vez, fluido y espeso. Un aroma único y delicioso que lo estaba volviendo loco. Hundió más la lengua en ella, buscando obtener todo el preciado néctar que fuera capaz. Sintió los espasmos recorrerla, avisándole de que estaba cerca, casi tan cerca como él. Trazó con los labios la forma de su vulva, descendiendo hacia el perineo, deteniéndose en ese pequeño tramo de piel que la hacía temblar descontrolada, a la vez que inhalaba profundamente la fragancia dulce que emanaba de ella. Penetró su vagina con un dedo, moviéndolo en círculos, notando lo resbaladiza que estaba. Añadió otro más, observando embelesado la belleza de la piel al cerrarse sobre ellos. Se impregnó los oídos de los gemidos y jadeos que ella emitía. Cuando la sintió tensarse y presionarle los hombros con los pies a la vez que arqueaba la espalda, Marcos se medio incorporó y, apoyando un codo en la cama, sacó los dedos de la vagina y puso en su lugar su pene dolorido, penetrándola bruscamente a la vez que deslizaba la mano entre los cuerpos y acariciaba el clítoris sin compasión, casi con violencia.

Ruth clavó los talones en la espalda masculina. Elevó el trasero del colchón y engarfió las manos en la almohada. Jadeó bruscamente.

Marcos retiró la mano situada entre los cuerpos y la colocó estratégicamente.

Cuando Ruth lo sintió presionar con un dedo en la entrada de su ano, estalló. Los espasmos de su vagina estrujaron el pene, que se impulsó salvajemente, bombeando con fuerza y sin pausa hasta que un grito líquido brotó de él. Marcos presionó una vez, dos, tres contra el paraíso y luego se dejó caer a un lado completamente agotado.

¡Joder! ¿Lo que había sentido había sido un orgasmo o una explosión nuclear?

Miró las facciones relajadas de Ruth, los ojos cerrados, la respiración agitada.

Una palabra se abrió camino por los vericuetos de su mente hasta asomar a sus labios. Los apretó con fuerza para impedir que se escapara y volara libre hasta el oído de la joven. Era la típica palabra exaltada y falsa que acudía a la mente cuando finalizaba el orgasmo. O eso pensaba, ya que él jamás había pensado en esa palabra. Bueno, solo una vez... hacía siete años.

Mía.

La observó intrigado. Era la misma Ruth de siempre, pero a la vez no lo era. Se quitó el condón y se tumbó de lado apoyado en un codo. No sabía por qué, pero no quería perderse la visión angelical de su amiga dormida. Los rasgos de su cara se habían afilado con el tiempo. Estaba más delgada y pequeñas arrugas decoraban sus ojos.

Antes de taparla con la manta recorrió nuevamente su cuerpo. Sonrió al ver el bigotito fucsia que tanto lo había excitado. Jamás se hubiera podido imaginar a Ruth, seria y circunspecta, con esa sexualidad alocada y divertida. Posó un dedo allí y recorrió el vello suave para a continuación subir lentamente por el pubis depilado hasta el abdomen liso y perfecto. Bueno, no tan perfecto. Bajo la escasa luz de la habitación pudo advertir pequeñas y tenues líneas pálidas. ¿Estrías? Hizo memoria, solo salían cuando alguien engordaba con rapidez y luego bajaba de peso. Frunció el ceño. Estaba claro que Ruth había seguido, o seguía, una dieta. Estaba demasiado delgada. ¡Ya se encargaría él de que se alimentara adecuadamente! O no. ¿Por qué iba a encargarse él de eso? Por la puñetera palabra que no dejaba de dar vueltas en su mente.

Mía.

Recorrió con un dedo el camino hasta sus pechos, jugueteó un poco con los pezones y siguió subiendo hacia la clavícula. En ese momento Ruth se movió ligeramente. «¿Se está despertando al fin la bella durmiente?», pensó Marcos. ¡Bien! Porque tenía una pregunta que hacerle, una pregunta que le estaba carcomiendo.

Le acarició los labios y ella movió la cabeza. Dibujó el arco de sus cejas y ella le dio un manotazo. Marcos sonrió: Ruth estaba amodorrada, pero consciente.

—¿Cómo aprendiste a poner un condón con la boca? —preguntó a bocajarro.

—Mmm —contestó ella colocándose de lado para evitar a la mosca que la estaba molestando.

—Ruth… —Marcos pegó su torso a la espalda femenina y alojó su polla a medio revivir en las nalgas—. ¿Cómo aprendiste a poner un condón con la boca? —reiteró su pregunta a la vez que presionaba contra su trasero.

—Mmm, Jorge —respondió acercándose al calorcito que caldeaba su espalda. Hacía frío.

—¿Jorge? —Marcos y su pene se quedaron quietos mientras esperaban alguna otra respuesta.

—Mmm. Jorge me enseñó y practiqué con Brad. —Hundió la cabeza en la almohada y se dejó llevar por el sueño.

—Ah. —No se le ocurrió otra cosa que decir. Mejor no seguir indagando.

Jorge y Brad… ¡Joder! ¿Para qué coño había preguntado? Miró su verga flácida y confundida, se tumbó boca arriba en la cama y cerró los puños mientras por su mente circulaban pensamientos a toda velocidad. Al cabo de unos segundos había tomado una decisión. No le importaba. En absoluto. Ella misma lo había dicho, quitándole las palabras de la boca: «sexo seguro y sin compromiso» y «continuar con la rutina», que significaba lo mismo que «cada uno a su aire». Así que sin problema. Y si alguna vez se cruzaba con ella acompañada de algún mamón hijo de puta llamado Brad o Jorge, ya se ocuparía de partirle la cara y dejarle sin dientes.

13

¿A quién va usted a creer?
¿A mí, o a sus propios ojos?
GROUCHO MARX

*U*n sonido suave y grave se propagó en el ambiente helado de la habitación, recorriendo el espacio vacío antes de apagarse. El silencio reinó de nuevo.

El inoportuno sonido volvió a surgir de algún punto tras la espalda de Ruth. Se elevó en el aire por un breve instante y se extinguió. Ella resopló incómoda por el ruido que amenazaba con despertarla.

Instantes después el mismo sonido molesto se manifestó, estoico, provocando que un gruñido irritado surgiese de los labios femeninos. Abrió los ojos confusa. Esperó un segundo, dos. El ruido no volvió a repetirse. Cerró los ojos e intentó volver a conciliar el sueño.

El sonido chirriante y fastidioso aprovechó que Ruth cerraba los ojos para mostrarse en todo su apogeo. Se sentó indignada en la cama. Necesitaba dormir y para eso era indispensable el silencio.

Miró a su alrededor en busca del causante y, cuando lo encontró, se quedó de piedra.

Marcos estaba a su lado en la cama. Boca arriba. Roncando.

La mente de Ruth se despejó de golpe. Estaba en la pensión. Y eran las tantas de la madrugada.

Se hacía ineludible un regreso inmediato a su casa. Con su familia. Con sus irresponsables hermanos que a saber Dios si habrían hecho caso a sus sugerencias —órdenes.

Se levantó apresurada, recogió su ropa del suelo y comprobó la desgracia acaecida a su blusa favorita, llegando a la conclusión de que podría coser unos botones nuevos. El sujetador y las medias, aunque descolocados, permanecían sobre su cuerpo. El tanga roto colgaba de su cadera y la falda necesitaba un arreglo en la cremallera y un botón nuevo. Se quitó el tanga y lo guardó en el bolso con la finalidad de intentar arreglarlo más tarde, se vistió colocándose la ropa como buenamente pudo y se trenzó el pelo. Ya se ducharía al llegar a casa y comprobar que no había sucedido ninguna catástrofe.

Sus dedos tocaban la puerta cuando recordó que Marcos seguía en la cama, ¿dormido? Se giró para comprobarlo. Sí, dormido. Reflexionó unos segundos.

Si se marchaba sin decir nada, él pensaría que había vuelto a huir, lo cual no era cierto.

Si le despertaba, quizá se enfadara por interrumpir su sueño. Lo cual le importaba un bledo.

Mmm.

Se acercó a la cama, apoyó una mano en el hombro masculino y lo sacudió con vigor.

—¡Qué! —exclamó Marcos abriendo los ojos sorprendido.

—Es tarde, me tengo que ir. Chao.

—Mmm. Vale —contestó él bajando los párpados.

Pasados unos segundos Marcos oyó abrirse y cerrarse una puerta. Eso lo puso en guardia. Abrió los ojos de nuevo y se encontró la habitación vacía. No lo había soñado. Ruth se había ido. Al menos se había despedido. Y lo que era mejor: sabía dónde encontrarla.

—¿Pero no habíamos decidido odiarlo amargamente de por vida? —surgió la voz de Luka a través del auricular del teléfono.

—Eso, eso —contestó Pili con la voz distorsionada por el anticuadísimo móvil que tenía.

—No. Yo había decidido odiarlo amargamente, vosotras simplemente decidisteis acompañarme en el sentimiento. Y no me parece en absoluto correcto. La historia va conmigo, no con vosotras. De hecho, si nos atenemos a la verdad, os daréis cuenta de que, de no ser por lo que yo os conté, el recuerdo que mantendríais de Marcos no sería el mismo que el que tenéis ahora —rebatió Ruth, la última componente de esa llamada telefónica a tres.

—¿Qué? Déjate de chorradas. Te jodió la vida y ¿ahora has decidido que no fue para tanto?

—En realidad no hizo lo que dices. —Ruth se resistía a decir tal palabrota—. Mi perspectiva de vida se vio modificada por consecuencias ajenas a mi voluntad.

—¡Ajenas a tu voluntad! Echar un polvo de mierda, que el tipo te diga que pasa de todo y tener un bebé no son consecuencias ajenas a tu voluntad. ¡Es una putada!

—¿Estás dando a entender que Iris es una inconveniencia? —Como Luka siguiera así iban a tener un serio enfrentamiento.

—¡No! No tergiverses mis palabras. Iris es la releche, lo mejor. Pero que el cabronazo ese te diera la patada… Esa es la putada —bufó Luka.

—Y si, además de darte la patada, resulta que no vale un pito en la cama, pues más motivo todavía para odiarle —apoyó doña «Javi Es Perfecto en Todo lo Que Hace».

—Nos estamos alejando del asunto. La cuestión no es si era aceptable o no en la cama, ni si se desentendió o no de las potenciales consecuencias.

—¿Potenciales? —resopló Luka.

—La cuestión es —continuó Ruth sin permitir que su amiga siguiera por ese camino— que nuestro comportamiento cuando lo vimos en la galería fue de todo menos amigable.

—¿Y por qué tenía que ser amigable? ¿Lo odiamos, no? —Pili estaba totalmente perdida.

—Sí. Y ese es el problema. No tenéis motivos para odiarlo, no os hizo nada.

—¡Te lo hizo a ti! —exclamó Luka

—Se portó fatal contigo —chilló Pili casi a la vez que su amiga.

—Exacto. Conmigo. No con vosotras.

—Todas para una…

—Y una para todas.

—¡Ay, señor! —Ruth sentía la imperiosa necesidad de darse cabezazos contra la pared—. Imaginaos al pobre muchacho. —A ver si por otro camino—. Regresa después de quince años a su país, está solo, perdido en una ciudad que ha crecido mientras él estuvo fuera. Por casualidades del destino, se encuentra ante una galería de arte que expone cuadros en beneficio de una buena obra, así que decide entrar y poner su granito de arena. Y, de repente, se encuentra a sus antiguos amigos. Se acerca a ellos, emocionado y ansioso por revivir los buenos momentos del pasado, y, cuando estos lo ven, en vez de darle una grata bienvenida, sacan los dientes y se tiran a su yugular dejándolo confuso y muy dolido.

—Mujer, visto así… —reflexionó Pili alias *Tengo un Corazón de Oro*.

—¿Confuso y dolido? ¡Y una mierda! —soltó Luka alias *No me Comas el Coco*—. Él empezó primero usando nuestros motes y…

—Bueno… —Ruth intentó interrumpir ese «y».

—Y… —Luka no le permitió interrumpir—. Si no recuerdo mal, fuiste tú la que abrió la veda con tu saludo. ¿Cómo fue…?

—«Marcos *Cara de asco*, qué placer más repugnante» —canturreó Pili la traidora.

—Lo cual prueba que en ese momento, hace escasos dos días, tú lo odiabas tan profundamente como nosotras —sentenció Luka.

—O más —decretó Pili.

—Y, sin embargo, ahora nos dices que no debemos odiarlo porque no tenemos motivos y demás sandeces. —Casi podía ver a través del teléfono la ceja alzada de Luka interrogándose por el cambio de actitud.

—Después de siete años de silencio, siete años en los que no se permitía a nadie mencionarlo, nos lo encontramos de nuevo. —Pili continuó donde lo había dejado Luka.

—Y tú le dejas claro tu repulsa —siguió Luka.

—Yo… —Ruth se imaginaba la cabeza de su amiga echando humo, trazando planes o buscando motivos. No sabía qué era más peligroso.

—Nosotras, como buenas amigas, compartimos tu odio y apoyamos tus palabras con las nuestras —persistió Pili como buen sabueso siguiendo una pista.

—Y dos días después, nos llamas para decirnos que no está bien que lo odiemos y que tenemos que cambiar de opinión. —Se podían oír los engranajes del cerebro de Luka encajando cada pieza.

—No tenéis motivos para odiarlo —contestó Ruth débilmente.

—¡Lo has vuelto a ver! —acopló todas las piezas Luka.

—Sí. —No podía mentir a sus amigas; ni a nadie, ya puestos a ser sincera.

—¿Cuándo? —Pili, cuando quería, podía hacer las preguntas precisas.

—Esa misma noche.

—¿Por qué? —¿Pili pertenecía al FBI?

—Me estaba esperando a la salida de la galería. —Más o menos.

—¿Qué te dijo? —No, le pegaba más el cargo de fiscal acusando al malhechor.

—Se sentía muy molesto por cómo lo habíamos recibido.

—¿Y qué más?

—Nada más

—¿Estás segura? Porque no hay quien se lo trague. Te levantas el sábado por la mañana odiando a un tío, le mandas a la mierda por la noche y dos días después te da lástima y quieres que nos portemos bien con él —¿Luka hacía de poli bueno o de poli malo?—. ¡Naranjas de la china! ¿Qué ha pasado? ¿Qué te ha dicho? ¿Por qué has cambiado de idea?

—Luka, tranquila. No te pases. —«Gracias, Pili», pensó Ruth cuando oyó su voz al teléfono—. Ruth, cariño, entiéndenos. Estamos confusas, perdidas. Cuéntanos qué ha pasado, por qué has cambiado de opinión. Sabes que te apoyamos en todo. Que te queremos. Dínoslo, cielo. —Estaba claro que Pili era el poli bueno.

—No ha pasado nada. Es solo que me he dado cuenta de que no nos hemos comportado bien con él. Al fin y al cabo no tiene la culpa exclusiva de que los acontecimientos se desmandaran de esa manera y odiar a alguien que desconoce los motivos por los que se le odia no me parece correcto. A ver, lo que sucedió es algo normal. Por si no lo recuerdas, tú misma has estado expuesta a la misma situación que yo, y no por eso odias a Alex.

—No es lo mismo —revocó Luka.

—Sí lo es —dijo Ruth—. Ambas tuvimos una relación sexual sin poner los medios adecuados para no correr riesgos. Tú te libraste, yo no. No hay que darle más vueltas.

—A mí Alex no me dejó tirada —aclaró Luka.

—Bueno, en este caso, fui yo la que salí del continente. No le di oportunidad de que se lo pensara.

—¿Para qué? El muy cerdo ya lo había dejado bien clarito justo después de follarte.

—¡Luka!

—Tiene razón —terció Pili—. Te dio a entender incluso que abortaras si pasaba algo.

—Ya lo sé, pero ¿no pensáis que, si yo hubiera permanecido en Detroit el tiempo necesario para que él supiera las consecuencias, el resultado habría sido distinto?

—No —contestaron Pili y Luka a la vez.

—¡Pues yo sí lo pienso! —exclamó Ruth.

—¿Por qué has cambiado de opinión, cielo? ¿Qué ha pasado?

—Oh… Es solo que… durante estos años solo lo he recordado por esa última noche, por lo que pasó. Desterré todos los buenos recuerdos de cuando éramos niños, las risas, las peleas, las emociones. Cerré la mente al hecho de que esa aciaga noche ambos estábamos bajo los efectos del alcohol, ambos éramos responsables de nuestros actos y ambos olvidamos la protección. En mi mente era solo él. Y en realidad todo fue cosa de dos. Los dos dijimos palabras que no deberíamos y nos atacamos el uno al otro. No solo él. ¡Ambos! Estos años lo he empujado fuera de mi cabeza, no he permitido hablar de él y, cuando apareció en la galería y os vi reaccionar de esa manera, me di cuenta de que mi reacción no era solo mía, sino que la habíais tomado como vuestra. Y eso no está bien. A vosotras no os hizo nada. Y, de hecho, a mí tampoco. Nos lo hicimos ambos. —Llevaba dándole vueltas a la cabeza desde que lo vio el sábado y ya no podía guardarse por más tiempo los remordimientos. Ni siquiera ante sí misma.

—Pero tú eres nuestra amiga. Tú fuiste la que más sufrió, la que más potenciales consecuencias asumió, la que estaba hecha polvo en el hospital…

—Si ese capullo te jode, nosotras lo jodemos —tradujo Luka a su vocabulario.

—Pero es que no ha hecho eso. Piénsalo, Luka. Lo mejor de mi vida lo tomé prestado de su cuerpo.

—Eso es un eufemismo para decir que te dejó preñada.

—Puede ser. Pero no por eso deja de ser cierto mi eufemismo. Tengo una hija sin tener que cargar con un marido. Sin tener que dar excusas o explicaciones ante nadie y sin ninguna restricción aparte de las que yo misma me quiera imponer. En definitiva, creo que no he salido mal parada.

—Como quieras.

—Lo que tú digas.

Únicamente llegaba el silencio a través de la línea mientras sus amigas reflexionaban.

—Entonces…

—¿Qué quieres que hagamos? —preguntó Luka directa al grano.

—Nada. Solo que lo penséis. Nada más.

—¿Nada más? De acuerdo, no es mucho pedir. Pero cuando lo volvamos a ver, no sé yo si no me darán ganas de sacarle los ojos. —Luka era dura de roer.

—No creo que lo volvamos a ver —pensó Ruth, sin darse cuenta de que lo decía en voz alta.

—¡Qué! ¡Nos has metido todo este rollo y no vamos a volver a verlo! ¡No me lo puedo creer! Joder, yo que ya estaba pensando en tomarnos la revancha.

—¿Y por qué no vamos a volver a verlo? —interrumpió Pili sagaz. A veces tenía unos destellos de claridad que asustaban a Ruth—. ¿No quedaste con él cuando lo viste el sábado a solas?

—No. Hablamos y luego cada cual siguió su camino.

—¿Te convenció para que dejáramos de odiarlo solo para dejar claro que no íbamos a volver a verlo? Qué raro… ¿Y qué va a hacer con Iris? ¿Desentenderse de nuevo?

—Bueno…

—¡Ay Dios! No le has contado nada de Iris —adivinó Pili.

—Yo…

—A ver, guapa, resúmenos en dos frases, entendibles y cortas, qué carajo pasó el sábado. Porque estoy totalmente perdida. —A Luka se le estaba agotando la paciencia.

—Nos vimos y me comentó enfadado que no le había gustado nada vuestra reacción; hablamos un rato y nos separamos.

—¿Cuando se fue seguía enfadado?

—Mmm. Me fui yo. Y no, no seguía enfadado, que yo sepa.

—¿Te dijo que hablaras con nosotras para arreglar el asunto?

—No.

—¿Te preguntó si hubo consecuencias de vuestra noche loca?

—No

—¡Cerdo!

—¡Luka!

—Perdón.

—¿No quiso quedar para otro día? —¡Otra pregunta brillante de Pili!

—Mmm. No creo.

—¿No crees? O quiso o no quiso. No hay más vuelta de hoja.

—Es que no estaba muy despierto.

—¿O sea, que estaba dormido? —Luka la había cazado al vuelo.

—Más o menos.

—¿Y por qué estaba dormido?

—Tendría sueño. —Se salió por la tangente Ruth.

—¿Se quedó dormido en una cafetería? —Pili estaba alucinando.

—No.

—Ruth, ¿dónde se quedó dormido? —Pili usó un tono suave que recordaba muchísimo al de Javi cuando estaba a punto de estallar.

—En una cama.

—¡Fuiste a su casa!

—No.

—¿Y dónde estaba la cama? —suspiró Luka al teléfono.

—En una pensión.

—Vale. ¿Por qué estabais en una pensión? —siguió interrogando Pili.

—Para hablar.

—Ajá. A ver que sumo. Cama + pensión + hombre + mujer = ¿Hablar? ¡Y una mierda! ¿Qué narices pasó? —Super-Luka al ataque.

—Nada.

—Ay… pobre Ruth. Otra vez que no pasa nada. Qué mala suerte, acostarse con un hombre dos veces y no sentir nada. Si es que el hombre es el único animal que tropieza tres veces con la misma piedra. De todas maneras, ahora ya ha quedado claro que Marcos no es ningún semental, porque si por segunda vez no pasa nada es que no sabe llegar al fondo del asunto. Qué penita. Haces bien en no querer verlo otra vez, porque al fin y al cabo, con la de hombres que hay en el mundo, eso de ir a parar con uno que no tiene ni idea de cómo hacer que pase algo es el colmo de la mala suerte. ¡Seguro que la tiene diminuta! —soltó Pili sin apenas respirar.

—¡No la tiene diminuta! ¡Y sabe perfectamente bien cómo hacer para que pase algo! —respondió Ruth ofendida. Había tenido un sexo magistral y nadie iba a decir lo contrario.

—¡Te pillé! Te has acostado con él, lo has pasado bomba y por eso quieres que dejemos de odiarlo, para poder volver a verlo y que Luka no le arranque los testículos… lo cual te privaría del sexo genial que has tenido.

—¡Arggggghhh! —Ruth había tragado el anzuelo, el gusano, el sedal y toda la caña de pescar—. Sí, he tenido sexo. No, no voy a volver a verlo. Y quiero que dejéis de odiarlo porque mi conciencia me lo pide.

—Ya…

—No hay más que hablar —zanjó Ruth.

—Vale.

—Seguro.

—Mi descanso para comer ha acabado —se despidió Ruth—. Tengo que colgar. Ya nos llamamos. Chao.

—Adiós.

Sonó el ruido inconfundible que indicaba que alguien había colgado el teléfono.

—¿Te lo tragas? —preguntó Luka a Pili.

—Lo del sexo genial, sí. Ruth no sabe mentir.

—Ajá. Lo de la conciencia, también. Ruth tiene demasiado de eso.

—Lo de no volver a verlo… Mmm…

—Si él estaba dormido….

—Lo mismo por eso no dijo nada de volver a quedar.

—O lo mismo no lo dijo porque es un capullo integral.

—Un cerdo apestoso.

—Un cabronazo sin conciencia.

—¿Lo seguimos odiando?

—Mmm… Mientras los hechos no demuestren lo contrario…

—Sigue siendo culpable.

—¡Lo seguimos odiando! —respondieron las dos a una.

Ruth era muy buena persona, y le habían dado bofetadas hasta en la punta del pelo. Así que, si ella no tenía cuidado, ya lo tendrían sus amigas por ella.

14

El secreto del éxito es la honestidad.
Si puedes evitarla, está hecho.
GROUCHO MARX

*R*uth miró espantada el montón de papeles que llenaba cada milímetro de su mesa. Se pasó los dedos por la frente, presionando. Se armó de valor y ojeó con determinación el suelo, buscando un lugar donde colocar las carpetas, archivadores y documentos varios que Elena, su superior directo, le acababa de entregar.

Tenía un montón de trabajo. De hecho estaba desbordada. Como siempre. Bueno, como siempre no; normalmente todos los papeles le cabían encima de la mesa.

Miró el reloj, las cinco menos cuarto de la tarde. Quedaban quince minutos para su taller de cuentacuentos. Suspiró. Cuando llegó a las seis de la mañana se había propuesto terminar con al menos la mitad del trabajo pendiente. A las tres de la tarde, justo cuando iba a comer tras casi haber cumplido su objetivo, Elena se presentó con más trabajo. Y hacía escasos minutos, cuando estaba dando el primer mordisco a su correoso bocadillo de tortilla con la esperanza de que no le sonara la tripa durante el taller, su jefa había vuelto a la carga.

—¿Qué te parece mi nuevo esmalte de uñas? —le preguntó Elena frotando estas contra la falda para que estuvieran más brillantes. Las tenía larguísimas, tanto que probablemente le resultaba imposible escribir con ellas. Lo mismo por eso le daba todo su trabajo a Ruth.

—Precioso —contestó Ruth colocando las carpetas en el suelo, bajo su mesa.

—Ni siquiera lo has mirado.

—Lo siento, es que estoy en otras cosas.

—Chica, deberías relajarte. Tanto estrés hace que te resalten más las ojeras y, además, estás demasiado delgada. Se te marcan los pómulos y las clavículas, y tus piernas parecen palillos. Deberías comer adecuadamente y no esos bocadillos asquerosos que sacas de la cafetería —se mofó mirando con envidia el cuerpo delgado de su empleada.

—No están tan malos. —«De hecho cuando lo compré hace dos horas tenía un aspecto estupendo», pensó Ruth.

—Mañana a las nueve quiero tener todo esto listo. El señor García necesita los datos sin falta a mediodía.

—Sin problema —contestó Ruth calculando.

Eran solicitudes y presupuestos. Solo había que pasar los datos a la hoja de cálculo, colocar, filtrar, archivar en sus correspondientes archivos e imprimirlos. Tenía la misma base de datos y hoja de cálculo en su casa. Por tanto, terminaría el trabajo esa misma noche, cuando Iris y papá estuvieran en la cama. Después lo grabaría en su *pendrive* y listo.

—Eso espero. Te veo mañana.

—Elena, disculpa —la llamó Ruth antes de que saliera por la puerta.

—Dime.

—He estado repasando los extractos de la tarjeta de débito que te proporcionó la empresa y veo que hay cargos que no concuerdan con la hoja de gastos que me has facilitado. —«Como por ejemplo una barra de labios Guerlain por más de treinta euros», pensó Ruth para sí, o el cargo de la bolera el sábado por la noche—. ¿Te parece bien que lo comprobemos juntas?

—¿Qué cosas son? —preguntó arrogante.

—Artículos de perfumería, cargos en centros de ocio. —Sacó su cuaderno de notas—. Una Barbie veterinaria…

—Sí. Cuando hice esos gastos no llevaba efectivo y lo cargué a la cuenta de la empresa. Es todo correcto. Ya lo pagaré.

—¿Te lo descuento de la nómina?

—Este mes no. Ya te diré cuándo.

—Cerramos trimestre y año en diciembre. —A buen entendedor pocas palabras bastan.

—Cierto. —La miró insolente—. Pregúntaselo al señor García y que él decida qué hacer. Chao, guapa.

«Malvada, pérfida, infame», siseó Ruth en cuanto Elena salió de su oficina.

El Gobierno cortaba la subvención, los trabajadores del centro se abrochaban el cinturón, los benefactores que podían aumentaban sus donativos, todos trabajaban muchas más horas de las que les correspondían, el señor García corría de una reunión a otra buscando nuevos patrocinadores y más fondos, ella y sus amigos se dejaban la piel en la exposición, y Elena, la cuñada del director, se gastaba el importe asignado para gastos en Barbies para las hijas de sus amigas. Oh, sí. Preguntaría qué hacer al señor García. Se mordería la lengua, bajaría la vista y preguntaría. Pero sabía de sobra la respuesta: «No quiero discutir con mi mujer, y Elena es su hermana. Cárgalo a mi nómina». ¡Caramba! Luis García era un hombre estupendo, pero su mujer era una bruja y su cuñada una arpía.

Sin parar de rezongar, sacó de su mochila un babi verde y se lo puso por encima del traje de chaqueta y pantalón azul de corte recto y clásico que llevaba. Se soltó el moño y se recogió el pelo en un par de trenzas divertidas que colgaban a ambos lados de su cuello. Ensayó una sonrisa y, cuando por fin le salió bien —qué difícil es sonreír cuando lo que una quiere es matar a alguien—, se marchó de la oficina para impartir su taller.

—¿Está dormida? —preguntó Jorge desde el quicio de la puerta.

—Sí.

—Ufff. ¡Cuánta energía tiene esta niña! Es un ciclón.

—No lo sabes tú bien.

Ruth colocó las mantas sobre Iris, remetiéndolas bien en los extremos. Acarició su frente y depositó un beso en su coronilla. No había sido capaz de escuchar el cuento entero, había caído fulminada en la cama al poco de decir: «Cuéntame mi cuento», el relato que Ruth inventó cuando nació.

Observó a Jorge entrar de puntillas en el salón y dejarse caer sobre la mullida alfombra. Echó un último vistazo a su hija, y le siguió sonriendo.

Atravesó el pequeño salón y apoyó la frente en la ventana. Ella también estaba molida. Pero aun así, limpió el vaho que formaba su aliento y miró más allá de los cristales. Imaginó cada estrella, cada constelación. Antares, Merak, Rigel… Cada una de esas estrellas le contaba al oído un cuento y ella después se los contaba a su hija. Oteó las montañas que la rodeaban, los bosques apenas perfilados por la luz de la luna. Imaginó a Antares, dueño del cielo, sobrevolándolo en una nube, buscando a su hermana, y sonrió. Si los astrónomos supieran que se inventaba personalidades para las estrellas la tomarían por loca.

La casa en que se encontraban era una pequeña construcción de muros de piedra y techumbre de tejas, cálida y acogedora. Antigua casa de aperos de labranza, Jorge la había reformado, dividiéndola en tres estancias: el salón, que ocupaba la mitad de la planta con una

gran chimenea encajada en la pared, y dos habitaciones que ocupaban la otra mitad. No tenía cocina, ni baño, ni mucho menos luz o
agua corriente. Pero era un paraíso. Ubicada en un bancal, en la falda
de la montaña, con riachuelos de agua pura corriendo a escasos metros de allí, un bosque rodeándola y el acompañamiento de grillos,
avecillas y demás animales, era todo lo que deseaba.

Todos los sábados que podía, se levantaba al alba, vestía a su hija
todavía dormida y se montaba en el coche hasta llegar a Cuevas del
Valle, y allí, esperándolas dentro de la cafetería, estaba Jorge. Aparcaba su viejo AX, se montaban en el 4x4 de su amigo, tomaban
rumbo a la casita y pasaban el día caminando por los senderos. Iris
corría entre los árboles y aseguraba ver osos, lobos, zorros y oír la
risa de las inventadas Laia y Marta, y los gruñidos del malhumorado
Antares… Ellos se reían y la escuchaban atentamente a la vez que
oían los susurros de los árboles, las canciones de los arroyos y el silencio de las rocas. Comían bocadillos tirados en el suelo, sobre col-
chones naturales formados por agujas de pino y musgo y, antes de
que atardeciera, regresaban al hogar, encendían la chimenea y tum-
bados en la alfombra asaban la cena al amor del fuego. Cuando Iris
se dormía, ellos se contaban sus secretos.

—¿Has hecho balance de la exposición? —preguntó Jorge cuando
ella se sentó a su lado.

—No he tenido tiempo todavía, pero así, *grosso modo*, puedo
asegurar que ha sido todo un éxito.

—¡Maravilloso! —aplaudió él—. Entonces, ¿habrá campamento
el año que viene?

—Aún no es seguro, pero creo que sí.

—¡Estupendo! —Botó saltando sobre ella y le dio un abrazo de
osito y muchos besos que acabaron tumbándola en el suelo.

—¡Quieto! Que voy a manchar de barro la alfombra —exclamó
Ruth riendo.

Se sentó con las botas embarradas fuera de la apolillada alfombra
y procedió a deshacer los nudos de los cordones. Luego se quitó rápidamente los pantalones vaqueros, quedándose con los leotardos
puestos y la sudadera. Se acercó a gatas hasta el fuego y extendió las
manos. ¡Qué placer!

Jorge se colocó a su lado. Vestía su inmortal chándal azul lleno de
desgarrones y agujeros, con un polo que había visto tiempos mejores. Con su pequeña estatura de apenas un metro sesenta —Ruth le
sacaba media cabeza—, el pelo castaño corto y engominado, la estrella tatuada en la nuca, los múltiples *piercings* en cejas, nariz, labio y
lengua, y su cara de niño bueno y adorable iluminada por el fuego,

estaba para comérselo. Delgado y sin un solo músculo en el cuerpo, daba la apariencia de un adolescente recién entrado en la pubertad. Pero, aunque jamás había confesado su edad, Ruth intuía que era al menos un par de años mayor que ella.

—Y bien, ¿ha pasado algo destacable esta semana?

—Elena ha cargado compras personales en la tarjeta de la empresa.

—Bueno, eso lo hace siempre.

—Tengo muchísimo trabajo.

—¿En serio? ¿Qué raro? —comentó irónico.

—A Mercedes se le rompió el bolso en mitad del vestíbulo.

—¿Y?

—Llevaba media cubertería del comedor dentro.

—¡No!

—Sí.

—¿No había prometido no volver a robar?

—Se le olvidó. —Mercedes era una de «sus niñas» del centro de día. Una bastante problemática.

—¿Nada más? ¡Qué semana más aburrida!

—Bueno, el sábado vi a un antiguo amigo en la galería de arte.

—¿Sí? ¿A quién?

—Mmm, a Marcos.

—¿Marcos? —Jorge frunció el ceño pensativo—. ¿Marcos con mayúsculas?

—Mmm… Sí.

—Marcos el donante —dijo en susurros.

—Sí.

—Ajá. —Jorge se mordió el labio y después esbozó una sonrisa diabólica—. ¿Y qué pasó?

Ruth comenzó el relato sin omitir detalle. Al fin y al cabo estaba hablando con Jorge, y a él jamás le ocultaba nada. Al finalizar, su amigo sonreía de oreja a oreja.

—Vaya, vaya. Ya decía yo que tenías cara de haber echado un buen polvo.

—¡Jorge!

—¿Qué? Es cierto. ¿Se volvió loco con tu coño primoroso?

—Ni te lo imaginas.

—¡Magnífico! ¿Le dijiste que era obra mía?

—No, no era el momento. Estábamos dedicados a otras cosas.

—Oh. ¿Se sorprendió mucho cuando le pusiste el condón con la boca?

—Yo diría que bastante.

—¡Estupendo! Ya te dije cuando te enseñé que causarías sensación. Pues escucha atentamente para la próxima: antes de ponerle el condón, chupa un caramelo mentolado hasta que se deshaga en tu boca, y luego le comes la polla sin perder un segundo. ¡Los vuelve locos!

—¡No!

—¡Sí! Haz caso del experto, nunca falla. Te agarran del pelo, gruñen, jadean… y se les pone tan dura y gorda que apenas si entra en la boca. Eso sí, cuidado con los dientes.

—Claro, por supuesto. Si muerdo, duele.

—Si muerdes fuerte. Flojito es otra cosa. —Arqueó varias veces las cejas.

—¡No!

—¿Has traído a Brad?

—Por descontado.

—Bien, sácalo y te enseño un par de trucos para que sorprendas a tu semental.

—¡Vale!

Ruth se levantó y fue a por su mochila. En el fondo, bajo la ropa, los víveres y el agua, envuelto en una tela horrorosa y metido en una bolsa, estaba Brad. Un suave y brillante vibrador fucsia de gelatina, con su capullo hinchado, sus venas marcadas y demás detalles. Se sentó frente a Jorge con Brad en la mano y esperó la clase del día.

—Imaginemos que ya te has comido el caramelo. Pues a ver, lo primero de todo… —Dejó la frase en suspenso.

—Acariciarlo con la lengua para ir humedeciéndolo y de paso tomar la medida —contestó Ruth sonriendo ante la excéntrica conversación que iba a tener lugar.

—Correcto. Aunque, si ya has catado la del donante, no hace falta tomar medidas.

—Bueno, lo cierto es que no creo que lo vuelva a ver, así que si alguna vez uso el truco del mentolado será con otro tipo y habré de tomarle las medidas. —Más arqueo de cejas.

—¿Y por qué no lo vas a volver a ver? ¿No te hizo ver las estrellas?

—Sí, pero…

—Pero nada. ¿Tú sabes lo difícil que es encontrar un semental hoy en día?

—Por supuesto que lo sé. Recuerda que llevo años buscándolo.

—Ajá. Y mientras buscamos y rebuscamos, nos toca conformarnos con pollas mediocres y manos ignorantes a las que tenemos que amaestrar y enseñar para lograr un mínimo de satisfacción.

—Ejem. —Tosió Ruth su indirecta.

—Ya. Yo busco, rebusco e instruyo. Tú cantas tres canciones y los mandas a la porra. ¡Pues eso digo! Con el donante ni siquiera te dio tiempo a cantar. ¡Qué desperdicio no volver a usarlo!

—Y, ¿cómo se supone que debo hacer para volver a verlo? ¿Mando un mensaje telepático?

—Mmm, cierto. —Jorge recordó de golpe que Ruth se había ido sin intercambiar teléfonos—. ¡Qué poca previsión! Mira que te lo he dicho una y otra vez: si alguno vale, hay que conseguir el teléfono.

—Además, tampoco quiero arriesgarme.

—¿Arriesgarte? —Los ojos de Jorge destellaron. ¿Arriesgarse a amar? Interesante.

—Sí. —Ruth señaló hacia el cuarto donde dormía Iris.

—Mmm. ¿Hay algún problema con Iris? —Ya decía él, ¿arriesgarse a amar Ruth? ¡Imposible! Solo había una persona más cínica en el mundo que él: Ruth.

—*Naaaaa*, solo que es su padre.

—Ah no. No es su padre, es el donante, y ya dejó clara su opinión al respecto.

—Mmm, la dejó clara antes de tener toda la información.

—¿Qué información?

—Que ha habido consecuencias.

—¿Consecuencias? —La miró interrogante un segundo—. ¡Ah! ¡Ya! Te refieres al nacimiento de Iris. Por Dios, no leas tanta novela romántica, que ya hablas como ellos y yo no me entero de nada.

—Está bien.

—Pero aun así, aunque cambiara de opinión con la noticia, ¿quién se lo va a contar?

—¿Eh?

—¿Tú se lo vas a decir?

—Bueno, debería —respondió la conciencia de Ruth.

—¿Deberías? ¿Por qué? A ver, que te lo aclaro un poco, que estás hecha un lío. Si te acuestas con un tipo y justo después él te deja claro como el agua que pasa de bebés, lo que suceda a continuación es cosa tuya.

—Sí, pero…

—No, no, no. No hay ningún «pero». En el momento en que deja clara su postura y tú, exclusivamente, tomas la decisión, el posible bebé es solo tuyo, y no hay marcha atrás.

—Eso es relativo.

—En absoluto. Piénsalo de otra manera: en vez de un bebé, te traspasa una enfermedad venérea. ¿Crees que años después querría su parte?

—No es lo mismo.

—Sí lo es. ¡Por Dios, Ruth, usa ese cerebro privilegiado que tienes! Es periodista.

—Fotógrafo.

—Me da lo mismo. Se pasa la vida de un sitio a otro, no se establece en ningún lado y vive sin ataduras. ¿Crees con sinceridad que le gustaría un ápice tener una hija que lo atase a Madrid?

—Mmm, no mucho.

—Nada. No le gustaría ¡nada! Por tanto, estás fuera de peligro. Si por casualidad lo vuelves a ver, pégate un buen revolcón y cierra la boca. Él se lo pasa bien, tú te lo pasas mejor, cada uno a su casita y a seguir con vuestra vida.

—Mmm.

—A ver, tú seguirías con tu estilo de vida, ese del que tanto te vanaglorias y, de paso, no tendrías que recurrir a Brad, que, por muy mono y fucsia que sea, le faltan abdominales, culito, bíceps, etc. El donante te ofrece el lote completo y sin pedir nada a cambio, aparte de un poco de sexo. Es la solución ideal.

—Mmm. No te falta razón.

—Claro que no. —Jorge sonrió.

—Bien, enséñame eso de los dientes. —Ruth se colocó a Brad en la boca y dio un pequeño mordisco.

Horas después, el fuego de la chimenea casi se había apagado. Ruth estaba dormida abrazada a Iris y Jorge las observaba desde la puerta. Quién le iba a decir cuando las vio por primera vez, esperando en la cafetería de Cuevas de Valle a que dejara de llover, que esas dos niñas se iban a convertir en el centro de su mundo.

Recordaba claramente aquel día: Ruth vestida con unos vaqueros desgastados y un polar viejo, abrazaba a su hija de dos años mientras intentaba que estuviera tranquila y desayunara. La niña, inquieta, no paraba de moverse y Ruth empezó a hablar.

«Antares se desplazaba furioso por el cielo buscando a su hermana, Laia», dijo señalando el cielo. «Sobrevoló el bosque. —En ese momento la niña, que escuchaba atentamente a su madre, señaló las montañas—. Sí, cielo, ese bosque. Lo sobrevoló hasta encontrar un círculo de árboles inclinados, y allí, en el mismo centro, estaba Laia».

Ruth siguió tejiendo su historia a la vez que daba de comer a su hija, sin ser consciente de que él se había sentado para escucharla. No era tanto la historia en sí, sino la manera de contarla: el tono de la voz, los gestos de madre e hija. Cuando terminó el cuento, aún seguía lloviendo. Ruth suspiró y comentó a su hija que el día de campo tendrían que dejarlo para otro momento. En ese instante Jorge supo que no podía dejarlas escapar, al menos hasta saber más sobre Antares y Laia.

El resto ya era historia. Se convirtieron en los mejores amigos y ahora, cuatro años después, conocía a su amiga mejor que ella misma. Se dio la vuelta y se metió en su cuarto. Antes de apagar la luz se miró en el diminuto espejo que colgaba de la pared. No parecía tener la nariz más grande... Gracias a Dios, Pinocho solo era un cuento de niños. Porque, si fuera verdad, en estos momentos parecería Cyrano de Bergerac. Siendo sincero —cosa que no sería delante de su amiga—: ¿qué hombre en sus cabales rechazaría a Ruth y a su hija? ¡Ninguno! Y Ruth necesitaba desesperadamente a alguien que la descontrolase un poco, que la sacara de las responsabilidades, reglas y normas de su vida. Que la hiciera desvariar. ¿Y quién mejor que el hombre del que Ruth hablaba constantemente, contándole todas y cada una de las historias de su infancia una y otra vez? Y que, por si fuera poco, había sido el donante involuntario.

15

Muéstrame un obrero con grandes sueños y en él encontrarás
a un hombre que puede cambiar la historia.
Muéstrame un hombre sin sueños, y en él hallarás a un simple obrero.
JAMES CASH PENNY

Nunca olvido una cara.
Pero en su caso, estaré encantado de hacer una excepción.
GROUCHO MARX

8 de diciembre de 2008

«Así que aquí trabaja Ruth», pensó Marcos frente a la entrada del
centro de día. El sitio a simple vista parecía bastante acogedor, y el
entorno era, cuanto menos, agradable.

Se encontraba ante un edificio de dos plantas, rodeado por un
muro de piedra rematado en una verja. Se acercó a la puerta de entrada exterior de la finca y llamó al videoportero. Tras identificarse,
un celador vestido de blanco salió del edificio y le abrió las puertas
para al momento volver a cerrarlas con llave.

—No es que intenten escaparse, es que a veces se despistan y si
la puerta está abierta… ya sabe.

Recorrieron los escasos metros ajardinados que separaban los
muros de la entrada. Una vez allí, Marcos comprobó que para acceder al vestíbulo debía traspasar otras dos puertas. El celador llamó
a otro videoportero y, pocos segundos después, la primera de las
puertas se abrió. Esperaron unos segundos en el descansillo y,
cuando la primera puerta estuvo cerrada, pudieron por fin traspasar la segunda.

Se encontró en un espacioso vestíbulo de suelos brillantes que
no resbalaban en absoluto. Amplios pasillos se abrían desde allí hacia las distintas dependencias, según informaban los carteles indica-
dores, y al fondo, justo frente a las puertas, había una enorme recep-

ción, un gran tablón de anuncios indicando las salidas, excursiones y talleres, y cuatro ascensores, dos a cada lado del mostrador.

Se encaminó con seguridad a la recepción, donde se presentó y solicitó con amabilidad la presencia de la señorita Vázquez. La recepcionista lo miró extrañada mientras marcaba la extensión en el teléfono y, tras breves segundos, le informó más alucinada todavía que la señorita Vázquez acudiría en breve.

Marcos había pasado las dos últimas semanas en Las Médulas, una antigua explotación de oro de la época romana situada en El Bierzo, León, fotografiando el increíble espectáculo de la montaña abierta desde su mismo centro. Los contrastes entre roca y vegetación, luz y sombra, ocres y verdes, provocados por la brutal erosión a la que sometieron a la montaña los antiguos romanos en su afán por conseguir el oro, eran subyugadores. Pocas fotografías lo habían emocionado tanto como lo hicieron aquellas. Cuando tornó a Madrid, al piso de su madre, se había sentido, en contraposición con la grandeza de Las Médulas, inmerso en un mundo muy pequeño lleno de coches, edificios y carreteras. Durante un par de días fue como si le faltara el aire, aunque poco a poco se habituó de nuevo a la opresión de la ciudad y, según iba eligiendo las fotografías que mejor representasen aquellos parajes agrestes, se le fue ocurriendo un plan; un plan que ahora, observando el acogedor vestíbulo, los talleres del tablón de anuncios y los ancianos que recorrían los pasillos del centro, se iba haciendo más y más viable.

Elena se dirigía hacia la salida del vestíbulo cuando vio a un hermoso espécimen masculino frente al corcho de los anuncios. Redujo sus pasos hasta que los tacones dejaron de resonar en el vestíbulo, y lo observó a conciencia. Era guapo. Mucho. Alto y delgado. Vestido con una chaqueta de cuero que había visto épocas mejores, una camiseta azul de cuello vuelto bajo una camisa a cuadros abierta y unos pantalones vaqueros que se ajustaban como guantes a unos muslos bien formados y que delineaban a la perfección una entrepierna que en reposo no estaba nada mal. ¡Cómo sería cuando estuviera en erección! Ojos azules, aunque posiblemente fuera por las lentillas, igual que los suyos, y nariz un poco grande pero que podía operarse. El pelo, quizás un poco demasiado largo, rubio con reflejos dorados, caía liso pero con volumen hasta casi la cintura. Se lo imaginó sobre ella, sobre sus pechos perfectos talla 100 copa D, haciéndole cosquillas en la cintura, talla treinta y ocho, y se le hizo la boca agua, con su labio superior relleno con colágeno para potenciar volumen. Sí. Decididamente el café que pensaba tomarse podía esperar.

—¿Puedo ayudarte en algo? —le preguntó con voz ronca, sugestiva y sensual.

Marcos se volvió para quedar frente a una mujer espectacular. Lo primero que le llamó la atención de ella fueron sus tetas. Unas tetas grandes y firmes que casi estaban a la altura de la barbilla, escasamente tapadas por un top negro con rayas rojas. Lo segundo su pelo, una melena de un imposible caoba no natural. Lo tercero, su cintura de avispa marcada por un cinturón negro de cuero con incrustaciones de brillantes (imaginaba que falsos). Y lo último sus piernas, apenas ocultas bajo una ajustada minifalda negra, largas y torneadas, que terminaban en unos pies calzados con unos zapatos de tacón altísimo. En definitiva, una mujer que pedía guerra a gritos.

—Estoy esperando a la señorita Vázquez, no creo que tarde mucho. Gracias —contestó Marcos pasando de ella olímpicamente.

Había tenido algunas experiencias con mujeres de ese tipo y siempre se había sentido como un pobre colegial que no daba la talla. Tanta sensualidad a flor de piel y golpe de bisturí en la cama terminaba convirtiéndose en afectación para conseguir la postura que mejor partido sacase a sus increíbles formas y, entre eso y los gemidos perfectamente acompasados y las muecas de placer que no arrugaban ni un ápice la piel, él acababa dudando de si el orgasmo de su pareja había sido ficticio o real.

—¿Te refieres a Ruth? —Elena lo miró de arriba abajo, empezando por los ojos azules y terminando en la ingle, sitio en que se demoró un par de segundos, los justos para lamerse los labios—. ¿Para qué quieres verla? —Imposible que tal espécimen tuviera algo que ver con el espantapájaros de su secretaria.

—Hay un proyecto del que quiero hablarle.

—¿Qué tipo de proyecto? —preguntó echando los hombros hacia atrás, marcando pecho.

—Preferiría comentárselo a ella primero —contestó Marcos pensando que Victoria Beckham era mucho más natural que la mujer que tenía enfrente.

—No sé qué te habrá contado Ruth, pero ella solo es una empleada más. De hecho es mi secretaria, así que cualquier proyecto relacionado con el centro debes hablarlo antes conmigo.

—Entiendo. De todos modos acaba de salir del ascensor, así que, si te parece bien, os lo comento a las dos a la vez. —Increíble, esa mujer había conseguido caerle fatal en menos de dos minutos—. Hola, Ruth.

—Buenos días, Elena. —Ruth inclinó la cabeza a modo de saludo y después se dirigió a Marcos—. ¿Qué proyecto dices que tienes en mente?

Marcos sonrió para sus adentros. Su amiga podía haber cambiado con el paso de los años, pero si algo había permanecido inmutable era su desmedido sentido de la responsabilidad. La única información que tenía para localizarla era que trabajaba en ese centro, y sabía de sobra que si se presentaba por las buenas en su horario de trabajo, que por cierto no tenía ni idea de cuál era, ella lo ignoraría por completo. Jamás dejaría de realizar su trabajo para charlar con un viejo amigo. Pero si le ponía un buen cebo, acudiría, y eso era lo que había hecho. Había mandado un mensaje con la recepcionista; un mensaje con poca información que Ruth se apresuraría a confirmar. Un posible proyecto que daría publicidad al centro y que quizá incluso generara beneficios. Y Ruth no había tardado ni cinco minutos en bajar a informarse.

—Es algo que he estado pensando estas dos últimas semanas, desde que fui a la exposición benéfica, aunque creo que lo mejor es hablarlo en algún sitio más privado.

—Vamos a mi despacho y me lo cuentas —dijo Elena despidiendo a Ruth de paso—. Yo me haré cargo de esto, querida. Puedes seguir con tus cosas.

—Muy bien. —Ruth frunció el ceño, no le gustaba la idea de no estar presente. Elena tendía a ir demasiado a su aire, pero era la jefa y no le quedaba más remedio que obedecer, así que se dio la vuelta para dirigirse al ascensor.

—¡Espera! —exclamó Marcos—. No te lo tomes a mal... ¿Elena? —Se llamaba así, ¿verdad?—. Pero me gustaría que Ruth estuviera presente. Nos conocemos desde hace años, y a veces soy un poco obtuso y cuesta algo entenderme. Ella me traducirá en caso de que me líe con los términos. —Finalizó guiñando un ojo, cómplice.

¿Obtuso? ¿Marcos? ¡Ja! Era la persona más directa que conocía, pero, si Elena se tragaba la mentira, por ella perfecto. Y ya fuera porque se la tragó, o porque se dio cuenta de que Marcos no iba a ceder, Elena consintió.

Subieron a la segunda planta y entraron en un despacho amplio, con grandes ventanales y paredes pintadas en blanco con alguna que otra imitación de Andy Warhol. El mobiliario constaba de una mesa enorme y vacía sobre la que yacía abandonado un ordenador apagado, y nada más. Ningún papel por medio, carpeta, libreta de notas o bolígrafo. Completaban la estancia un sillón giratorio de director y dos butacas bastante cómodas. Elena ocupó el primero y Marcos y Ruth los otros dos.

Marcos no podía evitar mirar de reojo a su amiga. Volvía a ser la bibliotecaria aburrida. Vestía una chaqueta negra sin forma, una falda del mismo color justo por debajo de la rodilla; ese tipo de falda aburrida, ni con vuelo ni ajustada sino todo lo contrario, con el largo que peor podía quedar a cualquier pierna, medias color carne y zapatos de tacón bajo. El pelo estaba recogido de nuevo en un moño clásico y aburrido. No se le veía ni rastro de maquillaje en la cara ni en las uñas. Era la mujer invisible. No pudo evitar preguntarse si llevaría liguero, y cómo sería esta vez su ropa interior. ¿Tanga de encaje negro? ¿Mini braguitas con algún letrero divertido? Demonios. Le encantaría saberlo.

—Bien, os pongo en antecedentes —comenzó a decir antes de que sus neuronas bajaran a la ingle por culpa de tanto especular sobre prendas íntimas—. Trabajo como fotógrafo para una publicación que tiene como premisa realizar reportajes que sirvan para dar a conocer el país, ya sea a través de paisajes, cultura, turismo, sociedad, etc. Desde el día en que asistí a la exposición, una idea ronda por mi cabeza. Poca gente conoce los intríngulis de este tipo de centros. Para ser francos, todos sabemos de las residencias geriátricas, lugares a tiempo completo donde los ancianos están internos. Pero ¿centros de día? No dudo de que haya muchos, pero son completamente desconocidos. Cuando alguien menciona centro y ancianos, piensa directamente en geriátricos, pero esto no es exactamente un geriátrico. ¿Me equivoco?

—No —contesto Ruth, que entendía completamente a qué se refería. Poca gente tomaba en serio un centro de día.

—Le he estado dando vueltas en la cabeza, y pienso que sería buena idea hacer un reportaje sobre ello: la ayuda que presta a la sociedad, las ventajas y desventajas… En fin, realmente no sé bien cómo enfocarlo todavía; me haría falta recopilar datos, conocer la historia de los ancianos, de los trabajadores, los prolegómenos de la gestión, etc. Cuando recopile esa información, mi intención es pasarla a la revista y ver si a ellos les parece tan interesante como a mí, y, en caso afirmativo, sería cuestión de poner en marcha el proyecto. Para eso necesito autorización del centro y de las familias de los ancianos que saldrían en el reportaje.

—Es muy interesante —comentó Ruth entusiasmada. El reportaje se traduciría en que más gente conocería la labor de los centros de día, y quizá consiguieran más benefactores y, con mucha, muchísima suerte, la burocracia lo mismo dejaba de congelarles las subvenciones. Aunque eso sería más un milagro que otra cosa.

—¿Y qué ganamos nosotros? —preguntó Elena.

—Bien, veamos. —Marcos procedió a explicarle a Elena lo que Ruth había visto desde el primer momento.

Elena escuchaba desapasionadamente, prestando más atención a sus uñas de porcelana, perfectamente esculpidas, que a todos esos chismes sobre dar a conocer el centro y, cuando Marcos terminó la explicación, preguntó lo que verdaderamente importaba.

—Sí, todo eso está muy bien pero ¿qué beneficio económico saca el centro? Y no me vengas con posibles donantes.

—Bueno, beneficio económico, ninguno. La publicación para la que trabajo no paga por reportaje. De hecho, ninguna publicación paga a los protagonistas de los reportajes, a no ser que sean personajes públicos y exclusivas rosas. —Marcos se estaba hartando de tanta tontería. ¿Qué narices se pensaba esa Victoria Beckhan de pacotilla?

—Pues entonces, sinceramente no le veo ningún… —comenzó Elena.

—Creo que el señor García estará muy interesado en la propuesta —interrumpió Ruth.

—¿Perdona? —exclamó Elena irritada. ¿Quién se creía que era esa pedorra para interrumpirla?

Ruth miró a Elena, consciente de que tenían que hablar, y de que sería del todo contraproducente que debatieran sobre el tema en presencia de Marcos. Por tanto, con una sonrisa en los labios solicitó a su amigo unos minutos a solas con su superiora y lo acompañó a su propio despacho, para al segundo siguiente entrar en el de Elena y cerrar la puerta.

¡Joder, cómo se nota quién curra y quién no!, pensó Marcos al sentarse en la única silla del despacho de Ruth. La oficina era un cuadrado de dos metros cuadrados y la pared en la que se abría la puerta estaba enteramente ocupada por estanterías metálicas del suelo al techo llenas de archivadores de la a a la zeta y libros contables. Dos mesas en forma de ele se adueñaban del espacio restante. La pared que quedaba libre estaba pintada en un tono blanco y de ella colgaban varias acuarelas y oleos sin enmarcar, que supuso estaban pintados por los niños de Ruth. Frente a él, justo sobre la mesa más grande, se abría una pequeña ventana con cortinas venecianas blancas que daba a un jardín con bancos por el que paseaban los residentes. Sobre las mesas, aparte del ordenador y el teclado, miles de papeles, cuadernos, carpetas y lo que parecían apuntes se amontonaban en pilas ordenadas simétricamente a la espera de ser despachadas. Pegados al monitor *post-it* de colores recordaban citas con el señor García, horarios de talleres, ideas y mil cosas más. Le llamó la atención un cubilete redondo de plástico lleno de lápices perfectamente afilados, bolígrafos y rotuladores fosforitos. Lo cogió y comprobó sonriendo que era un bote de Cola Cao forrado con un folio pintado: una casa, un árbol más grande que la casa y flores enormes e imposibles, dibujadas con lápices de cera de vivos colores y trazo infantil. Era como si hubiera sido decorado por un niño pequeño. Lo observó más detenidamente. El artista había dejado su firma en la base, aunque era casi ilegible, no porque estuviera borrada, sino porque, de las cuatro letras, cada una era de un tamaño y usaba indistintamente mayúsculas y minúsculas. Sonrió al leerlas: IrIs.

Volvió a dejar el cubilete en su sitio y siguió buscando algo más que cotillear. No parecía haber nada interesante. No vio fotos familiares sobre la mesa, ni revistas que leer. Estuvo tentado de abrir los cajones en busca de algo, pero se imaginó la reacción de su amiga si lo pillaba cotilleando y se contuvo. Así que solo le quedaba pensar.

Pensó en su madre, a la que cada vez se le iba más la cabeza, en Carlos y sus pájaros, en que no le apetecía nada empezar a buscar una casa donde vivir, por lo que seguiría viviendo con su vieja. Al fin y al cabo, esta cambiaba de personalidad telenovelesca cada día, lo que significaba que no le daba tiempo a aburrirse.

¡Demonios! ¡Qué incómoda era la maldita butaca! Cambió de posición con la intención de acomodarse, pero no hubo manera. Era dura como una piedra. Apoyó los codos en los reposabrazos y siguió pensando. ¿Seguiría Ruth llevando el pubis depilado y ese bigotito rosa fuerte? ¡Ojalá! De ahí pasó al tema de la ropa interior. Como no tenía nada mejor que hacer comenzó a imaginar los distintos estilos de tanga que podría llevar bajo la falda monótona y aburrida, y se le ocurrieron múltiples diseños. Demasiados para su pene, que se rebeló casi de inmediato saltando dentro de los vaqueros.

¡Ahora sí que estaba incómodo!

Se levantó de la silla y metió la mano bajo la tela de los pantalones con la intención de dar acomodo a cierta parte de su anatomía que estaba algo tensa. Lo malo es que ese fue justo el momento que aprovecharon las mujeres para entrar en el despacho.

—He conseguido hablar con el director del centro, el señor García, y nos ha hecho un hueco para el miércoles a las cuatro. ¿Te va bien? —comentó Ruth sonriente. Le había costado un poco convencer a Elena, pero, tras conseguir hablar por el móvil con el director, esta no había podido decir nada en contra.

—Me va perfecto —contestó Marcos mientras se daba la vuelta para quedar frente a ella a la vez que daba gracias al cielo por estar acomodándose de cara a la pared, y no de cara a la puerta. Se cerró rápidamente la chaqueta de cuero y toda evidencia quedó oculta.

—Magistral —respondió Ruth contenta.

—Magnífico —recalcó irónica Elena—. Ahora ¿qué te parece si nos vamos a tomar un café? Son casi las doce y no he almorzado —comentó colgándose del codo de Marcos.

—Vaya, te lo agradezco, pero si no hay inconveniente me gustaría que me enseñarais un poco cómo va el centro, para ir recopilando información que pasar a la revista y así el miércoles poder acudir a la cita con datos fiables y no solo conjeturas.

—¿Pretendes que te haga una visita guiada por aquí? No te molestes, te lo cuento rápido: solo hay viejos, viejos y más viejos. Les damos de comer, de merendar, un poco de gimnasia, algún taller tonto y a casita —resumió Elena despectiva—. Vamos a tomar ese café.

—Preferiría recorrer el centro —contestó Marcos con toda la educación que fue capaz de reunir. Le estaba cargando la pija.

—¿Sí? Tú mismo. Me temo que yo tengo muchas cosas que hacer como para perder el tiempo oliendo a desinfectante.

—¿Puedes acompañarme tú? —preguntó a Ruth.

—¿Ruth? Imposible, tiene muchísimo trabajo pendiente. —Elena señaló las pilas de carpetas sobre la mesa.

—Bueno… —Ruth miró la mesa, calculó el tiempo que tardaría en ponerse al día y decidió, como siempre, acudir un par de horas antes al centro por la mañana; con eso bastaría—. No hay problema. Mañana vendré antes.

—No creo que esa sea la solución —inquirió Elena furiosa.

—Genial —comentó Marcos a su vez—. ¿Por dónde empezamos?

—Bajemos, te enseñaré la planta baja y, a partir de ahí, ya iremos viendo.

—¡Cojonudo! —exclamó Elena—. Tú verás, Ruth, querida, pero mañana a las ocho de la mañana quiero todos los archivos pendientes sobre mi mesa.

—Los tendrás —aseveró Ruth rotunda.

16

La imaginación está hecha de convenciones de la memoria.
Si yo no tuviera memoria, no podría imaginar.
JORGE LUIS BORGES

—*E*l centro cumple la función de una guardería, solo que para niños grandes. Tenemos personal cualificado para atender ancianos de dependencia moderada, es decir, aquellos que necesitan refuerzo para realizar ciertas acciones básicas, pero que no dependen de la presencia constante e indispensable de otra persona. Nos encontramos ante individuos que no necesitan ser internados en geriátricos, puesto que con algo de ayuda pueden continuar con sus vidas, pero que por otra parte no pueden permanecer solos en sus domicilios. Las familias cuentan con el centro para que los cuide en las horas que dedican a sus trabajos y, a su vez, el anciano puede seguir viviendo en el hogar familiar, algo que, aunque puede parecer de poca importancia, para ellos es vital pues no se sienten abandonados en residencias extrañas, lejos de su nido —comentó Ruth guiándole por el vestíbulo hacia el ala derecha del edificio.

»El horario es de ocho de la mañana a seis de la tarde, y tenemos un geriatra permanente que vigila las condiciones de cada anciano y elabora informes médicos mensuales con los que hacemos un seguimiento personalizado de sus necesidades y carencias. Una vez a la semana pasan consulta otros especialistas y, en caso de que algún residente requiriera de cuidados más especializados, se informa a la familia y se le desplaza al hospital o centro que pueda solucionar en mejor grado su dificultad. Nuestro centro tiene un ratio de un cuidador para cada seis ancianos que, aunque no es lo ideal, tampoco está nada mal. Además contamos con voluntarios que nos ayudan enormemente en la tarea.

—¿Voluntarios?

—Sí. Personas, ángeles en realidad, que ocupan su tiempo libre en acompañar, charlar, comprender y, sobre todo, escuchar a los ancianos. Son en su mayoría mujeres de entre sesenta y setenta y cinco años, sin excesivas cargas familiares. Para nosotros su apoyo es extremadamente necesario; imprescindible, de hecho.

—¡Vaya! —dijo Marcos impresionado. No le cabía duda de que Ruth también ejercía de voluntaria, o que al menos trabajaba más horas de las que realmente tenía en nómina.

—Esta es la sala polivalente.

Le mostró una gran sala de parqué viejo y rayado, con grandes ventanales, cortinas de tonos suaves y muy iluminada. Estaba ocupada por mesas y sillas avejentadas pero cómodas, perfectas para aquellos con problemas de movilidad. Varios ancianos estaban sentados observando a una mujer vestida con bata que tenía dos barreños enfrente: uno de ellos lleno de pinzas de tender la ropa de color rojo y el otro con pinzas azules. Tenía un cartón en la mano e iba pinzando alternativamente una de cada color. Los ancianos la imitaban.

—Como verás están trabajando con series de colores. Una azul, una roja. Dentro de un rato, cuando todos lo hayan conseguido lo complicará un poco más. Dos rojas y una azul.

—¿Eso es complicado?

—No para ti, pero mis niños tienen problemas de memoria. —Cerró la puerta—. No me gusta decir delante de ellos alzhéimer, demencia senil, ni nada que se le parezca. Me da la impresión de que si algún incompetente les repite continuamente que son tontos al final se lo acaban creyendo y no se esfuerzan por superar los obstáculos a los que se enfrentan. Pero si en vez de eso, exclamas «¡Vaya, casi lo consigues!» o «¡Te ha faltado muy poco!», su autoestima crece y llegan a hacer cosas sorprendentes. Por ello, ninguno de mis niños tiene enfermedad alguna. —Sonrió pícara—. Solo algún leve olvido de vez en cuando. —Caminó hacia otras puertas de color salmón que habían sido pintadas recientemente—. Este es el comedor.

Le mostró un gran salón con mesas amplias, sillas altas y suelos resplandecientes. Todo estaba impecable, aunque se notaba el paso del tiempo en los cantos de las mesas y en los respaldos de las sillas. Luego pasaron a la zona de cocinas, en la que le enseñó los distintos menús, adecuados a las necesidades de cada anciano: colesterol, hipertensión, diabetes, problemas digestivos…

—¿Tienen varios menús de cada tipo para elegir? —preguntó Marcos mirando la pizarra en la que estaban escritos.

—Varios, lo que se dice varios, no. Tienen un par de primeros y un par de segundos para cada menú especial.

—Yo pensaba que esto era como las lentejas, si las quieres las tomas y si no las dejas.

—¡No! Eso sería horrible. Si queremos que los niños… —según iba contándole cosas se entusiasmaba más y más, y se olvidaba de que eran ancianos— se sientan como en casa, deben tener capacidad de elección, tanto a la hora de comer, como a la hora de asistir a talleres, elegir sus amistades y demás. Deben ver el centro como un sitio donde aprovechar su tiempo libre lejos del hogar, no como una prisión en la que son abandonados porque molestan. Su autonomía es muy importante —terminó sonriendo.

—Entiendo. —Dios, estaba preciosa cuando se olvidaba de parecer seria y se dejaba llevar por su amor a sus niños. Marcos daría cualquier cosa porque le sonriera a él de esa manera. Lo que le llevó a pensar que casi estaba tan hermosa sonriendo como cuando disfrutó entre sus brazos la última vez. Mmm… mejor no pensar en eso.

—Esta es la sala de estar —dijo entrando en un recinto enorme lleno de mesas con mayores reunidos en torno a ellas, con periódicos, cartas, dominó, etc.—. Algunos juegan, pero la mayoría charlan y comparten enfermedades —comentó sonriendo a la vez que señalaba a dos señoras que discutían sobre si su enfermedad era peor o mejor que la de la otra. Una de ellas aseguraba tener sida—. No prestes atención a Mercedes; está perfectamente sana. Más que tú y que yo —comentó señalando a la supuesta enferma de sida—. Salgamos al exterior.

Al salir del edificio, se sumergieron de lleno en un jardín de tupido césped, árboles crecidos que daban buena sombra y senderos de cemento por los que caminaban los ancianos; algunos con bastón, otros con muletas, varios en silla de ruedas y casi todos acompañados de mujeres de entre sesenta y setenta años.

—Estas son las voluntarias de las que te hablaba. Escuchan a los niños, los acompañan y, si surge algún problema, dan aviso rápidamente. Sin ellas, no conseguiríamos hacer ni la mitad de las cosas que hacemos.

—Asombroso. —Marcos inspiró una buena bocanada de aire puro. En el interior del edificio el aire estaba cargado pero no sabía cómo mencionarlo sin hacer sentir mal a su amiga.

—Se nota el olor, ¿eh? —comentó ella al verle respirar—. Para tenerlo todo perfectamente desinfectado usamos productos bastante fuertes, que no son nocivos para la salud en modo alguno, pero dejan su impronta en el ambiente. No obstante, es preferible oler a lejía que tener alguna plaga. Las defensas de mis niños suelen ser bastante bajas y toda precaución es poca.

—Ya veo. —Marcos frunció el ceño—. ¿Ese no es tu padre?

—Sí. Ven. —Le cogió de la mano y lo llevó hasta Ricardo—. Papá, ¿te acuerdas de Marcos? Venía a estudiar a casa cuando éramos niños.

—¡Muchacho! ¡Lo que has crecido! Casi no te reconozco. ¿Ya has vuelto de América? ¿Qué tal por aquellos lares?

—Hola, Ricardo —saludó Marcos con una par de palmadas en la espalda—. Llevo algún tiempo por aquí.

—Cuéntame, ¿a qué te dedicas? ¿Cómo te va todo?

Y mientras paseaban, Marcos procedió a contar a grandes rasgos lo que estaba haciendo. Apenas llevaban cinco minutos conversando cuando Ricardo se salió del camino, se agachó cerca de un árbol y cogió algo.

—Es un broche —comentó enseñándoselo a su hija.

—Mmm… Creo que sé de quién es. —Se lo cogió de la mano—. Lo entregaré en recepción.

—Perfecto —respondió Ricardo para al segundo siguiente agarrar la mano de Ruth y dirigirse hacia las mesas del centro del jardín, ignorando a Marcos totalmente—. Tengo sed, ¿sabes si puedo conseguir agua por aquí? —Miró su reloj—. La una y media, ¿he tomado café?

—Sí, papá —respondió besándole en la mejilla—, hace un ratito, justo después de la comida. Ahora te pido un poco de agua.

—¿Para qué quiero agua? Aunque… lo cierto es que tengo algo de sed. Siempre sabes lo que quiero. Eres un sol —dijo besándola en la mejilla.

—¿Te acuerdas de Marcos? —Ruth se giró para coger a su amigo de la mano y presentárselo de nuevo—. Venía a casa a hacer los deberes conmigo, cuando éramos críos.

—¡Anda, mi madre! Lo que has crecido, chaval. Te hacía en América. ¿Vas a quedarte? Cuéntame, hombre. No te quedes tan callado, que no me como a nadie.

—Bueno… —Marcos, sorprendido, miró a Ruth, que estaba totalmente seria. Ninguna sonrisa iluminaba su cara—. Llevo… llevo aquí unos meses… yo…

—¡Ricardo! —lo llamó un hombre en silla de ruedas—. He visto un águila ahora mismo. Ven, hombre, que te lo pierdes.

Ricardo se volvió hacia su amigo y dejó a los dos jóvenes plantados sin ningún reparo.

—¿Un águila? ¿Aquí? —Marcos estaba bastante confuso.

—¿Por qué no? Cada cual es libre de ver lo que quiera —comentó Ruth con una sonrisa mientras le guiaba hacia el final del jardín.

—¿Qué le ha pasado a tu padre? ¿Cómo es que se ha olvidado de lo que le había contado?

—Bueno, sufrió una enfermedad… —Ruth se mordió los labios—. Ha perdido la capacidad de crear recuerdos. Es como un ordenador sin disco duro, puedes bajarte una película y verla, pero cuando acaba no queda guardada en la memoria del PC. Por tanto no puedes verla de nuevo y pierde constancia de que la ha tenido en algún momento. Todo lo que pasa es siempre nuevo para él.

—¡Joder! ¿Lleva mucho tiempo así?

—Algunos años.

—¿Y siempre que me vea va a sorprenderse de… verme?

—Mmm, no.

—¿No dices que no guarda recuerdos?

—Efectivamente, pero la memoria cotidiana, intuitiva, por llamarla de alguna manera, no la ha perdido. Cuando ve a alguien de manera continuada, su subconsciente lo recuerda, no el nombre o quién es, pero sabe que esa persona no es peligrosa, que puede hablar con ella. No lo relaciona con alguien físico, pero sabe que puede confiar en ella. No sé si me explico.

—Más o menos —asintió Marcos.

—Entremos —dijo Ruth cambiando de tema y dirigiéndose hacia la entrada del centro—, te enseñaré lo que queda de la planta baja.

De nuevo en el interior, le fue mostrando las diversas aulas para los talleres y, mientras desgranaba dato a dato cada una de las funciones, virtudes y necesidades del centro, descubrió asombrada que lo hacía de manera casi automática, sin poner toda su mente en ello. Y eso era debido a la persona que la acompañaba. No porque Marcos se mostrara indiferente a sus explicaciones, ¡qué va! Era porque ella estaba demasiado pendiente de otras cosas que no eran el centro. Otras cosas con dos piernas, dos brazos y una melena rubia casi hasta la cintura.

La última vez que lo vio, hacía quince días, había estado tan ocupada enfadándose por su presencia inesperada, discutiendo y por último practicando sexo, que no había prestado mucha atención al estado general de su antiguo amigo, y tenía que reconocer que en esos siete años había una especie de madurez en él que no tenía cuando se encontraron en Detroit. Se le veía más seguro de sí mismo, más fuerte, con una voluntad inquebrantable para conseguir lo que se le hubiera metido en mente. En definitiva, era Marcos elevado a la enésima potencia. ¡Y era peligroso! Y no solo eso, sus hombros eran más anchos, su mirada más dominante, tenía el pelo rubio y larguísimo, la piel más morena, los músculos más perfilados… Bueno, si Jorge estuviera presente no dudaría en asegurar que era un semental en toda regla.

Según le iba mostrando el centro, en su cabeza aparecieron tres vocecitas, Lógica, Prudencia y Duda, que le aconsejaron a gritos que diera a la entrevista un carácter frío y profesional y se dejara de risitas y miraditas. Lo malo era que, conforme iban pasando los minutos, se le iban colando sonrisas sin poder evitarlo y Lógica, Prudencia y Duda estaban que echaban chispas.

Lógica le requería que no se olvidara de con quién estaba hablando. ¡Cómo si eso fuera posible! Que tenía una vida perfectamente organizada y adecuada a su forma de ser. Que una noche de sexo no tenía por qué dar pie a otra, que además era proclive a discutir con él y que había muchas razones, demasiadas, para dar por zanjada lo antes posible la visita. Pero ante todo, que dejara de sonreír y estuviera atenta a posibles peligros.

Prudencia, serena y certera, exponía los motivos para cortar de raíz cualquier acercamiento. En primer lugar, en su vida perfectamente estructurada no había espacio para nada más y, si el tiempo fuera oro, Ruth estaría en la más absoluta ruina. En segundo lugar, en caso de que por algún portentoso milagro encontrara ese tiempo, la atracción que había sentido desde siempre por Marcos podía volver a surgir —de hecho, ya estaba surgiendo— y, sabiendo cómo eran ambos, eso solo podía llevar al desastre. No se podía juntar el orden con el caos, el control con la impulsividad, y esperar que no aconteciera una hecatombe. Y en tercer lugar y más importante, estaba Iris. Su hija, su propiedad privada, su tesoro.

Duda, bastante más visceral, advertía sobre posibles peligros: «Si lo ves hoy, lo mismo quieres volver a verlo mañana y, si lo vuelves a ver, quién sabe si no acabarás en la cama con él. Si acabas en la cama con él puede que te acostumbres a tener un amante, y si te acostumbras, modificarás tu vida para conseguir más tiempo con él y, cuando llegue el momento en que él acabe los reportajes que tiene y se largue en busca de nuevos trabajos, deberás reestructurar tu vida. ¡Otra vez! Muchas molestias por solo un poco de sexo. Aunque se puede dar el caso de que se quede a vivir en Madrid y, entonces, el peligro será aún mayor. ¿Y si iniciáis una relación? Habrá un tira y afloja, discutirás, deberás ceder en ciertas cosas y, sobre todo, deberás mencionarle a Iris. Y puede que le siente bien o le siente mal. Si le sienta mal lo acabarás odiando porque Iris es lo mejor del mundo; si le sienta bien, entonces ¿qué? ¡Eh! ¡¿Qué pasa si le sienta bien?! Si quiere saber más, conocerla, tenerla con él… ¿La compartirás?»

«¡Callaos!», gritó a las voces de su cabeza; estaban tan alborotadas que no la dejaban escuchar nada, y creía que Marcos había preguntado algo. Lo miró esperando no parecer demasiado despistada y él repitió su pregunta.

—Te decía que me vendría bien un mapa del sitio. Así esta noche aprovecho para estudiar la ubicación de cada recinto y apuntar lo que me ha parecido más interesante de cada una de las salas y mañana ya vengo con la cámara a tiro hecho. —¿Llevaría de nuevo el tanga con la llave estampada? Le comía la curiosidad. «¡No pienses en eso!», se regañó a sí mismo.

—¿Vas a venir mañana? —«¡Peligro, peligro!», sonó una alarma en su cabeza.

—Sí, quiero hacer algunas fotos y mandárselas al editor para ponerle en antecedentes. Así sabré si le interesa el asunto y podré exponer sobre seguro el tema a tu director. —«Lo cierto es que no se le nota ninguna costura en la falda», su mente seguía dándole vueltas al tema de la ropa interior, «y siempre se notan las costuras de las bragas, ¿no? ¡Ay, Dios! Lo mismo no llevaba tanga sino una faja de esas que se ponen las mujeres», pensó sobresaltado. «Eso no deja marcas, ¿verdad? No, imposible que Ruth lleve eso. Fijo que lleva un tanga tan, tan pequeño que ni se nota».

—Entiendo. —Mmm. «Eso significa verlo tres días seguidos», apuntó Lógica. «Y si lo ves, tendrás que atenderlo durante algún tiempo, tiempo en que no harás tu trabajo y este se aplazará acumulándose más todavía», avisó Prudencia. «¿Estás segura de que no te apetece verlo trabajar?», se coló de golpe Curiosidad entre las voces. «Ver cómo se agacha a tomar las fotografías mientras ese culito perfecto se marca en los pantalones»—. ¿Valdría algo así? —Ruth sacudió la cabeza y señaló hacia el plano de salidas de emergencia que estaba colgado en la pared. Curiosidad había sido tan gráfica que ahora tenía la imagen del trasero de Marcos estampada en la frente.

—Podría valer si me apuntas los nombres de las salas. —¿Se molestaría mucho Ruth si la escoltaba a su despacho y le subía la falda para comprobar qué llevaba? «Por supuesto que sí», se respondió a sí mismo. Argumentaría indignada que cualquiera podría pillarles. Aunque si hubiera alguna manera de inutilizar ese argumento…

—Ningún problema. Creo que tengo algún plano en mi despacho. Espera un segundo y te lo bajo. —Lo mejor sería alejarse un poco de él para poder pensar las cosas con sensatez.

—Te acompaño —respondió al momento Marcos. ¡Se lo había puesto en bandeja!

—No te molestes, tardo un segundo. —Lo justo para mojarse la cara con agua fría y borrar la imagen de su estupendo trasero enfundado en vaqueros.

—¿Hay algún motivo por el que no pueda acompañarte? —replicó él, extrañado de que quisiera dejarlo tirado en el vestíbulo.

—No, claro que no. Es solo que había pensado que, mientras ubico los nombres de las salas en el mapa, podrías aprovechar el tiempo recorriendo el centro, en vez de estar observándome escribir.

—Te aseguro que lo que más me apetece en estos momentos es observarte... detenidamente. —Con rayos X si fuera posible. Necesitaba saber qué ropa interior llevaba y la curiosidad que sentía se traducía físicamente en cierta agitación que estaba resultando bastante molesta.

—Marcos —le paró ella muy seria. No podía permitirse el lujo de bajar la guardia—, he accedido a dejar aparte mi trabajo, que por cierto es mucho, para mostrarte el centro. Espero que lo tengas en cuenta y que te tomes el proyecto seriamente.

—Me lo tomo muy en serio —proclamó un poco mosca. Joder, la bibliotecaria había vuelto. ¡Por favor que no lleve bragas de cuello vuelto!

—Perfecto. Entonces, si fueras tan amable, te agradecería que obviaras ese tipo de comentarios.

—Como prefiera, señorita Avestruz. Seré el decoro personificado —comentó haciendo una reverencia, lo cual le permitió asomarse discretamente al escote de la chaqueta. ¡Mierda! No se veía nada, seguía con la duda de cómo sería el sujetador.

—¡Marcos! —Se echó hacia atrás Ruth, que de tonta no tenía un pelo.

—¿Qué? —preguntó él con cara de no haber roto un plato en su vida.

—En fin... —Decidió ignorarle—. Voy a dar aviso en recepción para que te permitan entrar al centro sin necesidad de esperar a que el celador te acompañe.

—Eso suena bien —contestó distraído, pensando que, en cuanto estuvieran a solas, se desharía ese moño aburrido y rígido.

—Y de paso le pediré a Sara que lo vaya notificando a los empleados para que no se sorprendan si te ven haciendo fotos —comentó ella entrando en el ascensor. «¿Dónde estará archivado el plano?», pensó centrando sus pensamientos en el problema inmediato.

—Necesitaré autorización firmada. Una del responsable del centro para las instalaciones, y otra por cada uno de los ancianos que fotografíe. —«¿El despacho de Ruth tiene llave?», caviló Marcos. Entre la conversación, la visita al centro, el meneíllo de caderas de su amiga al andar, las dudas sobre su ropa interior y la necesidad de deshacerle ese moño de bibliotecaria, era incapaz de recordar si el despacho tenía llave o no, y era imprescindible que la tuviera.

—Mmm, me entrevistaré con el señor García y te conseguiré la autorización, y esta tarde hablaré con mis niños, en mi taller de cuentacuentos. Dejaré las autorizaciones que consiga en recepción a primera hora de la mañana para que puedas comenzar tu trabajo en cuanto llegues. —Entró en el despacho. ¿Estaría el plano en el mismo archivador que las medidas a tomar en caso de incendio? Ruth frunció el ceño, dándole vueltas en la cabeza.

—No te preocupes —comentó él observando detenidamente el pomo de la puerta. ¡Sí! Tenía llave y además estaba metida en la cerradura. Cerró con rapidez y echó la llave—. Cuando llegue mañana, subo a buscarlas y de paso te traigo un café.

—No te molestes. —Ruth le dio la espalda mientras buscaba en las estanterías. No pudo evitar tocarse el moño subrepticiamente, Marcos no dejaba de mirárselo. ¿Estaría mal peinada?—. No es necesario que pierdas el tiempo.

—Yo no lo llamaría perder el tiempo —comentó acercándose a ella—, siempre es agradable tomar café con una amiga.

—Sí, sí, claro —contestó distraída sacando varios archivadores y examinándolos. «¡Sí que hace calor aquí!», pensó por un instante. Luego cayó en la cuenta del foco de procedencia del calor: Marcos.

—Además, así bajamos juntos para la ruta fotográfica. —Estaba casi pegado a ella; un par de centímetros y la tocaría.

—¡Por fin! —exclamó Ruth girando de golpe y golpeándolo ¿sin querer? con un enorme archivador en el pecho—. ¡Caray, Marcos! No te pegues tanto. ¡Pareces una lapa! —Le esquivó y abrió el archivador sobre la mesa—. Aquí está el plano. Espera que lo fotocopio y te escribo las salas.

—De acuerdo —dijo él con voz ronca acercándose de nuevo a ella.

—Listo. —Colocó las fotocopias sobre la mesa e inclinándose sobre ellas se dispuso a escribir los nombres.

17

No piense mal de mí, señorita. Mi interés por usted
es puramente sexual.
GROUCHO MARX

Un chisme es como una avispa; si no puedes matarla
al primer golpe, mejor no te metas con ella.
GEORGE BERNARD SHAW

*M*arcos no podía creer en su suerte. Ruth se había inclinado sobre
la mesa y sus caderas se marcaban claramente bajo la falda. Sin detenerse a pensarlo un segundo, al menos no con el cerebro de arriba,
tomó una decisión.

Ruth lo sintió pegarse a su espalda presionando la ingle, y lo que
no era la ingle, contra su trasero, e hizo intención de darse la vuelta.
Unas manos grandes y fuertes la aferraron por la cintura mientras
unos dientes hacían presa en su cuello, impidiendo que se girara.

—¿Qué se supone que estás haciendo? —Pregunta retórica donde
las hubiera. Sabía de sobra lo que estaba haciendo. ¡Volverla loca!

—Satisfacer mi curiosidad —dijo él bajando las manos hasta las
caderas para a continuación comenzar a arrugar la falda en sus puños.

—¿Qué curiosidad? —Ruth sintió cómo la falda ascendía por sus
piernas con lentitud.

—Necesito saber qué ropa interior llevas —respondió lamiéndole
el oído.

—¿Y no puedes, sencillamente, preguntarlo? —exclamó ella intentando girarse de nuevo.

—No. —Pasó una de las manos por delante de su cintura y la
abrazó impetuoso.

—¡No se te ha ocurrido pensar que puede entrar alguien! —Pegó
un empujón con las caderas intentando deshacerse de su abrazo a la
vez que agarraba el brazo que la sujetaba con ambas manos. ¡No había
manera de soltarse!—. ¡Dónde tienes el cerebro!

—En estos momentos, a la altura de tu trasero —contestó él presionando su erección contra ella.

—¡Marcos! ¡No estoy bromeando! —exclamó Ruth retorciéndose. Y cuanto más se movía, más crecía y se endurecía la verga de su amigo—. ¿Te has parado a pensar lo que puede suceder si alguien viene aquí? No, claro que no, y ese es el problema, que no piensas. ¡Por el amor de Dios! No tienes cabeza, déjame. ¡Caramba!

—No te preocupes, he cerrado la puerta con llave —susurró en su oído haciendo que los escalofríos recorrieran todo su cuerpo.

—¿Que has hecho qué? Pero… —Ruth apoyó las manos sobre el escritorio. Ya que no podía soltarse, al menos intentaría mantener el equilibrio. Pero esto hizo que se inclinase más todavía, lo cual le proporcionó a Marcos una ubicación más adecuada entre sus nalgas, y a ella una impresión más gráfica sobre la dureza y tamaño de su pene.

—Así, Avestruz; así. Relájate, no te comas el coco. Lo tengo todo pensado. Nadie va a entrar. —Separó su polla inquieta de las acogedoras nalgas de su amiga y a continuación subió la falda, que arrugaba en sus puños, hasta la cintura.

—Estoy relajada —gruñó Ruth totalmente tensa.

—Claro, preciosa; no lo dudo. —Sonrió mientras deslizaba la mano libre buscando la ropa interior que tanto le había dado que pensar—. Vamos a ver qué encuentro.

—Un tanga —le respondió medio sobresaltada cuando él empezó a acariciarle las nalgas.

—¡Mierda! —exclamó él a la vez que le daba un cachete que casi la hizo jadear—. No me lo cuentes.

—¿Decepcionado? —¿Qué quería? ¿Que no llevara nada?, pensó entre excitada y enfadada. ¡La estaba avasallando!

—No. Pero quiero averiguarlo por mí mismo. —La mano volvió a recorrer su trasero lentamente, hasta encontrar la fina tira elástica a la altura de la cadera.

Ruth sintió cómo los dedos que recorrían la cinta se internaban en la unión entre sus nalgas y bajaban hasta encontrar la tela que cubría el perineo para volver a subir, haciendo el recorrido inverso. Notó un tirón en el clítoris cuando los enredó en el tanga y tiró hacia arriba, haciendo que la tela se hundiera en la vulva.

—Ahora ya sabes cómo es mi ropa interior —aseveró ella susurrando—. ¿Qué te parece si seguimos con el plano?

—Chis —siseó Marcos a la vez que volvía a tirar del tanga haciendo que todo el sexo de Ruth se humedeciera.

—Es tarde, tengo cosas que hacer. Un montón de trabajo me espera sobre la mesa. Además, todavía tengo que escribir los nombres en el plano. No debería estar perdiendo el tiempo de esta manera. Aparte de que esto no es buena idea, imagina que alguien llama a la puerta; piénsalo por un momento.

—¿Sabes cuál es tu problema, Avestruz? —Marcos soltó la tela y con las yemas de los dedos acarició el lugar donde los muslos se juntan con el culo.

—No tengo ningún problema. Mira, es de lógica. Esto es un despacho, un sitio donde la gente trabaja, donde yo trabajo. No es un lugar adecuado para dejarse llevar por los instintos sensuales. —Más que hablar, jadeaba. Esas caricias, en esa zona, la estaban derritiendo—. Quizás en otro momento, en otro lugar. Imagínate que suena el teléfono o que alguien intenta entrar.

—Tu problema es que quieres anticiparte a lo que va a pasar. —La mano que le rodeaba la cintura subió por el abdomen, atravesó la barrera del pecho y se acomodó en su garganta durante un segundo, para a continuación subir hasta el aburrido moño y deshacerlo—. Lo quieres tener todo tan controlado, que conviertes el futuro en presente.

—¡Claro que no! Lo que pasa es que hacer manitas en mi despacho no es, lo que se dice, algo práctico. Puede causarme problemas.

—No estamos haciendo manitas, te estoy magreando —comentó él recorriendo la unión entre muslos y nalgas con los dedos, una y otra vez, y otra.

—¡Por favor! Todo tiene un límite y tú lo estás rebasando —exclamó Ruth jadeante. Marcos había dado con uno de sus puntos erógenos, uno del que ella no tenía ni el más mínimo conocimiento. Y sabía que, como le dejara seguir, ella no querría parar.

—¿Crees que todo tiene un límite? —preguntó pegándose más a ella a la vez que hundía los dedos en su vagina. Estaba húmeda. Mucho.

—¡Por supuesto! —gritó Ruth. Y aprovechando que ya no la sujetaba, le dio un codazo suave en el estómago y pegó un salto con la clara intención de alejarse de él. ¡Mecachis! Ese hombre le hacía perder la entereza.

—¡Ay! —se quejó Marcos para acto seguido agarrarla por los hombros y darle la vuelta para ponerla de frente a él—. No hay ningún límite, excepto el que tú quieras poner. Has puesto tantos límites a todo lo que te rodea que así estás. ¡Limitada!

—¿Qué? —La mirada de Marcos se había vuelto salvaje, dura, segura, como si nada pudiera hacer que cambiara de opinión.

—Basta de charlas, Avestruz.

La cogió de las axilas, la levantó en vilo y la arrojó sobre la butaca del despacho. Antes de que ella pudiera reaccionar, se había arrodillado entre sus piernas, agarrándoselas y colocándole la parte interior de las rodillas sobre los brazos de la butaca. La falda se arrugó por completo en su cintura y los muslos se abrieron, mostrándole el tanga negro con una gran señal de «Stop» en rojo, justo en el centro. Marcos admiró la visión que se presentaba ante él.

—Me preguntaba si llevabas liguero. Ya veo que no. —Recorrió con los dedos el elástico de las medias que se le enterraban a mitad del muslo—. No me gustan —comentó tirando de este y comprobando que la piel estaba enrojecida por la presión—. Se clavan en tu piel. No quiero que nada se hunda en tu piel, salvo yo mismo.

Ruth no pudo responder. Estaba demasiado asombrada para hacerlo. ¿Qué narices estaba diciendo? Sonaba un poco demasiado… posesivo, ¿no? Machista, obsoleto, arcaico…

Marcos deslizó los dedos por el elástico y de un tirón le bajó las medias a la altura de las rodillas, luego posó los labios sobre la piel enrojecida para besarla. Ruth sintió algo húmedo que le acariciaba y lamía toda la zona, calmando el escozor que había dejado el elástico.

Marcos recorrió despacio con la lengua el interior de los muslos, dando suaves mordiscos cuando la sentía moverse, desplazándose con lentitud hacia sus caderas.

Ruth puso las manos sobre los hombros masculinos y empujó en un inútil intento por deshacerse de sus caricias ¡Por el amor de Dios, estaban en su despacho!

Él le agarró las muñecas, a la vez que subía hasta su boca y la besaba con fuerza, casi sin dejarla respirar. El pene enfundado en vaqueros presionaba contra su sexo y el torso cubierto con la camisa se imponía sobre sus senos.

Ruth sintió la lengua hundirse en su boca, recorrerla entera, entrar y salir en una danza similar a la que ejecutaban las caderas masculinas contra su ingle. Cuando pensó que estaba a punto de derretirse, él se separó. La miró a los ojos fijamente y asintió. Ella no tenía ni idea de por qué había asentido, pero le daba la impresión de que iba a resultar muy difícil detenerle, si por algún remoto motivo se le pasara por la cabeza querer parar las sensaciones que la dominaban, lo cual era casi imposible.

Marcos le soltó las muñecas para desabrocharle la chaqueta, sus labios recorrieron el sendero que dejaba la tela abierta. Se detuvo escasos segundos para admirar sus pechos y lamer los pezones, no por ella, por él. Para su placer.

Luego continuó descendiendo hasta la cintura donde la falda se arrugaba, la obvió y bajó hasta el borde del tanga Se entretuvo en lamerlo mientras sus dedos se abrían camino por debajo de este y buscaban la entrada a la vagina. Cuando la notó arquearse, hundió el dedo corazón a la vez que con el pulgar trazaba círculos en el clítoris, y el índice y el anular masajeaban la vulva. Jugueteó con la nariz sobre el bigotito fucsia que tanto le encandilaba, mientras se solazaba con su pubis suave y depilado, sintiendo cómo los músculos de su amiga se contraían y su espalda se tensaba. Cuando la oyó gemir, introdujo un dedo más, deslizó los labios hasta el clítoris, y lo succionó por encima de la tela con fuerza. La mano que tenía libre le masajeó las nalgas y se adentró en ellas siguiendo el camino de la tira del tanga, presionó contra ella, la enredó entre sus dedos y tiró una y otra vez, haciendo que la cinta se le clavara en el ano, logrando que la seria, circunspecta y controlada Ruth jadeara y gritara en el estertor de un orgasmo que la hizo tensarse hasta separarse de la butaca.

—¿Ves lo que pasa cuando se traspasan los absurdos límites que te marcas? —preguntó Marcos con la respiración entrecortada.

Ruth no pudo responder; apenas conseguía aire suficiente para respirar, cuanto menos para hablar. Por entre las pestañas de sus ojos medio cerrados, vio que él se ponía de pie y se desabrochaba los vaqueros. Su polla saltó fuera de ellos, ansiosa, dura, tensa, enorme. Apenas le dio tiempo a darse cuenta de que no había ni un solo pelo en el pubis masculino cuando Marcos la cogió suavemente del cabello instándole a que se incorporara en la silla, y se acercara al pene que oscilaba inhiesto y dominante frente a ella. Se lo agarró con una mano y lo acercó hasta los labios femeninos. Pujó contra ellos, hasta que se abrieron y lo abarcaron.

—Muy bien preciosa, abre esa generosa boquita y cómetelo entero —susurró introduciéndose en ella.

—Serás troglodita —dijo Ruth sacándose la polla de la boca.

—No. Solo soy un hombre desesperado —contestó recorriéndole los labios con los dedos hasta que ella absorbió el índice sin pensarlo—. Llevo quince días pensando en ti, en tus labios, en mi polla llenando tú boca. —Mientras hablaba recorría con el pene sus mejillas, acariciándola, dejando un rastro de humedad sobre su piel—. Vamos, Avestruz, déjate llevar.

El dedo recorría el interior de su boca acariciante, rozándole los dientes, abriéndole los labios hasta que acabó alejándose de ella. Ruth sacó la lengua para seguirlo y, en ese momento, Marcos guio su pene hasta ella. Ruth lo acarició con la punta, lamiendo la humedad que salía por la abertura del glande, hundiendo la lengua en ella, sintiendo cómo él pujaba para introducirse más profundamente en su boca mientras se aferraba al lustroso pelo negro que acaba de rescatar de la prisión del aburrido moño. Y Ruth tomó el control. O al menos lo intentó.

Lo agarró con una mano mientras le hundía la otra entre los muslos y acogió los testículos sobre la palma, sopesándolos y amasándolos. Rodeó el glande con la lengua y trazó todo el contorno una y otra vez, como si estuviera chupando una piruleta, succionando y soltándolo alternativamente a la vez que sus dedos subían y bajaban lentamente recorriendo las venas que surcaban el grueso tallo. Rozó con los dientes la sensible piel del frenillo, y luego lo consoló con un pequeño beso, haciendo que Marcos soltase una de las manos de su cabello para apoyarla contra el respaldo de la butaca, buscando sujeción.

—Joder, Avestruz, hazlo otra vez —jadeó enredando los dedos de la mano libre en su melena.

Y Ruth obedeció. Mordisqueó suavemente el glande, succionó el prepucio, abarcó con sus labios el capullo, presionando y arrastrando con sutileza la fina piel que se arrugaba en el frenillo hasta casi llegar a la base, para luego volver a subir a la abertura de la uretra y hundir un poco la lengua en ella a la vez que los dientes lo arañaban con suavidad. Por último, depositó un beso sobre el glande y miró a Marcos.

Sus facciones denotaban tensión: tenía los labios firmemente cerrados, las fosas nasales se expandían con cada inspiración entrecortada, los ojos la miraban entornados y el sudor recorría su frente. Lo vio soltarse del apoyo de la butaca y al momento sintió cómo le recogía el cabello y se lo colocaba sobre los hombros, cayendo en cascada sobre la chaqueta abierta, enmarcando la palidez de sus pechos en hilos de ébano. Sus manos le acariciaron las mejillas, la frente, y envolvieron su cara.

—Me estás matando —aseveró antes de empujar su pene sobre los tentadores labios femeninos e introducirse en ellos con un gemido.

Ruth sintió cómo los dedos de Marcos volvían a engancharse en su pelo y la impulsaban hacia su pene para que lo absorbiera entero. Y lo hizo con desesperante lentitud, disfrutando de cada centímetro de piel.

—Muérdeme —ordenó él a la vez que se aferraba más fuerte a ella—. Haz lo que has hecho antes. Vamos.

Ruth acató la orden y usó sus dientes como le había enseñado Jorge, arañando ligeramente y soltando, succionando y besando, tal y como había practicado con Brad. Tenía que reconocer que Jorge sabía cómo volver loco a un hombre, pensó para sus adentros.

—¡Joder! —exclamó Marcos un segundo antes de volver a soltar su pelo para apoyarse con una mano en el respaldo de la silla. Apenas si conseguía que las rodillas no se le doblasen. No sabía dónde había aprendido Ruth ese truco, pero lo estaba destrozando. Presionó un poco con la que aún agarraba su melena, intentando que ella lo introdujera más en su boca—. Cómetela entera —ordenó.

Pero esta vez ella no le hizo caso, se lo estaba pasando muy bien martirizándolo.

Marcos empujó con las caderas, intentando enterrarse más en la lujuriosa boca, pero Ruth se alejó, abarcando solo el prepucio. Él volvió a presionar y ella se volvió a alejar. Estaba casi pegada al respaldo de la silla, con Marcos inclinado por completo sobre ella. Sintió una punzada en el cuero cabelludo. Él le tiraba fuertemente del pelo, instándola a obedecer. Ruth lo ignoró y siguió arrullándolo con la punta de la lengua, torturándolo.

—Mierda, Avestruz, no me hagas esto. No juegues conmigo. —Le sujetó la cara con ambas manos y la miró a los ojos—. Abre la boca —ordenó imperiosamente.

Ella sonrió y abrió los labios. Él se introdujo dominante. La sujetó por la nuca, autoritario, y comenzó a entrar y salir, cada vez más rápido, cada vez más profundo.

Ruth presionó los labios contra su piel, creando una fricción imposible que lo volvió más loco aún, a la vez que colocaba una mano en la base de la polla para impedir que se adentrase del todo en ella.

Marcos no pareció darse cuenta de esto último, porque siguió pujando, haciendo que la boca de Ruth chocara contra sus dedos, casi consiguiendo que el glande le tocara el fondo de la garganta. Ruth empujó para aflojar la presión y él la liberó un poco. Solo un poco.

—Trágatelo, Avestruz. Vamos, quiero sentir mi semen recorriendo tu garganta.

Deslizó una mano desde la nuca femenina hasta posarla en la garganta y, sin dejar de mirarla atentamente, enterró implacable su polla en la boca de su amiga un par de veces antes de correrse entre jadeos.

Ruth bebió su esperma y él sintió en sus dedos el movimiento de su garganta al tragar.

Marcos no era una persona posesiva, al menos no que él supiera, pero en ese momento se sintió feliz al pensar que algo suyo estaba en ella. No podía follarla en ese momento, no llevaba ningún condón encima, y no le apetecía que Ruth montara en cólera por hacerlo sin protección, así que el que su semen entrara en ella era, al menos, una pequeña compensación. No pudo evitar preguntarse si el cabronazo que le había enseñado esos trucos también le había dejado el mismo regalito que él, y solo de pensar en ello le empezó a latir la sien.

Cerró los ojos y respiró profundamente, repitiéndose una y otra vez que a él le daba exactamente lo mismo lo que hiciera Ruth en su tiempo libre, con quién lo hiciera y si follaba o no. No tenía derecho a pedir explicaciones ni a enfadarse.

Salió de su boca renuente, con languidez, dio dos pasos atrás y se dejó caer en el suelo de rodillas.

—Joder, Avestruz. ¿Dónde coño has aprendido a comerla así? —preguntó entre jadeos. Vale, no le daba lo mismo.

—Eso es una pregunta retórica, ¿verdad? No pretenderás realmente que te lo cuente, ¿o sí? —¿Qué clase de hombre preguntaba eso tras tener sexo eventual?

—Déjalo, no me lo cuentes —se contestó a sí mismo en voz alta, mirándola fijamente. En esos momentos sería capaz de matar a la persona que le hubiera enseñado ese arte.

—Está bien. —Gracias a Dios. Iba a resultar gracioso explicarle que su amigo gay le corregía los movimientos mientras ella practicaba con su vibrador fucsia.

—¡Joder! —exclamó Marcos diez segundos después, con voz enfadada y celosa—. ¿No habrán sido los mismos que te enseñaron a poner el condón con la boca, verdad? —«¿Por qué coño pregunto?», pensó Marcos cabreado consigo mismo. ¡A él qué más le daba! ¡Joder! Encima eran dos a falta de uno, a los que tenía que matar.

—¿Qué has dicho? —le preguntó roja como la grana.

—Lo que has oído —respondió arrogante poniéndose en pie.

—¿A ti quién o quiénes te han educado en la técnica del cunnilingus? —preguntó Ruth muy seria, levantándose de la silla y colocándose la ropa hasta dejarla de nuevo impecable. O casi impecable.

—Eh… —¡Mierda! Ahí lo había pillado—. No es lo mismo.

—Por supuesto que sí. Ambos hemos aprendido y practicado con personas desconocidas por el otro. No advierto la necesidad de conocer a las artífices de tu experiencia, al igual que no entiendo por qué tú necesitas conocer a mis mentores.

—No es una necesidad, solo siento el imperioso deber de felicitarles por las clases que te han dado. Son unos putos genios impartiendo lecciones —repuso molesto. Ruth era experta en darle la vuelta a las conversaciones y cabrearlo de mala manera—. La comes de maravilla.

—¡Marcos! No seas grosero.

—¡Que te den! —Se abrochó los pantalones y salió dando un portazo.

Ruth se quedó parada en mitad del despacho, con la boca abierta y las manos apoyadas en las caderas.

¿Qué mosca le había picado?

—Luego dirán que las mujeres somos las complicadas.

18

No busquemos solemnes definiciones de la libertad.
Ella es solo esto: responsabilidad.
GEORGE BERNARD SHAW

*L*e escocían los ojos, los notaba secos e hinchados. Le dolía la espalda de estar encorvada sobre la silla. Levantó los brazos y se estiró. Un chasquido la avisó de que llevaba demasiado tiempo sentada frente al ordenador. Se frotó los párpados cerrados y cuando los abrió de nuevo continuó viendo borroso. No podía continuar en ese estado, así que apagó el ordenador. Se levantó de la silla sintiendo cómo crujía cada articulación de su cuerpo. Miró el reloj, la una y media de la madrugada. Hora de irse a la cama. El trabajo aún estaba por terminar, pero ya lo haría mañana. Iría antes a trabajar, más o menos como siempre, y lo acabaría antes de las ocho.

Se acercó a la cocina y preparó un café bien negro. Luego lo metió en el termo para el día siguiente mientras iba calculando las horas. Si se presentaba en el centro a las seis de la mañana terminaría los ficheros y luego, a las ocho, se los presentaría a Elena. Si tenía suerte y Marcos no se presentaba por la mañana, le daría tiempo a ponerse al día, y a las cuatro estaría preparada para asistir a la reunión con el director. Frunció el ceño, la reunión era a las cuatro. ¡Ay, Dios! Era imperativo que ella estuviera fuera del centro a las seis y cuarto, ni un minuto más tarde, por lo que esperaba que la conversación no se demorase. Se frotó la sien con los dedos, tenía un tremendo dolor de cabeza. Se acercó a la puerta de la nevera y observó detenidamente la hoja del calendario llena de apuntes a bolígrafo para planificar la semana.

Lunes: Iris, fútbol hasta las seis treinta, puerta trasera. Hacer la compra. No olvidar leche, zumos, legumbres.

Martes: Iris, puerta delantera a las cinco en punto. Pescadería y carnicería. Congelar.

Miércoles: Fútbol Iris, seis treinta, puerta trasera. Danza vientre infantil de siete a ocho. Reunión señor García cuatro en punto.

Frunció el ceño y sacó su móvil. Conectó la alarma y la programó para las seis. En caso de que sonara y siguiera en la reunión, llamaría a sus hermanos para que recogieran a su hija.

No se molestó en seguir mirando el calendario: los jueves y viernes eran iguales a los lunes y miércoles. El sábado estarían en Gredos y regresarían el domingo por la mañana a casa, donde, ¡gracias a Dios!, pasarían todo el día.

Hacía ya seis años que sus hermanos y ella planificaban el tiempo con un calendario de cocina. Bueno, más bien ella lo planificaba y sus hermanos lo asumían con mayor o menor agrado. Dos sábados por la noche al mes eran suyos, por tanto se quedaba a dormir en la casa de Jorge. Los otros eran de sus hermanos, y ella regresaba pronto para así cuidar de su padre cuando ellos salían. Los domingos los pasaba en casa, y los viernes eran libres; es decir, que avisando con antelación cualquiera podía salir siempre y cuando alguien cuidase de Ricardo, aunque en realidad ella y Darío casi siempre se quedaban en casa mientras Héctor salía donde quiera que fueran los que tenían tiempo de ser jóvenes y disfrutar de ello.

Lo que no ponía en el calendario era que Ruth se acostaba a diario cerca de las dos de la madrugada y que, mucho antes de que saliera el sol, ya estaba en marcha para acabar el trabajo de Elena antes de que esta se presentara a por él. Que corría como alma en pena para estar a tiempo en el colegio para recoger a su hija, que aprovechaba cada segundo de la tarde para jugar, hacer deberes y compartir cariños con ella. Que, cuando tras las horas de relajación daban las once de la noche y la niña y el abuelo estaban dormidos, Ruth volvía a correr como una loca para recoger la casa y limpiar lo poco que le diera tiempo antes de que el reloj marcara las doce, momento en el que, con un bocadillo en una mano y el ratón en la otra, se sentaba frente al PC para cenar y adelantar algo de trabajo antes de acostarse. Y por supuesto ese día no había sido distinto.

Recorrió la casa por última vez. Todo el mundo estaba dormido. Darío y Héctor en su cuarto, Ricardo en la habitación de matrimonio e Iris en el cuarto que ambas compartían. Se acercó a su hija y le acarició la frente, retirándole el flequillo para depositar un suave beso en ella. Tenía que reconocer que era la niña más preciosa, buena, cariñosa y trasto del «mundo mundial». Sonrió al pensar en la coletilla que siempre decía su hija.

Abrió la puerta del armario con cuidado de no hacer ruido y sacó su abrigo y un bolso de cuero. Después, se dirigió con pasos suaves a la terraza. Se puso el abrigo, abrió la puerta y salió. El gélido aire de noviembre le enrojeció las mejillas al momento, pero le dio igual. Vestida con su chándal viejo, calcetines de lana gruesa y el abrigo, se sentó tipo indio en el suelo de terrazo helado, abrió el bolso de cuero y sacó la bolsa de tabaco para liar y un papelillo. Dejó la bolsa sobre su regazo y extendió el papelillo en la palma de su mano, seleccionó una pequeña cantidad de hebras de tabaco y se lió un cigarrillo. No fumaba más que ese cigarro al día, siempre en la terraza y a esas horas, justo antes de lavarse los dientes y meterse en la cama. Tenía clarísimo que jamás fumaría delante de su hija; de hecho, no permitía a nadie fumar en casa por ese motivo. Pero ese cigarrillo era su rebeldía privada, su escape diario del estrés y la ansiedad. Encendió el pitillo y mientras absorbía la primera calada rememoró lo sucedido en el día.

Marcos se había presentado, tal y como había asegurado el día anterior, a las nueve de la mañana con un par de cafés en la mano y, aunque Ruth había tomado ya cerca de medio litro —llevaba desde las seis trabajando en el despacho—, aceptó de buen grado el que le ofrecía. Su amigo estaba contento, animado. Desde luego no tenía nada que ver con el Marcos que había abandonado el despacho el lunes dando un tremendo portazo y echando humo por las orejas tras preguntar por sus maestros en el arte de la felación. Al contrario, se mostró amistoso durante el resto de la mañana; tanto que ella no tuvo más remedio que volver a dejar de lado su trabajo y acompañarle en otra visita más al centro. Fotografió a todos aquellos ancianos cuyas familias habían firmado la autorización; habló con los cuidadores, asistentes, médicos y voluntarias; inmortalizó con su cámara cada rincón del centro, y, por último, soportó el flirteo descarado de Elena con una sonrisa en los labios.

Ruth estuvo tentada de pedir un termómetro en la enfermería y tomarle la temperatura. Su comportamiento había dado un cambio tan radical con respecto al día anterior que estaba segura de que Marcos incubaba alguna enfermedad extraña. Ella sabía de primera mano que había virus que afectaban al cerebro, y estaba segura de que alguno se había colado en el de su amigo y estaba afectándole la capacidad de relación social. Caray, si hasta había sido amable. No se había metido con ella, no la había llamado Avestruz, ni había intentado nada en el despacho. Aunque, todo sea dicho, Ruth se había cuidado muy mucho de acercarse demasiado a él y, con toda posibilidad, el vestuario elegido para ese día, que era de todo menos *sexy*, había sido determinante para esto. Unos pantalones de pinzas negros una talla mayor de la necesaria sujetos a su cintura por un cinturón —últimamente, no hacía más que perder peso; entre el trabajo, la expo-

sición y la casa, algún que otro día se le había olvidado comer—, camisa blanca arrugada bajo la chaqueta negra, mocasines negros y el
pelo recogido en una trenza baja de lo más sosa. Y no se había vestido así a propósito. Qué va. Es que se le había olvidado apuntar en
el calendario que el lunes tocaba plancha y, con todo el trabajo acu-
mulado que se llevó a casa, se le olvidó por completo y, cuando por la
mañana se había vestido, la única ropa disponible era esa.

Chasqueó la lengua.

¡Por todos los santos!

¡Se le había vuelto a olvidar!

Miró el reloj de su muñeca, las dos menos cuarto. Apagó el cigarrillo en una maceta vacía, recogió la colilla, salió de la terraza, se dirigió a la cocina, tiró la colilla a la basura, sacó la plancha y la puso a
calentar. Recorrió el pasillo, entró de puntillas en su cuarto, volvió a
besar a Iris, cogió la ropa colocada sobre el escabel, seleccionó un par
de camisas y pantalones para sus hermanos, los pantalones de pana
para Iris y su traje gris y regresó a la cocina. Lo plancharía todo en
diez minutitos y luego se metería en la cama. Al fin y al cabo ella no
necesitaba dormir mucho.

A las tres de la mañana su dolorida espalda tocó por fin el colchón, justo después de programar el despertador para que sonara a
las cinco y cuarto, un cuarto de hora más tarde de lo habitual.

19

Somos nuestra memoria,
somos ese quimérico museo de formas inconstantes,
ese montón de espejos rotos.
JORGE LUIS BORGES

*M*arcos comprobó por última vez el correo electrónico mandado por el editor de su revista y sonrió. Le parecía bien la idea de hacer un reportaje sobre el centro, y pedía más datos. Revisó su respuesta, en la que indicaba que, tras la reunión, dispondría de los datos requeridos e hizo clic en «Enviar». Cerró el portátil y se dirigió al comedor. A través de la puerta cerrada le llegaban las voces latinas de los protagonistas de algún culebrón. Abrió lentamente y observó a su madre. Estaba sentada en el sillón, vestida con una imitación de un traje de época, con corpiño, enaguas y falda hasta los tobillos. El cabello peinado de manera elegante y complicada, en un recogido alto del que asomaban bucles dorados. Con todos esos datos supo al momento que estaba viendo por enésima vez *Corazón salvaje*.

—¿Has terminado, hijo? —le preguntó Luisa cuando lo vio entrar.

—Sí, mamá.

—Perfecto, siéntate a mi lado. He ordenado a Bautista que monte una emboscada y mate a ese maldito de Juan del Diablo. Mira. —Y señaló el televisor en el que se veía a un tipo moreno de pelo largo escondido tras unos arbustos.

Marcos suspiró. Su madre iba de mal en peor. No solo veía los culebrones, sino que los vivía. Desde que se había trasladado a vivir al piso, Luisa elegía telenovelas en las que el protagonista masculino tuviera una madre de su edad y adoptaba su personalidad. En esos momentos era Sofía, madre de Andrés Alcázar y Valle y archienemiga de Juan del Diablo. Marcos por supuesto era Andrés. Y lo peor de todo es que Luisa/Sofía estaba empeñada en que se tenía que casar con una tal Mónica. ¡Ay, Dios!

—¿Vas a ir a visitar a Catalina mañana?

—No, mamá. —No le apetecía en absoluto seguirle la corriente. Luisa llevaba todo el día insistiendo en que fuera al pueblo a visitar a la madre de la tal Mónica, Catalina de Altamira, y, francamente, estaba harto—. Voy a ver a Ruth. —No tenía ni idea de por qué había dicho eso; bueno, sí. Si su madre se empeñaba en buscarle novia, al menos que supiera que ya tenía una a la vista, de un modo un tanto liberal y ocasional.

—Ruth… ¿Tiene algún título?

—Eh… Creo que se sacó el título de inglés o algo por el estilo en la Escuela Oficial de Idiomas, no sé si tendrá algo más. —¿A qué venía esa pregunta?

—¿De qué estás hablando, hijo? Los títulos nobiliarios no se obtienen en la escuela, sino por herencia familiar.

—Ah. Ya decía yo.

—¿Qué decías, hijo?

—No, no tiene ningún título ni alcurnia ni nada por el estilo.

—¿Es un buen partido? —preguntó su madre sentada con la espalda muy recta.

—Sí… —«¿Por qué no adornarlo un poco?», pensó juguetón—. Dirige una hacienda enorme y tiene un montón de trabajadores a sus órdenes que la ayudan a cuidar a familiares ancianos.

—¿Es la dueña? —preguntó interesada.

—No exactamente. Es una empleada, pero dirige el cotarro.

—¿El cotarro? Preferiría que no usaras esos términos modernos en mi presencia, hijo. No son adecuados para nuestra posición.

—Sí, mamá.

—¿Cómo es su familia?

—Bueno, tiene dos hermanos y un padre.

—¿Y su madre?

—Murió al poco de nacer ella.

—Ah, pobre muchacha. Una joven luchadora, que se ha abierto camino en la vida con esfuerzo y trabajo. ¿Sus hermanos son mayores o menores que ella? —preguntó de repente.

—Esto… menores.

—Pobre muchacha, con dos niños a su cargo a los que sacar adelante. Trabajando sin descanso día y noche, cuidando de su familia, sin tener vida propia. Una joven inocente e ingenua que no ha vivido la vida porque se ha dedicado a su familia. ¿Y su padre? ¿Es un buen hombre? —En esta pregunta entornó los ojos.

—Es un buen tipo, pero está enfermo. Ha perdido la memoria, por así decirlo.

—Ah, vaya. —Luisa se llevó las manos al pecho—. Pobre muchacha inocente, cuidando de toda su familia, con un padre enfermo que no recuerda que ella existe. Obligada a sacarlos adelante sin ninguna ayuda. ¿Tienen dinero?

—Eh. No, no creo. —Lo cierto es que no lo sabía con seguridad, pero Ruth no llevaba nunca joyas, y su ropa no era de marca ni parecía peinada de peluquería.

—Oh, pobrecita. Supongo que le has ofrecido ayuda.

—¿Para qué?

—Para salir de la vida enclaustrada que lleva.

—¿Vida enclaustrada?

—Por supuesto. ¿Es que no lo ves, hijo? Una muchacha sola, trabajando de sol a sol para mantener a su familia, sin salir jamás de la hacienda en la que cuida a todos esos familiares ancianos. Obligada a ver pasar la vida mientras espera a que sus hermanos sean mayores y puedan valerse por sí mismos, cuidando de su anciano y enfermo padre. Responsable, inocente, ingenua. El que tú hayas aparecido en su vida es lo mejor que podría pasarle. Un hombre de bien, de alcurnia, con un buen trabajo. Dispuesto a sacarla de la miserable rutina de su existencia y hacerla feliz en un matrimonio perfecto.

—Arggg. Sí, mamá, claro. Voy a preparar algo de cenar. —Marcos se levantó del asiento y salió corriendo a la cocina como alma que lleva el diablo.

Su madre acababa de inventarse su propio culebrón, pensó mientras sacaba las alitas de pollo de la nevera, y lo malo era que, ahora que le había contado todas esas cosas, Marcos se daba cuenta de que, salvando las distancias, no estaba muy equivocada. Conociendo a Ruth como la conocía, estaba seguro de que había asumido toda la responsabilidad de cuidar a su familia. Echó aceite en la sartén y la puso al fuego.

Mierda. Ahora no le iba a resultar fácil verla como una joven sin ataduras y dispuesta para practicar un poco de sexo eventual, si es que alguna vez la había visto de esa manera. Se quedó paralizado con una alita de pollo en la mano, recordando.

La había visto esa misma mañana, encorvada sobre la mesa, escribiendo en el ordenador a una velocidad increíble y con toda la superficie cubierta de carpetas y a la vez ordenada. Había entrado en su despacho sin molestarse en llamar a la puerta, decidido a ignorarla completamente tras la discusión del día anterior. Pero no pudo. La vio tan atareada, tan concentrada en el trabajo, que se arrepintió por un momento de haberla obligado a perder el tiempo enseñándole el centro… y practicando sexo oral. Y joder, qué sexo. Lástima que el demonio de los celos hubiera hecho acto de presencia jodiéndolo todo. Tenía que aprender a controlarse.

Después de pasar la noche con ganas de matar a alguien, a dos personas en particular, había sido capaz de pensar fríamente y tratar de convencerse de que había sido un idiota por actuar de esa manera. Cada cual era libre de salir con quien le diera la gana. Su relación no era exclusiva. Qué demonios, ni siquiera tenían una relación.

Por ahora.

Sacudió la cabeza, asombrado por este último pensamiento. ¿En qué demonios estaba pensando? Se apoyó en el quicio de la puerta y carraspeó sonoramente. Cuando Ruth se volvió le ofreció sin palabras una taza de café que había comprado en la cafetería. Ella sonrió y aceptó.

—Es el cuarto que me tomo esta mañana, como siga así me voy a subir por las paredes —comentó jocosa antes de dar un trago y saborearlo.

Marcos miró el reloj colocado en la pared, apenas eran las nueve. Si era el cuarto café que se tomaba, ¿desde qué hora estaba trabajando? Sabía por el día anterior que los lunes, miércoles y viernes estaba en el centro hasta las seis y los martes y jueves hasta las cinco. ¿Cuántas horas trabajaba al día? No podían ser tantas.

La observó atentamente mientras tomaba el café. Tenía profundas ojeras, le temblaba el pulso y estaba extremadamente delgada. Mierda. Sí podía ser tanto café.

Pasó el resto de la mañana con ella, escuchando las historias que contaba sobre cada anciano, conociendo cada detalle de sus vidas, dándose cuenta de que los trataba con amabilidad y mucho ingenio, como a él. Al finalizar la mañana, no solo tenía muchos datos sobre el centro, sino que conocía mejor a su amiga… y a la jefa de su amiga.

Elena había resultado ser un verdadero incordio. Los había acompañado quejándose continuamente del olor a desinfectante y de las extravagancias de los ancianos, haciendo bromas crueles sobre ellos y sobre Ruth, e insinuándosele cada cinco minutos. De hecho, Marcos había acortado su visita, saliendo poco antes de la hora de comer, solo por no escuchar a esa mujer un segundo más. Era prepotente, egoísta, vanidosa, cruel y muy hermosa… artificialmente.

A su nariz llegó el inconfundible aroma del aceite quemándose. Parpadeó varias veces hasta eliminar los recuerdos del día y centró su atención en lo que estaba haciendo en esos momentos. Alitas de pollo. O al menos esa era su intención. Las echó en la sartén y cuando estuvieron preparadas llevó los platos al comedor, donde cenaron en silencio. Luisa pendiente de su telenovela y Marcos pendiente de sus pensamientos, que, por cierto, estaban centrados en Ruth. Al día siguiente la vería en la reunión, aunque quizá se presentara un poco antes de la cita.

20

Considero más valiente al que conquista sus deseos que al que
conquista a sus enemigos, ya que la victoria más dura
es la victoria sobre uno mismo.

ARISTÓTELES

*L*as tres de la tarde, faltaba una hora para la reunión con el director y Ruth aún no había tenido tiempo de comer. Por suerte, Marcos no se había presentado esa mañana y le había dado tiempo a hacer bastantes cosas. O por lo menos a que no se le acumulase más trabajo. En ese momento su enfadado estómago sufrió un doloroso pinchazo acompañado de un sonoro rugido y un tenue mareo. Ruth suspiró a la vez que apagaba el ordenador. No podía concentrarse, estaba hambrienta, y no solo eso, pensó al notar que la visión se le desenfocaba. Tenía que comer. Ya. Tomó una galleta de su bolso y la fue masticando en el ascensor, solo por si acaso.

Salió al vestíbulo con la intención de comprar un bocadillo en la cafetería y volver al trabajo el tiempo que le quedaba, pero, nada más salir del ascensor, su atención se centró en otra cosa.

Marcos acababa de entrar en el centro cuando vio a Ruth salir del ascensor. Se dirigió hacia ella, pero su amiga cambió de dirección de golpe y porrazo, como si lo estuviera esquivando, solo que ni siquiera le había visto. De hecho, estaba persiguiendo a una anciana que llevaba un tarro de cristal con algo amarillento dentro.

—Mercedes —llamó a la abuela—. ¿Qué llevas ahí, cariño?

—Es mío —respondió la anciana llevando el tarro a su espalda, escondiéndolo.

—No lo pongo en duda, preciosa, pero me mata la curiosidad. ¿Qué es?

—Nada. Algo para luego.

—¿Para comer luego? —preguntó Ruth, que conocía a Mercedes como si la hubiera parido.

—Puede ser —respondió misteriosa.

—Ya veo. Y ese algo para comer, ¿es apetitoso?

—Seguramente —respondió la anciana entornando los ojos.

—Si me lo dieras me harías un gran favor. Estoy muerta de hambre; fíjate qué hora es y aún no he comido.

—Vete a la cafetería.

—Ya, pero seguro que lo que tienen ya está correoso o duro y tengo tanta hambre… Te debería un gran favor si me lo dieras.

—Es mío. —Mercedes agarró con más fuerza el tarro.

—Claro, claro. Perdona por insistir, tienes toda la razón, en fin. Me aguantaré hasta llegar a la cafetería —diciendo esto Ruth sacó un caramelo de café y comenzó a desenvolverlo.

—¿Qué es eso?

—Un caramelo, para matar el hambre. —La miró frunciendo el ceño—. Te lo cambiaría por tu tarro, pero saldrías perdiendo, al fin y al cabo lo mío es solo un caramelo diminuto.

—Pero tienes hambre.

—Muchísima.

—Te lo cambio por mi comida, y me debes un favor. Un favor grande —propuso Mercedes con ojos taimados.

—De acuerdo —contestó Ruth dándole el caramelo y tomando el tarro que la anciana le ofrecía.

—¿A qué ha venido eso? —preguntó Marcos a su espalda cuando la anciana se fue.

—¡Marcos! —profirió Ruth dando un salto—. No te he oído llegar.

—¿Qué hay en ese tarro? —reiteró extrañado.

—Míralo tú mismo.

Dentro había lo que parecía ser un mejunje compuesto por huevos fritos, pan, algo de fruta, posiblemente manzana o pera, y trozos de ¿carne? Lo abrió y olfateó el contenido. Joder. Qué mezcla.

—En fin, voy a tirarlo a la basura y de paso notificaré en recepción que den aviso a las cuidadoras de que Mercedes vuelve a robar comida.

—Pero ¿para qué quiere esto?

—Para comérselo. Lo guarda escondido en el jardín y cuando menos lo esperamos lo saca y se lo come. Ya se intoxicó una vez. Estará un par de semanas buscando la manera de conseguir comida y luego se le olvidará y pasará a otra cosa.

—Tela con la vieja, ¿no?

—No seas grosero.

—Perdona.

—Disculpas aceptadas.

Ruth fue a recepción y dio el aviso. Luego se dirigió hacia la cafetería. Marcos la acompañó pensando que su amiga tenía muchísima mano izquierda. Él le hubiera quitado el tarro a la vieja a la fuerza, sin pararse a pensar en las consecuencias y, tal como era Mercedes, fijo que habría liado una buena.

Una vez sentados, él con su refresco y ella comiendo —devorando— un pincho de tortilla, Marcos le comentó que su jefe estaba de acuerdo con el reportaje y que pedía más datos. Ruth por su parte aseveró que el director del centro estaba bastante esperanzado con las consecuencias positivas de salir en la publicación.

—¿Qué haces el fin de semana? —preguntó Marcos de sopetón.

—El sábado viajo a Gredos y el domingo cuido de mi padre —respondió ella de inmediato dando gracias a Dios por que se le estuviera pasando el mareo—. No puedo comparecer en el centro en fin de semana, tengo muchas cosas planeadas —avisó Ruth alerta. Por muy importante que fuera el reportaje, no iba a dejar de lado a su hija el fin de semana para ir a hacer fotos.

—¿Y quién dice nada de venir aquí?

—Entonces, ¿para qué lo preguntas?

—Para ver si podíamos salir por ahí el sábado.

—Ah… No, lo siento. Imposible. Voy a la Sierra.

—Ajá. Y el domingo cuidas de tu padre.

—Sí.

—¿El sábado por la noche estás libre?

—Pernoctaré en Gredos.

—¿Tienes casa en un pueblo?

—Eh, no.

—¿Vas de campamento? A mí me gusta mucho ir de acampada, meterme en la naturaleza y todas esas chorradas. —Follar bajo el cielo estrellado…

—No, tampoco voy de acampada.

—¿A un hostal? —Ruth no tenía pinta de gastarse el dinero en hostales, pero ¿quién era él para asegurarlo?—. ¿Una casa rural? Estuve haciendo un reportaje sobre eso, es una buena manera de pasar el fin de semana.

—A casa de un amigo —respondió ella para evitarse más preguntas. Le daba la impresión de que, si decía cualquier otra cosa, él querría acompañarla y eso era impensable. Los sábados eran suyos y de Iris, de nadie más. Bueno, de Jorge, pero no todos.

—Ah. —Así que ese era el plan. Iba a casa de sus amigos y pasaba la noche. Y daba lo mismo si esa misma semana le había comido la polla a él o a mil más. Joder—. Y… ¿Vas a menudo?

—Un par de sábados al mes. La cabaña es de uno de mis mejores amigos, Jorge, y aprovechamos, si hace buen tiempo, para hacer senderismo, recorrer las rutas de Gredos, observar la naturaleza y todas esas cosas. Cuando acaba el día, estamos tan cansados que lo único que queremos es dormir bien abrigaditos. Imposible conducir de vuelta a casa. —No sabía por qué, pero sentía la necesidad de explicarse para que Marcos no pensara que iba a hacer otras cosas que no fueran lo que realmente hacían: caminar, hablar y jugar con Iris.

—Ya. —Y él se chupaba el dedo. ¡Idiota! Se reprendió a sí mismo. Si Ruth lo quería así, mejor que mejor. Que follara con el puñetero Jorge de los huevos todos los sábados que quisiera porque a él le daba exactamente lo mismo—. ¿El viernes?

—¿El viernes qué?

—¿Tienes algún plan el viernes por la noche? —A la mierda. La iba a follar tantas veces el viernes que el sábado no tendría ganas de joder con nadie.

—No.

—Perfecto. Salimos el viernes a cenar. —No era una sugerencia, sino una orden.

—Eh, bueno...

—Acabas de decir que no tienes ningún plan —le recordó enfadado.

—Efectivamente, pero ignoro si mis hermanos quieren salir y, si lo hacen, no puedo abandonar mi casa; debo estar con mi padre.

—Averígualo —exigió Marcos. No estaba dispuesto a tragarse más excusas. El sábado lo pasaba con el hijo de puta ese, cojonudo. Pues el viernes era suyo. No había más que hablar.

—¿Qué?

—Toma. —Sacó el teléfono móvil y se lo dio—. Llama a tus hermanos y pregúntaselo.

—No lo dirás en serio —preguntó alucinada—. No corre prisa saberlo.

—Sí corre. Necesito hacer las reservas con antelación. Si no, no podré llevarte a donde quiero. —Según lo decía, se dio cuenta de que no estaba mintiendo. Sabía exactamente adónde la iba a llevar... y necesitaba reservar lo antes posible.

—Bueno, si es así. —No le daba tiempo a pensarlo ni a controlar nada. Ruth sintió un aguijonazo de pánico. Cuando no tenía las cosas bien planificadas todo se torcía, pero por una vez... Sacó su propio móvil y llamó a su hermano—. Darío, cielo, estoy pensando en salir el viernes por la noche con un amigo. ¿Tenéis algo planeado para esa noche?

Marcos esperó sin mover un solo músculo, atentó al sonido del móvil. No entendía las palabras, pero oía algo así como una algarabía al otro lado de la línea. Cuando vio a Ruth sonreír supo que el viernes era suya.

—Sin inconvenientes. Darío está libre y cuidará de papá. —Y de Iris, añadió para sí.

—Perfecto. Paso a recogerte por tu casa a las ocho.

—Imposible.

—¡Por qué! —Marcos se estaba hartando de tantos obstáculos.

—Porque tengo que preparar la cena, los baños y todo eso. Hasta las once y media como muy pronto no concluyo mis tareas, antes no puedo salir.

—¿Tienes que dar de cenar y bañar a tu padre?

—Eh, no. —«Tengo que dar de cenar y bañar a mi hija, contarle un cuento y esperar a que se duerma, y no acabo jamás antes de las diez y media.» Pero no podía decirle eso—. Pero tengo que prepararlo todo. Si acaso, con suerte, a las once podría estar libre.

—De acuerdo. —Joder, era igual que cuando eran niños y tenían que estar a una hora específica en casa, solo que al revés—. Te paso a buscar a las once a tu casa. ¿Sigues viviendo en el mismo piso?

—Sí, pero no hace falta que me recojas. Dime dónde quedamos y ya voy yo solita.

—No puedo.

—¿Por qué?

—Porque solo se puede ir en coche.

—¿Y qué? Proporcióname la dirección y seguro que llego sin dificultad. —No lo quería cerca de su casa, ni loca.

—Tú llegarías, pero yo no. No tengo coche. Me tienes que llevar.

—¿No tienes coche?

—No. Estoy ahorrando para comprarme uno de segunda mano —explicó molesto. ¿Qué pasa? ¿Era obligatorio que todo hombre mayor de edad tuviera coche?

—¿No tienes suficiente ahorrado para comprar un coche de segunda mano?

—Tenía algo ahorrado, pero me lo gasté en otras cosas. —«En tres cuadros en los que salías tú, por ejemplo»—. No se me da muy bien ahorrar ni planificar nada.

—Ya veo. Bueno, pues, siendo así, dime dónde vives y te recojo.

—Como veas.

Le dio su dirección y le aconsejó que se pusiera ropa cómoda para la cita, nada elegante ni elaborado. Era un sitio sencillo donde pasar el rato de manera muy agradable.

21

El odio es la venganza de un cobarde intimidado.
GEORGE BERNARD SHAW

$\mathcal{L}$a reunión empezó tarde, sobre las cuatro y media, y por tanto t minó tarde. Ruth se despidió hacia las seis y cuarto comentando q tenía un compromiso anterior y que era muy importante para e llevarlo a cabo. Marcos estuvo reunido con el director y Elena has casi las seis y media. La reunión había ido como la seda: el directo del centro resultó ser un tipo agradable e inteligente dispuesto a co laborar, o más bien a encargar a Ruth que colaborara. Elena, sin em bargo, era otra historia.

Ya en el ascensor esta se acercó a Marcos, pegándose tanto a él que le clavaba sus senos puntiagudos y siliconados en el pecho. Marcos se alejó hasta quedar pegado contra la pared.

—Vamos a tomar una copa, conozco un sitio estupendo aquí cerca. —Elena ni siquiera se molestó en preguntar, normalmente los hombres caían bajo sus pies... sus pechos... sus labios... su culo...

—No gracias. Tengo cosas que hacer —contestó Marcos. Si alguien daba órdenes, era él.

—Tú te lo pierdes —respondió recorriéndole el torso con sus uñas de porcelana, bajando directa hacia la bragueta.

—Supongo que sí. —Marcos le retiró la mano cuando pasó la frontera del cinturón.

—En fin, espero que no estés interesado en Ruth. Ella no está lo que se dice libre, ¿sabes? Tiene muchas responsabilidades a sus espaldas.

—No estoy interesado en nadie. —El vestíbulo estaba vacío, todo el mundo se había ido a su casa, y Marcos estaba deseando largarse también, solo por alejarse de esa arpía.

—Bien. Porque te aburrirías con ella como una ostra. Es la mujer más sosa que conozco, aunque imagino que ya te has dado cuenta. Solo hay que ver cómo viste. ¿Te has fijado en las bolsas de suntalones? Por favor, qué desaliñada. Le quedan por lo menos dallas grandes. Y su pelo, siempre recogido en ese moño, seguro qo tiene fatal, porque si no para qué lo iba a ocultar. ¿No crees?

—Cada cual viste como quiere. —Unos pocos pasos más y esta-rfuera.

—Claro que sí, no estoy criticándola. De hecho le he dicho una y veces que debería cuidar más su imagen, es importante de cara al lico presentarse impecable. Pero no me hace caso. Pretendo ayu-la y ella me ignora.

—Me lo imagino. —Abrió la puerta de la entrada y respiró aire ro. Elena viciaba todo lo que había a su alrededor con su perfume.

—Este fin de semana voy a ir a la inauguración de una nueva scoteca. Un sitio muy glamuroso, lleno de gente guapa. —Cambió e tema viendo que él no estaba por la labor de criticar al espantapá-aros—. ¿Te apuntas? —Volvió a pegarse a Marcos, rozándole con sus enormes tetas como por casualidad.

—Tengo otros planes —dijo Marcos fuera del centro, dirigién-dose a la parada del autobús.

—¿No vas al coche? —Se extrañó ella al ver que se detenía bajo la marquesina.

—No tengo. —Aún le quedaban unos minutos hasta que llegara el autobús. Si ella se quedaba a hacerle compañía iban a ser los más largos de toda su vida.

—Pobre. Vamos, te llevo a tu casa.

—No, gracias. —Ni de coña.

—Vamos, no seas tonto, no tardo nada. Tengo un Audi enorme, con asientos de piel, que te dejará de piedra. O te la pondrá dura como una piedra, lo que prefieras —dijo volviendo al ataque, desli-zando la mano por encima de la cremallera del pantalón.

—Mmm. Casi me veo tentado de aceptar tu oferta —contestó Marcos poniendo su mano sobre la de Elena y presionando contra su polla inerte.

—Perfecto. —Sonrió Elena.

—Casi. Porque me temo que, si entro en tu coche, me acabarás violando. Y eso no me apetece una mierda. —Asió la mano femenina y la retiró de sus pantalones—. Ahora, si me disculpas, mi autobús es ese —dijo dando gracias a Dios por que por una vez en la vida se cumplieran los horarios del trasporte público.

Elena observó indignada cómo Marcos subía al autobús.

Esa espantapájaros la estaba puteando. No solo se había ganado la confianza de su cuñado el excelentísimo director del centro, sino que además la muy asquerosa le ponía mala cara cuando utilizaba la tarjeta de la empresa para cosas que no fueran, según ella, adecuadas. Además, la dejaba en evidencia delante de su cuñado cuando esto pasaba. Por si fuera poco, últimamente dejaba escapar insinuaciones de que le daba trabajo que no le correspondía. ¡Esa insulsa! Ella, Elena, era la jefa. No pretendería esa zorra escuálida que se rompiera las uñas escribiendo esos estúpidos informes. Y ahora, le había comido el coco al semental y por su culpa no le hacía ni caso.

Espantapájaros relamido.

Zorra estúpida.

Ella se moría de hambre y se mataba en el gimnasio a diario para conseguir su maravillosa figura, mientras que esa esquelética no tenía que hacer nada para conseguir estar delgada y lavar el cerebro a los hombres. Empezando por su cuñado, pasando por todo el personal del centro y acabando con el guapísimo fotógrafo.

Tenía que ponerle remedio. Ya. Cuando Marcos volviera al centro, le abriría los ojos y le contaría cómo era su preciosa amiga y lo que llevaba a sus espaldas.

22

La duda es uno de los nombres de la inteligencia.

JORGE LUIS BORGES

—Vamos, hermanita, no te lo pienses más. Coge el coche, vete al centro y cómprate algo.

—Sí, mamá, vamos. Yo te digo si estás guapa o no.

—Pero, bueno, ¿desde cuándo se ha convertido mi salida de esta noche en una asamblea familiar? —comentó Ruth divertida.

Desde que anunciara su intención de salir el viernes por la noche, toda la familia se había convertido en críticos de moda. Héctor aseguraba que no podía presentarse a una cita vestida de traje, y no le faltaba razón. Iris, por su parte, había registrado el armario que compartían y había anunciado a todo aquel que quisiera, o no, escucharla que su mami no tenía otra cosa más que trajes. Y Darío había decidido que ya era hora de que su hermana y su sobrina salieran de compras y actualizaran su vestuario.

Y allí estaba ella, el viernes a las siete de la tarde, a falta de cuatro horas para su cita, vestida con el chándal de andar por casa y con toda la ropa de su armario tirada en la cama.

—¿Qué os parece si me pongo el traje con el que asistí a la exposición?

—Es perfecto… para una exposición. Vamos, bicho, no te lo pienses más, que al final no llegas. Coge el coche y lárgate. —La empujó Héctor hacia la puerta.

—Sí, mamá, vamos a hacer un pase de modelos en los toros. —Iris saltaba impaciente.

—En Torero, la tienda se llama Torero y no sé… No veo la necesidad de adquirir nada nuevo. Quizá si me pongo la falda negra con la camisa gris… —dijo cogiendo cada una de las prendas y poniéndoselas por encima.

—Y si además te haces el moño, serás la bibliotecaria perfecta —comentó Darío sarcástico.

—¡Esto es increíble! No sé por qué insistís en que parezco una bibliotecaria. Es más, estoy por asegurar que jamás habéis ido a ninguna biblioteca, ya que si lo hubierais hecho os habríais dado cuenta de que visten de forma normal, ya sea con pantalones, con faldas, o con lo que les apetezca. Por lo demás, no advierto qué tiene de malo parecerse al cliché que tenéis sobre dicha profesión.

—Para, para. Que yo no he dicho nada, ni Iris tampoco. No uses el plural —comentó Héctor divertido, alzando las manos para protegerse.

—¡Qué mentirosos! Mamá me ha llevado a la *bibilioqueca* y no van vestidas como ella. Llevan ropa mucho más bonita —aseveró Iris en defensa de su madre.

—¿Quién más te ha dicho que pareces una bibliotecaria, hermanita? —preguntó Darío.

—Marcos —respondió enfurruñada. Su ropa era perfecta para sus necesidades—. Lo dijo el otro día.

—¿Marcos? —Darío entornó los ojos. Dios sabía por qué, pero había tomado el rol de protector de la familia—. ¿El tipo con el que sales esta noche?

—La palabra «tipo» tiene connotaciones despectivas, te agradecería que no la usaras —apostilló Ruth—. Y sí, es la persona con la que saldré esta noche. No frunzas el ceño, lo conoces de sobra.

—¿Lo conozco? Lo dudo.

—Es el niño que venía a casa a hacer deberes. Con el que jugaba al fútbol de pequeña.

—No jorobes. ¡Ese Marcos! ¿Cuándo ha vuelto?

—¡Darío! Ese vocabulario. Iris, no prestes oídos a tu tío.

—No se los prestaré, mami. Son míos y no se los dejo a nadie.

—Quiero decir que no le hagas caso.

—Ah, bueno, nunca se lo hago.

—¡Iris! Más respeto —exclamó Ruth a punto de soltar una carcajada.

—Es cierto —dijeron tíos y sobrina a la vez. Iris no hacía caso a casi nadie... bueno, a nadie.

—Y respondiendo a tu pregunta, sí. Ese Marcos. No sé cuándo ha vuelto, ni tampoco cuánto tiempo se va a quedar.

—¿Lo viste cuando estuviste en América? —preguntó interesado. Se le acababa de ocurrir un pensamiento que no era demasiado agradable.

—Creo recordar que sí —comentó Ruth a la ligera mirándolo con seriedad—. Darío...

—Sí.

—No elucubres teorías extrañas. —Conocía a su hermano demasiado bien—. En fin, creo que tenéis razón. —Inspeccionó las prendas que había sobre su cama—. ¿Te vienes conmigo de compras, Iris?

—¡Venga!

—Vamos. Se dice «vamos», no «venga».

—¡Vamos, vamos, vamos!

Tres horas después, Ruth estaba atacada de los nervios. Acababa de llegar cargada de bolsas hasta las cejas y lo tenía todo por hacer. Dejó las compras sobre su cama, convenció a Iris de los beneficios de darse una ducha rápida en vez de un baño relajante y, entre gel y champú, la pequeña fue desgranando la tarde de compras a sus tíos.

—Mamá se ha probado mil ropas y por lo menos dos mil zapatos. También se ha probado sujetatetas y unas faldas tan cortas que se le veían los cinturones de las medias.

—Las ligas, Iris. Se me veían las ligas.

—Eso, las ligas. Y por eso no se las ha comprado, porque a mí me gustaban mucho pero ella decía que era muy *protovaquitas*.

—Provocativas.

—*Provovaquitas*, y no se las ha comprado. Pero luego he visto, porque la he visto yo y solo yo, una falda *pipi* y se la ha probado y nos ha gustado y la hemos comprado.

—¿*Pipi*? —preguntó Darío mientras Héctor se tapaba la boca para que su sobrina no lo viera reír.

—*Hippie* —aclaró Ruth a la vez que le enjabonaba el pelo.

—Ay, mamá. ¡Pica! Dame la toalla.

—Espera que te aclare el pelo —respondió Ruth con el teléfono de la ducha en mano.

—¡Dame la toalla, me pica! —dijo dando palmetazos en la bañera y salpicando todo el suelo de agua y jabón.

—Ya está, quejica. —Le dio la toalla a su hija y esta se frotó con fuerza los ojos.

—¿Y qué más habéis comprado? —preguntó Darío, intrigado por el contenido de tanta bolsa.

—Un *topo* azul a juego —contestó Iris saliendo de la bañera.

—Top —corrigió Ruth envolviéndola en una toalla rosa con corazoncitos rojos.

—Eso mismo. Es muy pequeño, se le ve el ombligo y la he convencido para comprar un pendiente de ombligo que se pega y se lo ha comprado. Y también pantalones de pana para mí, unos vaqueros para mí, un jersey a rombos para mí, botas de agua para mí…

—Vale, vale, lo he entendido, bichejo. Todas las bolsas están llenas de ropas para ti.

—Nooooo. También hay un *sujetatetas*, una falda y un *topo* para mamá.

A las diez y media de la noche, Ruth salió de puntillas del cuarto. Iris se acababa de quedar dormida. Cerró la puerta con cuidado y se dirigió al cuarto de baño cargada con su ropa nueva. Tras ducharse le surgieron dos problemas.

El primero: ¿qué hacer con su pelo? El moño estaba totalmente descartado; dejarlo suelto, también. No había cosa que más le molestara que el pelo en la cara. Decidió hacerse el peinado favorito de Iris.

El segundo problema era más peliagudo. El top azul era realmente un trozo de tela muy escotado, con dos diminutos tirantes, que se ajustaba muchísimo a su cuerpo. No era algo que ella se pusiera habitualmente, pero el entusiasmo de Iris, unido a la desesperación por no encontrar nada que hiciera juego con la falda, habían hecho que lo comprara. Y ahora, o se lo ponía o no tenía más remedio que conjuntar la falda *hippie* con una camisa de vestir. Ni loca. Pero lo peor de todo era que, al ponérselo, comprobó irritada que se le veían los tirantes del sujetador y que este se marcaba por completo en la tela y, aunque eso estaba de moda, a ella no le gustaba en absoluto. Se probó todos y cada uno de los sujetadores que tenía, incluyendo el nuevo. Pero no había manera: todos se veían un poco por debajo del top. Por tanto, y en vista de que sus pechos eran más bien pequeños y estaban bastante alzados, decidió ir sin sujetador. El problema ahora era que se le marcaban los pezones como dos puntas de flecha. ¡Caramba, qué mala suerte!

Miró el reloj. ¡Las once en punto! ¡Llegaba tarde! Suspiró e intentó buscar una solución. Qué lástima que Iris estuviera durmiendo. Su hija siempre tenía remedios para todo, lo mismo a ella se le hubiera ocurrido algo. Aunque, ahora que lo pensaba, siempre solucionaba todo de la misma manera; daba igual que se hubiera hecho una heridita de nada, que un cardenal, que una brecha enorme. ¡Ahí va! ¿Y por qué no?

—Uau, hermanita, estás guapísima —exclamó Héctor cuando Ruth entró en el comedor.

—Desde luego que sí, estás francamente preciosa. La muchacha más bonita del mundo —comentó su padre—. ¿Vas a salir?

—Gracias, papá. Eres un sol. Voy a ver a un amigo, pero volveré enseguida.

—No llegues demasiado tarde, cariño. Ya sabes que me preocupo si tardas.

—Claro, papá. —Las lágrimas asomaron a los ojos de Ruth. Era totalmente cierto. Antes su padre se preocupaba si llegaba demasiado tarde. Ahora ni siquiera recordaba que no estaba en casa.

—Bueno, preciosa, más vale que te largues; llegas tarde —aconsejó Darío apoyando una mano en la espalda de Ruth y guiándola hacia la puerta.

—Si pasa algo, llevo el móvil. Llamadme para cualquier cosa. Si Iris se despierta con dolor de piernas, dadle un masajito y el Dalsy —dijo yendo hacia la puerta—. Está en la nevera, al lado de los huevos. Si veis que llora, me llamáis y vuelvo al momento. No dejéis que papá se acueste demasiado tarde y, por favor, no pongáis películas violentas, de guerra ni de terror. Darío, acuérdate de apagar la calefacción cuando te vayas a la cama. La tele apagadla con el botón, no la dejéis en *stand by*. No olvidéis cerrar la puerta con llave. Y…

—Lárgate, hermanita. —La cortó Héctor dándole un empujón.

—Está bien.

—Ruth —dijo Darío ya en la puerta—. ¿Conoce Marcos la existencia de Iris?

—No hemos hablado de eso. Lo cierto es que solo lo he visto tres o cuatro veces desde que ha vuelto y no ha salido el tema a colación —contestó muy serena.

—¿No se lo quieres decir? —preguntó Darío, alerta.

—No sabría contestarte a eso. Si sale en la conversación, por supuesto que se lo diré; si no, no veo el motivo para sacarlo a propósito. No es relevante.

—Iris es lo más relevante en tu vida. —«No se lo quiere decir, eso significa algo», pensó Darío.

—Por supuesto que lo es. Pero a lo que me refiero es a que, aunque para mí sea lo más importante, para él no sería más que una anécdota y, puesto que no sé si voy a volver a verlo, no veo necesidad de ponerlo en antecedentes si no sale en la conversación. ¿Tú les vas contando a tus amigas que tienes una sobrina?

—Sí.

—¿Sí? —La acababa de dejar sin palabras.

—Sí. Suelo contar sus travesuras, se me escapa sin querer cuando alguien cuenta cosas divertidas.

—Vaya. Nunca lo hubiera imaginado. En fin, será mejor que me vaya. De todas maneras llegaré pronto.

—Más te vale.

—¿Por qué? ¿Me vas a esperar despierto? —dijo en broma.

—No. Pero si quieres ir a Gredos como tenías previsto, y llegas tarde, no te va a dar tiempo a dormir mucho, y te hace falta. Tienes ojeras.

—Oh, bueno, no te preocupes. Ya sabes que soy de poco dormir. Y las ojeras, bueno, son normales en gente de mi edad. Buenas noches, cielo. —Le dio un beso en la mejilla y salió.

—¿Gente de tu edad? Solo tienes veintiocho años —dijo amargamente Darío a la puerta cerrada.

Ruth inspiró profundamente en el descansillo y llamó al ascensor. La conversación con su hermano le había dado que pensar. Por un lado, Darío sospechaba de Marcos, cosa usual en él. Recelaba de cada una de las citas que había tenido en esos últimos siete años. Incluso estuvo a punto de pegar a Jorge cuando lo conoció, aunque, gracias a Dios, este se defendió diciendo que era gay en cuanto su hermano le agarró del cuello de la camisa y lo acusó de haberla dejado embarazada.

Por otro lado, su hermano tenía razón. Nunca había ocultado la existencia de su hija a nadie. Hasta ese momento. Y sabía que estaba mal hacerlo. Pero no podía evitarlo. No sabía cómo reaccionaría Marcos, ya que él no era una persona ajena a la causa; era el padre. El donante involuntario.

Madre mía, en qué lío se estaba metiendo.

Al salir del portal tomó una decisión: si Marcos le confirmaba que se iba a quedar en Madrid, le contaría lo de Iris. Si por el contrario le comentaba que se volvía a marchar y que no sabía cuándo volvería, entonces callaría para siempre.

23

El amor es la respuesta,
pero mientras usted la espera,
el sexo le plantea unas cuantas preguntas.
El sexo solo es sucio si se hace bien.

JORGE LUIS BORGES

A las once y veinte por fin sonó en el móvil de Marcos la llamada perdida hecha desde el de Ruth. ¡Ya era hora!

Al salir del portal escrutó la carretera buscándola. Un segundo después la localizó: su amiga le estaba dando señales con las luces largas del viejo AX. Sonrió. Cualquier otra persona habría pitado para hacerse oír, pero Ruth no. Ella era demasiado responsable como para tocar el claxon y molestar a algún vecino.

Entró o, mejor dicho, se plegó dentro del coche y le dijo la dirección a Ruth. Esta condujo en silencio, atenta a la carretera, sin rebasar en ningún momento el límite de velocidad e indicando cada giro con los intermitentes varios metros antes de ejecutarlo. Como en todas sus facetas, era una conductora modélica y muy prudente. ¡Genial! —ironizó para sí mismo—. Esperaba no tener nunca prisa por llegar a ningún lado.

Media hora después de iniciar el viaje, aparcaron en el aparcamiento del hotel Club Xenia.

Era un edificio enorme situado en mitad de ninguna parte. Entraron en un vestíbulo impactante cuyas paredes estaban formadas por enormes peceras. En un extremo se encontraba el mostrador de recepción, al lado de unas puertas de cristal giratorias, y al otro extremo unas cortinas fucsia descorridas mostraban la entrada a una discoteca inmensa. Frente a ellas un portero titánico custodiaba la entrada. Marcos se saltó la cola de gente que esperaba para entrar y saludó al portero por su nombre. Este le dirigió una sonrisa aterradora llena de dientes de oro y abrió la cadena plateada que impedía la entrada al resto de los mortales.

Marcos entró con paso seguro en el local. Abrazaba a Ruth por la cintura, y hacía bien, pues esta estaba tan asombrada que no paraba de dar pasos en falso. ¡Por todos los santos! ¿Qué clase de lugar era ese? La música sonaba atronadora en el ambiente y la oscuridad era interrumpida por luces láser que salían de los focos del techo en los momentos más inesperados. Era mareante.

El local contaba con varias barras gigantescas llenas a rebosar de gente pidiendo bebidas. Ocupando un lateral entero, se ubicaba una pista de baile delimitada por columnas de metacrilato por las que ascendían burbujas rosadas. En la pista, las personas bailaban pegadas unos a otras al son de la música atronadora, bajo luces estrobóticas y rodeados de humo artificial. Al fondo de la sala, alejado de la pista de baile y elevado unos dos metros por encima del suelo, estaba situado el escenario. En él un hombre bailaba medio desnudo al son de música *country*, mientras las pantallas gigantes que se emplazaban tras él mostraban cada centímetro de su sudoroso cuerpo. Del techo colgaban jaulas doradas donde mujeres instaladas sobre botas de tacón altísimo danzaban totalmente desnudas. Alrededor del escenario se ubicaban sillones de piel en forma de u con una mesita en el centro. En ellos hombres y mujeres admiraban el espectáculo, o se ocupaban en otras cosas. La música atronaba en cada rincón del lugar, aturullando a Ruth.

Marcos la guio hasta un mostrador, pegado a unas elegantes escaleras, en el que una señorita vestida únicamente con unos *shorts* y un chaleco vaquero comprobó en la lista de reservas el carné de identidad y el número de la tarjeta de crédito de Marcos. Tras acreditarlo, los acompañó hasta una especie de palco privado en la planta superior.

Ruth estaba patidifusa. El palco era una especie de terraza con vistas al escenario. Un gigantesco diván rosa ocupaba todo el espacio disponible de la pared, dejando justo el sitio necesario para que cupiese una pequeña mesa ovalada de cristal con un teléfono en el centro. Se acercó a la barandilla. Desde allí se veía a la perfección el escenario y parte del anfiteatro. A los lados de la ventana estaban recogidas unas tupidas cortinas rosas. Por todos los santos, ¿a qué clase de local había ido a parar?, pensó con la boca abierta de par en par.

Marcos sonrió y señaló con la cabeza el asiento, indicándole que se sentara. Ruth decidió cerrar la boca, en un intento de dejar de parecer una pueblerina recién salida del campo, y se quitó con soltura el abrigo.

Marcos inspiró sonoramente.

Le había dicho que no se pusiera nada elegante, que fuera cómoda, y Ruth lo había tomado al pie de la letra. Llevaba una falda *hippie* azul estampada, cortada a la altura de la cadera. O quizás un poco más baja, que le permitía ver su sensual ombligo y la depresión del abdomen. En el ombligo llevaba un zafiro impresionante que lanzaba destellos cuando se movía. Un diminuto trozo de tela azul eléctrico tapaba sus pechos, mientras que su exquisita melena de ébano se escurría sobre sus hombros, resbalando entre sus senos y descansando casi a la altura de la cadera. Marcos metió la mano bajo el pantalón y se acomodó como pudo la erección. ¡Estaba preciosa!

Ruth seguía de pie, sin moverse, atenta a la reacción de su amigo y esperando que la ropa nueva, comprada a última hora, fuera de su agrado. Cuando lo vio recolocarse supo que así era. Él extendió las manos hasta su nuca y le acarició el cabello un segundo antes de inclinarse hacia ella y susurrarle al oído.

—Me gusta tu peinado. Es infantil, inocente. —Ruth se había hecho dos finas trenzas en las sienes y las había sujetado en su nuca, dejando el pelo libre y retirado de la cara—. Estás preciosa.

La sujetó por la nuca con una mano mientras que con la otra le acariciaba la mejilla. Fue recorriendo lentamente con los labios la distancia entre la sien y la boca, le lamió las comisuras y por fin la besó. Un beso suave, lento, calculado para despertar el deseo y dejarlo latente. Luego se separó y volvió a indicarle que se sentara.

Ruth obedeció.

—¿Cómo es que conoces este... local?

—Hice un reportaje gráfico hace un par de meses sobre clubes sociales. Este era uno de los sitios que fotografié.

—Suena fascinante.

—Lo es. El reportaje sale en la revista de enero. Ya sabes, no te olvides de comprarla.

—No lo olvidaré. No hace mucho que estás en Madrid, ¿verdad? —Aprovechó para indagar y de paso dejar el tema de los clubes sociales a un lado.

—Desde finales de septiembre.

—¿Vas a permanecer aquí más tiempo?

—Espero que indefinidamente. Estoy cansado de ir de un lado a otro sin parar. Ahora trabajo para una revista española y los reportajes que hago son siempre en nuestro país —comentó mirándola. Al ver que ella no respondía siguió hablando—. Estoy viviendo con mi madre, pero en cuanto ahorre un poco quiero empezar a ver pisos. Ya sabes, comprar algo e instalarme.

—¿Antes o después de ahorrar para el coche? —Ruth no pudo evitar ironizar.

—Buena pregunta. Depende. Según vaya ahorrando veré lo que hago. Lo cierto es que no me corren prisa ni el coche ni la casa. Son solo pensamientos a largo plazo. ¿Y tú? ¿Sigues viviendo con tu familia?

—Sí. Dada la enfermedad de mi padre es mucho más sencillo vivir todos juntos en casa. Así nos podemos turnar para atenderle y a la vez tener un poco de espacio en nuestras vidas.

—¿Hace mucho que está enfermo?

—Unos cuantos años. ¿Por qué me has traído aquí? —Cambió de tema con premura.

—Quería llevarte a un sitio en que no hubieras estado nunca y este me pareció el más apropiado.

—Te puedo asegurar que en la vida he estado en un lugar parecido.

—Me alegro. Me gusta sorprenderte. ¿Quieres beber algo?

—Cualquier refresco ligero sería apropiado. —Ni loca pensaba tomar alcohol en un lugar así.

Marcos descolgó el teléfono que había sobre la mesa y habló a través de él.

—En un momento nos sirven.

—¿Has solicitado la bebida por teléfono?

—Sí —respondió sonriendo a la vez que se estiraba en el asiento—. Estamos en la zona vip del club social. Hemos pagado para poder gozar de intimidad. De hecho, se supone que aquí los clientes hacen guarrerías. Por tanto los camareros jamás entran sin permiso. Si alguien quiere tomar algo, lo pide por teléfono y en pocos minutos le sirven la bebida.

—¿Se practica sexo aquí? —Ruth se había quedado solo con esa parte de la explicación.

—Si te fijas, estás en un reservado... Así que, sí, se practica.

—¡Pero lo verá todo el mundo!

—En absoluto. Los que están abajo no pueden vernos y desde los otros reservados es imposible, ya que estamos a oscuras. Podemos ver el escenario pero nadie nos puede ver a nosotros. Y si aun así tienes reparos, siempre podemos correr las cortinas, pero entonces nos perderemos el espectáculo.

—Ya, pero ¿no proyectarás perpetrar sexo aquí? Frente a todo el mundo!

—No pretendo nada, tranquila.

En ese momento entró una camarera vestida con el uniforme habitual de pantalones minúsculos y chaleco vaquero, y depositó los vasos sobre la mesa. Ruth dio un trago a su coca-cola *light,* casi esperando que fuera un cóctel raro con alto contenido en alcohol. Pero no, Marcos no había hecho trampa. Era un refresco normal y corriente, con burbujitas y mucho hielo.

—Esto es precioso, te queda divino. —Acarició el zafiro del ombligo—. ¿Dolió mucho al ponértelo?

—¡No! Lo cierto es que está adherido. Ha sido idea de Iris, vino conmigo a comprar la falda, lo observó colgar de un expositor y se le antojó. Parece de verdad, pero no lo es; es un fragmento de piedra azul con adhesivo. Da el pego, ¿verdad? —respondió muy deprisa, casi mordiéndose la lengua. Ese lugar la ponía ligeramente nerviosa.

—Totalmente. —Los dedos que acariciaban el *piercing* falso se deslizaron bajo la cinturilla de la falda y Ruth se levantó del asiento de golpe.

—¡No me lo puedo creer! —dijo apoyándose en la barandilla.

—¿El qué? —Mierda. Si no había hecho nada todavía. No era necesario que le echara la charla tan pronto, con un «estate quieto» habría bastado.

—Lo que está haciendo esa mujer en el escenario.

—Ah. —O sea, que no le iba a montar el pollo.

Se inclinó hacia la barandilla y miró las pantallas gigantes. En estas, una mujer joven con unas tetas descomunales y en pelota picada se estaba introduciendo un consolador de proporciones bíblicas.

—¡Parece que le gusta! ¡Caramba! Si tiene el tamaño de un melón —exclamó Ruth atónita.

—No está mal, no. —Lo cierto es que era enorme. Negro, de unos cinco o seis centímetros de diámetro y unos veinticinco de largo, parecía más una botella de refresco que un consolador.

—No fastidies; si yo introduzco eso en mi cuerpo no disfruto, me desgarro. Esa mujer no tiene una vagina, tiene una autopista de dos carriles para cada sentido —exclamó alucinada.

—¿Cómo es tu consolador? —preguntó Marcos tirándola de la cinturilla de la falda y obligándola a sentarse de lado, casi sobre su regazo.

—¿Mi qué? —No había escuchado correctamente. Seguro. La gente normal no indagaba sobre esas cosas.

—Tu consolador. Porque imagino que tendrás alguno, ¿no? —Quizá era mucho imaginar, pero ahora que veía a la actriz del escenario le había surgido la curiosidad. Pasó un brazo por la espalda femenina y depositó la otra mano sobre el muslo cubierto por la falda.

—Bueno. Tengo un vibrador. Pero no es tan grande —respondió Ruth con forzada naturalidad.

—¿Lo usas a menudo? —preguntó él lamiéndole el cuello a la vez que le recorría el muslo hacia abajo con una mano, buscando el final de la falda.

—¡No es de tu incumbencia! —¡Por el amor hermoso! ¿Por qué, en nombre de todos los santos, había dado pie a esa conversación?

—Yo me masturbo a diario. De hecho me hago un par de pajas al día. —Marcos llegó hasta el tobillo y deslizó los dedos bajo la tela para comenzar a ascender de nuevo.

—¿Qué? No, no quiero saberlo. No me importa en absoluto, vamos a cambiar de tema.

—Desde que te vi en la exposición me hago una paja cada noche. No me dejas dormir; te imagino desnuda en la cama, boca abajo; voy recorriendo tu culo con mi lengua. Imagino mis dedos en tu vagina, entrando y saliendo y me pongo cardíaco, tanto que me duelen los huevos, así que cierro los ojos, me agarró la polla con una mano y, mientras voy bombeándome, con la otra me cojo los huevos y los acaricio. Cuando me corro, el orgasmo me tumba y duermo como los angelitos. —Le cogió una mano y se la colocó sobre la bragueta abultada del pantalón, obligándola a sentirlo duro, presionando contra ella—. Por lo menos hasta que amanece. Entonces dejo de soñar con los angelitos y apareces tú de nuevo, acariciándome todo el cuerpo, torturando con tu lengua mi polla, y me despierto empapado en sudor y duro como una piedra, así que me meto en la ducha, me enjabono bien y me masturbo bajo el agua caliente hasta que me corro. Te lo aseguro; si no lo hago así, me paso todo el día con una erección de caballo bajo el pantalón. De hecho, ha habido días que ni pajeándome por la mañana he evitado estar erecto a mediodía. ¿Sabes qué días han sido esos?

—Ni idea —contestó ella con el cerebro inundado de imágenes de Marcos bajo la ducha, mientras le acariciaba la verga por encima del pantalón.

—Los días que te he visto en el centro —susurró para después lamerle el lóbulo de la oreja.

Sentada en el regazo de Marcos, con una pierna apoyada en el suelo y la otra sobre el asiento del diván, notaba como poco a poco el tanga se iba humedeciendo. Comenzaba a sentir el calor del deseo que paso a paso se alojaba en su vientre.

—¿Te masturbas a diario? —inquirió Marcos al ver que ella no decía nada.

—Eh, no.

—¿Un par de veces por semana? —curioseó divertido. No había esperado que su amiga fuera tan tímida con esas cosas. Bueno, sí.

—No lo sé. No llevo la cuenta.

—¿Cómo es tu vibrador? —Su mano subió de la rodilla al interior del muslo.

—Fucsia.

—¡Vaya! —Se carcajeó Marcos—. A juego con tu bigotito púbico. No sé por qué, pero no me extraña.

—Tonto.

—¿Cómo te lo haces?

—Ah… ¿y a ti que te importa?

—Tengo curiosidad. —Encontró la tela del tanga que le cubría el sexo, estaba húmeda.

—Lo apoyo contra el clítoris y lo pongo en el mínimo de vibración. Cuando noto que me acerco, lo subo de potencia y lo fricciono a lo largo de la vulva. —Y se calló aturullada.

—Continúa. —Los gemidos de la mujer del escenario llenaban el ambiente y Ruth se encontró creando ecos con sus propios gemidos cuando el dedo de Marcos se hundió en su vagina. Echó la cabeza hacia atrás y continuó.

—Lo introduzco despacio en mi vagina mientras me acaricio el clítoris. Mis caderas se balancean esperando más, y entonces lo saco un poco para a continuación hundirlo de golpe. Aprieto mi clítoris entre los dedos, rítmicamente, a la vez que entierro y retiro mi vibrador hasta que tengo el orgasmo.

Narró a la vez que Marcos seguía sus instrucciones con los dedos, pellizcándole el clítoris entre el corazón y el índice, recorriéndole la vulva con la palma de la mano e introduciendo de golpe un par de dedos en su vagina. Estaba a punto de correrse cuando él retiró la mano, dejándola caliente, y muy frustrada. Ruth lo miró a los ojos un segundo, antes de que él la obligara a ponerse de rodillas sobre el asiento, con la cara acurrucada sobre el bulto de su erección. Lo vio desabrocharse los botones del pantalón con dedos temblorosos. La polla saltó enorme y tersa desde el vientre liso y depilado, y Ruth le besó la punta.

—Usa la boca, Avestruz. Cómemela como la última vez —ordenó apretándole la nuca, inclinándola más sobre su pene erecto.

Ruth lo recorrió con la lengua, humedeciéndolo y volviéndolo loco. Marcos pasó la mano por debajo de la falda, levantó la tela y dejó el trasero al aire. Ruth descendió más, lamió los testículos libres de vello y se los introdujo en la boca, jugueteando con ellos con la lengua. Notó cómo él apartaba la cinta del tanga y comenzaba a masajearle la vulva con la palma de la mano a la vez que con los dedos le frotaba el clítoris. Marcos cerró los ojos y grabó la escena que estaban representando en su cerebro.

Él sentado, casi tumbado en el diván, las piernas abiertas y estiradas. Ruth a cuatro patas sobre el asiento, la cara enterrada en su entrepierna mientras su mano, grande y fuerte, le sujetaba la cabeza, obligándola a pegarse más contra su erección. El precioso cabello de ébano derramándose sobre sus masculinos muslos, el culo alzado, exquisito y desnudo. Su propio brazo estirado sobre la delicada espalda femenina, la mano recorriendo el trasero perfecto y sedoso, hundiéndose en la unión de sus muslos, penetrando con los dedos en su vagina. Estuvo a punto de llegar al orgasmo solo con pensarlo.

Sacudió la cabeza un par de veces intentando concentrarse en lo que quería hacer, pero le estaba resultando muy difícil. Ruth estaba mordisqueando su capullo como solo ella sabía hacerlo. La sentía deslizar la lengua por la abertura de su glande y presionar, recorrerle los testículos con dedos suaves y cariñosos, torturándole. Volviéndole loco.

Con una gran fuerza de voluntad, que no imaginaba poseer, soltó la mano que empujaba la cabeza de su amiga y la metió en el bolsillo de la chaqueta de cuero que había dejado a un lado del asiento, sacó un tubo y se lo llevó a la boca para abrirlo con los dientes. Cuando lo consiguió, y le costó varios intentos, pues Ruth no dejaba de distraerlo con sus labios, se lo pasó a la mano que jugaba con el trasero y el clítoris de su amiga.

Ruth sintió que su clítoris quedaba desamparado cuando Marcos separó la mano de donde estaba ubicada, pero regresó al cabo de un par de segundos para derramar algo sobre su trasero, algo frío y resbaladizo que recorría la franja entre sus glúteos. Notó los dedos de su amigo masajeándole el culo, extendiendo el gel escurridizo entre sus nalgas, empujando un dedo contra su ano, tentando la entrada e intentando traspasarla. Levantó la cabeza; no sabía si para pedir explicaciones, para jadear o para conseguir aire con que respirar. Él no le dio tiempo a averiguarlo, pues, en el momento en que sus labios abandonaron la piel tersa del glande, la mano que Marcos tenía libre volvió a posarse en su cabeza, instándola a que continuara.

—Vamos, Avestruz, no pares ahora o me volveré loco. Succiona fuerte. Sí, así. Trágatela entera, ahora; vamos, más adentro —dijo presionando sobre su coronilla hacia abajo—. No pares, por favor. No pares.

Lo oyó jadear fuerte entre los compases de la música y sintió el pene engrosarse dentro de su boca. Saboreó en el paladar el líquido preseminal que brotaba de él y notó los testículos tensarse entre sus dedos. Ella misma jadeó con ímpetu cuando sintió el dedo traspasar el anillo de músculos de su ano y adentrarse en el interior de su recto, cálido, resbaladizo, inquieto. La palma de la mano estaba apoyada en su trasero, apretándole las nalgas, con los dedos extendidos sobre ellas mientras el que estaba sumergido en su interior giraba y apretaba las paredes de su recto, hundiéndose profundamente para a continuación salir apenas un centímetro y volver a introducirse de golpe, haciendo que le faltara el aire de los pulmones.

Marcos obligó a la mano que sujetaba la cabeza de su amiga a abandonar su asidero y volver a registrar el bolsillo de la chaqueta. Sacó un condón, se lo llevó a la boca y rasgó con los dientes el envoltorio.

Ruth sintió su cabeza libre de nuevo, pero no le importó. Siguió subiendo y bajando los labios alrededor de la polla, introduciéndosela entera cuando lo sentía tensarse. Se percató disgustada de que el dedo que ahondaba en su ano se alejaba de ella, dejándola vacía. Gruñó enfadada cuando la mano que la había abandonado segundos antes volvió a enredarse en su cabello, obligándola a levantar la cara del jugoso pene. Marcos tenía la mirada turbia, empañada por el deseo. Sin decir nada le mostró el condón que sujetaba entre los dedos y luego lo depositó en sus labios. Ruth sonrió con el preservativo entre los dientes, bajó la cabeza y le envolvió la polla en látex con maestría. Cuando terminó, Marcos la alzó por las axilas y la depositó a horcajadas sobre su erección. Ruth la acogió cerrando los ojos, suspirando de satisfacción cuando comenzó a montarle.

Marcos deslizó las manos por la espalda, bajando por la columna vertebral hasta llegar al trasero, adentrando un dedo entre las nalgas, ubicándolo en el lugar que correspondía. La sintió tensarse, moverse en un intento de alejarlo.

La breve interrupción de sus caricias había devuelto un poco de cordura a Ruth. No quería tenerlo ahí dentro.

—Tranquila, Avestruz. No pasa nada, el lubricante aún está ahí. —Para confirmarlo apretó el dedo contra el ano y lo penetró.

—No es eso —jadeó ella al sentirlo dentro por ambos lados: su polla en la vagina y su dedo en el recto—. No quiero que hagas eso.

—¿Por qué? Te gusta, no lo intentes negar. Te pone a cien que te toque el culo, que te meta un dedo. —Y lo corroboró metiendo y sacando el anular a la vez que levantaba las caderas para que la polla invadiera más profundamente la vagina.

—Sí —jadeó ella perdiendo el control—, pero no quiero dar argumentos al enemigo —confesó sin darse cuenta.

—¿Dar argumentos al enemigo? —repitió Marcos con los ojos cerrados, al borde del orgasmo—. ¿A qué diablos te refieres? —Según hacía la pregunta, una bombilla se encendió en su cerebro. Se quedó quieto de golpe, alejó el dedo de sus nalgas y la sujetó por la cintura con ambas manos—. ¿Te refieres a lo que dije hace siete años cuando discutimos?

—«Tienes tus prioridades un poco confundidas. Disfrutas como una zorra con mi dedo metido en tu culo» —recitó Ruth cada una de las palabras que tenía grabadas en la mente desde hacía ya tantos años.

—¡Joder, Ruth! Lo siento, lo siento de veras; jamás debí decir lo que dije. Odio cada palabra que pronuncié ese día. —No lo decía en broma, se había arrepentido mil veces a lo largo de los años de lo que había hecho y dicho, de haber sido el mayor cabrón del mundo, de haberla dejado marchar sin pedirle disculpas, de haber tomado su virginidad sin adorarla como merecía—. No soy tu enemigo, ¿entiendes? —dijo besándola con fuerza para luego continuar hablando—. No me das argumentos para atacarte. Lo juro, Ruth: jamás volveré a decirte esas cosas. No las sentía, no eran ciertas. De verdad, Avestruz. Dime que me crees —dijo besándola de nuevo.

—Te creo —aseveró ella perdiéndose en su mirada. Había sido una tonta por pensar eso de él; lo veía en sus ojos, lo notaba en su piel. Podrían discutir y pelear, pero no volvería a atacarla con eso. Era demasiado íntimo como para usarlo de arma.

—Bien.

La besó una y otra vez, y volvió a hundirse en ella profundamente. Deslizó de nuevo la mano por su espalda hasta encontrar el trasero, y todo volvió a ser igual que cinco minutos atrás. Jadearon acompasados, moviéndose uno contra otro, sin prestar atención a la música que dominaba el ambiente, a las pantallas gigantes que mostraban una pareja ejecutando una danza similar a la suya. Sin importarles estar en un lugar público y lleno de gente.

—Dios, Avestruz, no sabes cómo me haces sentir —jadeó Marcos en su oído.

—Lo imagino —contestó ella con una sonrisa antes de empezar a gemir de nuevo.

Marcos deslizó la mano que le quedaba libre de la cadera al abdomen y de allí hasta los pechos de su amiga. Le levantó el top ansioso por ver sus erectos pezones y se quedó de piedra.

—Ruth —exclamó alarmado, parando el vaivén de caderas—. ¿Te ha pasado algo en los pezones?

—No —lo ignoró ella, subiendo y bajando con fuerza, introduciéndose bien adentro la polla.

—¿Por qué llevas tiritas en los pezones?

—Huy. —Ahora fue ella la que se quedó quieta.

—¿Y bien? —reiteró Marcos, con los dedos cerca de los pechos, sin atreverse a tocarlos.

—Se marcaban bajo el top —contestó ella ruborizada. ¿Por qué no había pensado que él le quitaría el top y vería las tiritas? ¡Qué vergüenza!

—¿Qué? —No entendía nada.

—El sujetador se asomaba por el escote del top, y eso no me gusta. Me lo quité y entonces descubrí que se marcaban los pezones. No se me ocurrió otra cosa que taparlos con tiritas.

—¡Dios! —exclamó Marcos. Levantó una tirita con cuidado y allí estaba el pezón, tan duro, erecto y sonrosado como siempre, perfecto—. No me lo puedo creer.

Y estalló en carcajadas; grandes carcajadas que provocaron que todo su cuerpo sufriera poderosos espasmos, espasmos que alzaron con fuerza sus caderas en un ritmo desacompasado, ritmo que inició un nuevo vaivén, vaivén que hizo que ambos jadearan al unísono.

—Avestruz, eres una verdadera caja de sorpresas —comentó jadeando y sonriendo a la vez—. Has conseguido que el polvo más alucinante de mi vida sea además el más divertido. Joder, jamás pensé que pudiera follar mientras me río —comentó aumentando el ritmo de sus caderas, introduciendo más el pene en la vagina y el dedo en el ano—. Prométeme que no cambiarás nunca.

—Lo prometo.

Marcos hundió la cara entre sus pechos y saboreó los pezones a la vez que se movía frenético contra ella, alzando las caderas con fuerza y rapidez. Ruth se ahogó en sus jadeos, sintiéndose profundamente colmada, al borde de un éxtasis que apenas le permitía respirar. Se movieron al unísono, sin pausa, sin dejar de jadear hasta que los espasmos del orgasmo contrajeron los músculos de la vagina empujando a ambos a un clímax enloquecedor.

Pasados unos segundos aún continuaban en silencio bajo el ruido atronador del local. No se movían, no podían. Marcos seguía enterrado en ella, su pene lánguido acoplado en su vagina húmeda. No estaba erecto, pero no encontraba la fuerza de voluntad necesaria para abandonar la acogedora cueva. Ella reposaba relajada sobre su pecho, con sus piernas a ambos lados de los muslos enfundados todavía en vaqueros y la falda alrededor de los dos. Una marea de tela azul que ocultaba la parte inferior de sus cuerpos. Los pechos de Ruth desnudos, el top arrugado por encima de ellos.

Marcos la abrazó con languidez y deslizó las manos por la espalda, apretándola contra él.

—¿Tienes que ir mañana a la sierra? —inquirió apesadumbrado. No quería preguntarlo, no quería saberlo.

—Lo he prometido, no puedo dejar de ir —respondió pesarosa Ruth. Se lo había jurado a su hija. El sábado y domingo los dedicaba a ella, invariablemente, y no quería cambiar esa norma. Suspiró, se había prometido a sí misma que si Marcos se quedaba en Madrid le contaría la verdad. Había llegado el momento—. Yo…

—Salgo de viaje el domingo —interrumpió Marcos—. Me ha salido un reportaje en el norte.

—¿Vas a estar fuera mucho tiempo?

—¿Acaso importa? —Posó las manos en sus mejillas y la obligó a mirarlo—. Mañana vas con tu amigo y nada va a cambiar eso, ¿no? —Él tenía que asumirlo, no tenían ninguna relación, no podía pedirle sexo exclusivo porque para hacerlo tendría que ofrecerle más de lo que ahora tenía Ruth. Y ella ya tenía sexo sin compromiso cuando le daba la gana con el tal Jorge de los huevos, con el puñetero Brad de los cojones y con el idiota que estaba dentro de ella en ese instante. Si quería exclusividad, tendría que tentarla con algo más. Tal vez con una relación seria basada en el cariño, el amor, o cualquier pamplina de esas en las que él no creía. Y lo mismo a ella no le interesaba tampoco eso. No. Tendría que comerse los celos y la posesividad con patatas fritas y dejar de hacer el imbécil.

—No puedo anular el compromiso —contestó ella, y vio en sus ojos algo de lo que pasaba por su mente—, pero no pasa nada. Es solo un amigo. Caminamos, recorremos el campo, asamos chorizos en la chimenea de la cabaña y poco más. De verdad.

—Claro que sí. —¡Tururú!

—¿Cuándo vuelves? —No le había respondido antes la pregunta, y necesitaba saberlo. No podía decirle que tenía una hija si él se marchaba el domingo, no sería justo.

—No tengo ni idea. —Sería una semana a lo sumo, el día veintidós había quedado con el periodista encargado del texto para comenzar a trabajar en el reportaje del centro de día. Pero ella no tenía modo de saberlo, y a Marcos, en ese momento, no le apetecía decírselo. Si quería que lo esperara; si no, aire—. Ya sabes cómo va esto. Parece que es para un par de semanas y acabas tirándote un par de meses fuera.

—Ajá. En fin, es una de las ventajas de tu profesión, conocer lugares distintos, como este. —Terminó sonriendo alentadora, animándolo. Y esa sonrisa lo desarmó.

—Hagamos un trato. Mientras esté fuera, me masturbaré pensando en ti cada día. —En realidad eso ya lo hacía—. Y quiero que tú uses tu vibrador pensando en mí, que te masturbes con él, pensando que soy yo quien te folla, quien te lleva al orgasmo. Quiero que me folles con la mente todos los días. —Si Ruth cumplía su parte, quizás hubiera suerte y estuviera tan satisfecha que no necesitara acostarse con esos dos hijos de puta esa semana y, cuando volviera, ya se encargaría él de mantenerla bien follada para que no los echara en falta.

—Uf. —Ruth pensó en mentirle. No le costaba ningún trabajo decir que haría lo que pedía, pero no iba con su carácter decir mentiras. Por tanto fue sincera—. No puedo.

—¡Por qué! —exclamó indignado. Joder, no le costaba nada concederle ese deseo—. Qué pasa, que follas tanto que no nece…

—Marcos. —Le tapó la boca con los dedos antes de que dijera algo de lo que se arrepentiría—. No puedo porque mi vibrador es algo así como un camarada. Te parecerá una excentricidad, pero hasta le he puesto nombre. Es como si le hubiera otorgado personalidad propia, y no creo que pudiera imaginarme que Brad eres tú. Son demasiados años pensando en él como Brad para cambiar ahora de buenas a primeras.

—¿Brad? ¿Tu vibrador se llama Brad? —«Jorge me enseñó y practiqué con Brad», había reconocido ella aquella noche, cuando le preguntó quién le había enseñado a poner un condón con la boca. Estaba dormida cuando respondió y Marcos estaba seguro de que no se acordaba de habérselo confesado.

—Sí, por Brad Pitt. Lo compré justo después de ver *Troya* y… bueno, imagínatelo. —Finalizó roja como un tomate. ¡Menudo día llevaba de sonrojos!

—No cambies nunca, Avestruz. No cambies nunca —respondió él entre risas, profundamente aliviado a la vez que convencido de ser el idiota más estúpido del mundo. Casi estaba tentado a creer que Jorge era solo un amigo. Casi. Quizá. ¿Por qué no?

Las risas dieron paso a las sonrisas y estas a los besos, y poco a poco, como quien no quiere la cosa, ciertas partes del cuerpo se fueron endureciendo, otras se humedecieron y así, al tuntún, acabaron haciendo el amor, porque esta segunda vez no fue follar, ni siquiera fue sexo. Fue un intercambio de sentimientos, emociones, pasión y dulzura y eso, en cualquier idioma, es hacer el amor.

Las horas pasaron sin que ellos se percataran. No se habían movido del sitio, ni habían intercambiado posiciones, y mucho menos escuchado la música ni visto el espectáculo. Habían estado inmersos el uno en el otro. Pero el tiempo, ignorante de que debía permanecer detenido, siguió su curso y las necesidades corporales hicieron acto de presencia.

—Marcos —habló Ruth contra el cuello de su amigo—, necesito levantarme.

—No —respondió este. La abrazaba con fuerza manteniéndola unida a él, sentada sobre su regazo, con él en su interior. Las manos largas y delicadas enredadas en el cabello de su nuca, sus labios rosados y carnosos acariciándole el cuello, los pezones erectos apretados contra su pecho. Estaba en el paraíso y no iba a permitir que Ruth se alejara.

—Marcos, va en serio. Necesito hacer ciertas cosas.

—¿Qué cosas? —preguntó él alzando las caderas. No es que estuviera duro, pero todo se andaría.

—Pis —susurró ella.

—¿Chis? —No la entendía con la música tan alta.

—¡Pis!

—Ah. —Ahora que Ruth lo mencionaba, su vejiga, quizás por simpatía, se unió a la petición—. Vamos, te acompaño.

Abandonaron el reservado agarrados de la mano, aunque ninguno de los dos se percató de ello. Cuando bajaron las escaleras, vieron que la planta baja había devenido en una especie de orgía. La gente se apareaba sin complejos en los sillones en forma de u, apoyados contra paredes y columnas; se hacían felaciones y cunnilingus arrodillados sobre las mesas. Encima del escenario un trío de un hombre y dos mujeres enseñaban al público que estuviera en condiciones de atender las lecciones la mejor manera de montar una orgía. Marcos se quedó asombrado. Durante el tiempo que estuvo fotografiando esos locales jamás se había quedado hasta tan tarde; eran más de las cinco de la madrugada, y hasta esa misma noche no había visto el club en su apogeo. Sintió la mano de Ruth apretarse contra la suya y la miró sonriendo.

—Tranquila, Avestruz, no te voy a dejar sola aquí abajo.

—Eso espero. —Sonrió nerviosa.

La acompañó rápidamente hasta los aseos femeninos e intentó entrar, pero el gorila que estaba cerca se lo impidió.

—Normas del club: cada uno en su aseo y Dios en el de todos —gruñó un hombre enorme con unos brazos que eran tres veces los de Marcos.

—Claro, claro, solo quería asegurarme de que no había dentro nadie que molestara a la señorita.

—No lo hay —bufó el tipo de nuevo.

—Entra tranquila, Ruth. Te espero aquí fuera.

—De acuerdo, pero no te alejes —respondió ella con reservas.

—No me moveré de aquí.

Y no lo hizo, aunque necesitaba con desesperación ir al baño. Esperó paciente a que ella saliera, luego la acompañó de vuelta al reservado, descolgó el teléfono y pidió un par de bebidas.

—Voy al aseo —comentó al colgar el teléfono—, necesito cambiar el agua al canario. Abajo no me atrevía a dejarte sola, pero aquí estarás bien. El gorila de la escalera no deja subir a nadie que no tenga pagado el reservado. Además, la camarera está a punto de traer las bebidas. No tardo más que un segundo.

—No te preocupes —contestó—. Marcos —le llamó cuando salía por la puerta—, eres un sol.

—Lo sé —comentó guiñándole un ojo antes de irse—. No tardo nada.

Aunque sí tardó sus buenos diez minutos, un poco menos de lo que había tardado su amiga. Al igual que ella, satisfizo sus necesidades y de paso aprovechó para asearse un poco, un poco bastante. Tenía el pene irritado después de haber utilizado dos condones: el primero, que había usado ininterrumpidamente un par de veces, y el segundo, que se puso escasos segundos después de quitarse el primero. Eso por no mencionar los fluidos que se resecaban sobre el pene. No habían vuelto a practicar sexo oral; no les pareció oportuno a ninguno de los dos, sobre todo porque no habían podido limpiarse después de la primera vez. Aunque más sincero sería decir que Marcos no había sido capaz de retirarse de ella después de hacerlo por primera vez. Cuando salió de ella para cambiar de condón fue, única y exclusivamente, porque Ruth amenazó con levantarse si no lo hacía.

Tenía que reconocer que su pene estaba extasiado. Por norma general, después de un polvo necesitaba más o menos media hora para volver a estar en forma, pero, esa noche, o el tiempo había pasado muy rápido o él no había dejado de estar duro más de diez minutos. ¡Joder! Vaya maratón, no le extrañaba estar cansado hasta las cejas.

Terminó de asearse y subió al reservado, comprobó que las bebidas estaban sobre la mesa y se sentó al lado de Ruth. Su amiga no se movió. Estaba sentada de lado en el diván, con la cabeza inclinada hacia delante y el pelo tapándole la cara. —Marcos había sido incapaz de no deshacerle las trencitas—. Le retiró el cabello de sus perfectas facciones con sumo cuidado y comprobó que estaba dormida. La movió un poco, pero ella no reaccionó. Estaba KO. Descolgó el teléfono de nuevo y advirtió de su marcha a la encargada. Cuando la camarera apareció, firmó el comprobante bancario y después rebuscó en el bolso de su amiga las llaves del coche. Se las guardó en el bolsillo de los vaqueros y, como pudo, le puso el abrigo. Ella no se dignó a despertarse ni por un segundo. La cogió en brazos, la llevó hasta el coche y la depositó con cuidado en el asiento del copiloto. Dio gracias a Dios por haber averiguado que Ruth seguía viviendo en la casa familiar y se puso al volante.

Media hora después llegaron al barrio. Marcos buscó en el bolso de la joven las llaves de la casa. La dejó en el coche mientras abría la puerta del portal y la mantenía sujeta con el felpudo de la entrada. Luego regresó al coche y la cogió en brazos con cuidado pues seguía dormida. De acuerdo, eran las seis de la mañana, pero tampoco era para caer grogui. Estaba comenzando a asustarse. Cuando llegó al piso de Ruth, le dolían los brazos de llevarla en ellos, y no porque su amiga fuera pesada, en absoluto, sino porque esa noche habían gastado mucha energía, y el trayecto desde donde aparcó el coche y el portal era de al menos doscientos metros. Más la espera hasta que bajó el ascensor, más la nueva espera hasta que subió al séptimo. El ascensor era viejo, y muy, muy lento.

Con las llaves apresadas en la mano izquierda, dobló un poco las rodillas para meter la llave en la cerradura y, en el momento en que la llave chocó contra el metal del pomo de la puerta, esta se abrió y un tío enorme con el pelo negro le lanzó una mirada asesina que lo dejó clavado en el sitio.

—¿Qué cojones le has hecho a mi hermana? —preguntó arrebatándosela de los brazos.

—Nada. Está dormida —contestó Marcos cabreado por haber perdido el calor de su amiga.

—Darío, te agradecería que no usaras ese tipo de palabras en mi presencia —comentó Ruth entre sueños.

—Jopé. ¿Tienes las orejas en *stand by*? —gruñó el gigante de pelo negro.

—Darío, no seas grosero —murmuró ella acurrucándose contra el pecho de su hermano—. Tengo sueño, no hagas ruido o despertarás a Iris.

—Voy a llevarla a la cama —comentó Darío más calmado después de oír hablar a su hermana y, sobre todo, después de olfatearle el aliento; no olía a alcohol, por tanto no estaba borracha.

—Te acompaño —aseveró Marcos.

—¿Estás borracho o quieres suicidarte? —preguntó Darío.

—Ninguna de las dos. Estoy preocupado por ella, no sé por qué se ha dormido tan profundamente. Lleva más de media hora así y no ha bebido ni gota de alcohol —alegó sin apartar la mirada de Ruth. Darío podía ser muy grande, pero Marcos recordaba a la perfección haberle perseguido de críos y haberle dado un par de buenos azotes en el culo. Por muy grande que fuera ahora, con esos recuerdos en su mente no le impresionaba nada.

—Imagino que si tú durmieras entre dos y tres horas diarias también caerías como ha caído ella —respondió muy serio Darío. No hablaba en broma, estaba cabreado y se le notaba.

—¿Por qué hace eso?

—Porque algún capullo le ha impedido hacer su trabajo y ha tenido que ponerse al día durante toda la semana sacando horas del único tiempo que tiene libre, es decir, del sueño.

—Joder. Mierda. He sido yo. —Le dieron ganas de darse contra la pared.

—Marcos, Darío. Intentad no usar ese lenguaje obsceno en mi presencia —comentó Ruth, dormida, desde las profundidades del cuello de su hermano.

—Tiene oídos selectivos —comentó Marcos alucinado. Estaba completamente dormida, pero, si escuchaba un taco, saltaba al momento.

—Ni te lo imaginas —afirmó Darío. Luego miró la cara apesadumbrada del otro hombre—. No he sido sincero. Lo cierto es que nunca duerme más de tres o cuatro horas. La zo… penca —corrigió en el último segundo— de su jefa la sobrecarga con su trabajo y a Ruth no le queda otra que sacarlo adelante cuando puede. No es culpa tuya. Ahora voy a meterla en la cama. Hasta la vista.

—Adiós —se despidió Marcos segundos antes de que Darío cerrase la puerta.

Se dio la vuelta para irse y entonces se acordó de algo. Volvió hasta la puerta y dio un par de golpes suaves con los nudillos. Cuando Darío abrió se encontró las llaves del coche y de la casa colgando de la mano alzada de Marcos. Este sonrió en señal de despedida y Darío hizo lo mismo.

24

El amor es para el niño lo que el sol para las flores. No le basta pan: necesita caricias para ser bueno y para ser fuerte.

CONCEPCIÓN ARENAL

Lunes 22 de diciembre de 2008

*R*uth salió apresurada del despacho. La recepcionista le acababa de dar aviso de que Marcos y otro hombre estaban esperándola en el mostrador. ¡Caramba! Pensaba que no volvería hasta dentro de un mes por lo menos. Revisó el moño bajo en el espejo del ascensor. Examinó su atuendo: falda gris, chaqueta gris y camisa gris. Todas las prendas un par de tallas grandes, y no había nada que hacer; seguía adelgazando en contra de su voluntad.

Cuando salió del ascensor lo reconoció al instante. Estaba de espaldas a ella, con una camisa negra por encima de los pantalones que no ocultaban para nada su apetecible trasero y la melena rubia recogida en una coleta a la altura de la nuca. Estaba para comérselo.

Se acercó a él sonriente y lo saludó. Marcos se dio la vuelta y, con las facciones serias y gesto profesional, la presentó a un señor bajito, escaso de pelo y sonrisa agradable. Era Matías, el redactor del reportaje.

Entre los dos explicaron que el editor había aprobado el reportaje y que quería incluirlo en la revista de marzo, así que hacía falta empezar cuanto antes para que les diera tiempo. Preguntaron si era posible comenzar de inmediato con el trabajo. Ruth asintió. ¿Qué otra cosa podía decir? Así que no tuvo más remedio que dejar su trabajo a un lado, otra vez, y acompañar a Matías en sus pesquisas por el centro. Marcos, por su parte, desenfundó el material que guardaba en la bolsa y se dispuso a tomar fotografías, en un principio del centro, y, cuando Matías decidiera qué ancianos reflejarían la parte humana del reportaje, entonces se centraría en ellos.

Ruth asintió estupefacta a la invasión del vestíbulo por miles de aparatos de aspecto carísimo que salieron como por arte de magia de la maleta de Marcos. ¡Caramba! Jamás habría imaginado que hicieran falta tantos trastos para sacar fotos. Filtros, *flashes* de todo tipo, equipos de luz continua, antorchas de generador, reflectores, objetivos de todos los tamaños… Y por si eso fuera poco, tres cámaras en vez de una.

Marcos se movía con seguridad entre los aparatos, enchufando cables a la red e instalando baterías y objetivos en las cámaras. Estaba como pez en el agua. Miraba con los ojos entornados lo que quería fotografiar y luego escogía el material y la cámara adecuados para obtener la foto con la iluminación deseada. De los bolsillos traseros del vaquero le asomaba un cuadernillo, varios lápices de colores y una calculadora y, de vez en cuando, paraba su trajinar entre los aparatos, sacaba el papel, mordía los lápices y tecleaba en la calculadora. Ya no era el hombre de comportamiento aleatorio y visceral de siempre, sino alguien radicalmente distinto, totalmente inmerso en su trabajo, pendiente de cada detalle para que las fotos fueran perfectas, para que nada saliera de ángulo y la iluminación fuera impecable.

Matías carraspeó al ver que Ruth cesaba la conversación para observar con atención a su compañero. Ella parpadeó y siguió relatando los avatares y problemas a que se enfrentaba el centro día a día.

Las horas pasaron volando y antes de lo esperado eran las cinco y media de la tarde. Tenía todo el trabajo del día pendiente y Matías no parecía tener intención de finalizar el interrogatorio a que la estaba sometiendo.

—Lo siento mucho, Matías —comentó cuando terminó de explicarle el funcionamiento del centro en cuestión de informes médicos—, pero necesito finalizar por hoy la entrevista.

Matías miró su reloj y asintió. Se le había pasado el tiempo volando. Esa mujer destilaba pasión por su trabajo, se notaba en cada palabra que decía. Se despidió de ella y se dirigió a su compañero para ver qué tal le iban las cosas.

Cuando Marcos vio a Matías, imaginó por la hora que era que Ruth había regresado a su oficina y, sin pensárselo dos veces, dejó encargado a su compañero de vigilar el equipo para, acto seguido, subir corriendo las escaleras y entrar en el despacho de su amiga. La encontró atareada, pasando archivos del ordenador a un *pendrive* a la vez que anotaba algo con letra rápida en un cuaderno.

—Hola —saludó.

—Hola, Marcos. Un segundo, por favor. —Ruth tardó unos minutos en terminar de introducir los datos y apuntar los archivos pendientes de revisar—. ¿Algún problema?

—No, todo ha ido como la seda. —Ante el gesto interrogante de su amiga se acercó hasta ella y apoyó el trasero en la mesa—. Es solo que parece que ya te vas, y no he tenido tiempo en todo el día de estar contigo a solas.

No dijo nada más. Se acercó con rapidez a ella, la agarró de la nuca y le plantó un beso en los labios de esos que hacen encogerse el estómago, ese tipo de ósculos que no finalizan hasta que parece que falta el aire de los pulmones y que todo el calor del cuerpo se deposita en los riñones.

—Te he echado de menos, Avestruz —susurró en su oído cuando consiguió la fuerza de voluntad necesaria para separarse de sus labios.

—Ídem.

Marcos sonrió feliz al escuchar su respuesta.

—¿Qué has hecho esta semana que he estado fuera? ¿Te has portado bien? ¿Has cumplido el trato?

—He trabajado, me he portado bien… ¿De qué trato hablas? —respondió Ruth al interrogatorio dando a la pregunta cierto tono pícaro.

—Ya sabes qué trato. —Hundió la cara en su cuello, le mordisqueó la nuca y le deshizo el moño con los dedos—. Ese que tiene que ver contigo, conmigo y con un tipo de color fucsia llamado Brad.

—Ah, ese trato… Lo he cumplido. Más o menos —respondió posando las manos en los anchos hombros del hombre.

—¿Más o menos? —Marcos alzó una ceja—. ¿Más o menos porque no te apetecía, o más o menos porque no te ha hecho falta? —Había una sutil diferencia entre ambas afirmaciones. Sutil e importante. Si era la primera afirmación, podía aceptarlo; que él estuviera más salido que el pico de una plancha no significaba que ella lo estuviera también. Si por el contrario era la segunda afirmación, cabía la pequeña posibilidad de que se enfadara un poco, porque eso significaba que se había satisfecho por otro lado. Y en fin, Marcos prefería no pensarlo.

—Más o menos porque me quedaba dormida en cuanto ponía un pie en la cama —contestó Ruth risueña. A veces podía leer los pensamientos de Marcos como un libro abierto. Y esta era una de esas ocasiones.

—Ya veo. ¿Has tenido mucho curro? —La observó, percatándose de que se la veía más delgada y ojerosa.

—El habitual. Se acerca el fin de año y es preciso cerrar ciertos asuntos. No hay más trabajo, pero sí más prisa por terminarlo.

—Entiendo. Estás más delgada —comentó preocupado.

—¿Tú crees? Quizás haya perdido algún kilo, pero seguro que en las fiestas lo recupero.

—Eso espero. Si no vas a ser casi invisible —contestó bromeando—. ¿Qué haces esta tarde?

—Lo de siempre, algunas cosas de casa y descansar en el sillón.

—¿Te apetece salir a tomar algo?

—Me encantaría pero no puedo. Tengo asuntos pendientes en casa. De hecho —Ruth se armó de valor—, hay una cuestión importante de la que te quiero hablar.

—Ruth, necesito el presupuesto médico sin falta para mañana a primera hora —interrumpió desde la puerta un hombre con aspecto ratonil y ademanes nerviosos—, y el cálculo de gastos antes del mediodía para actualizar el balance. ¿Estás atendiendo al fotógrafo? Disculpadme, será solo un segundo. —Entró y depositó varias carpetas sobre la mesa—. El director me comenta que si pudieras pasar estos informes a la base de datos para pasado mañana le vendría que ni pintado. Se supone que es el trabajo de Elena, pero ya sabes que se ha cogido libre toda la semana. En fin, quién fuera la cuñada del jefazo —comentó irritado—. Chica, voy de cabeza con las actualizaciones y si pudieras aclararme algunos gastos de la cuenta de las tarjetas me harías un gran favor. Lo quiero dejar cerrado para Nochebuena. Por cierto, recuerda indicar en recepción que hagan el cartel informando que el centro estará cerrado el 24 y el 31 a partir de las 14 horas. ¿Sabes si se mandó la circular a las familias advirtiéndoselo? En teoría es cosa de Elena, pero no me fío un pelo.

—No te preocupes, hice el cartel ayer por la noche en casa y ya está puesto en el tablón de anuncios. La circular la mandé la semana pasada y he pensado en darle a cada anciano la misma circular mañana, para que la entreguen en mano a su familia, solo por si acaso.

—Ruth, eres un genio —exclamó dándole un beso en la coronilla—. ¿Puedo contar con lo que te he pedido? Dime que sí, cielo, por favor.

—No te preocupes, mañana estará todo.

—¡Genial! Esta mujer es una crac —dijo saliendo por la puerta sin despedirse.

—¿Eso es un tío o un ciclón? —preguntó Marcos alucinado por el despliegue de peticiones.

—Es Diego, del departamento administrativo. Siempre tiene

mucho trabajo que hacer, por eso prescinde de las formalidades y va al grano —comentó disculpándolo.

—No es el único en estar ocupado por lo que veo.

—Sí. Se me acaba de complicar un poco más la tarde, pero no pasa nada. Esta noche, a solas frente al ordenador, adelantaré mucho trabajo —suspiró Ruth. No tenía ni la más remota idea de cómo iba a hacerlo, pero lo haría.

—Le diré a Matías que no venga mañana.

—No, no te preocupes. El reportaje es importante para el centro. No quiero retrasarlo.

—No creo que puedas permitirte perder el tiempo mañana con nosotros.

—No es perder el tiempo y seguro que no tengo tantas cosas que hacer como parece. Diego usa unos términos que imponen respeto, pero luego no es tan fiero el león como lo pintan. Pasaré un par de datos al fichero, corregiré alguna cuenta, revisaré algunos números y listo. Esta noche lo finalizo, seguro. No le digas nada a Matías.

—No te creo. Lo dejamos para el viernes y ya está.

—El viernes alguien necesitará otro informe, otra actualización, otro fichero y estaremos en las mismas. No canceles la entrevista de mañana, de verdad. No es necesario.

—Imagino que esta tarde ya nada, ¿verdad? —Marcos ignoró su petición y cambió de tema.

—¿Nada de qué?

—De salir a tomar algo.

—No, imposible. Eh… —Ruth se quedó pensativa, era hora de ser sincera, de hablarle sobre Iris—. Lo cierto es que quería comentarte algo. Verás, resulta que… —En ese momento sonó la banda sonora de *El exorcista* y Ruth se levantó apresurada de la silla—. ¡Ay, Dios! Dime que no son las seis y cuarto.

—Bueno, son las seis y dieciséis según mi reloj —respondió Marcos mientras asistía atónito a la transformación de su amiga, de bibliotecaria a velocista.

—Dios, Dios, Dios —exclamó a la vez que apagaba el ordenador, metía el *pendrive* en el bolso, agarraba el abrigo a toda prisa y salía del despacho corriendo. Literalmente.

—Ey, ¡espera! ¿Qué ha pasado? —exclamó Marcos corriendo detrás de ella.

Ruth ni siquiera se molestó en esperar al ascensor, bajó las escaleras a una velocidad endemoniada y atravesó el vestíbulo corriendo mientras le respondía.

—Es la alarma del móvil, la tengo puesta para que suene a las seis y cuarto.

—¿Y qué?

—Que si suena y estoy todavía en el centro significa que llego tarde.

—¿Adónde?

—No puedo pararme a explicártelo ahora. Tengo diez minutos para llegar al barrio y no puedo llegar tarde. Es cuestión de vida o muerte —dijo abandonando el centro y montándose en el coche a la carrera mientras Marcos la miraba atónito desde la acera.

No era cuestión de vida o muerte.

Era cuestión de que por nada del mundo quería ver la carita apenada de su hija mientras esperaba agarrada de la mano de su maestra en la puerta del colegio, sola, sin más niños alrededor, porque estos ya se habían ido.

Era cuestión de saber que, si llegaba tarde al colegio, su hija la esperaría con la barbilla alzada y orgullosa viendo como todos los papás de sus compañeras de clase recogían a sus hijos a la hora justa, mientras su mamá llegaba tarde.

Era cuestión de no hacer nada que pudiera dar a su hija ningún motivo para que pensase que su mamá no se preocupaba por ella. Y eso, para Ruth, era cuestión de vida o muerte.

25

La infancia tiene sus propias maneras de ver, pensar y sentir; nada hay
más insensato que pretender sustituirlas por las nuestras.

JEAN JACQUES ROUSSEAU

*E*l móvil sonó a las ocho de la tarde, justo cuando Ruth le estaba
enseñando a Iris cómo construir un enorme y poco estable castillo
con la fichas de madera.

—No, mamá. Si pones esa ficha ahí, entonces el príncipe no podrá entrar porque taparás la puerta. ¿Es que no lo ves?

—Lo veo, cariño, pero esa no puede ser la puerta. La puerta
tiene que estar pegada al suelo, y ese hueco está en la fila cinco y
por tanto no puede ser una puerta. Es una pared, y las paredes no
tienen huecos.

—Sí, esa sí es la puerta, porque el príncipe tiene que escalar la
pared del castillo para rescatar a la princesa. Si le ponemos la puerta
en el suelo ¿qué mérito tendría?

—Ruth —llamó Héctor desde la cocina—, suena tu móvil.

—Ahora vengo, cielo. Voy a ver quién es —dijo a su hija yendo
a la cocina y cogiendo el móvil. La pantalla mostraba el número de
Marcos.

—Hola.

—Hola, Avestruz. ¿Estás ocupada?

—No mucho. Dime.

—¿Estás libre en Nochebuena?

—¿En Nochebuena? Voy a cenar con mi familia.

—Después. Cuando acabes de cenar. ¿Qué vas a hacer?

—¿Después de cenar? Lo típico, comer turrón, ver la tele, jugar
al Monopoly…

—Genial. No hagas planes. Te paso a buscar después de cenar y
vamos a tomar algo por ahí.

—¿Quieres ir a tomar algo por ahí, en Nochebuena?

—Sí. ¿Por qué no?

—Bueno, es una noche familiar. No me parece oportuno salir de casa.

—¿Quién es? —preguntó Héctor, que escuchaba atentamente las respuestas de su hermana.

—Es Marcos —contestó Ruth a su hermano.

—¿Con quién hablas? —sospechó de inmediato Marcos.

—Con mi hermano —respondió ella.

—Ajá. Entonces, ¿te parece bien que vaya sobre las doce y media a buscarte?

—¿A las doce y media? No lo sé. Nunca salgo en Nochebuena. Ya sabes, viene Papá Noel y hay que prepararle el turrón, su copita de champán y tal —contestó en clave al ver aparecer a Iris por la puerta.

—¿Qué tonterías estás diciendo? —preguntó Marcos alucinando.

—Dame el teléfono —dijo Héctor haciendo intención de quitárselo de las manos.

—¿Qué? No, no te lo doy. ¿Para qué lo quieres? —exclamó Ruth intentando escabullirse; algo inútil, ya estaba rodeada por su familia al completo.

—Para aclarar las cosas; dámelo —reiteró Héctor.

—No. —Lo sujetó con fuerza Ruth entre las manos.

—Sí, dáselo, vamos. Que aún no hemos terminado el castillo y nos tocará bañarnos y no nos va a dar tiempo. Jopelines. No es justo —lloriqueó Iris.

—¡Mío! —gritó Héctor riéndose cuando por fin le arrebató el teléfono.

—¿Qué pasa ahí? —preguntaba Marcos. Oía muchas voces y no sabía a qué era debido.

—No pasa nada. Hola, tío. Soy Héctor. ¿Te acuerdas de mí?

—El pequeñajo que nos espiaba.

—Veo que te acuerdas. —Héctor se rio—. ¿Quieres salir con mi hermana en Nochebuena?

—Sí. —«¿De qué cojones va este tío?», pensó Marcos.

—Héctor. Dame el teléfono —exigió Ruth muy seria.

—Ni loco —contestó a su hermana—. ¿Por la noche? —interrogó al teléfono.

—Sí. ¿Algún problema? —respondió Marcos irónico.

—No. ¿A qué hora vienes a buscarla?

—¡Héctor! —chilló Ruth.

—A las doce y media —aseveró Marcos.

—De acuerdo, la tendré a punto para esa hora —afirmó Héctor.

—Dame el teléfono. Ya —ordenó Ruth.

—Estará tan guapa que tendrás que buscar tus ojos en el suelo para no pisarlos, porque se te saldrán de las órbitas en cuanto la veas —comentó Héctor al amigo de su hermana ¿O debería decir a la cita de su hermana?

—Cuento con ello —dijo Marcos—. Gracias por echarme una mano.

—No te equivoques, te he echado el brazo y parte del hombro.

—Lo sé —contestó Marcos antes de colgar.

—Héctor, dame el teléfono.

—Toma, pero acaba de colgar.

—¡Qué! ¡Ay, señor! ¿Qué has hecho?

—Te he concertado una cita.

—¿Con un príncipe azul? —preguntó Iris curiosa.

—Más o menos —respondió su tío risueño.

—¡Mamá! —chilló Iris.

—Dime, cariño —dijo Ruth mirando a Iris muy seria. Esperaba que su hija no se lo tomara a mal.

—Tenemos que buscar un castillo. Rápido. Tío, ¿dónde hay castillos cerca? Ya sé —se contestó a sí misma sin dejar hablar a Héctor—, los que están en el parque. Los del Marqués de Las Paperas.

—¿Cuáles? —preguntó Ruth, que estaba totalmente perdida.

—Imagino que se refiere al castillo de Valderas. El que han convertido en biblioteca.

—Ese, ese —chilló Iris saltando como una loca y dando palmas—. Tío, llama al príncipe y dile dónde está. Vamos, corre. ¿Es que no me has oído?

—Iris, es imposible no oírte con los gritos que pegas. ¿Para qué quieres decirle a Marcos dónde está el castillo? —preguntó Héctor estupefacto, hablando por toda la familia. Había veces que costaba seguir el pensamiento de su sobrina.

—Para que vaya a buscar a mamá.

—Cariño, estoy aquí. No voy a ir a ningún castillo.

—¿Cómo te va a rescatar entonces?

—¿Por qué me tiene que rescatar?

—A ver, que no te enteras de nada, mami. Tienes una cita con el hombre del teléfono, ¿no? Pues tendrá que rescatarte. ¿Si no cómo vas a enamorarte?

—Iris, cariño, no te entiendo. —Ni ella, ni nadie de la familia.

—A ver. Jopetas, que hay que explicarlo todo. Los mayores no sois tan listos como pensáis, ¿eh? Mira. Shrek fue a buscar a la princesa Fiona al castillo, escaló la pared, cruzó el puente sobre la lava y venció a la dragona. ¿Recuerdas? —Esperó hasta que sus tíos y su madre asintieron—. Vale. Y luego la princesa Fiona se enamoró de Shrek y él de ella. ¿No? Pues a ver, ¿cómo te vas a enamorar de tu príncipe si no te tiene que rescatar? ¡Eh! ¿Entiendes? Jopetas, eso lo sabe todo el mundo mundial.

—Pero, Iris, cielo, las cosas no suceden así. Verás…

—¡Cómo que no! Los príncipes tienen que pasarlo mal, y salvar a las princesas, y pelearse con el malo.

—Mira, cariño…

—¡No! ¿Te acuerdas de Blancanieves? ¿Quién le dio el beso que la devolvió a la vida? ¡El príncipe! Y la bella durmiente, ¿quién la salvó y peleó con el dragón cuando la bruja la pinchó y la dejó dormida? ¡El príncipe Felipe! Y Nala, la leona amiga de Simba, ¿quién la rescató de las hienas y peleó contra el león malo para que la tierra volviera a estar bien? ¡El rey león, Simba! ¿Quién rescató a la princesa Yasmín del malvado Jaffar? ¡Aladdin! Así que no me vengas con cuentos. El del teléfono tiene que rescatarte si quiere que te enamores de él. No va a venir a buscarte a casa y ya está. Tendrá que hacer algo, demostrar su valor y todo eso, ¿no? Si no, vaya gracia. Aparece, te invita a un zumo, ¿y ya está? ¿Enamorados? Pues qué fácil. Así cualquiera. No, no y no. Si quiere ser un príncipe de verdad tendrá que comerse el coco y hacer algo para impresionarte, de verdad de la buena.

Su tío la miraba atentamente, su madre estaba francamente alucinada. Si lo miraban desde según qué punto de vista, no le faltaba razón del todo a la niña.

—En fin, creo que por un tiempo vamos a dejar de ver películas Disney. Los Power Rangers, aunque se pelean más, son menos peligrosos para tu mente infantil —comentó Ruth mirando a su hermano. Héctor asintió sin dudar. Era mejor ver a Iris pegando saltos por toda la casa y lanzando patadas contra enemigos imaginarios en el parque que tener que asistir a otra de sus charlas sobre el amor. De verdad de la buena.

26

Si dos mujeres cuchichean y paran bruscamente cuando te acercas…
es sin duda que hablan de sexo.
¡Y si una de ellas es tu mujer, seguro que hablan de ti!

ARTHUR MILLER

—¿*V*as a ir esta tarde a casa de Pili? —preguntó Darío a su hermana.

—Eso espero. Lo tengo todo preparado para esta noche, y me encantaría felicitar la Navidad a mis amigos. Hemos quedado a las cinco, así que a las siete estaré en casa. No te preocupes.

—No me preocupo, lo digo porque Iris quiere ir con sus amigos a pedir el aguinaldo y me han liado para que los acompañe. Dice que doy miedo.

—¿Perdona? —Ruth levantó la vista de la merluza en vinagreta que estaba haciendo y observó a su hermano. Este sonreía de oreja a oreja—. ¿Das miedo a los amigos de Iris?

—No, a sus amigos no. Iris dice que si los acompaño, como doy miedo, la gente les dará más aguinaldo que si van solos. Dice que cuando van solos no les hacen caso.

—Ah. —Ruth miró a su hermano. Miedo, lo que se decía miedo, no daba. Pero imponía respeto. Era alto, casi un metro noventa, tenía el pelo negro como la noche y le hacía falta un buen corte. Las facciones duras y angulosas, la mandíbula marcada. La nariz recta y quizás un poco larga. Los hombros anchos, el pecho amplio. Vestía siempre con camisas de cuadros, de tipo leñador, y vaqueros desgastados, y, cómo no, con sus sempiternas botas de montaña. Y ella sabía de primera mano que bajo la camisa tenía unos abdominales muy marcados, fruto de las horas que pasaba en el gimnasio todos los días—. No es mala idea que los acompañes.

—Eso he pensado. Vamos a ir después de comer. Así te dejamos libre para que veas a tus amigos tranquila.

—Gracias. Eres un sol —dijo besándolo en la mejilla. No le importaba ir con su hija a ver a sus amigas, pero la conversación se veía muy limitada cuando la niña estaba presente.

—Y de paso, podías decirle a Pili que te dejara algo de ropa para esta noche. Más o menos gastáis la misma talla. ¿O vas a ir vestida con un traje?

—En realidad, había considerado ponerme la falda azul y el top a juego.

—¿Vas a ponerte la misma ropa que la última vez?

—¿Por qué no?

—Porque ya te ha visto con ese conjunto.

—Vaya, no lo había pensado. Lo comentaré con Pili, pero intuyo que su ropa no me va a servir. Ella está mucho más esbelta que yo.

—Ya no —respondió Darío enfurruñado. Su hermana se estaba descuidando demasiado—. Estás demasiado delgada —rezongó.

—No gruñas.

—No estoy gruñendo, estoy siendo sincero. Tienes que comer adecuadamente y a las horas establecidas. Y en vez de eso, te olvidas o comes cualquier cosa. Te estás consumiendo poco a poco… y eso es peligroso.

—Darío. No pienso discutir mi alimentación contigo, y menos en este momento. Estoy sumamente ocupada.

—Tú misma, hermanita. Espero que lleves en el bolso un buen surtido de ampollas de glucosa para cuando te caigas redonda —rezongó enfadado yéndose de la cocina.

—No digas tonterías —refunfuñó Ruth—. Siempre llevo mis galletitas —siseó para sí.

Ruth suspiró y centró su atención en las gambas, las patas de buey y los bígaros que se cocían a fuego lento.

Era Nochebuena, y ella no tenía nada que ponerse. ¡Genial! ¿Cómo no había caído antes? Fácil: entre el trabajo atrasado y los nervios por tenerlo todo listo para la llegada de Papá Noel, se había olvidado por completo de ella misma. Como siempre. Y menos mal que Marcos no había aparecido por el centro el día anterior. Lo contrario habría sido una verdadera locura. Apenas si había dormido un par de horas y, aun así, no había terminado el trabajo pendiente hasta pasado el mediodía, momento en que el señor García se presentó con más informes que revisar y más datos que actualizar. Elena se había ido de vacaciones sin dejar su trabajo terminado o, mejor dicho, sin ni siquiera haberlo empezado.

Lo había terminado todo por los pelos, en el plazo justo de tiempo y a costa de robarle horas al sueño. En fin, pensó decidida, colando el agua de los macarrones del mediodía, comería, se arreglaría e iría a casa de Pili a pasar un rato con sus amigos. Seguro que eso la relajaría. Abrió el horno y comprobó que la coliflor con bechamel estuviera bien gratinada.

Llegó a casa de su amiga un poco más tarde de las cinco y media. Dani, Luka, Alex, Pili y Javi estaban sentados en el comedor, tomando unas cervezas mientras charlaban sobre mil y una cosas. Ruth sonrió al comprobar que a Luka la acompañaba su amigo con derecho a roce, Alex. Puede que su amiga no lo tuviera muy claro, pero los demás veían totalmente transparente que Alex iba a ascender en breve de categoría; seguramente alcanzaría el grado de novio oficial antes de fin de año.

—¿Alguien me proporciona algo para beber? —preguntó al aire.

—Claro, vamos a la cocina, y te enseño lo que hay —dijo Pili levantándose.

—Me apunto, mi vaso está vacío —comentó Luka siguiéndolas y dejando su vaso medio lleno sobre la mesa del salón.

Dani y Javi se sonrieron, a la vez que Alex miraba a su chica fijamente.

—No te asustes, Alex. Es cosa de chicas. Quieren charlar a solas y en vez de decirlo se inventan una excusa. Tranquilo, tío. Ya te acostumbrarás —explicó Dani divertido.

Una vez en la cocina, y con unas preciosas copas llenas de buen rioja en la mano, las amigas iniciaron su charla lejos de los oídos masculinos.

—Y bien. ¿Ha vuelto ya el tipejo ese?

—Tiene nombre. Y sí, el lunes se presentó en el centro con el equipo fotográfico y un periodista dispuesto a averiguar todo lo que sucede allí —respondió Ruth irritada.

—¡Así que ha cumplido lo que decía! Al final no va a ser tan capullo como creíamos —exclamó Pili ilusionada.

—Nunca se sabe. Sale ganando con el reportaje. Por el interés te quiero, Andrés —comentó Luka frotando los dedos corazón y pulgar.

—Bueno, tampoco es plan de desaprovechar un trabajo tal y como está el panorama —defendió Pili a Marcos.

—Si no digo que no. Lo que digo es que el tío es un listo. No solo consigue un reportaje estupendo, sino que además se tira a Ruth. Vamos, dos por uno.

—¡Luka! Retira lo que has dicho.

—No. Es la pura verdad. Te tiene comido el coco… y otra cosa.

—Luka, no seas bestia —aconsejó Pili.

—¿Y qué? —rebatió Ruth—. ¿Qué problema encuentras? Nos lo pasamos bien, pues sí. ¿Y? Él consigue un reportaje. Perfecto. Yo consigo promocionar el centro en una revista con tirada a nivel nacional. Ambos salimos ganando.

—Mirándolo de ese modo… llevas toda la razón —aseveró Pili.

—Joder, y qué me dices del sitio al que te llevó la última vez. Era un puticlub —Esta era Luka.

—No. Era un club social —contestó Ruth arrepentida de habérselo contado a sus amigas en la última conversación a tres que mantuvieron por teléfono.

—Un club social donde la gente se dedica a follar delante de todo el mundo —aseveró Luka.

—Y en los reservados. No te olvides de los reservados, Luka —intervino Pili, intentando llevar la conversación hacia otros derroteros—. ¿Le has preguntado por cuánto le salió la noche? Estoy planteándome llevar a Javi a ese sitio como regalo de Reyes.

—¿Qué? —preguntó Luka alucinando.

—Ya sabes; en vez de regalarle un reloj, le regalo una noche de lujuria.

—¡No fastidies!

—¿Por qué no? ¿No te gustaría llevar a Alex a un sitio así?

—Mmmm… pues en realidad no me lo había planteado… Ruth, vuelve a contarnos cómo era el lugar —comentó Luka guiñando un ojo divertida.

Ruth rompió a reír y se lo contó todo, bueno, casi todo, otra vez, y otra, y otra. El posible enfado entre amigas se convirtió en cuchicheos y bromas escandalosas y subidas de tono, de las que los accesorios masculinos abandonados en el comedor oyeron solo las carcajadas.

—¿Qué ha dicho del bigotito fucsia? ¿Le ha gustado? —preguntó Pili.

—Yo imagino que sí, porque no deja de tocarlo —comentó Ruth en tono pícaro.

—Demonios, pues si llega a ver la flecha le da un pasmo —exclamó Luka recordando ese diseño en particular, que apuntaba exactamente donde todo placer se dispara.

—No, mejor el rayo. Ese sí era la bomba —rebatió Pili.

—Estoy pensando en convencerle para que me deje diseñarle algo en el pubis —comentó Ruth animada.

—¡No! No me lo puedo creer. ¿Qué le ibas a diseñar? ¿El mostacho de Groucho Marx para que fuera a juego con el tuyo? —comentó Luka riendo.

—¡Ja! Como si se fuera a dejar —exclamó Pili.

—No veo por qué no. Al fin y al cabo ya está depilado; solo es cuestión de convencerle para que no se depile al completo… —aseveró Ruth.

—¡No! No lo dices en serio.

—Sí.

—¿Estás segura? ¡Es que no me lo puedo creer! —exclamó Pili con los ojos haciéndole chiribitas.

—Casi segura. Estaba oscuro y Marcos estaba sentado. Verlo no lo vi, pero lo sentí en los dedos o, mejor dicho, no lo sentí —susurró Ruth alzando las cejas un par de veces.

—¡Ja! En los dedos y en la boca, porque anda que no se tiene que notar. De encontrarlo lisito y sin vello a tener que andar escupiendo pelos cada dos por tres —comentó riendo Luka a la vez que hacía como que escupía—. Voy a ver si convenzo a Alex para que se los quite.

—Pero no le digas que use cera, le puede dar un pasmo —comentó Pili riendo.

—*Naaa*, le diré que se los rasuro yo, que le enjabonaré bien con espuma. Así seguro que no se niega —contestó Luka guiñando un ojo.

—¿A quién vas a enjabonar? —preguntó Javi entrando en la cocina—. Pásame tres cervezas.

Las chicas se quedaron calladas. Mudas.

—¿Pasa algo? —inquirió Javi, solo ante el silencio.

—No, nada —dijo Pili.

—Qué va —aseguró Luka.

—En absoluto —coincidió Ruth.

—Vale. Las cervezas, Pili. Dámelas. —Estiró la mano señalando la nevera a la vez que miraba a su petrificada novia—. Gracias —dijo cuando ella reaccionó y se las dio. Luego se dio la vuelta y salió de la cocina diciendo en voz muy alta—: Tenías razón, Dani. Están hablando de nosotros.

—Y bien, ¿cuándo vuelves a verlo? —preguntó Pili tras cerrar la puerta de la cocina.

—Esta noche.

—¡Vas a salir en Nochebuena! —exclamó Luka a la vez que ponía la mano sobre la frente de Ruth—. No parece que tenga fiebre —comentó a Pili.

—Eh. ¿Por qué haces eso?

—Porque es la primera vez desde que te conozco que sales de casa la noche de Papá Noel. Siempre te quedas esperando a que llegue. —Sonrió Luka.

—Bueno, alguna vez tiene que ser la primera, ¿no? Además pienso regresar antes de las tres para colocarlo todo y estar preparada cuando se levante Iris.

—Joder, Ruth —exclamó Luka divertida—, eres la única persona mayor de edad que conozco que sale por la noche con hora límite de vuelta a casa.

—Eso significa que es una chica responsable —acotó Pili.

—Mmm, a todo esto, Pili, ¿crees que algo de tu vestuario me puede sentar más o menos bien?

—Imagino que sí. ¿Por qué?

—Es que no tengo nada adecuado para esta noche.

—¿Vas a salir esta noche con Marcos y no tienes nada que ponerte? —gritó Pili asombrada. Ruth era la repera.

—Chis. No grites —aconsejó Luka segundos antes de que la puerta de la cocina se abriera de golpe estampándose contra la pared.

—¿Con quién se supone que vas a salir esta noche? —preguntó una voz fuerte y profunda desde la puerta, en un tono calmado que sugería cierta irritación.

—No es asunto tuyo, Javi. Vamos, vuelve al comedor a charlar de lo que quiera que estéis charlando. Seguro que hay algún partido de fútbol que quieres comentar con Alex y Dani. —Pili empujó a su chico fuera de la cocina.

—Ni hablar —comentó él cruzándose de brazos en el umbral de la cocina. Ni un tanque podría moverlo—. ¿Con quién vas a salir, Ruth?

—No creo que sea de tu incumbencia, pero si tanto interés tienes: con Marcos. Y ahora, si me permites pasar, creo que es hora de que vuelva al comedor con el resto de los contertulios —contestó Ruth desafiante.

Javi se hizo a un lado cediéndole el paso, pero, según pasaba junto a él, la agarró suavemente por el codo.

—Confío en tu criterio, pero aun así ten cuidado —le susurró al oído.

—Descuida.

El grupo se reunió de nuevo en el salón durante cinco minutos. Luego Pili recordó que tenían que revisar el vestuario de Ruth y, todas a una, se levantaron y se dirigieron al dormitorio, dejando a los chicos solos. Otra vez.

Cuando salieron al cabo de una hora, Ruth llevaba en una bolsa el conjunto de fiesta que Pili había usado la Nochevieja de hacía diez años. Se despidió del grupo y se marchó deprisa a su casa para terminar la gran cena de esa noche.

—Está demasiado delgada —dijo Luka poniéndose la chaqueta para marcharse.

—Yo la veo bien —contestó Dani.

—Tú no la acabas de ver desnuda probándose vestidos —aseveró Pili—. Debería vigilarse más, no puede permitirse el lujo de consumirse de esa manera.

—¿Qué vestido se ha llevado al final? —preguntó Javi curioso.

—El conjunto plateado de falda y top.

—¿Cuál?

—El que me puse la primera Nochevieja que me dejaron salir por la noche.

—¿Ese? ¿Le vale? Si en esa época no tenías tetas ni caderas ni culo… ni nada. —Era imposible que una mujer entrase en ese conjunto.

—Una talla treinta y seis —refunfuñó Luka.

—Voy a tener que hablar con Darío —amenazó Javi a nadie en concreto.

—¿Y tú crees que Darío no se ha dado cuenta? —repuso Luka irónica. Todos conocían el carácter del hermano de Ruth, y todos sabían el caso que le hacía Ruth a Darío.

—Joder —exclamaron Javi y Dani al unísono.

27

El amigo ha de ser como la sangre, que acude a la herida
sin esperar a que la llamen.
Francisco de Quevedo

Marcos dice: ¡Feliz Navidad!

Carlos dice: Felices fiestas, Marcos.

Marcos dice: Me alegro de verte por el Messenger. Ya pensaba que no te iba a poder felicitar las fiestas. A ver si cargas de vez en cuando el móvil, que llevo llamándote todo el día.

Carlos dice: Se me ha olvidado. Llevo toda la semana con un lío tremendo. Aquí está a punto de nevar y quería dejarlo todo listo para que no se me congelen las rapaces.

Marcos dice: ¡Vaya rollo! ¿Quieres que vaya a echarte un cable este fin de semana? No voy a hacer nada especial.

Carlos dice: ¿Ruth sigue empeñada en no quedar el finde? Pobrecito.

Marcos dice: Salimos esta noche por ahí... Lo mismo la convenzo para que me dedique el sábado. Si no, pues nada... Anda que no hay cosas divertidas por hacer.

Carlos dice: Ya, cosas divertidas como andar dándote cabezazos contra las paredes o ir a la Sierra a un pueblo perdido de la mano de Dios y cubierto por la nieve a ayudar a tu amigo...

Marcos dice: Cagón, no te pases.

Carlos dice: ¿O si no qué...? ¿Vas a venir corriendo para darme un par de leches? Nene, las amenazas en persona, que por Messenger no surten efecto.

Marcos dice: Ya verás...

Carlos dice: Aquí te espero.

Marcos dice: ¿Qué tal se te presenta la noche?

Carlos dice: Tranquilo. Cenaré en casa en compañía de mis bichos y esperaré a Papá Noel al lado de la chimenea.

Marcos dice: ¿Vas a cenar solo?

Carlos dice: Mejor solo que mal acompañado.

Marcos dice: Vente a cenar con nosotros.

Carlos dice: ¿Hoy? Son las nueve de la noche, no llego ni de coña antes de las once... Gracias por la invitación, pero no puede ser.

Marcos dice: ... ...

Carlos dice: No pienses mucho, que no es bueno para tu cerebro.

Marcos dice: Ven a cenar con nosotros en Nochevieja.

Carlos dice: No puedo, hace demasiado frío como para desaparecer toda la noche y dejar a mis aves solas. No puedo escaparme sin más.

Marcos dice: Mierda.

Carlos dice: Venid tú y tu madre. Así me dais una excusa para hacer una cena especial.

Marcos dice: ... . Voy a preguntárselo y, si no quiere, voy yo solo.

Marcos dice: ¿Tienes tele y DVD?

Carlos dice: ¿Dónde te crees que vivo? Claro que sí.

Marcos dice: Vale. Apunta dos a cenar. Llevamos marisco, champán y vino.

Carlos dice: Por cierto... ¿Cómo vais a venir?

Marcos dice: En Renfe hasta El Escorial y, a partir de allí, en el coche de un tal Cagón...

Carlos dice: Va a parecer que venís del pueblo cargados con las cazuelas...

Marcos dice: A quien no le guste, que no mire. El marisco viene conmigo.

Carlos dice: Ok. Dime la hora a la que llegaréis y estaré allí como un poste.

Marcos dice: De acuerdo.

Marcos dice: Feliz Navidad.

Carlos dice: Feliz Navidad.

28

He pasado una noche estupenda.
Pero no ha sido esta.
GROUCHO MARX

Cuando sonó el telefonillo, hacía escasos segundos que Iris se había quedado dormida. Los nervios se habían conjugado en su pequeño cuerpo y le había costado varios cuentos y una manzanilla poder dormirse.

Ruth se despidió de sus hermanos constatando que todo estuviera recogido y asegurándoles, por enésima vez, que estaría en casa a una hora prudencial. Ellos no le hicieron ni caso, más bien al contrario; intentaron quitarle el reloj de la muñeca para que no pudiera comprobar la hora durante la noche.

Entró en el ascensor y se miró al espejo atusándose el cabello recogido en una coleta alta. Nada muy elaborado, pero quedaba elegante y retirado de la cara.

Bajó las escaleras del portal y se tropezó en el tercer escalón. ¡Mecachis! No estaba acostumbrada a llevar tacón. O lo mismo eran las dos copas de vino en casa de Pili sumadas a la media botella de sidra durante la cena y a la copa de champán con los turrones en su casa. Un sonoro bostezo la pilló desprevenida justo antes de abrir la puerta del portal y salir a la calle. Uy, pensó divertida, quizá no había sido buena idea mezclar el alcohol con el sueño. No, era mezclar el alcohol con el coche lo que no era buena idea.

—¿Te vas a quedar dormida tan pronto? —preguntó Marcos divertido al verla bostezar.

—No. —Miró el reloj—. Me quedan al menos cuatro horas para meterme en la cama. Así que, como dormir de pie es muy incómodo, me temo que tendrás que soportarme despierta.

—Estaré encantado de soportarte. —Sonrió Marcos a la vez que le ofrecía el brazo en un gesto claramente caballeroso—. ¿Dónde desea la princesa comenzar la noche?

—¿No tienes ningún lugar extraño y exótico en mente? —preguntó irónica.

—No. Hoy no quiero que conduzcas, y los sitios exóticos y perversos que conozco están demasiado lejos para ir andando.

—Entonces, permíteme aconsejarte la L donde hay un sinfín de opciones a elegir para tomar una copa.

—Propuesta aceptada.

Se dirigieron con paso más o menos sereno, más por parte de Marcos, menos por parte de Ruth, a la L, que era en realidad una calle esquinada, en la que todos los locales comerciales eran bares y cafeterías donde la gente del barrio se reunía a tomar copas. Caminaron entre bromas, Ruth envuelta en su abrigo, asida del brazo de Marcos, y él observando a su amiga: su sonrisa, sus ojos brillantes, las mejillas sonrosadas por el frío, el pelo recogido, ondulando a cada paso que daban. Estaba preciosa.

Como primera opción entraron en el Periferia. El ambiente cargado de humo y la música demasiado alta les obligaron a tomarse una copa rápida e irse de inmediato con los ojos irritados y la garganta seca. En segundo lugar, le tocó el turno al Cabaret, que no era un cabaret ni nada parecido. Era un sitio pequeño lleno de gente bulliciosa en el que les pisotearon y aplastaron desde todos los puntos cardinales. Huyeron de allí en cuanto terminaron la consumición. El tercer intento fue en la cafetería San Martín, un sitio tranquilo, bien iluminado, con música ambiental discreta y gente tranquila y reposada. Se sentaron en la única mesa que quedaba libre y hablaron de sus cosas. Del trabajo de Marcos, de cómo se había dado cuenta de que jamás llegaría a ganar un Pulitzer, no porque no estuviera a la altura, que no lo estaba, sino sobre todo porque no tenía ganas de intentarlo. Era necesario viajar mucho, y a sitios complicados, para conseguir una foto ganadora, y él estaba más interesado en paisajes y gente que en comerse el coco para ser famoso. Hablaron de Yellowstone, y le explicó que el parque eran en realidad varias calderas volcánicas y que cuando reventase lo más probable es que se llevase medio parque por delante. De las agrestes montañas de Canadá, del Ice Hotel en Quebec hecho enteramente de hielo, de la presa Hoover, de Boise, la capital de Idaho, al pie de las Rocosas con su gran población vasca. También habló de la tranquila Somaliland en contraposición a la peligrosa Somalia, de su trabajo en *Travelling*, donde alucinó con la Malmaison Oxford Castle, una prisión convertida en hotel, y de los reportajes que había hecho desde que llegara a Madrid en septiembre: de los castros celtas de Ávila, completos desconocidos en España, de las Médulas y sus montañas desbrozadas por los romanos, de Segóbriga, en Cuenca, con sus ruinas romanas bien conservadas, y de la presencia en la excavación de restos celtíberos y visigodos. Se notaba que Marcos estaba encantado con ese reportaje. Por último comentó de pasada su inmersión en las noches prohibidas de los clubes sociales y su último trabajo, justo la semana anterior, en el parque Güell en Barcelona.

—Vaya currículum tienes. Es apabullante todo lo que conoces.

—Llevo casi diez años en esto —comentó quitándole importancia. No había contado ni la cuarta parte de lo que había visto—. ¿Y tú? ¿Qué ha sido de tu vida en estos años?

—Bueno, al volver de Detroit estuve unos meses dando tumbos. —No iba a entrar en detalles, no esta noche, no cuando se lo estaba pasando tan bien, no cuando los recuerdos eran tan complicados—. Luego me centré y comencé a trabajar en el centro de mayores como recepcionista. Aprendí rápido y, poco a poco, delegaron más responsabilidades en mí. Al cabo de dos años ascendí a administrativa y, por último, a secretaria. Y eso es todo. No hay nada más interesante que contar —dijo dando un trago a su copa de… miró el vaso, el líquido era naranja, vodka con naranja.

—¿Y tus hermanos?

—Darío se ocupa de la zapatería. Héctor estudia en la universidad.

—¿Y tu padre? ¿Desde cuándo está enfermo?

—Uf, hace la tira de años —se evadió Ruth. No iba a hablar de eso—. ¿Te importa que salgamos a dar una vuelta a la calle? Me estoy mareando.

—En absoluto. Vamos —dijo tendiéndole la mano para que se apoyara—. No me extraña que estés mareada, a mí también se me va un poco la cabeza. Hace demasiado calor aquí. Aunque lo mismo no lo notas con tan poca ropa —comentó mirándola fijamente.

Esa noche su amiga estaba… apetecible. Exquisita. Preciosa. Llevaba una minifalda plateada que dejaba al descubierto sus muslos, quizás demasiado delgados, y un top a juego, sin mangas, con escote de pico que caía en ondas hasta sus caderas. Revelar no revelaba mucho, pero, carajo, la imaginación no paraba de trabajar.

—¿También hoy te has puesto tiritas en los pezones? —preguntó Marcos intrigado al salir de la cafetería.

—Sí —exclamó Ruth riéndose.

—Cuando las vi el otro día lo primero que pensé es que te habías cortado y por eso las llevabas.

Caminaron cogidos de la mano en dirección al parque.

—¿Que me había cortado los pezones? ¿Cómo? ¿Se me fue la

mano al cortar el jamón y me rebané los pechos? —preguntó ella riéndose, bastante achispada.

—O lo mismo tropezaste, caíste de morros e hiciste un agujero en la acera —aventuró él divertido—. Tienes los pezones tan tiesos que podrías romper el cemento.

—Pero entonces no me los hubiera lastimado y no tendría que ponerme tiritas.

Estaban en el parque, la luz de las farolas se difuminaba lejana entre los árboles de hoja perenne, los senderos de tierra apenas se distinguían y Ruth tropezaba a menudo. ¿Por culpa de los tacones?

—Bueno, hiciste un agujero en la acera, reventaste una tubería y te cortaste con el filo de esta. —Marcos se dirigió hacia una zona que estaba a oscuras.

—Mejor, reventé una tubería de agua con los pezones y esta salió con tanta presión que me elevó por los aires hasta un poste de la luz y me corté con los cables.

—Joder. —Marcos la miró con los ojos muy abiertos y luego comenzó a reír con tal fuerza que tuvo que apoyar la espalda contra un árbol para no caerse—. Te estoy imaginando en pelota picada, con las tetas enganchadas al cable de la luz y el pelo de punta, electrizado, irradiando rayos de luz azul. Como en las películas antiguas en blanco y negro en las que el malo se agarra al cable de la luz y...

—Ey. No te rías de mí —dijo poniéndole la mano sobre los labios.

—No me río de ti. Me río contigo —comentó besándole los dedos—. ¿Te he dicho que estás preciosa esta noche?

—Un par de veces —contestó Ruth apoyándose en su pecho y hundiendo la cara en su cuello.

—Eres deliciosa.

—Eso suena como si yo fuera una tarta de chocolate —dijo ella abrazándole por la cintura, un poco demasiado cómoda, porque se le escapó un ligero bostezo.

—No te duermas —susurró él en su oído, rodeándole las caderas y dejando que sus dedos bajaran por sus nalgas—, aún tengo que comerme la tarta.

—Perfecto. ¿A qué casa vamos? ¿A la tuya con tu madre, o a la mía con mi padre y mis hermanos? —preguntó irónica.

—Mmm. ¿Y si nos quedamos en el parque? Está oscuro y no hay nadie.

—¿Como si fuéramos unos críos de dieciséis años con las hormonas alteradas? No, gracias. Además, ya casi debe de ser la hora de que llegue Papá Noel. Debería marcharme a casa. —Debería incorporarse y caminar hacia su casa, pero estaba tan cómoda, tan calentita, se sentía tan segura y protegida...

—Ahora que lo dices, quiero mi regalo de Papá Noel. Ya.

—Huy. Lo tengo en casa —respondió acongojada, no se le había ocurrido llevarlo encima.

—No. Está aquí. Conmigo —comentó besándola en los labios. Sabían a naranja y a ella misma, a ternura y responsabilidad en una mezcla irresistible.

Le deslizó las manos bajo la cinturilla de la falda hasta llegar a la tela del tanga e introdujo los dedos por debajo, deseando encontrarse con su amigo, el bigotito fucsia. Pero no encontró nada. Recorrió lentamente el pubis buscando lo que tanto lo excitaba, pero nada. No estaba. Había desaparecido.

—¿Te has depilado entera?

—¿Qué? —preguntó ella entre las brumas del sueño, el alcohol y el deseo.

—No tienes el bigotito.

—Ah, eso. Sí, quiero hacerme un nuevo diseño, así que me he depilado por completo. En cuanto me crezca el vello unos milímetros me haré un nuevo dibujo.

—Vaya. Me gustaba el que tenías.

—A mí también, pero ya estaba cansada de verlo. Ahora quiero hacerme una equis —respondió bostezando. En lo que llevaba de semana no había dormido ni ocho horas en total.

—¿Una equis? Parece complicado.

—No te creas, es muy sencillo. En menos de media hora está terminado.

—Si tú lo dices. A mí me resulta difícil, y bastante peligroso, rasurarme los huevos; no quiero ni pensar en hacer estilismo en el pubis. ¿Cómo lo haces? ¿Con cuchilla? —preguntó a la vez que seguía acariciándola. Se estaba imaginando a sí mismo enjabonando y rasurando el pubis y la vulva de su amiga, y su pene estaba creciendo a pasos agigantados.

—Con cera. Y antes de que lo preguntes, no. No duele, al menos no mucho.

—¿Cómo te las apañas para hacerte la cera y el diseño? ¿Mirándote al espejo? Parece complicado. —A la vez que abrumaba con caricias el pubis sedoso, cogió la mano de su amiga y la colocó encima de su bragueta. Cuando Ruth tentó el grosor y la longitud ocultos bajo esta, suspiró aliviado. Dios, qué bien se sentía con ella allí.

—Oh, no me lo hago yo.

—¿No? —Marcos paró sus caricias.

—No. Me lo hace Jorge, es todo un experto. Ya me ha hecho un corazón, un signo de interrogación, una flecha... Uf ni te imaginas —comentó Ruth risueña. Solo Luka, Pili y Jorge habían tenido oportunidad de ver los distintos diseños de su pubis, y era algo de lo que ella estaba especialmente orgullosa, aunque solo tres personas pudieran verlo... bueno, cuatro personas ahora.

—Sí. —¿Cómo he podido ser tan gilipollas? Tan estúpido, tan idiota, tan crédulo. Solo amigos. Sí, claro. Caminamos por el bosque, seguro. Asamos chorizos en la chimenea... Y una mierda. Follaban como posesos delante del puto fuego de la jodida chimenea.

—Además jugamos con el color: rosas, rojos, amarillos, morados... —continuó ella ingenuamente, encantada de poder comentar con alguien su fetichismo privado.

—Muy coloridos. —Claro que jugaban, de eso estaba seguro. El cabronazo de Jorge sería el primero en jugar con la lengua sobre el nuevo dibujo, en jugar a meterle la polla en el coño, en jugar a comerle el clítoris.

—Me gustaría que hubieras visto el diseño que llevé de un rayo. Lo teñimos de rubio platino. Fue increíble. —¿Había sacado fotos Jorge de ese diseño? No se acordaba. Apuntó en su mente que tenía que preguntárselo porque si había fotos se las enseñaría a Marcos. Seguro que le encantaban. Ahogó un bostezo contra el cuello de su amigo. Señor, qué sueño tenía.

—Me lo imagino —gruñó Marcos. Se acabó. Ya sabía a qué atenerse. Basta de hacer el idiota. Basta de perder el tiempo con jueguecitos de seducción ridículos. Si Ruth follaba con Jorge todos los puñeteros sábados, él llevaba varios polvos de desventaja.

Agarró la mano que acariciaba su bragueta y tiró bruscamente de ella hasta cambiar las posiciones y dejar a Ruth con la espalda apoyada en el árbol. Metió las manos por debajo de la falda, y se la subió hasta que encontró la cinturilla de las medias. Joder, era la primera vez que Ruth llevaba medias hasta la cadera y, si por él fuera, también sería la última. Agarró la costura y tiró hasta rasgarlas. Luego le arrancó el tanga dejándolo caer al suelo y comenzó a frotarle la vulva y el clítoris a la vez que la besaba con fuerza, sin pararse en caricias ni juegos.

—Vaya, estamos impacientes —comentó Ruth jadeando cuando él dejó de besarla. La había pillado desprevenida. La ferocidad y el deseo descarnado que Marcos mostraba la excitaban. Mucho.

Marcos no contestó, se desabrochó la bragueta y sacó su polla inhiesta, asió la pierna de su amiga y la colocó apoyada en su cadera. De un solo embate entró en ella.

—¿Te gusta así? ¿Duro y rápido? —preguntó furioso.

Ruth no pudo contestar, porque acto seguido él le metió la lengua en la boca hasta casi tocar la garganta sin cesar de mecer con fuerza sus caderas contra ella. Marcos deslizó una mano entre los cuerpos y frotó rápidamente el clítoris. Ruth jadeó y cerró los ojos rindiéndose al orgasmo rápido y sobrecogedor que la inundó. Marcos sintió los músculos de la vagina contraerse en espasmos contra su polla, sintió cómo esta se engrosaba, cómo los testículos se tensaban, cómo el clímax lo envolvía igual que la vagina de ¿su amiga? No, su amante. La suya y la del otro.

—¿Te lo hace así tu amigo? —preguntó empujando con fuerza—. ¿Te frota el coño mientras te corres? —Hundió totalmente su pene en ella—. ¿Te lo follas igual que a mí? —dijo sintiendo cómo el semen brotaba de su polla e inundaba la vagina.

—¿Qué? —le preguntó Ruth, alucinada—. ¿De qué estás hablando?

—¿Disfrutas los sábados con tu Jorge? ¿Folláis mucho, o no es capaz de echar tres seguidos como yo? ¿Me comparas con él cuando estás sola? ¿Su polla es tan grande como la mía?

—¿Qué estás diciendo?

—¿Te lleva al orgasmo una y otra vez como yo, o se conforma con un polvo de fin de semana?

—Marcos. Para inmediatamente. Me estás ofendiendo —exclamó Ruth alejándose de él.

—No sé por qué. Solo te estoy preguntando quién folla mejor. Porque, nena, estoy seguro de que yo lo hago de puta madre, que te dejo escocida.

—No seas grosero.

—No lo soy, solo te muestro mis habilidades para que las compares con las de tu amigo. Sinceramente, creo que soy la mejor opción y quiero que lo tengas claro —dijo agarrándola por la nuca y besándola con fuerza, casi con violencia.

—Suéltame. —Le empujó ella—. Me repugnas. Cambia de actitud. Ya.

—¿Te repugno? Ah, sí, ya recuerdo. La señorita perfecta no soporta que el semen le caiga por las piernas. Toma, límpiate —dijo a la vez que se quitaba la chaqueta y se quitaba la camisa por la cabeza para luego ofrecérsela—. Pero por mucho que te limpies, querida, mi semen está dentro de ti. Y no lo puedes eliminar.

—¿Estás loco? —exclamó Ruth asombrada—. ¿Te recreas en haberlo hecho a pelo?

—¿Qué pasa? ¿No tengo los genes adecuados para que acojas

mis espermatozoides en tu útero? —Sonrió sarcástico mientras hablaba—. Pues, nena, están ahí dentro y no puedes hacer nada por evitarlo. Y si tengo un poco de suerte, ahí se van a quedar durante nueve meses. —¿Pero qué demonios estaba diciendo? Hasta él mismo se asombraba del giro que habían tomado sus pensamientos.

—¿Qué te pasa, Marcos? —¿Qué mosca le había picado para hablar de esa manera?—. ¿Es que has perdido la cabeza?

—No. Estoy muy cuerdo. —Su sonrisa se hizo más amplia, más satisfecha—. Porque si te paras a pensarlo, ahora tendrás que abstenerte de joder con tu querido amigo Jorge.

—¿Qué?

—Qué putada, ¿no? Pero qué se le va a hacer —comentó irónico—. Si sigues follando con los dos a la vez, no vas a ser capaz de averiguar quién te ha dejado preñada. Por tanto, hasta que sepas si lo estás o no, no te queda otra que el celibato.

—¿Pero de qué vas? ¿Eres idiota o te lo haces? Lo que dices no tiene ninguna lógica.

—Vamos, no te deprimas, tampoco será tan malo, siempre puedes follarte a Brad cuando te apetezca. Está disponible a todas horas, y con él no tendrás dudas: no puede correrse, por tanto no entra en la competición. Además serán solo un par de semanas, en quince días sabrás si estás preñada o no. —¿Estaba diciendo realmente lo que estaba diciendo?, pensó Marcos. Joder, había bebido, pero no tanto como para que el alcohol hablase por su boca. No, lo cierto es que estaba poniendo en palabras sus más ocultos deseos, la quería en exclusiva. Para él, solo suya. O en compañía de un bebé. Sin nadie más entre ellos. Joder, era aberrante; estaba celoso de un puto consolador.

—Marcos, eres idiota. Te falta un tornillo. A ver, te lo voy a explicar como si tuvieras cinco años, para que te quede bien clarito. En primer lugar, no copulo con nadie, excepto contigo, cosa de la que en estos momentos me arrepiento en extremo. —Entre la furia, el alcohol y el cansancio Ruth no era capaz de controlar su lenguaje—. En segundo lugar, si fornicara con un equipo de fútbol al completo, tampoco tendría ningún problema, porque me aparearía con condón. Por tanto, en caso de embarazo, como tú serías el único con quien he hecho el amor sin condón, tú serías el padre de la criatura. Y en tercer lugar, y no por eso menos importante: no voy a quedarme embarazada. Porque existe una cosa llamada la píldora del día después, que te la tomas antes de las setenta y dos horas posteriores a haber copulado y, zas, adiós problema.

—Mierda.

Marcos se acababa de dar cuenta de que su planteamiento hacía aguas por todos los lados. Sacudió la cabeza para aclararse las ideas, pero Ruth tenía razón en todo. No había pensado en nada al formular su advertencia y había hecho el ridículo más espantoso. Sintió náuseas; de sí mismo por ser tan estúpido, de ella por hacerle pensar que Jorge era solo un amigo, de él por habérselo tragado, de ella por jugar con las palabras, de él por no haber pensado antes en todo eso, de ella por ser tan lógica…

—Y para tu información —advirtió Ruth al ver que él callaba—, mañana mismo voy a pedírsela a mi médico, así que no habrá ningún bebé. ¿Te ha quedado claro?

—¿Es eso lo que hiciste? —preguntó irritado, queriendo decir la última palabra.

—¿A qué te refieres?

—A Detroit —exclamó indignado por todas las noches que había tenido pesadillas imaginándola embarazada sin poder hacer nada para ayudarla—. Ni siquiera te preocupó haber follado sin condón esa vez. —Recordó todos los remordimientos que sufrió durante años hasta que la volvió a ver y comprobó aliviado que no había pasado nada, que ella estaba feliz con su vida, sin compromisos ni ataduras infantiles—. Ni siquiera te molestaste en ver si estabas preñada. Pediste la píldora esa de las narices y saliste por patas para Madrid.

Ruth no respondió. Le dio un bofetón y salió corriendo a través del parque en dirección a su casa.

Marcos la vio desaparecer entre los árboles, se subió la bragueta, recogió la chaqueta que había tirado al suelo y se encaminó hacia el piso de su madre.

29

Hay algo que da esplendor a cuanto existe, y es la ilusión
de encontrar algo a la vuelta de la esquina.

GILBERT KEITH CHESTERTON

*R*uth atravesó el parque a la carrera y, justo al salir a la calle, su
pie se hundió en uno de los múltiples socavones de la acera, cayendo todo lo larga que era en el suelo. Sintió un fuerte pinchazo
en el tobillo, lo ignoró, se puso en pie y siguió caminando a paso
rápido. Miró hacia arriba: había luz en la terraza del séptimo piso.
Eso significaba que alguno de sus hermanos estaba todavía despierto. Esperaba, no, rezaba que no fuera Darío. Se ocultó entre las
sombras de la esquina y dio un repaso a su apariencia. Daba pena.
Se quitó rápidamente las medias rotas y las tiró a una papelera, estiró como pudo las arrugas de la falda, se hizo de nuevo la coleta y
sacó un par de pañuelos de papel con los que se limpió el rostro
como pudo. Con un poco de suerte no se notarían las marcas de lágrimas en sus mejillas.

Entró al portal con paso más o menos estable, al menos hasta
que subió el primer escalón, porque en ese momento el tobillo izquierdo le falló y acabó cayendo de rodillas sobre la escalera. Se levantó apoyándose en la pared, se quitó los zapatos y caminó despacio hasta el ascensor.

Al llegar a casa sus peores temores se vieron confirmados: Darío
estaba despierto viendo un programa de variedades. La miró, apagó
la tele con el mando y se levantó de un salto del sillón.

—¿Qué cojones te ha hecho ese hijo de puta?

—¡Darío! Ese vocabulario.

—Contesta.

—No me ha hecho nada, es solo que me he caído en el parque y
me he hecho algunas magulladuras en las rodillas. No tiene la menor importancia.

—¿Quién coj… ines está hablando de tus rodillas? Tienes los

ojos hinchados, has llorado. ¿Qué te ha hecho ese capull… ito de alhelí? —exclamó agarrándola por los hombros.

—Darío, suéltame inmediatamente. —Él obedeció—. No voy a discutir contigo mi vida privada. Y ahora, si me disculpas, voy a colocar los regalos —dijo encaminándose al cuarto de sus hermanos, tenía los paquetes escondidos en su armario. El único con llave de toda la casa.

—Lávate la cara antes. Si te ve Héctor va a pensar que eres el Grinch en vez de Papá Noel.

Ella lo miró desafiante para a continuación entrar en el baño y cerrar la puerta.

Ruth se tumbó en la cama, subió el edredón hasta taparse la barbilla con él, posó la cabeza en la almohada, la movió a un lado y a otro hasta que se formó ese delicioso huequecito en el que la suave tela acaricia las mejillas y suspiró. Le había llevado más tiempo del que pensaba limpiarse las heridas de las rodillas y las lágrimas de la cara. Después, con la ayuda y los gruñidos de Darío, colocó los paquetes a los pies del árbol, los adornó con serpentinas doradas, rellenó los calcetines rojos de cada integrante de la familia con anisetes y caramelos para, a continuación, ponerlos sobre los regalos que correspondían a cada cual y, por último, dejó la copa con el culito de champán y el platito con las migas de turrón junto al calcetín gigante que pertenecía a Papá Noel. Miró el reloj de la mesilla: las siete de la mañana. Cuando Iris se despertara dentro de un par de horas, se llevaría la sorpresa de su vida.

Era el primer año que la niña era del todo consciente de que un señor obeso vestido de rojo venía a visitarla e iba a ser todo un acontecimiento. Cerró los ojos satisfecha y se dispuso a dormir.

—¡Mamá! ¡Mamá! —gritó una excitada voz infantil en su oído—. ¡Despierta! ¡Ya ha llegado Papá Noel! ¡Vamos! ¡Mamá, mamá, mamá! —Iris estaba subida en la escalera de las literas que compartían con la boca a la altura de su sien.

—Cariño, aún es muy pronto. No le ha dado tiempo a llegar. Duerme un poco más —susurró Ruth. Ni siquiera le había dado tiempo a cerrar los ojos por completo.

—¡Sí que ha llegado! Le acabo de oír trajinando en el comedor. Vamos, vamos, vamos, ¡despierta! —Pegó su carita a la de su madre—. ¿Ya estás despierta?

—Sí —murmuró Ruth besándole la naricilla y levantándose de la cama.

—¡Genial! Tíos, tíos —gritó dirigiéndose al cuarto de Héctor y Darío—. Ya ha llegado Papá Noel. ¡Arriba, arriba, arriba! ¡Ya ha traído los regalos!

—¿Estás segura, bichejo? —se oyó la voz dormida de Héctor.

—¡Que sí, que sí, que sí! ¡Vamos, tío Darío, arriba, que ya ha llegado!

—¡Como pille al gordo del traje rojo lo mato! ¡Estas no son horas de venir a una casa decente! —tronó la voz de Darío desde el cuarto. Él también acababa de cerrar los ojos.

—Si le haces algo a Papá Noel, ¡te corto la cabeza! —exclamó Iris, que tenía calado a su tío—. ¡Que le corten la cabeza, que se la corten!

—Ay, Dios. Tengo que esconder la película de *Alicia en el país de las maravillas* —dijo Ruth para sí misma.

—¡Ricardo, Ricardo! Ha llegado Papá Noel.

—¡Qué bien! Vamos a ver si ha dejado algo —oyó la voz de su padre. Ruth sintió los ojos llenarse de lágrimas. Su padre no sabía que tenía una nieta, pero, al ver a la niña a todas horas, su subconsciente la había catalogado como un agregado habitual de su vida diaria. No sabía quién era, pero percibía que era alguien a quien quería, alguien en quien confiaba.

—¡Mamá, mamá, mamá! Estoy en el comedor. ¡Jopetas, qué de regalos, ven que te lo pierdes!

El día trascurrió entre los gruñidos de Darío por lo complicado que era montar los juguetes, las bromas de Héctor sobre el pobre Papá Noel, que no había dormido nada, las imitaciones de relinchos por parte de Ricardo al jugar con la casita de los ponis de Iris y, sobre todo, entre las risas, el jolgorio, la ilusión y los nervios de la pequeña.

Durante todo el día Ruth sintió dolor en el tobillo. Al principio cojeaba, pero a media tarde ya era incapaz de andar. Sus hermanos se empeñaron en llevarla al hospital a que le hicieran una radiografía, pero ella se negó. No era día para estar lejos de la familia; era día de disfrutar, jugar y reír. Cuando se cansó de oírlos, y Ruth tenía mucha paciencia, anunció que tenía previsto ir el viernes al centro de salud y así de paso mataba dos pájaros de un tiro. Pero lo único que consiguió fue que sus hermanos se alarmaran más todavía porque fueron incapaces de averiguar el motivo de tan repentina visita al médico, cosa que no hizo más que levantar sospechas sobre su alimentación, o falta de ella.

30

*La fuerza no proviene de la capacidad corporal
sino de una voluntad férrea.*
INDIRA GANDHI

Viernes 26 de diciembre de 2008

A las cinco de la mañana sonó el despertador. Ruth abrió los ojos y, como de costumbre, aún era de noche. Se sentó en la cama y se frotó los párpados. Al menos esa noche había dormido cinco horas, todo un récord. Estiró los brazos y dejó caer los pies por el costado de las literas, buscando la escalera. Afirmó el pie derecho en el peldaño y, cuando apoyó el izquierdo, el tobillo falló y cayó de culo contra el suelo alfombrado. Un ligero grito escapó de sus labios cerrados.

—¿Pasa algo, mamá?

—No, cariño. Vuelve a dormirte.

Se agarró al poste de la litera y se levantó como pudo. Intentó apoyar el pie en el suelo, pero en cuanto lo hizo el dolor recorrió su cuerpo. Genial, pensó para sus adentros. ¿Y ahora qué? Su intención era llegar al centro a las seis, adelantar algo de trabajo y acudir al ambulatorio a las ocho para luego retornar a su quehacer. Pero tal y como tenía el tobillo, conducir le iba a resultar cuanto menos complicado. Se mordió el labio concentrada en el problema y, más o menos, halló la solución.

Pero la solución se negó a cooperar.

—¡Estás loca! No te pienso llevar a currar, por mucho que me lo ordenes. Nos vamos al hospital ahora mismo —renegó Darío al oír el plan de su chiflada hermana.

—Pero es que no necesito ir al hospital, preciso ir al centro de mayores para adelantar el trabajo y, más tarde, acudiré al ambulatorio —explicó Ruth por enésima vez.

—Ruth, Darío tiene razón. Del ambulatorio te van a mandar al hospital a hacerte una radiografía. Mejor ve directa —terció Héctor.

—No hacen falta radiografías. ¡Caramba! Es una simple torcedura. Iré al médico, me lo vendará y ya está. No seáis hipocondríacos.

—Mira, hermanita, nos vamos ya mismo a urgencias, y no hay más que hablar.

—¡Por todos los santos! Si vamos a urgencias estaremos toda la mañana y no dispongo de tanto tiempo, tengo mucho trabajo por hacer. Por tanto esa opción es absolutamente inadmisible.

—En eso te doy la razón, Ruth. En urgencias vas a estar por lo menos dos o tres horas —asintió Héctor.

—Pero tú con quién cojines vas, chavai. O la apoyas a ella, o me apoyas a mí. —Se enfadó Darío con su hermano, que al fin y al cabo era el que estaba más cerca.

—Darío. No emplees ese tono con Héctor.

—¡A la mierda! —tronó el interpelado cogiendo sin avisar a su hermana en brazos y enfilando hacia la puerta.

—¡Darío! Deposítame en el suelo ipso facto.

—Espera un segundo, se me ha ocurrido algo —intervino Héctor sujetando a Darío antes de que llegara a la puerta—. A ver, ¿por qué no vamos al ambulatorio de urgencias? A estas horas no creo que haya mucha gente, y allí confirmarán si hace falta una radiografía o si con un vendaje es suficiente. Y si es una radiografía, te derivarán al hospital y no tendrás que esperar tanto tiempo en urgencias.

—No es mala idea —corroboró Ruth.

—Está bien —confirmó Darío abriendo la puerta de la calle.

—Un momento. No pretenderás que vaya en camisón. Permíteme por lo menos que me atavíe.

—Héctor, trae el chándal —ordenó Darío a su hermano.

—¿El chándal?

—No pretenderás ponerte zapatos con el pie tan hinchado —contestó su hermano mayor con una voz increíblemente calmada. Mal presagio, estaba perdiendo la paciencia.

—No. —Se lo pensó Ruth—. El chándal es perfecto.

En el ambulatorio se encontraron con una cola tremenda.

Cuando por fin les nombraron, estuvieron tres minutos y les derivaron al hospital; era precisa una radiografía. En el hospital les tuvieron casi dos horas esperando hasta hacer la prueba, y media hora más hasta que confirmaron que esta era correcta. Luego les derivaron de nuevo al centro de salud para que su médico la revisara. En el centro de salud tuvieron que esperar a que atendieran al último paciente ya que no tenían cita. Cuando les llegó el turno, Ruth estaba que echaba chispas.

Eran las dos de la tarde, había perdido toda la mañana y, para más guasa, no había estado ni un segundo a solas con ninguno de los múltiples galenos que la habían atendido.

Darío se negaba a separarse de ella ni un solo segundo, aduciendo que no podía andar, lo cual era cierto, pero, al no disponer de intimidad para hablar con los médicos, e intuyendo un nuevo altercado con su hermano si este llegara a enterarse del motivo, no pudo pedir la píldora del día después. En fin, al día siguiente tendría que regresar al ambulatorio de urgencias, sola. Y sin falta, pues era el día en que se cumplían las setenta y dos horas límite.

El médico que les atendió era un hombre mayor y autoritario que revisó concienzudamente el tobillo y la radiografía, llegando a la conclusión de que se había hecho un esguince.

Resultado: quince días en reposo. Mantener el pie elevado. Envolverlo en bolsas de hielo. Y un vendaje apretado hasta media espinilla. ¡Genial!

Ruth salió del centro apoyada en muletas y echando humo por las orejas. Inconcebible.

No tenía tiempo de tener esguinces.

—Por favor, trasládame al centro, a ver si todavía me da tiempo a acabar el trabajo.

—Estás de baja.

—En absoluto. Me han dado el alta.

—No. Te has negado a aceptar la baja y has solicitado el alta voluntaria —dijo Darío en voz baja—. Eso no es tener el alta. —Inspiró con fuerza—. ¡Es hacer el gilipollas!

—¡Darío! No consiento que uses ese voca…

—¡Hablo como me sale de los cojines! Mocosa pedante y cabezota. Cualquier trabajador de este país estaría encantado de pasarse unos días en casita, de vacaciones pagadas. Pero tú no. No. Mi responsabilísima e idiotísima hermana tiene que hacer el gilipollas y pedir el alta cuando no puede dar ni un puñetero paso. —Agarraba con tanta fuerza el volante que los nudillos se tornaron blancos—. Pues entiéndeme bien, Ruth: te vas a quedar en casa sin dar palo al agua. Por mis narices que no te vas a mover del sillón hasta que yo lo diga. Vas a hacer reposo, vas a comer a tus horas y vas a dormir ocho horas diarias. ¿Te ha quedado clarito?

—Sí —respondió Ruth—, y ahora escúchame tú. Te concedo que hoy no puedo hacer mi trabajo, pero vas a ir al centro, vas a pedir a Sara que te dé los archivos pendientes de actualizar y me los vas a traer a casa para que pueda terminar mi trabajo. Y el lunes sin falta iré a trabajar. Aunque tenga que arrastrarme hasta el centro. ¡Tú no eres quién para darme órdenes!

La discusión se prolongó durante todo el trayecto en el coche, a lo largo de la comida y mientras Iris dormía la siesta.

A las seis de la tarde Darío entró en el centro de mayores, recogió una caja que Sara había preparado y se fue a casa echando pestes sin mirar a su alrededor.

Marcos estaba en el vestíbulo, recogiendo su equipo, cuando vio pasar a Darío como una exhalación, recoger algo de recepción y salir gruñendo del centro con paso rápido y airado. Estuvo tentado de preguntarle por qué Ruth no había ido a trabajar, pero, al ver su cara, consideró más oportuno seguir pegado a la pared y dejarlo pasar. Al fin y al cabo, no le importaba un carajo lo que hiciera su amiga. Estaba claro cuáles eran sus prioridades, y que él era un idiota de categoría superior al pensar siquiera por un minuto que ella sería exclusivamente suya. Las cosas eran como eran, y para mal o para bien tenía que aceptarlas.

Aunque las aceptaría de mejor grado si pudiera verla y hablar con ella. No iba a disculparse, eso lo tenía claro. Pero podían charlar y ver la forma de apañarse. O no.

31

Luchar contra nuestro destino sería un combate como el del manojo
de espigas que quisiera resistirse a la hoz.
LORD BYRON

Sábado 27 de diciembre de 2008

*R*uth se levantó temprano, se puso el chándal como buenamente pudo, cogió las muletas y trató de salir con disimulo de la casa. Conducir en su estado era impensable, pero la parada de taxis estaba a la vuelta de la esquina y pagaría uno con tal de ir al ambulatorio de urgencias, ¡sola!, a por la píldora del día después.

Atravesó el pasillo muy despacio, intentando reducir el ruido de las muletas en todo lo posible. Al llegar a la puerta de entrada respiró profundamente y, sintiéndose como una ladrona, la abrió con sigilo. Bien, un paso más y estaría fuera.

—¿Vas a la calle, mami? —preguntó Iris bostezando desde la puerta de su cuarto, en pijama y con la trenza desbaratada.

—Sí, ahora vengo, cariño —susurró.

—Espera que me visto y voy contigo. Quiero churros para desayunar —gritó la niña para hacerse escuchar. La puerta del cuarto de sus hermanos se abrió de golpe.

—¿Qué pasa, Iris? ¿Por qué gritas? —preguntó Héctor—. ¡Ruth! ¿Qué haces levantada? ¿Vas a alguna parte?

—Voy a dar una vuelta, ahora vengo.

—¿Sola? Pero si no puedes andar. Espera que me visto y te acompaño —susurró Héctor cerrando la puerta de su cuarto después de haber cogido un chándal que había tirado en la silla la noche anterior—. Comprendo que tengas ganas de salir de casa un rato, ayer estuviste todo el día aquí, pero, caramba, ¿no podías salir un poco más tarde? No sé adónde pretendes ir a las ocho de la mañana —comentó para ganar tiempo. ¡Maldita fuera su estampa! Darío lo iba a matar si se enteraba de que había dejado salir de casa a su hermana.

Pero cualquiera se enfrentaba a la dialéctica de Ruth cuando esta pretendía hacer algo. ¡Estaba entre la espada y la pared!

—¿Quién pretende ir adónde? —retumbó la voz de Darío a través de la puerta del cuarto que compartían.

—Nada, sigue durmiendo, voy con Ruth e Iris a dar un paseo —respondió Héctor. ¡Mierda! ¿Por qué tenía que tener su hermano un oído tan fino y un sueño tan ligero?

—Vale. —Se oyó un tenue suspiro, seguido del crujir de los muelles de la cama, como si alguien se hubiera incorporado de un salto sobre esta—. ¡Qué! ¿Pero se ha vuelto loca? —Darío salió del cuarto vestido únicamente con el bóxer—. ¿Dónde coj... minos vas a ir a estas horas?

—A por churros —respondió Ruth contrariada—, iba a por churros.

—Sí, tío, yo quiero desayunar churros y porras. Están ricos, de verdad de la buena. Lo sabe todo el mundo mundial. ¿A que sí mamá?

—Sí, cariño. A todo el mundo mundial le gustan los churros.

—Vale, perfecto. —Darío entró en su cuarto y salió al momento con unos vaqueros y una camiseta entre las manos—. Vivo con una familia de lunáticos. —Se puso los vaqueros—. Mi sensata hermana mayor, que por cierto no puede andar, va a recorrer medio barrio para ir a la churrería porque mi sobrina, que tiene seis años, opina que a todo el mundo mundial le gustan los churros. Y mi hermano, un hombre hecho y derecho, un estudiante modelo, un tío supuestamente inteligente, en vez de quitarles la idea de la cabeza, lo que hace es acompañarlas. —Se puso la camiseta y se calzó las botas sin molestarse en embutirse los calcetines—. Todo esto a las ocho de la mañana el sábado después de Navidad. —Cogió su chaqueta del perchero de la entrada—. Y yo, el lunático alfa de la manada, con veintiséis años y ochenta y cinco kilos de peso, lo que estoy haciendo es vestirme para bajar a por los malditos churros en vez de intentar convencer al resto de los dementes con los que convivo de que las ocho de la mañana es una hora más apropiada para dormir, descansar, planchar la cama. —Abrió la puerta y salió al descansillo de la escalera—. Dos docenas y un par de porras para papá, ¿no? Ahora vengo —dijo cerrando la puerta con un sonoro portazo.

—Vamos a tener que hacer algo con su genio. Últimamente está muy tenso —comentó Héctor todavía en pijama.

—¡Que le corten la cabeza! ¡Que le corten la cabeza! —gritó Iris corriendo por el pasillo.

Y

El sábado había comenzado mal, y ella no iba a poder ir al médico a por lo que tanta falta le hacía. Suspiró y se dirigió a la cocina dando saltitos, se detuvo frente a la puerta de la nevera y buscó en el calendario la equis roja que marcaba el final de su último periodo. Vale. Según sus cálculos le tenía que venir la menstruación el veintiocho, es decir, al día siguiente. Frunció el ceño intentando recordar el método Ogino. Si no estaba equivocada, los días previos al periodo no había peligro. Con eso tendría que bastar. No pensaba arriesgarse a que Darío se enterase si no tenía ninguna probabilidad de estar embarazada.

32

Llena está su boca de maldición, y de engaños y fraude:
debajo de su lengua hay vejación y maldad.
Sal 10, 7

Porque por tus palabras serás justificado,
y por tus palabras serás condenado.
Mt 12, 37

*C*uando Marcos llegó al centro el lunes veintinueve, a las diez de la mañana, supo sin lugar a dudas que Ruth estaba allí. Y lo supo porque Matías, su compañero, le contó que se había entrevistado con ella a las ocho de la mañana.

—Es digna de alabanza. Tanto tesón y responsabilidad en una mujer tan joven es admirable. Pocas personas acudirían al trabajo en sus circunstancias.

—¿Qué circunstancias?

—¿No lo sabes? Se ha hecho un esguince en el tobillo. Tiene que mantener el tobillo elevado y en reposo durante una semana, y aquí está ella, al pie del cañón. Hemos estado hablando durante casi dos horas, y te puedo asegurar que es el cerebro de todo este tinglado. Pienso otorgarle una mención especial en el reportaje. Sí, señor. Conoce a cada anciano, cada problema, cada caso del centro. Es una mujer muy especial. —Terminó guiñándole el ojo a Marcos.

—Si tú lo dices —comentó este intentando ignorar la punzada en el estómago por las circunstancias de su amiga.

—Eh, ¿tú y ella no…? Vaya, chico. perdona. Me había imaginado… Bah, no me hagas caso. Así que no estáis… Bueno, es interesante saberlo. Sí, señor —masculló Matías para sí—. Me pregunto si querrá comer conmigo…

—Matías, no te acerques a ella —murmuró Marcos con los dientes apretados.

—Vale. En fin, ya veo que no me equivocaba tanto. Voy a entrevistar a los ancianos.

Marcos cogió la cámara que usaba para exterior y caminó hacia el jardín. Por mucho frío que hiciera, siempre había ancianos paseando, y él pensaba retratarlos. Hacía un día estupendo, con mucho sol y sin ninguna nube. Las condiciones atmosféricas se conjugaban para obtener fotos perfectas y no pensaba desaprovecharlas. Se escondió detrás de un árbol y comenzó a apretar el disparador. Si los ancianos lo veían, adoptaban poses artificiales y sonrisas profident, y él buscaba naturalidad. Llevaba hechas unas cuantas fotos cuando escuchó una voz conocida y estuvo tentado de salir corriendo, pero justo a tiempo recordó que estaba escondido y no le podían ver.

—Hola, Ricardo. ¿Cómo está usted hoy? —preguntó zalamera la voz de Elena.

—Bien, bien. Disfrutando del día. No hay una sola nube en el cielo, y…

—Claro, claro —le interrumpió Elena—. ¿Me presta su reloj? Necesito mirar una cosa.

—Por supuesto, señorita. Tome usted. —El abuelo obedeció temeroso, sin que sus ojos se desviaran de ella, como si supiera que no debía darle la espalda. El hombre podía no reconocerla, pero su mirada decía a las claras que su subconsciente no se fiaba de ella.

Marcos vio desde su escondite cómo Elena toqueteaba el reloj para luego devolvérselo al viejo con una sonrisa y despedirse de él argumentando que tenía prisa. Ricardo se lo puso y miró las copas de los árboles. Marcos quedó extrañado por el comportamiento de la fémina, más aún cuando al cabo de unos segundos esta se dirigió como por casualidad hacia Ricardo. Otra vez.

—Hola, Ricardo, ¿cómo está usted hoy? —volvió a preguntar.

—Bien, bien. Hay un nido de verderones en ese árbol. Son unos pájaros preciosos. ¿Le gustan a usted los pájaros, señorita?

—Sí, por supuesto —respondió ella, indiferente—. ¿Tiene hora?

—La una de la tarde.

Marcos miró su reloj, atónito; aún no eran las once. ¿Qué pretendía esa zorra?

—¡La una! ¿Ha comido usted?

—Vaya, pues no lo recuerdo… ya sabe, cosas de la edad. A veces se me va la memoria a dar un paseo —contestó risueño.

—Yo creo que no. Debería usted ir corriendo al restaurante a por su comida o se quedará sin ella.

—Pues en realidad es que no tengo hambre. Lo mismo sí he comido. Pero gracias por su interés.

—Ah, ¿ha visto usted ese nido de verderones?

—¿Qué nido?

—El que está en ese árbol.

—Ah. Cierto. Son unos pájaros preciosos —comentó mirando el nido.

—Ricardo, disculpe que le interrumpa —habló Elena cariñosa—. ¿Podría decirme por favor qué hora es?

—Sí, claro, la una y cinco del mediodía.

—Vaya. Qué tarde es. ¿Ha comido usted?

—Pues vaya, no lo sé —respondió Ricardo rascándose la cabeza.

—Debería ir al restaurante corriendo se va a acabar el turno y se quedará sin comer.

—Vaya. Mi hija se enfadará si pierdo la comida. Gracias por su interés —dijo escasos segundos antes de caminar con paso apresurado hacia la entrada del centro.

Marcos, indignado, estaba a punto de salir de su escondite para hablar con Ricardo y matar a Elena, cuando oyó la voz de la abuela que había robado los huevos y los había metido en el tarro.

—Ricardo, ¿adónde va con tanta prisa? —lo paró Mercedes.

—Pues vaya. No lo sé, se me ha olvidado. A veces me falla la memoria, cosas de la edad.

—Si no tiene nada que hacer, ¿por qué no se viene a pasear conmigo un ratito?

—Será un placer acompañar a una dama tan elegante como usted —respondió él, galante.

—Ricardo, ¿me deja ver su reloj?

—Claro, tome. —Se lo dio, sonriente y amistoso, en contraposición a la actitud cautelosa y sumisa que había adoptado con Elena.

Mercedes cogió el reloj y lo puso en hora de nuevo. Luego se lo devolvió a su dueño y le pidió que la esperara un segundo. Ricardo asintió mientras ella se alejaba y al cabo de un segundo se olvidó de la cita y echó a andar hacia los bancos donde estaban reunidos más ancianos. Marcos siguió tras los árboles el deambular de Mercedes. Se dirigía hacia Elena, que, por cierto, se tapaba la boca con la mano aguantándose la risa.

—Mala pécora. Víbora raquítica. Zorra artificial. Cómo osas tratar así a Ricardo.

—Cállate, vieja asquerosa, o te echaré del centro y tu hija tendrá que dejar de trabajar por tu culpa —respondió Elena venenosa.

—No amenaces en vano. Sabes de sobra que Ruth no lo permitiría, espantajo ponzoñoso. No vuelvas a jugar con su padre o te las tendrás que ver conmigo.

—Yo soy quien manda aquí, no esa mocosa escuchimizada. Aprende de una vez a quién debes tener respeto y a quién no. Y como vuelvas a amenazarme, te vas fuera, vieja chocha.

—Dios te castigará. Y si no, tiempo al tiempo —sentenció Mercedes.

Marcos vio a Elena darse la vuelta enfadada mientras Mercedes se dirigía al grupo de ancianos que jugaban a la petanca. Si ella no hubiera intervenido, él habría matado a esa zorra prepotente. Para alguien sin memoria era vital saber exactamente en qué hora vivía. Un equívoco de horas en su rutina podía significar comer más de una vez, o no comer ninguna, o peor aún, mirar al cielo, ver que es de noche y mirar la hora y ver que son las dos de la tarde. No quería ni pensar en la confusión que eso supondría para alguien que no recordaba qué había pasado en el minuto anterior.

El martes transcurrió igual que el lunes. Marcos terminó su serie de fotos exteriores y se dedicó a la última serie del interior. Matías por su parte le anunció que esa tarde tendría terminadas todas las entrevistas. Por lo tanto, ambos se tomarían una semana para ordenar sus informes, fotos y datos, y se verían el miércoles después de las fiestas para comparar y dar por finalizado el artículo o, por el contrario, volverían al centro para resolver las dudas que pudieran surgir. Marcos estuvo de acuerdo. En un par de horas terminaría.

El tiempo se le pasó despacio. Cada voz que oía le recordaba a Ruth, cada vez que veía un movimiento por el rabillo del ojo esperaba encontrarla enfundada en alguno de sus trajes de bibliotecaria. Cada anciano que fotografiaba con un babi le recordaba los cuadros que había comprado, aquellos en que ella era casi etérea, candorosa, y que él había colgado en la pared de su dormitorio. El día se estaba convirtiendo en una tortura. Tenía que verla, decidió.

Se dirigía a recepción cuando oyó la voz de Elena tras una esquina. Se detuvo de golpe buscando un camino paralelo en el que no se tuviera que cruzar con ella.

—Tengo que contarle un secreto —le comentaba a alguien.

—Dígame usted, señorita —respondió incómoda la voz de Ricardo.

Marcos se tensó. Mierda. Iba a matar a esa mujer.

—Usted no tiene memoria.

—No, señorita. Memoria tengo, lo que pasa es que a veces me falla —contestó el anciano con afabilidad.

—No. No tiene memoria, la ha perdido, se la comió un virus —repuso ella, con voz venenosa.

—No, señorita. Se equivoca.

—¿Qué ha comido?

—Vaya pues no me acuerdo.

—¿Qué ha visto hoy en la tele?

—Pues tampoco me acuerdo. —La voz del abuelo sonó asustada.

—¿En qué año estamos?

—Eso es fácil, señorita. En el dos mil uno.

—Se equivoca. Mire el periódico. —Le enseñó el *Marca*—. Hoy es treinta de diciembre de dos mil ocho.

—Eso es imposible —respondió Ricardo nervioso cogiendo el diario deportivo—, no puede ser. Hace apenas unos días que regresó mi hija de América y vino a verme al hospital. Lo recuerdo a la perfección. Por tanto, estamos en julio de dos mil uno; no puede ser que estemos en el dos mil ocho.

—Pues lo estamos. Ha perdido usted siete años, y va a perder más todavía.

—No, no puede ser. Tiene que estar equivocada. —La voz de Ricardo sonaba trémula, apenada, aterrorizada.

—Ricardo, hombre, ¡cuánto tiempo sin vernos! —exclamó Marcos apareciendo por la esquina. Según había visto el día anterior, bastaba con reclamar la atención del hombre hacia otros temas para que este olvidara lo que estaba haciendo—. He visto un pájaro precioso en el jardín, un verdecillo, creo.

—¿Un verdecillo? Alcorcón no es zona de verdecillos, joven. Será un verderón.

—Eso, eso. Me he liado con el nombre. Un verderón. Salga a verlo, es precioso —comentó Marcos empujando a una Elena enfurecida hacia un lado.

—Yo… ¿estaba hablando con usted, señorita? —preguntó intrigado Ricardo cuando vio el gesto de Marcos.

—No, ella solo pasaba por aquí. —Marcos le pasó un brazo sobre los hombros y lo guio hacia el exterior.

—¿Le conozco, joven?

—Claro. Soy Marcos, el amigo de Ruth de la infancia —contestó sonriendo con toda su alma. «Por favor, que funcione, que se haya olvidado de todo.»

—¡Marcos, muchacho! Cómo has crecido. ¿Cómo te va la vida?

—Muy bien. ¿Ha visto el verderón del jardín? —Quería alejarlo de allí y matar a Elena. Ya.

—¿Hay un verderón? Me encantan esos pájaros.

—Pues corra, vaya al jardín, verá como es precioso. —Lo empujó en dirección al exterior.

—Sí, eso haré. Gracias por avisar, joven —se despidió Ricardo agradecido.

—Maldita puta asquerosa. ¿Qué coño estabas haciendo? —Marcos se giró hacia Elena, furioso.

—Oh, vamos, no te pongas así, solo le contaba al pobre viejo la verdad —contestó mirándose las uñas. Se le había saltado el esmalte de una.

—¡La verdad! Lo estabas torturando para reírte de él. Eres la persona más rastrera, más inhumana, más despreciable que he conocido jamás. ¡Desaparece de mi vista antes de que pierda la paciencia!

—Marcos, cielo, no te equivoques conmigo. Esto que has visto ha sido simplemente una pequeña broma, no pasa nada. Se lo digo de vez en cuando y al segundo siguiente lo olvida. No te preocupes tanto; aunque reconozco que quizá ha sido de mal gusto, no soy lo que tú has dicho —replicó ella zalamera posando la mano en el torso del hombre.

—Aléjate de mí, rápido. —Marcos le dio un manotazo en la mano y se giró para marcharse.

—¿Vas a ver a ese ángel de la caridad llamado Ruth? —Él no respondió—. Te aviso, ella no es trigo limpio. No es tan angelical como pretende hacerte creer. No es la mujer pura e ingenua que aparenta —escupió Elena con rabia. Esa espantapájaros esquelética se iba a enterar de quién era ella—. Solo es un ardid para cazarte. Está desesperada por conseguir marido y te ha elegido a ti.

—Elena, vete a la mierda —contestó él, dolido por sus afirmaciones, nada más lejos de la realidad. Ojalá fuera cierto lo que decía esa zorra.

—Tiene una hija, ¿sabes? Una niña traviesa y atolondrada de cinco o seis años —soltó su ponzoñosa lengua—. Por eso está a la busca y captura de marido. Para que le quite de trabajar y poder cargarle con la mocosa. Y tú has picado como un idiota —comentó dañina.

Marcos se quedó petrificado. No podía moverse.

Elena se acercó a él y le acarició la espalda.

Marcos se revolvió violento y le lanzó una mirada tan peligrosa que Elena dio un paso atrás y se marchó apresurada.

Marcos cerró los ojos e inspiró con fuerza.

Cinco o seis años.

Joder.

Toda la conversación entre Elena y Ricardo pasó como un huracán por su mente, poniendo todos sus pensamientos patas arriba. Ruth había vuelto con su padre en julio de dos mil uno, y esa era la última fecha que el hombre recordaba…

Una niña de cinco o seis años. Y él la había acusado de no molestarse en temer un embarazo.

El último recuerdo del anciano en el mismo mes de la discusión con Ruth. Y él la había acusado de salir huyendo.

Mierda, mierda, mierda.

Recogió todo su material del vestíbulo y lo fue metiendo en la maleta como un sonámbulo. No podía dejar de oír las palabras en su mente. Cuando lo tuvo todo guardado, salió del centro y se refugió en la parada del autobús.

Elena podría haber mentido en lo de la cría. Era una víbora ponzoñosa. Podría haber mentido para que se alejara de Ruth. ¿Pero qué persona en su sano juicio se inventaría una mentira que podía ser comprobada con una sola pregunta?

Preguntaría a Ruth. No. No lo haría. Ella no se lo había contado y Ruth era la persona más franca que conocía, por tanto Elena mentía. Pero mandaba huevos que esa mentira estuviera tan acertada en las fechas. Cinco o seis años…

¿Y si Ruth se lo había ocultado? Demonios, no sabía qué hacer, no sabía qué creer.

33

El verdadero amor solo se presenta una vez en la vida…
y luego ya no hay quien se lo quite de encima.
GROUCHO MARX

*C*aía una ligera nevada cuando Marcos y Luisa salieron de la estación de Renfe de El Escorial. El sonido enronquecido de un claxon llamó su atención. Carlos los esperaba aparcado en doble fila dentro de su obsoleto todoterreno. Metieron con premura en el maletero la nevera portátil, las botellas de vino y champán y una mochila con ropa.

Recorrieron lentamente los casi treinta kilómetros que los separaban de Hoyo de la Guija, hablando del peligro de las carreteras cubiertas de nieve, del mal estado del firme y de la belleza del paisaje. Al llegar a la finca, Luisa no pudo evitar decir:

—Tienes el terreno de una gran hacienda y vives en la casa del perro.

Carlos se rio con ganas, porque no le faltaba razón a la buena mujer. Casi tres mil metros de terreno inundado de árboles, arbustos y piedras conformaban su finca y una casita pegada a la carretera de apenas setenta metros cuadrados era su hogar. Cerca de la casita, una choza para aperos cumplía la función de hogar para las aves.

Se bajaron con celeridad del coche y trasladaron las cosas, aunque no tan rápido como para que el pelo no se les blanqueara por la nieve. Carlos los guio a un pequeño comedor dominado por una acogedora chimenea y, mientras la encendía, Luisa encontró el aparato de vídeo e introdujo una cinta en él. Llevaban dos horas lejos de casa y tenía mono de telenovela.

—¿Qué serie vas a ver? —preguntó Carlos, curioso.

—*Corazón salvaje* —comentó ella atenta a la canción que comenzaba a sonar.

Carlos fijó la vista en la pantalla del televisor. La imagen era francamente mala, con mucha nieve y rayas.

—Qué raro, el vídeo suele verse bien. —Se dirigió al aparato para ver por qué reproducía con tan mala calidad.

—No es tu vídeo —rechazó Luisa, afligida—. Son mis cintas, las he visto tantas veces que se han ido estropeando. Voy grabando las series nuevas de la tele, pero las antiguas las tengo muy deterioradas.

—Ya veo…

Carlos observó a Luisa. Era una mujer mayor, y en esos momentos parecía normal y corriente, aunque sabía por Marcos que gran parte del día lo pasaba inmersa en fantasías telenovelescas. Se mordió los labios y tomó una decisión.

—¿Has visto *Pasión*?

—¿*Pasión*? No la conozco.

—Es sobre un pirata, del protagonista de *Pasión de gavilanes*.

—¿La han echado por la tele?

—No, pero sé dónde puedes verla.

—¿Dónde?

—Acompáñame.

Se dirigió al cuarto de los trastos, es decir, a la habitación que en un principio iba a ser su despacho y que ahora contenía los cachivaches más variopintos. La instó a sentarse en un desvencijado pero comodísimo sillón relax frente al monitor de veintiuna pulgadas. Encendió el ordenador, abrió una página de Internet e hizo clic en «play». La página tardó unos segundos en cargarse y luego aparecieron las letras y la música de inicio de la telenovela *Pasión*.

Carlos miró a la mujer y le guiñó un ojo. Ella ni se percató. Estaba atenta a la pantalla.

—¿De dónde demonios has sacado eso? —preguntó Marcos desde la puerta.

—Lo encontré cotilleando por Internet.

—¿Qué cotilleabas para encontrarte con una telenovela? —A Marcos jamás se le habría ocurrido pensar que hubiera novelas circulando por la Red.

—Bueno, en realidad… estaba buscando culebrones —confesó Carlos, molesto.

—¡No fastidies! ¿Para qué?

—Para verlos. ¿Qué pasa, tío? Cada cual ve lo que le apetece, ¿no? —respondió Carlos a la defensiva ante la cara de estupefacción de Marcos.

—Sí, sí claro. Es solo que me ha extrañado.

—Pues que no te extrañe. Estoy todo el día solo, alejado de la gente. Con algo me tengo que entretener, ¿no?

—Sí, sí. No te digo nada.

—Vale. Vamos a ver qué contiene esa nevera que has traído —comentó yendo hacia la cocina.

—Carabineros.

—¡Carabineros! ¡Has tirado la casa por la ventana! —Carlos abrió la nevera para comprobarlo con sus propios ojos.

—Los vi y me dije: «¡qué narices!, es fin de año».

—Uf, aun así, como sigas con ese ritmo no vas a ahorrar en la vida —protestó Carlos. No conocía a nadie menos previsor que Marcos.

—Bueno, bueno, no hay problema. Pasado mañana tendré el sueldo en el banco, y esta noche no creo que vayamos a salir a ningún lado, ¿no?

—Como no sea a pasear entre la nieve, lo veo difícil.

—Pues ya está. Todo solucionado. Al fin y al cabo estoy libre de responsabilidades —comentó Marcos con amargura.

—Ajá. Y hablando de responsabilidades, ¿cómo lo llevas con Ruth?

—Pues… —Marcos salió al pasillo y comprobó que su madre seguía en el cuarto enganchada a la telenovela. Luego cerró la puerta de la cocina—. ¿Te he comentado alguna vez que vi a Ruth hace años, durante unos días que estuve en Detroit?

—No. ¿Coincidisteis allí? Leches, el mundo es un pañuelo.

—Y está lleno de mocos —murmuró Marcos.

—¿Perdona?

—Nada. Como te decía, coincidimos allí. Ella estaba tomándose un año sabático y yo estaba en casa de unos amigos. —Poco a poco fue desgranando los sucesos de aquel día, y de aquella noche. Por primera vez en siete años sentía la necesidad de hablar con alguien y revelar sus pensamientos, y Carlos había resultado elegido para escucharlo.

Luisa miró extasiada el minuto final del primer capítulo de *Pasión*. Ricardo de Salamanca y Almonte se acababa de convertir en su galán preferido de telenovela. Esperó sentada en el sillón a que saltara el siguiente capítulo, pero eso no ocurrió. La pantalla se quedó fija en la última imagen, un minuto, dos, cinco… A los diez minutos se cansó de esperar; el extraño vídeo del amigo de Marcos se había quedado parado y no iba a poner más. Se levantó y miró el teclado del ordenador. Pulsó algunas teclas pero no pasó nada. Irritada, decidió ir en busca del dueño de la casa y exigirle más capítulos. No podía dejarla así.

Salió del cuarto apresurada y caminó por el pasillo. No estaban en el salón ni en ninguna de las dos habitaciones. Se acercó a la cocina, pero la puerta estaba cerrada. Se quedó pensando si llamar o entrar directamente. Por un lado no se debía entrar en los sitios cerrados sin llamar, pero, por otro lado, si las puertas estaban cerradas era porque alguien escondía algo tras ellas... O al menos eso solía pasar en las telenovelas. Pegó la oreja a la madera por si acaso.

—¡Joder! Vaya movida que montasteis en un momento —comentó Carlos al oír cómo terminó la discusión.

—Se nos fue un poco de las manos.

—Pero no pasó nada. Es decir, la has vuelto a ver y todo va bien, ¿no? —preguntó.

—Más o menos. Volvimos a discutir el día de Nochebuena.

—Mierda. ¿Esta vez cuál fue el motivo?

—Bueno, lo cierto es que fue culpa mía... y de ella. Yo esperaba una cosa y resultó ser otra.

—Marcos —interrumpió su amigo—, no me entero de nada.

—La cuestión es que Ruth va los sábados a Gredos —comentó pasándose los dedos por el cabello.

—Ya me lo dijiste.

—Pero no va sola —contestó mirándose los pies.

—Lógico. Irá con amigos, como todo el mundo.

—Va a casa de un amigo. Un solo amigo —remarcó mirándolo a los ojos.

—Ah.

—Y a mí me sienta mal. —Volvió a agachar la cabeza.

—Imagino.

—Verás... —Y procedió a contar la etapa final de lo ocurrido en Nochebuena, aderezándolo con sus dudas, sus recelos, su enfado...

—¡Qué mogollón!

—Sí.

—Pero hay algo que no me queda claro. ¿Tenéis o no tenéis una relación? Porque si la tenéis es para matar a Ruth, pero si solo sois amigos con derecho a roce entonces es para matarte a ti.

—No lo sé. Al principio pensaba que cada cual debía ir a su aire, pero luego pensé que había algo, y ahora... ya no importa —contestó Marcos mirando a Carlos a los ojos.

—¿No has vuelto a verla?

—No. Se pasa el día encerrada en su despacho, así que no ha habido oportunidad de un encuentro casual en los pasillos —comentó Marcos orgulloso. A buen entendedor...

—Ya entiendo.

Marcos apoyó la espalda en la pared y se dejó resbalar hasta quedar sentado en el suelo, con las piernas dobladas y los brazos apoyados en las rodillas. Era la viva imagen del abatimiento.

—Ayer estuve en el centro.

—Como todos los días, ¿no?

—Presencié cómo Elena se divertía a costa de Ricardo, el padre de Ruth.

—Elena es su jefa, ¿no?, la arpía esa de la que me has hablado.

—Sí. Le decía a Ricardo que no tenía memoria, y él le contestaba que sí. Ella le acosaba diciéndole que estaban en el año dos mil ocho y Ricardo le respondía que sabía perfectamente que estaba en julio de dos mil uno y que su hija había vuelto para ir a verlo al hospital.

—Joder. —A Carlos no se le escapó la fecha.

—Sí —corroboró Marcos el taco—. Le paré los pies y le advertí que dejara en paz a Ricardo.

—Bien hecho.

—Ella me dijo que Ruth no era trigo limpio, que andaba a la busca y captura de marido.

—Menuda chorrada.

—Porque tiene una hija de cinco o seis años.

Carlos abrió los ojos como platos, cerró la boca, no fuera a ser que le entraran moscas, y se dejó caer hasta quedar sentado en el suelo. Marcos tenía la cabeza hundida entre los brazos y solo el silencio rondaba por la cocina.

—Bueno, lo primero de todo —comentó Carlos al ver que su amigo seguía callado—, lo de la busca y captura de marido es la mentira del siglo.

—Lo sé —respondió Marcos sin levantar la cabeza.

—Lo de la cría de cinco o seis años… pues depende. Un año es importante. Si tiene cinco años —contó con los dedos—, no puede ser tuya; por tanto no tiene por qué contártelo si no se da la ocasión.

—¿Y si tiene seis? —preguntó Marcos mirándolo con fijeza.

—Pues… depende del mes. —Carlos volvió a contar con los dedos—. Si cumple años a partir de mayo, tampoco puede ser tuya; por tanto seguimos en las mismas.

—¿Y si los cumple antes? —Marcos tenía la mirada desolada.

—En fin, si los cumple antes puede que sea tuya o que no lo sea…

—¿Qué quieres decir?

—Que solo estuvisteis juntos una noche. No sabes lo que hizo antes ni lo que hizo después de esa noche —le explicó, intentando hacer ver a su amigo lo que él veía claramente.

—Antes no hizo nada —contestó Marcos con los dientes apretados.

—¿Y después?

—Tampoco. —Marcos se irguió de golpe, imponente, amenazador.

—No te sulfures, colega. Solo estoy intentando decirte que no sabes lo que ocurrió —indicó Carlos levantándose. Se negaba a permanecer en el suelo mientras su amigo mantuviera esa postura—. No quiero que pienses mal. No me estoy metiendo con lo que hizo o dejó de hacer Ruth. Solo estoy diciendo que, si no te ha contado nada, a lo mejor es porque no tenía nada que contarte. También hay que tener en cuenta que le dejaste bien clarito que no querías saber nada si pasaba algo. Lo mismo ella solo sigue tu consejo.

—Joder. —Marcos se volvió a dejar caer hasta sentarse en el suelo—. Pero y si… no sé… Y si… ya sabes. —Agitó la mano en el aire y luego dejo caer la cabeza entre las rodillas.

—Mira, tío, es tontería que te comas el coco sin saber nada con certeza. Hay muchos peros. Elena puede haberte soltado una trola. Puede que, si existe, la cría sea demasiado pequeña para ser tuya. O si tiene la edad, puede ser de otra persona. No marees la perdiz. El viernes, cuando vuelvas a Alcorcón, pregúntaselo a Ruth y listo.

—¿Me acerco y le digo que me ha contado un pajarito que tiene una hija y que sospecho que es mía? O directamente le suelto a bocajarro: ¿Quién es el padre de tu hija? Después de la bronca que tuvimos en Nochebuena, o me toma por un crédulo idiota, o por un celoso obsesivo, o directamente me suelta un bofetón y me dice que me meta en mis asuntos.

—Hombre, no tiene por qué tomárselo mal.

—¿No? Quién sabe, lo mismo se lo toma bien y me suelta uno de sus monólogos repletos de palabras rebuscadas que no entiendo y que me hacen sentir imbécil. Además, no quiero preguntar sin tener ninguna base para ello. Imagínatelo: «¿Tienes una hija? Es que si la tienes tenemos que hablar seriamente, pero si no la tienes, no he dicho nada». ¡Pareceré idiota! La información es poder y, en este caso, me hace falta todo el poder que pueda conseguir.

—Si tú lo dices. Pero, de todas maneras, ¿estás seguro de que quieres tener esa información?

—Absolutamente.

—¿Te has parado a reflexionar en dónde te vas a meter? Joder, hablamos de cosas serias.

—¿A qué te refieres?

—A que, si quieres seguir con tu vida como hasta ahora, Ruth te lo ha puesto a huevo. No sabes nada de nadie, luego no tienes ninguna responsabilidad ni ningún cargo de conciencia. Si investigas y resulta que eres padre, tu forma de vida va a cambiar de forma radical.

—Tendré una hija.

—Tendrás responsabilidades. Plantéatelo antes de hacer nada. Ahora haces lo que te da la gana, y si no llegas a fin de mes comes bocadillos de mortadela en vez de filetes de ternera. Cuando tienes familia no llegar a fin de mes no es una opción.

—Lo sé, ¿crees que no le he dado vueltas a la cabeza? Llevo desde ayer sin poder pensar en otra cosa. Me he planteado la posibilidad de que la niña sea mía y de que no lo sea. He imaginado una y otra vez cómo cambiará todo si lo es, y si no lo es. ¿Y sabes qué? Me da igual. El resultado es siempre el mismo. Solo cambia el desarrollo.

—¿El desarrollo?

—Es como un reportaje. Tienes un principio, un desarrollo y un final.

—Ajá.

—En el principio está Ruth, con sus coletas caídas y su ropa grande, persiguiéndome por el barrio. Ella me mandaba cartas con mierda dentro y yo le llenaba las coletas de barro. Estábamos siempre juntos, nos pertenecíamos uno al otro —comentó—. En el final está Ruth, me despierto todas las mañanas y lo primero que veo es su cara sobre la almohada, a mi lado. Nos veo jugando con nuestra hija, y sé que eso es lo que quiero. Y me da igual si la niña es mía o no, porque lo cierto es que Ruth es mía. Me pertenece. Y su hija también. Y yo les pertenezco a ellas.

—¿Y el desarrollo?

—Fácil. Si la niña es mía, no daré opción. Vendrán conmigo a vivir de inmediato y nos casaremos en cuanto sea posible.

—¿Fácil? Creo que tu concepto de fácil difiere un poco del mío —comentó Carlos divertido. O Marcos era muy obtuso o se estaba imaginando cosas que no eran. En definitiva, el final iba a ser el mismo: ¡batacazo!

—De acuerdo. Quizá me cueste un poco, pero conseguiré que no conciban la vida sin mí, que me necesiten para reír, para ser felices. Y de paso mataré a cualquier hombre que se acerque a Ruth.

—Vaya. —Carlos no esperaba esa vehemencia posesiva en su amigo, o al menos no tanta—. ¿Y si no es hija tuya?

—Entonces, no tendré excusas para convencerlas con rapidez y me tendré que tomar mi tiempo para conquistar a la niña y a la madre. Persuadirlas de que soy bueno para ellas. De que me necesitan. No creo que tarde más de un par de semanas. Luego nos casaremos, adoptaré a la niña y mataré a cualquier hombre que se acerque a Ruth.

—¡Un par de semanas! Qué prisas. Tío, estás colgado por ella. Total e irremisiblemente enamorado —comentó Carlos riendo. Lo cierto es que se veía venir desde que eran niños.

—¿Es amor? No lo sé. No creo en el amor. Creo en la necesidad. Necesito comer para alimentarme y, si ella no está conmigo, si está enfadada, si no la veo, no puedo comer. Necesito respirar para vivir, y cuando pienso que ella no está conmigo, que está lejos, con otra persona, no puedo respirar. Necesito dormir y, si ella no está a mi lado, no puedo cerrar los ojos. En definitiva, necesito que esté a mi lado, que sea feliz, que me necesite como yo la necesito a ella para poder vivir.

—Te entiendo. —¡Dios! Ahora se ponía poético. Carlos esperaba no decir esas idioteces en caso de enamorarse alguna vez.

—Por eso necesito averiguar si la niña es mía o no, por el desarrollo. Y si te soy sincero, ojalá fuera mía, porque entonces no habrá excusa que valga. Ni esperas ni planes de conquista. Si es mía, se acabó, no habrá opción, se vienen conmigo. Es lo lógico, la familia debe estar junta.

—No sé yo si Ruth lo verá de esa manera. —De hecho lo dudaba mucho.

—Lo verá.

—Ya, pues entonces ve al barrio —ordenó Carlos.

—¿Qué?

—Que vayas al barrio. Los niños tienen vacaciones por Navidad. Lo mismo tienes suerte y la cría baja a la calle a jugar y todo eso que hacen los críos. Estate pendiente de la zapatería del hermano de Ruth y, en cuanto veas entrar a alguna niña, presta atención y mira a ver si se parece a ti.

—¿No crees que eso es dejarlo todo al azar?

—No tiene por qué. Si Ruth está trabajando, sus hermanos se harán cargo de la niña y, si Darío trabaja en la zapatería, lo lógico es que lleve a la niña con él para que no se quede en casa sola. Así que, si ves salir a Darío con una niña, pues ya está. Te fijas y, si se parece a ti, ya tienes la respuesta.

—¡Ves demasiados culebrones! En la vida real los niños no necesariamente se parecen a sus padres —gruñó Marcos.

—¡Vale! Mira, tío, haz lo que te dé la gana. Consigue un poco de ADN de la niña y hazte la prueba de paternidad. Lo mismo Grissom del *CSI* te ayuda.

—Vete a la mierda —exclamó Marcos furioso a la vez que abría la puerta de la cocina para irse a dar una vuelta y refrescarse las ideas—. ¡Mamá! ¿Qué coño estás haciendo?

—A mí me parece que tu amigo tiene toda la razón. Es un plan muy astuto e inteligente —comentó Luisa poniendo la espalda muy recta y alzando la barbilla.

—Piénsatelo, Marcos. Es un buen plan —continuó Carlos cogiendo al vuelo el apoyo de Luisa—. Consigues la información y a partir de ahí planeas cómo conseguir lo que quieres.

—¿Planear?

—Claro. Si resulta que es tuya, ¿qué pretendes hacer? ¿Agarrar a Ruth y decirle: «Yo Tarzán, tú Jean». Y llevártela a rastras a…? —Carlos se paró a pensar—. ¿En dónde narices has pensado vivir con ella?

—Eh, esto… no lo he pensado —respondió Marcos frunciendo el ceño. Mierda, no se le había pasado por la cabeza dónde ir… Solo que tenía que llevárselas consigo.

—Exactamente, hijo. No piensas. Hay que planearlo todo con mucho cuidado —argumentó Luisa cogiendo a ambos hombres de la mano y llevándolos al salón—. Lo que tienes que hacer es enamorarla, hacer que viva por ti, que respire el mismo aire que tú respiras. Y, sobre todo, conquistar a la niña.

—Eso es imprescindible —coincidió Carlos.

—Tanto si es tuya como si no lo es, aunque yo estoy segura de que es tuya. —Luisa tenía muy presente sus telenovelas, y esas no fallaban—. Lo primero que tienes que conseguir es que te vea como un padre. Y para eso, necesitas tiempo y paciencia. Conquistando a la hija tendrás a la madre. Y si además de amor, le ofreces estabilidad, seguridad y tranquilidad, tendrás medio camino recorrido. Tiene que verte como el mejor hombre del mundo, como el mejor marido, como el mejor padre y como el mejor amante. Y todo eso hay que planificarlo y trabajarlo.

—Efectivamente —confirmó Carlos—. Si quieres que se case contigo, lo primero de todo es tener un lugar donde podáis vivir juntos.

—Y mi casa es perfecta —terció Luisa, que ahora que tenía a su hijo en casa veía la culminación de su papel de madre abnegada y estaba dispuesta a tener también a su nuera y a su nieta—. Es grande, tiene cuatro habitaciones y dos cuartos de baño. A mí me sobra espacio. Prepararemos un cuarto para los niños. Convertiremos tu habitación en el sueño de una recién casada y adaptaremos cada rincón de la casa para que cuando entren no quieran salir nunca.

—Bueno, mamá, la verdad, yo prefiero tener casa propia. —¿En qué momento se le había ido todo de las manos?

—Sí, hijo, claro que sí, pero comprar una casa lleva tiempo y tú tienes prisa. —Se calló al ver la mirada de Marcos—. Aunque, si te das prisa, quizá lo consigas en un par de meses —ironizó.

—De todas maneras, no olvidemos que estamos trazando planes a largo plazo. No vas a convencer a Ruth de que se vaya a vivir contigo en una semana. Puedes tardar meses, años... La seducción es un tema lento.

—¡Ya la he seducido! —exclamó Marcos—. ¿Cómo pensáis si no que ha tenido a mi hija?

Carlos y Luisa lo miraron estupefactos.

—Hijo, no entiendes nada. Te has acostado con ella. Pero no la has seducido.

—Exactamente —convino Carlos—, una cosa es tener sexo casual, y otra muy distinta que la persona con la que tienes sexo quiera irse a vivir contigo.

—Tonterías —gruñó Marcos—. Y no hemos tenido sexo casual.

—¿No? —preguntó Carlos divertido. Su amigo estaba perdiendo la paciencia.

—¡No! Ha sido mágico, inesperado, sublime... Joder, no me puedo creer que esté hablando de esto con mi madre.

—Hijo, ¿quién mejor que yo para aconsejarte?

—Me reservo la respuesta a esa pregunta.

—Pero aun así, ha sido casual —insistió Carlos siguiendo con el tema.

—¡No lo ha sido! Ha sido algo inevitable. ¡Estamos hechos el uno para el otro! Y eso no es casual.

—Pero no es contigo con quien duerme los sábados —acotó Luisa, que a veces tenía una mala uva increíble—. Por tanto, tienes que conquistarla.

—Joder. —Marcos no dijo nada más. Miró airado a sus acompañantes y, a continuación, salió del salón enfadado, recorrió el pasillo con pasos furiosos y abandonó la casa dando un portazo tremendo.

—Eso ha sido un golpe bajo, Luisa.

—No. Eso ha sido una dosis de realidad. Y ahora sigamos planeando nuestra estrategia.

34

Los planes son inútiles,
pero la planificación es indispensable.
EISENHOWER

2 de enero de 2009

*E*l barrio era el típico de cualquier ciudad. Tres bloques alargados
formando una enorme u encerraban una plaza pequeña y pavimen-
tada, rodeada por una estrecha carretera de un solo sentido. En los
bajos de cada bloque se situaban pequeños comercios: la peluquería,
la papelería, la zapatería, los ultramarinos…

Marcos centró su atención en la pequeña tienda ubicada entre la
papelería y los frutos secos. Tenía las rejas echadas. De hecho todos
los comercios estaban cerrados. Se apoyó contra la esquina de uno
de los bloques y esperó como un idiota. O al menos eso pensaba él.

Eran las cuatro y media de la tarde, estaba como un pasmarote
pasando frío, siguiendo un plan que parecía salido de un culebrón, y
lo más cachondo es que se sentía como un puñetero espía, eso sí, de
los cutres. Hoy solo recabaría información, luego se lo pasaría al centro de mando, es decir, Carlos y su madre, y entre los tres —si tenía
suerte y le dejaban meter baza— trazarían un plan de actuación. ¡Joder! ¿Cómo era posible que se hubiera metido en ese embrollo? Y
además de manera voluntaria.

Vale, sí. Tenían razón, no podía actuar como Tarzán. Pero, carajo,
tampoco hacía falta que le dijeran cómo proceder. Sabía de sobra comportarse. Oír, ver y callar. Comprobar si la cría se parecía a él o no. Y
luego comenzar a conquistarlas poco a poco, a ella y a su madre. ¡No
era tan difícil! Ser cariñoso, amable, atento, divertido. ¡Diablos! Él era
así, no tenía por qué seguir un plan. Está bien, quizás era un poco visceral y tendía a improvisar de vez en cuando, pero tenía dos dedos de
frente. No se presentaría ante Ruth reclamando su paternidad, ni la
secuestraría ni nada por el estilo. Hoy comprobaría parecidos, y el lu-

nes acudiría al centro e invitaría a Ruth a comer, se disculparía por su actuación de la última noche —aquí le rechinaron los dientes— y sería el hombre perfecto. Lo mismo haría el día siguiente y al otro, y al otro... durante un par de meses —como mucho— hasta que ella se rindiera a sus encantos —palabras literales de su madre—. Y, entonces, le propondría irse a vivir juntos, porque en ese tiempo le habría dado tiempo a visitar pisos, pedir un préstamo y comprar uno. «Un hombre debe tener un nido en el que alojar a su pareja o irse a vivir a la hacienda familiar», le decía su madre una y otra vez.

Mierda, le dolía la cabeza de hacer tantos planes.

Se subió el cuello de la cazadora, se colocó la mochila a la espalda y metió las manos en los bolsillos sin dejar de mirar la entrada del portal del que, supuestamente, saldrían su hija y su futuro cuñado. «Mesura y tranquilidad, Marcos», se repitió para sus adentros.

El teléfono sonó con puntualidad a las cinco menos cuarto. Ruth estaba revisando el cuento que narraría en su taller. Suspiró y levantó el auricular. Por supuesto era Héctor. Desde que se había hecho el esguince —el cual no mejoraba con la rapidez deseada—, había tomado la costumbre de llamarla para recordarle que a las seis menos diez estaría en el centro para recogerlos, a ella y a Ricardo. ¡Como si lo fuese a olvidar! En fin. Colgó el teléfono tras asentir varias veces y terminó de recoger su mesa.

Estaba a punto de salir cuando Elena entró por la puerta contoneándose. Tenía una sonrisa satisfecha, peligrosa. Ruth se puso alerta.

—He estado revisando el expediente de Mercedes y he llegado a la conclusión de que debemos cursar su salida del centro. —Le entregó un impreso de salida a nombre de la anciana.

—¿A Mercedes? ¿Por qué, en nombre de todos los santos, deberíamos expulsarla? —repuso Ruth leyendo rápidamente el impreso.

—Su yerno, es decir, el marido de su tutora legal, no está trabajando, así que no es imprescindible que el centro cuide de Mercedes. Lo puede hacer él mismo —dijo con satisfacción—. Hay muchísimos ancianos en lista de espera que necesitan nuestros servicios, y tener a uno que no los necesita no me parece oportuno. —Finalizó posando con falsedad una mano sobre su corazón. ¡Cómo si lo tuviera!

—Su yerno está en el paro, pero continúa buscando trabajo. Se levanta a las cuatro de la mañana todos los días para ir a Mercamadrid a destrozarse la espalda cargando y descargando camiones por una miseria, y luego recorre las obras buscando trabajo, presentándose a los encargados y dejando currículos. Si tuviera que cuidar a

Mercedes durante el día, no podría hacerlo y para conseguir empleo es imprescindible que lo haga. —Ruth había hablado innumerables veces con la familia de Mercedes y sabía que estaban pasando por ciertas dificultades debido a la crisis. La ayuda que el centro les prestaba era absolutamente necesaria.

—Pues que la cuide su hija.

—¡Es la única que ingresa dinero en la casa! ¡Cómo puedes proponer tal desatino! No. Tu propuesta es absoluta y categóricamente inviable —finalizó Ruth rompiendo el impreso.

—¡Cómo te atreves! ¿Acaso has olvidado que soy tu superiora? —le advirtió Elena, entornando los ojos.

—No lo he olvidado, Elena, pero este caso está fuera de toda discusión. Mercedes necesita permanecer aquí. No voy a dar curso a una salida que se salta todas y cada una de las premisas por las que fue creado este centro. Mercedes precisa atención continuada por parte de personal cualificado, y su familia no dispone de los ingresos necesarios para proporcionársela. Con esas dos condiciones doy por cancelado el expediente de salida.

—Mentira. Es una vieja maleducada que roba comida mientras su yerno está en casa tocándose los huevos.

—Es una mujer con demencia senil diagnosticada, y su tutora legal, en este caso su hija, trabaja fuera del domicilio familiar manteniendo su hogar, mientras su cónyuge se ausenta de su casa a diario en busca de empleo.

—Te tiene engañada por completo. No está loca, se lo hace.

—Un psicólogo geriátrico le ha diagnosticado demencia senil leve y, que yo sepa, tú no tienes ninguna titulación que te cualifique para anular dicho diagnóstico. Por tanto, no puedo dar por válida tu opinión. Si adjuntas al expediente un informe médico que contrarreste el dictamen, lo tendré en cuenta. Mientras tanto, continuará siendo inviable —argumentó Ruth. Terminó de recoger sus papeles y se dirigió con ayuda de las muletas a la puerta del despacho.

—Me da lo mismo lo que digas. Mercedes se va. Tengo el poder de echarla y es lo que voy a hacer. Si no quieres hacerlo tú, se lo ordenaré a Sara y te abriré un recurso administrativo por negarte a obedecer las órdenes de un superior.

—Estás en tu derecho —contestó Ruth fijando su mirada en Elena—. Yo, por mi parte, informaré al señor director de que expulsas residentes basándote en percepciones personales, a la vez que solicitaré una investigación basándome en el trato discriminatorio que has otorgado a Mercedes al expulsarla sin que su situación haya incumplido las premisas del centro. Además, y para que entiendas por completo la situación a la que te expondrás, instaré al organismo pertinente a que exija una auditoría de las cuentas. Eso implica las cuentas de gastos de tarjetas, los comprobantes a nombre del empleado que hizo las compras, y los justificantes corroborando que se adquirieron productos necesarios para las instalaciones, y la acreditación de que las reuniones establecidas y abonadas fueron realizadas con potenciales inversores para la consecución de fondos voluntarios. Asimismo, te advierto de que para confirmar todo lo anterior serán necesarias facturas que lo justifiquen. En definitiva, no creo que sean admitidas una Barbie, una salida a la bolera, o... —Sacó un informe del cajón y leyó—: Una caja de tampones, otra de preservativos y dos de píldoras anticonceptivas de la última remesa de farmacia firmada por ti. —Volvió a guardar el informe.

—Estás acabada, zorra. Me voy a ocupar personalmente de joderte la vida. —Clavó Elena su índice en el pecho de Ruth.

—Hazlo —Ruth le retiró el dedo con desenvoltura—, pero, mientras tanto, debo impartir mi taller de cuentacuentos —afirmó con el corazón disparado mientras salían del despacho y cerraba la puerta con llave. ¿Cómo había sido capaz de amenazar de esa manera a Elena? ¿Se había vuelto loca? El estrés estaba causando estragos en su proverbial paciencia.

A las cinco y media de la tarde, con una temperatura de apenas cinco grados al sol, con los dedos ateridos por el frío y los pies a punto de la congelación, Marcos observó abrirse la puerta del portal de Ruth. Salieron los hermanos de esta con su sobrina. Héctor se despidió con carantoñas y besos de la niña, y caminó hacia el AX zarrapastroso aparcado al final de la plaza. Darío tomó de la mano a la pequeña, cruzó la carretera, atravesó la plaza y abrió la zapatería.

Marcos respiró profundamente. Se colocó el cuello de la chaqueta, sopló sobre sus dedos sin conseguir calentarlos y salió tras la esquina en la que estaba oculto. Volvió a inspirar, centró la mente en el plan trazado y se dirigió a la zapatería.

«Ante todo tranquilidad», resonaba en su mente la voz de Carlos. «Vas, saludas, comentas cualquier chorrada con la excusa de los zapatos, observas bien a la niña y te largas sin levantar sospechas.»

«Y no te olvides de decirle al zapatero que quiero las tapas con clavos, no pegadas. Y que no sean de hierro», zumbó en su cabeza la voz de su madre. «Ya que vas a una reparación de calzados, necesitas una excusa, y mis zapatos necesitan tapas. No veo por qué no matar dos pájaros de un tiro.»

Al abrir la puerta sonó un ruido que, sin llegar a ser molesto, era extraño. Miró hacia arriba. Sobre la puerta, colgaba un juguete hecho por un niño. Eran varios hilos de lana con palos, piedras y conchas atadas. Al rozar la puerta contra ellos, chocaban y sonaban.

—Hola —dijo Darío saliendo de la trastienda.

—Hola, Darío. Me ha mandado mi madre con estos zapatos para ver si es posible ponerles tapas. No pegadas, clavadas. Y que no sean de hierro. —Marcos sacó los zapatos de la mochila, sintiéndose como un crío de doce años. Joder. Estaba haciendo el ridículo más espantoso.

—Déjame ver —comentó el zapatero secamente. ¿Qué narices hacía ese tipejo en su tienda?

Marcos le tendió los zapatos y, mientras Darío los inspeccionaba, observó la tienda. Muchos zapatos, muchas botas, el mostrador repleto de cordones y betunes de todos los colores, tapas de plástico y de hierro, aparatos de metal que parecían más adecuados para torturar que para reparar calzado. Y ninguna niña. Mierda.

Los había visto entrar a los dos juntos, tenía que estar ahí. Pero no estaba. Se movió de sitio, intentando conseguir una perspectiva desde donde observar la puerta de la trastienda, pero no había manera. Darío estaba justo delante.

—No hay problema, lo tendrás listo el lunes —afirmó Darío.

—Tío, «¿Echo la hache por la ventana» es con *hacer* o con *echar*? Me lo explicó mamá, pero no me acuerdo —preguntó una niña preciosa saliendo de la trastienda con un cuaderno y un lápiz en la mano.

—El verbo *echar* echa la hache por la ventana —murmuró Marcos recordando una de las frases con las que Ruth le había machacado una y otra vez cuando eran niños.

—Entonces, con *echar*. Vale. —La niña tachó algo en el cuaderno—. Ya están hechos los deberes, tío Da. ¿Puedo ir a la calle? Los Repes y Sardi están jugando al Uno y quiero jugar con ellos. ¿Vale, tío? Anda, *porfis* —dijo yendo hacia la puerta.

—Iris —la regañó Darío con seriedad—, tu madre te ha dicho mil veces que no pongas motes a los niños.

—No han sido mil veces… Y Juan y Javier están repetidos.

—Son gemelos.

—Vale. Son gemelos. Y están repetidos. Lo sabe todo el mundo mundial —dijo alzando los ojos, como dando a entender que los adultos no se enteraban de nada.

—Y Sardi tiene nombre. Se llama Pedro.

—Y tiene cara de sardina. Mírale la boca; parece un pez —dijo juntando los labios y hundiendo los pómulos.

Marcos no evitó reírse, la niña ponía motes muy divertidos.

La sonrisa se borró de su rostro.

Iris ponía motes a todo el mundo, al igual que hacía él.

Observó con extrema atención a la cría.

Era igual a Ruth cuando era pequeña, desgarbada, delgada, con el pelo negro y liso cayendo desde su nuca en dos coletas desparejas. ¡Demonios! Sabía que no iba a ser tan fácil. La niña se parecía única y exclusivamente a su madre. Entonces, Iris levantó su mirada hacia él y le sonrió. Haciendo honor a su nombre, la niña tenía los ojos claros, azul celeste, igual que los suyos, no como Ruth y toda su familia, que los tenían de color miel.

¡Dios santo! ¡Azules! Era suya. Marcos se quedó petrificado mirando a la niña. Asombrado, satisfecho y, por qué no decirlo, acojonado.

—Mira, tío Da, está Angelines. Ella me cuida, ¿vale? Anda, vamos. Me voy a portar bien, de verdad de la buena. —Seguía diciendo la niña intentando convencer a Darío de que la dejara salir.

—Vale —aprobó Darío sin quitar la vista de encima a Marcos.

—Además no hace frío. Estoy muy abrigada y llevo el gorro. ¿Vale? ¿Ya está? ¿Me dejas? Muchas gracias, tío Da —dijo dando un salto y subiéndose encima de su tío para besarle las mejillas.

—Espera.

Darío la acompañó hasta la plaza y habló un momento con una mujer mayor. Iba a cerrar la tienda unos minutos para ocuparse de un asunto importante y necesitaba que vigilara atentamente a su sobrina.

Eran las seis menos diez de la tarde cuando Ruth y Ricardo salieron del centro. Héctor los esperaba dentro del AX, al que por algún maravilloso milagro aún le funcionaba la calefacción, más o menos.

Lo primero que hizo Ruth al entrar en el coche fue abrocharse el cinturón y asegurarse de que su hermano y su padre lo tuvieran abrochado. Lo segundo fue sacar un zumo y una galleta del bolso.

—¿Estás bien? —preguntó Héctor al verla.

—Sí —contestó ella, mareada. En cuanto tomara el zumo estaría mejor. Le hacía falta azúcar.

—¿Seguro? ¿Te encuentras floja? —Menudo eufemismo, pensó Héctor. Si su hermana tomaba zumo era que estaba bastante jodida.

—Esta tarde he tenido un conflicto con Elena y estoy algo nerviosa. Nada más —le explicó cuando se terminó el zumo, un segundo antes de mordisquear una galleta.

—Lo que te faltaba —comentó Héctor.

Esperó a que Ruth le contara algo más; por supuesto, su hermana no abrió la boca.

Ruth llevaba una semana horrible. El tobillo no dejaba de dolerle y le impedía trabajar con la rapidez acostumbrada. Por no hablar de la dependencia hacia sus hermanos para cualquier cuestión que implicara desplazamiento, cosa que la ponía más enferma que el dolor en sí. Por otro lado, su estabilidad emocional había desaparecido al mismo tiempo que Marcos.

No porque estuviera destrozada ni nada por el estilo. Desde que lo vio en la exposición había asumido que tres encuentros casuales no conformaban una relación. Pero ¡caramba! Por mucho que la razón lo aceptara, el corazón le dolía. Daba gracias al cielo por no haberle contado lo de Iris, porque tras la última discusión le había quedado claro como el agua que su antiguo amigo, como amante era estupendo, pero como compañero dejaba mucho que desear. Visceral, desconfiado, celoso, posesivo, maquiavélico, infantil… La lista de adjetivos negativos era larguísima. No la creía cuando aseguraba que Jorge era un amigo y estallaba sin previo aviso a la menor tontería; tontería creada por su desconfianza y sus celos; celos que no tenían razón de ser puesto que ella no era de su propiedad, y que serían injustificados aunque lo fuera, que no lo sería nunca. El artículo 18 de la Constitución española formulaba literalmente: «todo español tiene derecho a la libertad». Y ella pensaba ejercer ese derecho en lo que a su vida se refería. Por si fuera poco todo lo anterior, ¿qué decir del plan que había improvisado? Copulando a propósito sin preservativo para… aún no tenía muy claro para qué, pero era lo más infantil, estúpido, e irracional que nadie pudiera pensar jamás.

Y le daba lo mismo que Marcos fuera intuitivo, divertido, cariñoso, excitante, inteligente, alegre… e incluso que él lograra que mereciera la pena pensar en replantearse su vida para darle cabida. Sí, él le alegraba el alma con su sola presencia, pero todo eso daba lo mismo. Él había desaparecido, y no había marcha atrás.

Sacudió la cabeza en un intento de olvidarse de Marcos y todo lo relacionado con él.

Durante toda la semana había estado cambiando de ánimo a cada segundo, pasando de estar furiosa a contener lágrimas, de sentirse indiferente a desesperarse, de estar apática a sentirse presa de los nervios e hiperactiva. En definitiva, estaba hecha un lío y esa maraña emocional le estaba pasando factura. Por las noches se sentía mareada y confusa, y por las mañanas débil y aturdida, y eso solo significaba que se estaba descontrolando. Tenía subidas por la noche y bajadas por la mañana. Necesitaba restablecer el ritmo habitual y controlar sus sentimientos, porque si no acabaría en el hospital, y entonces sí que la habría liado buena.

35

Una vez descartado lo imposible, lo que queda,
por improbable que parezca, debe ser la verdad.

SIR ARTHUR CONAN DOYLE

La verdad se corrompe tanto con la mentira como con el silencio.

MARCO TULIO CICERÓN

Darío entró con paso firme en la zapatería, cerró la puerta con llave, bajó la cortinilla que tapaba el escaparate y se apoyó en el mostrador sin perder de vista a Marcos.

—Es preciosa, ¿verdad? —Darío lo miró implacable, sin mencionar a quién se refería.

—Sí, además es divertida y perspicaz —respondió Marcos, enfrentándose a la mirada del otro hombre.

—¿Te refieres a los motes? Trae a Ruth por el camino de la amargura —comentó sin mover apenas los labios, con las manos a la espalda, apretando el mostrador con tanta fuerza que los nudillos se le pusieron blancos—. Es su hija, ¿te lo ha contado?

—No, pero me lo he imaginado al verla. Es clavadita a ella. —«Oír, ver y callar», Marcos repitió el mantra de Carlos en su mente una y otra vez.

—Se parecen mucho. Podría decirse que son réplicas exactas, casi —inquirió Darío inmutable, sin apartar la mirada de los ojos de Marcos—. Los ojos de mi hermana son marrones.

—Más bien de color miel. —Ruth poseía unos ojos preciosos y muy expresivos, no iba a consentir que nadie los catalogase con un simple marrón.

—Los de Iris son azules. —Darío dio voz a sus pensamientos—. Ruth me comentó que os visteis en Detroit. ¿Qué casualidad, no?

—Ya ves, el mundo es un pañuelo. —«Este tío sospecha algo», pensó Marcos. «O eso o me da cuerda porque está más aburrido que una ostra, que no parece ser el caso. Más bien parece irritado. Por tanto, ¿oír, ver y callar? A la mierda con el mantra»—. ¿Cuántos años tiene Iris?

—Seis —contestó Darío, rígido, inmóvil, sin siquiera pestañear.

—¿Hace los siete este año? —Marcos se cruzó de brazos con la única intención de contener el movimiento nervioso de sus manos. El hombre impasible le estaba poniendo de los nervios. O lo mismo era que él estaba tan nervioso que no concebía que el otro estuviera tan tranquilo.

—Sí. —Darío enderezó la espalda, abrió un poco las piernas y dobló las rodillas, tomando posiciones.

—¿Cuándo? —Marcos tragó saliva. El primer movimiento de Darío no implicaba exactamente amistad.

—El uno de marzo —silbó el zapatero entre dientes.

—¿Iris nació prematura? —inquirió Marcos, alarmado. Sabía la fecha de la concepción, ergo había calculado la fecha probable del parto, y era a finales de marzo o principios de abril. ¿Qué había pasado para que naciera antes?

—Un mes antes de la fecha prevista. —Darío entornó los ojos.

—¿Por qué? —Marcos descruzó los brazos y colocó las manos en las caderas, atento, sin bajar la guardia.

—Ruth tuvo algunos problemas durante el embarazo. —Darío apretó los puños.

—¿Qué clase de problemas? —«Mierda, mierda, mierda.»

—¿Cómo sabes que Iris nació prematuramente? —gruñó Darío ignorando a propósito la última pregunta.

—Imagínatelo —le desafió Marcos. ¡Allá vamos!

Ambos hombres se miraron en silencio durante unos segundos, retándose. Darío aceptó el reto. Lanzó con fuerza un tremendo derechazo al estómago de su contrincante, mandándolo contra las estanterías llenas de zapatos.

—Este por dejarla embarazada. —Otro puñetazo impactó en la cara de su contrincante—. Este por hacerla llorar; y este, para quedarme a gusto —dijo lanzando otro que impactó en la pared un segundo después de que Marcos rodara por el suelo logrando esquivarlo.

A partir de ese momento, una lluvia de golpes se derramó sobre la zapatería y sus ocupantes. Destrozaron las estanterías, aplastaron una silla y estuvieron a punto de romper el cristal del mostrador. En definitiva, dos machos ibéricos en plena demostración de sus cualidades ofensivas y sus más elementales y primitivos instintos.

Υ

Héctor aparcó el coche en una esquina de la plaza. Ruth ayudó a Ricardo a salir y luego fue en busca de su hija. Caminaba insegura y mareada, apoyada en las muletas, y, en ocasiones, se le desenfocaba la vista. Pero sin contar con eso, se encontraba bien. La glucosa del zumo hacía verdaderos milagros. No obstante, se hizo el propósito de comer de forma adecuada. Por lo menos esa noche… y a ser posible durante un par de días.

Abrió los brazos de par en par para acoger entre ellos a su hija, que en ese instante se abalanzaba sobre ella a la velocidad del rayo. Entre frases apresuradas y palabras inventadas, le aseguró que había hecho los deberes sin ayuda y que se estaba portando muy bien en la plaza. Su madre sonrió ante sus palabras y la acompañó junto a sus pequeños amigos. La mirada de Ruth se dirigió por costumbre a la zapatería. La puerta estaba cerrada, pero con el frío que hacía no le extrañó en absoluto.

—Tío Darío se ha encerrado con un hombre en la tienda. Parecía enfadado.

—¿Parecía enfadado?

—Sí. El otro hombre pidió que le pusiera tapas, clavadas, no pegadas. ¡Como si tío Da fuera tonto! ¡Tío Darío jamás pegaría las tapas, no duran nada! —chilló Iris. Cuando uno se cría en una reparación de calzados siempre se le acaba pegando algo de sabiduría zapateril.

—Vaya. Espero que no se le notara mucho el enfado.

—Uf, echaba chispas. No tuve ni que liarle para que me dejara salir a la calle.

—Convencerle. ¿No tuviste que convencerle?

—No, mami. Tú le convences, yo le lío —soltó Iris entre risas corriendo hacia los brazos de Héctor, que en ese momento la levantó del suelo y le hizo el molinillo.

Ruth y sus muletas se encaminaron fatigosamente a la tienda con la intención de recoger los deberes de Iris y asegurarse de que estaban bien hechos. Su hija tendía a apresurarse con la tarea y la letra le salía, cuanto menos, irregular. Agarró el tirador de la puerta y empujó, pero esta no se abrió. Extrañada, repitió la maniobra con idéntico resultado. En ese momento, un ruido parecido al que hace algo al caerse rompió el silencio. Intentó mirar el interior del local pero no había manera: la cortina estaba echada. Golpeó con los nudillos el cristal, pero nadie respondió. Volvió a oírse otro ruido, esta vez seguido de una palabra malsonante.

Ruth sacó el móvil del bolso, lo desbloqueó y a continuación golpeó la puerta con fuerza. Ningún resultado. Pegó la cara al cristal y elevó la voz.

—Darío, tranquilo. En estos momentos estoy llamando a la policía. Llegarán en escasos segundos. —Respiró y continuó alzando más la voz—. Apelo al sentido común de la persona que esté contigo para que abandone sus intentos delictivos y se vaya. Me he alejado de la puerta, por tanto puede marcharse sin ningún problema. —«¡Dios, Dios, Dios!», pensó mientras marcaba el número de la policía. «Por favor, que no le haya pasado nada a mi hermano. Por lo que más quieras, Darío, no seas tan estúpido como para plantar cara a un ladrón. Dale lo que quiera y que se marche».

—Soy Ruth Vázquez, estoy en la plaza de San Juan de Cobas y quiero denunciar una agresión —anunció nerviosa cuando respondieron la llamada. En ese mismo instante se abrió la puerta y salió Darío hecho unos zorros y con sangre en la comisura de la boca—. ¡Dios mío! Sí, estoy segura —continuó hablando con la operadora—. Sí, plaza San Juan de Co… —Marcos se asomó mostrando su cara adornada con un ojo a medio hinchar mientras se frotaba el estómago con una mano.

—Cuelga el teléfono, Ruth —ordenó Darío, relajado tras el ejercicio físico.

—¡Por todos los santos! ¿Qué ha ocurrido? —le preguntó Ruth anonadada—. No, lo siento, no se lo decía a usted. De hecho, creo que he cometido un tremendo error. Le estaría sumamente agradecida si anulara el aviso. No, no ha pasado nada. Gracias por atenderme. —Se despidió cerrando el teléfono mientras miraba paralizada a los hombres.

—¡Hala, tío! Cómo mola. ¿Por qué te has peleado? —preguntó Iris acercándose a la carrera.

—Héctor. —Se giró Ruth hacia su hermano pequeño—. Por favor, llévate a Iris y a papá a dar una vuelta. Mira a ver si está abierto el parque de bolas de la esquina y que Iris juegue un rato, y lleva a papá a la cafetería. Lo mismo le apetece ver jugar al dominó. —Control, necesitaba unos segundos para ver qué había pasado y recuperar el control.

—Eh, sí, claro —dijo el interpelado sin moverse del sitio.

—Te agradecería que lo hicieras lo antes posible, Héctor.

—Sí, sí. Ahora mismo —dijo este saliendo de su aturullamiento y llevándose a la niña y al abuelo.

—Y vosotros, entrad ahora mismo en la tienda y explicadme qué ha pasado —ordenó furiosa, sintiendo cómo le comenzaban a temblar las manos. ¡Caramba, ahora no!

Los hombres se apresuraron a obedecer, o por lo menos entraron en el local, ya que decir, no dijeron nada.

Ruth los miró alternativamente, esperando una explicación que, cuando llegó, lo hizo convertida en pregunta.

—¿Cuándo pensabas contármelo? —preguntó Marcos sin más explicaciones.

—¿Contarte qué?

—Que tienes una hija —respondió Marcos con furia.

—¡Darío! —exclamó Ruth mirando a su hermano, pidiéndole explicaciones.

—No le mires a él, mírame a mí, maldita sea —bramó Marcos agarrándola por los hombros.

—No le pongas un puto dedo encima, hijo de… —voceó Darío lanzándose contra Marcos.

—¡Basta! —chilló Ruth, quizá por primera vez en su vida—. Los dos. Basta. —Se interpuso entre ambos hombres e intentó tranquilizarse—. Darío, ¿qué ha pasado?

—Que este tipejo apareció por aquí dando por culo, y yo me he quedado a gusto dándole a él.

—Darío, por favor —rogó a su hermano mirándolo confundida.

—Vine a comprobar una información que me había llegado —intervino Marcos, irritado porque ella lo ignoraba a favor del señor puños de hierro. Joder, qué derechazo tenía el muy cabronazo.

—¿Qué información? —Ruth le plantó cara.

—Que tienes una niña.

—Correcto. No hacía falta que montaras esta escena. Si te hubieras molestado en preguntármelo, te lo habría dicho. ¿Quién te ha dado esa información? —preguntó enfadada.

—La arpía de tu jefa.

—¡Dios santo! —exclamó Ruth hundiendo los dedos en su cabello y deshaciéndose el moño sin percatarse—. Estupendo. Ahora que has corroborado la información, ¿te importaría irte a… a cualquier otro lugar? —Lo despidió obviando las buenas maneras.

—No. Tenemos que hablar.

—Mira, no te lo tomes a mal, pero preferiría conversar en otro momento. Verás, ciertos energúmenos han utilizado este establecimiento como cuadrilátero de boxeo y, bueno, cómo decirlo, hay que recoger un poco… solo un poco, lo justo para que se consiga entrar sin tropezar con botas y zapatos. —«Me estoy alterando ligeramente», reflexionó Ruth sin importarle en absoluto ese hecho—. O sin romperse la crisma al intentar sentarse en la silla a la que, ¡oh, sorpresa!, le falta una pata, que, ¡caramba!, está incrustada en la pared. Aunque debemos dar gracias porque los exaltados que han hecho esto no se han cargado el cristal del mostrador. Hubiera sido divertido despachar a la gente sobre, eh, el ¿aire?

—Iris es mi hija. Tenemos que hablar —respondió Marcos, inmutable ante el monólogo de Ruth.

—Estupendo, ¿lo has descubierto tú solito o te han dado pistas? —inquirió Ruth mirando a su hermano, el cual negó con la cabeza—. Fantástico. ¡Qué gran capacidad de deducción! ¿Y con base en qué has descifrado tu implicación en este asunto? —Estaba perdiendo el control, le sudaban las manos, se le desenfocaba la vista… Necesitaba otro zumo.

—Eras virgen cuando estuviste conmigo y tu hija nació menos de ocho meses después. Solo hay que sumar dos y dos.

—Mal nacido hijo de p…

—Darío, ¡basta! No necesito esto. —Se dirigió a Marcos—. Acompáñame a casa, hablaremos.

—Ni de coña, estás loca si crees que te voy a dejar a solas con este mamarracho —rechazó Darío interponiéndose entre la pareja.

—Creo que deberías ocuparte de arreglar los desperfectos que has provocado —cortó Ruth.

—Mira, hermanita…

—Ahora mismo —le exigió ella.

—No.

—Es una conversación privada. —Se acercó a su hermano y lo besó en la mejilla—. Necesito hacerlo, Da. No va a pasar nada. Por favor.

—Tienes media hora —aceptó él a regañadientes—. Luego subiré a casa y te aseguro que mataré a ese cabrón si aún sigue allí.

—«Y si no está, lo buscaré y le arrancaré los huevos», pensó para sí.

36

*Una discusión prolongada es un laberinto
en el que la verdad se pierde siempre.*
LUCIO ANNEO SÉNECA

*M*arcos siguió a Ruth al interior de la casa. Tras años de ausencia
todo seguía igual, o casi igual. Al pasar frente al cuarto de su amiga,
comprobó que ya no había una cama sencilla, sino unas literas, y que
el póster de Madonna que antaño adornaba la pared había sido cambiado por Doraemon y las Winx. Las paredes del pasillo ya no eran
blancas, estaban pintadas de salmón, aunque el suelo seguía siendo
plaqueta imitando el parqué. El salón se mantenía inmutable: el sillón de orejas en el que Ricardo leía el periódico mientras ellos hacían los deberes, el sofá de tres plazas sobre el que saltaban Darío y
Héctor de niños, creyéndose piratas al abordaje, la mesita de centro
con la esquina astillada de cuando Héctor chocó contra ella con el tri-
ciclo y el mueble de cerezo lleno de libros y fotos ancladas en las vi-
trinas. Eso sí, la televisión era de pantalla plana.

Ruth le indicó que se sentara en el sofá mientras ella cogía algo
de beber. Volvió al cabo de un instante con un zumo y una cerveza y
se sentó en el sillón orejero.

—Adelante. Tienes toda mi atención —dijo tomando un sorbo
de zumo que la hizo revivir, al menos un poco.

Estaba sentada con la espalda muy recta, la nariz muy levantada,
las piernas cruzadas a la altura de las rodillas y las manos descansando en los reposabrazos del sillón. Parecía una reina en su trono,
otorgando audiencia a la plebe.

—¿Por qué no me lo has dicho? —preguntó Marcos sin más di-
lación.

—No me pareció oportuno —contestó Ruth serena.

—¡No te pareció oportuno! Joder, te parece oportuno follar conmigo y no te parece oportuno decirme que tenemos una hija. Se me
escapa la lógica de tu razonamiento —ironizó él.

—Fornicar es algo que me atañe a mí única y exclusivamente. Si sucede algún desatino yo acepto el riesgo y asumo las consecuencias. Por el contrario, con Iris, ni asumo ni acepto riesgos. Es mi hija. Y mi deber es protegerla.

—Hablas como si fuera a hacerle daño a mi propia hija —protestó él indignado, levantándose del asiento.

—Me explicaste de manera convincente los pasos a seguir hace años, cuando te informé de que podría haberme quedado embarazada. Como comprenderás…

—¡Vas a echarme en cara esa mierda! —exclamó él interrumpiéndola.

—No. Solo constato los hechos y, si me permites continuar, expondré los motivos —contestó Ruth observando cómo Marcos se dirigía al mueble y empezaba a toquetear las fotos. Por lo visto no era la única que estaba nerviosa.

—Disculpe usted, señora letrada. Continúe, por favor —repuso con mofa cruzando los brazos.

—En primer lugar, teniendo presente tu negativa en todo lo que se refiriera a un posible embarazo, no creí pertinente informarte, menos aún cuando mi decisión estaba tomada y no iba a cambiar de parecer. En segundo lugar, aunque hubiera querido comunicártelo, no hubiera sabido dónde dirigirme; por si lo has olvidado, un océano mediaba entre ambos —continuó ella mirándolo a los ojos desde su trono de reina, juntando ambas manos sobre sus rodillas para evitar que le temblasen—. Por tanto, cuando apareciste en la exposición y retomamos nuestra amistad, no me pareció necesario comunicarte la existencia de un ser que, en el momento de su creación, aconsejaste eliminar. Al menos, no hasta saber si habías cambiado de parecer al respecto.

—¡Ya vuelves con lo mismo! Mira que te gusta remover la mierda. Te lo dije y te lo repito. Lamento lo que dije en aquella ocasión, creía que había quedado claro. —Se dirigió hacia ella con grandes zancadas—. No argumentes tu engaño basándote en una discusión de hace años. Tenías miedo de decírmelo. ¿Por qué? ¿Qué pensaste que iba a hacer si me enteraba? —susurró inclinándose sobre Ruth.

—No fue por cobardía, sino por prudencia. No puedes aparecer de golpe y porrazo y pretender que de buenas a primeras te diga: por cierto, ¿te he contado que tenemos una hija de seis años? No sería sensato, necesitaba conocerte mejor antes de hacerlo —refutó pegando la espalda al sillón.

—Hemos salido varias veces en este mes, te ha dado tiempo de sobra de comprobar cómo soy. Mierda. Has tenido mil ocasiones para contármelo y has pasado del tema. —Se alejó de un salto.

—¿Sacarías a relucir tu más preciado tesoro ante alguien a quien hace años que no ves, y que puede no ser como esperas que sea? —Cambió de tercio poniendo un ejemplo.

—¿A qué coño te refieres? —¿De qué narices hablaba ahora?

—Han pasado años desde la última vez que nos vimos, Marcos. No sé cómo eres, cómo piensas ni cuáles son tus prioridades. No podía hablarte de Iris sin saber si eres alguien en quien puedo confiar.

—Pero sí podías follar conmigo —la acusó él—, para eso sí valgo.

—No creo que el compartir sábanas implique tener que compartir mi vida privada —replicó enfadada. ¿Qué tenía que ver el tocino con la velocidad?

—Me haces sentir como si fuera basura —siseó él entre dientes. Se acercó a ella, apoyó las manos a ambos lados de su cabeza y pegó los labios a la frente poblada de sudor de Ruth—. Sales conmigo, te ríes conmigo, haces el amor conmigo y yo, como el idiota que soy, pienso que puede haber algo entre los dos, pero no hay nada. Solo un poco de sexo divertido y casual, un jodido revolcón de fin de semana. Bueno, ni siquiera eso, ya que no llego al nivel necesario para que me dediques tus sábados. Me tengo que conformar con días sueltos. —Se separó de ella echando fuego por los ojos—. ¡Soy el padre de tu hija! —estalló, para terminar susurrando—: Y me tratas como si fuera una mierda.

—¡No lo hago! —se defendió ella—. No podía imaginar cuál sería tu reacción ante Iris, si te darías media vuelta y te marcharías, si querrías conocerla, implicarte en su cuidado, o qué sé yo. Por tanto, antes de darte a conocer su existencia, necesitaba saber si podía confiar en ti, si eras buena persona.

—Cojonudo. ¿He pasado el examen? —preguntó indignado.

—No eres mala persona.

—Pero tampoco soy buena persona, ¿no? ¿Es eso lo que quieres decir? Como, bajo tus expectativas no soy un ejemplo a seguir, pretendías mantenerme ignorante de la existencia de mi propia hija. —Si Ruth quería frases rimbombantes, por Dios que se las iba a dar.

—No es así, yo…

—¡No! Vaya, ya he visto cómo has corrido a decírmelo. Reconócelo, Avestruz. Si Elena no hubiera soltado la liebre, jamás me lo habrías contado. Te has callado como una tumba. Mierda, eso no se le hace ni a tu peor enemigo. Y yo era tu amigo. ¿Por qué? ¿Qué motivos te he dado para que desconfíes de mí?

—¡Eres tú quien desconfía de mí! Quien se enfada por nada,

quien me acusa de… de copular con quién sabe cuántos hombres, quien traza planes maquiavélicos para Dios sabe qué. ¡Por favor! Si hasta has dado a entender que soy adicta al sexo.

—¡Yo! ¿Cuándo he dicho yo eso? ¿De dónde narices has sacado esa estupidez?

—Lo dejaste implícito al decir que podía satisfacerme con Brad a cualquier hora, cuando decidiste que no podía acostarme con ningún hombre hasta comprobar si me habías dejado o no embarazada la última vez. ¡Por todos los santos! ¡Si hasta parecías tener celos de Brad!

—¿Pero te estás oyendo a ti misma? Hablas de tu puñetero consolador como si fuera tu amante. ¡Joder! Me parece increíble que tú, ¡tú! —dijo señalándola—, te atrevas a insinuar que soy celoso y posesivo cuando tú eres demasiado ligera de cascos, sales con tu amigo los sábados, te acuestas conmigo en cuanto tienes un segundo libre y te pajeas con tu puñetero Brad quién sabe cuántas veces.

—Doy por finalizada esta conversación, no pienso seguir soportando tus insultos —afirmó Ruth, levantándose mareada del sillón y dirigiéndose dando tumbos al pasillo.

—No, Avestruz. Estás muy equivocada, esto no acaba aquí. Quiero a mi hija, quiero que ella sepa la verdad y quiero que esté conmigo. —La siguió hecho una furia.

—Lo pensaré —contestó yendo hacia la puerta.

—¡No hace falta que lo pienses! —Qué demonios, había preguntado los motivos, había intentado ser razonable, había intentando entenderla… Vale, en realidad la entendía perfectamente, y puede que se hubiera dejado llevar un poco por su mal genio y que incluso ahora mismo no estuviera siendo muy razonable. Pero su fuerte no eran la paciencia y la sensibilidad, nunca lo habían sido—. Va a suceder tal y como te he dicho. Mañana pasaré a buscaros, así que ten preparadas las maletas.

—¿Qué?

—Os venís a vivir conmigo. Mañana. —Y no es que no estuviera siendo razonable, en absoluto. Le dejaba una noche entera para prepararse. Además era la mejor opción: se acostumbrarían a vivir juntos y todo volvería a su cauce. Ella se separaría del tal Jorge de los huevos y quizás incluso Brad acababa en un descuido en el cubo de la basura.

—¿Qué línea lógica has seguido para llegar a esa conclusión? —¿Estaba chiflado o se lo hacía?

—Fácil. Quiero estar con nuestra hija. Ya hemos pasado suficientes años separados y no voy a perder más tiempo.

—¿Eres tonto o te lo haces?

—No quiero más discusiones. Estaos preparadas mañana.

—¡Tú! Arrogante, autoritario, déspota, tirano… No vamos a ir contigo a ningún lado.

—No voy a permitir que mi hija vea cómo su madre se va con su ligue de los sábados teniendo a su padre a la vuelta de la esquina. Eso se ha acabado. Vendrás a vivir conmigo, nos casaremos y llevarás una vida como Dios manda.

—¡Fuera de mi casa! —dijo abriendo la puerta de la calle y señalando el descansillo.

—Si te niegas, pondré el asunto en manos de un abogado —amenazó él desde el umbral.

—Perfecto. A partir de este instante, cualquier cosa que quieras notificarme, hazlo por vía administrativa —finalizó cerrando de un portazo.

Cuando Darío por fin pudo librarse de la mujer que pedía mil y una explicaciones sobre cómo iba a teñir sus zarrapastrosos —eso no se lo había dicho— zapatos, había pasado casi una hora.

Héctor esperaba en la cafetería, entreteniendo como buenamente podía a la inquieta Iris y al sosegado Ricardo. Hizo ademán de levantarse cuando vio salir a su hermano, pero un cabeceo de este le indicó que se mantuviera al margen. Darío no sabía qué iba a encontrar al llegar a casa. Prefería enfrentarse a ello él solo, antes de meter en ese embrollo a su sobrina y a su padre.

Entró en el portal corriendo y subió de un salto los escalones de la entrada. No se molestó en esperar al ascensor; ese trasto era una vieja gloria de tiempos pasados que tardaba demasiado para su escasa paciencia. Subió los siete pisos sin apenas alterar la respiración y entró en casa preparado para descargar su frustración en caso de encontrarse al malnacido. Lo que encontró fue el cuarto de su hermana cerrado y sus sollozos saliendo de detrás de la puerta.

Llamó con los nudillos y esperó al menos un segundo antes de entrar como una tromba.

Ruth estaba sentada en el suelo, con la espalda contra la pared y los codos apoyados en las rodillas. Sus ojos hinchados lo miraban mientras las lágrimas rodaban por sus mejillas.

—¿Has venido solo? —preguntó hipando.

—Sí. ¿Qué tal ha ido? —interrogó Darío sin saber bien qué decir.

—De pena.

—Ya lo imagino. ¿Te ha hecho algo? —inquirió furioso.

—Oh, por favor, no empieces con tus neuras. Ni me ha hecho daño ni me lo va a hacer —desestimó Ruth.

—¿Qué tal se lo ha tomado? —curioseó sentándose a su lado en el suelo.

—¿El qué? ¿El tener una hija o que se lo haya ocultado?

—Ambas —contestó él dándole un paquete de pañuelos medio gastado y bastante arrugado que había sacado del bolsillo de sus vaqueros.

—Bueno —contestó Ruth después de sonarse—, no me ha dado la impresión de que le haya parecido mal ser padre. De hecho, quiere que Iris y yo vayamos a vivir con él. Creo que también ha dicho algo de casarnos, pero no estoy del todo segura.

—Jod… petas, eso es bueno, ¿no? Quiero decir, parece como si quisiera asumir responsabilidades. —¿Casarse? ¡Por encima de su cadáver!

—Mañana.

—¿Mañana, qué?

—Ha dicho que mañana pasaría a recogernos. Que tuviera preparada la maleta.

—¿Pretende que vayas mañana a vivir con él? ¿Pero de qué va ese idiota?

—Si no, pondrá el asunto en manos de los abogados.

—Voy a matar a ese jodido cabrón.

—Por favor, Darío, deja de decir esas cosas.

—¿Por qué? ¿No quieres que lo mate? No pasa nada, lo amordazaré y lo meteré en un saco de boxeo. Luego lo colgaré del techo del gimnasio y haré prácticas con él.

—Bruto. —Sonrió un poco Ruth.

—O mejor todavía. Llevaré el saco a correos y lo enviaré por paquetería urgente a la Patagonia.

—Exagerado.

—Aunque lo que haré será llevarlo al gimnasio, y se lo daré a Ariel. Si sale con vida de esa, será un hombre con suerte.

—Eso sería peor que matarlo —exclamó Ruth riendo. Ariel acudía al mismo gimnasio que Darío, y este no paraba de hablar de ella.

—Todo se solucionará, no te preocupes —aseguró abrazándola—. No puede obligaros a vivir con él si tú no quieres. Y no quieres, ¿verdad?

—Mañana no, desde luego.

—¿Más adelante? —preguntó algo asustado ante la posible respuesta. No se imaginaba la casa sin sus niñas.

—No lo sé. Ay, Darío, no sé lo que quiero. Estoy metida en un enredo descomunal.

—Tranquila. Nadie te va a obligar a hacer nada y, si se le ocurre acercarse a ti o a Iris, me encargaré de que sea lo último que haga.

—No hablaba en broma.

—Darío, prométeme que no le harás nada. No quiero que volváis a pelearos.

—No le haré nada grave.

—Darío.

—¿Por qué te preocupas por él después de lo que te ha hecho?

—No eres justo con él. Ha sido lo que yo he hecho, o más bien lo que no he hecho, lo que ha causado esto.

—Tonterías.

—Oh, Darío, no tienes ni idea de nada… no sabes nada. —Solloza Ruth contra su camisa.

—Pues haz que lo entienda, habla conmigo.

—Se me está retrasando el periodo —murmuró.

—¿Qué?

—Hace cinco días que tenía que haberme bajado la regla —musitó cabizbaja.

—¡Te has vuelto loca! Joder. ¡Cómo coño se te ocurre! —gritó a la vez que se ponía en pie furioso.

—¡Darío!

—Vale, vale. Ya está. —Inhaló profundamente y exhaló despacio, relajándose—. No pasa nada. El lunes iremos al ginecólogo, si confirma el embarazo abortarás. No pasa nada, no hay problema.

—No sé si quiero…

—No discutirás sobre esto. Abortarás. No hay más que hablar.

—¡No debería haberte dicho nada!

—Claro que me lo tenías que decir. Ruth, escúchame. —Posó sus manos, morenas y fuertes, en las delicadas mejillas de su hermana, y le secó las lágrimas con los pulgares—. No volveremos a pasar por otro embarazo. No puedes arriesgarte. Demonios, ¿no lo entiendes? No puedo volver a pasar por eso. No puedo.

No dijeron más palabras, se abrazaron hasta que escucharon a Héctor abrir la puerta. Luego se levantaron en silencio y se prepararon para acabar la noche.

37

Los locos y los niños dicen siempre la verdad,
por eso se han creado los manicomios y los colegios.
PERICH

—¿*Q*ué parte no entendiste? Porque yo creo que estaba muy claro. Oír, ver y callar; no era tan difícil. Pero no, claro. Mi impredecible, visceral y sumamente inteligente amigo, no es capaz de seguir un guion aunque le cueste la vida. Joder, Marcos, lo único que te ha faltado por hacer ha sido secuestrarlas.

—Vete a la mierda.

Marcos observaba hipnotizado cómo las llamas rojizas se elevaban en la chimenea. Había ido a pasar el fin de semana con Carlos, más que nada para no sucumbir a la tentación de aparecer en casa de Ruth y llevársela a ella y a la niña a… a donde fuera. Y eso no sería secuestro. Sería convencerlas de dar un paseo para… Mierda, sí que sería secuestro, porque si de una cosa estaba seguro era de que había metido la pata hasta el fondo y que Ruth hablaba muy en serio con eso de la vía administrativa. ¡Joder! Hasta amenazando sonaba inteligente.

—Es que no me entra en la cabeza, tío. ¿Por qué has tenido que soltarle a la pobre tantas burradas? ¿Realmente crees lo que dices? Porque, cuantas más vueltas le doy al tema, más convencido estoy de que te estás dejando llevar por los celos sin tener ninguna base para ello. Joder, que hablamos de Ruth, leches, no de Enar. De Ruth. Se te ha metido en la cabeza que va a Gredos con ese tal Jorge a fo… ejem —carraspeó Carlos antes de acabar la palabra. Luisa estaba sentada muy tiesa en el sillón y no se perdía palabra de la conversación—, a eso, y a lo mejor a lo que se dedica es a pasear por el campo.

—Pasear… sí claro… a cabalgar es a lo que va —respondió Marcos malhumorado.

—A ver, ¡eo! ¿Hay alguien ahí? —preguntó Carlos llamando a la cabeza de su amigo con los nudillos.

—¡Ay! —se quejó Marcos.

—Mira, tío, hablamos de Ruth. R-U-T-H. La misma persona que cuida de su padre y de su hija ella solita, la que se ocupa de un centro lleno de abuelos medio sonados.

—Ejem —carraspeó Luisa. Su futura nuera dirigía una hacienda de categoría que daba asilo a ancianos aristócratas, o eso había decidido ella.

—De ancianos con problemas de memoria —corrigió Carlos en el acto—. La niña que cuidaba de su casa con diez años, la mujer responsable y cabal que pone a todo el mundo por delante de ella, que se ocupa de todos, que no se sale jamás de la línea. Tío, es que no pega ni con cola con la *femme fatal* que describes.

—Efectivamente, mi nuera jamás sería capaz de engañarte con otro hombre —aseveró Luisa.

—No es tu nuera y, además, qué narices haces aquí, ¿por qué no te vas al ordenador a ver *Lujuria*?

—*Pasión* —le corrigió Carlos—, la telenovela se llama *Pasión*.

—Eso mismo —se desentendió Marcos.

—Porque tu historia es mucho más interesante que la novela, hijo. Pasan más cosas y las discusiones están más trabajadas. Es más auténtica.

—Joder. ¡Es que es real, mamá! ¡Es mi vida!

—En efecto, ahí quería llegar yo. Tienes que hacer algo para encauzar tu vida. Esconderte en la Sierra en una granja de pájaros…

—Aves rapaces —corrigió Carlos a la anciana.

—Jovencito, no me interrumpas. —Le fulminó Luisa con la mirada—. Esconderte en una granja de pájaros, no va a hacer que se solucionen las cosas. Tienes que enfrentarte a la vida, hijo. Hacer de tripas corazón y arrodillarte ante Ruth hasta que ella te disculpe.

—¿Estás chiflada? Vamos, manda huevos. Pues no faltaba más que eso. Si ella quiere algo que me llame, no te jode.

—Pero es que ella no quiere nada contigo, hijo. La has insultado, la has amenazado…

—¡Yo ni la he insultado ni la he amenazado!

—Decir que se acuesta con todo quisqui, no es llamarla bonita precisamente —argumentó Carlos.

—Y amenazarla con poner el asunto en manos de abogados tampoco es plato de buen gusto. Recuerdo que en una telenovela…

—Sí, sí. Ya lo he cogido. Vale, reconozco que se me fue un poco la mano.

—¿Un poco? Metiste la pata hasta el fondo y más allá.

—¡Vale!

—Ahora lo que tienes que hacer es pedir disculpas.

—Muy bien, mamá. ¿Y cómo lo hago? ¿Me cuelo una noche por la ventana y suplico de rodillas en el suelo?

—Bueno, vive en un séptimo piso. Lo mismo te matas escalando. Aunque quizá puedas bajar desde el tejado con una cuerda —comentó Luisa imaginando la manera.

—¡Madre! ¡Estaba ironizando! —exclamó espantado.

—Lo mejor sería —continuó Luisa— que te presentaras el seis de enero, día de Reyes, con un regalo para la niña. Eso ablandaría su corazón y seguro que te deja entrar. Luego solo es cuestión de humillarte y suplicar con convicción.

—¡Se acabó! Ni loco voy a hacer eso. Vamos, ni por todo el oro del mundo.

—¿Tampoco por el amor de tu vida? —preguntó Luisa—. La madre de tu hija, tu futura esposa, la mujer que te hace querer vivir un día más, la…

—Vale. Te he entendido. Mira, tengo que ordenar las fotos del reportaje, así que me voy a darle un rato al portátil. Vosotros podéis seguir haciendo planes y todo eso —dijo Marcos abandonando el salón.

—Tenemos que hacer algo, Carlos.

—Ah, no. Ni de coña. Déjale que se lo piense un poco y después ya veremos, que tu hijo es más terco que una mula. Ahora no serviría de nada trazar estrategias. Ya has visto lo que ha pasado con la última. No, señora. No. Que sufra un poco a ver si así espabila.

Y sufrió, vaya si sufrió. Durante todo el fin de semana le estuvo dando vueltas a la cabeza. ¿Y si estaba equivocado? ¿Y si veía lo que quería ver en vez de la realidad? ¿Y si Ruth en realidad iba con su amigo a pasar el día? La conocía de sobra e intuía que en esas salidas Iris iría con ellos. Ruth no haría nada delante de la niña, de eso estaba seguro. Ella era demasiado responsable para hacer tal cosa. Aunque una vez que la niña estuviera dormida… Joder, era el puto peluquero de su coño. ¿Qué hombre con sangre en las venas no se aprovecharía de eso? Pero por otro lado, si Ruth tuviera sexo con ese tipo, fijo que no lo iría diciendo por ahí; sería estúpido, y ella no era nada estúpida. Lo mismo todo sucedía de manera inocente, le quitaba unos cuantos pelitos y a dormir cada uno en su cama y con el pijama puesto. ¡Ja! Lo más normal hubiera sido ocultarle la existencia del tipejo, pero ella no solo no lo ocultaba, sino que parecía orgullosa de que le peinase el pubis. Y bueno, si tal y como ella le había dicho solo hacían eso, entonces no hacían nada malo —al menos no demasiado malo; por eso, él machacaría al tipejo en lugar de matarlo—. Además, una cosa estaba clara: Ruth no mentía. Tenía buena prueba de ello. Cuando le preguntó por Iris, no intentó escaquearse, le respondió clara y serena con la verdad. Joder, no sabía qué demonios pensar.

El domingo por la noche, de regreso a su casa, y sin poder dormir, llegó a una conclusión. Compraría un regalo para Iris, no porque lo dijera su madre, sino porque era el día de Reyes y él era el padre de la niña, y por tanto tenía derecho a hacer de rey mago. De paso, intentaría hablar con Ruth, dialogar como personas civilizadas y, sobre todo, haría todo lo posible por confiar en ella y creerla en todo lo que dijera. Y luego… luego la conquistaría poco a poco —lo más rápido posible, sin prisa pero sin pausa— y se aseguraría de que jamás hubiera un hombre que no fuera él en su vida ni en su cama.

38

Cuando nos peguen una patada en los huevos, es mejor ofrecer la otra mejilla, porque, si repiten en el mismo lugar, vamos listos.

PERICH

—¡Mamá! ¿Qué hora es? —escuchó la voz de Iris a través del auricular.

—Las cuatro de la tarde, cariño.

—¡Aún no ha llegado el tío Jorge! ¡Va a llegar tarde! ¡Llámale, llámale, llámale! —gritó la niña haciendo que Ruth alejara el teléfono del oído.

—No llega tarde, cielo. Aún falta una hora hasta las cinco. Estate tranquila, cariño. Sabes que Jorge jamás ha llegado tarde al desfile.

—¡Jopetas! ¡Yo quiero que llegue ya!

—Llegará enseguida. No te preocupes.

—Jo, mami, me lo voy a perder. Lo sabe todo el mundo mundial —dijo Iris haciendo pucheros.

—¿Ha preparado Héctor la cama de Jorge? Hay que ponerle las sábanas y la manta, y sacarla de debajo de la del tío —comentó Ruth, esperando distraer un poco la ansiedad de la niña.

—¡Ahí va! Se nos ha olvidado. ¡Tío Héctor, tío Héctor! No hemos sacado la cama, va a venir tío Jorge y no va a estar hecha y lo vamos a tener que hacer y no nos va a dar tiempo a ver a los Reyes Magos, de verdad de la buena —gritó la niña antes de colgar con un sonoro golpe el teléfono.

Ruth sonrió y volvió a sus archivos. Aún le faltaba actualizar bastantes cosas, y quería salir del centro a las seis para llegar a la cabalgata de reyes.

—¡Mamá! Nos vamos, nos vamos, nos vamos. ¡Ya! ¿Vas a tardar mucho? Llegaremos tarde. Eh, dame el teléfono, estoy hablando con mamá. ¡Jopetas!

—¿Ruth? Hola, guapa. ¿Qué tal lo llevas?

—Hola, Jorge. ¿Qué tal el viaje?

—Bien. Mucho coche, mucho frío y ¿a que no sabes qué?

—¿Qué?

—He visto pasar a los Reyes Magos en sus camellos al llegar a Madrid —comentó Jorge como quien no quiere la cosa.

—¡De verdad! ¡Vámonos! Que nos lo vamos a perder, jopetas… Me quiero ir ya… —Se oyó la voz llorosa de Iris al otro lado de la línea.

—Jorge, no seas malo.

—No lo soy. Bueno, guapa, nos vamos. Estaremos frente al bar Urbión.

—Vale, en media hora estaremos allí.

Era el día grande de los niños, el cinco de enero, noche de Reyes, noche de magia. Y Ruth trabajaba. No obstante, en pocos minutos saldría del centro con su padre y se reunirían con el resto de la familia para ver la cabalgata. Como todos los años desde que se conocían, Jorge había ido a pasar la noche con ellos. Y a ser un rey mago más.

La cabalgata iniciaba su trayecto a pocas calles de su casa, así que no debería tener problemas de tiempo. Saldría rauda y veloz, pararía en la zapatería a recoger a Darío y a las seis y media, como muy tarde, estaría toda la familia junta.

¿Toda?

No.

Faltaría el padre de su hija.

Tenía que solucionar las cosas, no podían continuar así. Marcos tenía derecho a ver a su hija, a disfrutar de Iris igual que ella lo hacía. Pero no como él quería. Eso no. No podía arriesgarse a que la niña se ilusionara y él se aburriera y se marchara. Se lo presentaría, quedarían por las tardes, haría que se fueran conociendo y, cuando estuviese segura de las intenciones y la responsabilidad de su amigo, hablarían con Iris, los dos, y le contarían la verdad. No podía ser de otra manera.

—Me voy a ver la cabalgata, hijo.

—Como veas, mamá.

—¿No quieres venir?

—En estos momentos estoy muy ocupado.

—Está bien.

Marcos esperó a que su madre cerrase la puerta y apagó el ordenador. Llevaba todo el día ordenando las fotos tomadas en el centro, descartando las que no consideraba con calidad suficiente para ser publicadas y soñando despierto cada vez que se encontraba con una en la que saliera Ruth. Era el día que más horas había pasado frente al ordenador en toda su vida, y el más improductivo. No había hecho nada más que suspirar, insultarse a sí mismo y pensar. Se levantó de la silla y fue a su cuarto, donde abrió el armario y sacó un enorme paquete envuelto en papel de regalo rojo brillante con un gran lazo dorado. ¿Le gustaría a Iris la casita de Tarta de Fresa? Eso esperaba, porque le había costado media mañana decidirse por ese regalo en especial. Si no, siempre le quedaba el otro paquete, envuelto en papel dorado con arbolitos de navidad y un lazo plateado. ¿Quizá debería darle primero el patinete de las Bratz? En fin, qué más daba, le daría los dos a la vez al día siguiente. Eso, si conseguía que Ruth y Puños de Hierro le permitiesen la entrada a su casa, claro. Si no, pelearía con uñas y dientes. No. No iba a discutir ni a pelear: si no le dejaban pasar, dejaría el regalo en el umbral de la puerta y se iría a emborrachar a la cafetería más cercana.

—Buenas tardes, soy doña Luisa de la Sierra y Alcázar —saludó al entrar a la zapatería una mujer menuda, entrada en años y con pinta de chiflada, con un sombrero enorme de época y un abrigo largo hasta los tobillos.

—Buenas tardes. ¿En qué puedo atenderla? —preguntó Darío.

—Quería hablar con el padre de la señorita Ruth Vázquez.

—Me temo que en estos momentos no se encuentra aquí. ¿Quién es usted?

—¿Acaso no me ha oído, joven? Doña Luisa de la Sierra y Alcázar.

—Ya, ya. Eso lo he captado. Me refiero a para qué quiere hablar con mi padre.

—¿Es usted el hermano de la señorita Vázquez?

—En principio, sí. —«Sonada, está sonada. ¿Por qué demonios tienen que venir los clientes chiflados justo el día de Reyes? Con las prisas que tengo. Nada, nada, a ver si consigo echarla rapidito», pensó Darío.

—Entonces usted servirá. Vengo a reclamar su ayuda para hacer recapacitar a mi futura nuera.

—¿Qué?

—Soy la madre de Marcos. —Luisa se quitó un guante y le ten-

dió la mano al dependiente. Darío se la quedó mirando idiotizado—.
¿No a va a besarme la mano, joven?

—¿Por qué iba a hacer eso?

—Por respeto, educación, buenos modales…

—Puede darse usted por besada.

—¡Qué juventud la de hoy en día! En fin, pasaré por alto su descortesía. Imagino que estará al tanto de que la hija de su hermana lo es también de mi hijo.

—Sí. —¿La vieja estaba buscando el suicidio?

—Y comprenderá que es imprescindible para el bien emocional de la niña que se casen.

—¿Qué?

—¿Acaso no está usted al tanto de lo que dicen de los niños nacidos fuera del matrimonio? Les llaman bastardos —le susurró al oído.

—Fuera —contestó Darío entre dientes.

—¿Fuera?

—Largo de aquí.

—¿Me está usted echando?

—Sí —exclamó Darío saliendo de detrás del mostrador y revelando toda su fuerza y estatura.

—¿Pretende imponerse a mí por la fuerza, joven? —preguntó Luisa mirándolo de arriba abajo.

—Eh, no —contestó Darío desinflándose. Jamás atacaría a una mujer mayor… y chiflada.

—Entonces pierde usted el tiempo intentando intimidarme. Estoy aquí con un propósito y no voy a cejar en mi empeño.

—¿Qué empeño?

—Que mi hijo y su hermana se casen y den un apellido a Iris.

—¡Está loca!

—Me lo han mencionado en alguna ocasión, pero no hago caso de los dimes y diretes. Además, eso no viene al caso.

—Joder.

—¡Jovencito! Cuide su lenguaje en presencia de una dama.

—¿Dama?

—Está claro que no voy a conseguir nada platicando con usted, no habla de forma coherente.

—¿Que yo no soy coherente? ¡Será posible!

—Por tanto, esperaré a que venga su señor padre. Seguro que él será más razonable y apoyará mi empresa.

—Ni de co… lines. Usted se larga ya mismo.

—No.

—¿Cómo que no?

—Si no va a echarme usando su fuerza bruta, y yo no pienso irme por mi propio pie, ¿me podría explicar cómo se las va a apañar para que salga de este comercio?

—¡Mierd… coles! —exclamó Darío saliendo a la calle y mirando alrededor, quizás en busca de alguna idea milagrosa, al fin y al cabo era la noche de reyes. Quizá algún rey mago pudiera hacer desaparecer a esa loca de su tienda.

—Joven.

—Sí.

—¿Podría proporcionarme un asiento adecuado a mi posición? A esta silla le falta el respaldo y es sumamente incómoda.

Darío entró en la tienda. Luisa se había sentado en una de las banquetas destinadas a acoger las posaderas de los clientes mientras se probaban los zapatos.

—Lo siento, el trono se rompió la semana pasada.

—No se burle de mí, joven. Solo pretendía un poco de comodidad para paliar el dolor de mis huesos artríticos. Espero que no trate así a su anciano padre. Vergüenza debería darle dejar padecer a una persona de mi edad y mi mala salud si tiene algo mejor que ofrecerle. No querría que a su padre le ocurriera lo mismo, ¿verdad?

—Eh… no, claro que no, pero es que no tengo nada mejor que ese taburete.

—Disculpas aceptadas.

—Pero… si no me he disculpado.

—Entonces no se las acepto.

—Me hace falta un Valium.

—Joven, la droga es muy mala para la mente.

—¡Dios!

—Hola, Darío. ¿Ya lo tienes todo? Vamos, que al final nos perderemos el principio de la cabalgata. —En ese momento entró Ruth por la puerta—. ¿Estás atendiendo? Lo siento. Le ruego me disculpe, señora —dijo dirigiéndose a Luisa, para luego hablar a Darío—. Te esperamos fuera, cariño.

—Qué modales tan exquisitos. Hacía tiempo que no veía a una señorita con tan buena educación —alabó Luisa a Ruth—. ¿Es su esposa? Como le trata a usted de «cariño».

—No. Soy su hermana —contestó Ruth sonriendo. Adoraba a los ancianos, a todos y cada uno de ellos, los conociera o no.

—Su hermana. ¿Tengo el gusto de estar ante la señorita Ruth Vázquez?

—Sí, soy yo. ¿Nos conocemos? —preguntó Ruth confusa.

—Es la madre de Marcos —refunfuñó Darío.

—Ruth, hace frío fuera. ¿Vamos a hacer algo? —entró en ese momento Ricardo.

—Sí, papá. Nos vamos a la cabalgata de reyes.

—¿Hoy? ¿Estamos en Navidad?

—Más o menos. Es... Hace mucho frío, uf... estoy temblando.

—Era tontería explicar a su padre que estaban en enero cuando él creía que era julio y cuando, además, lo iba a olvidar un segundo después.

—Eso mismo digo yo. No es normal en esta época que haga tanto frío. Deberías abrigarte más, cariño. Estás muy delgada, y si encima te constipas va a ser un desastre.

—Ya, es que me he dejado la chaqueta en el coche. Ahora mismo la cojo.

—¿Está en el coche? No te preocupes, ya voy yo a por ella.

—Gracias, papá. Eres un sol —contestó sabiendo que lo olvidaría en cuanto cruzara el umbral.

—¿Es usted el padre de la señorita? —inquirió Luisa a Ricardo.

—A su entera disposición.

—¡Qué galante! Soy doña Luisa de la Sierra.

—Y Alcázar —finalizó Darío burlándose

—¡Darío! Compórtate —le regañó Ricardo.

—Hace usted bien en reprenderle, sus modales dejan mucho que desear.

—Ya sabe cómo son los jóvenes de hoy en día.

—Sí, lo sé. Tengo un hijo y me está dando algún que otro disgusto.

—Cuánto lo siento.

—Sabía que podía contar con usted. Mi hijo es el padre de su nieta, y estoy plenamente convencida de la necesidad de un matrimonio rápido entre mi hijo y su hija.

—Siento no poder ayudarla, pero está usted equivocada; yo no tengo ninguna nieta.

—¿Cómo qué no? ¿Ruth es su hija?

—Por supuesto que sí.

—Pues ella tiene una hija. Su nieta.

—No —contestó Ricardo mirando a su alrededor...

—Sí.

—Darío, creo que sería oportuno que te llevaras a papá a la cabalgata. Está a punto de empezar —intervino Ruth.

—¿A qué cabalgata? —preguntó Ricardo.

—¿Y qué vas a hacer con la chiflada esta? —inquirió Darío señalando a Luisa.

—¡Darío! No te permito que hables así de una dama —exclamó Ricardo

—Muy bien dicho —apoyó Luisa—. Como le iba diciendo es absolutamente necesario que mi hijo y su hija se casen.

—¿Su hijo quiere casarse con mi hija?

—Se lo acabo de decir.

—Acabamos de conocernos, no hemos hablado antes.

—Darío, lleva a papá a la cabalgata. Yo me encargaré de la madre de Marcos.

—¿Qué vas a hacer con ella? ¿Atarla con correas a una cama? —se burló Darío.

—¡Darío! —exclamó Ricardo.

—Me niego a marcharme sin haber aclarado este asunto —dijo Luisa.

—No se preocupe, señora. Lo hablaremos largo y tendido, y llegaremos a una solución. Pero no aquí. La zapatería no es el ambiente adecuado para discutir ciertos temas —comentó Ruth cogiéndola de la mano.

—Tienes toda la razón, querida. Eres muy sensata.

—Vamos, papá. Llegamos tarde. —Darío cogió a su padre del codo y lo sacó casi a rastras de la tienda.

Ruth suspiró. Un problema menos… Luego miró a Luisa. Un problema más.

No sabiendo exactamente qué hacer, y pensando que en plena calle se helarían de frío, decidió llevarla a su casa y allí intentar convencerla de la locura de su empresa. Lo intentó. Y lo volvió a intentar, pero no hubo manera. La buena mujer no atendía a razones. Por tanto, solo se le ocurrió una solución. Sacó el móvil y llamó. El timbre sonó una sola vez antes de que respondieran al teléfono.

—Dime.

—Marcos, soy Ruth.

—Lo sé.

—Tu madre está en mi casa.

—¿Qué?

—Tu madre está en mi…

—Ya te he oído la primera vez. ¿Qué narices hace mi madre en tu casa?

—Vino a la zapatería a intentar persuadir a mi padre de que debía instarme a que me casara contigo, pero se encontró con Darío, que por cierto no está nada contento con el asunto. Así que para evitar males mayores la saqué de allí y, no viendo otra opción, la trasladé a mi casa. Llevo casi una hora intentando convencerla para que regrese contigo, pero ella insiste en intentar influenciarme para que haga lo que para ella es correcto, es decir, que contraigamos matrimonio. Y se ha propuesto intentarlo ininterrumpidamente hasta que yo claudique y, como no lo hago, se niega a marcharse.

—Joder. No me he enterado de nada.

—Veamos, vino a la zapatería esta tarde con la intención…

—Da igual. Voy a por ella.

—Gracias.

Colgó el teléfono y se acercó al comedor. La buena mujer estaba sentada muy tiesa en el sillón orejero de su padre. Dio un paso atrás al comprobar que no se había percatado de su presencia y se dirigió a la cocina; necesitaba estar un segundo a solas para ordenar —si es que era capaz— sus pensamientos. La visita de Luisa la había alterado considerablemente, y sus intenciones la habían conmocionado. La anciana estaba empeñada en que se casaran por todo lo alto con ¿una licencia especial?, otorgada por no sabía qué obispo. Asimismo, también le aconsejaba que inscribiera a Iris en una buena escuela para señoritas donde le enseñaran los prolegómenos de la buena educación. Y, por si fuera poco, había asegurado que ni ella ni su hijo se opondrían a que siguiera dirigiendo su ¿hacienda de ancianos aristocráticos venidos a menos? Por Dios, saltaba a la vista que Luisa sufría algún tipo de demencia. Desde luego no era peligrosa, pero Marcos debería ocuparse de ella, cuidarla y atenderla como se merecía una persona en su situación.

Estaba decidida a hablar con él e instarle a que pidiera plaza en su centro o en cualquier otro. Le constaba que él viajaba mucho, y Luisa no debía, por el bien de su salud, quedarse sola. Temblaba al pensar en la pobre mujer sola en casa, abandonada en su irrealidad, sin nadie que cuidara de ella durante los viajes de trabajo de su hijo.

Se pasó las manos por la frente y notó que estaba sudando. Hacía mucho calor en la casa. Se miró los dedos. Temblaban. Y no precisamente por la situación de la buena mujer. Estaba un poco mareada, se notaba la boca pastosa, tenía bastante hambre y se le empezaba a desenfocar la mirada. ¡Caramba! Se había alterado más de la cuenta. Abrió la puerta de la nevera y cogió un zumo.

En ese momento sonó el timbre, dejó el zumo sobre la encimera de la cocina y fue a abrir la puerta.

—¿Dónde está mi madre? —inquirió Marcos.

—En el salón.

—¿Se puede saber qué narices estás haciendo? —preguntó Marcos casi gritando a su madre.

—Estoy hablando con mi futura nuera.

—Estás jodiendo la marrana. Coge tu abrigo y vámonos.

—No.

—¿No? ¿Estás sorda o te lo haces? He dicho que nos vamos.

—Marcos, no te enfades —le dijo Ruth a su espalda.

—¿Que no me enfade? ¡Qué va! Fíjate si estoy contento que estoy a puntito de dar saltos de alegría.

—Hijo, no hables así a tu futura esposa.

—Qué futura esposa ni qué cuernos. Levántate y vámonos, ya has hecho suficiente por hoy.

—No entiendo por qué estás tan molesto, solo pretendo ayudar —suspiró teatralmente Luisa.

—¡Ayudar! ¡Irrumpiendo en la tienda de Puños de Hierro y cabreándolo con tus chorradas! ¡Qué gran idea! ¿Cómo no lo habré pensado yo mismo? Lo último que me faltaba es que don Te Voy a Matar tenga un motivo más para machacarme.

—Marcos, tranquilízate. Darío no está enfadado, él entiende que tu madre es una persona especial —intervino Ruth.

—¿Especial? Joder, menudo eufemismo. Lo que está es loca como una cabra.

—¡Qué desgracia la mía! Mi propio hijo piensa que estoy chiflada. ¡Yo! ¡Su madre! Que solo pienso en él, en ayudarle, en hacerle la vida más fácil. ¡Ingrato! —Luisa rompió a llorar sin lágrimas.

—Luisa, cariño, no pasa nada. No llore, serénese. Marcos está algo alterado, pero no pretendía decir lo que ha dicho. Son cosas que se dicen sin pensar, no las siente de veras.

—¿No? —se burló Marcos cada vez más irritado. ¿Cómo era posible que ella se pusiera de parte de su madre?

—Marcos, por favor. La estás alterando. Todo esto no es necesario. Sé que estás enfadado, pero intenta recapacitar. Luisa es una persona especial, sensible. No la aturdas, por favor.

—Pero… ha venido aquí, a decir tonterías, a molestarte… —respondió él, confuso.

—No me ha molestado, hemos mantenido una conversación amena entre dos amigas. De verdad, créeme, no pasa nada. —Mientras hablaba, Ruth no dejaba de acariciar el pelo de la anciana, de sonreírle, de consolarla.

—Está bien. Mamá, por favor, deja que te lleve a casa y lo hablamos tú y yo.

—¿Escucharás mis consejos?

—Sí, te haré caso en todo lo que digas, pero, ahora, vámonos. —Tendió la mano a su madre.

—Me gustaría ver a mi nieta —solicitó Luisa, hipando.

—Ahora está en la cabalgata de reyes, pero le aseguro que mañana mismo la llamaré para que venga al parque con nosotras —dijo Ruth apiadándose de la anciana. Ojalá su propio padre supiera que Iris era su nieta. No impediría a la abuela que la conociera.

—¿De veras? —preguntó Marcos esperanzado.

—Sí. Mañana te llamo y hablamos.

—Gracias —dijo emocionado mientras ayudaba a su madre a ponerse el abrigo.

—¡Mamá, mamá! Al final te has perdido la cabalgata. Ha estado genial de la muerte. Todo el mundo mundial ha visto cómo el rey Baltasar me decía hola con la mano. De verdad de la buena —gritó Iris entrando por la puerta.

—¡Qué cojines haces tú aquí! —exclamó Darío desde el descansillo de la escalera.

—Mi hijo ha venido a proponer matrimonio a tu hermana —contestó Luisa con altivez.

—¿Te vas a casar, cariño? —preguntó Ricardo.

—¡Ahí va! ¡Pero si no ha escalado ningún castillo! —gritó Iris—. No puedes casarte con mamá si no subes a la torre más alta del más alto castillo, lo sabe todo el mundo mundial.

—Cabronazo de mierda, te dije que no quería volver a verte y te presentas en mi casa cuando no estoy. Estás muerto, colega —exclamó Darío yendo hacia él y dándole un puñetazo en pleno estómago.

—¡Darío, basta! —exclamó Ruth poniéndose entre ambos hombres.

—Eh, Da. Para, amigo; tranquilízate —dijo Jorge, sujetándolo más o menos, pues no le llegaba a Darío ni al hombro.

—¡Ahí va, mi madre! —musitó Héctor parado en la puerta, sin saber cómo reaccionar.

—¡No toques a mi hijo! —gritó Luisa golpeando a Darío con el bolso—. No se te ocurra hacerle daño.

—No lo voy a tocar, lo voy a matar —contestó Darío protegiéndose como podía de los bolsazos—. Jolines, señora, ¿lleva piedras en el bolso?

—¡Dejarás huérfana a la niña! No puedes matar a su padre —exclamó Luisa verdaderamente asustada.

—¿Por qué ibas a querer matar a este joven? Hijo, por favor, compórtate —exclamó Ricardo ayudando a Jorge a sujetar a Darío.

—¿Al padre de quién? —preguntó Iris que no perdía palabra.

—Tu padre, cariño. Tu padre. Marcos es tu papá y se quiere casar con tu mamá —aclaró Luisa antes de que nadie pudiera silenciarla.

—Cállate, bruja —aulló Darío esquivando los golpes del bolso.

—Basta —dijo Ruth con un hilo de voz.

—No insultes a mi madre. —Marcos se enfrentó empujando a Darío.

—¿Este es mi padre? —preguntó Iris con ojos de búho.

—¿Qué os parece si aclaramos todo este asunto en el interior de la casa? —preguntó Jorge—. Lo digo porque estamos montando un escándalo tremendo en la escalera. Y no es que a mí me importe, pero, ya sabéis, las vecinas…

—¡Ay, señor! —murmuró Ruth mareada, le daba vueltas la cabeza.

—¡Todos dentro! —gritó Jorge empujando al personal dentro de la casa y cerrando la puerta.

—¡Mamá! ¿Este es mi papá? —volvió a preguntar Iris gritando para hacerse oír entre el jaleo.

—Pero si yo no tengo nietos, estoy seguro de que se está equivocando de persona —intentaba aclararle Ricardo a Luisa sin dejar de sujetar a su hijo.

—Por supuesto que no me equivoco. Esta niña es su nieta y mi hijo es el padre —afirmó Luisa.

—¡Que alguien haga callar a esta loca! —gritó Darío zafándose de Ricardo y golpeando en la mandíbula a Marcos; golpe que le fue devuelto al segundo siguiente.

—Parad, por favor —susurró Ruth casi sin voz a la vez que se apoyaba en la pared del pasillo.

—¡Héctor! Reacciona, hombre. Mete a tu padre en su cuarto y quédate con él —ordenó Jorge.

—Vamos, papá. Estoy seguro de que hemos perdido algo en tu cuarto —obedeció Héctor, llevándose a su padre.

—Pero se están peleando en casa. —Se resistió Ricardo, confuso.

—Sí, pero no es en serio. Vamos a tu cuarto y te lo explico. —Lo agarró de los hombros y lo condujo a través del pasillo.

—¿Estás seguro de que no es en serio? A mí me parece que sí. —Intentaba resistirse, pero su hijo era más fuerte.

—Vamos, papá, por favor. Hazme caso, anda.

—Iris, preciosa, vamos a tu cuarto y enséñame lo que te ha traído Papá Noel —dijo Jorge al ver casi resuelto el problema de Ricardo—. Ruth, ven con nosotros.

—¿Pero es mi papá o no?

—Mira, cariño, eso lo hablarás con tu madre después. Ahora vamos a tu cuarto.

Darío y Marcos seguían enzarzados en su pelea. Jorge suspiró y pasó de ellos tras haber decidido que era más importante sacar de allí a Iris, a su madre y a la bruja. Miró a Ruth. Esta intentaba convencer, con escaso éxito, a Luisa de que dejara de golpear a Darío con el bolso y la acompañara al comedor. Agarró a la niña de la muñeca y tiró de ella en dirección a cualquier otro lado que no fuera ese.

—¡Qué no! Quiero saber quién mata a quién —chillaba Iris intentando escapar de su agarre.

—Iris, obedece —habló Ruth con voz pastosa.

—No. Quiero saber si ese es mi papá y por qué el tío le está pegando.

—Iris, o vas a tu cuarto andando o te llevo a rastras —amenazó Jorge viendo a Ruth pálida como la cera.

—¡No! No y no. No me muevo de aquí. Quiero ver qué pasa.

—Tú lo has querido. —Jorge levantó a la niña con la intención de llevarla en brazos hasta el cuarto y encerrarse dentro con ella.

—¿Qué coño estás haciendo? Suelta a mi hija —exclamó Marcos entre golpe y golpe, observando cómo el enano con la cara agujereada por los *piercings* agarraba a su hija contra su voluntad.

—¡Socorro! Me está secuestrando —gritó Iris sabiéndose el centro de atención.

—Iris, cariño, no grites. Vamos, ven conmigo —solicitó Ruth sin dejar de apoyarse en la pared.

—¡Suelta a la niña! —clamó Marcos.

—Vamos, hombre, tranquilo. Solo quiero alejarla de la bronca —respondió Jorge.

—¿Pero tú quién coño te crees que eres? ¿El enano de los anillos? —exclamó Marcos, con su escasa paciencia al límite.

—Soy Jorge, un amigo de la fami… —No pudo terminar.

—Cabrón, hijo de puta. —Se abalanzó Marcos sobre él.

—Joder, a este lo mato —exclamó Darío uniéndose a los otros dos hombres en el suelo.

Ruth aprovechó que Iris se había quedado paralizada para agarrarla de una mano y coger a Luisa con la otra y llevarlas sin falta al comedor, luego fue a cerrar la puerta.

—¿Pero yo qué he hecho? —gritó Jorge escupiendo sangre.

—Mamá.

—No te preocupes. Jorge, esto va a acabarse aquí y ahora —gruñó Darío.

—¿Mamá?

—Espera tu turno, Action Man. Primero me voy a cargar al capullo agujereado —se burló Marcos, disfrutando de la pelea. Por fin tenía a su alcance a su rival.

—¡Mamá!

—Eso habrá que verlo —apuntó Darío haciendo crujir sus lastimados nudillos.

—¡¡Mamá!!

—Vamos, chicos, calmaos, que todo tiene solución —dijo Jorge huyendo a gatas de esos dos locos.

—¡Tío, mamá no se despierta! —gritó Iris llorando y agarrando a Darío del pantalón—. Luisa la está zarandeando y no se despierta. No se despierta. Ven. Vamos. Ven.

Se hizo el silencio. No un silencio como si hubiera pasado un ángel. Era más bien un silencio aterrador, estremecedor, premonitorio. Un silencio que presagiaba problemas.

Darío se incorporó de un salto y corrió al comedor, Jorge hizo lo mismo y Marcos se quedó tumbado en el suelo durante un segundo. Luego se levantó y salió tras los otros hombres.

—Ruth, despierta —murmuraba Luisa al oído de la joven—. No sé qué le pasa. De repente se ha caído y no dice nada.

Darío observó asustado la escena que se desarrollaba ante él. Su hermana estaba tirada en el suelo, justo al lado de la puerta del comedor, como si hubiera intentado llegar hasta el umbral para avisarle. Se agachó a su lado y le abrió los ojos con el pulgar, estaban en blanco. Luego metió los dedos entre sus labios cerrados y comprobó que tenía los dientes apretados, cerrados totalmente. Posó una mano en su frente, estaba empapada en sudor.

—Héctor —aulló—, llama a una ambulancia.

—¿Qué ha pasado? —exclamó su hermano entrando en el salón con el teléfono en la mano—. Joder, joder, joder. ¿Qué ha sido esta vez?

—No tengo ni puta idea. No ha dicho nada.

—Hay un zumo abierto en la cocina —dijo Jorge. Al ver a Ruth tirada en el suelo su primer impulso había sido ir a la cocina a por las ampollas de glucosa—. Lleno —apuntó como si eso lo explicara todo.

—Hipoglucemia —indicó Héctor al teléfono—, desvanecimiento por hipoglucemia. Sí, casi seguro —continuó dando la dirección y llevando a su padre y a su sobrina a rastras hasta el cuarto.

—¿Qué ha pasado? ¿Por qué está inconsciente? —preguntó Marcos asustado.

—Quita de en medio. —Le apartó Darío—. Dame la glucosa. —Tendió la mano a Jorge.

—Tiene los dientes muy apretados, no le va a entrar —dijo este.

—Ya verás cómo sí. Tráeme una cucharita de café. —Rompió el plástico de la ampolla color naranja y buscó un espacio entre los dientes de Ruth—. Vamos, hermanita, no me hagas esto, relaja los dientes. Vamos, preciosa, no es tan difícil. Vamos, cielo, abre un poco, solo un poco.

Jorge le entregó la cucharilla y Darío empleó el mango en separar la carne de los carrillos que tapaba las muelas de su hermana.

—Así, cariño; así. Por aquí, por la muela que no has podido arreglar, ¿ves como al final te ha venido bien no poder ir al dentista? Así, vamos, cielo, traga. —Iba presionando poco a poco la ampolla, el líquido anaranjado se escurría por las comisuras de la boca creando regueros ambarinos en su pálido cuello.

—Lo está escupiendo —susurró Jorge.

—No, algo está entrando. Dame otra ampolla.

—A ver si vas a crear un efecto rebote.

—No te preocupes, sé lo que hago. Dame la ampolla.

—La ambulancia tiene que estar al llegar, espérate.

—Dame la puta ampolla, ya.

Jorge se la dio y Darío repitió el proceso. Esta vez el líquido que se derramó fue menor y la garganta se movió al tragar.

—Así, hermanita. Muy bien.

Ruth parpadeó ligeramente, permitiendo ver su iris marrón. Luego volvió a desmayarse.

—Ya está, hermanita valiente; ya está. Ya te dejo tranquila —susurró Darío a su hermana a la vez que le colocaba la cabeza exánime sobre su regazo.

—¿Qué mierda ha pasado? —preguntó Marcos verdaderamente asustado.

—Lárgate de mi casa —siseó entre dientes Darío.

—¡No! Quiero saber qué ha pasado, joder.

—¿Quieres una explicación? —Darío lo miró, muy calmado en apariencia.

—Sí.

—Acojona, ¿verdad?

—Sí.

—Pues esta vez no es nada, no pasa nada. El día que la tengas entre tus brazos, convulsionando, con los ojos en blanco, la boca rechinando, todos los músculos rígidos, delgada como una puta cuerda y con el cuerpecito de Iris marcándose en su barriga de siete meses, entonces te aseguro que te mearás encima del miedo, que te temblarán hasta las putas pestañas, que jurarás matar al cabrón inhumano que la ha puesto en ese estado. —Miró a Marcos con desprecio—. Te juro, estúpido mamarracho sin cerebro, que si te vuelves a acercar a mi hermana, que si la has vuelto a dejar embarazada, te cortaré tu jodida polla y te la meteré en la boca hasta que mueras asfixiado. Lárgate.

—Por favor, dime qué ha pasado —murmuró Marcos cayendo de rodillas ante la pareja de hermanos.

—Vamos, amigo, tengamos la fiesta en paz. Ahora lo último que nos hace falta son más malos rollos —intervino Jorge posando una mano sobre el hombro de Marcos.

—Suéltame —siseó Marcos a la vez que se retorcía como una serpiente para librarse de Jorge.

—¿Quieres saber qué ha pasado? Perfecto, yo te lo cuento, pero fuera del salón. A Ruth no le hace falta oíros discutir más. Hazme caso, no soy tu enemigo.

Marcos miró al hombre microscópico, Jorge para los amigos. Se levantó, dio media vuelta y abandonó el salón decidido a tragarse la rabia que le corroía. El Anillos tenía razón; Ruth no necesitaba más mierda en ese momento.

—Ruth es diabética insulinodependiente —le explicó Jorge en cuanto salieron del salón—. Creo que acaba de sufrir una hipoglucemia, es decir, que le ha bajado el nivel de azúcar en sangre y sus músculos se han quedado sin gasolina para poder moverse. No es tan peligroso como parece. Hubiera sido peor una hiperglucemia, que le subiera el nivel de azúcar. En cuanto esté en el hospital los médicos la controlarán y todo se solucionará. Estará un par de horas en observación y luego a casita.

—¡Voy con ella! —dijo haciendo ademán de entrar en el salón.

—Eso es lo peor que puedes hacer. Ahora mismo necesita reposo y tranquilidad, y no creo que ni tú ni Darío estéis calmados. Vuelve a tu casa.

—No.

—Mira, la diabetes es una enfermedad muy emocional. A ver cómo te lo explico: es importante pincharse la insulina y seguir la dieta, pero, aunque lo lleves todo con rigor, si el paciente se altera emocionalmente, se va todo a la mierda. Da igual cuánta insulina te pinches o cuánta fruta comas. Si algo te altera, si te pones nervioso, te deprimes, o te estresas no hay nada que hacer. El nivel de azúcar en sangre subirá y bajará como si fuera una montaña rusa.

—Mierda.

—Ahora ha bajado, y eso está mal, pero no es malo del todo. Se lo subirán con glucosa intravenosa o glucagón, y listo. Le recomendarán tranquilidad, reposo y una dieta equilibrada.

—Pero está tirada en el suelo, inconsciente.

—Sí. Pero ha tragado glucosa y todo va a quedar en un susto. De verdad. No pasará nada más.

—¿Lo que ha dicho Darío…?

—No lo sé. Yo no conocía a Ruth cuando estaba embarazada.

—Fue por mi culpa, todo ha sido por mi culpa…

—No. Muchas embarazadas sufren diabetes estacional. Lo que le pasó a Ruth es que ya era diabética y no lo sabía. Por lo que me ha contado, lo pasó bastante mal durante el embarazo, pero, bueno, al final todo quedó en otro gran susto. Tiene, tenéis, una niña preciosa y sana. Perfectamente sana. No hay que darle más vueltas. Mira, la ambulancia tiene que estar a punto de llegar. No sería bueno que Darío saliera del salón y te encontrara aquí. Vete a casa.

—Mierda. No puedo…

—Escucha, dame tu móvil y yo te llamaré en cuanto lleguemos al hospital. —Marcos lo miró incrédulo—. En serio. Te llamaré y te contaré todo lo que digan los médicos.

—¿Y si la ingresan?

—Te diré en qué habitación está y las horas a las que no estará Darío para que puedas verla sin problemas.

—¿Por qué ibas a hacerlo?

—Porque no soy tu enemigo. Porque sé que Ruth no querrá que te sientas culpable. No te estoy mintiendo. Vete a casa, llévate a tu madre y tranquilízate. Es lo mejor que puedes hacer. Te mantendré informado. Lo prometo.

Marcos estaba sentado en un banco de la plaza, justo frente al portal de Ruth, con la mirada fija en la puerta. Agarraba con fuerza su móvil mientras su madre, sentada a su lado, murmuraba palabras que él no oía.

La ambulancia acababa de irse con Ruth dentro. Tumbada en una camilla. Envuelta en sábanas blancas. Con ella iban Jorge y Darío. Imaginaba que Héctor se había quedado cuidando de su padre y de su sobrina. Y él estaba allí, sentado sin saber qué hacer, sin cuidar a nadie, sin acompañar a nadie. Sin saber si Ruth estaría bien.

Harto de oír los murmullos incoherentes de Luisa, la mandó a casa. Ella se sentó en el banco y cerró la boca. No se fue, pero al menos se calló.

Al cabo de un rato, no sabía si minutos u horas, el móvil sonó.

—Está bien. Tiene la glucosa controlada así que van a tenerla en observación esta noche, y mañana regresará a casa. Le han recomendado reposo y que siga su dieta adecuadamente. También tiene cita el miércoles con su endocrino. Héctor va a ocuparse de la zapatería durante esta semana para que Darío se quede en casa con ella. Ruth se ha despertado sin acordarse de nada, y está amenazando a Darío con torturarle en caso de que se le ocurra vigilarla o intentar controlarla. Me temo que esta disputa la ganará Darío. Haz lo que quieras, pero lo mejor sería que te mantuvieras al margen mientras él esté en casa. Yo voy a quedarme toda la semana, así que, si quieres cualquier cosa, o tienes alguna duda, ya sabes a qué teléfono llamarme.

—Gracias por cumplir tu promesa.

—Ey, soy un hombre de palabra —intentó bromear Jorge.

Marcos cerró el teléfono y se levantó del banco. Con un cabeceo indicó a su madre que se marchaban a casa. Durante el trayecto, de apenas diez minutos andando, no pudo dejar de darle vueltas a la cabeza. Al llegar se encerró en su cuarto sin decir una palabra.

¿Cómo era posible que se hubiera descontrolado todo de esa manera? ¿Por qué Ruth no le había dicho nada de su enfermedad, ni de lo que pasó durante el embarazo? ¿A qué se refería Darío al mencionar un posible nuevo embarazo? ¿Por qué Jorge tenía que ser un tipo tan… legal? ¿Qué demonios iba a hacer ahora?

39

¡Resulta que si uno no se apura a cambiar el mundo,
después es el mundo el que lo cambia a uno!
Mafalda, QUINO

—¿*T*ienes que hacer eso cada vez que vas a comer? ¡Qué dolor! —comentó Pili mirando cómo Ruth se pinchaba en el dedo, apretaba hasta que salía una gota de sangre y absorbía esta con una tira reactiva. Después la colocaba en una máquina, que, en menos que canta un gallo, decía sin lugar a dudas el nivel exacto de glucosa en sangre.

—No me queda más remedio si no quiero discutir con mi hermano y mi endocrino. Tengo que llevarle los resultados de glucosa del próximo mes, y para eso tengo que comprobar el nivel antes de cada comida. Un rollo patatero. Y no, doler no duele; es más bien molesto.

—Pues vaya. ¿Hasta que no pase el mes no puede hacer nada el médico? —preguntó Luka.

—No. Según él, estoy descontrolada porque no sigo una dieta adecuada y estoy emocionalmente alterada.

—¿Y cómo sabe eso?

—Se lo ha dicho Darío —gruñó Ruth.

—Ah.

—Me parece increíble que, tal y como se lo ha tomado, te haya dejado salir con nosotras —comentó Luka sagaz.

—Bueno, no me ha dejado exactamente.

—¿No?

—Convencí a Iris para que se empeñara en que Darío la bañase después de comer, y en cuanto se han metido en el baño he salido de casa.

—Te va a matar.

—No. Le he encargado a Héctor que le asegure que estoy con vosotras y que me voy a cuidar. Además, he apagado el móvil por si acaso.

—Ahora lo entiendo —dijo Pili.

—¿Qué entiendes?

—Chis —chistó Luka.

—Bueno, antes me ha llamado preguntándome si íbamos a comer contigo, dónde íbamos a estar y exigiéndome que le prometiera que no te iba a dejar hacer ninguna locura.

—No. No es posible que haya hecho eso —refutó Ruth patidifusa.

—A mí también me ha llamado —repuso Luka medio irritada.

—¿Y por qué no me lo habéis dicho hasta ahora?

—Porque nos ha hecho prometer que no te diríamos nada. Lo que no sé es cómo no ha pensado en nuestra amiga aquí presente —repuso Luka señalando a Pili.

—Ah, se me olvidó.

—En fin, da lo mismo —zanjó Ruth el tema.

Llevaba cuatro días encerrada en casa y no aguantaba más, así que, aprovechando que era sábado y sus amigas no trabajaban —ella estaba de baja esa semana, y la siguiente, si Darío se salía con la suya—, había ideado un plan para escaparse de casa unas horas.

—¿Has hablado con Marcos? —preguntó Pili.

—Le llamé el martes.

—¿Y qué tal? —indagó Luka—. ¿Se está retorciendo de remordimientos? ¿Está al borde del suicidio? ¿Va a huir del país con el rabo entre las piernas?

—¡Luka! No bromees.

—No estoy bromeando.

—Estaba muy angustiado —dijo Ruth ignorando a su amiga.

—Pobrecillo —se compadeció Pili.

—Que se joda —sonrió Luka.

—Lo tranquilicé y le confirmé que no había sido nada.

—Bah, poca cosa. Te quedas tirada en el suelo con veintidós de azúcar y no ha sido nada —profirió Luka.

—No fue para tanto —rebatió Ruth restándole importancia.

—Qué va. Si total, el mínimo a tener es setenta… Solo estabas en cuarenta y ocho por debajo.

—Luka, déjalo; has prometido no alterarla —canturreó Pili.

—En definitiva, que estaba angustiado y lo has tranquilizado. Pero mira que eres tonta. Tenías que haberlo dejado sufrir un poco.

—Luka —volvió a canturrear Pili.

—Vamos, no seas tan rencorosa. Él no tuvo la culpa. De hecho no la tiene nadie más que yo, que me he saltado comidas y me he dejado llevar por los nervios; no hay más.

—Si tú lo dices.

—He estado reflexionando. Necesito cambiar mi rutina, adaptarme a la nueva situación.

—Ajá. ¿Y cómo lo vas a hacer?

—Lo primero de todo, voy a dar una vuelta de tuerca a mi persona.

—¿Vas a qué? —preguntaron Luka y Fili a la vez.

—¿Nos vamos al centro comercial? —respondió Ruth guiñándoles un ojo.

40

Siempre hay un momento en la infancia
en el que se abre una puerta y se deja entrar al futuro.

GRAHAM GREENE

*M*arcos estaba nervioso.

Ruth le había llamado por teléfono el domingo.

Quería verle el lunes para hablar.

Hoy era lunes.

Inspiró, comprobó que su ropa estuviera en perfecto estado —o todo lo perfectos que pudieran estar unos vaqueros desgastados y una camisa negra—, se pasó las manos por el pelo comprobando que la coleta estuviera en su sitio, y entró en la cafetería.

Habían quedado en San Remo, en el Parque Lisboa, lo suficientemente lejos de San José de Valderas como para ocultarse de Darío y lo suficientemente cerca de las casas de ambos como para poder recurrir a la familia si pasaba algo. O, al menos, ese pensaba Marcos que era el motivo para elegir el sitio. Aunque lo cierto era que el único motivo de Ruth para escoger esa cafetería en especial era que le gustaba el café que daban en ella. Ni más ni menos.

Pidió una cerveza sin alcohol y se dispuso a esperar. Esta vez todo tenía que salir bien por narices. Estaba tranquilo, relajado —¡para no estarlo! Luisa le había obligado a beberse medio litro de tila—, sabía lo que tenía que hacer, y lo haría. No iba a dejarse llevar por sus impulsos, iba a ser el perfecto caballero y no le iba a llevar la contraria a Ruth. Aunque le costara la vida y la cordura.

Levantó la bebida con la intención de darle un trago sin quitar la vista de la puerta, que en esos momentos se estaba abriendo. Se derramó media cerveza encima de la camisa. Ya no tenía la ropa en perfecto estado.

Ruth acababa de hacer su entrada triunfal. ¡Y qué entrada! Ya no llevaba el moño de bibliotecaria, tampoco llevaba la melena suelta cayéndole hasta la cintura. Se había cortado el pelo a trasquilones. O eso le parecía a él. Mechones de cabello negro como la noche salían disparados en todas direcciones, despuntados, como si hubiera metido los dedos en un enchufe. El peinado era idéntico al que lucía Michelle Pfeiffer en *Lady Halcón*. Estaba preciosa. Tampoco vestía ninguno de sus aburridos trajes, ni la falda azul *hippie* que tanto le había excitado. Cuando se quitó el abrigo reveló unos pantalones negros bastante ajustados —o al menos lo bastante ajustados como para que a Marcos los suyos le quedaran muy pequeños a la altura de la ingle— y muy bajos de cadera, a la vez que una camiseta de punto ceñida que marcaba sus pequeños y perfectos pechos —en los que imaginaba que se había puesto las sempiternas tiritas para que no se le puntearan los pezones—, que le quedaba unos cuantos centímetros por encima de su maravilloso y tentador ombligo. Marcos metió la mano por debajo de la mesa y se colocó como pudo el tiro de los pantalones. Si hubiera llegado a imaginar que Ruth se iba a vestir así, se habría puesto un chándal y a la mierda con el estado y estilo perfecto —o no— de su ropa.

—Hola —saludó Ruth sentándose.

—Te has cortado el pelo.

—Sí. Necesitaba un cambio. ¿Te gusta?

—Sí —dijo Marcos, callando lo que realmente estaba pensando: «Estás preciosa, divina, excitante. Quiero salir de aquí y llevarte a mi cama para pasar el resto de nuestras noches haciéndote el amor sin descanso»—. Te queda muy bien.

—Me alegro. Bien, vamos allá. Te he citado para…

—Antes quiero disculparme.

—¿Cómo?

—Quiero pedirte perdón por todo lo que has tenido que pasar por mi culpa. He sido un engreído.

—Marcos, para el carro. No he tenido que pasar por nada. Ni por tu culpa ni por la de nadie.

—Te he insultado y lo siento mu…

—Yo también te he agredido verbalmente y no lo siento en absoluto.

—Tú no me has hecho eso —respondió él, confundido.

—Te he llamado déspota, tirano y no sé cuántas cosas más.

—Pero eso no son insultos.

—¿Ah, no? Que yo sepa, los mayores monstruos de la humanidad han sido justamente eso: déspotas y tiranos, monstruos tales como Hitler, por poner un ejemplo. Yo creo que compararte con ese personaje es un agravio muy desagradable.

—Bueno, si lo miras así.

—No hay otra forma de mirarlo.

—Siento mucho haberte dejado embarazada… —continuó él con su guion.

—Yo no. Lo mejor que me ha pasado en mi vida es mi hija. Si no me hubiera quedado en estado no la habría tenido.

—Me comporté como un cabronazo, fui un verdadero idiota por no usar condón.

—Te vuelvo a repetir…

—Que lo mejor en tu vida es Iris, lo sé. Pero hubiera sido mejor haberla tenido un poco más tarde, con un —aquí se atragantó— marido en el que apoyarte. —«Yo, por ejemplo.»

—Un poco más tarde quizá no hubiera existido Iris.

—Claro que sí. ¿Por qué no?

—Los médicos me aconsejaron no tener más hijos tras nacer Iris. Tuve ciertos problemas durante el embarazo con la diabetes, y argumentan que si vuelvo a quedarme embarazada será todavía peor, ya que no pueden garantizar que el bebé nazca sin ninguna complicación ni que yo pueda llevarlo a término. Si hubiera esperado más tiempo, la prudencia me habría impedido intentarlo siquiera. De esta manera, al no conocer los riesgos pude asumirlos sin temor a equivocarme.

—¡Dios! Eres diabética por mi culpa.

—¿Por tu culpa? ¿Por qué piensas eso?

—El embarazo te provocó la diabetes.

—Por supuesto que no. Si el embarazo me hubiera provocado diabetes estacional, probablemente ahora no tendría ningún problema. Pero no ocurrió así. Tenía diabetes antes de quedarme embarazada, solo que no lo sabía. Por eso se complicó todo tanto. Me dio una hipoglucemia tremenda en el primer mes y mis hermanos me llevaron al hospital. Allí, su primera opinión fue desvanecimiento por agotamiento, pero los análisis demostraron que mis índices de glucosa en sangre eran extremadamente bajos. El propio embarazo se encargó de complicarse él solito. No tuviste nada que ver.

—Pero…

—Y antes de que continúes exponiendo tonterías, te participo que la diabetes suele ser hereditaria y, como tú no eres mi padre ni mi abuelo ni ningún familiar, no tienes, repito, no tienes absolutamente nada que ver.

—Así que no deberías tener más bebés —comentó recordando algo que no estaba en el guion, pero que le interesaba sobremanera.

—En principio no es recomendable.

—Tu hermano dijo algo sobre cortarme la po… el miembro si había vuelto a dejarte embarazada.

—¿Dijo eso? Voy a tener que hablar con él muy en serio. No puede ir amenazando a la gente de esa manera —pensó en voz alta.

—¿Por qué lo dijo?

—¿Por qué? Por nada. No te puedes imaginar las cosas que se le pasan a mi hermano por la cabeza.

—Ya... Porque imagino que cumpliste tu... aviso, ¿no?

—¿Mi aviso?

—Cuando dijiste que te tomarías la píldora esa del día después.

—Ah, eso. No. No me la tomé, pero no pasa nada. En el hospital me han confirmado que no estoy embarazada. —Tanto disgusto por un miserable desarreglo hormonal... suspiró Ruth.

—Te abandoné cuando más me necesitabas —retomó Marcos de nuevo su guion.

—Pero si fui yo la que partí de Estados Unidos. ¿Cómo, por el amor de Dios, puedes decir que me abandonaste?

—Te alejé de mí con mis malos modales y mis palabras groseras. —Esa frase era de Luisa, pero sonaba cojonuda para ese momento.

—¡Por todos los santos! —exclamó Ruth a la vez que bajaba la cabeza y golpeaba con ella repetidamente la mesa muy flojito.

—¡Te pasa algo!

—¡Sí! Me están entrando unas ganas incontenibles de asesinarte.

—¿Por qué? Joder, me estoy disculpando, ¡coño! ¡No hay quién te entienda! —exclamó Marcos saliéndose del guion—. Esto, perdona por el arrebato. —Volvió al guion.

—Vale, creo que lo entiendo —dijo Ruth incrédula—. ¿Alguien te ha dicho que no debo alterarme?

—La diabetes es una enfermedad en la que las emociones cuentan mucho.

—Por tanto, no quieres alterarme.

—Esto...

—Y para no alterarme, lo que haces es disculparte constantemente e impedir que tengamos una conversación coherente entre adultos.

—Bueno, yo...

—Resulta que he venido aquí para dialogar sobre cuestiones importantes que nos incumben a los dos.

—Sí, claro...

—Y como tú no paras de expresar estupideces no alcanzamos ningún punto clave en el diálogo. De hecho, ni siquiera tenemos un diálogo. Y eso, Marcos, me está alterando de mala manera. Así que, por favor, madura un poco y habla claro.

—¿Quieres que hable claro? —preguntó él suavemente.

—Sí.

—Vale. Pues mira, bonita, creo que estás como una jodida cabra. Manda huevos que una mujer supuestamente adulta se abandone de tal manera, que acabe tirada en el suelo de su puñetera casa con un ataque de hipoglucemia o como cojones se diga. Has dicho que te están entrando ganas de matarme. Vale, cojonudo. Pues te lo voy a poner facilito; si quieres matarme, vuelve a sufrir una cosa de esas y me llevarás a la tumba directo. —Se inclinó sobre la mesa—. Me arrebataste media vida cuando te vi tirada en el suelo el otro día. Hasta que Jorge me llamó para decirme que estabas bien, lo único en que pensaba era en tirarme desde el acueducto de Segovia y acabar con mi miseria de una vez por todas. Pasé las peores horas de mi estúpida vida hasta que me llamaste el martes y pude oír tu voz. Así que, Avestruz, si quieres matarme, ya ves si lo tienes fácil.

—Entiendo.

—¿Entiendes?

—Sí. —«Entiendo que me quieres un poquito bastante», pensó Ruth feliz—. Y ahora que está todo aclarado, voy a exponerte un par de cosas.

—Ajá. —¿No estaba enfadada? ¡Mujeres! Haría falta una vida para entenderlas. Y él estaría encantado de dedicársela—. Soy todo oídos.

—He hablado con Iris. —Ante la sorpresa de Marcos, decidió explayarse un poco—. Soy consciente de que eres su padre y que tienes todo el derecho del mundo a disfrutar de ella en la misma medida que yo.

—Ajá. —Se había quedado sin palabras.

—Le he confirmado que eres su progenitor y que ambicionas asumir una relación paterno-filial con ella.

—¿Se lo has dicho con esas palabras? —Porque, si era así, lo más probable es que la niña no se hubiera enterado de nada.

—No exactamente, he utilizado otros términos. ¿Por qué?

—No, por nada; simple curiosidad. Continúa.

—Ella está de acuerdo. —Ruth frunció el ceño—. No. No estoy siendo sincera.

—¡¿No?! —exclamó decepcionado.

—No está de acuerdo. Está encantada, emocionada, frenética, embargada por la felicidad.

—¡Vaya! Eso es… estupendo. Maravilloso. Extraordinario —comentó Marcos con un nudo en la garganta.

—Desde luego que lo es —confirmó Ruth—. Quiere verte hoy mismo.

—¿Dónde está? —preguntó Marcos levantándose de un salto de la silla.

—Está con Héctor, esperándonos. Pero antes, tengo una condición.

—Te escucho. —Se sentó reprimiendo las ganas de estrangularla. ¡Le ponía la miel en los labios y luego se la quitaba!

—Verás, te aseguro que confío en ti —comenzó Ruth dubitativa.

—Entiendo. —Acababa de ver la luz.

—¿Perdón?

—No he hablado con ningún abogado ni nada por el estilo. Siento haber amenazado con hacerlo, pero ya sabes cómo soy, y cuando pierdo los nervios tengo una bocaza enorme que más me valdría sellar con cemento. Mi intención jamás fue pleitear por la niña. —«Más bien pretendía enamoraros a ti y a Iris y quedarme con las dos», pensó.

—¡Eso ya lo sé! —exclamó ella sonriendo—. Y por cierto, no me gustaría en absoluto que sellaras tu enorme bocaza con cemento. En ocasiones tus labios son muy… satisfactorios.

—Están a tu entera disposición. —¿Ruth estaba coqueteando? Aún podía conservar viva la esperanza.

—Ejem —carraspeó ella—. Nos estamos alejando del tema.

—Acerquémonos pues.

—Como te iba diciendo, hay una condición.

—Adelante —contestó poniéndose serio.

—Quiero que estés muy seguro de hasta dónde quieres llegar.

—¿A qué te refieres?

—No quiero que le des falsas esperanzas, que le digas que siempre estarás a su lado si vas a marcharte fuera, que asegures que vas a estar un día a una hora y luego no estés. Si solo quieres estar con ella de forma ocasional, me parece perfecto; si lo que quieres es verla a diario, me parece estupendo. Pero no le digas que la verás todos los días y luego dilates tus visitas. En resumen, quiero que sepas con absoluta certeza lo que puedes y quieres ofrecer a tu hija, y actúes en consecuencia.

—Lo haré. Estoy totalmente de acuerdo con tu condición. No os defraudaré a ninguna de las dos.

—Eso espero —dijo Ruth muy seria.

—No te arrepentirás de esto, te lo prometo.

—Bien. —Ruth se mordió los labios. Quería creerle, de hecho le creía, pero… solo el tiempo le mostraría si hacía bien o no—. He pensado que en las primeras citas lo mejor es que estemos los tres juntos, así evitaremos que Iris se muestre tímida o se aturulle.

—¿Tímida? ¿Iris? No me ha parecido una niña especialmente tímida. —Marcos sonrió, su hija parecía más bien lanzada y sin pelos en la lengua.

—Nunca se sabe —comentó Ruth incómoda, ni ella misma se creía que Iris fuera tímida.

—De todas maneras, no se me ocurre ninguna manera mejor de pasar mi tiempo que en vuestra compañía.

—¡Adulador!

—Solo estoy siendo sincero. —Se levantó y depositó un ligero beso en la boca de su amiga, su amante, su mujer—. ¿Puedo ver a Iris ya?

—Sí, sí. Claro. Vamos —respondió ella tocándose los labios con los dedos. ¿Estaba coqueteando otra vez? ¿O era una declaración de intenciones?

Salieron de la cafetería y caminaron apenas unos metros hasta llegar al parque en el que les esperaban. Iris estaba montada en un columpio mientras Héctor los observaba atentamente. La niña vio a su madre y se bajó de un salto para después echar a correr riendo feliz.

—¡Mamá! —gritó dándole un sonoro beso en la mejilla—. Has traído a papá, ¡genial! —Luego se dirigió a Marcos y le tiró de los pantalones—. Agáchate, no está bien que me hagas romper el cuello para mirarte. Ya que tú tienes la culpa por ser tan alto, tienes que arrodillarte y ponerte a mi altura.

—Como desees —obedeció Marcos arrodillándose.

—Así está mejor. Soy Iris. ¿Lo he hecho bien, mamá? —preguntó a su madre, y sin esperar respuesta volvió a centrar su atención en Marcos—. Mamá siempre dice que es de buena educación presentarse antes de empezar a hablar y yo soy muy educada. De verdad de la buena. Me niego a que te cases con mamá —afirmó rotunda. Siguiendo su costumbre, cambiaba de un tema a otro en la conversación con la misma rapidez que rompía sus pantalones jugando al fútbol.

—¡Iris! —exclamó Ruth tapándose la boca sorprendida.

—Pero si es verdad. No puedes casarte con él. Verás, papá. ¿Puedo llamarte así? Sí, claro que sí. Si no, no estarías aquí; eso es lo que dicen los Repes. Son mis mejores amigos, ¿sabes? Bueno también el Sardi, pero menos, porque a veces se porta mal conmigo y se chiva cuando le pego. ¡Huy! Lo cierto es que no le pego nunca, pero nunca, nunca; lo sabe todo el mundo mundial —dijo de corrido mirando a su madre—, de verdad de la buena. Mamá dice que jugabas al fútbol de pequeño, así que ya les he dicho que a partir de ahora serás nuestro portero, y espero que seas bueno, porque estoy hartita de que la pandilla Basurilla nos marque goles todo el rato. Es un rollo. No puedes casarte con mamá hasta que no escales la torre más alta del castillo más alto. Lo malo es que no tenemos castillos más altos, pero el del Marqués *de las paperas* puede valer. Lo malo es el dragón, porque el único dragón de por aquí es un *disonaurio* y está en el *burger* del que *corta ingleses*, y ni echa fuego ni nada. Vamos, un asco, pero los Repes y yo hemos decidido que si escalas el castillo de las *paperas* solo hará falta que te subas al *disonaurio* y le toques las narices. Si haces eso, te podrás casar con mamá; si no, ajo y agua. ¿Me das? —preguntó subiéndose a la silla del columpio. Marcos la siguió sin dejar de sonreír y la empezó a empujar muy flojito—. ¡Más fuerte! —Marcos obedeció—. ¡Ah! y cuando vayas a escalar el castillo no te olvides de ponerte azul.

—¿Azul? —Ahí se había perdido por completo. Lo demás, más o menos lo había captado. Más menos que más. Pero eso le acababa de sobrepasar.

—¡Pues claro! —exclamó poniendo los ojos en blanco—. Jopetas, no te enteras de nada. ¿Pero qué pasa? ¿Tengo que explicártelo todo?

—Bueno yo…

—A ver, ¿te quieres casar con mamá o no?

—Me gustaría muchísimo.

—¿Y mamá es una princesa o no?

—Las dos sois las princesas más bonitas del mundo.

—Puaj, no te pongas *empagaloso*. Pues, si mamá es una princesa, ¿con quién se casan las princesas? A ver, ¿con quién?

—¿Con los príncipes? —respondió Marcos un poco dudoso.

—¡Sí! Con los príncipes… ¡azules! Si vas de verde ya no serás un príncipe azul, serás un príncipe ¡verde!

—Pero Shrek era un ogro verde y se casó con la princesa Fiona —discrepó Marcos divertido. Su hija era una verdadera joya. Acababa de enamorarse perdida y totalmente de ella.

—¿Sabes, Coleta? Me estás empezando a caer bien. ¡Empuja más fuerte, flojeras!

—¿Coleta?

—Coleta. Papá. Príncipe azul o verde. ¿Qué más da? Es un nombre, ¿no? Jopetas. ¡No iras tú también a ponerte pesado con eso de los motes!

—En absoluto. Yo le puse uno a tu madre —susurró conspirador Marcos.

—¿Sí? ¡Dímelo!

—Avestruz —musitó Marcos guiñándole un ojo.

—¡Avestruz! Si no le pega ni con cola. Qué mote más malo. Los míos son mejores.

Ruth y Héctor se abrazaron el uno al otro muertos de la risa y emocionados a partes iguales. No había duda de que padre e hija se compenetraban a la perfección.

41

El mejor legado de un padre a sus hijos
es un poco de su tiempo cada día.

O. A. Battista

*R*uth apagó el ordenador. Acababa de actualizar los últimos datos de la cuenta de tarjetas y no sabía qué más hacer. Estaba aburrida y furiosa, sobre todo furiosa. Solo con pensar en todo el trabajo que seguramente se estaría acumulando mientras estaba en casa sin hacer nada, le entraban unas ganas tremendas de gritar. Pero no había modo. Los archivos, cuentas, extractos y demás informes le llegaban con cuentagotas. Darío aseguraba que traía todo lo que Sara le daba, pero Ruth no creía ni por un momento que eso fuera cierto. O Darío escondía parte de su trabajo o Sara se había compinchado con su hermano y estaba obviando miles y miles de archivos pendientes de actualizar. ¡Mecachis!

Darío se había salido con la suya. En exceso.

Tras hablar largo y tendido con su endocrino y su médico de cabecera, había logrado convencer a ambos de que estaba a un paso de la muerte. Resultado: tres, ¡tres semanas de baja en casa! Desde el día 5 de enero hasta el día de hoy, 23 de enero. En reposo. Haciendo nada.

Sacó la agenda en la que apuntaba sus controles de azúcar. El reposo no era la panacea que todos creían. Sí, de acuerdo. Estaba más compensada, pero aun así los niveles seguían subiendo y bajando a su antojo. No había bajado de sesenta en hipoglucemias ni había rebasado los ciento setenta en hiperglucemia, lo cual estaba muy bien para su historial, pero, aun así, Darío no estaba conforme. La quería dentro de los límites, de ochenta a ciento diez. Y eso, para un diabético, era casi imposible. Menos mal que esa misma mañana su médico de cabecera había atendido a razones y le había concedido el alta, con muchos reparos, pero alta al fin y al cabo. El próximo lunes se incorporaría al centro. Solo faltaban dos días. ¡Gracias a Dios!

—¡Mamá! Vístete ya, que llegamos tarde. —Iris entró en el cuarto que compartían.

—Voy, cariño. Voy.

La niña asintió con la cabeza y salió corriendo, como siempre hacía. ¡Qué energía! Su hija se pasaba el día corriendo de arriba abajo; de hecho, Ruth pensaba que la niña no sabía caminar, porque jamás lo hacía.

En las dos últimas semanas padre e hija se habían ido conociendo mejor. Ruth sonrió divertida.

El día siguiente a la reunión, Marcos se había presentado puntual en el parque con un paquete enorme en los brazos. Era una preciosa casita de Tarta de Fresa que no habían tardado ni media hora en montar en mitad de la arena, a pesar de las protestas y razones que Ruth adujo.

Un día después, Marcos volvió a presentarse puntual en el parque, esta vez con un paquete milímetros más pequeño que contenía el patinete de las Bratz. Esta vez no hubo necesidad de montarlo, e Iris disfrutó persiguiendo y atropellando a su padre en todas las ocasiones en que este se dejó atrapar. La velada acabó con la niña agotada y su padre cojeando.

El tercer día, Marcos se presentó con un paquete más pequeño que contenía una portería hinchable —que una vez hinchada ocupaba medio comedor—, y un balón de fútbol —de los de verdad, de los que hacen daño cuando son chutados con fuerza—. La tarde concluyó con Marcos con la nariz hinchada y dando gracias a Dios por no llevar gafas.

El cuarto día, Ruth lo llamó por teléfono a las nueve de la mañana.

—Hola, preciosa.

—Hola Marcos. No quiero que traigas más regalos para Iris.

—¿Por qué?

—En primer lugar, porque no puedes ganarte el afecto de los niños con bienes materiales, sino con cariño, respeto y camaradería.

—Si no se lo regalo por eso. Solo quiero ponerme al día con los cumpleaños, Reyes y Papás Noeles en los que no he estado.

—En segundo lugar —interrumpió Ruth—, porque mi casa es muy pequeña y, como aparezcas con un solo trasto más, nos vamos a ver en la necesidad de dormir en las escaleras.

—Lo he captado.

—Sabía que lo harías. Nos vemos luego.

Ese día no apareció con ningún paquete enorme, no. Ese día se sacó una pequeña cajita del bolsillo y se la entregó a Ruth. Eran dos parejas de pendientes, de oro, con la forma de la cara de una niña con coletas altas. Un par para la madre y otro para la hija.

La niña estaba entusiasmada con su padre, y la madre esperaba con ansia la hora de verlo en el parque.

El primer problema se presentó el viernes, cuando Ruth comentó a Marcos que Jorge iría a visitarla el sábado. No se puede decir que le sentara bien, pero aceptó. De muy mala gana. No le quedaba otra opción. Ruth dejó muy clarito que Jorge era su mejor amigo y, puesto que ellas no podían ir a Gredos —Darío, quién sabe por qué motivos erróneos, le había prohibido viajar—, él venía a verlas a ellas. Ese sábado fue el primer día que Marcos y Darío se vieron tras la pelea.

Marcos, en un ataque de imprudencia —celos simple y llanamente—, decidió que el sábado era un día perfecto para comer con su nueva familia. En casa. Con Darío. Con Jorge. Y bueno, la comida no fue mal del todo. Darío no habló con Marcos. Marcos no habló con Darío. Héctor no se atrevió a levantar la vista del plato por temor a que alguna mirada asesina de las que se dirigían Darío y Marcos se desviara y acabara matándolo a él. Jorge se consagró a remover la comida y cerrar la boca, no fuera a ser que dijera algo, lo que fuera, que hiciera saltar la tensión que vagaba por la mesa y acabara chamuscado. Ricardo comenzaba conversaciones que nadie le mantenía y que olvidaba a los pocos segundos. Ruth miraba al resto de los comensales gruñendo por la mala educación que estaban mostrando e Iris, como niña que era, se dedicó a negarse a comer ninguna de las asquerosas cosas que había en su plato. Cuando Jorge se fue por la tarde —mucho antes de lo normal—, Ruth reunió a su hermano y al padre de su hija en el salón, a solas y alejados del resto de la familia, y les puso las cosas claras. Si no sabían comportarse como adultos antes, durante y después de la comida, los trataría como a niños: los encerraría a cada uno en un cuarto y los sentaría de cara a la pared hasta que recapacitaran. Ambos parecieron entender la amenaza, porque palidecieron considerablemente.

Marcos se marchó el lunes siguiente a Lugo, ya que tenía que hacer un reportaje gráfico sobre la playa de las Catedrales. Estaría cinco días fuera y volvería el sábado sin falta, para comer con la familia y el Enano de los Anillos —no se había resistido a poner mote a Jorge—. Prometió llamar todos los días por la noche. Había cumplido su promesa. Todas las noches, cuando estaban en mitad de la cena, sonaba el teléfono. Marcos era realmente oportuno.

42

Cobardes son los que corren,
y yo estoy muy a gusto aquí sentado.

JOSÉ URBINA

Jorge llamó el viernes para intentar escaparse de la comida del día siguiente. En primer lugar alegó que tenía pendiente hacer la limpieza de la casa, aunque Ruth no le creyó. En segundo lugar argumentó que quizá la familia estuviera más cómoda sin él, pero Ruth lo rebatió. Por último, confesó que no se tenía por valiente y que prefería mucho más actuar de domador de leones en un circo que comer en su casa bajo la mirada asesina de Marcos. Ruth se rio con ganas y le explicó el posible motivo de esas miradas. Jorge alucinó en colores por la imaginación disparatada del posible, o no, futuro novio o marido de Ruth, y le señaló a su amiga lo fácil que sería sacar del error al susodicho. Ruth se negó; Marcos debía comportarse de manera cabal, confiar más en ella que en sus celos y, en definitiva, actuar como un adulto.

Ese sábado Jorge llamó a la puerta a las dos de la tarde. Tenía llaves desde hacía dos años, pero ni se le pasó por la imaginación usarlas. Dijera Ruth lo que dijera, no pensaba dar al furibundo Marcos ningún motivo para que cambiara las miradas asesinas por los puños asesinos. Aún recordaba los golpes de la última vez. Y lo malo, lo peor de todo, era que el tipo parecía majo. Siempre y cuando dejara de mirarle como lo miraba. Sacó las gafas de sol del bolsillo y se las puso. ¿Qué mejor escudo contra las miradas asesinas que unas gafas de espejo?

Cuando Iris le abrió la puerta, lo primero que hizo Jorge fue preguntarle por su padre.

—Aún no ha llegado, tío, pero vendrá enseguida. ¿Te has fijado en que he preguntado quién era antes de abrir? ¿A que lo he hecho bien?

—Casi bien, princesa. Te ha faltado esperar a que contestara que era yo.

—Oh, bueno, pero sabía que eras tú —dijo la niña para después salir corriendo.

La siguiente vez que sonó el timbre, Iris preguntó quién era e incluso esperó a oír la respuesta, más que nada porque Marcos no tardó ni un segundo en contestar.

—¡Hola, Coleta! Llegas tarde. Es de mala educación llegar tarde.

—Lo siento mucho, pero mi madre no conseguía poner su telenovela nueva en el ordenador y hasta que lo hemos conseguido… —se intentó excusar, pero la niña lo interrumpió.

—¿Has escalado alguna iglesia?

—No —respondió patidifuso—. ¿Por qué iba a tener que hacer eso?

—Jopetas, no te enteras de nada. Has ido a la playa esa de las iglesias, ¿no?

—¿La qué? Ah, la playa de las Catedrales.

—¡Eso! Pues ya que estabas allí podías haber escalado la más alta torre de la más alta catedral.

—Ya, claro —comentó viendo por dónde venían los tiros—. Lo cierto es que sí, he escalado una catedral. —Mentira cochina, pero Iris no tenía por qué saberlo, y si con esa mentirijilla se ganaba el permiso de su hija…

—¡Genial! ¿Lo has grabado?

—Esto… No.

—¿Tienes alguna foto en la que se vea cómo la escalas?

—Pues no.

—¡Papá! Está muy, pero que muy feo contar mentiras —exclamó Iris para luego susurrar—: Sobre todo si te pillan. Pero no pasa nada, mi boca está cerrada —dijo haciendo como si se la cerrara con una cremallera—. Hoy mamá ha hecho paella, con guisantes y gambas. Puaj. ¿Y sabes qué es lo peor?

—No. Cuéntamelo.

—Que mamá ha colocado una silla de cara a la pared en mi cuarto. Eso significa que si me porto mal y no me lo como todo tendré que sentarme a pensar en ella, jopetas. También Darío y Héctor se lo tienen que comer todo, porque ha puesto otra silla en su cuarto. Uf.

—Vaya. —Mucho se temía Marcos que las sillas no eran por si alguien no se comía la comida.

A las dos y media de la tarde, cuando todos los comensales se sentaron a la mesa, algunos más tiesos que otros, dio comienzo la comida.

—¿Qué tal en Lugo? —inició Ruth la conversación preguntando a Marcos.

—Bien. Es un sitio precioso —respondió el interpelado.

—¿Te acercaste mucho al borde de los acantilados? —preguntó Darío educadamente.

—Sí, bastante. De hecho tomé una instantánea de las olas rompiendo; es impresionante.

—Lástima que no te resbalaras —murmuró Darío un poco demasiado alto.

—¿No os parece que está haciendo un tiempo espléndido para esta época del año? —inquirió Jorge con el propósito de iniciar otra conversación al ver que Ruth hacía intención de levantarse de la silla.

—Mucho sol —comentó Darío, al que no había pasado desapercibida la expresión de su hermana.

—Efectivamente. Todas las mañanas salgo un rato a la terraza a tomar el sol, a ver si me pongo moreno. —Siguió hablando Jorge para llenar el silencio.

—Es una pena que no se te pongan los *piercings* al rojo vivo y te quemen la cara —farfulló Marcos.

—He oído en las noticias que van a sacar una película del libro *Los hombres que no amaban a las mujeres*, de Stieg Larsson. —Cambió de tema Héctor al oír a Ruth soltar el tenedor de golpe sobre el plato.

—Buen libro —respondió Marcos.

—De esos hay muchos —comentó Darío refiriéndose al título de la novela—. Deberían cortarles los coj…minos.

—¿Cojminos? ¿Qué es eso, tío? —preguntó Iris alucinada por la conversación.

Ruth se levantó de la silla lanzando una mirada asesina a su exhermano y a su ex futuro novio. Marcos y Darío se pusieron rígidos sobre sus sillas.

—Cariño, ya que estás de pie, ¿te importaría traerme un poquito de agua? —solicitó Ricardo mostrando el vaso vacío.

—Claro que sí, papá.

Marcos y Darío suspiraron; se habían librado. Por ahora.

—Marcos, Darío, ¿me echáis una mano en la cocina? —ordenó más que preguntó Ruth.

No se habían librado. Ambos se levantaron de la mesa y la acompañaron hasta la puerta de la cocina. No pudieron pasar de allí. Ruth se volvió, los miró enfadada y señaló con la barbilla la habitación de Darío, luego la suya propia.

—Idos cada uno a una habitación.

—¡Vamos ya! ¿No estarás hablando en serio? —exclamó Darío,

que para ciertas cosas era más valiente que Marcos, que en esos momentos tenía las manos metidas en los bolsillos y miraba muy interesado el dibujo del suelo.

—¿Tengo cara de estar bromeando?

—¿Tengo pinta de tener diez años? —profirió Darío.

—No. No llegas ni a los cuatro.

—No pienso ir a mi cuarto a pensar. Me niego en rotundo.

—¿Cuándo he oído eso antes? —preguntó Ruth con retintín. Era la frase que Darío decía de niño cuando lo castigaba.

—¿No crees que estás exagerando? —repuso Marcos uniendo fuerzas con Darío.

—A mi mesa solo se sienta una niña: mi hija. El resto se supone que son adultos. —Los miró amenazadora—. Primer y último aviso. Si no os comportáis como tales, os trataré como a niños. Podéis volver al comedor.

El resto de la velada transcurrió sin incidentes —siempre y cuando no contemos las lágrimas de cocodrilo de Iris por verse obligada a comer guisantes, ¡puaj!— y entre conversaciones nada destacables, de esas con muchos monosílabos y algún que otro exabrupto rápidamente silenciado por la mirada de Ruth.

—¿Desde que tu padre es portero ganáis a la pandilla Basurilla? Me alegro muchísimo, Iris —respondió Jorge a la niña, que no paraba de hablar de su padre, del fútbol y de ¿torres altas en castillos?

—Sí. Es genial. Se pone de portero y no le cuelan ni un gol. Y eso que apuntan a la colita para ver si se asusta y se quita. Pero papá se tapa con las manos y recibe el balonazo con tal de que no nos metan gol. ¡Es genial!

—Ahora entiendo por qué los llamas la pandilla Basurilla. ¡Eso es juego sucio! —exclamó Jorge cerrando las piernas con fuerza y mirando a Marcos con cierta admiración.

—Qué va, no nos manchamos nada. Bueno, un poco, pero no subimos muy sucios. Bueno el agua del baño sale negra, pero no es porque estemos sucios, es porque los grifos la sacan negra. De verdad de la buena.

—Así que estás contenta con tu padre —comentó Jorge mirando a Darío, queriendo romper una lanza a favor de Marcos, a ver si así dejaba de mirarle como si lo fuera a matar. Cosa que seguro haría si Ruth no estuviera presente.

—¡Muchísimo!

—¡Así cualquiera es padre! —protestó Darío—. Se presenta justo para ir al parque, jugar un poco al fútbol y, luego, adiós muy buenas. Nada de llevarla al cole ni darle de comer ni vestirla… ¡Así cualquiera es un tío genial! —finalizó irritado.

—¡Yo no me niego a hacer nada de eso! —exclamó Marcos, indignado.

—Ya veo cómo lo haces —se burló Darío.

—¡Nadie me ha dicho que tenía que hacerlo!

—¡Es que eso tiene que salir de ti!

—Basta. Los dos —se pronunció Ruth interrumpiendo los gritos.

La mesa quedó en silencio. Un silencio pesado. Resentido. Un silencio que solo esperaba un susurro para convertirse en gritos.

—Ruth empieza a trabajar el lunes —comentó Darío con sutileza—, así que yo llevaré a Iris al colegio a partir de entonces. A no ser que a alguien se le ocurra ofrecerse… Claro, que se está más a gusto en la cama, arropadito, que haciendo lo que se tiene que hacer —finalizó con mesura.

—El lunes a las nueve menos cuarto vendré a buscarte para llevarte al cole, Iris —dijo Marcos entre dientes

—Claro, no llegues demasiado pronto, no vaya a ser que tengas que vestirla y prepararle el desayuno —ironizó Darío.

—¡Ven pronto, papá, y me vistes tú! —exclamó Iris entusiasmada—. ¡Di que sí! Jopetas, yo quiero, mamá. Dile a papá que venga pronto y así lo hacemos todo juntos.

—Bueno, Iris, verás… —comenzó Ruth, que no sabía bien qué decir.

—Vendré a las ocho.

—No lo harás —rebatió Darío apoyando satisfecho las manos en su estómago.

—¿Qué te apuestas? —replicó Marcos levantándose de la mesa.

43

Tener hijos no lo convierte a uno en padre, del mismo modo
que tener un piano no lo vuelve pianista.
MICHAEL LEVINE

A las ocho menos diez de la mañana Marcos entró en casa de
Ruth. Ella, por supuesto, no estaba. A las seis había salido pitando al
centro. Darío lo miró sonriendo, le informó que los deberes estaban
sobre la mesa del salón dentro de la mochila y la ropa de Iris sobre la
silla del cuarto. También le comentó que la niña desayunaba cuatro
galletas, mojadas en leche caliente con dos cucharadas de Cola Cao.
Luego se dio media vuelta y se metió en su cuarto.

Marcos entró con paso confiado al cuarto de Iris y se arrodilló
ante la litera. Su hija estaba dormida como un tronco.

—Princesa. Vamos, tenemos que ir al cole —dijo depositando un
beso en su frentecilla. La niña se giró dándole la espalda—. Preciosa,
vamos, arriba. —No obtuvo respuesta, así que le acarició la espalda.
La niña se volvió y le dio un manotazo—. Vamos, cariño, que llegaremos tarde. —Iris ni siquiera abrió los ojos.

Marcos miró a su alrededor y pensó que no había empezado
bien. Las persianas estaban bajadas y no entraba nada de luz. Lo
mismo por eso la pequeña no se levantaba. Las subió.

—Vamos, bichito, ya es de día.

Iris escondió la cabeza bajo las sábanas.

Marcos dio un tirón y la destapó.

La niña gritó.

Marcos se asustó.

—Pero, princesa, se nos va a hacer tarde.

—¡No quiero ir al cole!

—Tienes que ir, cielo.

—Pues vamos más tarde. No quiero ir ahora. Tengo sueño.
Quiero dormir. Arrópame, *porfis*. —Terminó dándole la espalda de
nuevo.

—No puedes ir más tarde, hay que ir ahora. Vamos, cariño, no me hagas esto.

—¡Yo hago lo que quiero, y quiero dormir!

Le costó más de un cuarto de hora —y la promesa de chuches por la tarde—, lograr que Iris se sentara en la cama medio despierta. Marcos suspiró aliviado. Aún le daba tiempo.

Cogió la ropa y se dispuso a vestirla. Iris no quería llevar chándal, quería falda. Su madre había preparado un chándal. Iris se negaba a llevar chándal. Marcos abrió el armario dispuesto a coger la primera falda que viera y vestir de una puñetera vez a la niña.

—Hoy toca gimnasia. —Le llegó la voz ¿divertida? de Darío desde la puerta.

Marcos gruñó e intentó convencer a Iris de la conveniencia de llevar chándal cuando hay clase de gimnasia. Unas cuantas promesas de chuches más tarde y con el chándal puesto, padre e hija se dirigieron al servicio. Iris se negaba a lavarse la cara con jabón. Picaba en los ojos. Marcos le dijo que se lavara solo con agua. Iris lo hizo, y de paso también lavó la chaqueta del chándal. Marcos fue al cuarto y cogió el primer jersey del tamaño de su hija que encontró después de abrir varios cajones. Luego vino el asunto del pelo. Iris lo tenía muy enredado.

A las nueve menos cuarto ambos entraron en la cocina. La niña se sentó enfurruñada en la silla y gritó preguntando por su desayuno. Marcos sacó la leche de la nevera y una taza del armario. Cuando dejó esta sobre la encimera, Iris gritó que esa no era la suya. Su taza tenía vaquitas. Marcos buscó desesperado la taza de las jodidas vacas de mierda en todos los armarios, pero seguro que las estaban ordeñando porque la maldita taza no apareció por ningún lado. Cuando se dio la vuelta, dispuesto a chantajearla con más chuches para que aceptara una taza blanca normal y corriente, se la encontró mirándolo medio dormida, con un tazón de plástico rojo y con vaquitas blancas con un lazo rosa en la mano.

—¿Dónde estaba?

—¿Qué?

—La puñe… la taza.

—Aquí. —Señaló la niña un lugar en la encimera, donde también estaban ubicados una cuchara, un bote de Cola Cao y un paquete de galletas.

Marcos cogió la taza, derramó parte de leche sobre ella y parte sobre la encimera, echó dos cucharadas de Cola Cao y sacó cuatro galletas del paquete. Lo puso todo delante de Iris. La niña se negó a beberse eso: tenía grumos negros. Marcos removió el Cola Cao, el hijo de puta no se diluía en la leche. Removió con más fuerza. Nada. Fue al fregadero y quitó con cuidado lo espeso del Cola Cao con una cucharita. Luego se lo dio a su hija. Esta mojó una galleta, se la llevó a la boca, dio un mordisco y comunicó que ya no tenía más hambre. Marcos miró el reloj. Las nueve de la mañana. Retiró las galletas y le dijo que se bebiera la leche. Iris dio un trago y lo escupió gritando que estaba fría. Marcos le quitó la leche y le dijo que cogiera el abrigo para irse. Iris rompió a llorar. Quería su Cola Cao. Tenía hambre de Cola Cao. Marcos pensó frenético. Iris le dijo que lo metiera en el microondas. Marcos obedeció. Iris dio medio trago a la leche y anunció que no quería más. Marcos se recordó a sí mismo que adoraba a su hija. Luego le puso el abrigo, la levantó en brazos y salió corriendo de la casa.

A las nueve y media de la mañana Iris llegó al colegio en brazos de su casi asfixiado padre. Marcos resollaba como un fuelle cuando por fin el conserje se dignó a abrirle la cancela, avisándole, eso sí, que según las normas del colegio las puertas se cerraban a las nueve y cuarto y no volvían a abrirse hasta que sonaba el timbre de salida. Marcos le dio las gracias por la amabilidad y salió corriendo, atravesó los dos patios y subió las escaleras hasta la clase de su hija. Jadeaba cuando la maestra le pidió enfadada los deberes del fin de semana. Marcos miró a Iris. Iris miró a Marcos. Los deberes se habían quedado sobre la mesa del comedor, junto con el almuerzo, el estuche y los demás contenidos de la mochila.

Quizá fuera porque la profesora vio los ojos brillantes de Marcos, a punto de romper a llorar, o porque no era la bruja que aparentaba ser, pero la cuestión fue que se apiadó del padre novato y le comunicó que daría a la niña para almorzar algunas galletas que tenía guardadas y, a la vez, le advirtió de que no se olvidara de llevar los deberes al día siguiente.

Marcos salió del colegio preguntándose dónde habría un puente cerca lo suficientemente alto como para tirarse sin riesgo a salir con vida.

44

Buscando el bien de nuestros semejantes encontramos el nuestro.

PLATÓN

A las diez y cuarto de la mañana, Marcos entró desesperado en el vestíbulo del centro de mayores. Lo atravesó a la carrera, pasó por delante de recepción, farfulló un escueto «hola» a Sara, y llamó al ascensor. Necesitaba hablar con Ruth urgentemente.

—Marcos —lo llamó Sara—, Ruth está en la cafetería, desayunando.

Marcos giró en redondo sobre sus pies, cabeceó agradecido en dirección a Sara y caminó a marchas forzadas hasta la cafetería.

Su chica estaba sentada en una mesa al fondo, sujetaba con una mano una manzana detenida a la altura de su boca y observaba con atención unos papeles depositados sobre la mesa.

—Hola, Avestruz —saludó él, apartando la manzana de su camino y depositando un suave beso en los labios dulces y cálidos de ella.

—Hola, Marcos —respondió ella sorprendida—. ¿Cómo es que estás por aquí?

—Necesito hablar contigo —comenzó él sereno—. Soy un fracaso. —Terminó hundiendo la cabeza entre las manos.

—¿Por qué dices eso? —preguntó asustada, dejando la manzana sin morder en la mesa y prestándole toda su atención.

—Hemos llegado media hora tarde, he olvidado los deberes, no he sido capaz de hacer que desayunara, ¡ni siquiera he conseguido que el chándal resistiera un solo lavado de cara!

—Bueno, no te preocupes por eso. Ha sido tu primera vez, la próxima seguro que lo haces mejor —dijo Ruth restándole importancia. ¡Qué susto le había dado por nada!

—Se me olvidó calentar el Cola Cao y no encontraba la taza vacuna, y por eso no ha desayunado —murmuró compungido.

—No pasa nada, ya le dará algo de comer su profesora. La próxima vez no te olvides y listo. —Ruth volvió su atención a los papeles que estaba revisando.

—No quería levantarse de la cama, se negaba a ir al colegio —continuó él, hundido en la miseria.

—Claro, claro. —Ruth no levantó la vista de los papeles, tenía un retraso impresionante.

—Le he tenido que prometer que le compraría chuches para lograr que se pusiera el chándal —finalizó él derrumbándose sobre la mesa sobre los papeles que Ruth leía.

—¡Marcos! Casi los tiras. ¿No ves que esto es importante?

—¡Lo que me ha pasado también! Soy un fracaso como padre, no soy capaz de atender a mi hija correctamente.

—No digas tonterías —cortó Ruth—. A ver, ¿Iris está gravemente herida?

—No.

—Pues entonces no ha pasado nada. No te preocupes. —Recogió los papeles y se levantó de la mesa, dejando la manzana olvidada junto al café.

—¿No puedes compadecerte de mí ni siquiera un poco?

—¡Marcos! Compórtate, hombre. Estás dando el espectáculo. A ver, ¿qué quieres que haga exactamente? —preguntó irritada; tenía muchísimas cosas pendientes por hacer.

—Que escuches mis penas, que atiendas mis frustraciones, que me compadezcas, que me animes. ¡Que me digas qué coj... minos hago para hacerlo bien!

Ruth lo miró alucinada. ¿Este era el hombre imprevisible y visceral del que estaba enamorada? Por Dios, si parecía un niño pequeño. Le dio unas palmaditas en el hombro, le besó en la frente y le aconsejó que fuera más autoritario con Iris. Un padre no era solo un colega, sino un mentor. Luego recogió la manzana, le dio un mordisco y abandonó la cafetería con la mente puesta en todos los archivos sin actualizar y los informes sin comprobar.

Marcos dejó caer la cabeza sobre la mesa y empezó a golpeársela contra la madera. Estaba teniendo un día de mierda.

—Romper la mesa con la cabeza no es la solución —comentó una voz a su espalda.

Marcos levantó la vista. Mercedes lo miraba con los labios fruncidos.

—¿Qué pasa, Mercedes? —preguntó una anciana pintarrajeada como si fuera una muñeca de porcelana.

—Este joven no sabe ocuparse de su hija —respondió Mercedes hundiendo a Marcos en la depresión.

—Les pasa a muchos. Si quieres saber mi opinión, hoy en día a los padres les falta disciplina —comentó un señor mayor totalmente calvo y con un bastón que era más un arma que un instrumento en el que apoyarse.

—No saben imponerse a sus hijos y luego estos les dan por todos lados —comentó otra anciana de pelo blanco y sin dientes.

—Si escucha lo que tengo que contarle, seguramente evitará muchos problemas, jovenzuelo —comentó el anciano del bastón, balanceando este peligrosamente cerca de la espinilla de Marcos.

Marcos se encontró de pronto rodeado de momias que le daban consejos sobre la mejor manera de tratar a su hija. Algunos parecían acertados, y otros... Bueno, él no pensaba darle a Iris aceite de hígado de bacalao —fuera eso lo que fuera— si no desayunaba, ni tampoco pensaba castigarla de cara a la pared con los brazos en cruz y un libro en cada mano si no obedecía. Pero preparar el desayuno antes de levantarla le parecía una buena idea, y hacer que se lavara antes de vestirla prevendría posibles accidentes. Cogerla del pelo para levantarla de la cama estaba totalmente descartado, pero amenazarla con no comprarle ninguna chuche más si no lo hacía quizá diera resultado. En contra de su sentido común se encontró escuchando atentamente a todos y cada uno de los sabios ancianos, y además se dio cuenta de que las cosas que decían —en su mayoría— tenían mucho de eso, de sentido común.

—¿Reunión de moribundos? —Se burló una voz—. ¿Haciendo planes de dónde queréis ser enterrados? —continuó Elena.

Los ancianos miraron a la mujer escuálida que tenían enfrente, y uno a uno se marcharon tan deprisa como se lo permitían sus piernas, bastones, andadores y muletas. Solo quedó Mercedes, con la espalda muy erguida y los ojos llameantes.

—Un día, Dios acudirá a mi llamada y te mandará al infierno.

—Dios no existe, vieja pasa. Yo soy Dios —contestó Elena—. Largo.

Mercedes se fue con la cabeza alta y echando pestes por la boca.

—Me debes una por espantar a los viejos —dijo Elena enredando los dedos en la larga melena del hombre.

—Aléjate de mí. —Se levantó él ahogando un quejido cuando ella no le soltó el pelo—. Suéltame.

—¿Ya has comprobado lo que te dije? —Se acercó más a él, pinchándole con sus puntiagudos y artificiales pezones en el torso—. Qué lástima, ¿verdad? Te ha engañado como a un tonto. Tu inocente y virginal Ruth, madre de una niña... ¿Ya le has propuesto matrimonio? —se burló Elena.

—Sí —respondió Marcos sonriendo—, y con un poco de suerte antes del verano estaremos casados y viviendo juntos. —Al menos por eso iba a luchar él—. ¿Sabes qué?, tengo que darte las gracias por la información. Si no es por ti, hubiera tardado más tiempo en saber que tengo una hija preciosa con Ruth, una hija a la que adoro —menos a la hora de ir al cole—, igual que a la madre —menos cuando no se apiada de mí.

—¿Qué? —exclamó ella soltándole el pelo estupefacta.

—¿No lo sabías? Huy, tendrías que haberte informado mejor. La niña es mía. —Le guiñó un ojo—. Y la madre también.

—Estás loco, te has dejado convencer por esa furcia.

—Vuelve a insultarla y te mato —susurró Marcos entre dientes.

Agarró a Elena del pelo y tiró de él hacia atrás. La mujer ahogó un quejido y abrió mucho los ojos. Por primera vez desde hacía mucho tiempo estaba asustada.

—No me tientes —exclamó Marcos dando un nuevo tirón para después soltarla de golpe y marcharse.

—Hijo de puta —siseó ella.

En la primera planta, Ruth escuchaba con atención las palabras del director, atónita.

—Me alegro de que esté mejor, Ruth. La hemos echado mucho de menos en estas tres semanas que ha estado de baja. —El señor García interrumpió su monólogo un segundo y frunció el ceño—. Si he de ser sincero, no solo la hemos echado de menos sino que el centro se ha convertido en un verdadero caos. No me había dado cuenta de todo el trabajo y las responsabilidades de las que usted se hacía cargo hasta que no ha estado para ejecutarlas.

—No entiendo cómo ha podido pasar, señor García. Le aseguro que cada día mi hermano venía a recoger mi trabajo pendiente, pero imagino que el pobre no sabía exactamente qué cajas debía coger. No obstante, le certifico que esto no volverá a suceder. Estoy totalmente centrada en mi trabajo y le doy la absoluta seguridad de que antes del próximo fin de semana lo tendré todo al día.

—¿No volverá a suceder? ¿Su hermano venía al centro? ¿Tener al día su trabajo antes del fin de semana? Ruth, creo que no sé ni la mitad de las cosas que pasan aquí —afirmó, algo más que irritado.

—Señor, le garantizo que…

—Permítame terminar, Ruth —la silenció él—. En primer lugar, todos, ancianos, familias, trabajadores y yo mismo, esperamos que no vuelva a estar enferma, no porque su trabajo se vaya a quedar sin realizar, que no ha sido el caso, sino porque todos hemos estado preocupados por usted, por su salud. Los ancianos encargaron que en la misa de los domingos, en la capilla, se hiciera una súplica por usted, y le puedo asegurar que se puede contar con un dedo las personas que faltaron.

—¿Una súplica por mí? No debería haberlo consentido, no estaba enferma. Solo fue que mi hermano se empeñó en que sí y el médico lo creyó —refutó ella horrorizada. ¡Por Dios, qué habían pensado!

—¿Asevera usted que su endocrino y su médico de cabecera estaban equivocados? ¿Que las bajas que me han llegado y sus informes de salud, informes privados, que no sé cómo se han traspapelado y han aparecido en mi agenda —aquí frunció el ceño a la vez que sonreía: tendría que hablar con Sara, extraoficialmente claro, para ver cómo había conseguido esos informes, aunque quizás el susodicho hermano tuviera algo que ver— no son correctos?

—Bueno, no insinúo eso, pero sinceramente creo que son algo exagerados. —¡Muchísimo! Ella no estaba al borde del colapso.

—Ruth, la hemos añorado, no por su trabajo, sino por ser usted quien es, el alma de este lugar. No vuelva a ponerse en peligro.

—Señor, le agradezco mucho esas palabras, pero creo sinceramente que exagera. Todos y cada uno de los empleados formamos un conjunto y hacemos lo que está en nuestra mano para lograr resultados aceptables con…

—Por otro lado —interrumpió él—, su trabajo, el suyo propio —enfatizó—, ha sido presentado sin falta cada día, lo cual me sorprendió bastante, ya que esperaba que, estando usted de baja, quedara atrasado. Pero no fue así. Pregunté a Sara si era ella quien lo ponía al día, y me emplazó a que compareciera en el vestíbulo cualquier día a las nueve y cuarto de la mañana. Si he de ser sincero, me molestó un poco el misterio, pero allí estuve. Cuál no fue mi sorpresa cuando vi aparecer a un hombre vestido de leñador con una de nuestras cajas de archivar papeles, dejarla sobre el mostrador de información y hacerse cargo de otra caja, casi idéntica, que Sara le proporcionó. Por supuesto me acerqué estupefacto a ver qué había pasado. En la caja estaba el trabajo que tenía usted que realizar, actualizado, ordenado y completado, junto con varios DVD que contenían esos mismos datos pasados a nuestro programa informático y un cuaderno con tapas de vaquitas y ranitas —sonrió ampliamente al recordarlo— en el que estaban anotados varios comentarios sobre informes que usted había solicitado y no había recibido, ideas a realizar en talleres, recordatorios sobre citas e informes médicos de ancianos, etc. —El director apoyó las manos sobre la mesa y esperó una respuesta.

—Le aseguro, señor García, que ninguna información confidencial ha sido expuesta en los traslados. Mi hermano es una persona muy responsable y ha tenido sumo cuidado al transportar las cajas con los informes. Además, estas estaban cerradas con precinto y las he abierto yo en mi casa. Nadie ha tocado nada. Y del mismo modo se han entregado única y exclusivamente a manos de Sara, que es una de las empleadas más competentes, serias y responsables con las que he tratado nunca. No obstante, si decide usted penalizar esta acción, le ruego que no culpe a Sara porque, en realidad, ella no quería sacar los datos del centro, pero yo, como superiora suya, se lo ordené. Por tanto, asumo toda responsabilidad ante cualquier amonestación que crea conveniente llevar a cabo.

—No tengo ninguna duda de que los datos han sido tratados con el mayor de los respetos, responsabilidad y confidencialidad. Lo que no me explico es, por qué estando usted de baja, al borde del colapso físico según dos médicos, uno de ellos especialista en su dolencia, se le ha ordenado, fuera de toda legalidad, completar su trabajo.

—Nadie me lo ordenó, señor. Al contrario, como antes he referido, fui yo quien ordené que se pusiera a mi disposición dicho trabajo, y por tanto le ruego encarecidamente que en caso de alguna incidencia de carácter legal solo se tenga en cuenta mi persona. —Ay Dios, ay Dios. Por favor, que nadie más que ella pagase por su irresponsabilidad.

—Comprendo. Lo que no comprendo es qué la llevó a usted, en su delicado estado, a obviar las advertencias de los médicos y dedicarse en su tiempo de reposo a trabajar.

—Me aburría en casa, señor.

—Interesante. Tengo entendido que tiene usted a su cargo una hija, aparte de su padre, Ricardo, paciente en nuestro centro, del que se ocupa.

—Sí, señor.

—Y se aburría.

—Mi padre no me da ningún trabajo. Es un hombre excepcional y muy cariñoso, que coopera en todo lo que puede —y recuerda—, y mi hija da el mismo trabajo que cualquier niña a cualquier madre trabajadora del mundo. Estar todo el día en casa, reposando —aquí hizo un mohín de disgusto con los labios—, me dejaba muchísimo tiempo libre que me pareció oportuno utilizar como creí más conveniente —repuso retadora. Había hecho su trabajo, lo había hecho bien. Se había saltado algunas normas, correcto. Pero no había pasado nada, no tenía por qué darle tanta importancia.

—Entiendo. La felicito por su dedicación y entrega al centro. Y le aseguro que estoy gratamente sorprendido por ello.

—Gracias, señor.

—No obstante, hay una cuestión más que quería comentar con usted. —Se levantó y sacó los informes del mes anterior. Los depositó sobre la mesa y comenzó a pasar los dedos sobre ellos—. ¿Le suenan?

—Sí, señor. Son los informes de diciembre de la cuenta de mantenimiento del centro.

—¿Los redactó usted?

—Algunos de ellos, señor. En diciembre hubo mucho trabajo. —Se apresuró a completar la información—. Y se hizo necesaria la cooperación entre departamentos para concluirlo en su fecha.

—¿Sabe? Son idénticos a los del resto de los meses del año pasado, y del anterior, y, bueno, digamos que son idénticos a los de hace cuatro años en adelante. Bien redactados, con los cálculos correctamente ubicados en su lugar correspondiente, con las cuentas ordenadas. Diría que son impecables. Al igual que… —volvió a levantarse y sacó otro archivo— los informes de personal, los informes de cuentas, el inventario, los balances de gastos y sus previsiones… En definitiva, se ve la mano de la misma persona una y otra vez. En departamentos distintos.

—Como le refería, a veces un departamento, por causas ajenas a él, sufre un incremento de trabajo y, si otro departamento puede ayudar, lo hace. —No pensaba disculparse por eso.

—Me parece estupendo. Por ejemplo, en el de contabilidad y facturación, la… mano amiga se ve en algunas ocasiones específicas, como fin de trimestre y cuentas de IVA, o en julio con el impuesto de sociedades. Me parece totalmente lógico que se ayuden entre departamentos. Pero… y esto es lo que no me cuadra, en recursos humanos, que es uno de los más importantes, por no decir el que más, esa mano amiga, se ve de continuo.

—No sabría decirle, señor —repuso Ruth con cara de póquer.

—Lo imaginaba. Por eso, antes de llamarla, revisé los informes de ese departamento de hace más de cinco años. No fue fácil encontrarlos, no estaban correctamente clasificados. —Sacó otra carpeta y la depositó sobre los cientos de papeles que ocupaban la mesa—. Como podrá comprobar, los hay de dos tipos: unos similares a los de la mano amiga que se van incrementando en número con el transcurrir de los meses, y otros que… no tienen nada que ver. —Los extendió para que Ruth los viera—: Conceptos incorrectos, faltas de ortografía, errores en las sumas, manchas de… ¿café?, ningún orden aparente… ¿No le parece extraño?

—No sabría decirle, señor; han pasado muchos años. De hecho, debido a su antigüedad, no tienen ningún referente legal. Todo aquel documento que sobrepase los cinco años no puede ser tomado en cuenta.

—Lo sé, lo sé. Solo me resulta extraño. Más que nada, porque durante su ausencia por enfermedad —recalcó esta última palabra— los pocos y escasos informes que me han llegado, ni la cuarta parte de los que me tendrían que haber sido entregados, se parecen extrañamente a estos antiguos que acabo de mostrarle.

—No sabría decirle.

—Una última cosa antes de que se retire. ¿Sabía usted que se ha propuesto la expulsión de uno de los residentes?

—¿De quién? —Ruth se levantó de golpe de la silla.

—Aquí tiene el impreso de salida.

—No, hay un error —comentó Ruth leyendo por encima el impreso escrito a bolígrafo, con faltas ortográficas y tachones—. Se me comentó la intención de anular la residencia de Mercedes debido a que su yerno ya no trabaja y, supuestamente, dispone del tiempo necesario para cuidarla, pero la desestimé. Arturo necesita todo el tiempo de que dispone para ir de obra en obra entregando currículos. Además, madruga muchísimo para ir a Mercamadrid a cargar y descargar camiones, aportando un ínfimo, pero importantísimo ingreso en su casa y, si se viera en la necesidad de cuidar a Mercedes, cortaríamos cualquier posibilidad de incorporación laboral.

—Conoce usted a la familia. —No era una pregunta.

—No de un modo personal, señor. —Ay, Dios, ¿le iba a acusar de tráfico de influencias?

—¿Cómo entonces?

—No sabría decirle.

—Comprendo. Puede usted retirarse.

—Gracias.

—Por cierto —la llamó antes de que saliera por la puerta—. Le está totalmente prohibido realizar ningún trabajo que no sea el suyo propio.

—Señor, con el debido respeto, mi trabajo jamás ha quedado sin finalizar. No es necesario que se me prohíba realizar otros menesteres, ya que no influyen en la consecución de mis tareas y son realizados en el tiempo que me queda libre.

—Ruth. Le aconsejo, no, le ordeno —rectificó— que acuda al centro en el horario que consta en su contrato, si no estoy equivocado, de ocho de la mañana a cuatro de la tarde. Quizá así no le quede tanto tiempo libre.

—Señor. Tengo tres talleres de los que me hago cargo voluntariamente fuera de mi horario —apuntó Ruth furiosa.

—Esos talleres puede realizarlos.

—Los imparto de cinco a seis lunes, miércoles y viernes. Me parece una necedad regresar a mi casa a las cuatro para volver al centro a las cinco, perderé todo el tiempo en el trayecto cuando aquí soy necesaria.

—Entonces le emplazo a que se traiga una buena novela y utilice esa hora para leerla sentada en el jardín o en la cafetería. No trabajará más horas de las estipuladas en su contrato. Y tampoco le está permitido llevar trabajo a casa.

—Como ordene —dijo Ruth saliendo airada del despacho y dando un ligero portazo.

—Todo un carácter —se dijo el director al verla marchar. Volvió a mirar los informes de años pasados y se pasó las manos por los ojos. Se le había olvidado por completo.

Informes sin terminar, mal redactados, erróneos.

Discusiones con su mujer, acusándole de obligar a su hermana a realizar más trabajo del que podía.

Sonrisas burlonas de Elena cuando, por evitar confrontaciones en su matrimonio, obviaba los errores y los corregía en casa.

Miradas satisfechas de Elena, cuando hizo la vista gorda al comprobar que iban llegando informes totalmente correctos redactados por la recepcionista del centro.

Ceño fruncido de su cuñada al enterarse de que dicha persona había sido ascendida a administrativa, más ceños cuando la convirtió en secretaria.

Y, sobre todo, el paso del tiempo, el irse acostumbrando a las cosas bien hechas, entregadas en su momento, sin errores, sin discusiones, sin dramas familiares… Y todo había recaído en la misma persona que, sin quejarse, había asumido el exceso de trabajo, y no solo eso, lo había mejorado. Había tomado las riendas del centro, de los trabajadores y de los ancianos y había dado un paso adelante. Sin hablar de ello, sin siquiera ser consciente de lo que estaba haciendo, con una sonrisa en los labios y una palmada de ánimo en los hombros para cada trabajador y anciano del lugar. Siempre adelante, siempre un paso más. Y siempre en la sombra.

Rememoró las últimas tres semanas; todo había sido un descontrol. Los informes de Elena, imprescindibles para el centro, llegaban con cuentagotas si es que llegaban. Los ancianos entristecidos, las familias de estos acudiendo al centro a cada segundo, preguntando por la salud de la muchacha, contándole historias increíbles.

Como la de la familia de Francisco, que habían pasado dos horas desesperados porque el anciano aseguraba tener un demonio que zumbaba en su oreja. Ruth lo había atendido dejando de lado todo lo demás, descubriendo una mosca viva en su oído y, con una visita inmediata al otorrino para que se la extrajera, el anciano había vuelto a ser el de siempre. Con toda seguridad los médicos lo habrían descubierto en su cita semanal, pero Ruth se había molestado en atender a la familia, había dejado su trabajo y había bajado a hablar con el anciano, lo había escuchado, le había dado crédito. Simple y llanamente lo había tratado como a una persona querida, y el anciano se había tranquilizado lo suficiente para que ella pudiera hallar la solución.

Los trabajadores del centro también habían abierto la boca… O más bien, habían actuado en la sombra. Sara se había negado a entregar al hermano de Ruth cualquier trabajo que no fuera el suyo específico, el director lo había averiguado cuando un nuevo informe médico se coló por casualidad en su agenda y decidió interrogarla. Entre eso y los informes llenos de tachones de Elena, la falta de control en el centro, el caos que se había desatado con la falta de Ruth, y la incongruencia de que su trabajo, justo el trabajo de la única persona que no estaba en el centro, por enfermedad, sí estuviera correctamente realizado, no había sido difícil atar cabos.

No podía continuar cerrando los ojos.

—Sara —dijo descolgando el teléfono—, localice a Jaime del departamento laboral y que se presente inmediatamente en mi despacho. Luego informe a Elena que quiero verla hoy a las cuatro en punto. Estaré reunido el resto del día, no aceptaré llamadas de nadie. De mi esposa tampoco. Una última cosa: tomaría como favor personal si pudiera usted averiguar el nombre de algún abogado especializado en asuntos… domésticos. —Solo por si acaso.

El martes, Marcos se presentó en la casa a las siete y media de la mañana. Ruth le abrió la puerta. Lo primero que pensó Marcos era que había pasado algo. Lo segundo, que le iba a dar un agradecido beso en la boca al director del centro.

Entre dientes, y muy irritada, Ruth le contó que le habían prohibido trabajar más de ocho horas y hacer otro trabajo que no fuera el suyo. Darío y Marcos se miraron y sonrieron. Luego se dieron cuenta de lo que habían hecho y fruncieron el ceño. No se caían bien, tendrían que recordarlo y dejarse de sonrisitas.

Ruth se despidió de ellos y se fue al trabajo. Pensaba llegar por lo menos un cuarto de hora antes; nadie podría decirle nada por ser puntual, ¿no?

Darío se metió en su cuarto y Marcos entró en la cocina, preparó la leche con el Cola Cao, que estando caliente se disolvió sin problemas y lo dejó en el microondas para darle un toque en el último segundo. Colocó el desayuno, anudó la mochila de Iris a su cazadora y entró con paso firme en el cuarto de la niña. Subió la persiana y con voz autoritaria dijo:

—Iris, es hora de levantarse. Hay que ir al colegio.

La niña le hizo el mismo caso que el día anterior, pero esta vez estaba preparado. Usó su tono más firme y autoritario y volvió a intentar despertarla, aunque la niña se dio la vuelta en la cama. Marcos la destapó, ella gritó. Él la levantó en brazos y la llevó gritando hasta el baño, le lavó la cara —con jabón— y la puso a hacer pis. La niña lloró y Marcos le dio una chuche. Iris sonrió y dijo que se volvía a la cama. Marcos se dio cuenta al instante de su error y le quitó la chuche con la amenaza de no dársela si no se portaba bien. No se portó bien, pero consiguieron llegar al cole a las nueve menos un minuto, con los deberes y el almuerzo en la mochila, dos galletas y medio vaso de leche en el estómago, y el otro medio sobre la camisa de Marcos. Pero habían llegado y eso era lo que contaba. Mañana lo haría mejor.

Cuando Ruth llegó al centro, todos y cada uno de sus compañeros la observaron sonriendo. Si pensaban que iba a llegar todos los días tan tarde iban listos. En cuanto el director se olvidara, volvería a su turno; no podía dejar las cosas sin hacer. Sería una gran irresponsabilidad.

Al pasar frente a recepción Sara le informó de que el señor García estaba esperándola en el despacho. Ruth suspiró, revisó su vestuario —falda negra y ajustada por encima de las rodillas, zapatos de salón y chaqueta entallada, todo recién salido de su última y alocada incursión al terreno de la moda—, y se recolocó su pelo despuntado y desordenado.

Nada más entrar en el despacho, el director le indicó con un gesto que tomara asiento y le pasó un pliego de hojas. Ruth se dispuso a leerlo. Lo soltó sobre la mesa como si quemara. Volvió a cogerlo. Pasó las páginas con rapidez hasta llegar a la última y comprobó que la firma del señor García estaba en ella. Lo miró confundida.

—Si quiere leerlo con detenimiento puede hacerlo —comentó él con voz grave.

—No, no es necesario. Pero…

—¿Ve algún problema?

—No, no. En absoluto. Es solo que… —Se detuvo aturullada, se había quedado sin palabras.

—¿Y bien?

—No sé si estoy preparada para esto —comentó asustada.

—¿No lo sabe? Perfecto. Su trabajo no es saberlo. Ese es mi trabajo, a no ser que dude usted de mi capacidad de apreciación y elección.

—No, no en absoluto. No pretendía dar a entender…

—Perfecto. Entonces llévese el contrato y léalo. Lo quiero sobre esta mesa, firmado, dentro de una hora.

—No es necesario, ya… ya lo firmo —contestó cogiendo el bolígrafo que le tendía—. Pero… este puesto está ocupado —dijo con el bolígrafo alejado del papel aún sin firmar.

—Ya no.

—Comprendo. —Firmó el contrato—. Imagino que Elena estará contenta —comentó.

—Imagina mal.

—¿No quería ser ascendida? —preguntó estupefacta. ¿Qué le pasaba a esa mujer?

—No ha sido ascendida.

—¿No? ¿Y por qué se me ofrece a mí su puesto? —No entendía nada.

—Ya no es su puesto.

—¿Cuál es su puesto ahora?

—No tengo ni la más remota idea.

—¿No?

—No sigue en este centro. Lo que haga a partir de hoy no es asunto mío.

—¿Ha despedido a Elena? —Porque, si así fuera, en menos que canta un gallo la mujer del director se ocuparía de montar el mayor escándalo del mundo.

—¿Está poniendo usted en duda mi criterio? —preguntó amenazante.

—No, por supuesto que no… —Solo su integridad física en el ámbito doméstico, pensó para sí.

—Elena no ha sido despedida —dijo para tranquilizarla, temiendo al ver cómo había palidecido que le diera un patatús.

—¿No? Disculpe mi arrogancia, había pensado… otra cosa. Estupendo entonces. Pero… si no ha sido despedida, entonces…

—Ha dimitido.

—¿Ha dimitido?

—Tras comprobar los gastos incorrectos de la cuenta de tarjetas, y el estado general de su trabajo, así como los más de cuarenta días de vacaciones, y los, un segundo... —Sacó unos cuantos papeles y los leyó—, los veintitrés días de asuntos propios, y unas cuantas semanas de baja por enfermedad, eso sí, sin informe, ni firma médica, hizo gala de un sentido común impropio en ella y decidió dimitir voluntariamente.

—Ah. —Ruth cerró la boca. No se había dado cuenta de que eran tantas sus faltas. De hecho, sí que faltaba mucho, pero no se había molestado en comprobar cuánto—. Si no dispone nada más... —indicó, deseando salir de allí para tener un ataque al corazón tranquilamente en el servicio.

—Puede retirarse.

—Gracias. —Ruth recogió su copia del contrato y salió apresurada por la puerta. Allí encontró a Sara con una enorme mirada interrogante. Estaba a punto de gritar de alegría cuando le llegó la voz del director desde el despacho.

—Ruth, encárguese de que la directora de recursos humanos se presente en mi despacho esta tarde a las cuatro en punto.

—La informaré inmediatamente, señor —respondió ella con la frase de costumbre.

—Ruth.

—Sí, señor.

—Usted es la directora de recursos humanos. Procure recordarlo a partir de ahora.

—Por supuesto, señor.

—Sara. Pase a mi despacho.

Esa misma tarde, la nueva directora de recursos humanos y su nueva secretaria, Sara, entrevistaron a la que sería la nueva recepcionista de información.

45

La posibilidad de realizar un sueño
es lo que hace que la vida sea interesante.
PAULO COELHO

*D*os meses. Dos jodidos meses y seguían igual.

Marcos estaba desesperado. Llevaba dos meses intentando conquistar a su chica y no había manera. Dos besos al día. ¡Dos! Eso era lo único que había conseguido por el momento. Un beso al verla cada tarde y otro al despedirse. Y no besos con lengua, apasionados y excitantes, no. Besos sencillos y ligeros en los labios, casi apresurados, que lo dejaban excitado y nervioso y sin posibilidad de alivio. Joder. Le dolía la mano de masturbarse cada noche. Y cada mañana.

¿Pero qué otra cosa podía hacer? ¿Acostarse con ella en casa de su padre, con su hermano cerca, que lo mataría? ¿Llevarla a un hotel alguno de los escasos viernes por la noche que ella consentía en salir? Imposible. Esos viernes salían con Iris al cine y al *burger* y luego regresaban a casa y pasaban el rato hablando en el comedor. No se veía capacitado para, una vez allí, volver a sacarla de casa y hacerle el amor con fuerza durante toda la noche. Bueno, capacitado sí se veía; lo que no sabía era dónde hacer eso. Porque, si tenía que pagar un hotel cada vez que quisiera hacer el amor, no iba a comprar un piso ni en mil años. ¡Qué difícil era ahorrar!

Arrojó a la basura el periódico que había estado leyendo hasta hacía un segundo y comenzó a recorrer su cuarto con pasos rápidos y furiosos. Nada estaba saliendo como él quería.

Revisaba cada día los anuncios de venta de pisos tanto en prensa como en Internet, y en todos les ocurría lo mismo: eran demasiado caros. Y los que no lo eran necesitaban tal reforma que no podría pagarla. Por supuesto, podría pedir un crédito. Y de hecho hasta se había informado, pero no se lo concederían, al menos no en ninguno de los cuatro bancos que había visitado. Su trabajo no era seguro. ¿Qué trabajo era seguro hoy en día? No estaba fijo. ¿Quién narices estaba fijo hoy en día? Y más y más pegas. Tendría que ser como mínimo funcionario o millonario para conseguir el crédito. Para lo primero tenía que estudiar, y sabía que eso no se le daba bien, y, además, no tenía tiempo. Lo segundo estaba fuera de toda duda. Al menos para él. Su madre era caso aparte. A veces estaba segura de que su hijo era rico y otras, de que era un pirata.

Luisa estaba cada día peor. Mientras él permanecía en casa, ella mantenía más o menos la cordura. Bueno, no la cordura, de eso no tenía. Pero la locura era menos evidente. Pero cuando salía a trabajar durante una o dos semanas, a su vuelta encontraba la comida putrefacta en la nevera y la casa del revés. Era como si su presencia le influyera positivamente, pero en el momento en que faltaba todo se iba a la mierda.

Leyó por enésima vez el contrato de su próximo reportaje. Un mes fotografiando Tenerife. Un dinero que le hacía mucha falta. Un tiempo del que no disponía.

Guardó el contrato y salió del cuarto. Su madre seguía plantada delante del televisor, en bata.

—¿No te has vestido todavía?

—Por supuesto que sí. Acaso no tienes ojos en la cara.

—El conjunto que has elegido no es adecuado para hoy, mamá. Hace frío en la calle.

—¿Tú crees?

—Estoy seguro. Ponte… ven conmigo.

Fue al cuarto de Luisa y sacó una falda larga, medias, una blusa y una chaqueta de punto. Poco a poco, sin apenas notarlo, su madre se había acostumbrado a que él le preparase la ropa. Y él, que había tomado como rutina vestir a Iris, no encontraba impedimento en hacerlo igual con su madre.

Cuando estuvo lista, se dirigieron al parque. Su mujer, o futura mujer, y su hija los estaban esperando. O más bien Ruth los esperaba porque Iris estaba enzarzada en una partida al Uno con los Repes y el Sardi.

—Hola, cariño —saludó Marcos tomando su beso diario. Y de paso abrazando por un segundo las estrechas caderas de Ruth. «Poco a poco —se dijo—, poco a poco». Pero es que iba muy poco a poco, pensó impaciente.

—Hola, Marcos. ¿Qué tal hoy?

—Bien. Tengo dos noticias.

—¿Sí?

—El mes que viene saldrá el reportaje sobre tu centro —comentó guiñándole un ojo.

Ruth abrió la boca estupefacta, pero luego se lo pensó mejor y en vez de dar un grito de alegría agarró a Marcos por las orejas y lo besó con ganas… y con lengua… y con pasión… y Marcos estuvo a punto de correrse allí mismo. Sin pensárselo dos veces, sus manos tomaron la iniciativa y agarraron a su chica, la apretaron contra él y se anclaron en su trasero a la vez que su ingle palpitaba por el inesperado y muy deseado contacto. Ruth rompió el beso demasiado rápido, dejándolo excitado y muy frustrado. Esa noche no tardaría ni un segundo en llegar al orgasmo, a solas, con su mano y su imaginación.

—¿Cuál es la otra?

—¿La otra qué? —preguntó él, aturdido, intentando alcanzar sus labios de nuevo.

—La otra noticia. —Ruth posó las manos sobre el pecho del hombre y empujó—. Marcos, compórtate; estamos en mitad del parque.

—Mmm, sí. —Le robó otro beso y dejó la mano anclada en su cintura—. Me ha salido otro reportaje gráfico.

—Vaya, genial. —Ruth se recostó en el pecho de Marcos. En los último tiempos él la abrazaba y acariciaba de continuo, tentándola y volviéndola loca—. ¿Cuándo te marchas?

—La semana que viene, el lunes. Estaré fuera un mes. En Tenerife.

—¡Un mes! Jamás te has ido tanto tiempo.

—Desde que estoy en Madrid, no. Pero… tenía que pasar antes o después. Es un reportaje más largo y necesito más tiempo para hacerlo.

—Te vamos a echar mucho de menos. —Ella hundió la cara en el hueco del cuello masculino y posó la mano en el pecho ancho y poderoso—. ¿Qué vas hacer con Luisa? —preguntó preocupada.

—No tengo ni la menor idea. No me hace gracia dejarla sola durante tanto tiempo, pero me hace falta el dinero. —De hecho, el piso habitable más barato que había visto rondaba los doscientos mil euros—. Si rechazo el reportaje entraré en la lista negra y no me pedirán más servicios.

—Lo sé. Yo… no te enfades.

—¿Por qué iba a enfadarme?

—Llevo un tiempo meditando sobre la situación de Luisa cuando no estás.

—Ya me ha contado que vais a pasar las tardes con ella. Gracias.

—Oh, no es nada. No tenía por qué decírtelo. La cuestión es que… he solicitado plaza para ella en el centro. No de forma permanente ni nada por el estilo, sino como residente temporal para las fechas en que tú no estés. He pensado en ocuparme yo misma de trasladarla de casa al centro y viceversa. Por tanto no entraría en la lista de los que necesitan transporte, que es lo más complejo. Y bueno, tengo razones para pensar que, si lo solicito, podré conseguir su entrada.

—Me parece perfecto.

—Menos mal. Temía que te indignaras por meterme en tus asuntos.

—También son los tuyos, cualquier anciano es asunto tuyo —comentó divertido.

—Exagerado —le reprendió dándole un pequeño golpe con su exquisita mano en el torso—. No obstante, todavía queda lo más complicado. Las noches.

—No pienso meter a mi madre interna en una residencia.

—Ni yo te lo pediría. Estoy considerando tenerla con nosotros en casa. Ella podría dormir en la litera de Iris, Iris en la mía, y yo en el sofá del salón. —Lo observó con atención.

—El sofá de tu salón es muy incómodo.

—Sería solo un mes. No podemos dejarla sola en casa. La última vez, mientras se hacía la cena, algo llamó su atención, se despistó y dejó la sartén al fuego. Gracias a Dios que su vecina estaba pendiente y no pasó nada.

—¿Cómo te has enterado de eso? Yo no sabía nada —preguntó aturdido. ¡Joder!

—Le di mi teléfono a la vecina y le rogué que me avisara si sucedía algo.

—¡Dios, no quiero ni pensarlo! Gracias, de verdad. No sabes lo que significas para mí —dijo volviéndola a besar con cariño—. Pero no puedes hacerte cargo de mi madre en tu piso. No tenéis espacio. —Lo meditó un segundo y se tiró de cabeza al río—. ¿Por qué no venís Iris y tú a casa ese mes? También puede venir Ricardo, hay sitio para todos.

—Papá no puede dormir fuera de casa. Se asustaría cada vez que se despertara, temiendo estar en un lugar extraño.

—¿Y vosotras? Tus hermanos pueden hacerse cargo de tu padre. Solo tendrías que faltar por la noche.

—No sé.

—Mi casa tiene cuatro habitaciones, tendríais una para cada una y, como yo no voy a estar, no supongo ninguna amenaza para tu virtud —comentó bromeando.

—Lo pensaré.

—Esperaré optimista tu respuesta. —Se inclinó haciendo una pronunciada y burlona reverencia.

Ruth lo pensó. Lo comentó con sus hermanos y a estos les pareció bien; bueno, a Héctor le pareció bien, Darío habló acerca de castrar a alguien, pero con un carraspeo de Ruth se calló y ya se sabe, quien calla otorga. También lo comentó con su padre. Varias veces. Y en todas las ocasiones, este le preguntó si el muchacho significaba algo para ella. Ruth asintió, advirtiendo que era una medida temporal, un mes a lo sumo, y Ricardo le dio su bendición con un beso y una sonrisa cada vez, asegurándole que no debía preocuparse pues él estaría bien con los chicos. Ruth sabía que su padre no recordaría nada al segundo siguiente, pero se sentía aliviada al comprobar que, si hubiera tenido su memoria intacta, lo habría aprobado. Aún le remordía la conciencia, pero podría soportarlo. Además, no pensaba dejar de pasar las tardes con él por nada del mundo.

—¿Y tendré un cuarto para mí solita?

—Así es, princesa. Podrás llenar las paredes con todos los posters que quieras. Y, sobre todo, podrás dormir sola en tu habitación —conversaba Marcos a solas con su hija—. Además, si eliges el cuarto de la terraza, verás los pajaritos por la mañana.

—¿Para qué voy a dormir solita? Siempre duermo con mamá. ¿Hay muchos pajaritos?

—Si les pones migas después de cenar, por la mañana hay un montón. Y lo de dormir sola, bueno, yo había pensado que, como ya eres mayor, querrías dormir en tu propia cama de niña mayor. Claro que si no te sientes lo suficientemente mayor como para dormir como los niños mayores… —remarcaba una y otra vez la palabra «mayor»—, siempre puedes dormir con mamá, como los bebés.

—Yo no soy ningún bebé.

—Claro que no.

El domingo quince de marzo, a las tres de la tarde, Ruth, Iris y sus maletas aparecieron en casa de Luisa para quedarse durante un mes. O para toda la vida, depende de si quien lo pensaba era Ruth o Marcos. Había hablado con su madre y esta se había mostrado extasiada con solo pensar en tener a su nieta y su nuera (según ella ya estaban casados) en la casa. Por siempre. No era la mejor solución, pero era la única a su alcance, pensó Marcos.

Iris se negó a compartir habitación ante la mirada atónita de su madre, argumentando que era mayor, y eligió el cuarto que daba a la terraza. Ruth, por su parte, se quedó con el único libre, el que estaba al lado del de Marcos. Casualidades de la vida.

A las ocho de noche, Marcos recogió su maleta y, con la promesa de llamar a diario, partió a Barajas. Volvería en un mes.

46

Aprendemos a amar no cuando encontramos a la persona perfecta, sino cuando llegamos a ver de manera perfecta a una persona imperfecta.

SAM KEEN

—Señores pasajeros, en breves momentos aterrizaremos en el aeropuerto de Madrid Barajas. Temperatura estimada en tierra, quince grados. Recuerden poner en hora peninsular sus relojes.

Marcos despertó al oír la voz de la azafata por los altavoces. Ya casi estaba en casa. Doce días sin ver a sus mujeres le estaban pasando factura. Las echaba tanto de menos que le dolía el alma. Si es que él tenía de eso. ¡Por Dios! ¿Se estaba poniendo tierno? ¡Puaj! Sacudió la cabeza para despejarse y cogió su bolsa de mano del compartimiento. No llevaba maleta, por tanto no tendría que soportar esperas. Solo iba a estar unas horas en Madrid.

Tras aterrizar, salió a paso ligero del aeropuerto y cogió el primer taxi que vio. Le saldría caro, pero se había ahorrado el importe de esa noche de hotel, la comida y el desayuno del día siguiente y, además, el vuelo le había salido tirado de precio. Por tanto podía permitirse el gasto. Se quedó petrificado al examinar esos pensamientos ¿Desde cuándo se preocupaba él por su economía? Desde que intentaba demostrar a Ruth y a sí mismo que había sentado cabeza y era un hombre responsable. Parecía que lo iba consiguiendo. Más o menos. Sonrió al recordar los preciosos recuerdos que había comprado para sus chicas en Tenerife.

El taxi paró frente a su casa a las dos menos cuarto de la madrugada del viernes. Pasaría parte del sábado con su familia. ¡Aleluya!

Al entrar en su hogar lo recibió el silencio. Dejó la bolsa en el comedor y se acercó a las habitaciones. Su madre roncaba con sonoridad, enfundada en un camisón de batista con bordados en mangas y cuello, a juego con el anticuado gorro de dormir que decoraba su cabeza. Su hija dormía a pierna suelta en una habitación en la que no se veía de qué color eran las paredes debido a los innumerables dibujos que ella misma había pintado. Ruth estaba tumbada en la cama, boca abajo, con una camiseta vieja a modo de camisón.

Marcos sonrió al ver a su chica.

Entró en la habitación sigilosamente y cerró la puerta despacito, sin quitar el ojo de encima a su mujer. Luego se desnudó apresuradamente y se tumbó a su lado en la cama. Tenues rayos de luna invadían la penumbra de la habitación, adornando de plata las mejillas delgadas de su hada.

Con cuidado, retiró la sábana que apenas la cubría y admiró sus esbeltas curvas, sonriendo al comprobar que había ganado un poco de peso. Su dríade dormía relajada, con las piernas estiradas y un poco abiertas. Perfecta para él.

Se acercó despacio a su nuca y depositó un beso liviano bajo el pelo cortado a trasquilones —en realidad cortado a navaja a la última moda—. Su ninfa no despertó. Marcos sonrió, dispuesto a aprovecharse de la situación. Deslizó con cuidado la camiseta vieja hasta los hombros y comenzó a recorrer lentamente con labios y lengua la exquisita espalda de su hurí, deteniéndose en cada vértebra, adorando cada centímetro de piel satinada. Su dama de luna gimió en sueños. Él continúo deslizándose por sus caderas, deteniéndose en el comienzo de las nalgas perfectas y redondeadas de su náyade. Su lengua juguetona inició un aleteo fugaz sobre los cachetes idénticos que tanto le excitaban. Bajó con lentitud por sus piernas, deleitándose con el sabor de la piel de su *isilwen* (hada de luna). Sus dedos iniciaron un camino ascendente desde los tobillos, cosquilleando la parte posterior de las rodillas y acariciando con cuidado el interior de los muslos, hasta llegar al perineo de la sílfide de la que estaba perdida e irrevocablemente enamorado. Se sorprendió al descubrir que ninguna tela le impedía el avance. Su adorada elfa dormía sin ropa interior. Perfecto.

Mordisqueó con suavidad el trasero a la vez que sus dedos se colaban entre los delicados y tiernos muslos femeninos. Estaba húmeda. Mucho.

Recorrió con la lengua la unión entre las nalgas hasta tocar el perineo y se detuvo allí, acarició con sus mejillas rasposas la sedosa piel a la vez que penetraba con un dedo la vagina. Su princesa encantada jadeó. Sacó el dedo y volvió a introducirlo. Ruth abrió más las piernas. Él recorrió con el dedo humedecido la vulva suave y depilada, lo deslizó por la grieta entre las nalgas y tentó con él el fruncido orificio oculto en ellas. Su futura mujer gimió y agarró las sábanas entre sus puños. Él se incorporó sobre la cama, abrazó a su sirena y la giró de un solo movimiento. Ruth quedó tumbada boca arriba, con los ojos cerrados, los labios entreabiertos y la respiración agitada.

Marcos se colocó un condón y se situó entre sus piernas, de rodillas, como los suplicantes adorando a su diosa. Bajó la cabeza y hundió la nariz en el pubis completamente depilado, su aroma le llenó el cerebro, el pene palpitó con el recuerdo. Acarició con la lengua el clítoris henchido, deleitándose con su sabor salado y personal. Lamió la vulva con delicadeza, buscando la entrada a su cuerpo, saboreando el néctar que brotó de él. Su mujer, su amante, su esposa; gimió su nombre.

Con su sabor en la boca recorrió la distancia hasta los cálidos labios femeninos que susurraban su nombre. Los recorrió una y otra vez, anhelando el permiso para entrar. Su diosa le consintió la entrada y él le devoró la boca con deleite. Se colocó sobre ella apoyándose en los codos. Su pecho fue acariciado por los erguidos pezones que lo torturaban, su pene se asomó a la entrada del paraíso.

—Abre los ojos —le susurró al oído.

—Marcos —suspiró ella—. ¿Eres un sueño?

—Soy real. Estoy aquí. Contigo —dijo penetrándola.

Le hizo el amor suavemente, con delicadeza, entrando y saliendo de ella como se entra en un santuario a implorar un milagro, con reverencia, con humildad, con amor. Entrelazaron sus dedos sobre las sábanas sin apartar la mirada el uno del otro. Y poco a poco, con infinita dulzura, ambos se dejaron llevar por la pasión.

—Te he echado de menos —afirmó Marcos cuando pudo volver a respirar con normalidad.

—Y nosotras a ti —comentó Ruth radiante—. No te esperábamos.

—¡Sorpresa!

—¿Has terminado el reportaje?

—No. Me he escapado. Vamos bien de tiempo, así que hemos decidido tomarnos un día libre. Más bien unas horas. Mañana, mejor dicho, hoy sábado, tengo que regresar. No puedo quedarme a pasar la noche —finalizó apenado.

—No importa. Este tiempo es más que suficiente. Iris se va a volver loca cuando te vea.

—Yo me he vuelto loco cuando te he visto.

Marcos hundió la cara en el cuello de Ruth, lamió el lóbulo de su oreja y recorrió sus pechos con los dedos.

—¿Te he dicho alguna vez cuánto te adoro?

Ante el silencio estupefacto de su amiga, Marcos pasó a demostrárselo.

Y

—Marcos —lo llamó Ruth somnolienta.

—Dime —balbució él pegándose a su espalda, acomodando con un gemido el pene entre sus perfectas y nacaradas nalgas.

—Son casi las cuatro de la mañana. Deberías ir a tu cuarto.

—¿Por qué? —Estaba en la gloria allí mismo. No le hacía falta irse a ningún lado.

—Iris se despertará en cuanto amanezca. Deberías dormir un poco antes de que eso suceda.

—Iris duerme como los lirones, no hay manera de despertarla con la salida del sol. Lo sé por experiencia —comentó risueño llevando una mano al pubis femenino para acariciarlo.

—No. Iris no se despierta pronto si hay colegio; cuando no lo hay, la cosa cambia.

—¿Me estás diciendo que ese diablillo madruga en fin de semana?

—Sí.

—La adoro —comentó sonriendo contra la nuca de su amiga. Y ya que estaba allí aprovechó para comprobar si su sabor seguía siendo igual de dulce. Sí. Exquisita, pensó mientras hundía los dedos en la vagina de su mujer.

—Marcos —gimió Ruth.

—Dime. —La vulva estaba húmeda y los dedos resbalaban inquietos sobre ella.

—Deberías irte a tu cuarto —reiteró ella.

—Estoy bien donde estoy. —Y cuando estuviera donde realmente quería estar, estaría todavía mejor, pensó pujando con su pene entre los muslos femeninos.

—No me parece adecuado que Iris se despierte y te vea conmigo en la cama —soltó Ruth, inmisericorde.

—¿Por qué? —¿Qué tonterías estaba diciendo?

—No quiero que se haga falsas esperanzas. Que piense que sus padres van a estar juntos para siempre y todo eso.

—No tienen por qué ser falsas esperanzas —comentó volviendo a lo suyo, es decir, a los pezones erguidos que le estaban llamando a gritos—. Puedes permanecer aquí, conmigo, para siempre.

—Mañana te irás, y me quedaré sola con ella. —«Volverás a irte una y otra vez, y quién sabe si algún día decidirás no regresar nunca», pensó ella—. No quiero que me pregunte cosas que no pueda responder.

—Responde «sí» a todo —murmuró hundiendo la nariz en su alborotado pelo.

—Marcos, de verdad —respondió apartándole las manos, alejándose con pesar de él—. Necesito tenerlo todo muy claro, poder controlar cada situación que pueda darse, saber hasta dónde pensamos llegar antes de que Iris intuya nada.

—¿Controlar? ¡Ya estamos! Control. Siempre tu jodido control. Estamos bien juntos, nos compenetramos. No hace falta saber, ni controlar nada —exclamó frustrado.

—Marcos. Por favor.

—Está bien. Me marcho. Estaré en mi cuarto. En mi cama. Solo. —Se levantó y abandonó la habitación sin mirar atrás.

Pero no estaba bien. Estaba jodidamente mal. Era una puñetera mierda.

Se sentó enfadado en su cama y reflexionó sobre lo que él creía que Ruth quería. Después de mucho meditar —una hora más o menos— decidió el rumbo a seguir.

Eran algo más de las seis de la mañana cuando entró de nuevo en la habitación de Ruth. Ella estaba dormida, desnuda, boca arriba, tentándole. ¿Quería control? Pues tendría el control. Lo tenía todo planeado. Cerró la puerta con llave.

Se tumbó de nuevo a su lado y comenzó a acariciarle los brazos. Ella se removió inquieta. De los brazos pasó a la clavícula, y de allí a los pechos. Se detuvo unos instantes en el abdomen, y al final decidió que su ombligo era demasiado tentador como para pasarlo por alto. Agachó la cabeza y hundió su lengua en él. Delicioso. Y ya que estaba por la zona, decidió investigar un poco más abajo. Ignoró premeditadamente el pubis y la ingle, y deslizó los labios a lo largo del muslo, deteniéndose para averiguar los secretos de la parte posterior de la rodilla, exquisita, y continuó hacia los pies, hacia esas venas marcadas del empeine que hacía tantos años le llamaron poderosamente la atención. Las siguió con la lengua hasta llegar a los dedos, largos y finos. No pudo contenerse, los introdujo uno a uno en su boca, los lamió, los succionó y sonrió cuando notó que la respiración de su chica, ya bastante alterada, se convertía en jadeos. Recorrió en sentido inverso el camino, y esta vez sí se detuvo allí donde todos sus sentidos le ordenaban detenerse.

Observó extasiado el clítoris hinchado, la vulva brillante. Inspiró el aroma del deseo y se dejó seducir por él. Hundió la cara entre las piernas de Ruth, recorrió con la lengua la longitud de la vulva hasta llegar al clítoris, lo lamió suavemente para luego atraparlo con cuidado entre los dientes. Sintió las manos de su amiga posarse en su pelo a la vez que los gemidos se hacían más audibles. Introdujo un dedo en su vagina y succionó con fuerza el clítoris. Las dulces y femeninas manos lo empujaron contra ella a la vez que las hermosas piernas se abrieron más para él. La humedad hacía resbalar su dedo, lo sacó y recorrió con él el camino hacia el perineo, hasta la unión entre las nalgas. Tentó el ano hasta que logró traspasar el anillo de músculos, y se introdujo hasta la primera falange. Ruth arqueó la espalda y lo llamó jadeante. Marcos devoró con más fuerza su clítoris y presionó con el dedo hasta enterrarlo por completo.

Ruth vibraba con cada caricia, con cada toque de su lengua. Jadeaba una y otra vez su nombre.

Marcos se separó apenas un instante, lo justo para coger los finos pies de su amiga y colocarlos sobre sus hombros, abriéndola más todavía, mostrándola en toda su belleza. Luego hundió el dedo anular en el ano, apoyando la palma sobre la vulva, presionando con ella la entrada a la vagina. Ruth levantó más las caderas a la vez que se agarró al cabecero de la cama. Marcos bajó la cabeza y prestó la atención debida al clítoris; lo lamió, lo mordisqueó, lo besó y, cuando la sintió temblar incontenible, lo succionó hasta oírla gritar su nombre. Continuó bebiendo de ella hasta que los temblores se calmaron, luego se incorporó, cogió un condón de la mesilla, lo abrió y lo colocó entre los embriagadores labios de su mujer, su amiga, su amante.

Ruth sonrió sagaz.

Marcos gateó sobre ella hasta colocarse a horcajadas sobre su pecho, luego se inclinó consiguiendo que su grueso pene reposara sobre los labios femeninos.

Ruth lo encerró entre sus labios y colocó el condón. Marcos gimió; estaba duro y dolorido, muy dolorido. Ella absorbió con fuerza, subiendo y bajando la lengua a lo largo de su polla enfundada en látex, haciendo que él tuviera que apoyar las manos en la pared para no derrumbarse sobre ella e introducirse más allá de la garganta. Sus labios lo recorrieron entero, introduciéndolo hasta las profundidades de su boca para luego abandonarlo con lentitud. Lo estaban matando. Cuando creyó que no podía más, se apartó de ella, se deslizó por su cuerpo y la penetró.

Ruth jadeó al sentirlo en su vagina, dilatándola con su solidez, extendiéndola con su amplitud.

—He estado pensando en lo que has dicho antes. —Marcos salió de ella apenas unos centímetros.

—Mmm. —Ruth le rodeó las caderas con las piernas.

—Todo eso del control, de saber a dónde vamos… —Empujó con fuerza y se introdujo en ella por completo.

—Bien —jadeó Ruth a la vez que le lamía la nuez de Adán.

—Se me ha ocurrido una solución. Tú tendrás el control. —Comenzó a moverse muy despacio, entrando y saliendo de ella sin perder el ritmo, alargando el placer.

—¿Yo? —Ruth movió las caderas a su encuentro. Ese ritmo lento la volvía loca; quería más, más profundo, más fuerte, más rápido…

—De día —jadeó Marcos impulsándose impetuoso sin poder contenerse—, tú tendrás el control de día. —Sintió como ella comprimía los músculos de la vagina y apretó los dientes en un esfuerzo por retomar el control. Por contenerse—. Haré lo que digas. Seguiré tus consejos, lo que quieras. —Paró, era incapaz de pensar mientras se mecía sobre ella, y necesitaba terminar de describirle su plan antes de estallar.

—No pares —se quejó Ruth.

—Pero por las noches, el control será mío. —La penetró por completo y se quedó inmóvil, apenas si podía pensar—. Lo que yo diga. Lo que yo quiera.

—No pares, por favor. Sigue moviéndote —suplicó Ruth. Estaba a punto, necesitaba, exigía que siguiera bombeando.

—Los días serán tuyos —jadeó él retomando el ritmo—, las noches mías.

—¡Dios! Sí, así. —Ruth se agarró con fuerza a los antebrazos musculosos de su amante—. No pares ahora, no pares. Un poco más fuerte, más rápido.

Marcos obedeció, la empresa que tan cuidadosamente había planeado abandonó su cerebro, y los cuerpos y los instintos de ambos tomaron el control.

—Marcos, está a punto de amanecer.

—No pienso irme —respondió tajante—. No pienso ocultarme. De hecho, no nos esconderemos, y menos de nuestra hija.

—Marcos, no seas cabezón, necesitamos…

—Ya te he dado la solución —interrumpió.

—¿Te refieres a esa tontería de tener el control según sea de día o de noche? —preguntó estupefacta. No había prestado mucha atención cuando se lo contó, más que nada porque estaba sumida en otros asuntos, pero por lo que había captado era una soberana idiotez.

—No es ninguna tontería. —Marcos se giró en la cama, apoyándose sobre un codo mientras con la mano libre trazaba espirales en la tripita de Ruth—. No podemos continuar así, viéndonos a tiempo parcial, saliendo juntos por las tardes y separándonos al llegar la noche, como si fuéramos dos adolescentes.

—En eso estoy de acuerdo, pero…

—Pero nada. No quieres que vivamos juntos por miedo a no tener el control. Bien, pues no tienes por qué preocuparte. Tendrás el control. Durante el día. Las noches serán mías. Es muy sencillo —finalizó, satisfecho con su plan. Deslizó la mano hacia los pezones erguidos, todavía enrojecidos por sus besos.

—Es una sandez. —¡No la entendía! Y no lo haría en la vida—. No puedes mantener una relación basada en quién controla a quién según qué hora sea. ¡Es de necios! Además yo no he dicho jamás que no quiera convivir contigo por miedo a perder el control. No sé cómo se te ha ocurrido ese descalabro.

—Tú dijiste… —Tomó un pezón entre los dedos y lo pellizcó. Ruth se limitó a darle un manotazo.

—Dije, y reitero, que necesito saber exactamente en qué me estoy metiendo, qué puedo esperar o no de nosotros. Saber hasta dónde estamos dispuestos a llegar. —«Saber qué quieres exactamente de mí», pensó—. No dije nada de control —afirmó sentándose en la cama.

—Dijiste que querías controlar no sé qué situaciones… —gruñó irritado, imitándola. No quería que la tocara. Perfecto.

—No entiendes nada. Me refería a que quiero controlar cada posible inconveniente, cada posible situación complicada. Más aún, si vas a marcharte en unas horas. No sabré qué responder a las preguntas que Iris plantee si te encuentra aquí. En la cama. Desnudo. Conmigo.

—Joder. Mira que te gusta complicarte la vida. Si Iris pregunta algo, le respondes la verdad y listo. Es así de sencillo.

—Seguro. Si pregunta qué haces en mi cama, ¿qué la respondo?

—Que hemos pasado la noche haciendo el amor. —Se abalanzó sobre ella. Estaba demasiado preciosa como para dejar que se mantuviera alejada de sus manos.

—¡No digas memeces! —exclamó ella apartándolo como pudo—. ¡Haz el favor de tomarme en serio!

—Te tomo en serio. De veras. —Marcos se sentó de nuevo en la cama, e hizo acopio de fuerza de voluntad para no darse de cabezazos contra la pared—. Lo que pasa es que tú te lo tomas todo demasiado en serio. Quieres controlar todo lo que va a suceder y eso no es posible. No quieres casarte conmigo porque no sabes qué sucederá en un futuro. No quieres que vivamos juntos porque no sabes qué nos traerá el día de mañana. No quieres que Iris nos encuentre aquí porque eso significaría dar un paso adelante, que no sabes si puedes dar, porque no sabes qué pasará después. Joder. Tienes tantas preguntas que no das tiempo al tiempo para encontrar las respuestas.

—¿Me lo tomo todo demasiado en serio? —repitió Ruth irritada—. Me culpas de no querer casarme contigo cuando ni siquiera me lo has propuesto.

—¿No te lo he propuesto? Joder, claro que te lo dije. ¿Qué narices quieres? ¿Un jodido contrato firmado, especificando hasta dónde estoy dispuesto a llegar?

—Me lo ordenaste —refutó Ruth—. Justo un segundo antes de amenazarme con llamar a los abogados si no te obedecía.

—Joder. Lo estás sacando todo de quicio.

—¡Yo!

—Mira, Avestruz. Hazte a la idea de que soy un tipo bastante obtuso y dime con claridad lo que quieres.

—No hace falta que me haga a la idea. Eres obtuso —repuso irritada—. Quiero estar absolutamente segura de lo que nos podemos ofrecer el uno al otro, saber con toda certeza hasta dónde estamos dispuestos a llegar. No me arriesgaré a un matrimonio cuyo fin probable sea un divorcio. Con sinceridad, hasta que no lo tenga claro, prefiero seguir tal y como estamos.

—¿Tal y como estamos? ¡Si no estamos de ninguna manera!

—¡Mamá! ¿Por qué está cerrada la puerta de tu cuarto? ¡Déjame entrar! —Se oyó la voz de Iris a través de la puerta.

—¡Ay, Dios! —exclamó Ruth hundiendo la cara entre las manos.

—Un momento, princesa. —Marcos se levantó y se puso el bóxer.

—¿Papá? ¡Papá! ¡Has vuelto! Abre la puerta, vamos, abre —gritó Iris golpeando la puerta.

Marcos abrió y apenas si tuvo tiempo de coger a su hija, que en esos momentos saltó a sus brazos gritando un galimatías sin sentido y abrazándolo con todas las fuerzas de sus delgados bracitos.

—¿Cómo es que has vuelto tan pronto? ¿Te has escapado? ¿Has escalado algún castillo? ¿Vas a quedarte? —Paró para respirar, y con los ojos entornados preguntó muy seria—. ¿Por qué estás en calzoncillos en vez de llevar pijama? ¿Por qué estás en el cuarto con mamá? ¿Has dormido en su cama?

—No llevo pijama porque me lo he olvidado en Tenerife. Estoy en este cuarto porque la ventana del mío no cierra bien y me estaba quedando helado, y he dormido en la cama de mamá porque no hay otra cama en la que dormir en esta habitación —contestó diciendo la verdad, toda la verdad y nada más que la verdad.

—¿Vas a quedarte? ¿Has escalado algún castillo? ¿Quieres ver los dibujos que he puesto en mi cuarto? Todas las noches echo migas de pan en la terraza y luego se llena de pájaros por las mañanas. ¿Quieres verlo? —Iris tiró de la mano de su padre, nerviosa y excitada por enseñarle todas las cosas que no había visto.

El resto del día, o al menos el resto del día hasta que Marcos se marchó a Barajas, transcurrió entre sonrisas y llantos. Sonrisas porque Marcos estaba en casa, lágrimas porque partía esa misma tarde. Los dos adultos no volvieron a encontrarse a solas ni un segundo. No se mantuvo ninguna conversación trascendental ni se resolvió ninguna duda.

47

Amar no es mirarse el uno al otro;
es mirar juntos en la misma dirección.
ANTOINE DE SAINT-EXUPÉRY

*L*a semana siguiente, Marcos continuó llamando a diario, conversando con Iris durante horas —más bien escuchándola— y hablando con Ruth los minutos justos para preguntar por el colegio, la salud, la familia y poco más. En su última llamada, hacía menos de media hora, Ruth se había armado de valor, harta de conversaciones vanas y diálogos para besugos.

—Marcos, tenemos que hablar.

—Ya estamos hablando.

—Tenemos que hablar sobre el futuro —insistió ella.

—No quiero hablar de eso por teléfono.

—¿Vendrás el sábado? —preguntó esperanzada. Si se había podido escapar el último sábado…

—No. Todavía tengo mucho por hacer y se me echa el tiempo encima. Aún me queda para un par de semanas.

—Pensaba que solo ibas a estar fuera un mes.

—Eso dije.

—Si te quedan dos semanas más, es más de un mes.

—Día arriba, día abajo.

—Entiendo. Imagino que quieres hablar con Iris.

—Sí.

Y no hubo más conversación. Marcos estaba irritado. Lo sabía. Lo veía tan claramente como si lo tuviera frente a ella. Lo imaginaba con los labios apretados, los brazos cruzados y los ojos entornados.

A punto de estallar.

Igual que ella.

Y

—¿Qué te ocurre cariño? —preguntó su padre por enésima vez en lo que iba de semana.

—Nada, papá.

—Te veo triste.

—Será por el tiempo.

—¿Por la lluvia? —preguntó Ricardo mirando por la ventana—. ¿Hace mucho que está lloviendo?

—Toda la semana, papá. Toda la semana.

Toda la semana con la mente inundada de dudas, probabilidades, temores y certezas.

Dudas; ¿había hecho lo correcto? Por supuesto que sí. No podía embarcarse en ninguna empresa, sin cerciorarse antes de conocer con exactitud la probabilidad de llegar a buen fin. Y, aunque confiaba en Marcos ciegamente, eso no significaba que él fuera una persona fiable. Jamás miraba hacia delante, ni pensaba en lo que vendría al día siguiente. Tomaba lo que quería, en el momento que lo quería, sin pararse a pensar si lo que quería era en realidad lo que necesitaba.

¿Qué probabilidades de futuro tenían? O lo que era lo mismo, ¿cuál era el concepto de futuro de Marcos? ¿Era factible conjeturar que, cuando había dicho que se quedase con él para siempre, se refería a para siempre, siempre? ¿De verdad de la buena? Por el contrario, ¿era viable suponer, y solo era una suposición, que él lo había mencionado en un arrebato pasional? Al fin y al cabo acababan de hacer el amor, y era posible que él no estuviera pensando con la cabeza sino con... bueno, con la cabeza pero no en sus cabales, no plenamente consciente de que le estaba ofreciendo un futuro juntos. Un futuro a largo plazo. Un futuro en el que tendrían que afrontar buenos y malos momentos, en el que ambos tendrían que ceder antes o después y en el que dar marcha atrás significaría un duro golpe para Iris.

En el supuesto de que sí hubiera sido consciente de lo que proponía, ¿cabía alguna posibilidad del «vivieron felices y comieron perdices»? Porque eso era lo que quería Ruth. Ni más ni menos. Por el contrario, quizá lo que Marcos ofrecía era establecer una sociedad permanente basada en el amor a Iris, el respeto, el compañerismo y una excelente compenetración sexual. Y eso, justo eso, a Ruth no le atraía en absoluto. Para qué engañarse, Ruth quería lo mismo que Iris: un príncipe azul que se enfrentase a los dragones y la amara por siempre jamás.

Y, sobre todo, estaba Iris. No podían continuar así. No podían darle falsas esperanzas. Que los hubiera encontrado juntos en la cama era lo de menos, había creído la mentira de Marcos, pero... no paraba de preguntar por el beso en el parque por las sonrisas sesgadas. De hecho, cada vez que hablaba con su padre, le preguntaba si había escalado ya un castillo.

No serían amantes. Esa opción quedaba cancelada en ese mismo momento.

Se removió inquieta sobre el sillón, le estaba empezando a doler la cabeza. Sabía sin lugar a dudas que le estaba dando demasiadas vueltas al asunto. Y lo malo, lo peor de todo, era que tenía una vocecita dentro, que no era la voz de la razón, ni la de la lógica... sino la voz del corazón. Y no paraba de susurrarle al oído que con tantas dudas y probabilidades estaba dejando de ver lo que en realidad tenía que ver. Esa vocecita tenía la absoluta y total seguridad de que un futuro con Marcos sería muchísimo mejor que el presente que tenía ahora mismo. Aunque no fuese un futuro largo. Aunque se acabara antes de llegar a ser futuro.

—Papá, ¿todavía echas de menos a mamá? —preguntó a Ricardo sin saber por qué.

—Siempre, cariño. Siempre. A veces pienso que está tardando demasiado en llegar mi hora. No me entiendas mal, cielo —continuó Ricardo al ver la cara de estupefacción de su hija—. No quiero morirme. Pero... vosotros ya sois mayores, podéis hacer vuestra vida sin mí, y yo echo mucho de menos a vuestra madre. Sé que me está esperando, y tengo ganas de ir a verla.

«Para ti lleva años lloviendo», pensó Ruth besando la mejilla rasposa y arrugada de su padre.

Estaba equivocada, no quería el amor de los cuentos de hadas. Quería el amor inmortal que su padre sentía por su madre. Ni más ni menos.

Marcos miraba el teléfono, disgustado consigo mismo, con Ruth y con el mundo en general. Llevaba días dándole vueltas a la última conversación irracional de su amiga.

¡Seguir tal y como estaban! ¿Y cómo cojones se suponía que estaban? Que él supiera eran amigos con derecho a roce. Punto pelota.

Y, además, ¿por qué narices decía que iban a acabar en divorcio? ¿Pero en qué narices estaba pensando? ¿Con quién creía que estaba hablando? ¡Divorcio! ¡Ruth estaba como una cabra! ¿Qué se pensaba? ¿Que lo había dicho por decir? ¿Que no lo había pensado muy mucho? Vale, no se había sentado a escribir una jodida lista de las cosas que podían ir mal, ni tampoco había pensado en todas las probabilidades de que todo fuera bien, pero eso no significaba que estuviera en la inopia. ¡Joder! La que creía en los cuentos de hadas era Iris. Él tenía los pies bien plantados en el suelo. Sabía que tendrían buenos y malos momentos, que tendrían que ceder en un montón de ocasiones, que se daría de cabezazos contra la pared en más de una discusión, pero también sabía, con una certeza ineludible, que si discutían se reconciliarían con amor, besos y abrazos… y algo más —el «algo más» era lo que más le gustaba de las discusiones—. Que los dos disfrutarían día a día en compañía uno del otro, en definitiva; Marcos lo tenía clarísimo. Quería ser parte de su vida. Ni más ni menos.

Y luego estaba Iris. La pequeña no dejaba de preguntarle si había escalado ya algún castillo. No podían jugar con sus sentimientos, ni darle falsas esperanzas. Ni hablar.

O todo o nada. O se unían para siempre, o solo eran amigos. Nada de amantes a tiempo parcial. Se negaba en rotundo.

Hablaría con ella y lo dejaría todo bien clarito. Le mostraría todo lo que podía ofrecerle. Y después… ella decidiría y él aceptaría su decisión.

48

Si es bueno vivir,
todavía es mejor soñar,
y lo mejor de todo, despertar.
ANTONIO MACHADO

*I*ris y Luisa hacía rato que estaban dormidas. Ruth miró el despertador, los números digitales de tono verdoso no cesaban de parpadear. Las tres de la mañana y despierta. ¡Señor! Esto no podía continuar así. Aún quedaba una semana para el regreso de Marcos,
necesitaba apaciguarse. Se levantó de la cama y fue al cuarto de baño.
Quizá una ducha bien caliente le templara los nervios permitiéndole
dormir aunque solo fueran unas horas. Cerró la mampara de la bañera y abrió el grifo del agua caliente.

Marcos insertó la llave en la cerradura y la giró despacio para no
hacer ruido. En el momento en que sus botas pisaron el vestíbulo, el
silencio de la noche se rompió con el ruido que hacía el calentador de
gas al encenderse. Frunció el ceño ¿Cuál de sus mujeres estaba despierta a estas horas? Entró sigiloso y observó las habitaciones, la de
Ruth estaba vacía. En el pasillo comprobó que la luz escapaba por debajo de la puerta del baño. Sonrió. Al parecer no era el único incapaz
de dormir por las noches.

Retrocedió hasta el comedor y cogió un par de almohadones.
Luego fue al cuarto de Ruth, encendió la lámpara de la mesilla,
dejó los cojines y su mochila en el suelo, y sacó tres cosas de ella.
Una la colocó bajo la almohada, en el lado en que pensaba acostarse él; las otras las dejó sobre la mesilla. Salió de la habitación y
atravesó el pasillo, sigiloso, a la vez que cerraba las puertas de los
dormitorios de su madre y su hija. Aislándolas. Sumiéndolas en el
silencio.

Entró en el baño, Ruth seguía duchándose sin percatarse de su presencia. Se desnudó, abrió la mampara y entró. Ruth se giró sobresaltada.

—Has vuelto.

—¿Lo dudabas?

—No.

—Bien.

Marcos se acercó dominante, posó las manos sobre sus mejillas y la besó. Ella entreabrió los labios ante su empuje; ambas lenguas se entrelazaron, se acariciaron, se degustaron. Con la respiración agitada Marcos se separó de ella y la hizo girar hasta que quedó de cara a la pared de la ducha.

—¿Qué haces?

—Chis.

Marcos cogió el gel de baño y lo derramó sobre sus manos, para a continuación usarlas como esponjas sobre el cuerpo de Ruth. Recorrió sus hombros, su espalda y su abdomen, dejando un rastro de espuma y fuego en cada lugar por el que pasaba. Recorrió el interior de los muslos, las pantorrillas, los tobillos, mientras el agua no cesaba de caer sobre ellos creando una nube de vapor a su alrededor. Asió uno de los tobillos y lo levantó, guiando el pie hasta el borde de la bañera, donde lo depositó.

Ruth se echó hacia atrás y apoyó la espalda sobre el poderoso y cálido pecho de su amigo, su amante.

Marcos no lo permitió; la obligó a apoyar los codos contra la pared, inclinándola hacia delante, la espalda arqueada, el trasero respingón, accesible. Deslizó los dedos por el interior de los muslos hasta la vulva mientras la abrazaba por el abdomen, inmovilizándola. Tentó la entrada a la vagina, acarició los sensibles labios que la ocultaban, los abrió con delicadeza con los dedos anular e índice, y deslizó el corazón en su interior, a la vez que frotaba con el pulgar el resbaladizo clítoris. Estaba hinchado, suave, tan suave que era como acariciar satén, duro e inflamado, despuntando desde el capuchón que lo cubría.

Ruth posó la frente sobre los fríos azulejos de la pared, intentando refrescarse, calmar el calor que recorría su cuerpo de arriba abajo, y se concentraba en el interior de su útero.

La mano que la sostenía por el abdomen se deslizó lentamente hacia su espalda, creando espasmos con su roce. Resbaló sobre sus nalgas, se detuvo para acariciarlas y apretarlas, e introdujo los dedos húmedos y resbaladizos entre las esferas gemelas, allí donde él sabía que ella se derretía por sentir sus caricias. Con el pulgar trazó círculos sobre el clítoris inflamado, a la vez que un dedo pujaba contra el orificio oscuro y prohibido.

Ruth alzó la cabeza cuando lo sintió entrar en ella. Impaciente y excitada, notó la primera falange del dedo en su ano, introduciéndose poco a poco, abriendo y estirando los músculos contraídos de su recto mientras su vagina estallaba en llamas al sentirse invadida por otro dedo más. El pulgar no paraba de moverse sobre el clítoris, de mandar mensajes eróticos a todo su cuerpo, haciéndola temblar de anticipación. Sintió cómo un segundo dedo intentaba colarse entre sus nalgas, dentro de su ano, y se alejó temerosa y excitada, desconfiada y anhelante.

—Me estoy anticipando —jadeó Marcos para sí mismo, sin darse cuenta de que hablaba entre susurros.

—¿Qué pretendes…?

—Chis. No digas nada.

Se retiró de su interior, los dedos abandonaron la vagina y el ano. Colocó la gruesa cabeza de su pene rígido y dilatado en la entrada de su sexo y la penetró. Ruth apoyó su espalda en él, su cabeza sobre la curva del irresistible cuello de su amigo y empujó hacia atrás con las manos apuntaladas en la pared, intentando introducirlo más, más fuerte, más duro, más rápido, más firme. Él la mordió en el hombro, succionó sobre la exquisita piel de la clavícula, acarició con los dedos de una mano el sedoso y terso clítoris a la vez que pellizcaba con la otra los pezones inhiestos y endurecidos. La oscilación de sus caderas inició un ritmo vertiginoso que los llevó a ambos al abismo. Apenas tuvo tiempo de retirarse de su interior cuando notó los primeros estremecimientos del orgasmo. El calor que se formaba en sus testículos, alzándolos y rugiendo en ellos, se proyectó fulminante por su polla inflamada para acabar derramándose entre los muslos de su mujer mientras él continuaba amasándole el clítoris, imparable, aun después de haber sentido cómo apretaban su polla los espasmos del intenso clímax de su amiga, su amante… su esposa.

Ruth se dejó deslizar a lo largo del cuerpo de Marcos hasta acabar sentada sobre el plato de la ducha, agotada, aletargada.

Marcos cerró el grifo del agua, salió de la ducha y cogió una enorme toalla. Envolvió con ella a su amiga cogiéndola entre sus brazos. Atravesaron silenciosos el pasillo hasta la habitación. La depositó en horizontal sobre el lecho, liberándola de la toalla en que estaba envuelta. Luego se sentó en la cama con la espalda apoyada en el cabecero y colocó la cabeza de Ruth sobre su regazo.

—Aún no hemos acabado, ¿sabes? —comentó él acariciándole el pelo.

—¿No? —respondió Ruth adormecida. Tumbada, con la cabeza

apoyada sobre sus muslos, estaba dispuesta a dormir las horas que no había dormido esas semanas.

—Chis. No digas nada. Solo escúchame —repitió—, no hemos terminado. Voy a mostrarte todo lo que tengo, todo lo que puedo ofrecerte. Voy a revelarte todas las razones que existen para que no puedas vivir sin mí. —Le acarició el pelo con movimientos rítmicos, casi hipnóticos—. Soy un buen tipo, un buen padre, y seré un buen compañero para ti. Soy buen trabajador, tengo un buen trabajo, ambiciono mejorar y llegaré tan alto como pueda —expuso lo que él creía que eran sus virtudes, mostrándole que en su futuro no le iba a faltar dinero para comer—. Sé lo que quiero, hasta dónde quiero llegar y tengo la fuerza y los principios morales para conseguirlo. Te quiero a ti. No creo en el juego sucio ni en las mentiras, no te engañaré ni te daré falsas esperanzas, lo que tengo es lo que soy. Soy tuyo.

—Yo… —«Te quiero a ti», iba a decir Ruth, pero él se lo impidió.

—Chis. No digas nada. Solo escúchame —la interrumpió poniendo un dedo sobre sus labios, impidiendo que alzara su cara para mirarle—. Soy un buen amante, sé lo que deseas, y te lo voy a proporcionar. Te voy a demostrar, sin dejar lugar a ninguna duda, que es lo que quieres porque, Avestruz, si de algo estoy seguro en esta vida, es de que me quieres a mí. Desde el momento en que me viste por primera vez, desde que siendo niña me perseguías por el barrio y me espiabas con tus gemelos de opereta, desde ese preciso instante, eres mía. Siempre has sido mía, y siempre lo serás. No te quepa ninguna duda.

—No creo que…

—No tienes que creer nada. Yo creeré por los dos. —Los dedos de Marcos detuvieron sus caricias para enredarse en los cortos mechones de cabello oscuro de Ruth—. Me encantaba tu pelo antes, tan largo y sedoso. Soñaba con él todas las noches. Nos imaginaba como estamos ahora: tú tendida en la cama, tu cabeza acunada sobre mis muslos, tu cabello derramándose sobre mí, excitante y cautivador. —Sujetó los mechones cariñosamente y tiró hacia arriba, alzándole la cabeza sobre su pene rígido y erguido. De la abertura del glande asomaba una solitaria lágrima de semen—. Quiero mi sueño, Ruth. Lo quiero ahora —ordenó apretándola contra él.

Ruth abrió los labios y su lengua asomó entre ellos posándose sobre esa solitaria gota, tomándola y llevándola a su paladar para saborearla mientras con los dedos le acariciaba el interior de los muslos, sintiendo en las yemas el fino vello, la piel flexible, los músculos contrayéndose a su paso.

—Es mejor ahora —susurró Marcos—. En el sueño tu melena no me dejaba ver. La retiraba y volvía a caer una y otra vez, impidiéndome la visión que contemplo en este instante. Ver tu boca resbalar sobre mí a la vez que siento su calor rodeándome... es increíble, Ruth. Me estoy perdiendo dentro de ti —jadeó cuando lo introdujo entero en su boca—. Mueve los dedos, Avestruz. Tócame. —Sujetó la corta melena con una mano, y bajó la otra hasta posarla sobre los dedos que se negaban a ir donde debían—. Así, Avestruz. Ahí. —La guio hasta el escroto—. Acaríciame ahí. Sí. Con cuidado, están llenos por ti —gimió cuando ella obedeció—. Listos para ti. Esperando vaciarse en tu boca. Sigue así, Avestruz. Méteme dentro otra vez —ordenó cuando ella acogió en la boca la corona entumecida de su pene—, aprieta tu lengua contra mí. Sí. Ahí, justo ahí —jadeó con fuerza—. Succiona fuerte, Ruth; ahora, sí. No pares, no pares ahora. Basta, me estás matando. —Inhaló con fuerza tirándola del cabello—. Espera un segundo. ¡Dios! Ahora no, no hagas eso ahora. No puedo más... —siseó entre dientes, sin apenas respirar, cuando ella mordisqueó cuidadosamente el prepucio para luego introducir la punta de su lengua en la abertura del glande—. Por favor, Ruth. Por favor, para... Si continúas... —jadeó sin poder hablar cuando ella comenzó a deslizar la lengua por el tronco de la polla, deteniéndose para raspar ligeramente con los dientes cada vena—. ¡Dios! Avestruz, sigue, no pares. No, no me hagas caso, detente, estoy a punto de... No quiero... No tan pronto... espera... ¡joder! Sí. Avestruz, así, entiérralos en tu boca —ordenó cuando Ruth comenzó a lamer sus testículos—. Muy bien, preciosa, sigue así —aprobó cuando ella lo empezó a masturbar a la vez que le succionaba con delicadeza la bolsa escrotal.

Respiró de nuevo, aliviado al ver que todavía mantenía parte del control. Necesitaba recuperarse un poco o acabaría tan pronto como cuando era adolescente y se masturbaba pensando en ella.

—¡No! Espera un poco —jadeó desesperado. Los labios de Ruth subían lentamente por su polla, los dedos acogían sus testículos, amasándolos—. Por favor... —suplicó cuando ella sepultó el glande entre sus labios y movió la lengua sobre la abertura, raspando con los dientes el frenillo—, por favor Ruth...

No sabía si suplicaba para que continuara o para que parara, pero estaba suplicando y no podía detenerse. Verla así, desnuda en la cama, era mejor que el mejor de los sueños.

—¡Dios! No pares —jadeó olvidándolo todo cuando ella empezó a succionarle con fuerza mientras lo introducía poco a poco en la humedad de su boca—. Más... Estoy tocando el cielo... No pares... Por favor no pares ahora...

Todo el cuerpo de Marcos se tensó, vibró con sacudidas incontenibles mientras eyaculaba con fuerza, con las manos aferradas al cabello de su amiga y los músculos temblando mientras ella bebía hasta la última gota de su semen.

Ruth sonrió lamiéndose los labios. Marcos la miraba jadeante, incrédulo.

—Me la has jugado, Ruth. No pretendía perder el control, no así. Vas a tener que pagar, lo sabes.

—Lo estoy deseando —contestó revoltosa. Se tumbó boca arriba y se acarició con un dedo el abdomen.

—No me provoques. —Él sonrió, siguiendo con la vista los movimientos lánguidos de su dedo para luego ponerse serio de repente al observar en su pubis un… ¿dibujo?—. Mmm… ¿Te has hecho un tatuaje en el pubis?

—No.

—¿No? —Se tumbó de lado, apoyado sobre un codo, y escrutó la silueta de su amiga. Ahí estaba. Justo en mitad del pubis, una intrincada enredadera de color negro—. Yo diría que sí —comentó a la ligera, acariciando el perfil del tatuaje.

—No es un tatuaje, es un diseño con *henna*. Se irá en diez días más o menos. ¿A que es precioso? —preguntó acariciándolo con los dedos.

—Divino. —La miró fijamente—. ¿Quién te lo ha hecho? No. No respondas. —Sabía la respuesta a esa pregunta—. Da lo mismo.

—No ha pasado… —¿Estaba irritado por el dibujo? ¿Iba a tener que explicarle por enésima vez que Jorge no era su amante?

—Lo sé —la interrumpió sonriendo—. Solo te ha hecho un dibujo, nada más. Él no te ha acariciado, no te ha besado, no te ha tenido. Lo sé. —Quería coger por el cuello al cabronazo que había hecho el maldito tatuaje y matarlo… Pero no iba a ser posible, porque el susodicho le caía jodidamente bien.

Marcos se giró hasta acabar tendido de espaldas en la cama, su mano reposando todavía sobre el dibujo, los ojos cerrados, la respiración reposada.

—Marcos.

—Dime. —Seguía con los ojos cerrados.

—He estado pensando en…

—No quiero hablar de eso ahora.

—¿Por qué no quieres hablar de…?

—Porque no es el momento.

—¿No? ¿Y cuándo será el momento según tú? —preguntó irritada.

—Más tarde. Ahora tienes una deuda que pagar.

—¿Que yo tengo qué?

—Me gusta cuando te alteras. —Se giró hasta ponerse de lado, pegado a ella—. Eres tan serena, tan independiente —continuó a la vez que recorría su cuello con lentos lametones—. Lo tienes todo bajo control, hasta que... —se introdujo un pezón en la boca y lo saboreó brevemente— de repente explotas. Y entonces eres otra persona, te desinhibes totalmente. Dejas de ser un mujer seria y racional —recorrió con los dedos el pubis hasta llegar al clítoris y comenzó a acariciarla—, y te conviertes en una mujer temeraria, dispuesta a darlo todo, a conseguir cualquier imposible. Adoro ver cómo te trasformas. —Sus labios resbalaron por el abdomen, recreándose en cada escalofrío—. No tienes miedo a nada, no te detienes ante nada. Y eso me postra de rodillas a tus pies. Y no estoy hablando de sexo. Hablo de ti. De todo lo que eres. —Se separó para coger algo de la mesilla y después lo dejó medio oculto entre las sábanas—. Te enfrentas a lo que sea por lo que consideras tuyo. Tu hija, tu padre, tu familia, tus amigos, tus ancianos. —Le separó las piernas y se arrodilló entre ellas—. ¿Te enfrentarías a todo por mí? —Inclinó la cabeza y le mordió el interior de los muslos para a continuación lamer con suavidad la piel enrojecida—. ¿Me considerarás alguna vez tuyo? —Levantó la mirada y la posó en los ojos color miel de Ruth—. Daría mi vida porque así fuera.

Estaba arrodillado ante ella, mirándola sin ocultar nada. Ruth iba a hablar, quería confesar que sí lo consideraba suyo, que... pero no le dio tiempo.

Marcos agachó la cabeza y comenzó a lamer sus labios vaginales despacio, perezoso, mientras uno de sus dedos se colaba en su interior. De repente, Ruth se sobresaltó al sentir algo frío recorrer su vulva. Intentó incorporarse sobre los codos para ver, pero la cabeza de él seguía entre sus piernas, impidiéndoselo. Era algo suave, muy suave, y estaba frío, aunque lo notaba más caliente a cada pasada que daba sobre su piel, era rígido, y... lo introdujo en la vagina. Ruth soltó un gemido sobresaltado. Era grueso, largo, y se movía al ritmo que Marcos marcaba.

—¿Te gusta? —preguntaron los labios del hombre acariciando su clítoris.

—¿Qué es?

—Un falo de cristal. Sé que tienes a Brad, pero... táchame de posesivo, incluso de celoso si quieres, pero no me gusta la idea de jugar con él. He comprado esto pensando en ti. Dime que he acertado —dijo moviéndolo dentro y fuera de ella, apretándolo contra las paredes de su vagina, mientras los dedos de la otra mano resbalaban hacia la hendidura de sus nalgas.

—Has acertado —afirmó ella jadeante.

—Bien.

Dejó dentro de ella el falo de cristal y cogió los almohadones que había tirado en el suelo.

—Levanta las caderas. —Ruth obedeció. Marcos metió los cojines debajo de ella, alzándola—. Pon tus pies sobre mis hombros y abre bien las piernas.

Marcos podía ver cómo asomaba en el interior de su vagina la base cristalina del consolador; era una de las imágenes más eróticas que había visto en su vida.

Lo tenía todo a su alcance. El clítoris terso y endurecido, la vulva húmeda e hinchada, la vagina abierta y dispuesta, el ano fruncido y excitante. Todo era suyo, al menos por el momento, y pensaba disfrutarlo. Cogió de entre las sábanas el tubo de lubricante y lo derramó sobre sus dedos, para luego recorrer con ellos todo lo que tenía ante la vista. Ruth apretó los pies contra él, levantó las caderas, tembló.

—Es increíble lo suave que te siento —comentó Marcos acariciándole el perineo con las yemas—. Tu piel es tan perfecta, tan sedosa, tan lisa. —Los dedos resbalaron un poco más allá, hasta posarse sobre el anillo de músculos del ano—. El cristal entra y sale de ti, resbalando por tu vagina y me imagino que soy yo quien se introduce en ti. —Enterró toda la longitud del pene artificial en ella—. Quien se aprieta contra ti. —Presionó en círculos hasta oírla jadear—. Quien sale de ti —añadió sacándolo—, hasta que supliques que entre de nuevo —finalizó sonriendo. Ruth apretó los dientes con fuerza—. ¿No?

Dejó la punta del consolador en la entrada de la vagina, y bajó la cabeza hasta que sus labios besaron el pubis. Lamió el contorno del tatuaje mientras su dedo pujaba contra el ano. Deslizó la lengua lentamente hasta casi tocar el clítoris a la vez que penetraba el orificio prohibido con la yema del dedo. Y esperó.

Ruth alzó las caderas.

Él introdujo la primera falange del dedo a la vez que soslayó con la lengua el clítoris y comenzó a mordisquearle los muslos.

Ruth se movió inquieta.

Marcos sonrió y clavó el dedo entero en ella. La oyó jadear. Y esperó.

—Marcos…

—Dime —respondió pasando la lengua por los labios vaginales.

Notó cómo la entrada a la vagina temblaba haciendo vibrar el pene de cristal.

—Vamos... —jadeó impaciente.

—¿Dónde quieres que vaya, Avestruz?

—Marcos... vamos...

—¿Dónde?

—Dentro, mételo dentro.

Lo hundió en el tenso interior y Ruth arqueó salvajemente las caderas.

La lengua de él voló hacia el clítoris, los labios lo succionaron, los dientes lo pellizcaron mientras el consolador no dejaba de entrar y salir, rápido y profundo. El dedo comenzó a moverse en su ano, imitando los movimientos que se sucedían sin pausa en su vagina. Dentro y fuera. Y cuando estaba a punto de estallar, Marcos paró. Y esperó.

—¡Marcos! —medio jadeó, medio gritó.

—Espera... no tengas prisa —comentó risueño sacando el dedo del ano y poniendo en su lugar el tubo de lubricante.

—¿Qué haces? —preguntó más impaciente que asustada.

—Volverte loca.

Apretó el tubo.

El gel se vertió dentro de ella, sintió su frescor resbalando por el recto, mandando escalofríos por todo el cuerpo. Levantó la mirada. Marcos la observaba atentamente, pendiente de cada reacción, de cada gemido. Lo vio moverse inquieto. Bajó la mirada hacia su pecho, y más abajo. Se estaba masturbando. Mientras apretaba el tubo y la llenaba de gel, rodeaba con la mano libre su polla enorme y brillante, pasaba una y otra vez el pulgar sobre su capullo, bajaba y subía por todo su pene en movimientos constantes e hipnóticos.

—¿Te gusta ver cómo me masturbo? —preguntó él al ver su mirada.

—Sí —jadeó.

—La próxima vez... tú te masturbarás para mí, y yo para ti. Pero ahora voy a hacerte enloquecer.

Retiró el tubo y posó dos dedos en su lugar, apretó tentando la entrada, empujando con cuidado, atento a los gemidos y movimientos de su amiga. Esperando paciente hasta ver cómo lo aceptaba.

Ruth jadeó con fuerza y apretó los pies contra él. Empujó hacia atrás, alejándose, para al momento siguiente relajarse. Marcos soltó su polla y, llevando la mano libre hasta el clítoris, comenzó a acariciarlo, trazando círculos sobre él hasta que la oyó gemir. Apretó los dos dedos de nuevo contra su ano. Apenas estos resbalaron en su interior, ella se tensó de nuevo, respirando agitadamente. Marcos bajó la cabeza y succionó el clítoris a la vez que metía y sacaba el pene de cristal de la vagina húmeda y resbaladiza. Separó despacio los dedos que tenía en su trasero, masajeó el recto, apretando e introduciéndolos muy despacio, intentando abrirse camino. Ruth jadeó y alzó las caderas de golpe, logrando que los dedos se hundieran casi por completo. Marcos paró asustado. No pretendía ir tan rápido.

—¡Marcos! —jadeó ella ante su inmovilidad.

—Lo siento… —dijo comenzando a sacar los dedos.

—¡No los saques un milímetro más, maldito bastardo! —gritó apretando el ano y alzando las caderas—. ¿Quieres oírme suplicar? ¡Yo no suplico! Mete los puñeteros dedos dentro y muévete de una vez.

Marcos se quedó paralizado. Jamás había oído a Ruth decir un solo taco, una sola palabra más alta que otra, y ahora estaba gritando y…

—¡Ya! —ordenó.

Marcos hundió los dedos en el ano y lamió con fruición el clítoris mientras metía y sacaba el pene de cristal fuertemente en la vagina. Notó en los dedos las contracciones de su amiga, la vibración de la vagina estrujando el consolador. Saboreó con la lengua el dulce flujo que manó de su interior, y empujó, succionó y bombeó hasta que todos los músculos del cuerpo femenino se tensaron en un único espasmo y se hizo el silencio. Levantó la mirada hacia Ruth, su cabeza se hundía con fuerza en la almohada mientras se mordía el puño de una mano. La otra estaba cerrada sobre las sábanas, sujetándose.

Marcos retiró el consolador de la vagina. Sin dejar de mirarla, la penetró con su pene hinchado y endurecido. Ruth abrió los ojos. Su respiración nerviosa se volvió agitada.

—Te ha gustado. —No era una pregunta.

—Dios, sí.

Se retiró de su interior sin dejar de mirarla. Ambos orificios vacíos, solitarios, disponibles. Agarró su pene con la mano y recorrió con él la grieta entre las nalgas.

—Relájate.

—No puedo estar más relajada. Apenas tengo fuerzas para moverme —respondió ella. Abrió más las piernas y levantó las caderas.

—Mejor.

Encontró la entrada a su ano, aún dilatada.

—Es la primera vez que hago esto —reveló confuso y estremecido—. Si… —gimió empujando la corona de su pene contra el ano—, si ves que… no va bien… lo dejamos…

—¡Deja de hablar y actúa! —jadeó ella—. Toda la vida improvisando y actuando sin pensar, ¿y te pones a meditar ahora? ¡Justo en este momento!

No necesitó más aprobación. Se deslizó en ella cuidadosamente, sin otorgar una tregua que no era solicitada. Osciló con mesura sus caderas, hasta que vio los dedos de Ruth deslizarse sobre su abdomen femenino, liso y perfecto, sortear el tatuaje y pararse en la vulva.

Observó atónito a su amiga abrirse con sus propios dedos los labios vaginales y acariciarse el clítoris, y en ese momento perdió todo control. Bombeó con fuerza dentro de ella, gimió su nombre una y otra vez, mientras ella alzaba las caderas a su encuentro, murmurando entre dientes obscenidades que jamás le había oído decir. Perdió la cordura. Entró en ella una y otra vez hasta que sintió cómo Ruth se tensaba acariciándose con fuerza el clítoris y entonces estalló. Se derrumbó sobre ella mordiéndole la clavícula para no gritar, para no soltar todo el placer que sentía en un grito que a buen seguro despertaría a todos los habitantes del vecindario.

Notó los dientes de Ruth clavarse en su cuello, su cuerpo tensarse, y luego oscuridad. Silencio.

—Marcos… —le llamó Ruth al cabo del tiempo… Horas, minutos, segundos… ni idea.

—Ahora hablaremos —dijo él sentándose en la cama—. No quiero continuar así. —Clavó su mirada azul en los iris color miel—. Me niego a seguir siendo tu amante.

—Espera un momento.

—No. Lo he pensado mucho. Quiero que nos casemos.

—¿Quieres? Así, ¿ya está? ¿Yo Tarzán, tú Jane? —respondió divertida. ¿Dónde había quedado toda la sensibilidad de que había hecho gala mientras le hacía el amor?—. Marcos, respóndeme una pregunta: ¿por qué me has hecho el amor así?

—¿Cómo?

—Con palabras. Me has hecho el amor con tus palabras. No ha sido sexo… ha sido más intimo, más personal.

—¿Quieres que sea sincero o voy improvisando sobre la marcha?

—¿Qué tal ambas?

—No tengo ni idea de lo que me ha pasado. Si te soy sincero, venía dispuesto a follarte hasta conseguir que cada vez que pensaras en sexo vieras mi rostro, hasta que asimilaras la palabra sexo a mi persona, hasta que un solo roce en tu piel te recordara mi presencia.

—Vaya. Tanta sinceridad me abruma —comentó alucinada.

—Pero cuando te vi en la cama, disfrutando de mis caricias, supe con toda certeza que no quería que pensaras en mí como una máquina de follar. Quería que supieras lo que siento, lo que quiero. Puedo no ser muy fino hablando, ni decir palabras grandilocuentes, pero no creo que me haya expresado tan mal que no me hayas entendido —comentó aturullado. Tanta sinceridad, en efecto, era abrumadora.

—Te he entendido de sobra. A ver… eres un buen tipo —repitió sus palabras—, tienes un buen trabajo, sabes lo que quieres, y me quieres a mí… Ah, se me olvidaba, y yo soy tuya desde el día en que te perseguí y te espié. Más o menos iba así, ¿no? Y para dejarlo todo bien afianzado, exiges que nos casemos. Que firme un contrato diciendo que soy tuya. —Ruth puso su cara de póquer, pero por dentro se moría de ganas de gritar: «¡Sí!»

—No has entendido una mierda —respondió él comenzando a enfadarse—. No quiero que seas mía.

—¿No? —Ahora la acababa de dejar de piedra.

—Quiero pertenecerte. Quiero necesitarte, depender de ti, sonreír por tus sonrisas, jadear por tus gemidos, vivir por ti. No entiendes una mierda. Nunca lo has hecho. ¿Crees que voy a mi bola? ¿Que soy un tipo independiente? Pues entérate bien, Avestruz. No me ha quedado más remedio, no he tenido otra opción. —Estaba verdaderamente frustrado, no sabía cómo explicarse y lo estaba embrollando todo—. Conoces a mi madre, sabes cómo es. Jamás pude contar con ella, y mi padre era igual o peor. Jamás se me ha permitido necesitar a nadie. Pero apareciste tú, con tus coletas desparejadas y tu ropa tres tallas más grande, con tu inteligencia y tu amistad. Te necesitaba de niño, necesitaba tus frases cortantes y tus cartas llenas de mierda para sentirme vivo.

»¿Te has planteado por un momento cuánto te eché de menos cuando me obligaron a irme de Madrid? ¿Tienes siquiera una pequeña idea? Y de repente apareces una noche, y vuelvo a sentirme bien. Y tú me das lo que no le has dado a nadie… y yo meto la pata hasta el fondo. Te busqué, Ruth. Al día siguiente fui a casa de tu amiga, pero te habías ido. Te intenté olvidar, volví a Madrid sin ninguna esperanza… Y de repente te veo en un cuadro, dentro de un escaparate. Y en ese momento lo tuve claro. Ibas a ser mía. Pero me equivoqué de cabo a rabo. No quiero que seas mía. Porque siempre lo has sido, siempre has sido mi amiga. Mi vida.

Se pasó las manos por el pelo, desesperado por detener las palabras que se le escapaban entre los dientes.

—Quiero darte mi corazón y saber que lo tienes guardado junto al tuyo. Quiero un jodido contrato que diga que te pertenezco, que no me vas a dejar nunca, que seré tuyo el resto de mis días. Quiero un anillo en el dedo, para mirarlo cada día y saber que voy a estar contigo toda mi vida, que voy a amarte, respetarte y adorarte más allá de la muerte. Porque, si te soy por completo sincero, me da lo mismo que me quieras o no. Estoy perdido si no me acoges en tu vida. Puedes hacer lo que quieras, puedes casarte conmigo, o ser solo mi amiga. Tú decides —dijo saliendo de la cama y comenzando a vestirse—. Solo quería que supieras cómo me siento —finalizó avergonzado.

—Marcos...

—Soy ridículo, ¿verdad? —interrumpió sin mirarla, terminando de vestirse.

—Marcos...

—No te preocupes. —Evitó que siguiera hablando, no podría soportar su negativa—. Me voy a mi cuarto antes de que Iris se despierte; no voy a jugar sucio, ya te lo he dicho.

—Marcos, escúchame.

—Tengo que regresar esta tarde a Tenerife, aún no hemos acabado el reportaje. —Se volvió hacia ella con la mano en el picaporte de la puerta—. Espera a que esté a punto de embarcar en el avión para darme tu respuesta, así evitaré humillarme cuando me contestes. Déjame al menos eso.

—¡Sí! —gritó Ruth irritada porque no la dejaba hablar—. Sí. Me enfrentaré a todo por ti. Sí. Me perteneces. Sí. Soy tuya, lo he sido desde que te espié la primera vez, desde que me volví tan loca que te mandé una carta untada con excrementos. Desde que perdí el control una noche y me entregué a ti. Y si sales por esa puerta, te juro que te perseguiré adonde quiera que vayas... aunque tenga que convencer a san Pedro para que me deje atravesar las puertas del cielo. Desde el momento en que has dicho «te quiero a ti» tenías mi firma en tu contrato.

49

No rechaces tus sueños.
¿Sin la ilusión, el mundo qué sería?
RAMÓN DE CAMPOAMOR

*M*arcos soltó el pomo de la puerta, recorrió los escasos metros que lo separaban de la cama y se lanzó sobre Ruth besándola apasionadamente. Lamió las comisuras de su boca, mordisqueó y estiró sus labios y ella le respondió irrumpiendo en su boca y ondulando contra su lengua. Pararon cuando ambos se quedaron sin respiración. Entonces Marcos metió la mano bajo su lado de la almohada y sacó una cajita de terciopelo negro.

—Toma.

—¿Qué es? —preguntó Ruth sorprendida.

—Ábrela.

—¡Caramba! —Lo miró aturdida—. Es exquisito.

—Estuve buscando un anillo de compromiso, pero me parecía algo demasiado tradicional y rutinario para ti, así que pensé en otras cosas… Y se me ocurrió esto —dijo sacando lo que había en la cajita.

Era un pequeño y perfecto aro de oro en forma de media espiral, con un engarce de ámbar en forma de corazón en un extremo. El tono del ámbar era casi idéntico al del iris de Ruth.

—Es… divino —comentó Ruth girándolo entre sus dedos sin dejar de admirarlo. Era más que divino.

—Es un *piercing* para el ombligo —explicó Marcos—. Recordé aquel que te pusiste, y lo bien que te quedaba y decidí que no quería un anillo simple y moliente. Quería algo tan especial como tú. Y bueno… ¿Te gusta?

Ruth no llegó a responder. Se abalanzó sobre él, rodaron sobre la cama, él vestido y ella desnuda, abrazados. Ruth rodeó con sus piernas las caderas de Marcos. Marcos le amasó el trasero con sus manos, con la cara enterrada en sus perfectos y puntiagudos pechos. El falo de cristal rodó a los pies de la cama y el lubricante cayó en el suelo.

Y justo así, los encontró su hija.

—¡Mamá, mamá, mamá! ¡Tengo hambre! —Se paró en el umbral de la puerta al ver a sus padres de esa manera—. ¡Papá, has vuelto! ¿Qué estáis haciendo? —dijo imitando la postura de su madre cuando se enfadaba, es decir cruzando los brazos y arrugando la nariz.

—Vaya si soy torpe, me he caído sobre tu madre —dijo Marcos sentándose en la cama y doblando las piernas hasta su pecho. Doler, dolía, pero no quería que su hija le viese la antena parabólica de los pantalones.

—Me he enredado en las sábanas y papá me estaba ayudando a salir... —dijo Ruth a la vez... con una excusa todavía menos creíble, mientras se tapaba como podía con las sábanas en las que supuestamente estaba enredada. Al cogerlas el falo de cristal cayó al suelo.

—¡Ahí va, cómo mola! Déjame eso.

—No —dijo Marcos tirándose a cogerlo, para luego esconderlo bajo su camiseta. «Mierda... ¡La parabólica!», pensó mientras volvía a encogerse a la velocidad del rayo sobre la cama.

—¿Qué es, qué es, qué es?

—Nada —dijo Ruth roja como un tomate.

—Un medidor de frecuencias espasmódicas adyacentes introductorias casuales —contestó Marcos.

—¿Qué? —preguntaron ambas a la vez

—Es un artilugio técnico específico para inducir reacciones espasmódicas vibratorias que actúa como dosificador relativo a la disposición inherente de la profundidad y consistencia, con empuje rítmico variable en retroceso-avance casual, que en el interior de una cavidad saturada por humedad introductoria conduce a un éxtasis de dimensiones cuánticas —soltó Marcos, sabiendo que cuando su hija no podía asimilar algo lo dejaba de lado.

—Vale... es un trasto —confirmó Iris, a la que tanta información había sumido en la confusión.

—Exactamente —corroboró Ruth, perpleja. ¿Desde cuándo Marcos tenía esa capacidad para el monólogo?—. Cariño, si nos dejas un segundito, papá y mamá tienen que hablar. Vete al comedor, que ahora mismo salgo y te preparo el desayuno —solicitó, roja como la grana. El lubricante estaba todavía en el suelo, ella seguía desnuda y a Marcos no se le bajaba la exaltación.

—¡No me voy! ¿Qué crees, que soy tonta? Se lo voy a contar a la abuela y a tío Darío y os vais a enterar. No me voy a quedar sin pájaros por vuestra culpa —amenazó.

—Iris, ¿de qué estás hablando? —preguntó Marcos totalmente confundido.

—No podéis dormir juntos si no estáis casados, lo dice la abuela —gruñó Iris a sus padres—. Dice que luego pasa lo que pasa y lo tiene que arreglar y está muy mayor para andar arreglando nada. Que el oído lo tiene muy bien, y que ve lo que ve y oye lo que oye, y luego resulta que de boda nada de nada. Y que como sigáis así se lo va a decir a tío Darío, y os vais a enterar porque a mamá le va a poner un cinturón de *castiguidad,* y a papá le va a hacer una jaula para que no se le escape el pajarito. Y yo no quiero que haga jaulas para mis pájaros. Yo les echo migas todos los días y vienen a verme, y si tío Da los mete en una jaula ya no van a poder volar y me da mucha pena. Si vamos a tener un animal en casa prefiero que sea un perro. El tío de los Repes tiene una perra que tiene perritos y yo quiero uno. ¿Puedo, papá?

—¿Puedes qué? —preguntó Marcos totalmente aturullado.

—Tener un perro, claro. ¡Pero qué crees! No te enteras de nada.

—Bueno… esto… Se lo tienes que preguntar a tu madre, que ella decida —dijo Marcos usando la fórmula magistral que usan todos los padres confusos del planeta tierra: colgarle el muerto a la madre.

—¿Puedo, puedo, puedo? —preguntó a su madre dando saltitos.

—Papá y mamá van a casarse —dijo Ruth, usando la fórmula magistral que usan todas las madres del mundo cuando no quieren discutir con sus hijos: desviar la atención.

—¡No podéis casaros! —exclamó Iris furiosa—. No se hace así —dijo dando un pisotón—. Papá no ha seguido las reglas. No es justo.

—Ven conmigo —ordenó Marcos levantándose de la cama.

—No quiero. No es justo. Me niego —respondió enfurruñada.

—Ven conmigo —reiteró él tendiéndole la mano. Iris se la dio y le siguió refunfuñando.

Marcos cogió su mochila y se dirigió al salón, sacó el portátil de su funda y lo encendió.

—¿Vamos a jugar al ordenador? —preguntó Iris sagaz. No lograría convencerla con juegos, ni aunque fuera el último de Tarta de Fresa. No era justo. Punto—. No quiero jugar.

—No vamos a jugar —contestó él sacando un *pendrive* de la mochila e insertándolo en el puerto USB

—¿No? ¿Qué vamos a hacer? —preguntó intrigada.

—Mirar fotos. —Abrió el archivo «Shrek.jpg».

—Eso es un rollo patatero.

—El Teide es la montaña más alta de España. —Abrió la imagen «01.jpg» y apareció en la pantalla una panorámica del volcán.

—Pues vale —gruñó Iris.

—Y en la cima, arriba del todo —continuó Marcos ignorándola—, vive el dragón Malasombra. —Iris le prestó toda su atención—. Y te preguntarás qué hace un dragón en lo más alto del Teide.

—¿Qué hace?

—En lo más alto de la montaña más alta de España, oculto entre el humo y el fuego, está el castillo de piedra negra del dragón más malvado, Malasombra. —Marcos abrió la imagen «02.jpg», la pantalla se iluminó con llamas ficticias pero muy reales, que surgían de la cima del Teide. Rodeado por estas, se ubicaba un castillo negro y de torres retorcidas, cortesía de su maestría con el Photoshop.

—¡Hala!

—Y sobre la torre más alta del castillo, está Malasombra, con su nariz enorme y humeante. Un dragón que se come a los príncipes verdes, marrones y morados con patatas fritas… —Apareció en el monitor la imagen «03.jpg», que no era ni más ni menos que el dragón que había fotografiado hacía años en la cueva del castillo de la Bella Durmiente, en Disneyland París.

—¡Jopetas!

—Pero no a los príncipes azules. —Hizo clic sobre «04.jpg», y apareció la imagen de Marcos vestido enteramente de azul al pie del castillo.

—¡Ese eres tú! —gritó Iris con los ojos abiertos como platos.

Marcos no dijo nada más. Abrió la imagen «05.jpg».

Iris gritó y se abrazó a él.

El portátil le mostraba, espada en mano, escalando una torre cual King Kong escalando el Empire State Building, mientras, el dragón lo observaba desde lo más alto lanzando fuego por las fauces. Para algo tenía que valer ser fotógrafo y conocer cada truco del Photoshop como la palma de su mano.

—¿Has matado al dragón?

—Casi. En cuanto subí a lo más alto de la más alta torre, el dragón me atacó, pero yo me defendí con mi espada. —Marcos se levantó y fue escenificando cada escena que narraba—. Me intentó quemar con el fuego de su garganta. Yo pegué un salto enorme y le di una soberana patada en todas las narices. Entonces el dragón gritó asustado y huyó con el rabo entre las piernas hacia las profundidades de la montaña.

—¡Enséñame la foto!

—No podía hacer fotos en ese momento, ¡estaba peleando por

mi vida! —exclamó teatralmente Marcos. Lo cierto era que no tenía ninguna foto del trasero de un dragón para crear una escena con este huyendo.

—Vaya —exclamó Iris decepcionada.

—Pero tengo… —Sacó un paquete de la mochila y se lo tendió. Iris lo abrió y volvió a gritar—. Un diente que le arranqué a Malasombra tras la tremenda lucha. —Guiñó un ojo a Ruth, el colmillo era ni más ni menos que un colgante que había comprado en un mercadillo.

—¡No!

—¡Sí! Lo hice convertir en collar para mi hermosa hija. —No le iba a pillar otra vez un farol por falta de pruebas.

—¡Hala!

Marcos se arrodilló ante la niña.

—¿Me permites casarme con mamá? —dijo haciendo una gran reverencia.

—Sí —contestó ella sin prestar mucha atención, absorta por completo en el colmillo—. Se van a enterar los Repes. Ellos decían que no escalarías el castillo y, fíjate, ¡has vencido al dragón y le has arrancado un diente! ¡Toma ya!

—¡Dios santo! Me voy a casar con el mayor embaucador del mundo mundial —gimió Ruth alucinada.

Epílogo

*R*uth por fin estaba sola. Había conseguido escaparse del grupo y descansaba sentada en un banco de metal al lado de las cuadras. El aroma no era precisamente embriagador y, por eso mismo, todo el mundo se mantenía alejado de la zona. ¡Gracias a Dios!

Había pasado algo más de un mes desde el día en que por fin tuvo claro hacia qué punto iba encaminada su vida… y hoy habían llegado a ese punto. Hacía menos de seis horas que Marcos y ella se habían dado el «sí quiero» ante el teniente de alcalde de Alcorcón, en una ceremonia corta y divertida —mataría a Marcos por su juramento— desarrollada en el marco incomparable de los castillos del marqués de Valderas. A su término habían salido casi corriendo de allí… más que nada, porque Iris se empeñó en que su papá escalara una de las paredes del castillo, para que los Repes y el Sardi lo vieran en acción. Su responsable y carismático marido no había perdido un segundo en ir a la pared de la más alta torre y engancharse a ella, vestido con su todavía impecable traje gris perla y sus zapatos casi limpios, en un alarde de sentido común y razonamiento lógico, es decir, «si Iris lo ordena, yo obedezco». ¡Buf!

Habían elegido como lugar de celebración la finca La Princesa, un picadero de caballos con cuadra, restaurante y parque infantil, ideal tanto para sus gustos, como para su escasa economía —aunque Marcos entendía el significado de la palabra ahorrar, y hacía verdaderos esfuerzos por asumir esa necesidad inherente a cualquier familia de clase media, aún le costaba un poco controlarse ante los pucheros de Iris.

Sus amigos y familiares estaban al otro lado de la finca, reunidos alrededor de una larga mesa, ahítos de comida mientras los niños —su hija se habían negado a ir sin sus amigos— jugaban en el parque infantil. Ella se había escapado momentáneamente del bullicio. Necesitaba relajarse tras la ceremonia, las fotos y la comida.

Sacó del bolso un saquito de cuero, lo abrió, cogió el tabaco de liar y los papelillos y procedió a liarse un cigarro. En esos momentos, se hacía imprescindible el ritual para calmar sus nervios.

—¡Estás aquí! ¡Gracias a Dios! —gritó una voz a su espalda.

—¡Marcos! —exclamó Ruth, sobresaltada—, qué susto me has dado. ¿Cómo se te ocurre acercarte sigilosamente y gritarme al oído?

—¿Yo te he asustado a ti? ¡Soy yo el que está acojonado! ¡Cómo se te ocurre dejarme solo con… con ellos!

—¿Con ellos? —preguntó Ruth cogiendo un poco de tabaco y poniéndolo sobre el papel.

—Con Javi, con Darío, con el tal Dani que no hace más que… que… —Marcos solo había visto a Dani una vez antes de ese día, en la exposición, y apenas hablaron… Hoy Dani estaba hablando demasiado.

—¿Qué?

—Mirarme mal. —Buf. Menudo eufemismo.

—¿Qué?

—Me miran mal; Javi y Darío me miran mal, amenazantes… Dani me mira… demasiado bien. —Dios, se estremecía al recordar la mirada de Dani cuando le pasó el brazo sobre los hombros y le felicitó por su matrimonio—. ¡Joder, vaya panda de locos qué tienes por amigos!

—No están locos, solo son un poco recelosos —dijo Ruth formando entre los dedos un perfecto cilindro.

—¿Solo un poco? No fastidies, si por ellos fuera yo estaría bajo los cascos de los caballos. O con el culo en pompa —murmuró entre dientes.

—¿Con el trasero cómo? —preguntó pasando la lengua por el papel de liar y terminando así el ritual.

—Nada. Tonterías mías. ¿Te estás haciendo un porro? —preguntó Marcos de repente. Acababa de darse cuenta de lo que se traía entre manos Ruth y estaba claramente alucinado.

—No. Me estoy liando un cigarro de Golden Virginia.

—Ah. Lía uno para mí —solicitó.

—Si tú no fumas.

—Tú tampoco. —Había dejado el tabaco al llegar a España, pero iba a caer de un momento a otro y, si no acababa pronto el día, Marcos pretendía incluso darse a la bebida.

—Yo fumo por las noches, antes de acostarme.

—¿Por las noches? —Por las noches la mantenía bastante ocupada... ¿Salía de la cama cuando él estaba dormido para fumar?

—Sí. Cuando tú estás fuera. —Cuando él estaba en casa, ni siquiera le daba tiempo a pensar en fumar. En cuanto Luisa e Iris caían rendidas, Marcos se ocupaba de agotarla hasta que caía dormida. De hecho, más de una vez la había despertado... para agotarla más.

—Ajá. —Eso estaba mejor, no quería pensar en que ella lo abandonaba en la cama, solo, aunque fuera por un segundo—. Hazme uno, Avestruz. Anda, sé buena.

—Está bien. ¿Qué te ha pasado con Dani? —preguntó sagaz, pasándole su cigarrillo y empezando a liar otro.

—Nada. ¿Es gay? —preguntó con lo que esperaba fuera un tono indiferente. ¡Ay, Dios!

—Sí. ¿Qué te ha dicho?

—Nada. —¡Joder! Dani era gay y le estaba tirando los tejos. ¿Cómo se lo iba a explicar a Ruth? «Mira, querida, tu amigo quiere meterse en mi trasero».

—¡Estáis aquí! Menos mal. Os estaba buscando. —Apareció de repente Alex.

—¿Ha ocurrido algo? —Terminó Ruth de liar el cigarro.

—Dani está contando lo del tatuaje. ¡Otra vez! Y Luka se está riendo a mandíbula batiente —comentó malhumorado el novio de Luka, quitándole a Ruth el cigarrillo de los dedos—. Cuando esos dos se juntan son insoportables.

—¿Qué tatuaje? —preguntó Marcos. Había conocido al resto de los amigos de Ruth ese mismo día, y Alex era con el que mejor congeniaba. Al menos no intentaba matarlo con sus miradas ni le tiraba los tejos cada dos por tres ni tenía nada que ver con los nuevos diseños del pubis de su esposa.

—Dani le hizo creer a Alex que Luka llevaba un tatuaje en la base de la espalda —explicó Ruth riendo mientras comenzaba a liar el enésimo cigarrillo. Esperaba poder fumarse ese.

—No. Me hizo creer que había disfrutado del tatuaje. Un tatuaje que Luka jamás ha tenido. Se burló de mí como un miserable. No deberían solazarse en ello. —Alex se encendió el cigarrillo con cara de estar sufriendo una terrible humillación.

—Mejor eso que... —murmuró Marcos deteniéndose antes de acabar la frase... Era demasiado complicado para decirlo en voz alta.

—¿También a ti te está haciendo creer que te quiere llevar al catre? —preguntó Alex cayendo en la cuenta de la actitud de Dani frente al recién estrenado marido de Ruth.

—¿También?

—Oh, sí. Nuestro Dani se divierte muchísimo dando a entender a los novios de sus amigas que quiere meterse con ellos en la cama. No le hagas ni caso, lo hace a propósito para reírse de nosotros —le avisó Alex, compadeciéndole.

—Joder.

—En fin —comentó Ruth viendo aproximarse a Dani y a Pili—, ya que os venís todos aquí, en beneficio de nuestras papilas olfativas, propongo que regresemos a la mesa. —Tiró resignada el cigarro que se estaba haciendo y se levantó… Adiós al momento a solas.

—¿Tienes un *piercing* en la lengua? —preguntó Dani a Jorge.

Estaban sentados frente a la mesa, en sillas contiguas, enfrascados en una conversación en voz demasiado alta para los oídos de los demás. Por suerte, Iris y sus amigos estaban jugando en el parque infantil y Luisa había convencido sin dificultad a su consuegro, Ricardo, de ir a dar un paseo por la «hacienda».

Era de noche. Llevaban casi todo el día allí reunidos y habían hablado de todo… o de casi todo. Estaban alrededor de una mesa repleta de botellas de agua —para los niños—, cervezas y refrescos. Carlos había recuperado su amistad con Pili, Luka y Javi, y de paso había conocido a Alex, Darío, Héctor, Jorge, Dani, Ricardo y Luisa. Todos estaban enamorados de Iris… y temerosos de las travesuras de los Repes y el Sardi. Era muy tarde, hora de marcharse, pero a ninguno le apetecía abandonar el enclave acogedor en que se encontraban.

—Por supuesto —contestó Jorge, dejando asomar la punta de la lengua, con el *piercing* en forma de bolita dorada, por sus labios entreabiertos.

—He oído decir que aumenta el placer en la felación —indagó Dani.

—Ni te lo imaginas —contestó Jorge echándose hacia atrás en la silla—. Soy capaz de volver loco a un monje solo con pasar mi lengua por el tallo de su polla. —Arqueó un par de veces las cejas.

—No me importaría comprobarlo —respondió Dani deslizando la mano desde la mesa hasta la entrepierna de sus pantalones.

Marcos miró sin parpadear a los dos hombres. ¿Estaban hablando de lo que parecía que estaban hablando? Observó a los demás; las chicas estaban reunidas en un grupito hablando en susurros, probablemente criticándolos, mientras que los demás hombres se miraban fijamente los pies. Era increíble lo interesantes que podían ser a veces los nudos de los cordones de los zapatos.

—Amigo mío, para poder catarlo, se necesitan ciertos requisitos. —Jorge se lamió los labios.

—¿Cuáles? —Dani se columpió sobre la silla y miró el regazo del otro hombre.

—¿Sabes el dicho aquel que dice que el tamaño no importa? Pues es totalmente falso. —Jorge se pasó un dedo fino y delgado por los botones de su impecable camisa.

—Créeme, estoy bien surtido en ese aspecto. —Dani cogió la mano de Jorge y la colocó sobre su entrepierna.

Marcos se atragantó con su cerveza. Javi, Darío y Alex se removieron en el asiento y prestaron más atención a los cordones —algunos tenían nudos verdaderamente complicados—. Héctor, el más joven de todos, abrió los ojos como platos. Por lo que se ve, los cordones se la traían al fresco.

—Interesante. ¿Das o te dan? —interrogó Jorge moviendo la mano arriba y abajo por el regazo de Dani.

—Doy. Y mientras lo hago, me ocupo de que mi amante disfrute de mi mano hasta correrse —respondió mirándolo sin pestañear.

—Me acabas de poner duro como una piedra. —Jorge se colocó sin disimulo el bulto de sus pantalones.

—Estupendo. —La mano de Dani voló hasta la bragueta de Jorge y apretó su erección—. Se adapta a mi mano a la perfección.

—¿Vives cerca? —jadeó Jorge.

—A cinco minutos en coche —contestó Dani con todas las miradas fijas en él. O al menos, todas las que no estaban pendientes de los cordones.

—¿Has terminado la bebida? —Jorge posó sus temblorosas manos sobre la mesa.

—En este mismo momento. —Dani acabó de un trago su cerveza.

—Chicas, chicos, nos vemos. Ruth, mañana te cuento —se despidió Jorge de todos. Dani se limitó a guiñar un ojo.

Marcos cogió su cerveza e intentó dar un trago, pero la espuma decidió irse por el camino del aire y acabó tosiendo mientras las chicas se reían y los hombres seguían mirando fijamente sus pies.

—¿Por qué no me lo dijiste?

—¿El qué?

—Que Jorge era… que Jorge es… que a Jorge le van los… que es…

—No lo preguntaste.

—¡Que no lo pregunté! ¡Y qué! Por Dios, llevo meses atormentado por los celos, con remordimientos de conciencia por desear asesinar a un tipo que me cae bien. Y todo por nada.

—Vamos, hombre. No te lo tomes tan a mal. —Le dio unos golpecitos en el hombro Alex—. Nuestras chicas tienen una vena sádica, que a veces aparece para atormentarnos. Tendrás que acostumbrarte.

—Ni de coña me voy a acostumbrar.

—¿Una vena sádica? ¿Nosotras? ¿Y qué me dices de la última frase de Marcos durante la boda? —respondió Ruth ofendida. ¡Ellas no tenían ninguna vena, ni sádica ni de ninguna otra manera!

—Ey, que no estuvo tan mal —comentó Alex defendiendo a Marcos.

—¿No estuvo tan mal? —dijo entre dientes Luka, mirando a su novio con la promesa de que si seguía hablando pasaría más de una noche en el sofá del comedor.

—El teniente de alcalde preguntó si queríamos hacer algún juramento personal, aparte del típico «Prometo amarte y respetarte» y me pareció oportuno añadir… —comenzó Marcos.

—¡Te pareció oportuno decir en voz alta, ante todos los presentes, que jurabas «volverme loca y descontrolarme todos los días de nuestras vidas»! —exclamó Ruth ofendida.

—Adoro cuando te alteras. ¿Te lo he comentado alguna vez? —respondió él sonriendo.

Una vez en casa, Darío recorrió paso a paso la habitación vacía que pertenecía, no, que había pertenecido a su hermana y su sobrina. Se subió a la litera, tumbándose sobre ella con los brazos detrás de la cabeza. Una lágrima se escapó entre sus pestañas fuertemente cerradas.

Estaba vacía, ya no se oirían gritos infantiles ni risas acompasadas ni temblarían las paredes con las travesuras de Iris. Su hermana ya no le recriminaría continuamente que no dijera tacos ni controlaría con precisión la nevera. No habría nadie en el salón por las noches cuando regresara del gimnasio. Nadie le preguntaría cómo había ido el día ni le daría un beso en la mejilla cuando se fuera a la cama. Y no es que pensara que lo iba a echar de menos. Seguro que estaría en la gloria solo en casa. Otra lágrima rodó por la mejilla con ese pensamiento.

Ruth e Iris se habían marchado definitivamente. Su hermana mayor se había casado esa misma mañana y ya no había marcha atrás.

Durante los últimos meses había guardado la esperanza de que su hermana mandara a la mierda al energúmeno con el que se iba a casar. Pero en vez de eso, ese energúmeno había empezado a caerle bien. Y ahora se la había llevado. Y él se había quedado solo. Otra lágrima más brotó de sus ojos cerrados.

¡Jo...petas! No estaba triste, no estaba llorando; era un efecto secundario de todas las cervezas que había tomado durante la celebración. Ni más ni menos.

¡Todo se aliaba en su contra!

Héctor, su hermano pequeño, con el que había vivido toda su vida, había anunciado la semana pasada que había conseguido un trabajo como becario y se iría a principios de junio, en menos de un mes, a vivir a Alicante. Ruth había señalado su intención de llevarse a papá con ella. Menos mal que Darío había logrado convencerla de que no lo hiciera. No le faltaba más que encontrarse de buenas a primeras viviendo solo en esa casa que hasta hacía bien poco estaba llena de gente.

En fin. Se dio la vuelta en la cama e intentó concentrarse en pensamientos más agradables. Una imagen apareció en su mente. Un mujer alta, de espaldas estrechas, piernas largas con músculos bien definidos y el vientre liso. Con abdominales más marcados que los suyos propios. Sacudió irritado la cabeza. Había dicho «pensamientos más agradables», no pesadillas con brujas. Volvió a girarse en la litera. Un perfil afilado, de pómulos marcados y con un hoyuelo en la barbilla, enfatizado por el corte de pelo más extraño que hubiera visto en su vida, entró en su mente sin pedir permiso. Lo acompañaban unos ojos grises insolentes y unos labios carnosos que escondían unos dientes blancos y perfectos como perlas, tras los que se ocultaba la lengua más retorcida y venenosa que pudiera existir. Suspiró irritado. ¡Solo le faltaba acabar la noche pensando en una bruja! Bajó de la cama de su hermana y se fue a su propio cuarto. Héctor dormía a pierna suelta. Se tumbó sigiloso en su cama e intentó conciliar el sueño...

NOCHE DE AMANTES

Relato inédito

Madrugada del 31 de julio al 1 de agosto de 2011

Dani rebuscó en sus bolsillos hasta encontrar la llave que Jorge le había entregado hacía apenas dos meses, un regalo que en su momento no supo valorar. ¿Para qué quería la llave de la casa de su amante? Él ya tenía su propia casa, no necesitaba las llaves de ninguna otra.

Abrió la puerta con cuidado y caminó sigiloso por el pasillo, intentando recordar dónde estaba el dormitorio. Solo había estado allí en un par de ocasiones, y no se había fijado demasiado en la distribución del piso, aunque Jorge se empeñó en hacerle una visita guiada. ¿Para qué iba a molestarse en recordar cómo era la casa de su amante? Al fin y al cabo, prefería follar en hoteles, lo más lejos posible de cualquier lugar que tuviera tufo a hogar, dulce hogar.

Reprimió un escalofrío al pensar en esa palabra. Hogar. ¿De verdad estaba seguro de lo que estaba haciendo?

Sí. Lo estaba.

Encontró por fin la habitación que buscaba, pero no entró. Se apoyó en el quicio de la puerta y observó dormir al hombre del que se acababa de dar cuenta que estaba enamorado. Bueno, quizá lo supiera desde hacía mucho tiempo. Pero hasta esa misma noche no había querido reconocerlo.

Hacía un par de años que lo había conocido y, en ese momento, ni siquiera imaginó que ese hecho cambiaría radicalmente su vida.

Había disfrutado de su soltería, salido con todas aquellas personas que le había apetecido, sin pensar en un posible mañana. Y entonces lo conoció. Un hombre bajito, amante de los *piercings* y los tatuajes, con un gran sentido de la lealtad y la amistad. Y había caído rendido a sus pies. Aunque se había resistido a admitirlo hasta esa misma noche.

Cerró los ojos. Daba igual cuántos amantes, amigos con derecho a roce o rollos de una noche hubiera tenido antes. Ni siquiera los recordaba. En su mente solo había cabida para Jorge. Estaba loco por él. Y el muy cabrón lo sabía. Lo sabía de sobra y se había aprovechado de ese conocimiento.

Porque Jorge le había lanzado un ultimátum.

Aunque, por supuesto, no lo había planteado como tal, en absoluto.

El hombrecillo que dormía plácidamente en la cama, mientras que él tenía la cabeza hecha un lío, era demasiado listo como para hacer eso. Simplemente le había informado que pensaba irse de vacaciones todo el mes de agosto, sin preguntarle si quería acompañarlo, sin darle siquiera opción a ello.

Y Dani llevaba desde entonces pensando en esas vacaciones en solitario que Jorge se iba a tomar. ¿Por qué se iba solo? ¿Por qué no le había pedido que le acompañara? ¿Por qué, maldito fuera, parecía tan contento con la perspectiva de estar un mes separados?

En mayo, en el segundo aniversario de la fecha en que habían estado juntos por primera vez, le había entregado las llaves de su casa, como si fueran algo más que amigos con derecho a roce. Y dos meses después, el muy ladino, pensaba dejarle tirado en Madrid todo el jodido mes de agosto. ¡No era justo! Se le retorcían las entrañas solo de pensar en lo que Jorge pudiera hacer en esos puñeteros treinta días, sin él.

Había pasado el peor mes de julio de toda su vida dándole vueltas a la cabeza.

Y ese era el motivo de que hubiera entrado furtivamente en el piso de su amante, en plena noche, con una mochila llena de bañadores prestados y el corazón en un puño.

Iba a dejarle bien clarito las bases de su relación. Y la primera sería que no podía irse sin él a ningún lado.

Abrió la mano con que sujetaba las asas de la mochila y esta cayó al suelo con un suave golpe que retumbó en el silencio de la noche.

Jorge se sentó en la cama y miró a su alrededor, aturdido por el brusco despertar.

—¿Dani? ¿Qué haces aquí? —susurró, mirándole somnoliento.

—Me voy contigo —afirmó cruzándose de brazos.

—¿Te vienes conmigo? ¿Adónde? —preguntó desconcertado, pasándose la mano por el pelo, alborotándoselo más todavía.

—De vacaciones.

—Ah… Pensé que no te interesaban las vacaciones en pareja. Siempre te he escuchado renegar de los tontos que se van a vivir con sus amantes, aunque fuera solo por unos días. Ya sabes, la pérdida de la libertad y todo eso —comentó Jorge, ocultando con la mano, como si estuviera bostezando, una sonrisa risueña.

—He cambiado de opinión.

—Estupendo. Saldremos al amanecer. —Se giró de lado y cerró los ojos.

—¿Ya está? ¿No vas a decirme nada más?

—Mmm… No. Eres mayorcito para cambiar de parecer cuanto te plazca. Duerme un rato, o mañana no te dejaré conducir durante el viaje.

Dani parpadeó asombrado. Esperaba una reacción muy diferente. No algo tan extremo como gritos y saltos de alegría, o bueno, tal vez sí. Al menos alguna indicación de que Jorge estuviera encantado con su cambio de opinión. Pero desde luego, no indiferencia.

Se desnudó rápidamente, se tumbó junto a su amigo y cerró los ojos. Dada la inmensa alegría de Jorge y sus ganas de agradecérselo con una lujuriosa sesión de sexo, bien podía dormir unas cuantas horas. Al menos no perdería el tiempo dándole vueltas en la cabeza al inesperado desinterés de su amante.

Se mordió el labio y se dio la vuelta hasta quedar de lado. Jorge no se despertó. Se colocó bocabajo. Nada. Giró hasta volver a quedar de lado. Carraspeó. Se tumbó bocarriba, colocó las manos bajo la nuca y gruñó, intentando hacerse notar.

—¿No puedes dormir? —le preguntó Jorge, divertido.

—Estoy pensando…

—¿En qué?

—Antes de irnos, deberías llamar al hotel para cambiar la reserva y pedir una habitación doble.

—No hace falta.

—¿No? —Dani se sentó en la cama, encendió la luz de la mesilla y observó a su amante con gesto serio—. No pienso dormir en otra habitación que no sea la tuya —le advirtió.

—No habrá problemas. Ahora, por favor, apaga la luz y duérmete. Es muy tarde y mañana tenemos que madrugar.

Dani obedeció cabeceando satisfecho.

Cerró los ojos.

Volvió a abrirlos. Encendió la luz y miró a Jorge.

—¿Qué quieres decir con que no habrá problemas?

—Elegí una habitación doble cuando hice la reserva, hace dos meses.

—Ah… —Apagó la luz de nuevo. La volvió a encender—. ¿Por qué la reservaste doble?

—No pensaba pasar el mes de vacaciones solo.

—Ah. Vale —murmuró Dani apagando la luz y cerrando los ojos.

Jorge sonrió en silencio y contó para sus adentros. Uno… dos… tres…

—¡Cabrón! —gritó Dani. Se levantó de un salto de la cama y encendió la potente lámpara del techo—. ¿Con quién narices pensabas ponerme los cuernos?

—No pensaba ponértelos.

—Acabas de decir que…

—Que no pensaba pasar el mes solo —terminó Jorge la frase mirándole divertido.

—Pero…

—Y voy a pasarlo contigo —sentenció dando unas palmadas sobre el colchón—. Vuelve a la cama, tonto.

—Me has tendido una jodida trampa —declaró Dani estupefacto.

—He aprendido del maestro.

Dani abrió la boca, volvió a cerrarla. Se pasó las manos por el pelo, suspiró. Apagó la luz y se acostó de nuevo.

—He pasado el último mes amargado, pensando que te ibas de vacaciones sin mí porque querías abrir nuevos horizontes.

—Y quiero abrir nuevos horizontes —afirmó Jorge.

Dani encendió de nuevo la luz de la mesilla y le observó atentamente. Su corazón latía a tal velocidad que estaba a punto de escapársele por la garganta.

—¿A qué te refieres?

—Estoy aburrido de esta relación.

—Ah… —Ya no había riesgo de que el corazón escapara de su pecho; se había detenido, aterrado.

—Quiero más —declaró Jorge apresando con sus ojos la mirada de Dani.

—Por ejemplo… —el corazón de Dani se atrevió a palpitar con un rayo de esperanza.

—Quiero despertarme junto a ti, cada día, en nuestra casa. No en un hotel de mala muerte los fines de semana.

—Ah… —Dani inspiró profundamente, instando a su corazón para que volviera a latir a un ritmo normal—. ¿Podré hacerte el amor cada mañana? —preguntó sonriente.

—Solo si me dejas seguir haciéndote diseños en el pubis. No soportaría ver un día tras otro el mismo pene anodino y aburrido.

—No pienso dejar que me tatúes nada en la polla —le advirtió Dani muy serio.

—Cobarde.

Dani arqueó una de sus perfectas cejas, retiró la sábana que cubría el cuerpo de su amado y se sentó a horcajadas sobre él.

—Con una polla tatuada en la familia es suficiente —afirmó antes de rodear con una mano el pene de su amante.

Jorge se rio feliz, alzó la cabeza y le besó, vertiendo en ese ósculo la impaciencia que bullía en todo su ser.

Dani sonrió al sentir que el dragón se alzaba entre sus dedos, creciendo y engrosándose, definiendo cada línea y cada sombra tatuada sobre la tersa y suave piel del hombre del que estaba locamente enamorado.

Solo a Jorge se le podía ocurrir tatuarse un inmenso dragón en el pene.

Agradecimientos

*T*odo el mundo tiene un sueño. Unos sueñan con ser millonarios, otros con ser actores. Yo soñaba con ser escritora. Más que un sueño, era una fantasía pues jamás se me ocurrió escribir una historia completa e intentar publicarla. Pero a mis amigas, sí. Ellas se empeñaron, insistieron, incluso me regañaron hasta que por fin me convencieron de intentarlo.

Ninguna de mis historias habría visto jamás la luz sin el apoyo incondicional de estas amigas. Su presencia me es necesaria, imprescindible. No concibo mi mundo de fantasía sin ellas.

Gracias a Pili, Alicia, Helena, Alix, Caly, Gema, Lai, Yolanda Quiralte, Nur (*Románticas al Horizonte*), Loli (*Romántica´s*) Merche (*Yo leo RA*). Gracias también a las chicas de los foros, blogs y Facebook que me hacen reír, disfrutar y asombrarme cada día.

Y gracias, sobre todo, ante todo, a Manuela Naya Suelves, Lizzy. Gracias por ser una persona única, por su impulso imparable, su sonrisa arrolladora, sus palabras esperanzadoras, su espíritu inquebrantable. Manuela, eres un ejemplo a seguir.

Noelia Amarillo

Nació en Madrid el 31 de octubre de 1972. Creció en Alcorcón (Madrid) y cuando tuvo la oportunidad se mudó a su propia casa, en la que convive en democracia con su marido e hijas y unas cuantas mascotas.

En la actualidad trabaja como secretaria en la empresa familiar, disfruta cada segundo del día de su familia y amigas y, aunque parezca mentira, encuentra tiempo libre para continuar haciendo lo que más le gusta: escribir novela romántica. Es autora de éxitos como *Quédate a mi lado*, *¿Suave como la seda?*, *Falsas apariencias* y *Ardiente verano*, con las que ha obtenido multitud de galardones como el Premio Rincón Romántico al Mejor Romance Erótico, el Premio Colmillo de Oro a la Mejor Novela Erótica y también el Premio Rosa, todos ellos en 2011.